W9-BUP-206

TIERRA *DE* SOMBRAS

ELIZABETH KOSTOVA

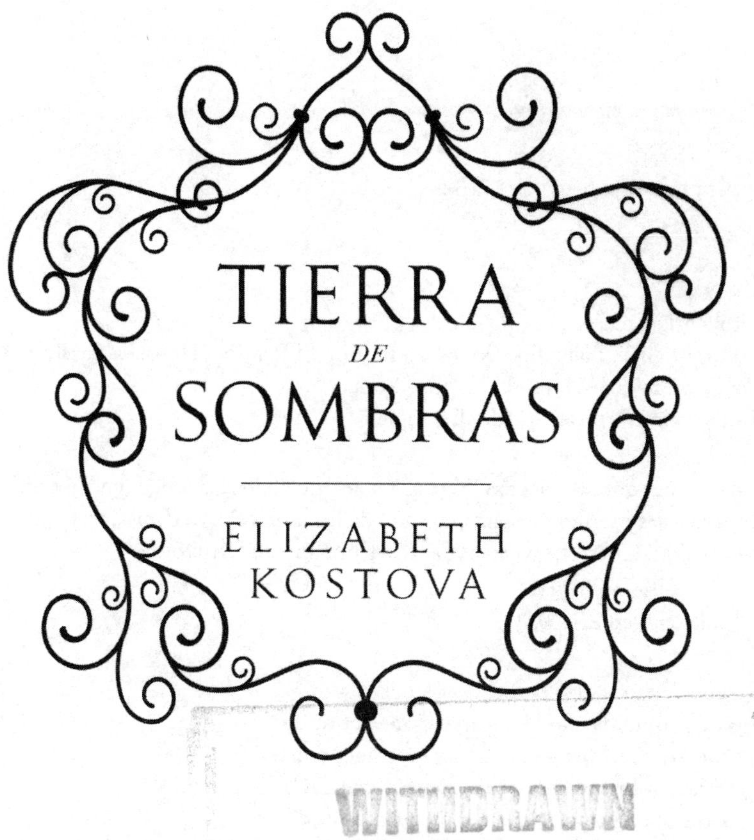

TIERRA DE SOMBRAS

ELIZABETH KOSTOVA

Traducción de Victoria Horrillo Ledesma

Umbriel Editores

Argentina • Chile • Colombia • España
Estados Unidos • México • Perú • Uruguay • Venezuela

Título original: *The Shadow Land.*
Editor original: Ballantine Books, an imprint of Random House, a division of Penguin Random House LLC, New York.
Traducción: Victoria Horrillo Ledesma.

Esta es una obra de ficción. Todos los acontecimientos y diálogos, y todos los personajes, son fruto de la imaginación de la autora. Por lo demás, todo parecido con cualquier persona, viva o muerta, es puramente fortuito.

1.ª edición Octubre 2017

Aribau, 142, pral. – 08036 Barcelona
www.umbrieleditores.com

ISBN: 978-84-92915-96-5
E-ISBN: 978-84-17180-03-4
Depósito legal: B-19.002-2017

Fotocomposición: Ediciones Urano, S.A.U.
Impreso por Romanyà Valls, S.A. – Verdaguer, 1 – 08786 Capellades (Barcelona)

Impreso en España – *Printed in Spain*

за Георги
ноември 1989
с обич

Para Georgi
Noviembre de 1989
Con amor

Haz lo que te plazca,
lo que más te convenga.
Yo lo enterraré.

Sófocles, *Antígona*

. . . .

Este libro es un tren con muchos vagones, un tren antiguo que circula trabajosamente por las vías, de noche. Uno de los vagones contiene una pequeña provisión de carbón que rebosa y se esparce por un conducto al abrirse una portezuela interior. Para cruzar el pasillo hay que pasar por encima de una capa de gravilla negra y resbaladiza. Otro vagón contiene grano destinado a la exportación. Otro está lleno de músicos, instrumentos musicales y maletas baratas: casi media orquesta sinfónica, cuyos miembros se agrupan en los compartimentos de segunda conforme a lazos de amistad y rivalidades. Otro vagón contiene pesadillas. El vagón de cola, pese a no disponer de asientos, está lleno de hombres dormidos que yacen apretujados en la oscuridad, con los abrigos puestos.

La puerta de dicho vagón ha sido sellada con clavos por fuera.

Libro 1

1

Sofía, año 2008. Mes de mayo, un tiempo primaveral intachable y la diosa del Capitalismo sentada sobre su trono chabacano y raído. En lo alto de la escalinata del hotel Forest aguardaba una joven (una niña aún, más que una mujer), extranjera por más señas. El hotel se hallaba frente al NDK, el antiguo Palacio Nacional de la Cultura del ex régimen comunista, una gigantesca afloración de cemento ahora frecuentada por adolescentes cuyo cabello erizado centellaba al sol. Alexandra Boyd, agotada por un viaje en avión interminable, trataba de mantener su largo cabello liso sujeto detrás de una oreja mientras observaba a los chavales búlgaros maniobrar con sus monopatines. A su derecha se alzaban bloques de pisos pintados de gris y ocre, así como una edificación más reciente de acero y cristal y una valla publicitaria que mostraba a una mujer en bikini cuyos pechos prominentes señalaban hacia una botella de vodka. Cerca de la valla, árboles majestuosos se engalanaban con flores blancas y magentas. Eran castaños de Indias. Alexandra los había visto durante un viaje a Francia, estando en la universidad, en su única visita anterior al continente europeo. Le escocían los ojos y tenía el pelo sucio por el sudor del viaje. Necesitaba comer, ducharse, dormir. Sí, dormir, tras el último vuelo desde Ámsterdam, y despertarse sobresaltada cada pocos minutos para hallarse expatriada por propia voluntad al otro lado del océano. Se miró los pies para cerciorarse de que seguían ahí. Su ropa, a excepción de las deportivas de color rojo vivo, era muy sencilla (una blusa fina, vaqueros azules, un jersey anudado a la cintura), y se sentía desaliñada y mal vestida al lado de las faldas de traje y los tacones de aguja que veía pasar a su lado. Llevaba en la muñeca izquierda una pulsera ancha de color negro, y en las orejas largos pendientes de obsidiana en forma de lanza. Agarró las asas de una maleta con ruedas y un maletín oscuro que contenía una guía turística, un diccionario y algo de ropa. Colgada del hombro llevaba una bolsa de ordenador y su bolso ancho y colorido, con un cuaderno y una edición de bolsillo de Emily Dickinson al fondo.

Desde la ventanilla del avión había visto una ciudad enclavada entre montañas y jalonada por altos bloques de pisos semejantes a lápidas. Al bajar del aparato con su flamante cámara en la mano había aspirado un aire de olor extraño: a carbón y a gasóleo, con una veta de aroma a tierra recién arada. Había cruzado la pista y subido al autobús del aeropuerto, y se había fijado en las cabinas de aduanas, que relucían como recién estrenadas, en sus taciturnos funcionarios y en el sello exótico que habían estampado en su pasaporte. El taxi había serpenteado por las afueras de Sofía antes de adentrarse en el corazón de la ciudad (siguiendo, posiblemente, una ruta más larga de lo necesario, sospechaba Alexandra), y había pasado casi rozando las mesas de las terrazas de los cafés y las farolas forradas de carteles políticos y anuncios de tiendas eróticas. Desde la ventanilla del taxi había fotografiado varios Ford y Opel antiguos, Audi nuevos con las ventanillas tintadas tipo gánster, autobuses grandes y parsimoniosos y tranvías semejantes a chirriantes megalosaurios cuyos raíles de hierro despedían chispas. Para su asombro, el centro de la ciudad estaba pavimentado con adoquines amarillos.

Pero el taxista no había entendido sus instrucciones y la había depositado allí, en el hotel Forest, no en el hostal que tenía reservado desde hacía unas semanas. Alexandra tampoco había entendido lo que sucedía hasta que, tras marcharse el taxi, había subido los escalones del hotel para ver su entrada más de cerca. Ahora estaba sola, más sola que nunca en sus veintiséis años de vida. De pie en medio de una ciudad y una historia que no entendía, entre personas que subían y bajaban la escalinata del hotel con paso decidido, se preguntaba si debía bajar de nuevo a la acera para intentar coger otro taxi. Dudaba de que pudiera permitirse pagar una habitación en el monolito de cristal y cemento que se erguía a su espalda, con sus ventanas tintadas y sus clientes que, ataviados con trajes oscuros, como cuervos, iban y venían o fumaban en los peldaños. Una cosa era segura: se había equivocado de sitio.

Podría haber pasado así largo rato, de no ser porque de pronto se abrieron las puertas corredizas que había a su espalda y al volverse vio que salían del hotel tres personas. Una de ellas era un hombre de cabello blanco que, sentado en una silla de ruedas, agarraba varias bolsas de viaje, pegadas contra su americana. Un individuo alto, de mediana edad, manejaba la silla de ruedas con una mano mientras con la otra sostenía un teléfono móvil; estaba hablando con alguien. Cogida de su brazo avanzaba una mujer mayor, con las piernas arqueadas bajo el vestido negro y un bolsito colgado de la muñeca. Una raya despejada y rala partía en dos su cabello rojizo y entrecano. El hombre de mediana edad concluyó su llamada y colgó. La señora mayor lo miró y él se inclinó para decirle algo.

Alexandra se apartó y, al verles cruzar con dificultad la entrada del hotel hasta la escalinata, sintió, como le ocurría a menudo, una punzada de compasión por la suerte de sus congéneres. No tenían modo de bajar las escaleras: no había ni rampa ni acceso para silla de ruedas, como sucedía en su país. Pero el hombre alto de cabello oscuro parecía ser extraordinariamente fuerte: inclinándose, levantó al anciano de la silla de ruedas con equipaje incluido. Entonces la mujer de mirada vacua pareció cobrar vida el tiempo justo para plegar la silla con un par de movimientos ensayados y bajarla lentamente por los escalones. Ella también era más fuerte de lo que parecía.

Alexandra recogió sus bolsos y su maleta y les siguió, convencida de que la determinación con que avanzaban le serviría de impulso. Al llegar al pie de la escalinata, el hombre alto volvió a depositar al anciano en la silla de ruedas. Descansaron todos un instante, y Alexandra se detuvo casi junto a ellos, al borde de la parada de taxis. Advirtió que el hombre alto vestía chaleco negro y camisa blanca inmaculada, un atuendo demasiado abrigado y formal para un día como aquél. Sus pantalones también relucían, y sus zapatos negros parecían bruñidos en exceso. Llevaba el cabello oscuro, satinado de plata, firmemente peinado hacia atrás para dejar la frente despejada. Tenía un perfil enérgico y, visto de cerca, parecía más joven de lo que Alexandra había pensado en un principio. Fruncía el ceño, tenía la cara sofocada y una mirada incisiva. Alexandra no habría sabido decir si rondaba los treinta y ocho años o los cincuenta y cinco. Reparó, pese a su cansancio, en que era, posiblemente, uno de los hombres más guapos que había visto nunca: ancho de hombros e imponente bajo aquellas ropas extrañamente anticuadas, tenía una nariz larga y elegante y unos pómulos altos que parecieron afilarse hacia sus ojos luminosos y estrechos cuando se volvió ligeramente hacia ella. De las comisuras de su boca irradiaban finas arrugas, como si poseyera un rostro distinto que reservara para las ocasiones en que sonreía. Alexandra vio que era, en efecto, demasiado mayor para ella. Su mano colgaba junto a su costado a sólo unos pasos de la de ella. Sintiendo una punzada de deseo, Alexandra se apartó un poco.

El hombre se acercó a la ventanilla del taxi más cercano y se enfrascó en un regateo. El taxista protestó alzando la voz. Alexandra se preguntó si podría aprender algo de todo esto. Mientras les observaba, experimentó un instante de vértigo; el ruido del tráfico remitió hasta convertirse en un incómodo zumbido y un segundo después regresó, aún más ensordecedor que antes, por efecto del *jet lag*. El hombre alto no parecía capaz de ponerse de acuerdo con el taxista, ni siquiera cuando la señora se inclinó e intervino, indignada. El conductor hizo un ademán despectivo y subió la ventanilla.

El hombre cogió de nuevo su equipaje —tres o cuatro bolsas de nailon y loneta— y se acercó a otro taxi, más cerca de donde aguardaba Alexandra, que decidió no probar suerte con el primer taxista. El hombre alto puso fin bruscamente a sus regateos y abrió la puerta trasera del segundo taxi. Depositó su equipaje en la acera y ayudó al anciano encorvado a levantarse de la silla de ruedas y a sentarse en el asiento trasero.

Alexandra no se habría acercado a ellos si la señora no se hubiera tambaleado de repente al hacer amago de subir al taxi. Estiró el brazo y la agarró con una firmeza que ignoraba poseer. A través de la tela negra de la manga de la anciana, notó un hueso asombrosamente ligero y cálido. La señora se volvió para mirarla, se enderezó y le dijo algo en búlgaro, y el hombre alto se volvió de cara a Alexandra por vez primera. Quizás no fuera realmente guapo, pensó, pero tenía unos ojos extraordinariamente llamativos: más grandes de lo que parecían de perfil, y con los iris de color ámbar cuando los tocaba el sol. La anciana y él le sonrieron. El hombre ayudó delicadamente a subir al taxi a su madre y con la otra mano recogió sus maletas. Era como si supiera que Alexandra acudiría de nuevo en su auxilio. Y eso hizo ella: recogió las bolsas más pequeñas y se las pasó, amontonadas. Él parecía tener prisa de pronto. Alexandra seguía agarrando con firmeza su pesada bolsa de viaje y su portátil, y especialmente su bolso, por si acaso.

El hombre se incorporó y miró las bolsas que le había pasado. Luego la miró a ella.

—Muchas gracias —le dijo en un inglés con fuerte acento búlgaro.

¿Tanto se notaba que era extranjera?

—¿Puedo ayudarlo? —preguntó ella, y se sintió estúpida.

—Ya me ha ayudado. —Su sonrisa momentánea pareció borrarse y su semblante adquirió una expresión triste—. ¿Está en Bulgaria de vacaciones?

—No —contestó Alexandra—. Soy profesora de inglés. ¿Están ustedes de visita en Sofía?

Tras decirlo se dio cuenta de que su comentario no sonaba muy halagüeño. Era cierto que sus ancianos padres y él no tenían un aspecto cosmopolita en aquel entorno. Pero aquel hombre era la primera persona con la que hablaba en casi dos días, y no quería que la conversación se acabara, a pesar de que los ancianos esperaban dentro del taxi.

Él sacudió la cabeza. Alexandra había leído en su guía turística que los búlgaros tenían la costumbre de mover la cabeza arriba y abajo cuando querían decir «no», y de sacudirla a un lado y a otro cuando querían decir «sí», pero que ya no todos lo hacían. Se preguntaba a qué categoría pertenecía aquel hombre.

—Teníamos planeado… ir al monasterio de Velin —dijo él, y miró a su espalda, como si esperara ver a otra persona—. Es muy bonito y famoso. Tiene usted que visitarlo.

A ella le gustó su voz.

—Sí, lo intentaré —contestó.

El hombre sonrió entonces: levemente, sin poner en juego todas sus arrugas. Olía a jabón y a lana limpia. Hizo ademán de volverse, pero se detuvo.

—¿Le gusta Bulgaria? La gente dice que aquí pasa de todo. Que *puede* pasar cualquier cosa —se corrigió.

Alexandra no llevaba el tiempo suficiente en Sofía para saber si le gustaba el país.

—Es un país precioso —respondió por fin, y al decirlo se acordó de las montañas que había visto desde el avión—. Realmente precioso —añadió con más convicción.

Él ladeó la cabeza, pareció hacerle una leve reverencia (eran muy corteses, los búlgaros) y se volvió hacia el taxi.

—¿Puedo hacerles una foto? —preguntó ella atropelladamente—. ¿Le importaría? Son ustedes las primeras personas con las que hablo.

Quería tener una foto suya: nunca había visto un rostro tan interesante, ni volvería a verlo.

El hombre se inclinó obedientemente hacia la puerta abierta del taxi, a pesar de que parecía inquieto. A Alexandra le dio la impresión de que tenía prisa. Pero la anciana se inclinó hacia fuera y le dedicó una sonrisa. Llevaba dentadura postiza, sus dientes eran demasiado blancos y regulares. El anciano no se giró; sentado en la parte de atrás del taxi, miraba fijamente hacia delante. Alexandra sacó la cámara del bolso e hizo rápidamente una fotografía. Se preguntó si debía ofrecerse a enviársela más adelante, pero no sabía si en Bulgaria a las personas mayores (o a un hombre de mediana edad y aspecto ceremonioso) les parecía aceptable intercambiar fotografías por correo electrónico, especialmente con una extranjera.

—Gracias —dijo—. *Mersi.*

Mersi era el «gracias» más sencillo en búlgaro. No se atrevió a pronunciar la versión más extensa, una palabra infinitamente más larga y compleja que había tratado de memorizar. El hombre la miró un instante, y ella pensó que su rostro parecía aún más triste. Se despidió levantando una mano y cerró la puerta del taxi. Luego se acomodó en el asiento delantero, junto al conductor. Su conversación había durado sólo un par de minutos, pero uno de los taxistas de la fila se impacientó y comenzó a pitar. El taxi arrancó haciendo chirriar los neumáticos, se zambulló en el torrente del tráfico y desapareció de inmediato.

2

¿Qué debía hacer ahora? el conductor del taxi siguiente parecía haber reparado en ella. Bajó la ventanilla y, cuando la miró con expresión atenta y despierta, Alexandra pensó que quizás pudiera llevarla por fin a su hostal.

—¿Taxi? —preguntó.

Alexandra se fijó en su cara pálida y en sus ojos separados, los primeros ojos azules que recordaba haber visto desde su llegada a Sofía. Tenía el pelo liso y claro, cortado a tazón, como un Beatle de la primera época. Cuando ella le mostró la hoja de papel con una dirección escrita en alfabeto cirílico, asintió de inmediato con la cabeza y levantó los dedos para indicarle la cantidad exacta de leva que le costaría la carrera. Un tipo honesto, y al parecer, cuando inclinaba la cabeza arriba y abajo, quería decir que sí. Se apeó de un salto del taxi, cogió su maleta grande y la metió en el maletero.

Alexandra se sentó rápidamente en el asiento trasero. El taxista no volvió a dirigirle la palabra, a pesar de que por el espejo retrovisor su rostro parecía afable. Por lo visto, ya sabía lo suficiente sobre ella para darse por satisfecho. Alexandra dejó sus bolsas en el asiento, a su lado, y se reclinó por fin. El conductor se incorporó al tráfico y dobló la esquina. De pronto se hallaron inmersos en Sofía. Alexandra vio altos y rectos chopos junto a la calzada, gente que caminaba deprisa en traje oscuro o vaqueros, adolescentes con camisetas de colores estampadas con palabras inglesas, el centelleo de los cristales rotos y la basura en los desaguaderos fangosos de la calle, como si la ciudad fuera al mismo tiempo una especie de poblachón destartalado. Era otro mundo, pero Alexandra comprendió de pronto que conseguiría desenvolverse en él, sobre todo cuando hubiera pasado unas horas en una habitación tranquila, donde pudiera cerrar la puerta con llave y echarse a dormir.

Justo en ese momento advirtió que la bolsa del hombre alto (¿o sería quizás del anciano?) descansaba sobre el asiento, a su lado, metida entre las suyas. Las asas de todas ellas caían juntas sobre su rodilla. Al verla, un hormigueo eléctrico recorrió su cuerpo: la loneta negra y lisa, las largas asas negras, la parte de arriba cerrada por una cremallera también negra. Tocó la bolsa. No, no era suya. Se parecía a su bolso más pequeño, pero era la del hombre, la de aquella familia a la que había perdido de vista en las calles de la ciudad.

Palpó la bolsa. No había etiqueta alguna en la loneta, ni en las asas o los laterales. Tras respirar hondo, abrió la cremallera para ver si había alguna etiqueta dentro. Tocó un objeto anguloso y duro, envuelto en terciopelo negro. Como no encontró ninguna identificación, hurgó un momento dentro y, finalmente, desenvolvió la parte de arriba del objeto.

Era una caja de madera bellamente pulida y con el reborde superior labrado. Allí, al fin, encontró una etiqueta, o mejor dicho una fina placa de madera con caracteres cirílicos grabados. Dos palabras, una más larga que la otra: Стоян Лазаров. Notó que el taxi doblaba una esquina. Dado que no había más datos, pronunció las palabras en voz alta, muy despacio, recurriendo al alfabeto que había tratado de memorizar. *Stoyan Lazarov*. No había ninguna fecha. El sufijo de la segunda palabra la indujo a pensar, por lo que había leído en su guía, que debía de ser un apellido. Atónita, Alexandra buscó en la bolsa, pero no parecía haber nada más. Movida por un impulso involuntario, levantó la tapa de la caja sujeta con bisagras. Dentro había una bolsa de plástico transparente, sellada. Estaba llena de cenizas, unas de un gris más oscuro y otras de un gris más claro, mezcladas con partículas blancas más voluminosas. Tocó la bolsa con la punta de un dedo. En circunstancias normales su gesto habría parecido reverente, y de hecho, pese a su consternación, se sintió sobrecogida al tocarla.

Miró en derredor, a un lado y a otro de la calle difusa. No sabía qué hacer. Jack lo habría sabido si viviera, si hubiera llegado a cumplir sus casi veintiocho años. En situaciones así era cuando una necesitaba un hermano. Podrían haber viajado juntos por Europa con sus mochilas a cuestas.

Estiró el brazo y tocó el hombro huesudo del conductor, zarandeándolo bruscamente.

—¡Pare! —dijo—. ¡Pare, por favor!

Y acto seguido se echó a llorar.

3

Mi hermano y yo nos criamos en un pueblecito de las montañas azules. Mi madre enseñaba historia en una universidad de la zona, y mi padre era profesor de lengua inglesa en un instituto. Decidieron al poco tiempo de casarse volver a su tierra, y yo pasé gran parte de mi infancia en una casa de labranza muy antigua, en pleno campo. Nuestra vida allí durante la década de 1990 se parecía en muchos aspectos a la que llevaban los vecinos de aquella región un siglo antes. La casa tenía un porche que abarcaba la parte delantera y los costados de la casa, con el suelo de madera pintado de gris. Justo delante de la puerta delantera había un listón que crujía al pisarlo, a modo de timbre. Jack, que era dos años mayor que yo, siempre trataba de hacer hablar a aquella tabla. La casa tenía también un timbre de verdad, bastante raro, por cierto: una llave de latón inserta en el marco de la puerta que había que girar para llamar y cuyo sonido, poderoso y simpático, se dejaba oír en las dos plantas. El campo que se extendía en declive hacia el sur desde el patio era un manzanar, o lo que quedaba de él: árboles retorcidos, casi humanos, con el tronco partido por las tormentas invernales y cuyas escurridizas manzanas atraían a las avispas al caer al suelo.

Las habitaciones del interior de la casa, austeras y de altos techos, estaban pobladas de muebles heredados. Nunca he dejado de añorar aquella casa: su plantación de groselleros y sus macizos de ruibarbo, sus lirios antiguos cuyos bulbos aplanados brotaban tan gruesos como mi muñeca, y la hierba alta entre la que Jack y yo nos tumbábamos sin que nos vieran y desde donde sólo alcanzábamos a ver la silueta azulada de las montañas. En el salón del fondo de la casa había una estufa Franklin que mi padre alimentaba con madera de manzano y roble durante todo el invierno. Mi madre y él nos leían junto a aquella estufa cuando había tanta nieve que su camioneta no arrancaba y no podíamos bajar de la montaña.

De hecho, como vivíamos tan lejos de nuestros amigos del colegio rural, pasábamos mucho tiempo aislados en aquella colina, charlando, cocinando, perfeccionando nuestra estrategia a las damas chinas, poniendo la colección de discos de grandes orquestas sinfónicas europeas que tenía nuestro padre o explorando la falda de la montaña. ¿Alguna vez has visto un elepé, un disco de vinilo negro con surcos que una aguja recorre añadiendo una especie de chisporroteo a la música? Había, además, varios libros en la estantería del cuarto de estar que nos gustaban especialmente. Uno de ellos era un diccionario gigantesco que usábamos para jugar: leíamos en voz alta palabras abstrusas y nos turnábamos para tratar de adivinar su significado. Otro era un libro de autorretratos de Rembrandt, cuyo rostro iba tornándose más viejo y astuto (aunque no exactamente más sabio) a medida que pasabas las páginas.

El libro que más nos fascinaba era, no obstante, un atlas del este de Europa. No sé por qué estaba en nuestras estanterías, y nunca me acordé de preguntárselo a nuestros padres hasta que ya era demasiado tarde. Seguramente había aparecido en alguna mesa de expurgo de la universidad. Nos preguntábamos el uno al otro los nombres de países y regiones que nadie que nosotros conociéramos había visitado jamás y cuyas fronteras cambiaban según las fechas impresas en la parte de arriba de las páginas. Jack tapaba un topónimo o incluso cerraba el libro y decía: «Vale, el pequeñito de color rosa que hay en medio de la página, 1850. Cinco puntos». El que primero conseguía más de cincuenta puntos tenía que hacer galletas para el otro, aunque era yo quien solía acabar ocupándome del horno mientras Jack se iba a matar avispas o a cavar un hoyo para hacer pis debajo del porche. Cada uno de nosotros tenía su país preferido. El mío era Yugoslavia después de la Primera Guerra Mundial, que parecía solidificarse como por arte de magia en una masa diáfana y amarilla a partir de los recortes de distintos colores de la página anterior. A Jack le gustaban más los países que formaban un anillo en torno al mar Negro: en teoría, al menos, podía pasarse de uno a otro en barco, cosa que mi hermano pensaba hacer algún día. Bulgaria, de verde pálido, era su favorito. Si yo era capaz de citar todos los países con los que tenía frontera, me daba diez puntos más.

También leíamos cada uno por su cuenta, claro: Narnia y la Tierra Media, Arthur Conan Doyle y las revistas de *National Geographic* que se amontonaban en el cuarto de la estufa, al fondo de la casa. Yo devoraba algunos libros de chicas que Jack despreciaba, como los de Nancy Drew. Mis padres escuchaban la radio en vez de ver la televisión, y la biblioteca dominó nuestras vidas hasta que un amigo del colegio llevó a Jack (y luego a mí) a un salón recreativo lleno de juegos maravillosos, y poco a poco nos fuimos dando cuenta de que podía darse otro uso a los ordenadores de la sala de matemáticas del colegio. Yo, que no era tan amante de los videojuegos como Jack, ansiaba menos visitar los recreativos, y fue así como empecé a sentir que mi hermano y yo íbamos distanciándonos.

Nos zaheríamos el uno al otro, como la mayoría de los hermanos. Él se portaba a veces como un abusón y yo me chivaba, pero éramos inseparables en nuestro aislamiento, cuidábamos el uno del otro y sabíamos buscarnos las mañas. Aprendimos a montar una tienda de campaña, a hacer una fogata, a silbar con una brizna de hierba, a trepar a gatas por rocas heladas sin hacernos daño y a seguir un curso de agua montaña abajo hasta un asentamiento si nos perdíamos. Podíamos leer en voz alta con viveza y elocuencia (aunque a Jack no solía gustarle esa tarea) y sabíamos limpiar el gallinero, hacer magdalenas en las tacitas de cerámica de mamá y recolectar patatas. Yo aprendí a tejer y a remendarme la ropa. También remendaba la de Jack, dado que él no tenía ningún interés en hacerlo. Solía hacerse sietes en las rodillas para los que yo inventaba discretos parches en colores oscuros. Podíamos jugar allí donde nos apeteciera, excepto cerca de las casas que había al pie de la carretera, con sus contenedores de basura al lado del arroyo y sus perrazos encadenados. «Una buena valla hace buenos vecinos», solía decir mi padre, que siempre les saludaba tocándose la gorra cuando pasábamos en coche por delante de sus porches.

Todo esto debería haber equivalido a la felicidad, y así era para mí con frecuencia, porque me encantaba nuestra casa en la colina y tenía a mi hermano para hacerme compañía. Pero, por una de esas extrañas reacciones químicas que se dan en la vida familiar, Jack pareció incapaz de llevarse bien con nuestros padres desde muy niño, y su descontento hacia ellos se hacía extensivo a todo lo que nos daban o proponían. A los siete u ocho años, no había vez que le pidieran que hiciera algo sin que causara algún destrozo: cuando nos tocaba desbrozar el huerto, en vez de quitar las malas hierbas arrancaba media ringlera de zanahorias, y yo sabía que lo hacía a propósito. Si teníamos que limpiar el sempiterno gallinero, yo trabajaba con ahínco; me encantaba cómo cloqueaban las gallinas en los rincones las tardes calurosas, descubrir nuevos huevos y que mi padre me felicitara por un trabajo bien hecho. Jack, en cambio, solía entretenerse abriendo agujeros en la parte de abajo de las paredes por los que entraban los zorros, lo que se traducía en una masacre un par de noches después. Escribió «Al diablo con to´ el mundo» en la pared, encima de su cama, usando un palo carbonizado. Y cuando una tarde quemó un árbol del huerto y el fuego estuvo a punto de extenderse hasta la casa, nuestro padre lo castigó una semana (aunque había poca cosa que pudiera quitarle) y nuestra madre pidió unas horas libres en el trabajo para ir a hablar con el psicólogo del colegio.

En secundaria la cosa empeoró. Jack fumaba en la parada del autobús hasta que otro chico se chivó, y yo me descubrí remendando quemaduras del tamaño de una moneda de diez centavos en sus vaqueros, en vez de los desgarrones que se hacía al meterse entre las zarzamoras. Se cortó sus rizos rojos por arriba y empezó a rebajarse las cejas con la cuchilla, y le dijo a nuestro padre que era para ahorrar, como nos recomendaban una y otra vez desde niños (el pelo siempre nos lo había cortado nuestra madre con unas tijeras especiales). Al año siguiente les dijo que se escaparía, que se escaparía en serio, si no le llevaban al pueblo una vez a la semana para salir con «los colegas»: otros chavales de séptimo curso tan flacuchos y con el pelo tan mal cortado como él. Nuestro padre le invitó a cumplir su amenaza, pero mamá empezó a llevarle de mala gana al pueblo los sábados, alegando que nos estábamos haciendo mayores y necesitábamos vida social. A mí me llevaba de paso a tomar una copa de helado. Yo vivía con el temor de que estallara una pelea —una pelea aún peor que las anteriores— entre Jack y nuestros padres. Pero conmigo Jack era casi siempre cariñoso, e incluso me hacía confidencias. Cuando me contó que sus amigos y él robaban a veces navajas baratas o paquetes de cecina, le guardé el secreto. Me pareció lo más justo, sobre todo teniendo en cuenta que solía traerme golosinas y tebeos que siempre decía que había comprado con su paga.

Vivimos en el campo hasta que Jack iba a empezar noveno curso y yo séptimo. Entonces nuestros padres vendieron la casa y compraron un piso en el recién revitalizado centro de Greenhill, donde, aunque no podíamos tener huerto, podíamos ir andando a los mejores colegios públicos de la zona. Una vez instalados en la ciudad, mi hermano y yo comenzamos a llevar vidas separadas. Yo empecé a ir al instituto (un establo lleno de chicos misteriosos y de chicas cuyo afán por arreglarse me daba pavor) y Jack se echó nuevos amigos, chavales amantes del deporte y de aspecto lozano, y comenzó a hacer atletismo y a jugar al baloncesto con los equipos de bachillerato. Nuestros padres estaban visiblemente aliviados: mi hermano parecía de pronto demasiado atareado para meterse en líos y, como se levantaba muy temprano para ir a entrenar, por las noches se iba derecho a la cama, rendido de cansancio. Aquel primer curso en la ciudad fue bien, y también el principio del segundo. Pero yo echaba de menos a Jack, igual que echaba de menos nuestra casa en la montaña. Tenía la sensación de que mi hermano se me había escapado en un descuido. Era aún más amable conmigo que cuando éramos niños, pero también más distante. Cuando mejor lo pasaba con él era cuando se dejaba ver por mi abarrotada habitación por las tardes, a menudo cuando estaba haciendo los deberes.

«Ah, esas ecuaciones», decía. «Me acuerdo de ellas. ¿Quieres que te ayude?» O entraba de repente con el pelo mojado, recién salido de la ducha, y se sentaba en el borde de mi cama con un gruñido de cansancio. «Estoy muerto», decía. «Hoy hemos tenido entrenamiento doble.» Esos momentos nunca duraban mucho, porque al poco rato me daba un coscorrón y se marchaba a hacer los deberes o a llamar a una amiga.

Creo que nuestros padres aceptaban este distanciamiento como una consecuencia inevitable del proceso de maduración de un joven al margen de su familia. Pero, para equilibrar las cosas, insistieron en conservar algunos rituales de nuestra vida anterior; el principal de ellos, la excursión al monte que hacíamos los cuatro juntos una vez al mes. Solíamos esperar a que hiciera buen tiempo: una mañana soleada y despejada del fin de semana, cuando las montañas lucían en todo su esplendor, en cualquier estación. Esos días experimentábamos de nuevo, al unísono, el placer de contemplar las cordilleras y las estribaciones azuladas que se extendían más allá.

Así fue como perdimos a Jack.

4

Cuando Alexandra abrió la urna se echó a llorar, no porque le dieran miedo las cenizas humanas, sino porque aquello era la gota que colmaba el vaso. Estaba en un país extraño, exhausta, sus planes ya se habían torcido y se sentía, con ese dramatismo propio de la juventud, a merced de un poder superior: el destino, quizás, o una conjura que tanto podía ser buena como mala.

Tuvo que zarandear varias veces al taxista por el hombro y gritar: «¡Pare!», antes de que se volviera para mirarla y, al ver su cara acongojada, se apartara rápidamente a una callejuela zigzagueando entre el tráfico. Un par de gatitos y un gato sarnoso huyeron cuando el taxi se detuvo junto a la acera, y Alexandra vio que habían estado comiendo algo sanguinolento. La calle estaba sombreada por grandes árboles que, aunque ella no lo supiera aún, eran *lipa*, tilos cuajados de colgantes flores verduzcas. La quietud que reinaba allí contrastaba extrañamente con el trasiego del enorme bulevar y el hotel. Alexandra esperó, tratando de sofocar sus sollozos, mientras el taxista aparcaba y dejaba el motor al ralentí.

—¿Hay algún problema? —preguntó el hombre.

A Alexandra le extrañó que hablara un inglés tan diáfano, y se preguntó por qué antes no se había dirigido a ella en ese idioma.

—Por favor —dijo—. Lo siento… Lo siento, pero me he equivocado de equipaje. Esta bolsa es de otra persona.

El hombre frunció el ceño como si hubiera hablado muy deprisa, o como si no entendiera sus palabras, farfulladas con voz temblorosa.

—¿Qué? ¿Se encuentra bien?

—Sí, pero esta bolsa es de otra persona.

—¿De otra persona? —Estiró el cuello por encima del respaldo del asiento, y ella señaló el bulto sin decir nada y dio unas palmaditas al objeto que contenía.

—¿No es suya?

El taxista la observó fijamente en lugar de mirar la bolsa. ¿Sería un rasgo característico de los búlgaros, escudriñar el rostro de una persona en busca de pistas antes de entrar en detalles? El hombre alto había hecho lo mismo, pero tal vez se debiera a que era extranjera.

El taxista se bajó del coche y se acercó a su puerta. La abrió y se inclinó para examinar las bolsas amontonadas.

—¿De quién es? —preguntó.

Estaba tan cerca de ella que Alexandra pudo a su vez mirarlo con atención. Le vio entonces no como un chófer que la conducía a su alojamiento, sino como a una persona, como a un hombre no mucho mayor que ella, de unos veintinueve años. Treinta y pocos, como mucho. Advirtió de nuevo que tenía una cara pálida y angulosa y que, cuando se inclinaba, el cabello claro le caía sobre ella, tapándola en parte. Sus ojos eran azules, auténticamente azules, no verdeazulados. No era alto ni fornido, pero sí de manos finas y gestos delicados.

—No entiendo —dijo—. ¿Cómo es posible?

—Le cogí la bolsa al hombre que estaba a la entrada del hotel, con esos señores mayores. Un hombre alto, un anciano en silla de ruedas y una mujer mayor —respondió Alexandra tratando de pronunciar con la mayor claridad posible.

—¿Les ha robado la bolsa?

La mirada del taxista traslucía más sorpresa que reproche. Alexandra comprendió que él también se había fijado en los ancianos cuando habían salido trabajosamente del hotel.

—No. —Sintió de nuevo el escozor de las lágrimas—. La cogí sin querer cuando les ayudé a subir al taxi. Pero creo que son... Mire.

Abrió la tapa de la urna y le mostró la bolsa de plástico que había dentro. El hombre se inclinó (Alexandra tuvo la sensación de que su historia lo había dejado perplejo) y la tocó, igual que había hecho ella. Frunció el entrecejo. Alexandra observó que buscaba a tientas alguna marca en la caja, como había hecho ella, y que examinaba la madera pulida del exterior. Retiró la bolsa de terciopelo y ella reparó por primera vez en que lo que había labrado en el borde era una guirnalda de hojas con la cabeza de un animal a cada lado. El taxista encontró el nombre antes de que pudiera indicárselo y lo leyó en voz alta.

—Creo que se trata de una persona —dijo—. Que se trataba de una persona. De un hombre.

—Lo sé —contestó ella, acordándose del anciano de la silla de ruedas.

Aquel recuerdo la hizo desfallecer. ¿Era posible que el anciano hubiera perdido a su otro hijo? ¿O a un hermano?

—¿Entiende usted? Es el cuerpo de una persona —insistió el taxista.

—Lo *sé* —respondió ella—. Las *cenizas*, no el cuerpo.

—Sí, ceniza. —Su voz sonó aguda—. En búlgaro decimos *prah*. «Polvo.» —Tenía un sonido gutural—. Quizás debería devolvérselas cuanto antes.

—Claro que sí —dijo ella casi gimiendo—, pero no sé quiénes son, ni dónde han ido. Creo que debería acudir a la policía.

Se imaginó a la policía buscando en sus archivos informáticos, encontrando aquel nombre, haciéndose cargo respetuosamente de la urna y asegurándole que se la devolverían a sus legítimos propietarios. O tal vez le dieran su dirección y tuviera que llevarles la bolsa en persona. Luego se imaginó a sí misma frente a aquellas personas cuyo tesoro tenía en su poder, y notó un nudo en la garganta. Debían de estar buscándola por toda Sofía. Pero se había subido al taxi después de que se marcharan. ¿Habrían descubierto ya que les faltaba una bolsa? Sin duda, se habrían dado cuenta enseguida.

—No. Tenemos que volver al hotel —se corrigió Alexandra—. Creo que podrían volver allí a buscarme.

—Es buena idea —respondió el taxista, cuya voz sonaba de pronto más calurosa y flexible, pese a que seguía mirándola con desconfianza. Su acento resultaba difícil de localizar, pero, sin duda, era británico, casi *cockney*—. Vamos. Tenemos que volver enseguida.

A pesar de su zozobra, a ella le gustó la forma en que sus labios de trazo fino y elegante tanteaban las palabras. Tenía los dientes delanteros un poco torcidos, y una mancha oscura en uno de ellos, como una peca. Sus pómulos eran anchos, huesudos, prominentes, y Alexandra reparó de nuevo en lo tersa y lechosa que era su piel, salvo por una constelación de lunares de color marrón claro, junto a la comisura de la boca. Cerró con cuidado la tapa de la urna y la cubrió con la tela. Luego se sentó tras el volante y arrancó antes de que ella tuviera tiempo de darle las gracias.

5

La senda de Windy Rock era una de las rutas más bellas de las Montañas Azules de Carolina del Norte. Sin duda, sigue siéndolo. No voy por allí desde 2007, cuando regresé para una dolorosa visita junto a mi madre.

Era, de hecho, una de nuestras excursiones favoritas, pero Jack se despertó de mal humor aquella mañana de octubre. Nunca supe por qué. Después, durante años, lo atribuí a que el día anterior había cumplido dieciséis años; quizás fuera por eso. Aquel día le entregaron el permiso de conducir, que mi padre le acompañó a recoger, pero no le regalaron un coche. Mis padres habían acordado que sólo podían permitirse invertir un par de cientos de dólares en comprarle un coche y que el resto del dinero tendría que conseguirlo él, trabajando. Jack tenía algo de dinero ahorrado, pero no lo suficiente para comprarse un automóvil que nuestros padres considerasen seguro.

Puede que fuera ésa la causa directa del enfado entre mi padre y él, o puede que simplemente estuviera resentido por no tener coche una vez pasado el mágico día de su dieciséis cumpleaños. Llegó medio dormido y enfurruñado a desayunar, antes de irnos de excursión, y yo comprendí que era mejor abstenerse de hablar con él. Mientras estábamos poniéndonos las botas y las chaquetas, hizo un intento desganado de escaquearse de la excursión. Mi madre debió de poner cara de pena, o puede que mi padre lo mirara con dureza, inquisitivamente, porque Jack desistió de inmediato.

Estuvo muy callado durante el trayecto en coche por la carretera de la sierra, hasta el lugar donde pensábamos tomar la senda. Para olvidarme de su extraño mal humor, me puse a mirar por la ventanilla el follaje otoñal, que se marchitaba en los álamos en tonalidades castañas y doradas, y el rojo llamativo de las bayas de los serbales, prendidas entre sus grises ramas. Era un día luminoso y despejado, y las montañas se veían en oleadas, una tras otra. Me asombró, como me había asombrado siempre durante mi infancia, que de lejos fueran tan universalmente azules cuando, vistas de cerca, podían ser tan coloridas. La primera vez que vi una cordillera montañosa en los Balcanes doce años después, sentí una punzada de extrañeza y, acto seguido, un aguijonazo de nostalgia: aquellas montañas se elevaban en picachos en lugar de replegarse serenamente sobre sí mismas, y sus laderas formaban una imponente masa de color negro y verde oscuro, jalonada de riscos. Pero se erguían con la misma majestuosa impasibilidad, con la misma reconfortante solidez que las montañas de mi tierra.

Mi padre aparcó al comienzo de la senda y bajamos los cuatro, nos pusimos nuestras mochilas y Jack se ató las botas, primero una y luego otra, apoyándose en el parachoques con semblante malhumorado. A mí me encantó verle así, como si fuera el de siempre y al mismo tiempo pareciera haberse hecho adulto de repente: su estatura, a la que todavía no me había acostumbrado, sus hombros tan anchos, sus recias piernas debajo de los pantalones caqui y la enorme bota de cuero con cordones a rayas que apoyaba con firmeza sobre el parachoques. Levantó la vista en ese instante y me dedicó la última sonrisa que me brindaría nunca, creo. Después, me indicó con un gesto que me adelantara. Teníamos la costumbre de que mi padre abriera la marcha; detrás iba mi madre y a continuación yo. Desde que se había hecho mayor y podía desenvolverse con soltura, Jack ocupaba siempre la retaguardia. Si sufríamos algún asalto por la espalda, Jack sería el primero en hacerle frente, lo cual me preocupaba (por él) y al mismo tiempo me tranquilizaba.

Estábamos subiendo la primera cresta cuando gritó: «¡Un minuto!», y al volverme vi que se estaba atando una de las botas sobre un lecho de roca. Me quedé allí cerca, observándole en silencio, y pasado un momento le oí mascullar, enfadado, que no había tenido ganas de venir desde el principio.

—Hoy tenía un montón de cosas que hacer.

Tiraba del cordón mientras yo observaba su cara morena, puesta de perfil, tan parecida a la de nuestro padre. Parecía enfadado hasta con las botas.

—¿No te cansas de tener que trepar por una montaña sólo porque papá y mamá lo digan, cuando a ellos se les antoja, sin pensar en nada más?

—Pero siempre hemos venido de excursión —contesté yo torpemente—. A mí me gusta.

—Ya, pero parece que se les olvida que ya soy mayor para que anden dándome órdenes. Aquí estamos otra vez, en medio de la nada.

Había acabado de atarse el cordón y abarcó con un ademán el extenso paisaje, el cielo y las montañas. A mí me encantaba aquel panorama.

Dije entonces algo que no debí decir. De pronto me enfadé porque se empeñara en estropear el único día que pasaba con nosotros. Detestaba que hablara con tan poco respeto de nuestros padres que, aunque no acertaran, tenían buenas intenciones. Detestaba sus defecciones previas. Que sus amigos, sus novias y sus partidos de baloncesto acapararan su atención, y que fuera incapaz de disfrutar estando un rato conmigo, para variar.

—Bueno —dije enfadada—, ¿por qué no te pierdes, si vas a ponerte tan desagradable con todo?

Me miró con la incredulidad reflejada en la cara (y cómo amaba yo aquella cara a pesar de haber provocado su furia, y cómo la amo todavía). Entonces me dijo dos cosas. Una, que me fuera al infierno. Y, dos, que él haría lo mismo.

Ésas fueron sus palabras exactas, aunque no las ponga entre comillas: las últimas palabras que, que nosotros sepamos, dirigió a otra persona. A mí se me saltaron las lágrimas de arrepentimiento por mi propia mezquindad, y de pura pena. Di media vuelta y seguí caminando a paso ligero, sin hacer caso del silencio que dejaba rápidamente atrás. No se oían sus pasos. Me dije que se tenía merecido que le dejara plantado un rato. Crucé un arroyo o, mejor dicho, pasé de piedra en piedra por el arroyo que cruzaba nuestra senda, escogiendo con cuidado el camino entre el agua fragorosa, y pasados unos minutos vi a mis padres un poco más adelante, andando tranquilamente, y les seguí.

Jack aún no nos había alcanzado cuando paramos a beber agua en el primer mirador, desde el que se divisaba un inmenso panorama de montañas que, como olas, rompían en el horizonte envueltas en una neblina azul. El valle se extendía a nuestros pies, a más de un kilómetro de distancia, más allá de las hojas de color vino de los arándanos que flanqueaban el camino. Mi madre me dedicó una sonrisa animosa y buscó a mi hermano con la mirada. Luego nos sentamos los tres con las piernas estiradas y esperamos unos minutos.

—¿Jack iba detrás de ti? —preguntó mi madre al cabo de un rato.

Les expliqué que se había parado a atarse los cordones, pero no les dije que habíamos discutido.

—Bueno, ya nos alcanzará —dijo mi padre, pero mi madre debió de mostrar algún leve indicio de inquietud, porque añadió—: Ya es mayorcito.

Seguimos caminando más despacio. Yo me preguntaba si mis padres sabían lo enfadado que estaba por haber tenido que salir de excursión, y luego dejé vagar mi mente hacia otros asuntos: el corte de pelo que quería hacerme, como el de esas dos chicas que iban a mi clase de Ciencias Sociales, y el cuento que teníamos que leer para la clase de Lengua del lunes. Era una revisión de *Caperucita roja* con personajes adolescentes, y yo no estaba muy segura de que el resultado fuera bueno. Pensé en escribir otra versión para ver si podía hacerlo mejor. Mientras tanto iba mirando el ir y venir de mis gastadas botas de montaña, que había heredado de Jack (mi madre aseguraba que eran «unisex», y yo lo aceptaba, siempre y cuando no tuviera que llevarlas al instituto).

Nos detuvimos en el siguiente mirador y mi madre propuso que sacáramos el almuerzo aunque fuera un poco temprano y que nos sentáramos allí a comer mientras llegaba Jack. Mi padre estuvo de acuerdo y se quitó la mochila de los hombros. Mi madre encontró una zona llana cerca del sendero y yo la ayudé a extender el mantelito de cuadros que llevaba siempre para nuestros pícnics. Llevaba en la mochila huevos rellenos, que tanto me gustaban, y pan en rebanadas del que preparaba mi padre en casa, y también una botella de limonada con gas para cada uno, lo cual era todo un lujo en nuestro austero hogar. Puso la botella de Jack junto a las rocas, lista para cuando llegara. Mi padre no vio razón para esperar, así que nos pusimos a comer. Pero a mí el pan me supo reseco, como si estuviera mascando ya las palabras airadas que le había dicho a mi hermano, y noté que mi madre miraba camino abajo cada pocos minutos. Aún no teníamos teléfonos móviles: en aquel entonces eran todavía bastante novedosos, aunque unos años después tendríamos uno cada uno.

Por fin mi padre le tocó el hombro a mi madre.

—No te preocupes, Clarice —dijo—. Jack tiene mucha experiencia, sabe manejarse en el monte. Seguramente necesitaba pasar un rato solo. Se está haciendo mayor.

—Ya lo sé. —Mi madre parecía casi irritada, cosa rara en ella.

—¿Quieres que retroceda un trecho y que le diga que venga?

Mi padre recogió los restos del almuerzo, sin dejar ni una sola miga para los pájaros: lo que sobraba, volvía a guardarlo en la mochila.

—Sí, ¿te importa? —Mi madre sonrió como si fuera una molestia sin importancia—. Podemos esperaros aquí.

Mi padre se ausentó una media hora y regresó solo, con una sombra de disgusto en el semblante.

—He llegado hasta la curva grande —explicó—. Hasta he estado llamándole a gritos un buen rato, pero no contesta. Me temo que ha vuelto solo al coche.

Yo conocía aquel matiz de su voz: quería decir que Jack había quebrantado las normas de nuestras excursiones y que más tarde habría una bronca. Sabía también que Jack tenía permiso de conducir y llave de nuestro coche (una concesión de mi padre por su cumpleaños).

—No te hemos oído llamarle —dijo mi madre, incrédula—. No le habrás llamado muy alto.

—Bastante alto, sí. —Él se sentó un momento—. ¿Qué os parece si seguís andando despacio y disfrutáis de las vistas, y yo vuelvo al coche?

No hizo falta que añadiera: *Si es que está allí.*

—Si dentro de una hora no he regresado con Jack —dijo—, volved justo por aquí y esperaremos juntos en el aparcamiento.

Y aunque el coche siga allí, Jack me va a oír.

Yo noté que mi madre se resistía a seguir andando sin saber dónde estaba Jack. Años después me di cuenta de que debió intuir que, si lo hacía, si seguía caminando, podía parecer que todo iba bien, o al menos prolongar durante un rato la impresión ilusoria de que no pasaba nada fuera de lo normal. De esto, de la tibieza con la que afrontamos el peligro y nuestros propios temores, me di cuenta mucho más adelante, al convertirme en madre.

Mi padre echó a andar camino abajo y mi madre y yo emprendimos la marcha despacio, cargando con su mochila porque llevaba dentro otra botella de agua. Al poco rato no éramos más que dos mujeres apocadas caminando bajo el cielo inmenso. La senda se abría formando praderas y cruzaba un calvero natural que a mí siempre me había gustado especialmente porque estaba salpicado de árboles caídos, plateados y vencidos por la intemperie. Mi madre consultaba su reloj de tanto en tanto, y por fin me dijo en tono reticente que tendríamos que dar la vuelta.

6

Cuando el taxista dio la vuelta para regresar al hotel, Alexandra vio que la calle en la que se habían detenido era corta y estaba flanqueada por destartalados edificios de viviendas con ropa tendida en los balcones. Ahora que contaba con la ayuda del taxista, podía detenerse a echar un vistazo a su alrededor. La belleza de la ciudad residía en sus árboles, que formaban espesos doseles engalanados con flores amarillas, semejantes a millares de insectos con las alas plegadas, y matizaban la luz moteando de sol los coches aparcados. Vio que un hombre de pelo largo, con una mochila a cuestas, caminaba bajo los árboles mientras se cepillaba los dientes. Una mujer con vestido azul y pardo metía una llave en la cerradura de un portal, a pie de calle, cargada con varias bolsas de compra. Dos señores mayores, vestidos con traje, avanzaban con cautela por el pavimento desigual. Alexandra se preguntó por qué no arreglaban las aceras en un sitio tan bonito. Los dos hombres gesticulaban, enfrascados en una discusión. Allí todo el mundo parecía dotado de una viveza a la que no estaba acostumbrada, o quizás fuera que movían más las manos, o que estaba tan cansada que se sentía medio muerta. Se apoyó sobre el regazo la bolsa del desconocido y la rodeó con los brazos: no quería dejarla en el asiento, a su lado, como si fuera algo vulgar. Podía al menos abrazarla hasta que se la devolviera, a pesar de que el peso y la lisura de la urna, que notaba a través de la tela, le encogía el estómago.

Un instante después se incorporaron a la corriente del ancho bulevar. El conductor se detuvo en la parada de taxis del hotel y se apeó de un salto. Alexandra bajó más despacio; dejó sus bolsas en el asiento, pero no se alejó demasiado. El taxista subió corriendo la escalinata. Alexandra agradeció en su fuero interno la energía de aquel hombre. Era delgado y se movía vigorosamente; vestía vaqueros azules, camiseta negra y deportivas del mismo color, y al subir la escalera se apartó el pelo de los ojos. Desapareció al otro lado de las puertas de cristal.

Pero cuando volvió a salir, minutos después, tenía un semblante inexpresivo. Se detuvo a preguntar a un par de personas que había en el descansillo, y a algunas más en los escalones. Luego regresó a la parada de taxis y se paró ante Alexandra.

—Lo siento —dijo—. He preguntado a todo el mundo y algunos empleados se acuerdan de la familia con la silla de ruedas —dijo con su acento británico—. Pero no están aquí. Tomaron café con un hombre en la cafetería antes de marcharse. No estaban alojados en el hotel. Uno de los empleados dice que el señor más joven discutió acaloradamente con el hombre con el que tomaron café, un periodista. Quiero decir que el hombre con el que se reunieron era un periodista conocido en el hotel. Se marchó de malos modos por la puerta de atrás, y luego el hombre alto y los dos ancianos salieron por la entrada delantera. —Hizo un par de gestos elocuentes señalando en ambas direcciones.

Y entonces ella, pensó Alexandra, habló con ellos al pie de la escalinata.

El taxista de detrás comenzó a tocar el claxon. El conductor montó en el coche y Alexandra lo siguió de mala gana. Él puso en marcha el motor, se apartó de la parada y paró un poco más allá, junto al bordillo.

—¿Qué quiere hacer ahora? —preguntó.

Alexandra advirtió una nota de recelo en su voz y sus gestos, como si temiera que no fuera a gustarle su respuesta, pero también de curiosidad.

—Creo que tengo que ir a la comisaría de policía a enseñarles esto —respondió—. ¿Puede llevarme?

El hombre se quedó callado un momento.

—De acuerdo —dijo por fin—. Pero primero debo decirle que aquí la policía no siempre es muy útil, a no ser que vayan a pedirte dinero si te pillan yendo demasiado deprisa o hablando por el móvil mientras conduces. Entonces son muy eficientes. —Una mueca de fastidio había ensombrecido su semblante—. Pero puedo llevarla a la comisaría si quiere. Seguramente es lo mejor. Puede que tengan alguna información sobre el nombre que hay en la caja, aunque me sorprendería que movieran un dedo.

Al llegar al centro del casco histórico de la ciudad, detuvo el taxi a media manzana de un edificio de hormigón con puertas de cristal.

—Ésa es la comisaría más cercana —dijo señalando discretamente con el dedo—. Seguramente querrán ver su pasaporte a la entrada.

—¿Le importaría ayudarme a explicarles lo que ocurre? Puede que no hablen inglés.

Él negó con la cabeza.

—Discúlpeme si no entro, por favor. Me gustaría ayudarla, pero… —De pronto, como si su falta de galantería le pareciera imperdonable, se giró y la miró a los ojos—. Verá, he tenido problemas con la policía últimamente y no me gusta mucho estar aquí.

Alexandra sintió un peso en el corazón. Todo aquello era tan surrealista… Llevaba apenas dos horas en Bulgaria y ya se había mezclado con personas poco recomendables, además de tener que cargar con el peso de la bolsa que sostenía sobre el regazo. Se imaginó lo que habrían dicho sus padres, y se preguntó si Jack lo habría comprendido. Pero así eran las cosas: sencillamente, había sucedido.

El taxista parecía aguardar una respuesta.

—Entonces… —dijo Alexandra—. ¿Qué es lo que…?

—No soy un *delincuente* —respondió él proyectando la barbilla hacia delante—. Por favor, no piense que lo soy. Me detuvieron en una manifestación el mes pasado. Era una manifestación ecologista, nada más, pero la emprendieron con nosotros. Hubo jaleo y decidieron dar un escarmiento conmigo. Estuve tres días detenido.

Alexandra se tranquilizó.

—¿Por qué se manifestaban?

—El gobierno va a reabrir algunas minas del centro del país; minas que llevaban muchos años cerradas porque no eran seguras para los mineros y porque vierten un veneno espantoso en uno de nuestros ríos principales, que abastece a muchas localidades. El gobierno piensa que todo el mundo lo ha olvidado, y algunos empresarios piensan lo mismo. Pero sabemos que quieren reabrir esas minas sin arreglar nada para ganar dinero con ellas. Ya ve.

Resopló.

—La policía me dijo que la próxima vez iría a la cárcel de verdad —añadió—, y lo mismo les dijeron a otros detenidos. —Se quedó callado un momento—. Hay varios motivos por los que no les tengo mucha simpatía.

—Bueno —dijo Alexandra, aliviada. Ella también había participado en una o dos manifestaciones antibélicas estando en la universidad—. Entiendo que no quiera volver a entrar ahí.

El taxista se rascó la mejilla.

—Hay algunos agentes de policía decentes, pero también los hay que siguen creyendo que pueden dar palizas a la gente cuando quieran, incluso estando en democracia.

Ella hizo un gesto afirmativo.

—Lo sé. —Aunque en realidad tenía una idea muy vaga—. De acuerdo. Entonces... espere... —Hizo una pausa—. Dígame otra vez cómo se llama esto, las cenizas.

—*Prah* —dijo él en tono paciente.

Alexandra lo repitió.

—Tampoco sé cómo llegar a mi hostal, pero imagino que eso podrá averiguarlo después si tiene usted que marcharse. ¿Quiere que le pague ahora?

Él desdeñó su ofrecimiento con un ademán.

—Luego. Está usted muy cansada, y tengo su maleta en el maletero —añadió como si fuera su padre o una persona de más edad. Después sacudió la cabeza—. No pasa nada. No voy a robársela.

—Le creo —dijo Alexandra, y descubrió que era cierto.

—La espero aquí. Tardará más de media hora en hablar con alguien ahí dentro, pero compraré unos periódicos.

7

En cualquier ruta, sea cual sea su pendiente, siempre parece tardarse la mitad de tiempo en recorrer el camino de vuelta que el de ida, y en aquella ocasión íbamos casi siempre cuesta abajo. Avanzábamos deprisa y, mientras caminábamos, yo no podía evitar mirar de reojo los bordes más abruptos de la ladera, que en algunas partes terminaba en un tajo cortado a pico sobre el valle. Estaba segura de que mi madre, detrás de mí, hacía lo mismo. Cuando llegamos al aparcamiento, mi padre estaba apoyado contra el coche con los brazos cruzados. No dijo nada hasta que nos acercamos. Entonces habló con un deje de amargura.

—He estado una hora y media buscándole, llamándole a gritos por todos lados. Si esto es lo que él considera una broma o un gesto de rebeldía, se ha pasado de la raya.

—No le habrá pasado nada, ¿verdad? —preguntó mi madre con voz temblorosa.

Cuando encontráramos a Jack habría una bronca, y si no lo encontrábamos o tardábamos horas en encontrarlo... Pero no, eso era inconcebible.

—Claro que no —replicó mi padre con aspereza—. Pero vamos a tener que hablar muy seriamente con él. Asustar a la gente no tiene gracia.

—No creo que tuviera intención de darnos este susto —dije yo con una vocecilla débil.

De pronto parecieron recordar que yo era la última persona que había visto a mi hermano.

—Cariño —dijo mi padre—, ¿te dijo Jack si pensaba apartarse de la ruta o volver al coche cuando estabas con él?

—No —contesté abatida—, pero estaba de muy mal humor. —Me costaba tragar saliva—. La verdad es que discutimos.

—¿Que discutisteis? ¿Por qué? —Mi madre pareció sorprendida, y era verdad que Jack y yo ya rara vez nos peleábamos.

—Pues porque no quería venir de excursión, ya sabéis y... Estaba enfadado y dijo que íbamos a pasar todo el día en medio de la nada. Yo le dije que dejara de decir esas cosas, me contestó mal y yo me fui y lo dejé allí.

—¿Eso es todo? —Mi padre sacudió la cabeza como si aquello no fuera de gran ayuda.

—Sí —contesté yo porque no me atrevía a contarles lo demás. Omití la parte en que le decía a Jack que se perdiera. Pero, sobre todo, me abstuve de decirles lo que él me había contestado: que eso pensaba hacer.

—¿Creéis que puede habernos adelantado? Puede que nos esté esperando más adelante. —Mi madre pareció casi complacida al pensarlo, aunque no era la primera vez que sopesábamos esa posibilidad.

—Imposible. —Mi padre dio una patada al bordillo del aparcamiento—. No nos hemos apartado del sendero. Lo habríamos visto pasar.

—Bueno, pues vamos a esperarlo aquí un rato —dijo ella, y eso hicimos.

Nos apoyamos contra el coche, nos sentamos en el murete del borde del aparcamiento, nos paseamos por el lindero de hierba. Pasaron horas, o esa impresión tuvimos, aunque creo que en realidad sólo pasaron cuarenta y cinco minutos antes de que mi padre bajara al albergue más cercano a llamar por teléfono. Antes de que regresara, llegaron tres agentes forestales en coches distintos y empezaron a interrogar a mi madre y a rastrear la zona. Los vimos apartarse de la senda en distintos puntos para buscar a Jack en el bosque. Llevaban radiotransmisores cuyo chisporroteo se oía intermitentemente entre los árboles. Al regresar no nos trajeron noticias.

—Esto sucede muy a menudo con los adolescentes —le dijo uno de ellos a mi madre, a la que mi padre abrazaba por los hombros—. Se enfadan y se salen del camino. Volverá aquí tarde o temprano, hambriento y enfadado, o arrepentido, o saldrá a la carretera, un poco más abajo. El otro día tuvimos un chaval que fue caminando desde Pisgah hasta su casa en Boone. A sus pobres padres les dio un susto de muerte. Pero los adolescentes son así.

¿De verdad se había vuelto Jack «así»?, me pregunté. Mi hermano era rebelde, pero no tonto. Habíamos crecido juntos recorriendo los campos y los bosques de nuestra antigua casa, y no creía que fuera tan idiota como para ir andando hasta otro condado sólo para darnos un susto. El Jack que yo conocía se quedaba a nuestro lado aunque discutiera por todo y a veces llegara al extremo de amenazar con escaparse. Incluso —me dije con un nudo en la garganta— cuando alguien le decía que se perdiera. ¿Tanto cambiaba la gente al hacerse mayor?

A pesar de las palabras tranquilizadoras del agente forestal, Jack no apareció aquella tarde. Cuando llegó la hora de la cena yo estaba tan enfadada con él como mis padres, y ya no sabía si el dolor que notaba en la tripa era de rabia, de miedo o de culpa (mi nueva compañera). No fue a casa aquella noche, después de que uno de los coches patrulla del Servicio Forestal nos llevara a mi madre y a mí a la ciudad por si Jack había vuelto por su cuenta, y para que llamáramos a sus amigos para preguntarles si le habían visto. Mi padre se quedó en el monte para seguir buscándolo. Por la mañana, cuando la luz que entraba por las ventanas del piso recortaba, implacable, el rostro demudado de mi madre y mi padre volvió a casa con el mismo aspecto angustiado, seguía sin haber noticias suyas. Al verlos, comprendí que no podía contarles el resto de mi conversación con Jack. De todos modos no serviría para encontrarlo: los guardabosques le estaban buscando por todas partes. Si no lo encontraban, conocer el contenido de nuestra conversación sólo multiplicaría por cien el dolor de mis padres, que quizás me culparan a mí, aunque no tanto como me culpaba yo misma.

De hecho, ni las patrullas del departamento del *sheriff* y del Servicio Forestal que salieron en su busca, ni sus perros adiestrados, ni ninguno de los voluntarios que al poco tiempo se sumaron a la búsqueda lograron encontrar a Jack. No apareció sano y salvo siguiendo el curso del río hacia abajo (como nos habían enseñado a hacer de pequeños si nos perdíamos) en ninguno de los valles del Parque Nacional, ni en los pueblecitos de los alrededores. No entró tranquilamente en el museo Cradle of Forestry, ni en ninguna tienda de la calle mayor de Brevard.

Mis padres y yo lo esperábamos en casa o subíamos otra vez por la carretera del parque, buscándolo al azar. Jack no se presentó en el instituto el lunes por la mañana para su clase de biología, ni acudió el lunes por la tarde al entrenamiento de baloncesto, que no se saltaba ni siquiera cuando tenía la gripe. No lo encontraron semanas después, enfurruñado pero triunfante, en casa de algún amigo en West Greenhill o en un supermercado de Tennessee, o en un autobús con destino al oeste del país. Nadie lo reconoció en Nuevo México, ni en Oregón, ni en el sur de Alaska, a pesar de la campaña que, coordinada por mis padres con ayuda de todas las autoridades disponibles, se puso en marcha para encontrar al «niño perdido» (aunque mi padre insistió en que era casi un adulto). No apareció en un barco con rumbo a Rusia, a Honduras o a Bríndisi. Y, por suerte quizás (sí, todavía sigo creyendo que por suerte), su cuerpo joven, bello y fuerte nunca apareció destrozado al fondo de un precipicio de las Montañas Azules.

Al principio guardé silencio porque todavía cabía la posibilidad de que lo encontraran. Y después seguí sin contarle a nadie lo que me había dicho precisamente porque no lo encontraron. El Parque Nacional era enorme, como nos recordaban los guardabosques a diario, y no sería la primera vez que el desaparecido (así lo llamaban ellos, «el desaparecido») moría sin que lo encontraran, aunque había habido casos de desaparecidos a los que se encontraba años después. Aparte de los precipicios que se alzaban por encima de la masa boscosa, había grietas profundas entre las rocas. Había riachuelos gélidos que se precipitaban en cascadas y desaparecían en cavernas subterráneas. Y cuando, más de un año después, celebramos al fin un funeral en su honor, no hubo cuerpo que enterrar. Mis padres y yo sólo teníamos nuestras lágrimas y un trozo de tierra vacío cercano a nuestra casa en las montañas, los amigos, casi unos niños, azorados y vestidos con sus mejores galas, y los parientes que nos rodeaban sin saber cómo ayudarnos. Esa noche soñé con un oso negro que corría por la larga cresta de la cordillera, siempre muy por delante de mí, hasta perderse de vista.

Durante mucho tiempo seguí creyendo que Jack era incapaz de atentar contra sí mismo. Estaba demasiado apegado a la vida, al placer cotidiano de sentir la pelota de baloncesto bajo su mano, tenía demasiadas ganas de vivir y de perder la virginidad. Lo sabía, del mismo modo que sabía que yo llegaría a hacerme vieja. Si se cayó, fue un resbalón fortuito, un error causado por el enfado, un mal paso. Sabía también que, aunque fuera capaz de abandonar temporalmente a nuestros padres, a mí no me habría dejado, al menos tan prematuramente. Habría vuelto con nosotros, sucio y desafiante. Pero tal vez, con mis palabras, le había empujado a correr algún peligro. Con el tiempo llegué a dudar de su amor por la vida, del que tan convencida había estado antes. Cada vez que miraba a mis padres o veía a algún amigo de Jack, me preguntaba si debería haber dicho algo más, y entonces recordaba que había jurado ahorrarles más sufrimientos.

Jack desapareció, sencillamente, y se llevó consigo toda nuestra paz.

8

Alexandra se bajó del taxi con el bolso colgado del hombro y la bolsa con la urna en los brazos. Recorrió un tramo de calle y subió los cuatro escalones de cemento. En el vestíbulo del edificio encontró dos guardias sentados dentro de un cubículo acristalado, al lado de un escritorio de madera arañado. Un mostrador rodeaba por fuera el cubículo. Uno de los guardias estaba llenando una taza con el agua caliente de un hervidor eléctrico. El otro, más joven, abrió la ventanilla de su lado y miró a Alexandra con escaso interés.

—*Dobur den* —dijo ella, y aquellas palabras le supieron extrañas—. ¿Habla inglés?

El agente se encogió de hombros mirando a su compañero, que había dejado el té y la estaba observando.

—No —contestó el del té.

—Un poco —dijo el más joven como si se hubiera acordado de pronto.

—Soy estadounidense, profesora, de visita en Bulgaria. Llegué a Sofía esta mañana y he cogido por accidente la bolsa de otra persona. —Trató de mantenerse muy erguida al sacar su pasaporte—. Quisiera encontrar a esa persona para devolvérsela.

El policía más joven cogió su pasaporte, lo abrió y se rascó el cuello. Vestía una camisa azul de uniforme tan cuidadosamente planchada que, cubierto con ella, su voluminoso pecho parecía el de un maniquí.

—Seguramente debería preguntar en el aeropuerto. Aquí no podemos ayudarla con el equipaje.

Alexandra dejó la bolsa entre sus pies, oprimiéndola con los tobillos. No le gustaba dejarla en el suelo, pero pesaba mucho.

—No es equipaje corriente. Conocí a un hombre en un hotel y cogí sin querer una de sus bolsas.

—¿En un hotel? —Su rostro perfectamente afeitado mostró un destello de sospecha, o quizás de desprecio, y Alexandra comprendió que se había equivocado diciendo aquello—. ¿A un hombre? ¿Sabe cómo se llama?

—No, pero tengo un nombre que quizás pueda ayudar. Creo que la bolsa contiene cenizas humanas. —Sintió que sus ganas de llorar afloraban de nuevo y procuró sofocarlas.

El otro agente se acercó como si no tuviera nada más urgente que hacer que escuchar un idioma que no entendía.

—*¿Senisas?* —preguntó al más joven—. ¿Qué es eso?

—Cenizas —repitió ella, notando que una oleada de desaliento empezaba a brotar de sus pies cansados—. De una persona fallecida… Incinerada. Polvo, quiero decir.

Trató de recordar la palabra que le había enseñado el taxista. Pero, como seguían mirándola con el ceño fruncido, sacó su diccionario de bolsillo y la buscó laboriosamente.

—*Prah*. —Les mostró la página.

El joven le dijo rápidamente algo al mayor, que meneó la cabeza. ¿Quería decir que sí o que no, en este caso?, se preguntó Alexandra. El joven se rascó la coronilla (llevaba el pelo muy corto) como si se abochornase por ella o por la persona cuyas cenizas había robado.

—Enséñemelo.

Ella levantó la bolsa negra y la puso sobre el mostrador.

—Están aquí, pero preferiría no abrir la bolsa.

Entonces cayó en la cuenta de que podían pensar que llevaba algo peligroso: un arma o una bomba. Los dos agentes salieron del cubículo y un par de mujeres que acababan de entrar en el edificio volvieron la cabeza y la miraron boquiabiertas.

—Tiene que abrir la bolsa si quiere que la ayudemos —dijo el joven con firmeza.

Alexandra abrió la cremallera y les mostró la funda de terciopelo y, a continuación, la caja de madera labrada. Odiaba todo aquello. Una vida expuesta a las miradas implacables de dos burócratas.

—¿Lo ven?, hay un nombre en la caja.

Destapó el nombre grabado y se lo indicó al policía joven, que a su vez se lo señaló a su compañero, cuyos labios se movieron al leer. Luego volvió a tapar cuidadosamente la caja y cerró la cremallera de la bolsa. El viaje en avión le parecía de pronto tan lejano que tenía la impresión de que había pasado un año entero; le costaba creer que hubiera aterrizado esa misma mañana.

—Está bien —dijo el joven—. Venga conmigo. Veremos a alguien de personas desaparecidas. Tienen un sistema informático para encontrar a gente desaparecida. Acompáñeme.

El mayor se desentendió del asunto y siguió preparándose su té en el escritorio arañado. Alexandra pensó que Stoyan Lazarov no era un desaparecido, sino un muerto, pero aun así siguió la espalda musculosa y bien planchada del policía hasta el ascensor. No pudo evitar sentir un asomo de inquietud al acordarse del comentario del taxista acerca de los policías que seguían creyéndose con derecho a pegar a la gente incluso en una democracia. Aquel policía en concreto podía romperle el cuello con un solo ademán hecho al desgaire. ¿Y si llegaban a la conclusión de que había robado las cenizas (o la bolsa) y decidían detenerla? Probablemente, no tenía dinero suficiente para pagar la fianza o lo que hubiera que pagar para salir de allí: una multa, o un soborno. ¿Le permitiría dar clases el Instituto Inglés después de aquello? Quizás debería haber acudido a la embajada de Estados Unidos, se dijo. Pero ya era demasiado tarde.

El policía sostuvo la puerta del ascensor para dejarla pasar y se situó a su lado, rascándose el cuello, con la mirada fija en la anticuada aguja que marcaba los pisos.

9

Tras la desaparición de Jack, pasé como una exhalación por el instituto, me gradué antes de tiempo y fui la universidad, donde estudié Literatura inglesa. Abandoné mi primer nombre, el que siempre había usado mi familia, y empecé a hacerme llamar por el segundo, Alexandra. Era menos doloroso porque nunca había salido de la boca de Jack. En la facultad comencé a escribir poemas y relatos fuera de clase, nunca sobre adolescentes muertos, y a prepararme a tientas, como suele sucederles a los escritores jóvenes, para la labor que emprendería más adelante. Fregaba platos en los comedores universitarios y trabajaba en la biblioteca, donde a veces tenía la impresión de que Jack estaba a mi lado. Y mientras tanto procuraba aprender mi nuevo oficio a ratos, intermitentemente.

Por el camino me enamoré aún más profundamente de los libros. De las personas, en cambio, me costaba mucho más enamorarme incluso cuando quería hacerlo. Mis escasas relaciones con hombres (o, mejor dicho, con jóvenes universitarios) entrañaron atracción, conversación y, en ocasiones, métodos anticonceptivos, pero nunca afecto duradero. Ahora me doy cuenta de que lo que más me hacía disfrutar era romper con ellos, la cara que ponían cuando les pedía que no volvieran a llamarme, esa luz que se apagaba en sus ojos. En casa, mis padres también rompieron, vencidos por el silencio (estaba segura de ello), no por las discusiones. Yo sabía mucho de silencio: reconocía los síntomas. Me informaron de ello juntos, con los ojos colorados, durante las vacaciones de primavera de mi primer curso en la facultad, y a continuación dividieron equitativamente mi tiempo entre sus nuevos apartamentos, más pequeños. Dijeron que sabían que era injusto para mí, porque nada de aquello era culpa mía. Fueron más cariñosos conmigo que nunca, y cuando hablaban entre sí por teléfono también derrochaban afecto. Yo, por mi parte, deseaba poder pedirle a Jack que hiciera una fogata en el cuarto de estar de alguno de ellos, o que excavara un agujero en sus pulcras cocinitas de solteros.

Después de la universidad volví a instalarme en Greenhill, donde dividía mi tiempo entre los apartamentos de mis padres, y trabajé en la biblioteca colocando libros. De ese modo disponía de unas cuantas horas libres a la semana para ejercer como voluntaria en el colegio Montessori local por si acaso quería dedicarme a la enseñanza más adelante (una muy vaga idea), y para escribir relatos y leer. Sabía que a mis padres les preocupaba que no «pasara página», pero yo procuraba esquivar sus miradas cuando desayunaba o cenaba con ellos. A veces, en verano, salía de noche con mis amigos del instituto que volvían a Greenhill de vacaciones. Nunca me preguntaban por Jack y yo nunca hablaba de él; quizás por eso no me preguntaban: era un acuerdo perfecto.

Me acuerdo de aquellas noches de verano como si fuera ayer. Subíamos por la carretera del parque antes de que se pusiera el sol y nos sentábamos en el mirador hasta que estaba tan oscuro que no se veían los árboles que coronaban las cumbres de los cerros más lejanos. Ellos bebían cerveza y yo, que era abstemia, me instituía como conductora oficial para llevar el coche de vuelta al pueblo. Pero, mientras observaba sus caras y escuchaba sus risas y su cháchara, me parecían mucho menos reales que el chico de la senda, con sus fornidos y peludos brazos de dieciséis años y su hermoso rostro ceñudo. A veces me sentaba en la hierba de cara a los picos difuminados por la distancia y me clavaba a un lado de la pierna, donde nadie podía verlo, un palo afilado. Una noche me di cuenta de que estábamos sentados en lo alto de una ladera muy empinada, casi vertical, cubierta de bosque pero perfecta para que un coche se lanzara hacia su completa destrucción. Su estruendo, el ruido que haría al chocar contra los troncos de los árboles y hacerse pedazos, me pareció más real que las caras de mis amigos. Por un instante, me pareció incluso más real que mi recuerdo de Jack.

Más tarde, esa misma noche, estando en mi cuarto en el apartamento de mi madre, me pasé lentamente el filo de un cuchillo de cocina por la cara interna de la muñeca, con la fuerza suficiente para abrir en la piel un surco rojo y profundo. El dolor que tanto ansiaba no me produjo ningún alivio, pero me hizo volver en mí con un sobresalto: de pronto cobré conciencia de lo feo, de lo estereotipado que era todo aquello. Tardé en limpiar la sangre por completo, y me embargó la vergüenza al pensar que tal vez tuviera que pedir auxilio, pero conseguí detener la hemorragia manteniendo fuertemente vendado el brazo toda la noche. No volví a hacerlo, y después de aquello siempre llevaba manga larga. Ni siquiera mis padres vieron la cicatriz, que, aunque poco profunda, me picaba y me pesaba como un lastre. Curiosamente también me impedía escribir, como si los relatos y poemas que había practicado durante años se hubieran escapado con aquel reguero de sangre, perdiéndose para siempre.

Permanecí casi tres años en Greenhill después de la noche en que me sajé el brazo: trabajaba, leía y seguía allí por mis padres, sin comprender que mi tristeza no podía servirles de consuelo. No me sentía preparada aún para continuar mis estudios, pero una mañana de otoño, cuando iba a pie hacia la biblioteca en la que trabajaba (tediosamente, a jornada completa), me di cuenta de que no podría seguir soportando mis recuerdos mucho más tiempo. Poco después comencé a presentar solicitudes para trabajar como profesora de inglés en el extranjero: en Bulgaria, por ejemplo, un país en el que me fijé durante mis búsquedas en Internet porque era nuestro secreto, aquel misterio de color verde claro que tanto amaba Jack y que ya nunca visitaría en persona.

10

Los pasillos superiores de la comisaría de Sofía estaban recubiertos de granito pulido de color gris y crema: las paredes, los suelos, las escaleras, las feas columnas cuadrangulares y los bancos en los que se sentaban personas que leían el periódico. Parecían estar esperando un autobús que quizás no llegara nunca, pensó Alexandra. A lo largo de las paredes había una hilera de fotografías en blanco y negro: retratos de hombres con una plaquita debajo con un nombre y una fecha. Las fechas parecían ser las de sus años de servicio, como comisarios, quizás: 1961-1969, por ejemplo. Los años iban retrocediendo a medida que seguía al policía por el pasillo: más adelante vio 1934-1939, 1932-1934.

Pensó en la historia que había leído en su guía, en el avión: 1878, la emancipación de Bulgaria del Imperio otomano y el comienzo de la moderna monarquía búlgara, que había perseguido a comunistas y anarquistas y tomado partido por Alemania en las dos guerras mundiales; 1944, el advenimiento del régimen comunista, que había perseguido a los no comunistas y también a innumerables comunistas; y, naturalmente, 1989: la caída del Muro de Berlín y el comienzo del hundimiento del régimen. Desde entonces, una democracia parlamentaria, caos económico recurrente, el regreso de numerosos exlíderes comunistas o de sus hijos a los puestos de poder, la elección ocasional de un gobierno progresista. Los hombres de las fotografías parecían revestidos de autoridad, como si fueran directores generales y no simples policías. A medida que retrocedían los años, lucían oscuros bigotes, el cabello engominado y anticuados cuellos duros de camisa. Alexandra se preguntó si al final del pasillo llegarían hasta 1878.

Pero el joven agente de policía llamó a una puerta situada entre las fotografías de principios de la década de 1920. Aguardó un momento y después la hizo pasar delante de él. Alexandra se encontró en una habitación inhospitalaria, llena de estanterías y cajoneras, con una alfombra deslucida y largas ventanas que iluminaban desde atrás a una mujer sentada ante un ordenador. Al entrar ellos, la mujer levantó la vista y apagó su cigarrillo en un cenicero.

—*¿Da?*

Alexandra tuvo la impresión de que el musculoso policía se acobardaba ante aquella mujer: inclinó la cabeza y señaló la bolsa extraviada al tiempo que daba una explicación en búlgaro. Alexandra captó la palabra *amerikanka*. La mujer frunció los labios, se levantó y observó a Alexandra con expresión ceñuda. Vestía minifalda negra, zapatos negros de tacón alto y blusa rosa con volantes. Su cabello rojo oscuro se curvaba hacia la barbilla con un lustre semejante al del plástico, enmarcando un rostro envejecido, adornado con largas pinceladas de sombra de ojos azul. La juventud y la apariencia de Alexandra —sus vaqueros y sus deportivas, su cabello sin lavar— parecieron agraviarla. Alexandra sintió el impulso de explicarle que se había duchado hacía no tanto tiempo, aunque ahora le pareciera que esa ducha había tenido lugar en otro planeta.

La mujer dio media vuelta y llamó a una puerta tachonada con remaches de latón, y un instante después se hallaron en presencia de un hombre sentado tras un largo escritorio, más allá de una mesa aún más larga. Alexandra pensó inevitablemente en el grande y poderoso Mago de Oz. El hombre era prácticamente calvo y tenía las cejas grises e hirsutas. Se levantó sin decir nada y Alexandra vio que, aunque no vestía uniforme, sino camisa blanca y corbata, llevaba una pistolera vacía a la altura del cinturón. Supuso que la pistola estaría en algún cajón cercano. La piel venosa de sus sienes palpitaba visiblemente, y el párpado de uno de sus bondadosos ojos marrones temblaba y se estremecía cuando le estrechó la mano.

—*Dobur den* —dijo ella.

El hombre le preguntó en búlgaro si hablaba búlgaro.

—*Ne* —contestó Alexandra en voz demasiado alta.

—Siéntese, por favor —le dijo él en un inglés perfectamente inteligible.

Había una sillita frente al escritorio. El hombre despidió con sendas inclinaciones de cabeza al joven agente y a la dragona que le servía de secretaria. Alexandra lamentó que no pudiera quedarse al menos el policía, al que ya consideraba en cierto modo un aliado.

El Mago volvió a sentarse detrás del escritorio y la observó desde el otro lado.

—Bueno… Por lo visto tiene usted una maleta que no es suya.

—Exacto —contestó Alexandra apoyando las manos sobre la bolsa—. Pero le aseguro que no era mi intención cogerla.

—¿Es usted estadounidense?

Ella no logró interpretar su tono.

—Sí.

—Su pasaporte, por favor, señorita.

Alexandra se lo entregó y el hombre lo examinó con precisión, sin perder un instante. Ella reparó de nuevo en el temblor de su ojo, fijo en el sello de su visado. El hombre anotó algo en un cuaderno.

—¿Cómo ha pasado esto? El asunto de la bolsa.

Alexandra le contó brevemente lo ocurrido, describiéndole a las tres personas con las que había coincidido a los pies de la escalinata del hotel: la anciana de aspecto frágil con su bolso colgando junto al costado y el hombre más joven vestido de negro y blanco (¿para un funeral, quizás?). Cuando concluyó, el Mago juntó las manos encima de la mesa, en horizontal, en un gesto que recordaba al de la oración. La luz de una serie de ventanas se reflejaba en su calva.

—Ya veo. Entonces, desea devolver esa maleta. ¿Y dice que hay un nombre en la caja?

Ella se lo mostró.

—También tengo una foto de esas personas.

Sacó su cámara y buscó la fotografía, agrandándola para enseñársela al policía. No había logrado captar la belleza del hombre alto. El Mago le echó una ojeada sin mucho interés.

—Bueno… Stoyan Lazarov —dijo—. Podría haber mucha gente en Bulgaria con ese nombre. Dice usted que la familia no es de Sofía. Puede que eso ayude.

Se volvió hacia el ordenador que había a un lado de su escritorio. Luego sonrió (a la pantalla, no a ella) y comenzó a teclear.

Alexandra esperó, sujetando la bolsa. Unos minutos después, el hombre leyó algo, tocó una tecla y volvió a leer.

—No, éste vive en Sofía. Y este otro también. No, éste no vive en Sofía pero está vivo, y éste también.

Luego se detuvo y miró la pantalla más fijamente, con el codo sobre la mesa, inclinándose hacia delante con una atención parsimoniosa que quedaría para siempre grabada en la memoria de Sofía. Pulsó otra tecla. La miró.

—¿No sabe usted cuándo murió esa persona exactamente?

—No. Bueno, imagino que hace poco tiempo —repuso ella con la mano sobre la bolsa—. No puedo saberlo porque ni siquiera sabía que la bolsa contenía cenizas cuando me la llevé sin querer. ¿Ha venido alguien preguntando por ella, quizás, o han llamado?

El Mago pareció examinar sus palabras en el aire. Luego sacudió la cabeza.

—¿Me permite ver de nuevo la fotografía, si hace el favor?

Alexandra le pasó la cámara con cierta inquietud. El hombre observó las tres figuras. Su ojo ya no parecía temblar. Alexandra alargó de nuevo el brazo para coger la cámara en cuanto le fue posible sin que su gesto pareciera descortés.

—¿Hay algo de particular en esas personas? —preguntó—. A mí me parecieron bastante… normales.

El hombre se tocó la barbilla.

—Voy a hacer una llamada. Discúlpeme. Veré si puedo ayudarla.

Sacó un teléfono móvil del bolsillo de su chaqueta, marcó y se volvió hacia la ventana como si quisiera concentrarse. Con un sentimiento de impotencia, Alexandra le oyó hablar rápidamente en búlgaro. Resultaba extraño pensar que, seis meses después, si estudiaba lo suficiente, si hacía amigos y escuchaba con atención, tal vez pudiera entender una conversación como aquélla. El hombre asintió con la cabeza en silencio. Después volvió a hablar en tono mesurado, sin levantar la voz. Ella se fijó en la piel tersa de su quijada, que se movía a un lado y a otro al articular los sonidos. Colgó, se reclinó en la silla y pasó unos minutos más tecleando en el ordenador. Luego miró a Alexandra, y ella tuvo la sensación de que no le importaba en absoluto hacerle esperar.

—Lamento decirle que no podemos localizar de manera directa a las personas a las que busca —dijo—. El sitio no está muy lejos de Sofía. Puede que, tratándose de un asunto tan delicado, convenga que vaya usted en persona y les explique lo que ha pasado, si tiene tiempo.

Inclinó un poco la cabeza, como si fuera consciente de que, por su aspecto desaliñado, debía de tener muchas cosas que hacer.

—Seguramente estarán muy preocupados —añadió. Volvió a posar las manos sobre el escritorio como si se dispusiera a orar. Llevaba una ancha sortija de plata en el anular derecho: una alianza de boda europea—. O —dijo, e hizo una pausa—, si quiere, podemos guardar la bolsa aquí mientras va usted a buscar a su propietario para que nosotros se la entreguemos. Aquí estará a buen recaudo hasta que vuelva. Puede que incluso sea lo mejor.

Alexandra titubeó. Le incomodaba sentir el peso de la urna sobre el regazo, pero no concebía la idea de abandonarla en un almacén. ¿Y si se perdía en algún laberinto burocrático? Tal vez encontrara a la anciana pareja o a aquel hombre de ojos tan bellos y, al llevarlos a la comisaría, descubrirían que su tesoro había desaparecido o que no había forma de recuperarlo. ¿De qué serviría entonces que se disculpara? Posó las manos en la bolsa. Comenzó a sentir el picor de la prolongada cicatriz de su muñeca y tuvo que hacer un esfuerzo para no rascársela.

—Si no le importa —dijo—, prefiero que me dé la dirección. Quiero llevar las cenizas yo misma. Así me quedaré más tranquila.

El hombre la miró con seriedad. Su ojo saltaba de pronto como si perteneciera a otro sistema nervioso. Desplegó las manos sobre la mesa y se encogió de hombros.

—Como quiera —dijo.

Abrió de nuevo su pasaporte y anotó algunos datos. Sacó una hoja de papel en blanco, dibujó algo en ella y se la pasó: era un pequeño plano dibujado con claridad. Debajo había escrito algunas palabras.

—Aquí está la ruta. Es una localidad cercana a Sofía. ¿Tiene usted coche?

A Alexandra le pareció una pregunta innecesariamente sarcástica y temió que estuviera a punto de ofrecerle un coche policial.

—No, no —dijo apresuradamente—. Pero tengo un amigo que puede llevarme.

Él asintió con un gesto. Quizás sólo quería librarse de ella, al fin y al cabo.

—¿Por qué no me llama cuando haya devuelto la bolsa? Para que sepamos que es asunto concluido. Aquí tiene mi tarjeta. ¿Tiene usted dirección postal o número de teléfono en Bulgaria?

—No, lo siento —contestó ella—. Todavía no, quiero decir. Pero espero tener pronto un teléfono. —Se abstuvo de decirle que ello dependería de cuánto costara—. Voy a dar clases en el Instituto Central Inglés.

El Mago anotó la información. Su tarjeta estaba en alfabeto cirílico, y Alexandra se la guardó en la cartera, con sus flamantes billetes búlgaros de diez y veinte leva.

—Gracias —dijo tendiéndole la mano.

Él se la estrechó afablemente, sin añadir nada más, y la acompañó hasta la puerta. Alexandra se preguntó de nuevo si el súbito interés que le había parecido observar en él había sido un espejismo. Quizás sólo quería desentenderse de un asunto tan nimio. La dragona no se levantó para acompañarla hasta la salida.

En el pasillo, Alexandra miró la hoja que le había dado el hombre: una dirección pulcramente anotada en cirílico y a continuación en alfabeto latino, pero sin número de teléfono. El plano mostraba una carretera que iba desde Sofía a un punto negro situado al este de la ciudad. *Ciento veinte kilómetros*, había añadido con su letra impecable. No estaba muy lejos, aunque sí mucho más de lo que esperaba Alexandra. Le chocó que no le hubiera anotado ningún nombre, pero no pensaba volver a llamar a su puerta para preguntarle a quién tenía que buscar. Había guardado la esperanza de que le hubiese anotado el nombre de un hombre alto vestido para un funeral.

Fuera, en la calle, brillaba el sol y hacía calor. Alexandra tuvo la escalofriante sensación de haber salido de una cripta y hallarse viva otra vez. Los árboles y los edificios parecían flotar bajo el peso de su cansancio. Entonces el taxista levantó la vista de sus periódicos y la saludó con la mano a través del parabrisas, y por un instante casi tuvo la sensación de estar en casa.

11

—Veo que sigue teniendo la bolsa —dijo el taxista cuando subió al taxi.

Mantenía una expresión plácida, pero sus ojos parecían vigilarla a través del retrovisor.

—Sí —contestó Alexandra—. Un agente de policía ha buscado la dirección de la familia. No he querido dejar la urna en la comisaría.

Le dio la tarjeta del policía.

—Hum —murmuró el taxista antes de devolvérsela.

Alexandra le mostró el plano dibujado a mano.

—Bovech —dijo él.

—¿Qué?

—Es el nombre del pueblo. Un sitio muy pequeño. Aunque yo nunca he estado allí.

Alexandra meneó la cabeza.

—No sé qué hacer. No sé si esas personas estarán todavía en Sofía, buscándome, o se habrán ido sin la urna. Puede que aún no hayan llegado a casa. Puede que no vuelvan hasta mañana, como mínimo. —Cogió la hoja y volvió a doblarla—. Estoy pensando que debería haberle dejado la urna a la policía, a fin de cuentas. Así, si esa gente fuera a la comisaría a preguntar, la encontraría allí.

El taxista negó con la cabeza.

—No es buena idea dejarle cosas a la policía —dijo como si le irritara que considerara siquiera esa posibilidad—. ¿Quiere que la lleve a su hotel para descansar? Puede esperar un día y luego ir a Bovech. Es una lástima que la policía no le haya dado el número de teléfono de esas personas. No creo que en Sofía pueda encontrarlas fácilmente, aunque estén aquí. Es una ciudad muy grande.

Alexandra se inclinó otra vez hacia delante para tocar el respaldo del asiento del taxista.

—Hablé con el hombre alto antes de ayudarles con las bolsas —dijo—. Me preguntó si estaba de vacaciones en Bulgaria. Y me dijo que pensaban ir al monasterio de Velin. Yo ya había leído ese nombre en mi guía. Dijo que era precioso y muy conocido, y que debería ir a verlo algún día.

El rostro del conductor pareció iluminarse.

—¿Iban a ir a Velinski *manastir*? Está cerca de Sofía. Seguramente querían celebrar allí un funeral para el difunto, en la iglesia del monasterio. Puede que hayan ido de todos modos, ya que sabía usted que tenían previsto ir allí. —Consultó su teléfono móvil—. Sólo nos llevan unos cincuenta minutos de ventaja, a no ser que hayan ido en autobús, y en ese caso llegaremos antes que ellos. ¿Quiere que la lleve allí?

—Sí, por favor —contestó Alexandra—. Pero puede que sea un viaje muy largo para usted. Hay que salir de la ciudad.

El hombre miró por encima de su asiento y pareció calibrarla con sus ojos luminosos, por debajo del flequillo.

—Le cobraré sólo la gasolina consumida hasta ahora —dijo—. Esto le ha pasado por accidente. Puede pagarme solamente el viaje de ida y vuelta al monasterio. Serán en total unos cuarenta y cinco leva. Cincuenta, quizás.

Era mucho para ella, aun así, pero no quería pararse a cambiar más dinero o ponerse a discutir por el precio de la carrera. Le preocupaba más no conocer a aquel joven, ni su cultura, y ahora estaba a punto de abandonar la ciudad con él llevando todo su equipaje. Seguramente el desfase horario estaba afectando a su capacidad de juicio. El taxista se estaba mostrando generoso, pero en ciertos momentos parecía también un poco malhumorado. ¿Podía deducirse de ello que era una persona colérica, tal vez incluso violenta?

Era, por otra parte, un profesional, ¿y cómo, si no, iba a devolver ella la bolsa? Retorciéndose de inquietud bajo la mirada atenta del taxista, empezó a preguntarse si aquellos ancianos la perdonarían cuando los encontrara. Pensó por un momento que se sentirían agradecidos por que los hubiera buscado, en vez de enfadarse por su error. Tal vez la invitaran a asistir al funeral, una vez les hubiera devuelto la urna. Rehusaría dándoles las gracias humildemente, para que pudieran celebrarlo en la intimidad. El hombre alto le sonreiría, sin reservas esta vez, iluminada la cara por el asombro ante su diligencia y meticulosidad. Le estrecharía la mano antes de alejarse. La anciana tendría lágrimas en los ojos. Se despediría de ellos discreta y respetuosamente y le diría al taxista que la llevara a su hostal en Sofía. Se daría una ducha con un montón de jabón y dormiría doce horas seguidas aunque fuera todavía temprano para acostarse. Después, comenzaría de verdad su estancia en Bulgaria. Pero primero tenía que resolver aquel enojoso asunto.

—*Porque no pude detenerme ante la muerte* —murmuró—, *amablemente se detuvo ella ante mí...*

—¿Cómo dice? —El taxista fijó los ojos en ella, extrañado.

—Nada —contestó apresuradamente—. Gracias. Se lo agradezco de veras.

—Puedo ir muy deprisa —añadió él.

—No, por favor —le dijo Alexandra.

Se preguntó de nuevo qué le habría aconsejado Jack si hubiera podido contarle cuál era su situación. Pero Jack no estaba allí. Sintió una punzada de rencor, casi de rebeldía.

—Vamos —añadió rápidamente.

El taxista le tendió la mano.

—Soy Asparuh Iliev, por cierto —dijo.

Alexandra no consiguió entender el nombre, y el joven ladeó la cabeza comprensivamente.

—Asparuh es un nombre muy conocido en Bulgaria. Fue el rey que fundó el primer estado búlgaro en el año 681. Hasta yo estoy harto de él. Puedes llamarme por mi apodo, Bobby.

Pronunció *Bobi*, acortando las sílabas. Alexandra reparó de nuevo en su extraño acento: hablaba como un taxista de Londres en una película, no como un taxista búlgaro. Asintió con la cabeza y le estrechó la mano un momento. Tenía la palma cálida y seca y la mano fina pero agradablemente mullida, como la zarpa de un mono.

—Yo soy Alexandra Boyd —dijo—. Debería haberme presentado antes.

—Alejandra de Macedonia —repuso él con una sonrisa—. ¿Sabes lo que significa tu nombre?

—No. —Pensó que debería haberlo sabido, teniendo en cuenta el tiempo que llevaba llamándose así.

Él hizo un gesto afirmativo.

—Significa «defensora de los hombres». ¿Vas a protegerme?

Alexandra sonrió.

—Desde luego que sí —contestó.

12

El trayecto hasta salir de Sofía la dejó anonadada: nunca había visto nada igual. Había indicadores por todas partes, y la lentitud con la que avanzaban le permitía distinguirlos con claridad: estaban en su mayoría en cirílico, pero algunos también en inglés y, de vez en cuando, en francés, alemán o griego. Había señales de tráfico dirigidas a los conductores y a los peatones, carteles que conducían a hotelitos, a copisterías, a talleres de reparación de bicicletas y a carnicerías; y letreros que indicaban puntos donde podían comprarse flores, rodeados de ramos metidos en cubos. Vio placas doradas en monumentos a soldados y en estatuas de hombres gesticulantes ataviados con largas levitas, algunos de cuyos pedestales estaban cubiertos por pintadas de colores chillones.

Cuando Bobby se detuvo en un semáforo, observó los anuncios pegados a las farolas y trató de adivinar lo que significaban: arranque este número y llame hoy mismo para aprender inglés, para perder peso, para comprar una silla de ruedas, para viajar a Grecia o a Turquía, para informar sobre el paradero de un perro extraviado... Este último era muy evidente: llevaba una fotografía en blanco y negro, algo borrosa. Había, de hecho, perros en muchas de las calles, cosa en la que no había reparado antes. Pero no parecían perdidos; eran perros callejeros. Sorteaban el tráfico temerariamente, orinaban en las aceras y se husmeaban entre sí y a los viandantes, que procuraban apartar de ellos sus paquetes, sus faldas o sus manos. Le parecieron lobos trotando en manadas por los linderos de los parques, sueltos pero enfrascados en sus asuntos.

Había, no obstante, muchas más personas que perros, y no podía evitar mirarlas con curiosidad por la ventanilla del taxi: se amontonaban en las aceras y en las tiendas, conversaban en las terrazas de los cafés, vendían libros usados bajo toldos de lona o zapatos nuevos en los escaparates de las tiendas, pedían monedas o apartaban a sus hijos pequeños de quienes mendigaban en la calle. Vio brotar un torrente humano de los edificios de la universidad, de las oficinas de cambio de moneda, de las panaderías y las iglesias, llevando libros o bolsos, cigarrillos o bolsas de plástico. Vio a la gente de Sofía consultar sus teléfonos móviles, sus relojes o sus bolsillos, vio a mujeres retocarse el carmín en un espejito de mano, subir a un taxi, montar en los trolebuses azules y amarillos bajo una telaraña de cables eléctricos. Había ancianos, vestidos con chaquetas viejas pero cuidadosamente conservadas y gafas de cristales gruesos, que se saludaban entre sí y se detenían a estrecharse la mano. Vio a chicas con vaqueros ceñidos, lustrosas melenas rizadas y pestañas vertiginosamente largas; a abuelas con vestidos estampados marrones y naranjas, con un niño en cada mano; a jóvenes que fumaban con la suela de un zapato apoyada contra la fachada de un banco; a mujeres maduras, calzadas con zapatos de tacón alto, dirigiéndose apresuradamente a su destino.

Al salir del centro de la ciudad, siguieron pasando ante bloques de viviendas. Algunos eran de construcción reciente, pero la mayoría parecía tener al menos un siglo de antigüedad. Bordearon un parque y pasaron frente a varios monumentos, tan deprisa que no le dio tiempo a verlos con claridad, aunque distinguió un enorme pedestal repleto de estatuas y fusiles.

—Disculpa —dijo, pero Bobby no pareció oírla.

Entonces se dio cuenta de que había visto aquella imagen en su guía turística: era un monumento al Ejército Rojo que ocupó el país en septiembre de 1944. «Una invasión de la Unión Soviética o una revolución comunista, dependiendo de con quién hable el visitante», reflejaba la guía. Se preguntó con quién hablaría ella más adelante, y si de verdad la gente seguía conversando sobre ese asunto, y dónde. ¿En la cola del supermercado? ¿En las fiestas? En su país, la Segunda Guerra Mundial era historia antigua —excepto en Hollywood— y había sido enterrada con honores. Su tío abuelo, muerto hacía poco tiempo, había sobrevolado aquellas tierras siendo apenas un adolescente, durante los bombardeos de Rumanía y Bulgaria. Alexandra se preguntó si su avión habría dejado caer una bomba sobre el parque en el que se alzaba ahora el monumento.

El taxi de Bobby aceleró en un ancho bulevar y el centro de la ciudad quedó atrás, seguido por una destartalada zona comercial en la que los muebles, las telas, la ropa y los enseres domésticos se exhibían ante las puertas de los locales o detrás de escaparates polvorientos. De pronto pudo ver algunos de aquellos enormes bloques de viviendas que había distinguido desde el avión unas horas antes. Bobby los señaló y dijo algo, y ella se inclinó para oírle entre el cálido fragor del viento y el tráfico. El taxi no parecía tener aire acondicionado, o quizás a Bobby no le gustaba utilizarlo. Había dejado las ventanillas delanteras abiertas.

—¿Perdona? —gritó ella.

—Yo me crié ahí —repitió él alzando la voz.

Alexandra se volvió para mirar los gigantescos edificios arracimados. Desde aquella distancia tenían un aspecto de precariedad: a sus pies se extendían ralas arboledas de abedules jóvenes o descampados cubiertos de hierbajos, y en algunos aparcamientos se veían vallas de obra. No supo a cuál de aquellos veinte o treinta edificios señalaba Bobby. No eran blancos, como le habían parecido desde la ventanilla del avión. Y aunque saltaba a la vista que eran modernos, semejaban ya inmensas ruinas, con el revestimiento de las fachadas resquebrajado y desprendido en algunas partes.

—*Panelki*, así los llamamos —gritó Bobby.

Alexandra tardaría aún varios días en aprender aquella palabra y comprender lo que había dicho Bobby.

—Porque están hechos de paneles prefabricados —añadió él.

Ella no vio ningún panel: sólo filas de balcones de aluminio, muchos de ellos con ropa tendida y algunos con flores y hasta con arbolitos plantados en macetas.

Bobby le hizo otro gesto por encima del hombro.

—Oficialmente se llaman *blokove*. Yo crecí justo ahí.

A Alexandra le parecían todos igual de sórdidos. Habría preferido un panorama de pequeños pueblecitos. Prefería, además, que Bobby mirara hacia delante.

La carretera, que partía de la ciudad dividida en dos carriles separados por un deteriorado murete de cemento, distaba mucho de ser una autovía. Vio pasar algunas viviendas, una zona suburbana: casas chatas, con las fachadas enlucidas y pintadas de distintos colores y en diverso estado de deterioro, la mayoría con cubierta de tejas rojas, y muchas precedidas por vallas de alambre o tapias de cemento. Delante de una de ellas había una alambrada detrás de la cual ladraban furiosamente dos perros de gran tamaño. En otro patio vio un burro de ojos tiernos asomado a una tapia y se preguntó si ya habían salido oficialmente de la capital. Pensó fugazmente en anotar lo que iba viendo, pero ¿de qué serviría? Nunca utilizaría aquellas notas para nada, ahora que se había quedado sin historias que contar.

Se asomó por la ventanilla con la cámara en la mano y fotografió las casas y los patios, con sus manzanos y sus melocotoneros cuajados de hojas nuevas. Por todas partes había huertos domésticos, vigorosas patateras, matas de guisantes y judías sostenidas por rodrigones, tomateras cuyos pequeños frutos verdes comenzaban a engordar. Vio a una pareja de ancianos en su huerto. La mujer tenía los brazos en jarras y el hombre se apoyaba en una azada. De pronto cayó en la cuenta de que por aquella carretera ya sólo circulaba su taxi.

Se inclinó para gritarle de nuevo a Bobby.

—¿A qué distancia dijiste que quedaba el monasterio? ¿Cuánto queda?

—¿El tiempo?

Bobby frenó de repente. Cinco o seis gallinas cruzaron la calzada lenta y ceremoniosamente. Bobby les pitó.

—Sí. —Alexandra tuvo que inclinarse un poco más para oírle.

—¿Quieres sentarte delante? —respondió él a gritos.

Paró el coche junto a un muro moteado, blanco y negro, como las gallinas. Alexandra no quería dejar sola la urna, pero por fin la colocó en el suelo, sujetándola con su equipaje para que no se volcara.

Cuando salió del taxi, todo le pareció de pronto distinto, dentro y fuera de ella. Ya no tenía sueño, o quizás había dejado atrás el sopor para sumirse en un cansancio nuevo y radiante. Sintió el impulso de tocar los árboles que asomaban por encima del muro, un par de abedules de ramas colgantes y un melocotonero cuyos frutos, todavía duros, tenían el tamaño de nueces. Pasada Sofía, el aire era suave y fresco y olía a limpio. Se llenó los pulmones y se sentó en el taxi, al lado de Bobby. Resultaba extraño estar tan cerca de otra persona en aquel lugar desconocido. La rodilla enfundada en tela vaquera y la mano de Bobby se apoyaban contra la palanca de cambios. Resolvió que, si trataba de tocarla, abriría la puerta y amenazaría con saltar. La parte delantera del taxi estaba más deteriorada que la trasera, pero parecía limpia. El relleno del asiento se salía por los bordes, en torno a sus muslos. Colgado del retrovisor había un rosario rematado con lo que parecía ser una moneda de plata antigua. Vio una lechuza en una de sus caras. Entonces giró la moneda y apareció el perfil de una mujer con el cabello anudado en un moño a la altura de la nuca.

Bobby volvió a enfilar la carretera.

—No hace falta que te pongas el cinturón —le dijo enérgicamente al ver que ella buscaba la hebilla—. Soy muy buen conductor.

—Ya lo veo —repuso ella.

Era, al parecer, un tipo raro: irritable y exasperante en cierto modo. Se acordó sin querer de los frecuentes cambios de humor de su hermano Jack.

—Le prometí a mi madre que siempre me pondría el cinturón de seguridad —dijo—, hasta si iba a la luna.

Él se rio, volviéndose hacia ella. De pronto parecía mayor, quizás porque las arrugas que se formaban alrededor de sus párpados cuando reía ocultaban casi por completo el azul de sus ojos. Alexandra sintió alivio cuando volvió a mirar hacia delante.

—Yo también se lo prometí a mi madre —dijo él—. No ir a la luna, sino usar el cinturón de seguridad. Sobre todo porque me paso el día conduciendo.

—¿Trabajas en esto a jornada completa?

Bobby frunció el ceño mientras aceleraba. Más allá de los suburbios, a ambos lados de la carretera, se extendía el campo abierto. Alexandra vio montañas a lo lejos. Parecían más abruptas y empinadas que los montes que rodeaban Sofía. Se vio a sí misma reflejada en el retrovisor: su cara pálida, ovalada y pecosa, sus ojos verdes y serios, sus labios finos, las pestañas y las cejas rojizas heredadas de su padre, sus hermosos pendientes de obsidiana. Fue como encontrarse con una vieja amiga en un lugar imprevisto. Como le ocurría siempre, distinguió también a Jack en su rostro, aunque ella tenía el cabello más castaño que rojizo y la piel blanca, más que sonrosada. Los ojos, sin embargo, eran los mismos.

Bobby estiró los brazos, acomodándose detrás del volante.

—¿Que si me dedico a conducir a jornada completa? No, qué va. Sólo unas treinta y cinco horas semanales.

Alexandra pensó que treinta y cinco horas semanales eran casi una jornada completa, pero quizás, dada la situación económica del país, Bobby tuviera que compaginar dos trabajos. Le pareció una cuestión demasiado delicada para insistir, de modo que se limitó a hacer un gesto afirmativo.

—¿Cuánto tiempo dijiste que tardaríamos en llegar al monasterio?

Él sonrió.

—No lo dije. Falta todavía una hora, más o menos.

A Alexandra le dio un vuelco el corazón.

—¿Una hora? Pero si llevamos ya media hora de camino, ¿no?

—Sí, claro… Pero es lógico.

Ella se preguntó si le estaba tomando el pelo.

—Velinski *manastir* —explicó Bobby— no está muy lejos. El problema es la carretera. Tiene muchas curvas, muchos giros. Está allá arriba, al pie de los montes Rila. —Señaló la sierra boscosa a través del parabrisas—. Ya casi se ve. Pero la ruta es complicada.

—Hablas muy bien inglés —comentó ella, en parte para distraerse y no pensar en aquella carretera de montaña, y en parte para agradecerle que estuviera dispuesto a llevarla hasta allí por tan poco dinero—. Me gustaría aprender un poco de búlgaro. De momento sólo sé cinco o seis palabras.

—Seguro que vas a aprender un montón —repuso él—. Pero es un idioma difícil. No es fácil aprender nuestros verbos. —Se rio, visiblemente orgulloso de que sus verbos desconcertaran a los extranjeros.

—Ésa no es una buena noticia —contestó Alexandra.

Se sonrieron, y luego ella se agarró a los lados del asiento. Venía un coche de frente, por su mismo carril. Intentó no gritar; se refrenó para no agarrarse del brazo de Bobby. Una imagen de sus padres apareció de pronto en su cabeza. Entonces el otro coche viró bruscamente hacia su carril y ella se dio cuenta de que estaba adelantando a otro vehículo. Sentía latir su corazón en la garganta y en las sienes.

—¿Estás bien? —preguntó Bobby.

—Ese coche —dijo ella con voz débil—. Casi chocamos.

—No, no. Sólo estaba adelantando. Por aquí se puede adelantar. Yo no hubiera permitido que chocáramos.

Alexandra no supo qué decir. Tenía la sensación de que los faros del taxi y los del otro coche casi se habían tocado. Había visto muy claramente al otro conductor frente a ella, un hombre con camiseta de color verde clara; había visto sus ojos, su expresión concentrada. A la velocidad a la que iba, debía de estar ya a varios kilómetros de distancia. En las carreteras de su país, le habría parado la policía hacía rato para ponerle una buena multa.

—Vaya —dijo—. Supongo que estoy acostumbrada a las carreteras de Estados Unidos. Aunque allí también hay gente que corre mucho, claro.

No conseguía, sin embargo, que su sangre dejara de hormiguear. Se concentró en los campos que se veían más allá de la ventanilla.

—¿De dónde eres exactamente? —le preguntó Bobby.

—De Carolina del Norte —respondió Alexandra—. Está en el sur.

—Me suena.

Alexandra notó que para él era un nombre misterioso y enigmático, como lo había sido Bulgaria para ella y para Jack.

—¿Y qué hace una estadounidense aquí?

Bobby cambió de marcha. Delante de ellos se alzaba un collado, y Alexandra vio que la carretera viraba suavemente hacia sus pliegues suaves y oscuros, en dirección a los montes más altos donde se hallaba su destino.

—Voy a enseñar inglés. —Trató de sosegarse—. Empiezo a trabajar a finales de junio, dando clases. Quería venir con tiempo para viajar un poco por el país antes de ocupar mi puesto.

—Pues ya estás viajando —repuso él—. ¿Vas a trabajar en Sofía?

—Sí, en el Instituto Central Inglés. —Alexandra observó su cara en busca de algún indicio de burla, pero a Bobby pareció agradarle su respuesta.

—Qué bien. Tienen una reputación excelente y muchos alumnos. Es un centro de primera.

Tomó una curva, a la sombra del bosque. Estaban dejando atrás los campos de labor, los vastos prados y las aldeas lejanas, convertidas en borrosas manchas de color rojo y crema. El espeso monte estaba tachonado de sol y poblado en su mayor parte por abetos musgosos, robles y abedules.

—Entonces ¿crees que Sofía es un buen sitio para trabajar? —preguntó Alexandra.

—El mejor —contestó él, muy serio—. En Sofía se pueden hacer muchas cosas. Ir al teatro, a conferencias, a conciertos… Claro que esas cosas suelen costar dinero.

—¿Has vivido en otros sitios, dentro de Bulgaria, quiero decir, aparte de Sofía?

Bobby meneó la cabeza.

—No.

—¿Y fuera? ¿En otro país?

Sintió entonces que había cometido una grosería. Seguramente Bobby nunca había tenido la oportunidad de viajar. Pero su respuesta la sorprendió.

—Sí, en Inglaterra.

—¿En Inglaterra? ¿Por qué?

—Trabajé una temporada en la construcción.

—¿En serio?

Así que era ahí donde había adquirido su acento.

—Verás, soy un intelectual de Sofía. —Bobby sonrió—. Y nosotros los intelectuales de Sofía a veces vamos a Inglaterra a trabajar en la construcción. Me tomé un año libre cuando estaba en la universidad, en plena carrera. Estuve en Liverpool. Lo organizaron unos amigos míos. La verdad es que también aprendí bastante polaco estando allí.

Alexandra estaba demasiado aturdida por el *jet lag* para asimilar todo aquello. ¿Y por qué decía Bobby que era un intelectual? ¿Era aquello una especie de título en Bulgaria?

—Debió de ser muy interesante —dijo con escasa convicción—. ¿Por eso hablas tan bien inglés?

—No lo hablo tan bien —contestó él con su brusquedad habitual de vuelta—. También estudié Filología inglesa en la Universidad de Sofía. Puedo contarte un montón de cosas sobre George Bernard Shaw si quieres. Pero estoy olvidando muchas palabras.

Ella se quedó mirándole. Luego Bobby se rio.

—¿Tienes hambre? —preguntó.

La miró un instante, no porque pareciera encontrarla atractiva, pensó Alexandra, sino como si creyera que podía estar mostrando los primeros síntomas de inanición.

—Sí, un poco. Sobre todo estoy muy cansada.

Entonces se acordó de algo. Se desabrochó el cinturón de seguridad, se inclinó hacia el asiento trasero y cogió su bolso. Dentro había un paquetito de rosquillas que le habían dado en el avión. Le ofreció algunas, que él aceptó de inmediato.

—Gracias. Después podemos parar a comer, si te apetece —dijo—. Ahora no quiero perder tiempo.

—Yo tampoco.

Lamentó no haber llevado una botella de agua y confió en que la propuesta de Bobby no derivara en una invitación a cenar o a compartir habitación para pasar la noche. Si tenía que dejarlo plantado, se llevaría la urna, la protegería y encontraría otro modo de llegar al monasterio.

Él, sin embargo, la miraba divertido.

—Creía que tu madre te había dicho que llevaras siempre el cinturón de seguridad puesto.

—Pues sí, ¿ves?, vuelvo a abrochármelo —contestó ella sintiendo una punzada de alivio.

Allí estaba, sentada a su lado, y Bobby parecía bastante respetuoso. No le había puesto la mano en la rodilla. Sólo le había hecho un par de preguntas simpáticas.

Después de aquello pasaron un rato en silencio. Alexandra siguió pensando en una comida normal, en una cama limpia y una ducha caliente, pero se alegró de tener el estómago vacío cuando la carretera de montaña comenzó a girar vertiginosamente.

13

Casi al final del trayecto, Bobby abandonó la carretera y tomó una pista de montaña. Alexandra vio un cartel marrón que decía ВЕЛИНСКИ МАНАСТИР/VELINSKI MANASTIR, ilustrado con un símbolo blanco: una iglesia o un castillo. El camino, de tierra lisa y compacta, discurría por una garganta pedregosa, medio escondida entre los árboles.

Alexandra llevaba tanto tiempo despierta que ya no le importaba que su vigilia se prolongara.

—Ya estamos aquí —anunció Bobby al pasar entre unos pilares de piedra y una verja de hierro abierta de par en par.

Siguieron un camino flanqueado por enormes sicomoros de tronco pelado. Las paredes del monasterio se alzaban ante ellos, imponentes pero suavizadas por el paso de los siglos. A Alexandra le dio un vuelco el corazón: eran cosas como aquélla las que esperaba ver en el transcurso de su viaje. A un lado, entre las piedras, crecían densas enredaderas, y por encima de los muros se veían torrecillas y tejados de pizarra.

Echó un vistazo a la zona de aparcamiento, en la que había cuatro o cinco coches, pero Bobby ya se había cerciorado:

—No hay ningún otro taxi —dijo en tono inexpresivo.

—Puede que le hayan dicho al conductor que vuelva a Sofía —comentó ella—. O que hayan venido en autobús, como dijiste tú.

—Sí, claro. —Puso el freno de mano—. Seguramente sí. Sobre todo si piensan pasar un par de días en el monasterio. —Luego pareció dudarlo—. Pero no creo que lo hagan si no tienen la urna. Estarán buscándote o habrán vuelto a casa, a esperar.

—Entonces ¿aquí se puede alojar uno? ¿Aunque no seas… monje? —preguntó Alexandra, pensando otra vez en una cama y una puerta con cerradura.

—Sí. Puedes alojarte aquí un mes si reservas previamente. Hay gente que lo hace a veces, para descansar, o si se trata de personas muy religiosas. Si han cogido el autobús, tendremos que esperarlos un buen rato. Media hora, como mínimo.

Alexandra cogió la bolsa con la urna y su bolso de mano y Bobby metió su ordenador en el maletero, con el resto de su equipaje. La urna parecía pesar más que antes: Alexandra no recordaba que le pesara tanto cuando estaba delante del hotel, antes de darse cuenta de que no era suya. Pensó en la vida de aquella persona, en un rostro que nunca había visto y que era incapaz de imaginar, en un ser humano de carne y hueso, con sus recuerdos y sus vivencias. Y ahora esto. Quizás fuera un joven de mentón firme y sonrisa radiante. Quizás los dos ancianos habían perdido a un hijo, o a un nieto adolescente que ahora, convertido en cenizas, descansaba en brazos de una desconocida. Se imaginó al hombre alto con la mano posada sobre el hombro de su hijo. El chico sería algo más bajo que él, pero extremadamente guapo, y el padre le agarraría con su manaza. Sintió por un instante el calor de aquella mano sobre su hombro. El chico sonreiría tímidamente. ¿Cómo podía haber sucedido tal cosa? Ella, sosteniendo la urna de aquel muchacho en el aparcamiento de un lugar sagrado, bajo aquellos árboles majestuosos. Sintió que la rabia le llenaba los ojos de lágrimas.

Bobby se había puesto una cazadora vaquera tan gastada como sus pantalones. Hacía fresco allí, lejos de las calles de Sofía.

—Por aquí —dijo él.

Alexandra vio que, bajo un arco de piedra, las puertas del monasterio, de madera mellada y oscurecida por el humo, estaban abiertas. Encima de ellas había un letrero pintado con enrevesados caracteres cirílicos que ni siquiera sabía pronunciar.

Bobby se dio cuenta de que lo miraba.

—Dice algo así: «Este monasterio está consagrado a la gloria de Dios y de la Santa Virgen María, 1349». Creo que la parte más antigua data de esa época. El resto es más moderno, de principios del siglo XIX.

Un grupo de turistas se había congregado a su alrededor y estaba mirando el letrero. Alexandra oyó que hablaban en francés. Las mujeres se subían las gafas de sol, apoyándolas en el pelo.

—Vamos —dijo Bobby.

Dentro, el claustro estaba anegado de sol, excepto las umbrías galerías de madera que rodeaban las dos plantas. En medio del patio, acomodada como una gallina clueca, bien hincada en la tierra, había una pequeña iglesia rodeada por afilados cipreses. Alexandra se fijó en una perra tumbada al sol en el suelo de adoquines, con los pezones hinchados a la vista. Junto a la verja había una caseta acristalada, de aspecto nada medieval, con un letrero encima. *POLITSIYA*, leyó Alexandra. Sentado dentro de la caseta había un agente uniformado.

Algunas personas paseaban o entraban en la iglesia, pero no vio por ningún lado a un anciano en silla de ruedas, a una señora de extraño cabello gris y caoba y a un hombre alto y erguido, con chaleco negro, buscando a la extranjera que se había llevado su bolsa. Estaba tan convencida de que los vería allí que se quedó atónita al no encontrarlos. Tenían que estar en alguna parte, dentro del monasterio.

Bobby la agarró del codo, pero enseguida pareció cambiar de idea y retiró la mano. Alexandra no lo lamentó.

—Puede que estén en la iglesia —dijo él—. Quizás estén buscándote dentro. O rezando, tal vez.

Pidiendo que les devuelvan su tesoro, pensó Alexandra. Asió con fuerza la bolsa y lo siguió. La iglesia tenía un pequeño pórtico de madera. Dos retratos flanqueaban la puerta: un hombre de larga barba negra y otro de larga barba blanca, envueltos ambos en una aureola. Sus custodios gemelos. Alexandra pasó entre ellos, adentrándose en una oscuridad que la luz mohosa de las velas disipó bruscamente. En la entrada en penumbra, entre barrotes, una mujer vendía libros, postales y delgadas velas amarillas. Alexandra se sintió terriblemente sola. Dentro de la iglesia el aire era frío y húmedo, como el hálito de una caverna. Sí, Jack y ella habían estado una vez en las cuevas de Dixie, en Virginia, una de las pocas veces que hicieron un viaje por carretera con sus padres, y allí abajo también olía así. Los cuatros juntos, apiñados, caminando por las pasarelas de madera. Las profundidades de la tierra, la roca fría y el agua chorreante. Si existía el infierno, pensó, tenía que ser un lugar frío, como el Hades, una región de sombras donde reinara una quietud pavorosa, surgida de la nada. Los griegos tenían razón: nada de fuego, sólo el aliento gélido del Éstige, el río que cruzaba el inframundo llevándose a todos los que amabas, y el ruido de los remos hundiéndose calmosamente en su turbia corriente.

Bobby se detuvo delante del quiosco y compró varias velas.

—Una es para ti —dijo en voz baja, como si adivinara el curso que habían tomado sus pensamientos.

Ella lo siguió, y se llevó otra sorpresa al ver el interior de la nave: era muy alta y estaba pintada por entero con figuras borrosas. La luz entraba tamizada por la bóveda. No había bancos, sólo una fila de sillas altas como tronos, pegada a la pared. Al fondo vio una reja de hojas y ramas doradas, unas cortinas de terciopelo púrpura, rostros apiñados, crispados por la resignación. Aquí y allá se veían candelabros llenos de velas amarillas medio derretidas. Olía a incienso y a lumbre, a cera de abeja. Había otras cuatro personas en la capilla: un joven en chándal, dos mujeres vestidas con falda negra y tacones altos que se santiguaban delante de un icono y un niño pequeño en pantalón corto que, en pie, cruzaba las piernas con nerviosismo. Y detrás de aquellas personas estaba ella, Alexandra, con aquel peso en los brazos, y a su lado Bobby —Asparuh—, revestido de dignidad pese a su cazadora y a sus pantalones vaqueros. Se volvieron y se miraron el uno al otro. Alexandra sintió que la larga cicatriz de su muñeca empezaba a escocer. Acercó la otra mano, rodeando la urna, para calmar el picor.

—Podemos buscar en el monasterio —sugirió Bobby.

Pero primero se acercó al candelabro más cercano, encendió una de las velas que había comprado y la colocó en un soporte.

—Esta parte de aquí, la de arriba, es para los vivos —le explicó en voz baja—. Y ésta, la de abajo, la de la arena —añadió indicándole una caja de hojalata llena de lo que, durante un instante de pavor, a Alexandra le parecieron cenizas— es para los muertos. —Le tendió la otra vela—. Ésta es para ti —dijo—. ¿Quieres ponerla en algún sitio?

Alexandra se echó hacia atrás, asustada.

—¿Dónde quieres que la encienda? —preguntó él pacientemente.

—Ahí abajo, por favor —respondió ella—. En la arena.

Al salir dieron la vuelta al patio, buscando en todas direcciones. Alexandra vio a un monje que caminaba apresuradamente por una de las galerías de la planta baja. Qué viejo, qué increíblemente antiguo parecía todo aquello, incluso el monje, tan desgastado por el tiempo como los frescos de la capilla. Se cubría con un gorro alto y negro que, semejante a una chimenea invertida, parecía brotar de su cabello negro, de su barba negra, de su negro hábito. Bobby se acercó a hablar con él. Alexandra se mantuvo apartada; recordaba haber leído en algún sitio que los monjes preferían no hablar con las mujeres, no fueran a caer en la tentación. Bobby hacía señas con las manos. El monje, en cambio, las mantenía posadas sobre el cinturón, tan inmóviles como si hubiera atrapado un par de pájaros.

Habló por fin, y Alexandra vio que Bobby meneaba la cabeza. Regresó lentamente a su lado.

—No están aquí —dijo ella.

—Es muy raro. Te dijeron que pensaban venir a Velin, y no regresaron al hotel. Si vinieron directamente aquí, salieron media hora antes que nosotros, como mínimo. Y ese cura acaba de decirme que hoy no viene ningún autobús. No todos los días hay autobuses. Así que sólo podían venir en taxi, o en coche si alguien les ha prestado uno. Algo así. Ya deberían haber llegado. El monje me ha dicho también que hoy no se ha registrado nadie en la hospedería que responda a su descripción.

—Entiendo —dijo Alexandra.

Deseó poder desembarazarse de la bolsa, dejarla discretamente en un rincón de la capilla para que otra persona —aquel monje, quizás— la encontrara y se hiciera cargo de ella. Tal vez enterraría las cenizas allí mismo, o donde estuviera su cementerio. Sería casi perfecto, pensándolo bien.

—Es posible que hayan ido a la comisaría después de marcharme yo.

Empezaba a notar un regusto conocido en la boca: la senda vacía a su espalda, sin nadie que pasara enérgicamente por encima de las raíces de los árboles. Tampoco ahora había conseguido hacer lo correcto.

—Creo que deberíamos echar un vistazo al resto del edificio, para asegurarnos —dijo Bobby.

—¿Podemos hacerlo?

Él se encogió de hombros.

—Si a alguien no le gusta, nos lo dirá.

Recorrieron por completo la galería de abajo, asomándose a todas las salas abiertas. Los suelos eran de baldosas; los dinteles, enormes piedras colocadas en horizontal. La oscura madera de las puertas parecía horadada por la carcoma. Había una biblioteca repleta de libros decrépitos, y una sala desnuda, con una mesa larga y bancos a los lados; el antiguo refectorio, quizás. Había un sinfín de estancias cerradas con llave.

Llegaron a unas escaleras de madera y subieron a la galería de la primera planta. Allí encontraron un aseo comunitario, grande y resonante, con antiguos lavabos de porcelana y arañas en los rincones. Alexandra se quedó atrás para usar el váter, cuya cisterna se accionaba tirando de una larga cadena colgante.

Las demás puertas de la planta superior estaban cerradas.

—Seguramente, aquí viven los monjes —le dijo Bobby en voz baja.

Tomaron otra escalera para volver a la planta baja y, cruzando otra puerta abierta, entraron en una sala llena de documentos de aspecto delicado y de objetos religiosos guardados en vitrinas acristaladas. Más allá había otra estancia casi idéntica a la primera: un museo dedicado a la historia del monasterio. Las tarjetas amarillentas que había junto a los expositores estaban escritas en inglés y francés, además de en búlgaro. No había por allí otros turistas, ni tampoco monjes. Bobby sacudió la cabeza y condujo de nuevo a Alexandra hacia la galería.

La puerta por la que habían entrado en las salas del museo estaba cerrada, a pesar de que Alexandra estaba segura de que la habían dejado abierta al entrar. Bobby presionó el picaporte. Empujó. Luego se volvió hacia ella.

—¿Qué pasa? —preguntó Alexandra.

—Me parece que está cerrada. —Volvió a probar suerte con el picaporte. Era antiguo y pesado, de hierro forjado incrustado en madera, y emitió un débil chasquido.

—Pero si acabamos de entrar —dijo ella.

Bobby se quedó pensando, con expresión hosca. Alexandra estaba tan agotada, tan confusa, que casi le daba miedo mirarlo.

—Maldita sea —dijo él, y sus palabras sonaron como un exabrupto mucho más grave—. Alguien ha cerrado por fuera.

14

Alexandra no sólo estaba muy cansada, sino que además era joven, tanto en edad como en experiencia. Perder a su hermano le había hecho cobrar conciencia de la imperfección del mundo, y el hecho de que la ausencia inexplicable de Jack hubiera estado precedida por una infancia marcada por la sencillez y la bondad (los libros de Julio Verne, las patatas que arrancaban de la tierra, el amor protector de sus padres) sólo había servido para hacer más patente esa imperfección. Su vida reciente (cuatro años en una buena universidad, y un par de años más trabajando en una biblioteca) le había proporcionado una vaga sensación de libertad exenta de desorden, salvo el que se derivaba de su sufrimiento íntimo.

Ninguna vivencia anterior la había preparado, por tanto, para la impresión que le produjo verse encerrada en la sala de un monasterio con un desconocido, a más de ocho mil kilómetros de las Montañas Azules, sosteniendo una urna con las cenizas de un extraño. Además de estar cansada y asustada, era de pronto una ladrona, una vagabunda, una prisionera. ¿A quién puede extrañarle, pues, que cuando Asparuh (cuyo aristocrático nombre de pila no era para ella más que un murmullo incomprensible) anunció que estaban encerrados, su primera reacción fuera de pánico? Bobby no era un buen chico: era él quien había cerrado la puerta. Llevaba en el bolsillo una navaja balcánica y sentía predilección por la carne extranjera. La puerta no estaba cerrada con llave, eso era lo que él intentaba hacerle creer y... ¿Qué haría ahora? Le había parecido tan respetuoso, tan servicial, aunque un tanto arisco por momentos. Se apartó de él un poco. Luego, convencida de que tenía que cerciorarse a toda costa, se acercó rápidamente a la puerta y probó a abrirla. Era cierto que estaba cerrada con llave. Por un instante, se sintió aliviada.

Se volvió hacia él.

—¿Crees que se habrá atascado?

Vio con sorpresa que se llevaba un dedo a los labios y que, inclinando la cabeza para acercar la oreja a la cerradura, escuchaba con atención. Luego meneó la cabeza.

—No —dijo en voz baja—. No. He oído pasos fuera hace un minuto, y ahora esos pasos se alejan por el pasillo.

—Puede que cierren el museo a esta hora —murmuró ella—. ¿Aporreamos la puerta hasta que alguien nos oiga?

Bobby la detuvo con un gesto tajante.

—Estábamos hablando en tono normal. Cualquiera podía oírnos —susurró—. Déjame pensar un momento.

Y eso hizo: se quedó pensando en perfecto silencio, con los pulgares enganchados en los bolsillos delanteros de los pantalones. Alexandra, mientras tanto, lo observaba con una extraña confianza. Pero ¿por qué demonios no aporreaba la puerta hasta que alguien se diera cuenta de que les habían dejado encerrados? ¿Era un paranoico por naturaleza o acaso se había perdido ella algo, algo que él, en cambio, sí entendía?

—Creo que había otra puerta —dijo Bobby por fin.

Dio media vuelta y cruzó en silencio las dos salas. Alexandra lo siguió con la urna. Una de las paredes de la segunda sala estaba cubierta por cortinajes oscuros, probablemente para proteger las piezas del museo de la luz solar. Casi escondida más allá de la última vitrina de relicarios y manuscritos mohosos, había, en efecto, una puerta en la que Alexandra no se había fijado. La cerradura, con su orificio corriente y su picaporte de acero, parecía moderna. Bobby se arrodilló para mirar por el agujero y luego, muy despacio, probó a accionar el picaporte. Pero aquella puerta también estaba cerrada con llave, y Alexandra sintió otro arrebato de pánico. Tal vez Bobby estaba loco de verdad, y ella estaba allí, encerrada a solas con él, aunque no pudiera culparle de haber cerrado las puertas. Entonces él buscó algo a tientas en el forro de su cazadora vaquera y sacó lo que parecía un pequeño destornillador. Lo insertó en la cerradura y comenzó a mover suavemente el picaporte con la otra mano. Segundos después se oyó un chasquido.

Pero la puerta no cedió.

—Mierda —masculló él—. Hay un… un cerrojo por fuera. —Se volvió hacia ella—. Ven. Vamos a tener que buscar otra salida. Pero sin hacer ruido, ¿de acuerdo?

Alexandra se quedó mirándole atónita (*¿sabía abrir cerraduras con una ganzúa?*) y luego asintió. Bobby comenzó a inspeccionar las grandes ventanas y los alféizares. Todas parecían cerradas con llave o condenadas. Bobby se paró de pronto y Alexandra oyó pasos fuera, acercándose a la puerta de la galería. Veía la puerta a través del vano entre las dos salas. Lo peor de todo era que no se oían voces, ninguna conversación en el pasillo, sólo el sonido de una llave introduciéndose suavemente en la cerradura. A quien fuese le costó abrir y tuvo que probar de nuevo, y en ese instante Bobby le tendió la mano y, tirando de ella, se metió detrás de las cortinas. *No vamos a caber ahí,* quiso decirle Alexandra.

Pero, para su sorpresa, y quizás también para la de Bobby, al cruzar las cortinas se encontraron en una estancia más grande, una especie de salón de actos con sillas de plástico alineadas, una pantalla de vídeo en la pared y carteles con fotos del monasterio. Al fondo había otras dos puertas. Moviéndose rápidamente, Bobby abrió la primera y tiró de Alexandra. Era un armario que contenía unas cuantas cajas y un cepillo de barrer. Bobby cerró sin hacer ruido y se quedaron a oscuras, apretujados dentro del armario. Bobby parecía estar haciendo algo con la cerradura: estaba cerrando la puerta por dentro. Alexandra sintió su respiración, más que oírla.

Oyeron entonces el ruido de unos pasos enérgicos. Parecían dos personas, como mínimo. Alexandra, con la urna apretujada entre su estómago y la espalda de Bobby, se preguntó por qué se estaban escondiendo. El corazón le latía con violencia, y rezaba por que Bobby no empezara a tocarla en la oscuridad, manipulándola como había manipulado la cerradura. Pero se quedó muy quieto, escuchando. Alexandra notaba su olor muy cerca de ella: un olor a limpio, a sudor suave y loción de afeitar. Confiaba en que Bobby se lo explicara todo cuando salieran de allí. La oscuridad parecía agolparse contra su cara y sus ojos, y pensó que quizás aquello formara parte de una larga pesadilla. Tal vez estuviera en la cama de su hostal, en Sofía, o en el apartamento de su madre en Greenhill. Lo que estaba sucediendo era demasiado grotesco para ser verdad.

Pero el silencio absoluto de Bobby la mantenía paralizada. No se oían voces fuera, sólo pasos firmes, interrumpidos a intervalos. El ruido se fue acercando. Había alguien en la sala de vídeo. Alexandra oyó que tropezaban. El ruido cesó durante un instante y tuvo la impresión de que las personas del otro lado de la puerta aguzaban el oído, igual que Bobby y ella. Luego volvieron a escucharse pasos, y alguien probó a abrir la puerta del armario bruscamente. A oscuras,

Alexandra pensó que iba a desmayarse de terror. Bobby la agarró por la muñeca como advirtiéndole de que no se moviera. Se oyó un gruñido fuera, y a continuación aquellas manos desconocidas probaron a abrir la puerta contigua a la del armario, que tampoco se abrió. Alexandra juntó las rodillas con fuerza: habían empezado a temblarle las piernas. Luego, los pasos se alejaron. Oyó que la puerta exterior se abría y se cerraba, y un instante después escuchó el ruido de un juego de llaves, el traqueteo del picaporte y el chirrido de un cerrojo.

Siguieron esperando en la oscuridad un rato tan largo que, en medio de su asombro, Alexandra pensó que iba a quedarse dormida. Por fin, Bobby abrió la puerta sin hacer ruido. La empujó y, tras asomar la cabeza para echar un vistazo, le indicó que saliera. Ella exhaló en silencio un largo suspiro. No había nadie en la sala de vídeo pero dos de las sillas estaban descolocadas, como si alguien hubiera chocado con ellas. Bobby probó a abrir la puerta contigua al armario. Estaba cerrada con llave, como habían comprobado aquellos desconocidos, pero Bobby sacó de nuevo aquella misteriosa herramienta y manipuló la cerradura hasta que consiguió mover el picaporte. De nuevo se asomó primero y a continuación indicó a Alexandra que se mantuviera pegada a él.

La puerta daba a un corto pasillo a oscuras. Al fondo había una puerta grande y muy antigua que los condujo directamente a la luz del sol. Alexandra alcanzó a ver unos árboles desgreñados y un pozo de piedra. Bajó detrás de Bobby varios peldaños, hasta pisar la tierra desnuda, tratando de no tropezar deslumbrada por el sol. Las montañas se alzaban justo por encima de ellos, y Alexandra comprendió de inmediato que habían ido a parar a un huerto. Aquellos árboles eran manzanos cargados de hojas verdes.

Bobby echó a andar bordeando los terrenos del monasterio. Oculto tras la pantalla que formaban los árboles, se apoyaba en la tapia exterior cada vez que tropezaba. Alexandra pensó que debían de tener un aspecto muy sospechoso, aunque se hubieran quedado encerrados sin querer, y confió en que no hubiera nadie mirando por las estrechas aberturas de las ventanas de arriba. Al igual que Bobby, se mantuvo pegada a la tapia y procuró no levantar la mirada hacia el enorme edificio. Él dio un largo rodeo hasta llegar a los coches aparcados y abrió la puerta de su taxi sin apresurarse. Puso el motor en marcha suavemente, echando un vistazo a su alrededor.

Alexandra no se atrevió a preguntarle nada hasta que estuvieron de nuevo en la carretera.

—¿Qué ha…?

Bobby la interrumpió de inmediato.

—Lo siento, si te he puesto nerviosa —dijo, y ella vio el sobrio azul de su mirada observándola.

Se había sentado automáticamente en el asiento trasero, pero Bobby no había dicho nada al respecto. Miró varias veces por los retrovisores como si creyera que alguien podía seguirles. Alexandra se giró, pero la carretera se desplegaba, desierta, entre los árboles.

Bobby se enderezó, sentado al volante.

—La primera puerta me dio mala espina. Alguien nos ha oído hablar ahí dentro y nos ha encerrado a propósito. No hay otra explicación. Estábamos hablando en tono normal dentro del museo, no muy lejos de la puerta. Y otras personas, o quizás las mismas, han entrado a buscarnos.

—Eso me ha parecido. Yo también lo he oído. —Alexandra estiró el brazo para tocar la urna, que había colocado firmemente entre sus pies—. Pero ¿por qué nos han encerrado?

Vio que Bobby echaba otra ojeada al retrovisor. Esta vez, habló sin mirarla.

—No estoy seguro.

—Entonces ¿por qué teníamos que escondernos?

Él se apartó el pelo de la frente con una mano.

—Cuando alguien me encierra en una habitación, no suelo tener muchas ganas de verme cara a cara con esa persona.

—Pero ¿qué crees que habría pasado si nos hubieran encontrado? —dijo Alexandra—. Esas personas, quienes fueran.

Bobby respondió con otra pregunta, y ella comprendió que no podría sonsacarle nada.

—¿Qué quieres hacer ahora? —dijo—. ¿Te llevo de vuelta a Sofía?

Alexandra juntó las manos sobre el regazo.

—Supongo que debería ir a Bovech, a la dirección que me dio la policía. Creo que está al otro lado de Sofía, muy lejos de aquí.

Apenas podía creer que estuviera diciendo aquello, pero ¿dónde si no podía llevar la urna? Bobby parecía conducir aún más deprisa que en el trayecto de ida. Tal vez se hubiera hartado de aquel asunto y estuviera deseando dejarla en Sofía y seguir con su trabajo.

Ahora que había pasado, aquel rato que habían estado escondidos en el armario, a oscuras, le parecía tan irreal como su llegada a Sofía.

—Entonces ¿quieres ir a su casa? —preguntó él.

—Bueno, creo que tengo que intentarlo.

—Claro —convino él—. Si fueran las cenizas de mi abuelo, me gustaría que alguien lo intentara. Pero me parece que estás muy cansada. Quizás debas descansar primero.

—¿Cómo es que sabes abrir así una cerradura?

Esta vez, sus ojos parecieron sonreírle desde el retrovisor.

—Una de las puertas del taxi se atasca a veces. Y también la puerta de mi piso. Por eso siempre llevo encima algunas herramientas. ¿Tienes hambre, por cierto?

—¿Que si tengo hambre? —dijo ella casi gritando, y Bobby se echó a reír.

Alexandra vio que tomaba un desvío. Pasado un trecho, cuando ya apenas se distinguía la carretera, tomó otro camino y aminoró la marcha.

15

Llegaron a un edificio de madera, bajo los árboles, con un aparcamiento de tierra y emparrados en la parte de delante.

—*Dvorut* —leyó Alexandra en voz alta—. ¿Qué significa?

—Significa «El Patio». Es el nombre del restaurante. Espero que esté abierto.

Bobby la condujo a un salón flanqueado por ventanales y lleno de mesas soleadas. Alexandra vio justo detrás del edificio un riachuelo que se despeñaba por una empinada ladera. Encima de la caja registradora había un televisor sobre una repisa, y un altavoz situado en una esquina emitía un murmullo metálico de música folclórica. Dos camareros miraban la televisión apoyados contra el mostrador y, sentada cerca, una mujer de cabello oxigenado tecleaba en su móvil. Algunas ventanas estaban abiertas para dejar entrar el susurro del riachuelo y el olor fresco y vegetal del aire de la montaña. No había más clientes, y al parecer tendrían que escoger mesa por su cuenta.

Bobby eligió una mesa cerca del fondo y se arrellanó en la silla, delante de Alexandra, estirando los brazos.

—Tú también tienes que estar cansado —comentó ella.

—Ya lo creo. Me levanto a las cuatro de la mañana.

Y acabas de estar encerrado en un monasterio, añadió ella para sus adentros.

—¿Para conducir el taxi?

—No —contestó él—. Y no estoy tan cansado como tú. ¿Cuánto tiempo se tarda en llegar aquí desde donde vives en Estados Unidos? ¿Veinticuatro horas?

—Casi. Vivo en una ciudad pequeña, así que tuve que ir en avión hasta una mucho más grande y de allí a Ámsterdam, y luego a Sofía. Veinte horas, quizás. Contando las esperas entre vuelo y vuelo.

Deseaba que Bobby le explicara por qué se levantaba tan temprano, pero no parecía gustarle hablar de sí mismo. Alexandra confiaba en que no fuera mala señal.

—Yo nunca he estado en América —le dijo Bobby.

Recorría el local con la mirada como si creyera que en cualquier momento pudiera entrar alguien desagradable. Alexandra empezaba a darse cuenta de que era una de las personas más despiertas que había conocido nunca: siempre alerta, como un pájaro o un animal salvaje, más que como un ser humano. Se sacó un móvil del bolsillo y leyó algunos mensajes, pero no contestó a ninguno. Un camarero se acercó desganadamente a su mesa y les entregó sendas cartas. Cuando se marchó, Bobby empezó a explicarle los platos a Alexandra.

—¿Tienen trucha? —preguntó ella.

—¿Trucha? Sí. En búlgaro se dice *pusturva*. ¿Cómo sabías que hay trucha?

—Yo también soy de las montañas —contestó ella con una sonrisa—. Ese riachuelo se parece mucho a los que hay en mi tierra. Seguro que el agua está muy fría y muy limpia. Pero la verdad es que no me apetece comer trucha.

Al final, pidió Bobby por ella: una sopa de ternera con verduras («Te sentará de maravilla después del viaje», dijo, y Alexandra prefirió no confesarle que normalmente no comía carne), ensalada de pepino y tomate con queso feta y un plato de patatas fritas. Para él, pidió albóndigas, una ensalada como la de Alexandra y tres cafés solos, uno detrás de otro. También se empeñó en pedir una Coca Cola para Alexandra, aunque ella protestó alegando que no todos los estadounidenses bebían Coca Cola.

—Así te sentirás más enérgica —argumentó Bobby, y al final Alexandra se la bebió entera, sintiendo una punzada de nostalgia por su infancia, cuando beber Coca Cola era un lujo raro, tan raro como comer pizza.

Se lo contó a Bobby y él se echó a reír.

—Aquí puedes tomar las dos cosas siempre que te apetezca. En Bulgaria hay pizza por todas partes. Y Coca Cola también. Pero cuando yo era niño no era así. Había una especie de Coca Cola búlgara llamada Altay. Las dos son igual de malas para la dentadura. —Echó una rápida ojeada al salón, como si por un momento hubiera olvidado mantenerse en guardia—. Yo tenía quince años cuando empezaron los cambios, así que me acuerdo muy bien de los refrescos de antes. Y también de otras cosas.

—¿Los cambios? —Alexandra estaba comiéndose aún la ensalada, que estaba muy rica.

—En 1989, cuando fue depuesto el dictador comunista. Y al año siguiente empezó la democracia… o por lo menos un nuevo tipo de capitalismo —explicó Bobby—. Primero tuvimos a los turcos, luego a los rusos y ahora tenemos la Coca Cola.

Alexandra tuvo la impresión de que, en opinión de Bobby, ninguna de aquellas cosas había dado muy buen resultado.

—El resto de los problemas tampoco los hemos resuelto.

—Sí, he leído sobre lo de 1989 —comentó ella—. Pero no sabía cómo lo llamabais, como no sea la caída del Muro de Berlín.

—El Muro de Berlín cayó muy lejos de aquí —repuso Bobby—. Demasiado lejos, quizás. Siempre me ha parecido extraño que Ronald Reagan se congratulara del fin del Muro y que los gobiernos de nuestro lado del Muro hicieran lo mismo. La verdad es que todo el mérito es de Pink Floyd. Ellos construyeron El Muro y lo hicieron caer trocito a trocito.

Alexandra no tenía ni idea de qué quería decir, pero se dio cuenta de que en parte (sólo en parte) era una broma y sonrió. Bobby estaba de pronto tan hablador que pensó que podía preguntarle de nuevo por el asunto que más pesaba sobre su ánimo, aparte de la urna.

—Antes, en el monasterio —dijo con cautela—, eso de que nos encerraran… Dijiste que no había sido un accidente. ¿Quién crees que ha podido hacer algo así?

Bobby suspiró.

—Ya te lo he dicho: no lo sé. Pero no me ha gustado nada. Si encierras a alguien, es porque no quieres que esa persona se vaya. Por eso he querido que nos fuéramos enseguida. O puede que alguien quisiera darnos un susto.

Alexandra seguía estando atónita.

—Pero, si alguien ha intentado encerrarnos allí por la razón que sea, ¿por qué después no nos han seguido?

Paseó la mirada por el restaurante, como hacía constantemente Bobby desde que se habían sentado. Tal vez, se dijo, las personas que se habían criado bajo un régimen comunista desarrollaban una paranoia inevitable. Pero por lo visto era contagiosa.

—No nos ha seguido nadie y aquí no van a buscarnos —le aseguró él—. Este sitio está muy escondido, no se ve desde la carretera, y seguramente pensarán que hemos vuelto a toda prisa a Sofía. Además, no creo que nos hayan visto marcharnos. Debían de creer que estábamos todavía dentro del monasterio.

Alexandra quiso preguntarle si creía que la policía aún lo estaba siguiendo por las manifestaciones en las que había participado, pero Bobby tenía la vista fija en el televisor de la esquina. Estaban emitiendo un noticiario en búlgaro.

—Shh —dijo él no muy amablemente.

A Alexandra le costaba oír aquel idioma ininteligible por encima del fragor de la cascada de fuera. Hombres y mujeres provistos de cámaras y micrófonos se movían rápidamente en torno a un hombre trajeado de anchas espaldas. Tenía una cara ancha, pálida y envejecida, dominada por una barba y un bigote castaños. El cabello, rizado y también castaño, le llegaba casi hasta los hombros: era una auténtica melena, limpia y bien peinada, pero de aspecto poco natural. Alexandra pensó que debía de teñirse el pelo, ya que lo tenía castaño y no gris. El hombre pareció sentirse acosado, dio media vuelta y luego se giró de nuevo para decir algo. Saludó a las cámaras con la mano y subió apresuradamente a una limusina. A continuación apareció una presentadora hablando detrás de una mesa, con una foto a su espalda en la que se veía la ladera arrasada de una montaña y diversas máquinas de construcción: apisonadoras, excavadoras y camiones que volcaban tierra en grandes montones. La presentadora sonrió desdeñosamente y dejó a un lado una hoja de papel. Siguió un anuncio que hasta Alexandra entendió: era de detergente para lavadoras y mostraba a una madre de gemelos capaz de transformar unas camisetitas llenas de suciedad en objetos impolutos y blancos como la nieve. Un panorama idílico de los Alpes y la madre mirando hacia el cielo, colmada de felicidad por primera vez en su vida.

—¿Qué era eso? —preguntó Alexandra.

Bobby cogió su taza de café.

—Una noticia sobre Kurilkov, nuestro ministro de Obras Públicas, un hombre muy poderoso. El ministro del Interior y él se proponen abrir esas minas antiguas de las que te hablé, ya sabes, ese asunto contra el que nos manifestábamos. Y hoy ha dado una rueda de prensa.

Alexandra advirtió la mueca de repugnancia que cruzó el semblante de Bobby.

—Entonces ¿esas minas son un problema medioambiental serio?

—Sí, eso por un lado. Contaminación del agua y envenenamiento de los suelos. Pero también hay gente que afirma que Kurilkov ha recibido sobornos de algunas empresas para que reabriera las minas y que van a repartirse los beneficios. Él lo ha negado todo ante la prensa, claro. Las minas están en una zona muy agreste, en las montañas del centro del país. No hay buenas comunicaciones. Tienen que construir nuevas carreteras para sacar adelante el proyecto y Kurilkov va a dar su aprobación.

Alexandra pensó en las manifestaciones a las que había acudido en su país: minas al aire libre, salario mínimo, el proyecto de construcción de una planta nuclear en un valle fluvial cercano.

—¿No hay nadie que pueda pararle los pies? ¿Otro miembro del gobierno?

—En el gobierno nadie se atreve a enfrentarse a él porque es muy rico y popular. Y quizás también porque les dan miedo sus contactos y su reputación de… No sé cómo expresarlo. Es muy correcto, muy limpio y también muy duro con quienes se oponen a él. Al final, siempre pierden su puesto. Se hace llamar «el Oso». —Bobby sacudió la cabeza pensativamente, con expresión de disgusto.

—Entonces ¿por qué no se libran de él los demás políticos?

Bobby se encogió de hombros.

—Mucha gente piensa que algún día será primer ministro, así que prefieren no enemistarse con él. Ha edificado toda su carrera sobre la idea de que a él no pueden corromperle como a los demás, aunque hace muchos años formó parte del parlamento comunista. Hasta lleva ese peinado tan peculiar para demostrar que él es distinto. A todo el que se enfrenta a él, lo acusa de corrupción. —Dio unos golpecitos en la mesa con su cuchara—. La «nueva pureza», lo llama en sus campañas. Nadie cree que sea trigo limpio, pero tampoco pueden probar nada en su contra. Y para algunas personas a las que les encanta la idea de que los proteja un oso, es una especie de mago. Así funciona nuestro sistema, Alexandra.

Ella sintió que se había metido en un terreno pantanoso y estaba demasiado cansada para reflexionar. Una cosa tenía clara, sin embargo: que Bobby era como las personas con las que había crecido, sus padres, sus tías, sus tíos y sus profesores, siempre tan interesados por la historia y la política. Quizás por eso se sentía a gusto con él.

El camarero, que no les había sonreído ni una sola vez, cruzó el gran salón desierto para traerles la cuenta. Alexandra la cogió y le dijo a Bobby que invitaba ella.

Él puso mala cara.

—Estás de visita aquí. Eres una invitada —dijo.

Ella recordó con cierto sobresalto que no era una invitada en absoluto, sino una pasajera de su taxi.

—Pago yo —añadió Bobby.

Apartó delicadamente los billetes de Alexandra, sacó varios de su cartera y los sujetó con unas monedas, en el centro de la mesa. Alexandra se quedó paralizada. No sabía si debía protestar. ¿Cómo debía interpretar aquello? ¿Estaba contrayendo una deuda con él?

Bobby, sin embargo, le dirigió una sonrisa agradable y relajada.

—Has tomado tu primera comida búlgara y no estaba mal del todo, ¿verdad?

16

Cuando llegaron a Sofía, el tráfico vespertino atascaba las calles y la gente escapaba en masa al final de la jornada laboral. Su hostal resultó ser un viejo bloque de apartamentos pintado por entero de azul claro, con una pequeña cafetería en el jardín.

Alexandra descubrió que se había quedado dormida cuando Bobby la zarandeó suavemente para despertarla. Su brazo se mecía, inerte, por el hueco de la puerta abierta del taxi. Ahogó un gemido de sorpresa.

—¿Quieres que te lleve arriba en brazos? —preguntó él.

—No, no. Gracias. —Empezó a recoger sus bolsas, comprendiendo de nuevo que tendría que llevarse la urna.

Bobby sacó su maleta del maletero.

—Ésta la llevo yo.

Alexandra lo siguió al interior del edificio azul y se apoyó contra el mostrador cuando él le pidió el pasaporte y se lo dio a una chica con el pelo verde y pendientes morados.

—Es un sitio bonito —dijo Bobby para animarla—. Te va a gustar estar aquí. A veces hay conferencias y lecturas de poesía en el jardín.

Alexandra miró la llave de la habitación que tenía en la mano. Recordaba vagamente que las llaves servían para abrir puertas. Bobby se las había arreglado de algún modo para subir el equipaje a su habitación y volver. Alexandra se alegró de que no tratara de entrar en la habitación con ella, aunque sólo fuera para dejar las maletas. Ya no recordaba si era un buen amigo, un delincuente o simplemente un perfecto desconocido.

—Tengo que pagarte —dijo abriendo la cartera.

—Estás increíblemente cansada. —Le apretó por sorpresa el hombro, y Alexandra descubrió que no le molestaba—. Y has dicho que mañana tienes que ir a ese pueblo. Bovech, ¿no? Muy bien, treinta leva por el trayecto de hoy, para que estés más tranquila. —Cogió los billetes de la mano flácida de Alexandra y los contó con cuidado, mostrándole la cantidad—. Bovech no está tan lejos. Mañana a las ocho de la mañana, ¿de acuerdo?

De pronto, le dio miedo dejarle marchar.

—¿Puedes darme tu número de móvil? Todavía no tengo teléfono, pero…

Bobby le anotó el número con su nombre completo en alfabeto latino.

—Deberías irte a dormir cuanto antes. Aquí tienes una botella de agua para que te la lleves a la habitación, por si te gusta tomarla mineral. —Al parecer, había pensado incluso en eso. Se quedó mirándola un momento con la cabeza ladeada—. Hasta mañana. A las ocho en punto. No lo olvides.

Era poco probable que lo olvidara, a no ser que no se despertara nunca, lo que cabía dentro de lo posible.

Pero al echarse en su primera cama búlgara (una cama individual, estrecha, con sábanas ásperas aunque muy limpias y una manta de cuadros) le costó quedarse dormida. Su equipaje se extendía a un lado de la habitación cerrada con llave que tanto había anhelado. Sólo había abierto la maleta para sacar el pijama y la pasta de dientes. Como fuera aún era de día, había bajado las persianas y cerrado las cortinas. Reinaba una extraña atmósfera en la habitación: un suave zumbido eléctrico que parecía emanar de la bolsa del rincón, de la urna pulimentada. Tenía miedo, pero le gustaba aquel nuevo país; o, al menos, se alegraba de no haberse quedado en casa.

Cuando empezó a amodorrarse, se obligó a permanecer despierta todo el tiempo que fuera posible. No quería quedarse a solas con un hombre cuya vida había escapado por completo, cuyos recuerdos ni siquiera podía imaginar.

Luego el sueño se apoderó de ella, tumbándola como una aplastante resaca.

Por la mañana, Bobby ya estaba sentado en la cafetería del jardín cuando Alexandra entró llevando la bolsa en brazos. Lo miró con cierta timidez por lo aturdida que estaba el día anterior, al despedirse. Se sentía reconfortada por las largas horas de sueño, la ducha y la ropa limpia, y había podido enviar un correo electrónico a sus padres: *He llegado sana y salva a Sofía. Esto es precioso, hay un montón de edificios antiguos interesantes. Hoy voy a hacer una excursión con unos compañeros de trabajo.* No quería que se preocuparan más, por eso había convertido a Bobby en un grupo de compañeros de trabajo. También había enviado un mensaje al Instituto Inglés para que supieran que ya estaba en Sofía, lista para incorporarse al trabajo a finales de junio, como estaba previsto.

Bobby se levantó cortésmente cuando se le acercó. Llevaba otra cazadora vaquera, negra, con los puños raídos, y unos pantalones chinos bien planchados. Se había afeitado y peinado cuidadosamente. Era más bajo de lo que recordaba Alexandra, y también más fibroso, tenía el cabello más largo y sacaba los codos hacia fuera.

—¿Qué tal estás esta mañana? —preguntó—. Podemos desayunar. Espero que tengas hambre... otra vez.

Alexandra sonrió y se sentó frente a él. Su mesa estaba justo debajo de un árbol y no había nadie más en el jardín. La chica del pelo verde salió a tomar nota de su pedido, sólo que esa mañana llevaba el pelo púrpura y sus pendientes eran rojos. Bobby le dijo algo y, acto seguido, les llevaron dos tazas de té. Las tazas iban tapadas con un platillo para que el té no se enfriara, con una rodaja de limón, un sobrecito de azúcar y una cucharilla de plástico pulcramente colocados encima, y aquella ceremoniosidad consiguió acaparar durante unos minutos la atención de Alexandra, que ya se sentía completamente despejada. Bobby limpió la mesa con un pañuelo de papel que se sacó del bolsillo y colocó los platos de tostadas con queso que llegaron después del té. Le cedió a Alexandra una de sus tostadas y una rodaja extra de pepino.

—¿Qué tal has dormido?

Ella se quedó pensando un instante.

—Bien. Muy bien. Aunque ahora me acuerdo de que se oía una especie de aullido que me despertaba por momentos.

Había oído aquel sonido en sueños, a través de la ventana, y se había preguntado si era un bebé que lloraba, o los gritos de una mujer. Luego, al despertarse otra vez, se había dado cuenta de que eran los gatos de la calle, maullándose unos a otros.

—Gatos callejeros —añadió. *En celo, probablemente.*

Bobby pinchó una rodaja de tomate.

—¿Te sientes con fuerzas para hacer otra excursión?

—Sí. Quiero acabar con esto de una vez. Devolver la urna lo antes posible, quiero decir. Hasta que lo haga, no podré pensar en otra cosa.

—Te entiendo muy bien. —Bobby puso una avalancha de azúcar en su té—. Es una suerte que la policía te haya dado una dirección. Seguramente, esa gente se habrá marchado a casa a esperar noticias y se va a alegrar mucho de verte.

—Eso espero.

Alexandra sintió una punzada de auténtica curiosidad por lo que iban a encontrar Bobby y ella en aquel pueblecito. Se preguntaba cómo sería la casa de los ancianos y si aquel hombre de mediana edad estaría con ellos. O tal vez viviera un poco más arriba, en la misma calle, con su familia. A no ser que aquellas cenizas fueran las de su único hijo. Tal vez fuera viudo, además, y de pronto se encontraba terriblemente solo. Mientras se comía su tostada, se imaginó de nuevo su sorpresa, sus expresiones de gratitud. La señora mayor lloraría un poco y apretaría la mano de Alexandra entre las suyas, hinchadas. El hombre alto, rodeando a sus padres por los hombros, le preguntaría cómo podían agradecérselo. La llevaría en coche al monasterio de Velin y todos juntos encenderían una vela en la iglesia en recuerdo de Stoyan Lazarov. Luego, el hombre alto le daría un beso en la mejilla y le preguntaría en voz baja si podía ir a Sofía para invitarla a cenar, en señal de agradecimiento. Pero tal vez no pudiera permitírselo, o no se le ocurriera. Seguramente, tampoco le permitiría pagar la comida, igual que Bobby.

Se llevó la mano a la mejilla para proteger el delicado cosquilleo que notaba allí.

—¿Alexandra? —Bobby se pasó una mano por el pelo, intentando en vano apartárselo de los ojos, y ella vio una mirada afilada y canina: era como uno de esos sorprendentes huskies siberianos de ojos azules que salían en *National Geographic*—. Señorita Boyd —añadió, como si probara a pronunciar su apellido—. Dijiste Boyd, ¿verdad? ¿Alexandra...? ¿Eres de origen ruso?

Ella se rio.

—No, sólo que a mis padres les gustan los nombres anticuados. Y Boyd es un apellido inglés. Inglés de Inglaterra, quiero decir.

—Boyd —repitió él—. Suena como *bird*[1] y tú eres un poco como un pájaro. ¿Puedo llamarte así?

—Supongo que sí —contestó ella, aunque no estaba segura de que le gustara. ¿No se estaba tomando Bobby demasiadas confianzas?

---

1. Pájaro. *(N. de la T.)*

Él se levantó.

—Vamos, *Bird*. Ya has terminado de desayunar, creo.

Esta vez, Alexandra se sentó delante y colocó la bolsa entre sus pies, reparando de nuevo en el medallón que colgaba del espejo retrovisor. Bobby maniobró hábilmente para salir a la calle, sorteando los coches aparcados en las aceras y cuya parte trasera invadía la calzada. Alexandra tenía una reserva de una semana en el hostal, tiempo suficiente para recorrer Sofía. Luego pensaría en algún otro destino; tal vez tomara un tren para ir a la costa del mar Negro, con su bañador y un buen libro, y daría comienzo así a su periplo de un mes. Tendría que ser un viaje barato, más barato que pagar un taxi todos los días para ir a pueblecitos, pero al menos el hostal era económico y parecía limpio y seguro.

—¿Cuánto tiempo tardaremos en llegar a Bovech? —preguntó.

—No mucho. Dos horas, si no hay mucho tráfico.

Tomaron un bulevar bordeado por fachadas ennegrecidas, tiendas, un escaparate lleno de sandalias de tacón alto. A Alexandra le pareció que el tráfico no pintaba bien, pero Bobby iba silbando mientras ajustaba el retrovisor, aparentemente satisfecho de cómo se presentaba el día. Alexandra observó los lunares que tenía junto a la comisura de la boca. Había algo de atrayente en él, se dijo. Ese desasosiego suyo, quizás.

—Me siento culpable por mantenerte ocupado tanto tiempo.

—Pues no te sientas culpable —dijo él alegremente—. Para mí es un placer. Mi vida es muy aburrida casi siempre. Me apetece ayudarte a descubrir cómo devolver la bolsa. Ahora mismo no tengo muchos alicientes.

—Lo dudo —repuso ella—. ¿A qué te dedicas, aparte de conducir el taxi y asistir a manifestaciones ecologistas?

Bobby la miró un momento.

—Bueno, voy a muchas manifestaciones, no sólo ecologistas. Ya va siendo hora de que nos devuelvan nuestro país. La gente de mi generación debe esforzarse por recuperarlo, para que todo el mundo tenga mejores condiciones de trabajo, una vida cultural más normal, para que formemos de verdad parte de Europa en vez de sentirnos como… como almas en pena. —Se abrochó el cinturón de seguridad.

—Pero todavía no me has dicho qué haces el resto del día —insistió Alexandra—. Aunque sé que conduces el taxi treinta y cinco horas semanales.

Bobby frunció el entrecejo.

—No, no te estoy diciendo lo que hago, sino en lo que creo, constantemente, todo el día. Y cuando no estoy conduciendo el taxi, organizo conferencias, escribo manifiestos y peticiones y colaboro en la edición de una revista de política y literatura. Quedo con amigos casi todos los días. Salgo a correr para hacer ejercicio, y además me gustan los retos. Tengo pensado correr por todas las calles de Sofía antes de morirme.

—¿En serio? —preguntó ella—. ¿Aunque ya las hayas recorrido en taxi?

Se preguntó si también se veía con su novia casi todos los días, pero quizás no tuviera novia.

—Eres una chica lista. —Se quedó callado un momento, sonriendo otra vez mientras cambiaba de marcha.

Alexandra se preguntó si debía decirle que no la llamara «chica». O quizás: *Tú no tienes ni idea de las tonterías que he hecho. Ni de una cosa terrible que hice.*

Pero Bobby estaba sacudiendo la cabeza.

—No, no estoy cansado de Sofía. Quiero ver todas sus calles a pie, no sólo desde el coche. Para mí, Sofía es como mi piel, mi caparazón. Ya he corrido por un veinticinco por ciento de las calles de toda la ciudad, aproximadamente. Puede que no parezca mucho, pero algunas son muy largas y la ciudad es muy grande. Tengo un plano en el que marco por dónde he corrido. Empecé hace tres años.

—Es impresionante —comentó ella—. ¿Cuándo corres? ¿A las cuatro de la mañana?

—A veces. —Sonrió—. Pero normalmente tengo otras cosas que hacer a las cuatro de la mañana.

Sí que tiene novia, después de todo. Tal vez eso explicara esa reserva suya tan caballerosa. Saltaba a la vista que era una persona discreta, menos en lo relativo a su ideario político. Alexandra empezaba a preguntarse cómo estaba organizada su vida, por qué podía permitirse abandonar sus quehaceres cotidianos para llevar a una extrajera a recorrer el campo. ¿No tenía que responder ante nadie?

—¿Cuándo tienes tiempo para correr, entonces? —preguntó.

—De noche, cuando acabo de trabajar, o antes de desayunar, o ambas cosas, a veces.

Alexandra lo vio acelerar por el bulevar. Se notaba que le gustaba correr. Tenía los antebrazos surcados por venas abultadas y, mientras lo observaba sentado tras el volante, entendió por qué parecía tan duro y fibroso. Pensó en el físico mucho más recio de su hermano, en su cuerpo compacto cuando se sentaba frente a ella a la hora de la cena. Sofocó con mano firme aquel arrebato de melancolía, como hacía siempre. No quería sentirlo en un nuevo país; estaba allí para empezar de cero, al menos durante las primeras semanas. La pena siempre estaba disponible, aguardando para dejarse ver con el rabillo del ojo.

—Ese hombre —dijo—, el alto al que le cogí la bolsa… Me dijo que en Bulgaria puede pasar cualquier cosa.

Bobby siguió mirando hacia delante, hacia la calle llena de obstáculos.

—Sí —contestó—. Pero también es un país en el que no sucede gran cosa.

Pero, a diferencia del hombre alto, él sonrió al decirlo.

17

Al abandonar de nuevo Sofía, parecieron alejarse de las montañas en lugar de acercarse a ellas, y, sin embargo, no dejaron de verse picos grises y azulados en el horizonte. Bobby explicó que se dirigían hacia el este. En un semáforo, justo antes de entrar en la autovía, Alexandra vio a dos chicas jóvenes con camiseta negra corta y tacones altos, hablando entre sí. Una de ellas les enseñó el pulgar un instante. Luego bajó el brazo.

—¿Necesitan un taxi? —preguntó Alexandra.

Bobby negó con la cabeza.

—No, necesitan un cliente.

Alexandra, impresionada, trató de no mirarlas. Eran muy jóvenes, apenas unas adolescentes, y una de ellas tenía una melena negra que le llegaba a la cintura. La otra estaba mirando su teléfono, con el pie apoyado en un par de ladrillos para mantener el equilibrio. Esperaban junto a la polvorienta salida de la carretera, cuyos matorrales empezaban a echar hojas, como si las hubieran trasladado hasta allí desde un bar de la ciudad.

—¿En medio de la nada? —preguntó—. ¿Es que la policía no las ve?

—Sí —contestó Bobby escuetamente—. Seguramente también tienen clientes policías.

Como si quisiera limpiar su cabeza de aquellos pensamientos, encendió el equipo de música y la voz de un conocido cantante americano inundó el taxi.

—¿Eso es la radio? —preguntó ella sorprendida.

—No. —Bobby meneó la cabeza como si fuera una pregunta absurda—. Es un CD. Del otro Bobby. ¿Te gusta Bob Dylan?

—Claro —respondió Alexandra, que se había criado escuchando a Mozart y a Vivaldi.

I'll say this, I don't give a damn about your dreams,[2] cantaba

2. Verso de la canción *Thunder on the Mountain*: «Esto te digo: que tus sueños me importan un comino». *(N. de la T.)*

Dylan con su voz arrastrada. Alexandra, que miraba por la ventanilla las zonas industriales de las afueras de Sofía, se dijo —no por primera vez— que, pensándolo bien, Bob Dylan no sabía cantar. Pero de pronto entendía que eso no era lo importante.

Ya lejos de la ciudad, adelantaron a un carro cargado con ramas y tirado por un caballo derrengado. Los coches aceleraban para adelantarlo. En el pescante del carro iban sentados un hombre y una mujer cubiertos con descoloridas chaquetas azules que parecían antiguos uniformes. La mujer se cubría la cabeza con un pañuelo de flores y el hombre llevaba unos pantalones negros remetidos en las botas, con sendas rajas que dejaban al descubierto sus rodillas. Volvieron sus rostros morenos hacia el taxi cuando los adelantaron. Alexandra vio un destello plateado en los dientes de la mujer.

—Gitanos —dijo Bobby—. Recogen madera a la antigua usanza, con carros, en vez de camiones. Nada de emisiones nocivas. Es curioso: nos llevan la delantera en cuestiones medioambientales, aunque nosotros podamos ir más deprisa en nuestros ridículos coches y eso nos guste.

Unos minutos después, Alexandra vio más carros reunidos al borde de un campo. Los caballos, atados con largas cuerdas, pastaban bajo los árboles mientras personas vestidas con ropa vieja (las mujeres, con pañuelos en la cabeza) deambulaban por el lindero de una arboleda. Estaban recogiendo ramas del suelo y amontonándolas en los carros. También eran gitanos. *Roma*, los llamaban en su guía.

—¿Dónde viven? —le preguntó a Bobby.

—En zonas urbanas. Tienen sus propios barrios, como guetos. Éstos seguramente son de las afueras de Sofía. Los niños no siempre van al colegio.

Conducía ahora siguiendo el trazado de un valle. A lo lejos, donde se adivinaba el curso de un río, se apreciaban árboles cubiertos de hojas nuevas. Alexandra vio anchos campos de labor en los márgenes de la carretera, algunos de ellos arados y plantados y otros en aparente barbecho. Más allá distinguió largos edificios abandonados de madera y ladrillo, con el tejado hundido, las vigas caídas y los cimientos invadidos de malas hierbas.

—¿Qué es eso? —preguntó.

Bobby giró la cabeza.

—Granjas de la época comunista, colectividades agrarias. Ahora algunos campos se arriendan para explotarlos, pero esos edificios no volverán a usarse. Mira cuántas cosas viejas —dijo con un ademán.

Junto a las ruinas se veían máquinas herrumbrosas, los dientes rotos de una grada apuntando hacia el cielo, un tractor colonizado por hierbajos y enredaderas. *Un brontosauro*, pensó Alexandra.

—Si no están muy oxidados, la gente viene a llevarse la chatarra —explicó Bobby—. Pero la mayoría de estas cosas volverán a la tierra. Puede que dentro de mil años o de cinco mil.

Cruzaron un pueblo y luego otro. Alexandra vio que, en un solar vacío, estaban construyendo una casa nueva de cemento, con vigas de metal y troncos de árboles enteros.

—Bovech está más lejos de lo que creía —comentó.

Bobby, que parecía cavilar al volante, la miró distraídamente.

—Ya está cerca —dijo, y ella no volvió a preguntar.

Vio el cartel a la entrada de Bovech antes que Bobby porque estaba escrito en caracteres latinos, además de cirílicos. Junto al indicador había otro, un letrero azul con un círculo de estrellas amarillas. Bobby le explicó que era el símbolo de la Unión Europea y que lo habían puesto allí hacía un año, aproximadamente. Pese a todo, ya empezaba a oxidarse por los bordes. Bovech parecía más grande que los pueblecitos por los que habían pasado. Se extendía ampliamente por una llanura, pero los edificios de las afueras parecían abandonados. Alexandra vio que un enorme pájaro blanco y negro desplegaba sus alas angulosas sobre un nido colocado sobre un poste de madera.

Bobby también estaba mirando el pájaro.

—Eso es una... *shturkel.* ¿Cómo se dice? Cigüeña. Una cigüeña. Hacen sus nidos en las chimeneas, lo que puede ser un problema, así que la gente levanta estos postes para que los usen.

—¿Son las que traen los bebés? —preguntó Alexandra.

—Bueno, aquí traen buena suerte. Y también nos traen la primavera. Cuando vuelven, desde finales de marzo, sabemos que la primavera ya está aquí. En otoño, cuando se van, siempre me pongo un poco triste.

Alexandra vio que la cigüeña se estiraba, apoyada en una sola pata. Agitó las alas y las plegó de nuevo, acomodándose en el enorme nido mientras ellos pasaban.

—¿Adónde van?

—¿A pasar el invierno? Al norte de África. Incluso al sur de África.

Ella contuvo la respiración, consciente de pronto de la enormidad de aquel nuevo mundo. Cruzando Grecia y el Mediterráneo se extendía otro continente.

Bobby detuvo el taxi en el centro del pueblo, le pidió la dirección y salió a preguntar a un hombre que estaba sentado en lo que parecía ser una parada de autobús. El hombre levantó la mano, hizo amago de señalar calle arriba y luego, tras echar otra ojeada a la dirección, se encogió de hombros. Alexandra vio que Bobby se acercaba a una mujer que cargaba con una pesada bolsa de la compra en cada mano, como un buey bien equilibrado. La mujer ladeó la cabeza, atenta, y dijo algo en tono rotundo y cortante, señalando con la barbilla.

Cuando regresó al taxi, Bobby parecía satisfecho.

—La calle está al otro lado del pueblo, pero no es difícil de encontrar.

Al final, sin embargo, les costó dar con ella. Dieron varias vueltas por aquel lado del pueblo buscando los escasos carteles de las calles, sin apenas ver gente a la que pedir indicaciones. Bovech parecía un lugar soñoliento incluso un día de entre semana, a primera hora del día. Había carteles hechos jirones con fotografías de caras gigantescas, signos de admiración y unas pocas palabras que Alexandra era capaz de leer en cirílico, entre ellas *¡Bulgaria!* Quizás fueran carteles electorales de hacía mucho tiempo. Sacó su cámara y tuvo que hacer un esfuerzo para no mirar de nuevo la fotografía del hombre alto. Las casas de aquella parte del pueblo parecían cuidadas y prósperas. Sentada en un patio, a la sombra, una anciana tejía algo de color claro. Levantó la vista y sonrió al ver la cara de Alexandra en la ventanilla del coche. Alexandra sintió que se le saltaban las lágrimas sin saber por qué y procuró sonreír. En otra casa, detrás de una valla de poca altura, había una mujer sentada en el umbral; dos niños pequeños jugaban a su alrededor, calzados con zapatitos rojos. La acera pública estaba agrietada y cubierta de malas hierbas, y la calzada llena de baches, en contraste con las vallas y los muros recién pintados, los aseados patios de las casas y los niños pulcramente vestidos.

—Creo que es aquí —dijo Bobby, y detuvo el taxi.

Salieron y compararon la dirección con la que llevaban anotada. La casa contigua a la de la joven madre tenía delante una tapia de guijarros y una cancela en la que figuraba el número indicado. Alexandra, nerviosa, sintió que se le encogía el estómago. Buscaron el timbre y, al no encontrarlo, abrieron la cancela y subieron por la senda, hasta una puerta de color verde. La casa no era la más vieja que habían visto en el pueblo, ni tampoco la más nueva; se situaba en un lugar intermedio. Desprendía un aire dulce y apacible y parecía haber sido reparada a menudo y encalada hacía poco tiempo para dar uniformidad a sus paredes. No había nadie trabajando en el patio, lo que supuso un alivio fugaz para Alexandra, y nadie apartó los visillos de las ventanas.

Se detuvo con la urna en los brazos. No se atrevía a dejar que la bolsa le colgara del codo, y mucho menos a depositarla sobre el peldaño de cemento manchado que había junto a los tiestos de flores.

Bobby se enderezó la cazadora y se estiró. Luego, levantando una mano, llamó al timbre.

18

Esperaron el uno junto al otro. Oían jugar a los niños de la casa de al lado, aunque no pudieran verlos. Hablaban en búlgaro y Alexandra los entendía tan poco como si hablaran en japonés, pero por un momento se entretuvo convirtiendo aquellos sonidos en palabras inglesas: *stove*, *Buddhist*, *derby hat*, *why not*? Pese a aquel intento de distraerse, el corazón le latía con violencia.

Pero dentro de la casa nadie parecía haber oído el timbre, así que Bobby llamó otra vez, manteniendo pulsado el botón un poco más de lo necesario. Alexandra se preguntó si los dos ancianos serían sordos. La urna empezaba a pesarle en los brazos.

—No están —afirmó Bobby con decisión—. Imagino que aún no han vuelto de Sofía.

Alexandra desplazó su cuerpo, sintiendo una punzada de exasperación.

—¿Cómo puedes estar tan seguro? ¿No podrían estar arriba?

—Esta mañana no ha salido nadie —contestó él—. En una casa como ésta, haciendo buen tiempo, habría zapatos aquí, en la puerta, y quizás algo de tierra ahí, en esa cosa. —Señaló un rascador para zapatos empotrado al borde del camino—. Las dos cerraduras de la puerta están echadas, no sólo la del picaporte. Y, además, no han regado las flores de estos tiestos. No creo que estén en casa. Todavía no han vuelto de Sofía. Y hay algo que me da mala espina.

Meneó la cabeza y Alexandra se quedó mirándole y se preguntó de nuevo por qué se levantaba a las cuatro de la madrugada y rehuía hablar de su vida.

—Puede que sólo hayan salido a comprar y estén a punto de volver —conjeturó.

Pero Bobby dio media vuelta. Ella le siguió fuera del patio y lo vio cerrar cuidadosamente la cancela. Luego caminó un trecho por la acera y llamó a la verja de la casa de al lado. La joven madre estaba colocando rosquillas y zumo en una mesa de madera y sentando a sus hijos en sendas sillitas. Al más pequeño —que parecía ser un niño a pesar de que los dos tenían tirabuzones— le había puesto un babero. Se acercó a la verja y la abrió. Tenía la cara tan bonita como sus hijos: inquisitiva y de ojos tiernos, parecía también ella una niña. Bobby conversó con ella unos minutos, durante los cuales la joven miró repetidamente a su acompañante extranjera como si esperara que interviniera.

Por fin Bobby le dijo a Alexandra:

—Le he preguntado si aquí al lado vive una familia apellidada Lazarovi. No le he dicho lo de las cenizas. Dice que vivieron aquí hasta hace unos tres meses, y que ella sólo lleva medio año en esta casa. No los conocía muy bien, pero le dejaron una dirección en Plovdiv y un número de móvil. Dice que había dos señores mayores, un hombre y una mujer, y un hombre más joven que también se estaba haciendo viejo porque no había encontrado esposa. El número de móvil es suyo. Sólo venía de visita de vez en cuando. Por lo visto trabaja en otra parte, puede que en la costa. No está segura.

Bobby hizo una pausa para volver a escuchar a la joven, que se apartó el pelo rizado de las sienes mientras hablaba. Tenía las uñas pintadas de rosa y llevaba un anillito de oro. Bobby se volvió hacia Alexandra.

—Le pagan algo por cuidar de la casa y mantenerla limpia hasta que puedan venderla. O puede que la hayan vendido ya, no está segura. Está esperando noticias suyas. Pregunta si nos interesa comprar la casa. Puede enseñárnosla si queremos.

—Ah —dijo Alexandra.

Tenía la sensación de haber chocado contra un muro, un muro que estaba dentro de su pecho. De pronto lamentaba no haber dejado la urna en comisaría. ¿Qué la había impulsado a seguir adelante con aquel asunto teniendo tan poca información? Pero el Mago de la comisaría parecía estar seguro de que aquélla era la dirección correcta, y lo era, en efecto, salvo porque la familia ya no vivía allí. Y el hombre alto nunca se había casado, así que probablemente aquellas cenizas no eran las de su hijo muerto. Quizás hubiera perdido a su hermano, igual que ella.

La guapa joven se había inclinado sobre sus hijos y estaba poniéndole un zapatito rojo a uno de ellos. Los sacó de las sillas, volvió a depositarlos en el suelo e impidió que el niño se comiera algo que había en el parterre de flores.

—Le he dicho que puede interesarnos comprar la casa y que nos gustaría verla. —Bobby se enderezó la chaqueta sonriendo con aire decidido.

—¿Qué? ¿Por qué le has dicho eso?

—Porque queremos verla, claro está. Quédate callada, Bird, o perderemos esta oportunidad, ¿entiendes? No le digas qué es lo que llevas ahí —añadió sonriendo con firmeza.

—De acuerdo —repuso ella.

La mujer llevó a los niños al interior de la casa y la oyeron hablar con alguien. Regresó sola, con una llave en la mano, y los condujo a la vivienda cerrada. Alexandra se dijo que, además de ladrona y extranjera, iba a cometer un allanamiento de morada. Bobby se limpió los zapatos en el felpudo antes de entrar.

Por dentro, la casa olía a moho y a humo, el aroma de la ausencia. Alexandra se fijó enseguida en que, a pesar de estar amuebladas, las habitaciones parecían desnudas, como si la vida cotidiana las hubiera abandonado por completo. Se desanimó más aún: aquel viaje tan largo, para nada. Había tapetes de ganchillo en la mesa de la entrada, pero no llaves, ni jarrones, ni revistas, ni chaquetas colgadas en el perchero, junto a la puerta. Los visillos estaban corridos y una luz muda y verduzca entraba por los cristales de las ventanas. En el saloncito, Alexandra vio una manta de lana doblada sobre el respaldo de un sillón y un televisor en una esquina, pero no plantas, ni fotografías. El sofá y el sillón estaban tapizados con una tela rasposa de color naranja que había soportado durante años el peso de la gente que se sentaba en ellos y el roce de sus faldas y pantalones. La alfombra, muy limpia, era de un marrón arañado. Sobre la mesa baja había una fuente de cristal vacía, colocada allí quizás para que la habitación pareciera menos desangelada.

Detrás del viejo televisor había varios estantes de libros que Alexandra se detuvo a mirar mientras la joven enseñaba a Bobby los apliques de la luz y la vista del jardín trasero. Podía pronunciar el nombre de algunos de los autores, pero no los títulos. *Hemingwei*, leyó con sorpresa. *Charlz Dikenz*. Eran libros de colección, con cuarenta o cincuenta años de antigüedad, y algunos tenían manchas de humedad en el lomo. Había muchos libros búlgaros: libros de historia o novelas, al parecer, y también biografías de compositores: Bach, Mozart, Stravinski. Había algunos volúmenes en francés y unos cuantos en alemán, además de varios libros de fotografía que parecían recientes, de estilo más occidental, con los lomos de colores: Londres, Francia, Italia. Vio también algunos libros más sobre Italia; entre ellos, dos sobre Venecia.

Bobby, que se había situado a su lado, también miraba los libros. El estante de abajo, justo detrás del televisor, estaba lleno de partituras amarillentas, a pesar de que no había piano ni ningún otro instrumento a la vista. Alexandra dejó la bolsa con la urna sobre la mesa baja, diciéndose que sería más respetuoso que llevarla de habitación en habitación.

Al otro lado del pasillo, enfrente del saloncito, había un comedor igual de minúsculo. Los muebles, baratos y anticuados, seguían en su sitio, y sobre un aparador se veía un jarrón de cristal tallado. La vitrina que había junto a la ventana contenía tazas de porcelana apiladas, con estampado de flores, pero el resto de las estanterías estaban vacías, exentas incluso de polvo. Quizás aquella casa hubiera estado demasiado llena de recuerdos del hombre cuyas cenizas reposaban ahora frente al televisor apagado; tal vez sus familiares se habían marchado en cuanto habían podido, en busca de otro lugar donde vivir. Se habían ido a otra parte, posiblemente para morir. Pero ¿por qué no había mencionado aquella vecina tan guapa a otro hombre, al hombre al que pertenecían las cenizas? ¿Habría muerto en otro lugar? De pronto la asaltó una idea espantosa: los dos ancianos se habían trasladado a una residencia geriátrica (si es que las había en Bulgaria) y ya nunca podría encontrarlos. Trató de calmarse mirando la cazadora negra de Bobby, que se movía con aplomo por las habitaciones, delante de ella.

La cocina, situada al fondo de la casa, daba a un huertecillo. La vecina les dijo que lo cuidaba ella misma, y les indicó con orgullo varios pimientos jóvenes y algunos macizos de perejil. Una valla cubierta de enredaderas en flor daba a otros patios traseros y, más allá, a los descampados de las afueras del pueblo. Muy a lo lejos, Alexandra distinguió una cordillera montañosa difuminada por la niebla. En un rincón de la cocina había un viejo fogón de leña, lo que explicaba el olor a humo. Levantando con cuidado la tapa, atisbó un montón de ceniza. Olía exactamente igual que la casa de su familia en las montañas durante los largos veranos. Encima de una pila manchada de óxido y refregada había varios anaqueles con platos y tazas, y un trapo incoloro se había fosilizado encima del grifo. No había ni rastro de comida, salvo un tenue olor a frito. Alexandra sintió el antiguo impulso de dar patadas a una pared, como hacía Jack hacía tanto tiempo. El suelo de linóleo estaba limpio pero agrietado en el centro, como si hubiera habido un terremoto en aquella habitación. Detrás de la mesa de la cocina había una cama de hierro con almohadas y una manta doblada sobre el colchón desnudo.

Arriba encontraron dos dormitorios con las paredes pintadas de un suave color melocotón. Allí también estaba todo limpio, ordenado, silencioso y triste. En la más grande de las dos habitaciones había dos estrechas camas individuales, sin sábanas. Al entrar en el cuarto más pequeño, Alexandra se detuvo sorprendida. La cama de matrimonio estaba hecha con sábanas blancas y gruesas mantas, y las impecables fundas de las almohadas parecían esperar el peso de unas cabezas que ya nunca reposarían sobre ellas. Sobre la mesilla de noche había un peine, un cepillo y una navaja de afeitar. Al otro lado de la cama colgaba un calendario turístico de 2006, cuya hoja mostraba una fotografía de varias muchachas en traje regional bailando alrededor de un puente cubierto con un tejadillo de madera: юни, «junio». Al detenerse delante del calendario, Alexandra recordó un poema.

—«Parad todos los relojes, cortad el teléfono»[3] —recitó entre dientes.

—¿Qué? —preguntó Bobby.

Alexandra se giró.

—Y mira esto.

Alguien había dejado allí al menos una docena de fotografías, colocadas en marcos sobre la cómoda o colgadas de las paredes. Eran en su mayoría fotografías en blanco y negro, algunas en tonos marrones o viradas al sepia. Las más antiguas mostraban cortejos nupciales ataviados con ropa rígida de aire oriental, jóvenes que miraban absortos un futuro convertido en pasado hacía mucho tiempo: los hombres con polainas, gorros y chalecos de lana, las mujeres con pesados vestidos y velos cortos o guirnaldas de flores. Aquí y allá, un rectángulo de pintura más clara delataba la ausencia de un marco. Tal vez los Lazarovi se habían llevado consigo sus fotografías más queridas. Alexandra se fijó especialmente en una. Mostraba a una joven con una blusa de cuello de pico y pose hollywoodiense.

3. *Stop all the clocks, cut off the telephone*. Poema de W. H. Auden. *(N. de la T.)*

Tenía una nariz alargada, realzada por su cabello ondulado, el cutis luminoso como una gota de rocío y unos ojos que miraban cándidamente al espectador. Lucía un largo collar de perlas y pequeños pendientes, también de perlas. Alexandra no lograba apartar la mirada de sus ojos.

La vecina había entrado tras ellos y Alexandra calculó que no debían prolongar mucho más su visita. Pero Bobby estaba señalando una fotografía en blanco y negro: una pareja con un niño pequeño, el hombre con americana y corbata, la mujer con vestido oscuro y el cabello negro cardado. Estaban sentados en un diván, muy juntos. El niño, que parecía tener seis o siete años, se erguía, larguirucho y solemne, entre sus padres. *Tal vez…*, pensó Alexandra… Sí, tal vez se había convertido en un hombre muy alto al hacerse mayor.

—Pregúntale si sabe quiénes son las personas de las fotografías —le pidió a Bobby.

Pero cuando él formuló la pregunta, la vecina asintió rápidamente con la cabeza y, pasado un momento, Alexandra se dio cuenta de que era aquel «no» tradicional que tanto la intrigaba.

Se inclinaron para mirar las últimas fotografías. Había una instantánea del mismo niño en una fiesta, sentado entre sus padres. Parecía más pequeño que en la otra imagen. Debía de contar cuatro años, tenía la cara suave y redondeada y había apartado la mirada de la cámara en el último instante, volviéndola hacia su padre. Había otro grupo sentado al aire libre, en un cumpleaños o un día de fiesta, levantando sus copas de vino en torno a una mesa repleta de comida. Alexandra descubrió al desgarbado adolescente al fondo y a su madre, todavía muy guapa, sentada a su lado. El padre no parecía estar con ellos; quizás se había encargado de tomar la fotografía, haciéndoles señas de que levantaran sus copas. El niño parecía tímido o malhumorado. Tenía un rostro hermético pero indiscutiblemente hermoso, y un grueso mechón de pelo le caía sobre la frente.

Encima del cabecero de la cama, entre otras fotografías, colgaba el retrato de un joven vestido con un traje oscuro de grueso paño y un curioso cuello blanco, muy alto. Era una fotografía más grande que las demás, y el marco, de estilo *art déco*, debía de ser caro. El joven aparecía en pie, solo, junto a un pedestal con una planta en una maceta. Sostenía delante de sí un violín con una mano, y con la otra un arco que apuntaba hacia el suelo. La fotografía tenía una calidad exquisita, pensó Alexandra, y abajo, a la derecha, leyó en letras doradas: K. BRENNER FOTOGRAFIE, WIENSTRASSE 27, 1936. El joven tenía un rostro delgado y de facciones refinadas, los ojos oscuros y la frente despejada. Miraba a lo lejos como si su mirada fuera singularmente aguda y pudiera ver las montañas más allá del fotógrafo. Tenía la expresión circunspecta de las fotografías de estudio, pero Alexandra intuyó que, bajo aquella apariencia, derrochaba energía y vehemencia. Sus movimientos serían vigorosos, incluso petulantes: se apoyaría el violín bajo la barbilla con un solo ademán, rápido y expeditivo. Alexandra le sonrió sin más motivo que su juventud y su belleza. Por desgracia, él ya nunca podría devolverle la sonrisa.

—¿Por qué habrán dejado aquí tantas fotografías? —se preguntó en voz alta.

Bobby se encogió de hombros.

—Puede que para que la casa esté más bonita. Para ayudar a venderla.

—Pero son fotografías muy valiosas, muy personales.

O quizás ya no soportaran mirarlas más, tras la muerte de Stoyan Lazarov.

La vecina hizo amago de irse, como era lógico: había dejado a sus hijos en casa con alguien y seguramente tenía cosas que hacer. Le dijo algo a Bobby y él asintió.

—Dice que podemos quedarnos unos minutos a echar un vistazo y que cerremos la puerta al salir, que luego vendrá a echar la llave.

Pareció escuchar con atención hasta que oyeron que se cerraba la puerta de la calle. Luego se metió la mano en el bolsillo de la chaqueta, sacó unos guantes de látex y se los puso, produciendo un leve chasquido al tirar de la goma. Alexandra se quedó de piedra. ¿Llevaba guantes de látex en el bolsillo? Bobby se acercó tranquilamente a la cómoda, abrió todos los cajones y los registró. Estaban todos vacíos menos uno, que contenía un par de camisetas interiores viejas, cuidadosamente dobladas.

—Espera —dijo Alexandra, estupefacta—. ¿Por qué haces eso? ¿Qué estás buscando?

Estaba otra vez un poco asustada, además de sorprendida. ¿Se dedicaba Bobby a robar en casas, con sus guantes y sus ganzúas? ¿Era quizás el delincuente más encantador que había sobre la faz de la tierra?

—Podría haber una agenda —contestó él en voz baja—. O algún carné viejo. O más fotografías. Algo que nos ayude a encontrarlos si la dirección de Plovdiv tampoco sirve. Deberíamos buscar, ya que estamos aquí. Seguramente se lo llevaron todo, pero quiero echar un vistazo.

Registró la otra habitación procurando que todo quedara igual que antes, pero allí tampoco encontró nada. Nerviosa y confusa, Alexandra lo siguió abajo y se quedó mirando mientras él inspeccionaba los armarios y los cajones de la cocina (unos cuantos tenedores, un montón de servilletas de papel rosa y una ratonera) y el cajón de la mesa del televisor de la salita, donde encontró lo que parecía ser una guía telefónica antigua. Se acercó a las estanterías, sacó uno o dos volúmenes y luego pasó la mano por detrás de todos los libros, estante por estante, subiéndose a una silla para llegar al de más arriba. Del segundo estante sacó un par de monedas que volvió a dejar en su sitio. Apartó la mesa del televisor y metió la mano por detrás de la prieta fila de partituras, palpando a ciegas.

—¡Bobby! —exclamó Alexandra—. ¿Quién te crees que eres? ¿Sherlock Holmes? Podemos meternos en un buen lío.

Él sonrió.

—Me encanta Sherlock Holmes —dijo. Luego, como si advirtiera por fin su preocupación, añadió—: No te preocupes, no intento robar nada. Sólo estoy mirando en los sitios donde la gente suele esconder cosas.

Metió el brazo más adentro, hasta que dejó de verse. Un momento después, sacó algo de detrás de las partituras. Era una caja: una caja antigua de hojalata, con la tapa puesta. Parecía haber contenido caramelos y tenía en la cubierta una ilustración desdibujada por el paso del tiempo: formas borrosas e irreconocibles, de color rojo y gris.

Bobby dejó la caja sobre la mesa baja, junto a la urna, y la miraron ambos. *Seguramente no será nada importante*, estuvo a punto de decir Alexandra, pero se detuvo. No quería abrir la caja de hojalata. Quería, sin embargo, que la abriera Bobby. Él la abrió tras examinar la tapa y juntos se inclinaron para ver lo que contenía.

Alexandra pensó al principio, con súbita repugnancia, que dentro había un animal muerto, o quizás la muda putrefacta de una serpiente. Bobby tocó su contenido con los dedos enguantados, y luego volvió a tocarlo. Sacó un objeto; dos en realidad, largos, fibrosos y parduzcos, y los desplegó sobre la mesa. Parecían dos bandas de tela atiesada por la edad.

Alexandra sintió que un escalofrío le recorría los brazos y el cuello.

—¿Qué es? —Le pareció que se le trababa la lengua, que farfullaba las palabras como si no conociera del todo el idioma en el que hablaba.

Bobby se había puesto de rodillas. Se acercó cautelosamente una de las ajadas cintas a la nariz y la olfateó. Cuando miró a Alexandra, tenía una mirada de perplejidad teñida de repugnancia.

—Apestan —dijo, y sus palabras sonaron distantes y amortiguadas, como las de ella—. Pero muy levemente, como si fuera suciedad de hace mucho tiempo.

—¿Son vendajes? ¿Vendajes viejos?

Aquella mancha marrón, reseca por el paso del tiempo… Se le revolvió el estómago.

Bobby seguía mirando el contenido de la caja.

—Creo que no. No parecen vendajes, exactamente. Pero sí algo podrido. Algo horrible.

Pasado un momento, sacó su móvil y fotografió las dos tiras de tela sin dar explicaciones. Volvió a enrollarlas, las guardó en la caja y colocó ésta de nuevo detrás de las partituras, con sumo cuidado. Alexandra notó que echaba un vistazo a la habitación antes de que salieran, como para asegurarse de que lo habían dejado todo tal y como estaba. Al recoger la bolsa con la urna, se preguntó por un instante si debían dejarla allí sin más. Bobby no se quitó los guantes hasta que cerró la puerta de la casa a su espalda.

Luego se acercaron a la casa de al lado y, a petición de Bobby, la vecina fue a buscar un trozo de papel y les anotó la dirección de Plovdiv a la que se habían mudado los Lazarovi y el número de móvil del hombre de mediana edad. Bobby le dio las gracias y, en lugar de estrecharle la mano, inclinó un poco la cabeza.

—*Mersi mnogo* —dijo Alexandra, lo que impulsó a la vecina a sonreírles y a hacerle una pregunta a Bobby.

—*Ungarka* —contestó él, y la joven levantó las cejas, visiblemente complacida.

—¿Qué? —preguntó Alexandra.

—Le he dicho que eres húngara. No digas nada, Bird. —Sonrió amablemente a la vecina y esta vez le estrechó la mano—. No es necesario que lo sepa todo, ¿verdad?

Al subir al taxi se quedaron sentados un minuto largo, sin hablar, con las ventanillas bajadas.

—¿Por qué querías entrar en la casa? —preguntó por fin Alexandra.

—He pensado que podíamos descubrir algo interesante.

—¿Y has descubierto algo?

—Sí —respondió él—, aunque aún no estoy seguro de lo que es. ¿Y tú?

—He descubierto que son las mismas personas. Las personas a las que estamos buscando, quiero decir. Estoy segura. Debería habértelo enseñado antes, pero no se me ha ocurrido. —Buscó en su bolso y sacó su cámara de fotos—. Aquí están.

Le impresionó verlos de nuevo tras visitar la casa: el hombre alto y apuesto inclinándose hacia su madre, sentada en la parte de atrás del taxi, y detrás de ellos la figura borrosa del anciano. El rostro del hombre alto, con su mirada melancólica, le resultaba ya familiar, y la anciana estaba casi guapa.

Bobby miró la pantalla.

—Sí, puede que sean los mismos. Ya lo veo. La edad parece coincidir, a juzgar por algunas de las fotografías.

Alexandra contempló la única imagen que conservaba de ellos, con la cabeza pegada a la de Bobby. Agrandó con cuidado la cara del hombre más joven. Vista de cerca, con aquellos ojos estrechos y luminosos, era aún más hermosa.

—Creo que es el niño pequeño de las fotografías. La gente cambia mucho al hacerse mayor, claro.

Al decir esto, sintió un alfilerazo debajo de una costilla, como solía sucederle: Jack, su único hermano, ya nunca envejecería. No cambiaría al hacerse mayor. Alexandra nunca oía expresiones como aquélla (hacerse mayor, crecer, madurar, estar en la flor de la vida) sin sentir un pinchazo de dolor, incluso cuando era ella misma quien las pronunciaba.

—Lo que cuenta es otra cosa —comentó Bobby junto a su hombro—. Que seguimos sin saber quién era Stoyan Lazarov. Puede que sea el hombre de esas fotos o puede que no. Ni siquiera tenemos la certeza de que viviera aquí.

—No, así es.

Alexandra seguía pensando en Jack, en las pocas fotografías que tenía de él, incluso en casa. Había hecho copias de las tres que más le gustaban y las había traído consigo, entre ellas una pequeñita que rara vez sacaba de su cartera. Prefería llevar copias que viajar con los originales, tan insustituibles como el propio Jack.

—Puede que Stoyan fuera más joven —dijo—. El hijo pequeño. *Arrancado en la flor de la vida.*

—Sí, pero, si era hijo de esa pareja de ancianos, en las fotografías aparecerían dos niños —señaló Bobby— o algún indicio del que murió.

—Bueno, en la casa había camas para cuatro personas —dijo Alexandra—. Contando la de matrimonio.

Bobby la miró con una expresión que ella interpretó como de admiración.

—Cierto. Y la policía te envió a esta casa. Así que, aunque no aparezca en las fotos, es probable que Stoyan Lazarov viviera aquí. ¿Qué fue lo que dijo el policía? ¿Que estaba seguro de que ésta era la dirección de Lazarov?

—Eso entendí. Pero puede que quisiera decir que ésta era la dirección de sus familiares más cercanos.

—Es posible —repuso Bobby—, pero preferiría que se lo hubieras preguntado.

—¿Tú lo preferirías? —Le sonrió a pesar de que su crítica le escoció un poco, y guardó la cámara.

Bobby estaba otra vez muy serio.

—Entonces ¿le enseñaste esta foto a la policía?

—Sí. Pensé que podía ser de ayuda.

—Entiendo.

Alexandra sintió de nuevo que estaba molesto. Luego, Bobby hizo un gesto de asentimiento, mirándola con sus luminosos ojos azules.

—Bueno, ahora tenemos un número de teléfono. Veamos si contestan.

Cogió su móvil y el papel que le había dado la vecina. Alexandra sacó el brazo por la ventanilla del taxi y lo observó, sin dejar de pensar en aquel hombre alto de ojos ambarinos. Oyó el pitido de la línea, interrumpido al cabo de unos segundos.

—No contestan —dijo Bobby—. Y no hay forma de dejar un mensaje.

Ella se mordió la parte interior del labio.

—¿Quieres ir a esa dirección de Plovdiv? —preguntó—. Aún me queda más de la mitad del depósito de gasolina.

—Pero tendrías que conducir aún más —contestó Alexandra, nerviosa.

¿Por qué habría de estar dispuesto Bobby a seguir llevándola de un sitio a otro? O bien pensaba cobrarle más de la cuenta, o bien se le insinuaría, tarde o temprano.

—Por favor —dijo Bobby—. Ya habíamos dejado claro que no es cuestión de dinero. Quiero saber quién era ese Lazarov, igual que tú.

19

Primero fueron a comer algo por sugerencia de Bobby. A pesar de su desasosiego, a Alexandra empezaban a gustarle muchas cosas de él; una de ellas, su tendencia a hacer pausas frecuentes para comer. Ella, que seguía siendo joven y esbelta, siempre tenía apetito. Había notado hacía tiempo que la mayoría de la gente espaciaba mucho las comidas o comía únicamente a las horas señaladas, mientras que ella empezaba a sentirse mareada y confusa si pasaba dos o tres horas sin echarse algo a la boca. En eso, Bobby, con aquel cuerpo suyo de corredor, fibroso y compacto, era igual que ella: siempre estaba hambriento.

Dejaron el taxi donde estaba aparcado y se dirigieron a pie hacia el centro de Bovech. Bobby había visto un bar abierto a dos calles de allí. También allí la acera estaba en mal estado, llena de agujeros. Alexandra caminaba con cuidado detrás de Bobby. Había otras casas parecidas a la de los Lazarov, con patios tapiados. Una de ellas estaba separada de la calle por una hilera de frutales jóvenes con el tronco pintado de blanco hasta la mitad. El sol le daba en la nuca e intuía que el verano estaba a punto de llegar a aquella región. Posiblemente un verano muy caluroso. Pasaron frente a lo que parecía ser un taller mecánico, con coches aparcados fuera, en filas, pero nadie a la vista para arreglarlos. La puerta estaba cerrada con candado y en la fachada alguien había pintado un cartel en chorreantes letras cirílicas blancas. Alexandra nunca sabría lo que ponía: era otro de los muchos misterios del viaje. Y de la pérdida: tampoco sabría nunca qué habría pensado Jack de aquel lugar.

Tocó el hombro de Bobby.

—¿Qué significan esas letras?

Él se volvió, ceñudo.

—Dice: *Ne parkirai pred garazha*. No aparcar delante del garaje.

—Entiendo. —Tuvo que reírse. Algunos misterios no lo eran tanto.

El solar siguiente estaba rodeado por una alambrada con un agujero en la parte delantera. Alexandra vio al otro lado una extraña exposición: decenas de columpios y esculturas de jardín amontonados. Parecían usados en su mayoría, incluso desvencijados. Las pilas para pájaros, construidas en cemento, se recostaban unas contra otras, exhaustas, y un gran tobogán de plástico con forma de cabeza de payaso yacía de lado, con la sonrisa anaranjada rota por una esquina. Casi todas las esculturas eran de animales: lobos con el hocico congelado en pleno aullido, leones caminando hacia ninguna parte, un oso puesto en pie y pintado de verde claro, una mofeta de dibujos animados con la cola levantada.

Uno de los animales —el único real— se movió de pronto y Alexandra lo vio corretear entre sus congéneres paralizados. Era un perro de tamaño mediano, con el pelo rayado, negro y marrón, la cara larga y negra y el pecho blanco como si acabara de cruzar un ventisquero. Era un perro de mínimo común denominador: procedente de cinco o seis razas distintas que, al mezclarse, se anulaban entre sí. Lo único que quedaba era su condición perruna, sus ojos castaños, siempre alerta, y una lengua rosa que colgaba amistosamente por un lado de su boca. El animal se dirigía hacia el hueco de la valla, y Alexandra se acercó a saludarle.

Bobby le cortó el paso bruscamente.

—Atrás —dijo—. No sabemos si está rabioso.

—¿Qué?

—En Bulgaria hay muchos perros rabiosos. Muerden a la gente.

El perro se detuvo a unos pasos de distancia, se sentó y miró con calma a Alexandra. O eso pensó ella: que la miraba fijamente. No había duda de que era un macho. Estaba muy flaco pero, allí sentado, parecía aún más sereno y apacible que los animales de cemento que tenía a su espalda.

—Le gusto —dijo.

—No estés tan segura —replicó Bobby, que observaba al perro atentamente—. Es un perro callejero, pero parece muy inteligente. Y limpio.

—Sí, cualquiera diría que sabe hablar.

—¿En inglés? —dijo Bobby—. Venga, vamos a comer.

Alexandra se volvió de mala gana. Sentía la frustración de una niña a la que le dicen que no acaricie al perro, al gato, al precioso ratoncito. En cuanto se alejaron, el perro les siguió. Alexandra lo vio al mirar atrás.

—*Kush* —dijo Bobby meneando una mano pero con cuidado, como para no hacerle enfadar.

El perro volvió a sentarse. Cuando echaron a andar de nuevo, se levantó y trotó tras ellos sin apresurarse.

—En realidad eres tú quien le gusta —dijo Alexandra, burlona—. Estoy segura.

Bobby sacudió la cabeza: ya había tenido suficiente. Llegaron al bar y le abrió la cancela a Alexandra. El perro se sentó en la acera; allí no podía entrar.

Había mesas colocadas delante del bar y Bobby eligió una a la sombra. Del edificio salía una música que Alexandra no había oído nunca: una complicada canción de aire oriental.

—No creo que tengan menú, pero puedes pedir un café y una tostada con queso —explicó Bobby.

Se acercó una camarera adolescente y sonrió a Alexandra. Llevaba zapatillas de lentejuelas plateadas y una camiseta negra que decía en inglés *Get Me Going!*

Mientras tomaban las tostadas y el café solo, el perro permaneció tranquilamente sentado más allá de la cancela, a la vista de Alexandra. Los observaba en silencio. Un reluciente hilillo de baba colgaba de su mandíbula.

—Tiene hambre —comentó.

Bobby sacudió la cabeza.

—No le hagas caso.

A ella le chocó aquella aceptación de las cosas malas: el hambre, la soledad, perros rabiosos sueltos, conducción peligrosa, aceras rotas. ¿Por qué la gente tenía que ser tan conformista? Incluida ella, por supuesto.

—Voy a guardar parte de mi tostada para dársela —insistió.

Bobby se encogió de hombros. El sol estaba ya muy alto y se colaba por entre las hojas, moteando sus platos vacíos.

—Tu tercera comida en Bulgaria —comentó Bobby, mirándola con la cabeza ladeada.

—Sí —contestó ella—. Ya estoy perdiendo la cuenta.

Al volver a la acera, se quedó rezagada un momento y dejó que el trozo de tostada resbalara de sus dedos. El perro se levantó de un salto. Alexandra se detuvo a mirarlo, y Bobby se volvió y soltó un suspiro.

—Tiene muchísima hambre —comentó ella.

Él cruzó los brazos.

—Sí, claro que tiene hambre. Es un perro callejero.

El perro retrocedió, engullendo su golosina, y se sentó al pie de un árbol, junto a la acera. Tragó y sacudió la cabeza; luego juntó las patas delanteras y se quedó mirando a Alexandra, su benefactora. Había una hoja de papel plastificado grapada al árbol, al nivel de los ojos. El perro se erguía, sentado, bajo el papel y les miraba fijamente. Alexandra advirtió que los caracteres cirílicos impresos en la hoja le resultaban familiares, al igual que la cara de la persona fotografiada en blanco y negro. Bobby se acercó a pesar del perro, que seguía sin moverse.

—Sí —dijo.

Era el nombre completo, STOYAN DIMITROV LAZAROV, 1915-2006, y algunas otras palabras impresas que Bobby le leyó en voz alta: FALLECIDO EL 12 DE JUNIO DE 2006, A LA EDAD DE 91 AÑOS. NUESTRO EMOCIONADO RECUERDO EN EL PRIMER ANIVERSARIO DE SU FALLECIMIENTO. El hombre de la imagen fotocopiada tenía los ojos hundidos, la nariz larga y fina, el cabello y las patillas de color negro y un aire muy setentero. No era un anciano, eso saltaba a la vista. Y aunque aquella fotografía tampoco estaba en la casa que acababan de visitar, Alexandra conocía aquel rostro serio e intenso.

—Vaya —dijo—. Así que sí que vivió en Bovech. Debía de ser el del violín, aunque aquí es mucho mayor, ¿lo ves? Y nació… —Hizo una pausa—. Durante la Primera Guerra Mundial. Pero ¿qué hace su foto en un árbol?

De pronto recordó que había visto otras hojas como aquélla, impresas en blanco y negro, en paredes y verjas en algunos pueblos por los que habían pasado. Había dado por sentado, distraídamente, que eran simples anuncios.

—Es un *nekrolog* —le explicó Bobby—. Se ponen cuando muere una persona. Y después se colocan otros *nekrolozi* en el aniversario de la muerte.

—En mi país no tenemos esa costumbre —comentó Alexandra.

Bobby tocó el papel. Estaba descolorido y arrugado, a pesar de estar plastificado.

—Aquí hay dos cosas que no están bien.

Alexandra se descubrió observando atentamente su perfil. No se parecía a nadie que ella hubiera conocido, y no porque fuera búlgaro.

—¿Qué?

—Primero, esto es lo que echaba en falta en la puerta de la casa. Esta hoja debería estar en la puerta o en la verja de delante, no sólo aquí, en la calle. Cuando hemos estado en la casa ha habido algo que me ha extrañado, pero no sabía qué era. En las casas en las que ha muerto un miembro de la familia recientemente, siempre hay un *nekrolog* en la puerta.

—Puede que la familia lo quitara para que la casa tenga mejor aspecto y atraiga más compradores.

—Puede ser. Pero se venden muchas casas desocupadas con *nekrolozi* en la puerta.

Alexandra miró al perro. Seguía sentado educadamente junto a sus pies y Bobby parecía haberse olvidado de él.

—¿Qué es lo otro que te ha extrañado? —preguntó ella.

—¿Puedes decírmelo tú?

Ella se quedó pensando.

—¿Cómo voy a saberlo?

—Piénsalo. Mira las fechas.

—Bueno, aquí dice que murió en 2006. —Miró a Bobby—. De eso hace dos años. Si este papel recuerda el primer aniversario de su muerte, tiene que llevar aquí casi un año.

—Sí.

—Ah —dijo Alexandra—. ¿Te refieres a por qué no lo han enterrado antes… o han enterrado sus cenizas, mejor dicho?

—Sí, por qué —dijo Bobby—. ¿Por qué?

—En Estados Unidos, hay gente que guarda las cenizas en su casa hasta que decide dónde enterrarlas. O que se las queda para siempre.

De hecho, yo habría preferido quedármelas si hubiera tenido elección, pensó, aunque no creía que sus padres lo aprobaran, y de todos modos no habían podido elegir.

—Aquí también hay crematorios, pero lo más normal es que se entierre a la gente. Todos mis abuelos están enterrados. Nada de cenizas, en época comunista. —Bobby se retiró el pelo lacio de la cara con los dedos—. Imagino que se debe a que en el fondo, culturalmente, seguimos siendo un país ortodoxo. La Iglesia ortodoxa cree que la gente necesitará sus cuerpos más adelante, cuando vuelva Jesucristo para escoger a los que hayan sido buenos. Entonces uno necesitará su cuerpo entero para levantarse y resucitar, y volver a vivir en el paraíso terrenal.

—Entiendo —dijo Alexandra.

No sabía si Bobby compartía esa creencia o sólo le estaba ofreciendo una explicación. Si aquello era cierto, por casualidad, una persona que hubiera matado a su propio hermano seguramente no resucitaría para vivir en aquel paraíso terrenal. De pronto se le saltaron las lágrimas y confió en que Bobby no se diera cuenta. Pero él seguía pensando en las cenizas.

—¿Por qué no enterraron a Stoyan Lazarov? —dijo—. Es decir, por qué no enterraron sus cenizas.

—Puede que estuvieran esperando a celebrar el funeral. —Alexandra se aclaró la voz—. Cuando los vi no parecían muy… adinerados, y ya hemos visto lo modesta que era su casa.

Bobby negó con la cabeza.

—Un funeral es un funeral. Hay que encontrar la manera de celebrarlo aunque no se disponga de dinero. Y la casa no es pobre, es muy decente. Además, hay un tercer interrogante. ¿Quién es el otro anciano?

—¿El otro anciano?

—Sí, ya sabes. Viste a un señor mayor que llevaba las cenizas, pero Stoyan Lazarov también era muy anciano cuando murió en 2006. Aquí dice que tenía noventa y un años. No podía ser hijo del otro anciano.

—Ya veo lo que dices —repuso Alexandra.

—Puede que fuera su hermano. Sí, eso sería posible, teniendo en cuenta la edad de ambos.

Sacó su móvil e hizo un par de fotos del *nekrolog*. El perro se giró de repente, lo que hizo que ambos dieran un respingo, y apoyó las patas delanteras en el árbol. Acercó el hocico al cartel descolorido como si percibiera su interés. Luego volvió a sentarse.

—Parece que este perro nos trae buena suerte —comentó Bobby. Se puso en cuclillas y miró atentamente al animal—. Es listo. Y parece estar sano, como tú decías, pero si tuviera casa llevaría algo en el cuello. ¿Cómo lo llamáis? Se me ha olvidado la palabra. Como lo de las camisas.

—Un collar —contestó ella.

—Un collar —repitió él.

Acercó la mano con la palma hacia arriba y el perro se la olfateó un instante. Luego se retiró, tranquila y educadamente. En medio de su negra cara, los ojos parecían extrañamente humanos, lo cual era un tópico, pensó Alexandra, sólo que en este caso era cierto.

—Creo que tienes razón. Es muy tranquilo y simpático —dijo Bobby—. Y ha encontrado el *nekrolog*.

Alexandra vio con sorpresa que estiraba lentamente el brazo para acariciar la cabeza del animal. Se lo tomó como una autorización para hacer lo mismo. Inclinándose hacia delante, rascó al perro detrás de las orejas, le frotó el cuello y acarició su lomo con los dedos, como había acariciado tantas veces a sus mascotas, de pequeña. El perro se apoyó contra ella y su cola fuerte y fibrosa golpeó sus zapatillas. Tenía el pelo limpio y suave; sólo sus patas estaban polvorientas. Hacía mucho tiempo que Alexandra no hacía tan feliz a alguien.

Bobby se rio.

—Es muy gracioso —dijo—. Y le gustas, no hay duda.

Se dirigieron hacia el taxi y Alexandra miró hacia atrás un par de veces y vio con pena —y con íntima satisfacción— que el perro los seguía. Pero cuando se volvió para despedirse de él, Bobby abrió la puerta trasera del coche y el perro se subió de un salto como si llevara con ellos toda la vida.

—¿Y si es de alguien? —preguntó Alexandra, incrédula.

—No creo que tenga dueño. Ya no.

El perro se acomodó en el asiento y Bobby cerró la puerta con cuidado de no pillarle el rabo. Alexandra montó delante sin decir nada y volvió la cabeza una sola vez, enamorada. Bobby puso en marcha el motor.

Ya habían recorrido un buen tramo de la calle cuando se dio cuenta de que había olvidado echar un último vistazo a la casa de Stoyan Lazarov, 1915-2006.

20

La carretera hacia Plovdiv discurría entre campos de labor. Alexandra veía montañas en el horizonte, por todos lados, algunas de ellas azules y muy lejanas, más allá de una extensa llanura. Otras, más cercanas, parecían emborronadas por la oscuridad, como largas manchas de carbonilla. El sol se estaba poniendo: era ya media tarde. Bobby tamborileaba con los pulgares en el volante; parecía estar cavilando y, tras un rato de silencio, le dijo:

—Ya será de noche cuando volvamos a Sofía, aunque encontremos enseguida a los Lazarovi. ¿Quieres quedarte a pasar la noche en Plovdiv? Es una ciudad preciosa.

A Alexandra se le subió el corazón de un salto a la garganta. Allí estaba, la proposición inevitable, la conversación que, indefectiblemente, un hombre joven se sentía obligado a mantener cuando conocía a una chica. ¿Y si Bobby tenía en Sofía una novia de la que no le había hablado? ¿Y si no la tenía? (lo cual era casi peor). Alexandra buscó palabras que expresaran su rechazo con firmeza, claramente pero sin parecer desagradecida. A fin de cuentas, Bobby llevaba dos días trasladándola de un sitio a otro y aún no le había puesto la mano encima.

—No estoy segura. —Se enderezó el cinturón de seguridad—. ¿No podemos regresar a Sofía?

—Sí, claro —contestó él como si aquello no tuviera ninguna importancia—. Pero llegaremos bastante tarde. Supongo que estarás muy cansada.

—Ya estoy pagando el hostal en Sofía —repuso ella—. Si alquilo… Si alquilamos, quiero decir, si cada uno alquila una habitación de hotel en Plovdiv…

Se interrumpió bruscamente. Aquello sonaba fatal. Era todo demasiado complicado. De hecho, empezaba a parecer ridículo. ¿Por qué nunca sabía cuándo parar? Empezó a picarle la cicatriz de la muñeca y se la rascó con saña a través de la manga.

Pero Bobby parecía sorprendido.

—No me refería a un hotel —dijo—. Sería muy caro. Tengo una tía que vive en Gorchovo, a una media hora al este de Plovdiv. Podríamos dormir en su casa.

Esta vez fue Alexandra quien se sorprendió. Y quien se avergonzó ligeramente.

—Pero no me conoce.

Él sonrió.

—Eso no importa —aseguró—. Soy su sobrino favorito y se pondrá muy contenta de verme y de conocerte. Le explicaré lo que pasa, menos lo de la policía, creo. Y puede que tampoco le diga lo de las cenizas.

—¿No deberías llamarla primero?

Él se rascó la nuca.

—Su teléfono suele fallar. Siempre estoy intentando convencerla para que lo arregle. Y, además, le gustará que le demos una sorpresa.

Las dudas volvieron a asaltar a Alexandra. ¿Y si no había ninguna tía? ¿Cómo podía saber adónde la llevaba Bobby? ¿A una casa vacía o un piso en cualquier parte?

Pero él no parecía entusiasmado, sólo ligeramente complacido por haber resuelto un detalle práctico.

—Es muy simpática y cocina de maravilla. Mis primos se independizaron hace mucho tiempo y su marido murió, así que le gusta que la visite siempre que puedo. Cuando yo era pequeño, nos mimaba mucho a todos, sobre todo a mí. Todavía me mima. De hecho, esta moneda me la dio ella. —Señaló el talismán que colgaba del espejo retrovisor: la mujer con el pelo recogido en un moño—. Es Atenea. Dice que es para ayudarme a recordar que debo ser prudente cuando conduzco.

—¿Vivíais cerca cuando eras pequeño?

—No, yo vivía en Sofía, pero iba a su casa a pasar el verano, cuando mis padres estaban demasiado ocupados para encargarse de mí.

Una nube cruzó su semblante. Bajó el parasol como si quisiera protegerse los ojos del sol.

—Yo también tengo una tía así —comentó Alexandra para distraerlo y olvidarse de las preguntas que tenía en la punta de la lengua. (*¿Por qué tus padres no podían hacerse cargo de ti?*)—. Vive cerca de un lago muy grande, en el estado de Georgia, y mi hermano y yo íbamos a pasar varias semanas con ella todos los veranos. Nos encantaba estar allí porque nos dejaba hacer un montón de cosas que nuestros padres nos habrían prohibido, como ir a pescar solos en medio del lago.

—¿Tu hermano no ha querido venir a Bulgaria?

Bobby le sonrió y ella vio que la carretera seguía el curso sinuoso de un río. Junto a ella discurría un camino de tierra. Un anciano iba en bicicleta por el camino, con varias bolsas de plástico llenas atadas al manillar. Delante de él, varias filas de árboles podados, de escasa altura, bordeaban el camino; el sol del atardecer hacía brillar las hojas de sus copas recortadas.

—Mi hermano está muerto —dijo Alexandra. Con el paso de los años había ensayado varias versiones de aquel enunciado, y finalmente se había decantado por el más sencillo—. Murió hace doce años.

—Lo siento mucho. —Bobby meneó la cabeza.

A pesar de que no vio moverse su mano, Alexandra tuvo la impresión de que sentía el impulso de tocarle el hombro y se refrenaba.

—Sí —se obligó a decir—. Era... Siempre quiso viajar. Le habría gustado conocer Bulgaria.

No añadió que Jack quería visitar el país, ni le explicó el motivo. Era un asunto demasiado íntimo.

—¿Era más pequeño o mayor que tú?

—Mayor. Me sacaba dos años. Era un chico estupendo —añadió sin pretenderlo.

¿Seguía siendo un chico al otro lado de la muerte o era ya un hombre? Se imaginó a Jack en el asiento negro del taxi, inclinado hacia delante, riéndose con aquel perfecto desconocido, comparando sus gustos musicales y diciéndole, quizás, algo al oído a su hermana: *¿No te decía yo que esto sería fantástico?*

—Lo siento. —Bobby pareció retraerse; luego cambió de postura detrás del volante, estirando su cuello y sus hombros musculosos. Ladeó la cabeza, señalando el asiento de atrás—. Bueno, ¿qué nombre le ponemos?

Alexandra, que se había olvidado del perro unos minutos, se volvió para mirarlo, aliviada por poder cambiar de tema. Estaba dormido, con la espalda apoyada en el respaldo del asiento, la cabeza y las patas relajadas y un ojo medio cerrado en su cara aterciopelada. Le pareció inmensamente vulnerable, montado en el coche, con ellos, rumbo a un lugar por el que ni siquiera podía preguntar.

—¿Qué hay de tu tía? —dijo—. ¿No le molestará tener un perro en casa?

—Puede dormir en el patio. No creo que a mi tía le importe. Pero tenemos que ponerle un nombre.

—Puede que ya tuviera uno —reflexionó Alexandra en voz alta, y comenzó a trenzarse el pelo sobre el hombro, como solía hacer cuando estaba pensando—. Pero supongo que nunca lo sabremos.

—Por eso necesita uno nuevo.

—¿Cómo soléis llamar a los perros en Bulgaria?

Bobby se quedó pensando.

—Bueno, antes la gente los llamaba *Sharo* —dijo—. O sea, «Mancha».

—No, necesita un nombre más interesante —repuso ella—. Es un tipo interesante. —Acercó la mano a los polvorientos pies del animal y luego decidió no sobresaltarlo.

—¿Qué tal *Prah*? —sugirió Bobby.

—Dijiste que significa «cenizas» —contestó ella indignada—. Es un poco siniestro, ¿no?

—Aprendes deprisa. —Bobby la miró—. Buena memoria.

—No, tenemos que ponerle un nombre bonito. —Dejó de trenzarse el pelo y paseó la mirada por la larga llanura soleada y los sauces lejanos—. ¿Cómo se dice «esperanza»?

—*Nadezhda* —le dijo Bobby—. Pero es femenino, y nombre de chica, además. También se llama así un barrio muy grande de Sofía en el que viven algunos amigos míos.

—¿Y *Stoyan*? —preguntó ella.

Él se rio.

—Eso es aún más siniestro —dijo—. Pero… vale. Es un buen nombre para un perro porque significa… «resistente», no sé si se dice así en inglés. Y este perro es muy resistente.

—Es un amor —repuso Alexandra, y esta vez acarició la pata huesuda del perro.

El animal se despertó y levantó la cabeza, entornando un ojo soñoliento. Luego se echó hacia atrás, se estiró en el asiento y volvió a dormirse.

—Podríamos llamarlo *Stoycho* —sugirió Bobby—. Se parece a Stoyan pero es distinto, y suena más respetuoso. Y, además, a un perro puedes decirle *stoy*, que significa «quédate ahí». —Miró hacia atrás—. *¡Stoy, Stoycho!* ¿Lo ves? Me hace caso.

—De acuerdo. —Alexandra levantó la mano—. Yo te bautizo *Stoycho*.

Plovdiv apareció ante sus ojos a la luz del atardecer, rojiza y dorada; se alzaba en la llanura, recortándose en siluetas que parecían mitad antiguas, mitad futuristas, pensó Alexandra con embeleso. Era mucho más grande que las demás ciudades por las que habían pasado. Se extendía por una serie de collados y se precipitaba hacia vaguadas urbanas: un tumulto de casas lejanas, iglesias antiguas, muros, árboles y, en las afueras, altos bloques de apartamentos.

—¿Te gusta? —Bobby sonrió y tamborileó sobre el volante—. Plovdiv es muy interesante, y muy antigua. Era una ciudad griega. Filipópolis, se llamaba, por Filipo II de Macedonia, el padre de Alejandro Magno. —La miró—. Antes había gente que creía que Alejandro nos pertenecía. Ya sabes, porque era originario de aquí. Ahora dejamos que los macedonios y los griegos se peleen por él. Todo el mundo quiere a Alejandro, tu tocayo.

—Gracias —repuso ella.

Bobby ajustó el parasol, mirando hacia el cielo.

—Hasta hay un teatro romano en una de las colinas. Plovdiv está construida sobre siete colinas, como la antigua Roma. Creo que es mejor que vayamos primero a casa de mi tía. Está a punto de anochecer. Queda muy cerca de aquí. Mañana por la mañana podemos ir a Plovdiv a buscar a los Lazarovi. Así podrás ver un poco el casco antiguo, ¿de acuerdo?

Alexandra no creyó que pudiera negarse: la casa era de su tía, y el coche suyo. Bobby tomó una salida rápidamente y un lustroso todoterreno negro cruzó por delante del taxi haciendo chirriar sus neumáticos y se alejó a toda velocidad.

—Tápate los oídos, Bird —le dijo Bobby—. Necesito soltar algunos tacos.

—Si son en búlgaro, no importa —repuso ella.

Él se puso a despotricar y Alexandra le escuchó con atención.

—¿Qué has dicho? —le preguntó cuando acabó.

—Le he dicho a ese conductor que un gato debería comerse las vísceras de su madre.

—¿En serio?

Bobby se rio.

—No, claro que no. He dicho las tonterías habituales, igual que en inglés.

Al tomar la salida, perdieron de vista la ciudad y sus vetustas colinas, y pusieron rumbo al sur, hacia un pueblecito. Al llegar a las afueras, pasaron junto a una tapia pegada a la carretera. Estaba cubierta de pintadas y encima de ella había sentados en fila varios niños gitanos que les saludaron con la mano, empujándose unos a otros. Estaban muy morenos y vestían ropas abigarradas. El más pequeño parecía tener apenas cuatro o cinco años. El muro tenía como mínimo tres metros de alto, y Alexandra sintió una oleada de angustia por que alguno de ellos se cayera a la carretera. Bobby sacudió la cabeza pero levantó la mano para saludar a los niños.

Alexandra se alegró al ver que el centro del pueblo era también antiguo y estaba lleno de árboles cubiertos de hojas nuevas. Un enorme edificio de cemento que había en la plaza arruinaba en parte su belleza. Tenía en la fachada una frase escrita en grandes letras cirílicas, con algunos huecos en medio. Encima de las letras había una escultura de metal herrumbroso: una niña de unos seis metros de alto, con un vestido largo y largas trenzas, a la que le faltaban los pies. Como ocurría en Bovech, los lugareños parecían moverse sin prisas, volviendo del trabajo o de hacer algún recado, cargados con bolsas de plástico. Les adelantó una camioneta llena de hombres, uno de los cuales se quitó la gorra para rascarse la cabeza. Frente al edificio de cemento con sus eslóganes mellados en la fachada, había un corro de señores mayores vestidos con traje y jerséis oscuros. Alexandra vio que un anciano tocaba el hombro de una señora como para recordarle que debían irse; ella se volvió para besar en la mejilla a otra señora.

Bobby se detuvo delante de un edificio de pisos con cornisas de piedra gris y paredes desconchadas. Alexandra se desanimó de pronto.

—No tenemos correa para *Stoycho* —dijo—. Una cuerda, quiero decir, algo con lo que sujetarlo.

—No va a separarse de nosotros —le aseguró Bobby—. Querrá cenar.

Dejó salir al perro del coche y *Stoycho* se tambaleó un momento y luego estiró las patas.

—Tú —le dijo Bobby en tono severo—, ven conmigo.

Se señaló los zapatos y el perro los siguió hacia la parte de atrás del edificio, donde había un patio.

—Quédate aquí —ordenó Bobby—. Te traeremos algo de comida y agua.

El perro orinó abundantemente en un arbusto, olfateó el charco y luego se sentó y los miró. Alexandra vio que azotaba el suelo polvoriento con el rabo. El patio la sorprendió: era un mar de barro seco con escuálidos atolones de grama aquí y allá y un foso en un rincón, en el que alguien había arrojado el chasis de un anticuado carrito de bebé. Lo rodeaba un muro ruinoso, rematado con trozos de cristal clavados en el cemento, muchos de los cuales habían vuelto a romperse y estaban desperdigados por el suelo. Confió en que *Stoycho* no pisara los cristales. Le acarició la cabeza y, haciendo un esfuerzo, se alejó.

Cuando rodearon el edificio, vio que la acera de enfrente estaba agrietada y fangosa. Se preguntó cómo pasaría *Stoycho* (y ella misma) la noche. De pronto deseó estar en casa, en Greenhill, con sus lisas aceras. Casi se arrepentía de haber venido al país favorito de Jack, pintado de verde claro en el mapa.

21

Bobby llamó a uno de los ocho viejos timbres, retrocedió y levantó la mirada. Pasado un momento, alguien los llamó desde lo alto. Alexandra vio que una mujer de cabello rojo, vestida con una bata, se inclinaba sobre un balcón, dos pisos más arriba. Sonreía y saludaba impetuosamente con la mano.

—¡Ay! —exclamó—. ¡Ay, Asparuh! *Kakvo pravish tuk?*

Bobby sonrió con las manos metidas en los bolsillos y contestó algo a voces.

—Pregunta qué hacemos aquí —le explicó a Alexandra—, y le he dicho que no podía vivir ni un día más sin comer uno de sus guisos.

La mujer saludó a Alexandra levantando una mano y les indicó rápidamente que esperaran. Alexandra la saludó con un ademán, sintiendo de pronto que aquello era una locura. Entonces oyó a alguien en la escalera y la tía de Bobby abrió el portal del edificio. Era mucho más baja que Alexandra y de complexión cuadrada, sin ser gorda. Llevaba recogido por detrás el cabello de color caoba, a todas luces teñido. Vestía una bata floreada con grandes bolsillos y calzaba unas pantuflas de felpilla. Sus piernas desnudas estaban surcadas de varices. Besó a Bobby en las mejillas cuatro o cinco veces, sonoramente. Él le presentó a Alexandra y su tía le estrechó la mano, primero con una sola mano y luego con las dos.

—Pavlina —le dijo varias veces.

—Se llama así —explicó Bobby—. Dice que puedes tutearla. Y que subamos enseguida. Pero primero voy a explicarle lo de *Stoycho*.

La tía Pavlina se puso seria un momento al oír hablar del perro, y Alexandra adivinó por cómo miraba a Bobby que no era la primera vez que su sobrino se presentaba con extrañas compañías, como una chica americana o un perro callejero. Había confiado en que la tía invitara a subir al perro, pero no parecía que fuera a hacerlo. La siguieron hasta el segundo piso. Alexandra trató de no prestar atención a la mugrienta escalera. Pavlina abrió la puerta de su casa y volvió a cerrarla cuando entraron.

Se encontraron en un saloncito con puertas cerradas a ambos lados. La luz del atardecer entraba por la puerta abierta de la cocina y se derramaba por el suelo de parqué, tan limpio que semejaba ámbar pulido. Las paredes estaban pintadas de un tono tan claro que parecía confundirse con la luz. Alexandra vio colgada en una de ellas una acuarela que representaba unas barcas varadas en la playa, con la proa lamida por el oscuro oleaje. Bobby colgó su chaqueta en el perchero de un espejo antiguo. Alexandra vio la mitad de su cara reflejada en el espejo y de pronto le pareció extraña y difuminada como un daguerrotipo. Imitando a Bobby, se quitó las deportivas y se puso unas pantuflas de lana que amortiguaban el ruido de sus pasos.

Luego, la tía Pavlina los hizo entrar en la cocina, donde olía a patatas cocidas y carne guisada. Bobby suspiró satisfecho y se dejó caer en el desvencijado diván que había en el rincón. Sobre la mesa de formica roja había una tabla de cortar y un cuchillo; en el fregadero, muy usado pero impecable, se veían varias mondas de patata. El suelo parecía fregado hasta la saciedad, y el sol del ocaso entraba por las ventanas, cuyos cristales estaban tan limpios que eran casi invisibles. La tía Pavlina indicó a Alexandra que se sentara y bajó el volumen del pequeño televisor, en el que un hombre vestido con esmoquin regalaba un coche deportivo a quien respondiera a su siguiente pregunta. Era un programa estadounidense. Sobreimpreso en la pantalla se leía: «¿Cuál es el mayor lago de Dakota del Sur?» El hombre trajeado daba a elegir entre varias respuestas. Alexandra sólo sabía que no era el lago Victoria. Quizás en Dakota del Sur no hubiera ningún lago.

Antes de que descubriera cuál era la respuesta correcta, se interrumpió el programa para dar paso a un boletín de noticias. Bobby se incorporó y se rodeó las rodillas con los brazos. El locutor estaba delante de un podio en el que un joven parecía estar presentando a un hombre mayor. Éste se acercó al micrófono y contempló a su público con una sonrisa. Tenía un aspecto vigoroso a pesar de su edad, y el cabello, abundante y bien cuidado, le llegaba casi hasta los hombros. Esta vez, Alexandra se fijó no sólo en su espesa barba castaña y en su bigote, sino en que tenía una franja de profundas cicatrices en la parte superior de las mejillas. Se acordó de las mutilaciones rituales que veía en los números de *National Geographic* cuando era pequeña.

El hombre leyó una escueta declaración y se oyeron los aplausos de varias personas situadas allí cerca.

—¿No es ese tipo de las minas? —le preguntó Alexandra a Bobby—. ¿Qué está diciendo?

Bobby no contestó hasta que empezó un anuncio (de queso, fabricado por ovejas felices). Entonces se arrellanó de nuevo en el diván.

—Estupendo —dijo amargamente—. Sí, era Kurilkov, el ministro del que te hablé. Acaba de anunciar su intención de presentarse a las elecciones con un partido propio dentro de dos años, como todo el mundo preveía. Si su partido consigue suficientes escaños en el parlamento, será primer ministro, el puesto más poderoso de Bulgaria. —Arrugó el ceño—. Todavía no puede empezar a hacer campaña oficialmente, pero ya nos ha dicho cuál va a ser su eslogan: *Bez koruptsiya*, sin corrupción. Nos ha advertido de que va en serio y le han aplaudido.

—¿Por qué te parece tan mal? —Alexandra observó su semblante.

Bobby tiró de la borla de uno de los cojines de la tía Pavlina.

—Los políticos que hablan de pureza suelen acabar decidiendo quién es puro y quién no. Kurilkov ya ha declarado a un periódico que todo búlgaro que no contribuya de manera positiva a la sociedad será buscado y obligado a trabajar, a través de nuestro sistema penitenciario, para reconstruir la economía. Es una cosa muy rara, un disparate, pero hay mucha gente que lo quiere por ello. Imagino que se refiere a cualquiera que no apoye su campaña, cuando dé comienzo formalmente.

La miraba con severidad, pero tía Pavlina lo interrumpió señalando el fogón.

—Pregunta si quieres carne —dijo Bobby—. Ha oído decir que muchos estadounidenses son vegetarianos.

—Por favor, dile que me encanta la carne —contestó ella, a pesar de que hasta hacía dos días era totalmente vegetariana—. Ojalá pudiera hablar con ella. No sabe inglés, ¿verdad?

—Por desgracia, no. Sólo ruso y francés. Estudió algo de francés en el colegio, en Plovdiv, y toda la gente de su edad habla ruso, da igual al colegio que fueran.

—*Madame, je m'excuse que je ne parle pas votre langue* —dijo Alexandra torpemente, y ambos la miraron extrañados.

La tía Pavlina se acercó a la mesa, la agarró por los hombros y se inclinó para besarla en el pelo, apretándole la mejilla contra la sólida alacena de su pecho.

—*Oh, ma petite! Et tu parles français comme une française!*

—No, qué va —contestó Alexandra, poniéndose colorada y tratando de conservar la calma.

Mientras cenaban —infinitamente mejor que en cualquier restaurante desde la llegada de Alexandra a Bulgaria—, la tía Pavlina le preguntó en francés y búlgaro por su familia, su ciudad natal y sus planes para trabajar en Sofía. No preguntó, en cambio, por el motivo de su viaje. Alexandra intuyó, un poco azorada, que daba por sentado que Bobby y ella eran pareja. Le preguntó, a su vez, cuál era su profesión. Al parecer, había trabajado treinta años en un colegio de primaria. Le dijo en francés que su marido había muerto hacía diez años, atropellado por un camión.

—Estuve dos años sin dormir, *chérie*.

Yo también, quiso decirle Alexandra, pero prefirió rebuscar en su memoria alguna palabra de condolencia en francés, hasta que la tía Pavlina la interrumpió, echándose a reír por sorpresa.

—Todo el mundo tiene sus penas —dijo.

Enseñó a Alexandra cómo se decía pena, patata, mesa y cuchara en búlgaro, y le hizo copiar las palabras en su cuaderno.

Después de la cena, fregó los platos y limpió la cocina con la asepsia propia de un laboratorio, negándose a aceptar la ayuda de Alexandra. Bobby no se ofreció a ayudarla; salió al balcón de la cocina y, apoyado en la barandilla, se puso a mirar el cielo. Entonces Alexandra se acordó de *Stoycho* y bajaron los tres a darle las sobras de la cena. Pavlina, con su bata floreada y otras pantuflas, se mantuvo a distancia. *Stoycho* movió el rabo con entusiasmo y se puso a dar vueltas a su alrededor hasta que Bobby le ordenó que se sentara. Engulló la comida y acto seguido se desperezó. Lo ataron con una cuerda que había encontrado la tía Pavlina y se echó tranquilamente en un trozo de manta vieja sacado del taxi. A Alexandra no le apetecía dejarlo toda la noche a la intemperie, pero Bobby le aseguró que el perro podía enfrentarse a cualquier cosa que lo molestara en la oscuridad.

Cuando la tía Pavlina entró en el edificio delante de ellos, Alexandra agarró a Bobby de la manga y se obligó a preguntar:

—¿Cómo vamos a dormir? Quiero decir que si... si hay suficientes habitaciones.

Bobby escudriñó sus ojos un momento y ella pensó que quizás estuviera enfadado. Luego le pareció que iba a reírse de ella.

—¿No quieres dormir conmigo, cariño? —preguntó él.

Alexandra tragó saliva.

—Bueno, no es eso… Quiero decir que me caes bien y…

—Bird —la interrumpió él—, me gustaría que dejaras de preocuparte. Ya te quiero mucho, pero soy gay.

—¿Qué? —dijo ella.

—Soy gay. En Estados Unidos se dice así, ¿no?

Alexandra vio su sonrisa desafiante, pero también creyó advertir un fugaz destello de incertidumbre. ¿Cómo iba a tomárselo ella?

—Pero eso es… —Todavía estaba sorprendida—. Eso es genial. No lo sabía. Es fantástico. Quiero decir que no me importa. —Iba de mal en peor—. De hecho, yo…

—Mis padres lo saben —añadió él—, pero mi tía no. O puede que no quiera saberlo. No quiero forzarla. Y mis padres no se lo tomaron bien. Mi madre todavía me habla. Mi padre, menos.

—Lo siento. —Se obligó a mirarlo: una sombra profunda cubría su semblante. Pena—. Yo no voy a decirle nada, claro.

—Es otro motivo por el que no le tengo simpatía a la policía, Alexandra. Les gusta hacer listas de gente.

Se miraron el uno al otro. Ella se preguntó si debía preguntarle si le habían detenido alguna vez por ser homosexual. Y si tenía pareja.

Lo intentó de nuevo.

—Antes no quería decir que no me gustaras. De hecho, ahora mismo estaba pensando que si no fueras gay…

Pero aquello era tan violento que le dio la risa, a su pesar, y se tapó la boca con la mano. No recordaba la última vez que se le había escapado la risa así.

—Exacto —dijo Bobby con una sonrisa, y le puso delicadamente un par de dedos en la frente, como si la ungiera con su amistad.

La tía Pavlina le dio a Alexandra un camisón de nailon rosa que le quedaba cinco tallas grande y le llegaba justo por debajo de la rodilla, una toalla con textura de cartón almidonado, un cepillo de dientes limpio y, por último, un gorro para la ducha, como si estuviera en un motel americano. Alexandra se encerró en el cuarto de baño, se quitó la ropa y observó su rostro despierto y sus pechos pequeños en el espejo. Al menos su cuerpo no había cambiado. El cuarto de baño no se parecía a ningún otro que hubiera visto. La cisterna del váter, situada cerca del techo, se accionaba tirando de una cuerda. Pegado a la pared había un calentador de agua, y Alexandra se dijo que debía darse prisa, si aquel termo contenía toda el agua caliente de Pavlina. Pero lo más extraño de todo era que el agua de la ducha se iba por un desagüe abierto en medio del suelo, sin paredes ni cortinas a su alrededor. Todo parecía extremadamente pulcro y el olor a productos de limpieza era tan fuerte que producía picores en la nariz.

Alexandra se lavó el pelo con algo que encontró en un bote de plástico, se secó el cuerpo con la impecable y tiesa toalla y descubrió que no se había acordado de quitar el rollo de papel higiénico del alcance de la ducha y estaba, por lo tanto, empapado. Hasta el papel higiénico le resultaba extraño: era rosa oscuro y maleable, como si estuviera hecho de una sustancia gomosa. Ahora parecía inservible. Había dejado los calcetines cerca del váter y también estaban mojados. Se alegró de haber colgado el resto de su ropa en un gancho, detrás de la puerta. Por un instante deseó de nuevo estar en casa. Se puso el ancho camisón de la tía Pavlina y se peinó a duras penas con el peine que encontró en un estante.

La tía Pavlina le había hecho la cama en una de las habitaciones que tenían la puerta cerrada. Había varias estanterías con una fila de libros de bolsillo y fotografías enmarcadas de diversos niños. Alexandra estaba segura de que el niño de unos ocho años con el cabello liso y claro y la camisa de manga larga era Bobby. Sus ojos no habían cambiado nada. En otra foto aparecía Pavlina sentada junto a un hombre de gruesas gafas nacaradas. La bolsa con la urna descansaba sobre una silla. Alexandra lamentó no ver a *Stoycho* desde su ventana, pero la habitación daba al edificio de al lado, con un grupo de árboles escuálidos en medio.

Pavlina se acercó a la puerta con el pelo envuelto en un pañuelo de algodón y le preguntó si necesitaba algo más. Alexandra se inclinó instintivamente y la abrazó. La tía de Bobby era como un animal: de músculos grandes y carnes firmes. Estrechó con fuerza a Alexandra unos instantes a pesar de que era mucho más bajita que ella y murmuró algo en búlgaro. Luego apagó la luz, cerró la puerta y le dijo adiós con la mano a través del cristal esmerilado. Alexandra vio su silueta y la de Bobby ir de un lado para otro. Un reino de sombras. Fue la primera vez desde hacía años que se sentía a salvo justo antes de dormir.

Mucho después, sin embargo, se despertó soñando que había algo horrible bajo su cama, algo que se desenroscaba y cobraba vida y que luego, con la misma prontitud, volvía a quedar inmóvil. La habitación estaba a oscuras. Sin pretenderlo, gritó y se levantó de un salto. Oía un chillido procedente de la calle: alarmas de coches saltando a su alrededor, por todas partes. Una fracción de segundo después Bobby irrumpió en la habitación, la agarró de la mano y corrieron juntos por el pasillo, hasta la puerta del piso. Parecía llevar puesta sólo su ropa interior, unos calzoncillos blancos. Alexandra vio a la tía Pavlina delante de ellos. Avanzaba rápidamente, en camisón, con el pelo todavía envuelto en aquel pañuelo de algodón. El suelo volvió a temblar y Alexandra soltó un grito sin querer. Sólo había visto aquello en las películas. En la escalera sucia, las luces se encendían y se apagaban mientras bajaban a trompicones y salían por el portal. Había otros vecinos saliendo atropelladamente, confusas siluetas humanas, voces que gritaban preguntas u órdenes. Una farola alumbraba la acera. Algunos coches aparcados seguían aullando. Alexandra vio que también había grupos de gente frente a los edificios del otro lado de la calle. Un perro ladraba frenético en la oscuridad y, algo más lejos, ladraba otro.

—Ha sido fuerte —comentó Bobby—. Y largo. —Se apartó el pelo sudoroso de la frente.

—¿Un terremoto? —preguntó Alexandra para asegurarse.

—Sí.

—Nunca había sentido un terremoto —dijo ella.

Sin saber por qué, se le ocurrió que Jack tampoco había vivido nunca un terremoto, ni lo viviría ya. Ahora que había pasado, sintió que le temblaban las rodillas. Estaba descalza. Se acordó de comprobar que no hubiera cristales rotos por allí cerca, y entonces pensó en el perro.

—¡Ay, no! —exclamó—. ¡Ese que ladra es *Stoycho*! Y la urna sigue en mi habitación.

Dio media vuelta, sin saber qué rescatar primero, pero Bobby la agarró por el codo.

—No podemos entrar por ahora. Podría haber otro temblor. A la urna no va a pasarle nada. Deja que vaya yo a ver cómo está *Stoycho*. También tengo que ir a echarle un vistazo al taxi. Quédate aquí y ayuda a *lelia* Pavlina —añadió, a pesar de que su tía estaba charlando con dos vecinas más jóvenes, como si los temblores de tierra fueran un grato acontecimiento social.

Desapareció al otro lado del edificio, su espalda desnuda pálida a la luz de las farolas. Cuando regresó, traía a *Stoycho* consigo. Era la primera vez que Alexandra veía al perro acobardado. Tenía el pelo erizado y la cabeza más pegada al suelo que los hombros. Temblando, se acercó a Alexandra y se apoyó contra su rodilla.

—Tranquilo —musitó ella agachándose—, cariño mío.

Le acarició la cabeza y las orejas y le rascó el pecho con los dedos.

—Voy a echar una ojeada a mi taxi —le dijo Bobby.

Cerca de allí, un par de personas abrieron sus coches y apagaron las alarmas.

El siguiente temblor se produjo justo entonces: más débil que el anterior, pero súbito y violento. La impresión que le había producido el primero volvió a apoderarse de cada célula del cuerpo de Alexandra: aquella horrible sacudida bajo los pies, el terror que le calaba los huesos. Se oyeron leves gritos en la calle. Bobby le rodeó los hombros con el brazo, clavándole los dedos en la piel. Unos cuantos guijarros se desprendieron de las cornisas y cayeron a la acera como lluvia petrificada. Alexandra tuvo la suficiente serenidad para mantener sujeta la cuerda de *Stoycho*. La tierra volvió a aquietarse de repente.

—Tranquila —le dijo Bobby como había hecho ella con el perro. Seguía sujetándola por el brazo y *Stoycho* se había agazapado patéticamente a sus pies—. Éste ha sido mucho más débil. Si hay más, no serán para tanto. Puede que no haya ninguno más, pero creo que habrá daños en otros sitios, donde seguramente habrá sido más fuerte. Pronto lo sabremos. Ven conmigo. Vamos a ver mi coche.

Alexandra se alegró de no tener que quedarse entre los vecinos. Estaban hablando otra vez animadamente, con Pavlina en medio. Alexandra y *Stoycho* siguieron a Bobby hasta la calle transversal, donde dobló una esquina y se paró en seco. También había vecinos delante de los bloques de aquella calle, formando pequeños grupos en la acera. Entre ellos, un anciano cubierto con un albornoz que arrastraba por el suelo. Todavía sonaba una alarma, pero más lejos. El taxi de Bobby estaba aparcado debajo de una farola que brillaba aún, intacta por el terremoto. Sobre el parabrisas había algo que Alexandra pensó en un principio que podía ser una multa. Cuando se acercaron, vieron que eran dos palabras garabateadas en pintura amarilla. Bobby soltó un exabrupto y corrió a tocar la pintura. Luego se quedó mirando el parabrisas. Alexandra pensó que tenía una expresión muy extraña.

—Y todavía está un poco húmeda —dijo él.

—¿Qué es lo que dice? —preguntó ella, pero Bobby se había girado, alerta.

De pronto echó a correr calle arriba y desapareció un momento al doblar la siguiente esquina, pasando entre dos bloques de pisos.

Regresó con los puños apretados.

—A veces la gente abre los coches cuando hay un terremoto, por el ruido que hacen las alarmas. Pero no suelen hacer pintadas.

—¿Qué es lo que pone? —insistió ella.

Bobby sacudió la cabeza.

—Pone *Bez koruptsiya*. Sin corrupción.

—El eslogan de tu político favorito —comentó ella, tratando de hacerle sonreír.

Bobby tenía un semblante sombrío.

—Sí, exacto. —Tocó de nuevo la pintura y se limpió el dedo en la parte de atrás de los calzoncillos—. Puede que Kurilkov tenga grafiteros en Plovdiv. La verdad es que tiene muchos seguidores en estos pueblos pequeños. Pero no hay pintado ningún otro coche. —Se inclinó hacia el parabrisas—. Ojalá tuviera aquí el teléfono para hacer una foto.

Luego miró a Alexandra y bajó la voz.

—No te preocupes —dijo—. Sólo es una gamberrada. Lo limpiaré por la mañana.

Acurrucada en la cama del cuarto de invitados de Pavlina, temblando, Alexandra tardó una hora en volver a dormirse. O, mejor dicho, se adormeció y se despertó intermitentemente, asustada, temiendo que el colchón volviera a moverse. Lamentaba no tener a *Stoycho* allí con ella, o incluso a Bobby. Cuando por fin consiguió dormirse, soñó con terremotos y con un hombre alto y apuesto, vestido en blanco y negro. El hombre sonreía, pero tenía sangre en el antebrazo como si acabara de practicarse una incisión con un cuchillo. Se inclinaba hacia el interior de un coche para darle algo con la otra mano, la que tenía limpia. Ella, sin embargo, no lograba ver qué era. «¿Ves?», decía, pero Alexandra no veía nada. Deseaba agarrar su mano y besarla, contuviera lo que contuviera, pero él ya había desaparecido.

22

—El apellido de la familia no es Lazarovi —dijo Bobby—. La vecina de Bovech nos dio uno distinto.

Estaban sentados en el taxi, a la luz radiante de la mañana. Bobby acababa de desdoblar un trozo de papel y la tía Pavlina les decía adiós con la mano desde el balcón. El terremoto no parecía haber causado desperfectos.

—Es increíble. No se ha caído ni una teja —había comentado Bobby durante el desayuno, aunque según el telediario matinal el terremoto había producido grietas en las paredes y dos víctimas mortales en una localidad situada más al sur—. Ni siquiera ha sufrido daños el casco viejo de Plovdiv, excepto un coche que rodó por una cuesta abajo y chocó contra un muro. Es una suerte.

Stoycho daba vueltas en el asiento trasero, tratando de encajar sus largas piernas en alguna parte.

—Aquí no pone Lazarov —insistió Bobby—. Debería haberme fijado ayer.

—A lo mejor están viviendo en casa de algún familiar de la otra parte de la familia y por eso el apellido es distinto. O con algún amigo —sugirió Alexandra.

—Sí, puede ser. He probado a llamar otra vez al número del hombre más joven, pero sigue sin contestar y no puedo dejar un mensaje. Aunque seguramente es mejor así: me resultaría difícil explicárselo por teléfono y, si decimos que tenemos algo que les pertenece, puede que sospechen de nosotros o que se asusten. Estamos muy cerca de allí. Creo que lo mejor será presentarnos en la casa y enseñarles la urna.

Alexandra se preguntaba qué harían con *Stoycho* cuando volvieran a Sofía tras completar su misión. Confiaba en que Bobby tuviera suficiente sitio en su casa para quedárselo y pudieran verse de vez en cuando.

Salieron lentamente del pueblo. Al pasar por el centro, junto al edificio de cemento con la estatua de la muchacha vestida en traje regional, vieron a un grupo de ancianos sentados alrededor de una fuente seca. Quizás fueran los mismos que Alexandra había visto la víspera. Seguramente estarían hablando del terremoto. ¿Qué habrían visto aquellos ojos en sus ochenta o noventa años de vida? Tal vez algunos de ellos habían vivido en aldeas antes de la era comunista y emigrado a la ciudad empujados por una oleada de modernización, habían dejado atrás la pobreza o, por el contrario, se habían sumido en ella, o habían sido detenidos por delitos ficticios contra el Estado. Ahora, le parecían separados por completo del curso de la historia, aguardando allí a que se acercara una paloma o un viejo amigo les estrechara la mano.

Cuando entraron en Plovdiv, vio que la parte baja de la ciudad estaba formada por un denso batiburrillo de tiendecitas y casas, bloques de pisos y una iglesia. Distinguió fugazmente un taller lleno de lápidas de mármol y, a su lado, una casa de comidas con las lunas empañadas y un letrero en inglés: *HOT FOOD*, comida caliente. Bajó la ventanilla y notó un olor a pan recién hecho, a gasolina, a tierra removida, a carne frita y, por debajo de todos aquellos aromas, la delicada frescura de la mañana. Había gente en las aceras y cruzando la calzada. Vio una calle peatonal flanqueada por edificios recién pintados cuyos tejados rojos semejaban alas de sombreros; hoteles con letreros gigantescos emergiendo de las azoteas, anunciando nombres de bancos o marcas de coches; sicomoros de inmenso tronco; tres chicos con monopatín. Vio una mezquita con su hermoso minarete apuntando hacia arriba. Las aceras estaban limpias.

—¿Te gusta? —Bobby la miró y deslizó las manos sobre el volante.

—No está mal —contestó ella con una sonrisa.

El taxi avanzó lentamente por otra calle bordeada de estrechos edificios de color gris, ocre, crema y azul, y terrazas de cafés protegidas con sombrillas: un París oriental. Luego empezaron a ascender. La luz del sol atravesaba el llano antes de reflejarse en los promontorios de la ciudad. Alexandra sintió llegar aquella luz de la montaña al campo y de allí a lo alto de las colinas, como venía sucediendo desde hacía siglos.

En el siguiente cruce, Bobby consultó su trozo de papel y el plano que les había dado la tía Pavlina. Alexandra vio que tres niñas salían de una tienda y se enlazaban por la cintura. Junto al escaparate de una panadería había un hombre con un mono, pero Alexandra reparó enseguida en que el mono no era de verdad. Era una marioneta que el hombre hacía moverse ante los transeúntes dispuestos a echar unas monedas en su cestillo. Una mujer que salió de la panadería dejó un paquete envuelto en una servilleta encima de las monedas: algo que desayunar para el hombre de la chaqueta raída. El mono se arrojó hambriento hacia el paquete. Luego cambió el semáforo, Bobby siguió conduciendo y Alexandra no pudo ver qué sucedía a continuación.

—Estamos cerca —dijo él—. Viven justamente en la parte más antigua. Para ti va a ser espectacular.

Condujo el taxi cuesta arriba por una de las colinas, hasta que las calles, muy empinadas, se volvieron de adoquines. Por todas partes había muros de piedra rematados con tejas rojas, y pasadizos con arcadas. Al mirar hacia delante, Alexandra vio casas con voladizos sostenidos por vigas de madera, algunas de ellas decoradas con cenefas, flores y medallones pintados. En una balconada colgaban alfombras con abigarrados dibujos geométricos. En cuestión de minutos, parecían haber retrocedido varios siglos. Allí arriba era fácil imaginar que el siglo XX no había tenido lugar. Alexandra echó de menos a Jack, aunque sospechaba que su hermano habría preferido la descarnada crudeza de los bloques de viviendas de Sofía.

—Tenemos que aparcar aquí —dijo Bobby—. Más allá no se puede ir con el coche. Tendremos que dar un corto paseo.

—¿Y *Stoycho*? —Alexandra miró hacia el asiento de atrás.

El perro dormía como si tuviera que recuperar años y años de sueño perdido.

—Tendremos que arriesgarnos a dejarlo aquí un rato. Dejaré la ventanilla un poco bajada.

—¿No intentarán robárnoslo? —preguntó ella sin poder refrenarse.

—Él no lo permitiría —repuso Bobby con firmeza—. Pero tienes que traer la bolsa.

—Para que podamos devolverla —dijo Alexandra con una oleada de placer.

Mientras subían por la colina, la urna le pareció ligera. La acera era tan empinada que los pies se le doblaban hacia las espinillas. Sostenía la bolsa con fuerza, porque aquél sería el último tramo que recorrería con ella. Torcieron hacia una callejuela estrecha. La nota que sostenía Bobby parecía conducirlos a una mansión decorada con rizadas hojas de acanto sobre fondo de estuco azul. El letrero de la fachada decía МУЗЕЙ/MUSEO y el número de la casa era casi el correcto, aunque no del todo.

Al cruzar la verja, vieron dentro del patio amurallado del edificio principal una pequeña vivienda de dos plantas cuyo número coincidía exactamente con el de sus señas. Alexandra comenzó a sonreír al verla. Era una casita enlucida, como el museo, pero pintada de un suave tono bermejo. A su izquierda, cobijando el tejado, se alzaba un árbol que Alexandra no reconoció. Se parecía a un haya, pero sus ramas colgantes, cuajadas de minúsculas yemas entre verdosas y amarillas, recordaban a las de un sauce. Encima de la puerta principal se veía un sol tallado en madera. Estirando los brazos y cogidos de la mano, Alexandra y Bobby podrían haber abarcado la fachada entera. Las ventanas situadas a cada lado de la puerta tenían rejas de hierro forjado entre las que crecían gran cantidad de flores. El número que buscaban aparecía, escrito en blanco, en un letrero azul sujeto al estuco.

—Qué bonito es esto —comentó Alexandra.

—Sí —dijo Bobby—. No es la verdadera Bulgaria, pero es bonito.

—No se ve a nadie por aquí —susurró Alexandra, temiendo encontrarse con otra casa vacía.

—Y no hay timbre —observó Bobby, pero levantó la mano y tocó a la puerta.

Ésta se abrió casi de inmediato y una anciana apareció ante ellos, muy erguida. El cabello, blanco y suelto, le llegaba hasta los hombros. Vestía una larga chaqueta de punto morada, abrochada sobre un vestido negro con un enorme broche en el cuello. Alexandra se fijó enseguida en el broche, por su tamaño y porque reflejaba la luz del sol que entraba por la puerta. Era de esmalte y estaba decorado con lirios, iris y hojas verdes. El rostro de la mujer era como un pico y sus ojos eran tan negros como blanco era su cabello, lo que le daba el aspecto de un negativo fotográfico. Alexandra pensó al principio que podía ser un fantasma, y luego que debía de ser la guía del museo. Los miró sin sonreír pero sin miedo, y posiblemente también sin curiosidad.

Bobby se dirigió a ella amablemente y le tendió la mano, un gesto que ella apenas pareció notar. Alexandra entendió «Lazarovi» y «*amerikanka*». La mujer la miró fijamente. Luego levantó una mano nudosa y la agitó como si removiera sopa en un cazo, en medio del aire primaveral. Su ademán podía denotar sorpresa, pero también parecía decir *Ya sabía yo que habría problemas*. Les hizo pasar y hasta les sujetó la puerta, apartándose con paso tambaleante.

El pasillo, forrado de madera oscura, era minúsculo y Alexandra vio otro sol labrado en el techo, con cigüeñas volando hacia los cuatro puntos cardinales. Junto a la pared había un baúl de madera y el suelo estaba cubierto por una alfombra de lana a rayas. Una escalera sumamente estrecha subía a la planta de arriba. A pesar de su escaso mobiliario, el pasillo daba la impresión de estar abarrotado. Las paredes estaban cubiertas por pinturas al óleo: árboles, casas y ventanas, pero sobre todo rostros, en abigarrada confusión, del suelo al techo. Había hombres enjutos y agotados, mujeres de ojos tristes, niñas melancólicas con sombrero o larga melena. *Una galería de la tristeza*, pensó Alexandra al mirar los cuadros. La anciana señaló las paredes con un ademán como si advirtiera su interés, pero no dijo nada.

La siguieron hasta un saloncito que, al igual que el pasillo, daba la impresión de ser un museo pero tenía la ventaja de estar bañado por un sol tamizado de verde. Las ramas del árbol rozaban las ventanas y la luz caía sobre los bancos de madera y la redonda mesa de latón. El suelo estaba muy bruñido, había finas alfombras de colores y también allí las paredes estaban cubiertas de pequeñas pinturas al óleo.

La anciana se sentó y les indicó un banco. Acto seguido entró una mujer más joven sin decir nada. Era morena de pelo, esbelta y delicada; tenía unos treinta y cinco años, vestía vaqueros azules y llevaba una bandeja con tazas y una fragante cafetera. Alexandra se quedó atónita. A fin de cuentas, llevaban en la casa menos de cinco minutos y habían llegado sin anunciarse. La joven dejó el café sobre la mesa, sonrió y salió sin perder un instante.

Después de que se marchara, la señora volvió a dirigirse a ellos con voz ronca, abriendo sus manos retorcidas para señalar la bandeja.

—*Zapoviadaite molia* —dijo.

Por favor. Una invitación. Alexandra conocía al menos la segunda palabra.

Bobby le dio las gracias y se puso azúcar en su taza. Alexandra dejó la preciada bolsa a su lado y siguió su ejemplo. Bobby, que también se había quedado callado, parecía estar esperando a que su anfitriona iniciara la conversación. La anciana permanecía sentada frente a ellos, en una silla de respaldo recto, con las manos sobre las rodillas. No hizo caso del café a pesar de que sobre la bandeja había una tercera taza humeante. Alexandra notó que el broche de su cuello era casi tan grande como su frente y estaba lleno de pájaros, además de flores. La luz del sol realzaba implacablemente el rostro envejecido situado sobre él.

Justo cuando empezaba a preguntarse si alguien rompería el silencio, la anciana levantó una mano. Sus dedos, largos y pálidos, casi azulados, se torcían a partir de la primera falange.

—Podéis hablar en inglés —dijo.

Tenía la voz quebradiza, o tal vez fuera su inglés, que sonaba entrecortado. Su acento era británico y un tanto anticuado.

Alexandra se sorprendió.

—¡Vaya, gracias! Tenía ganas de hablar con usted.

La anciana sonrió. Le faltaba un diente a un lado de la boca y llevaba los labios irregularmente pintados de rosa claro.

—Decís que tenéis que devolverle una cosa a la familia Lazarov —dijo.

—Sí. —Alexandra se removió en su asiento—. Nos han dicho que vivían aquí y confiábamos en hablar con ellos enseguida.

—Lo siento, querida —le dijo la anciana—. Vienen a visitarme a veces, pero ahora viven en las montañas, por la salud de Vera. Es mi hermana… ¿Entiendes? —De pronto se volvió hacia Bobby.

—Sí —dijo él—. Yo también hablo inglés.

—Es mi hermana, Vera Lazarova. Esperaba que se pasaran por aquí esta semana, porque tenían que ir a Sofía. Pero Vera me llamó ayer para decirme que habían tenido complicaciones con el viaje y que no vendrían enseguida. Dijo que volvería a llamarme pronto.

Alexandra se desanimó bruscamente. Había sentido la presencia de la familia en aquella habitación, en aquella casa semejante a un museo de miniaturas; había tenido la certeza de que vivían allí, de que el hombre alto había salido a dar un paseo por las hermosas calles de la ciudad y volvería de un momento a otro. Había vuelto a equivocarse, como en un mal sueño.

—¿Sabe usted cómo podemos ponernos en contacto con ellos? —preguntó.

—Bueno… —La anciana pareció meditarlo mientras jugueteaba con su broche.

Cuando apartó los dedos, Alexandra vio que había otro animal entre los pájaros y la flores: un lobo blanco o un zorro ártico, quizás. El esmalte era una obra maestra de precisión y viveza.

—No lo sé. Creía que vendrían a visitarme antes de volver a casa. Espero tener noticias suyas en los próximos días.

—¿No tienen teléfono móvil? —preguntó Bobby.

—Mi sobrino sí.

La mujer se alisó el pelo. Alexandra no comprendió hasta ese momento lo fascinante que era aquella anciana señora. El reborde de sus grandes ojos parecía desencajado: eran como los ojos de *Stoycho*, sombríamente humanos, mirando a través de una máscara extraña. Una máscara de vejez, en su caso, no un rostro animal.

Se aclaró la garganta.

—Vera jamás llevaría un móvil. Y mi sobrino sólo lo usa para el trabajo. Cuando no está trabajando lo apaga, porque dice que quiere vivir tranquilo. Ya ni siquiera tiene teléfono en casa. Le he dicho muchas veces que para mí sería mucho más cómodo poder llamarles directamente.

Así pues, el hombre alto tenía que ser hijo de la pareja, como sospechaban. Alexandra caviló sobre ello, y sobre ese curioso empeño suyo en que nadie lo molestara.

—Su vecina de Bovech nos dio esta dirección y un número de móvil —comentó—, por si alguien quería comprar la casa. Así la hemos encontrado. —Confiaba en no estar hablando más de la cuenta, en opinión de Bobby.

—Sí, querida. —La anciana pareció mirarla más detenidamente—. Sí, quieren vender su casa. Como os decía, ahora viven en las montañas de Ródope. Vera no tiene fuerzas para ocuparse del asunto, y Radev menos aún. El número de móvil será seguramente el de mi sobrino.

Alexandra escuchó con atención y se acordó, extrañada, de cómo había ayudado Vera a bajar la silla de ruedas por las escaleras del hotel. Pero quizás su debilidad fuera mental, no física.

—¿Su sobrino es el hombre alto de pelo oscuro que viaja con ellos?

—Sí —respondió la anciana—. Pero, antes de que os diga nada más, debéis contarme algunas cosas. ¿De qué conocéis a mi hermana?

—En realidad, no la conozco —confesó Alexandra—. Coincidimos un momento frente a un hotel, en Sofía, y yo me quedé sin querer con una bolsa que les pertenece.

La anciana arrugó el ceño.

—No entiendo.

—Los ayudó a guardar su equipaje cuando se subieron a un taxi —explicó Bobby—. Y por accidente se quedó con una de sus bolsas.

—¿Y tú eres su marido? —La anciana se volvió hacia él.

Alexandra se dio cuenta de que ni siquiera sabían su nombre.

—No, no —contestó Bobby con más firmeza de la necesaria, pensó Alexandra—. Sólo la he traído a que la vea. Soy taxista.

Alexandra asintió con un gesto.

—Su sobrino me dijo que querían visitar el monasterio de Velin, así que fuimos directamente allí a buscarlos, pero no estaban.

—Sí, tenían pensado ir allí —dijo la anciana—. ¿Y quieres devolverle esa bolsa a mi hermana? Eres muy amable por haberte tomado tantas molestias. —Se quedó pensando un momento, con los dedos retorcidos apoyados en los labios—. Bien, entonces tenemos que encontrarlos. O, si quieres, puedes dejarme a mí la bolsa y yo la avisaré cuando me llame.

Alexandra miró a Bobby, que preguntó rápidamente:

—Entonces ¿el señor mayor que viaja con ella es su marido?

—¿Milen Radev? Oh, no. Es un buen amigo de la familia. El marido de mi hermana murió. Era músico. Un músico muy bueno. Lo cierto es que, por desgracia, iban de viaje para enterrarlo en el cementerio que hay al lado del monasterio. No me cabe duda de que el viaje habrá sido muy duro para mi hermana, y estoy deseando que vengan a descansar aquí unos días. Les dije que iría con ellos a Velin, pero no quisieron ni que lo intentara. Ahora ya casi nunca viajo.

Alexandra exhaló un largo suspiro.

—Y el hombre más joven, su sobrino… ¿Es hijo del músico? —preguntó Bobby.

Estaba inclinado hacia delante, con las manos colgando entre las rodillas y el café olvidado.

—Neven, sí, es mi sobrino. Fue con ellos a enterrar a su padre, como es lógico.

—Neven —repitió Alexandra.

Deseaba saber su nombre pero no se había atrevido a preguntarlo. Pronunciado por la anciana, rimaba con seven.

Bobby se quedó callado y ella decidió dejar que fuera él quien resolviera qué debían hacer.

—Bird, ¿tienes la cámara? —preguntó por fin.

Alexandra la sacó y buscó la fotografía. Al ver la cara del hombre, su extraña sonrisa melancólica, se dijo que al menos ya sabía su nombre.

Bobby le pasó la cámara a la señora.

—¿Alcanza a ver esta fotografía?

Ella se acercó la cámara y observó atentamente la imagen.

—Sí, claro. Es mi hermana, y Neven. Y supongo que el que está dentro del coche es Radev. Yo soy Irina Georgieva, por cierto. —Le lanzó a Bobby una mirada rápida y afilada; su agudeza visual no debía preocuparles—. ¿La foto la hiciste tú?

—La hice yo —contestó Alexandra—. Fueron las primeras personas que conocí en Bulgaria, y se mostraron tan amables conmigo que les pregunté si podía hacerles una foto.

—Entiendo. —Irina Georgieva les devolvió la cámara y observó el rostro de Alexandra con idéntica minuciosidad—. ¿Has traído la bolsa? Quizás yo pueda devolvérsela. ¿Es esa de ahí? —añadió señalando con el dedo.

—Sí.

Alexandra se levantó. Se quedó parada un momento junto a la silla de Irina y luego depositó la bolsa sobre el regazo de la anciana y abrió la cremallera, pensando que quizás a ella le costara, dado el estado de sus manos.

Irina Georgieva rodeó la bolsa con un brazo y retiró el terciopelo de dentro. Tocó con los dedos la tapa y Alexandra la ayudó a girar la urna hacia la luz. Suavizado por el sol que entraba por las ventanas, el nombre grabado a un lado de la caja tenía un aspecto benévolo.

Irina sujetó con fuerza la bolsa entre sus brazos, pero Alexandra vio que temblaba.

—Ay, Dios mío —dijo la mujer—. Qué terrible descuido.

A Alexandra se le saltaron las lágrimas, pero de alguna forma se sintió mejor que si la anciana le hubiera dicho que no tenía importancia que una extranjera idiota le entregara los restos mortales de su cuñado. Sintió que aquella señora había hablado con justeza y que ahora la castigaría con la mayor ecuanimidad.

—Ayúdame a levantarla —dijo Irina Georgieva con la boca temblorosa.

23

Alexandra cogió la urna de manos de Irina Georgieva y se la entregó a Bobby. Esperó, todavía de pie. Se preguntaba si debía excusarse, si debían abandonar la casa y marcharse de allí. Pero la anciana parecía estar reflexionando y, pasado un momento, Alexandra volvió a tomar asiento. Irina tocaba su broche, que a la luz del sol se había vuelto verde.

—Soy pintora, ¿sabéis? —dijo—. Todos estos cuadros los he pintado yo, todos los que hay en esta casa. He sido muy egoísta. Nunca dejo entrar a nadie porque esta casa es... mi templo, podríamos decir. El único artista al que de verdad me gustaba tener en casa era a ese músico, Stoyan Lazarov, el marido de mi hermana. Solía traer su violín y llenaba esta casa con su arte.

Hizo una pausa, respirando sonoramente.

—Todas mis pinturas le han oído tocar, su Mozart, su Paganini, su Bach. Él me enseñó música. Mi hermano murió muy joven y Stoyan fue como un hermano para mí. Ocupó su lugar.

Alexandra agachó la cabeza, confiando en que no se le escapara un sollozo. Pero Irina Georgieva continuó, implacable:

—Estoy segura de que entiendes lo grave que es esto. Has hecho lo correcto al venir aquí, pero mi hermana debe de estar terriblemente disgustada.

Se quedó callada de nuevo. Bobby tocó el brazo de Alexandra. Luego, Irina Georgieva se levantó con dificultad, agarrándose al respaldo de la silla. Ellos se pusieron en pie, listos para marcharse, pero la anciana se acercó a Alexandra y tomó su mano. Alexandra sintió sus largos dedos cerrándose suavemente alrededor de sus huesos, como ramas.

—Mi querida niña —dijo Irina—. Debo darte las gracias por tu bondad. Ha ocurrido algo insólito, pero no es culpa tuya. Y a menudo ignoramos por qué suceden las cosas. No tenías por qué traer la urna, pero la has traído haciendo un largo viaje hasta aquí. Dime otra vez cómo te llamas.

Alexandra se lo dijo. Irina no soltó su mano.

—Qué bonito —dijo—. Es un antiguo nombre ruso, ¿lo sabías? Me alegro mucho de conocerte, querida, incluso en esta situación tan difícil. Como os decía, no sabemos por qué nos ha reunido el destino, pero puedes estar segura de que hay un motivo. Ahora, basta de lloros.

Alexandra no tenía pañuelo, pero Irina Georgieva parecía guardar una buena provisión en los bolsillos de la chaqueta. Sacó los pañuelos de papel lentamente, como si fueran naipes, y luego estrechó la mano de Bobby con la misma solemnidad.

—Debemos colocar este objeto tan especial en un sitio adecuado. Luego comeremos y llamaré a mi hermana.

Indicó a Bobby que sacara la urna de la caja y la depositara sobre un estante cercano. La asistenta vestida con vaqueros azules apareció de inmediato con una bandeja llena de platos de comida cuyo aroma pareció devolver a Alexandra a la normalidad. Irina Georgieva cogió una vela que había en otro lado de la salita y la puso delante de la urna. Contempló un momento la madera pulida; luego acarició su borde labrado.

—Qué interesante —comentó—. Un trabajo muy bello, y hecho a mano.

—Sí —repuso Alexandra—. ¿Ve?, hay un par de caras de animales entre las hojas, como en su... —Señaló el broche de Irina, pero vio que se había equivocado: allí sólo había flores y hojas.

Irina volvió a acariciar la urna.

—Mi hermana debe de haber pagado a algún artesano para que haga la urna. ¿Qué animales crees que son éstos?

Alexandra no los había mirado con atención hasta entonces. Había mantenido siempre la urna bien envuelta en su funda de terciopelo.

—Uno es un oso —dijo—. Y este otro podría ser un gato, pero no estoy segura.

Bobby se inclinó sobre su hombro para observar la talla de la madera. Alexandra se sintió incómoda, como si estuvieran mirando fijamente al muerto.

Luego, se sentaron los tres a la mesa. La comida era exquisita y Alexandra sintió que alimentaba algo más que su estómago vacío. Irina los observaba comer.

—Después de comer, intentaré llamar a mi sobrino a su móvil. Seguramente estará todavía con ellos, estén donde estén. También llamaré a nuestra casa en las montañas, donde sí hay teléfono, por si acaso ya han vuelto.

La asistenta entró para recoger los platos. Alexandra empezaba a inquietarse por *Stoycho*. Bobby debía de estar pensando lo mismo, porque le dijo en voz baja que esperaba que dentro del taxi todo estuviera en orden. Ella probó a decir el apellido de su anfitriona para sus adentros antes de atreverse a pronunciarlo en voz alta.

—Señora Georgieva, lamento decirle que tenemos que volver al coche un momento. Hemos dejado a nuestro perro encerrado dentro y estamos preocupados por él. ¿Le importa que vayamos a darle un paseo y que luego volvamos a despedirnos?

La anciana se quedó mirándola. Sentada, era tan alta como Alexandra.

—¿Qué tipo de perro es?

—Un... un perro corriente —contestó Alexandra—. Pero muy simpático y educado.

—Bueno, si se porta bien podéis traerlo aquí. Puede que necesite beber, con el calor que hace hoy. Llamaré a mi hermana y a mi sobrino mientras vais a buscarlo.

Alexandra pensó que le habría gustado estar presente mientras Irina llamaba, pero asintieron y Bobby cerró la puerta de la casa sin hacer ruido cuando salieron. El sol brillaba ahora más fuerte, incluso tamizado por los árboles del casco viejo de la ciudad, y el aire era cálido y denso. Encontraron a *Stoycho* sentado dentro del taxi, mirando por la ventanilla entreabierta. Al verlos pegó la nariz al cristal y comenzó a menear el rabo contra el asiento, pero un instante después se refrenó y volvió a sentarse.

—Lo que decíamos antes: es un perro buenísimo —murmuró Alexandra.

Bobby cogió la cuerda y ayudó a salir al animal, y *Stoycho* se acercó al matorral más cercano y comenzó a recorrer los vetustos muros de la calle. Por fin se detuvo al pie de un sicomoro; levantó la vista hacia la copa del árbol y luego miró a Alexandra. La lengua le colgaba a un lado de la boca y sus dientes brillaban, blancos. Se mantenía muy erguido, fuerte y vigoroso, con la espalda musculosa destellando al sol, pero Alexandra pensó que tenía una mirada triste. Se agachó y le rodeó el cuello con el brazo. El animal le lamió la oreja amablemente.

—Vamos a llevarlo a casa de Irina —le dijo ella a Bobby.

Cuando llamaron a la puerta de la casita, ésta no se abrió de inmediato, como la primera vez. Oyeron pasos amortiguados y la asistenta de Irina los invitó a entrar y los condujo a un emparrado más allá del cual se distinguía el patio del museo. Puso en una mesa sendos vasos de zumo, bajo las hojas, los zarcillos y los primeros racimos, prietos y verdes, de la parra. Trajo un cuenco lleno de agua para *Stoycho*, sosteniéndolo con las dos manos. El perro esperó a que lo invitaran a beber; después, engulló el agua con ansia. La asistenta le trajo también un plato con sobras. *Stoycho* se las comió con más calma y se echó a descansar con la espalda apoyada contra el tiesto de un limonero y la cabeza al alcance de los dedos de Alexandra. Ella se imaginó a Vera y al anciano Milen Radev sentados a aquella misma mesa, y a Neven con sus largas piernas estiradas y la sombra de un árbol cayéndole sobre el regazo. Delante de él, un hombre de cara enjuta sostenía un violín. Pronto dejarían allí sus cenizas, se dijo, para que le fueran devueltas, sanas y salvas, a su hijo. Sabía que debía sentirse aliviada por quitarse aquel peso de encima, pero notaba en el pecho un vacío al que no llegaba la luz del sol.

En medio del cálido silencio, Bobby le ofreció un cigarrillo que ella rehusó, y encendió uno para sí. Era la primera vez que Alexandra lo veía fumar y, cuando se lo comentó, Bobby le explicó que, dado que era aficionado a correr, rara vez fumaba. Alexandra se acordó entonces de que no sólo estaba perdiendo varios días de trabajo en Sofía, sino que también estaba faltando a su rutina de entrenamiento. Pero, en fin, pronto podría retomarla y ella iría a presentarse al Instituto Inglés en persona. Confiaba en no perder el contacto con Bobby y en que se vieran con frecuencia.

Cuando Irina Georgieva salió a la terraza, sujetándose un momento al respaldo de una silla para mantener el equilibrio, se levantaron a la vez, listos para despedirse. Bobby apagó rápidamente su cigarrillo y besó la mano de Irina, lo que a ella no pareció sorprenderla. La anciana se había cambiado de ropa: llevaba un vestido de lino blanco más rústico que elegante y una fina chaqueta negra de punto, como si el sol del verano no alcanzara para calentarla. Se había recogido el pelo hacia arriba, apartándolo de la cara lechosa, y seguía llevando el broche prendido al cuello del vestido. Brillaba al sol, bajo el emparrado, y Alexandra advirtió que algunas de las flores esmaltadas eran en realidad hojas de parra y uvas maduras.

Stoycho también se había puesto en pie. Irina Georgieva pareció fijarse en él por primera vez.

—¿Éste es vuestro perro? —preguntó.

Le acercó la mano y *Stoycho* la tocó con el morro. La anciana le acarició la cabeza negra y aterciopelada, y el animal comenzó a describir enérgicos círculos con el rabo.

—Es un perro muy muy simpático —dijo ella—. Me gustaría pintarlo. —Les indicó que volvieran a sentarse.

—Queremos darle las gracias por su hospitalidad —dijo Alexandra.

—No hay de qué, querida.

Irina Georgieva abrió las manos sobre la mesa. No llevaba sortijas y Alexandra se dijo que de todos modos ningún anillo habría encajado en aquellos dedos retorcidos.

—¿Ha conseguido hablar con su hermana? —preguntó Bobby.

Alexandra contuvo la respiración.

Pero Irina negó con la cabeza.

—He llamado a todos los números pero nadie contesta. Supongo que estarán de viaje, quizás viniendo hacia aquí con Neven, en el tren. Puede incluso que hayan vuelto a casa, a las montañas, aunque allí tampoco contestan. En Sofía no tienen dónde alojarse, y ya hace dos noches que perdieron la urna. Volveré a llamarlos esta noche.

Stoycho se había acercado a sus rodillas y se apoyaba contra ella. Tenía los ojos abiertos pero parecía soñoliento. Alexandra pensó de nuevo en la hermana de Irina y en el hombre de la silla de ruedas. Procuró no pensar en Neven. Había confiado en volver a verlos, pero al menos ya les habían devuelto su tesoro.

—Señora Georgieva —dijo—, antes de que nos vayamos, quería preguntarle si… ¿Podría contarnos algo más sobre el señor Lazarov?

—*Gospodin* Lazarov —puntualizó Bobby—. Alexandra está aprendiendo búlgaro.

—*Gospodin* —dijo Alexandra cuidadosamente—. Sé que no es asunto mío, pero sólo sabemos que era músico. Y cuñado suyo.

Irina mantuvo la mano sobre la cabeza de *Stoycho*.

—Sí, claro que puedo contaros algo. Lo conocía bastante bien. Era un gran violinista, y un hombre complicado. —Suspiró; era la primera vez que Alexandra la oía suspirar—. Fue un niño prodigio, lo que siempre complica las cosas, ya saben… Tocó un solo con la orquesta de Sofía cuando tenía doce años. Y luego estudió en Viena, antes de la guerra. Era todavía un adolescente.

Irina levantó la vista hacia las hojas del emparrado.

—Siempre he estado convencida de que habría sido un músico de fama internacional, no sólo un músico excelente, ¿comprendéis?, si hubiera vivido en otra época y en otro lugar. Pero el régimen nunca le permitió actuar en solitario ni grabar discos. Después de la guerra volvió a tocar con una orquesta de Sofía. Y también tocaba música de cámara, sobre todo con amigos. Más tarde tocó también con la orquesta de Burgas, pero sólo de vez en cuando.

Carraspeó.

—A veces actuaba aquí, en Plovdiv. No le dejaban enseñar en el conservatorio, pero de tarde en tarde tocaba en la orquesta, cuando algún violinista estaba enfermo o de vacaciones. Siempre que tocaba aquí venía a visitarme y nos quedábamos charlando hasta muy tarde. A veces traía a Neven, al que adoraba, o a Vera, si ella podía ausentarse del trabajo. Después de la cena tocaba para nosotros durante horas. Merecía la pena perder horas de sueño, teniendo un músico tan maravilloso en casa.

Vaciló, acariciando las orejas del perro.

—Vivió unos años en el campo, en un lugar muy aislado, y estoy segura de que allí no tocaba. También trabajó en varias fábricas, como mucha gente en aquellos tiempos. Pero cuando volvía a coger el violín y a practicar, tocaba aún mejor que antes. Le encantaban los compositores barrocos, sobre todo los italianos. Yo no oí hablar de Geminiani o Corelli hasta que Stoyan los tocó en esta casa.

Bobby se inclinó hacia ella.

—¿Cómo es que el régimen no le permitía actuar como solista?

Irina acarició su broche, que reflejaba la luz difusa del sol. *Stoycho* dio un respingo y se estremeció a los pies de Alexandra. Luego Irina levantó la mano como si señalara el cielo.

—Era muy reservado. A veces caía en accesos de melancolía, o se enfadaba. Una vez me dijo que, aunque nunca había hablado mucho de sí mismo, la historia de su vida podía encontrarse en su música. Yo entendí lo que quería decir: a menudo pienso lo mismo de mis cuadros. Cuando Stoyan Lazarov tocaba su violín, sonaba exactamente como habría sonado su voz si hubiera hablado más. Afirmaba que el violín debía ser capaz de decir la verdad, y de llorar.

Alexandra pensó que la anciana no había contestado a la pregunta de Bobby sobre el régimen, pero, cuando volvió a tomar la palabra, él formuló otra distinta.

—Nos desconcertó saber que *gospodin* Lazarov murió hace dos años y que su familia no lo había enterrado aún. ¿Por qué? Vimos su *nekrolog* en Bovech. Y me sorprende, además, que al morir lo... ¿Cómo se dice, Alexandra?

—Incineraran —contestó ella.

—Sí —prosiguió Bobby—. ¿No es algo extraño para alguien de la generación del señor Lazarov?

No dijo *de la generación de ustedes*. Irina hizo un gesto afirmativo.

—Un poco sí, pero Vera no me dijo cuál era el motivo. Puede que fuera su deseo. Nunca se lo he preguntado.

Bobby no pareció molestarse por el tono algo acre de su respuesta.

—Pero no ha enterrado la urna en estos dos años —añadió.

—Imagino que estaba demasiado afligida para decidir dónde debía enterrarla. O puede que le costara demasiado despedirse de él definitivamente. Me alegré cuando me dijo que iban a llevarlo a Velinski *manastir*, un sitio que le gustaba mucho y al que a veces iban de visita. Puede que eso haya exigido tiempo. No es fácil conseguir autorización para enterrar a alguien en un lugar así. Además, mi hermana puede ser muy... indecisa, y ha tenido muchos problemas. Lo quería muchísimo, ¿sabéis? Se conocieron cuando ella estaba todavía en el instituto. A los dos les gustaba contar cómo se vieron por primera vez, aunque Stoyan lo contaba mejor. Era una de las pocas cosas de las que le gustaba hablar.

Alexandra metió las manos bajo las piernas, pensando en la joven de tez luminosa y el cabello ondulado de la fotografía que había visto en Bovech. ¿Era Vera Lazarova?

—¿Se acuerda de esa historia?

Irina sonrió.

—Claro que sí. Todavía no he olvidado las cosas importantes.

Libro 2

24

El hombre que se apeó del tren en la estación central de Sofía llevaba un periódico bajo el brazo, un periódico de dos días antes: la *Gaceta de Viena* del 20 de mayo de 1940. Lo había enrollado como un telescopio a través del cual observar las montañas de su patria, que llenaban por completo la ventanilla de su compartimento en el coche cama, y lo llevaba ahora bajo el brazo mientras sostenía el asa de la funda de su violín con más fuerza de la necesaria.

Los titulares de la *Gaceta* compendiaban los motivos por los que regresaba a Bulgaria. Todos, menos dos: su madre y su padre, que lo esperaban en casa mientras Europa comenzaba a arder. Les había enviado un telegrama para decirles que sí, que regresaba para una temporada, y anunciarles la hora de llegada de su tren. Se preguntaba si el telegrama habría alcanzado su destino: no había recibido respuesta de Sofía. Tal vez aquella situación grotesca hubiera interrumpido ya las líneas telegráficas. Se había quedado en Viena todo el tiempo que había podido. No quería renunciar a su puesto en la Filarmónica, que tanto le había costado ganar, ni a su nuevo cuarteto de cuerda. Pero durante las semanas anteriores había empezado a temer no poder salir de Austria si esperaba mucho más tiempo. Hacía ya dos años que se había expulsado a los músicos judíos de la Filarmónica de Viena, y después, a todos los efectos, al propio Bruno Walter. Stoyan se ponía enfermo al recordarlo. Y cabía la posibilidad de que los eslavos de la orquesta fueran los siguientes.

En la otra mano llevaba una maleta de piel que le había regalado su padre siete años antes. El resto de su equipaje había preferido facturarlo y nunca más volvería a verlo, cosa que sospechaba cuando aceptó el resguardo de envío. Había metido en la maleta, envuelta en una camisa limpia, la cosa que más le importaba aparte de su violín. La maleta contenía además de sus enseres para el afeitado, dos cepillos con el dorso de plata y su libreta de direcciones. En el último momento había incluido además una navajita que podía haberle servido para cortar queso y salami en el hipotético caso de no haber tenido dinero para comer en el vagón restaurante.

Llevaba el pelo bien cortado. Su traje de paño ligero, que colgaba de su cuerpo alto y delgado como de una percha, estaba algo raído por sus años en el extranjero, sobre todo en la zona del codo derecho, pero le había dado un resultado excelente y seguiría dándoselo. Encima de él llevaba una chaqueta de entretiempo, además de un sombrero. Su rostro, afeitado con esmero, no era del todo juvenil, pero dejaba traslucir una sólida inteligencia. Sus ojos oscuros sorprendían por su brillo. Tenía las pestañas rizadas como las de un niño, y su piel, pese a su palidez, no era del todo clara: sólo necesitaba que le diera más el sol. Bajo el lado izquierdo de la barbilla presentaba una marca marrón rojiza, como una piedra pulida. Su boca, amable, podría haber formado una sonrisa generosa pero, al apearse del tren entre el resto de los viajeros y mirar a su alrededor, apretó los labios con fuerza.

Dejó la maleta en el suelo del andén (pero no el violín; eso nunca) y se quedó allí parado un momento. A su alrededor, la gente buscaba y saludaba a sus familiares. A una joven bien peinada a la que, erróneamente, creyó reconocer por un instante, se le cayó el sombrero al abrazar a dos ancianos que debían de ser sus padres. El padre recogió el sombrero y, al inclinarse, Stoyan vio la tosca tela de una camisa de confección casera debajo de su enmohecida chaqueta negra: campesinos. Jamás conocería su historia, ni sabría por qué aún podía acordarse de ellos décadas después.

Cuando quedó claro que nadie había ido a recibirlo, Stoyan se quitó la chaqueta, se la colgó del brazo, doblada, y recogió su maleta. La sopesó con la mano. Llevaba en el bolsillo desde esa mañana una moneda que allí no le serviría de nada: el nuevo *Reichsmark*, un regalo que los alemanes le habían hecho a Austria. Estaba claro que su telegrama, al igual que su equipaje, no había llegado a Sofía. Tendría que ir a casa andando. Pero tan pronto salió de la estación, bajo cuyo hermoso tejado se agrupaban las palomas, comenzó a relajarse: de pronto se sentía hermanado con las personas que veía a su alrededor. Era moreno, como casi todas ellas. Oyó a un hombre llamar a otro a gritos y comprendió de inmediato el tenor de su conversación, pese a que no pareciera tener sentido: «¡Máscalo un poco más despacio, compadre!» ¿Un consejo literal o una metáfora? El otro hombre, que se hallaba más cerca de Stoyan, se echó a reír y saludó con la mano al alejarse.

Las calles mismas seguían siendo como las recordaba: bloques de pisos y tiendas y, en el centro, señoriales edificios de estilo parisino manchados de carbonilla, adoquines resbaladizos y algún que otro carro tirado por caballos que pasaba traqueteando, cargado con comida, carbón, cajones de madera o chatarra amontonada. Un hombre sentado sobre un cubo puesto del revés se ofrecía a voces, incansablemente, a lustrar los zapatos de los caballeros. Stoyan se recordó que no hacía tanto tiempo que había abandonado aquellas calles; en realidad, los únicos cambios ostensibles desde su última visita, hacía tres años, eran unos cuantos ómnibus y las faldas más cortas de las mujeres, que, a pesar de vestir menos a la moda que las vienesas, eran mucho más atractivas. Un barrendero interrumpió su trabajo para secarse la cara y le saludó con descaro y voz aguardentosa.

—¿Violinista? ¿Ésa es su *tsigulka*? ¡Toque algo, maestro!

Stoyan sonrió, y se habría tocado el ala del sombrero si no hubiera tenido las manos ocupadas.

Siguió caminando. Se sentía búlgaro otra vez, en su ambiente. Los tilos habían florecido: aquélla era su época preferida en la ciudad. Un perro de pelo rayado pasó junto a él por la acera: bonito y bien educado, avanzaba al trote, como si fuera a hacer un recado urgente. Stoyan se acordó del paseo que había dado por Viena dos días antes para despedirse de los árboles de la ciudad, donde siempre hacía más frío. Había paseado por aquellos parques con los que fantaseaba de niño, estando en Sofía, mirando los tilos en flor: ahora, el círculo se había completado. Volver no era tan terrible, a fin de cuentas. Se reencontraría con sus padres y dormiría en su antiguo cuarto, en el piso de la familia. Bulgaria era un país neutral y, probablemente, seguiría siéndolo. Allí había menos peligro que en Austria, desde luego. Si tenía que quedarse en casa una temporada, unos meses quizás, alquilaría una habitación y un aula donde ensayar en la academia de música.

Al doblar una esquina, sintió el balanceo de su chaqueta colgada del brazo y el peso tan familiar del violín en su estuche. Pensó en las historias que había leído y sobre las que había debatido con otros estudiantes en Viena: las guerras europeas del *Cinquecento* y el *Settecento*, y el sórdido vaivén de ejércitos y tiranos mientras Händel, Mozart y Beethoven componían sus obras. Pensó en Beethoven y en su *Sinfonía Heroica*, dedicada en un principio a Napoleón. Cuando éste se declaró emperador —contaba la leyenda—, el músico tachó la dedicatoria encolerizado.

Dobló otra esquina. Confiaba en que tarde o temprano alguien tachara también a Hitler de la página de dedicatorias. Entonces él podría volver a Viena y retomar su rápida ascensión a las alturas. En algún momento se reanudaría el concurso Reina Isabel y él podría presentarse de nuevo. La primera vez, y tras un ímprobo esfuerzo, había conseguido que lo seleccionaran, aunque sabía que aún tardaría unos años en ganar el concurso. No sería simplemente famoso en su país. Sabía desde pequeño que daría fama a su país en el mundo entero.

Oyó música de pronto, pero era otro quien tocaba. Delante de él, en la acera, un hombre de cabello grisáceo, con un violín bajo la barbilla, tocaba una melodía para el oso que tenía a su lado. El animal, atado con una desgastada correa roja, se irguió sobre las patas traseras y comenzó a moverse de un lado a otro, los ojillos fijos al frente. Su pelo salpicado de calvas estaba aún más sucio que la ropa de su amo. Manoteaba como si sus zarpas no fueran de oso, sino de otro animal. El hombre también bailaba mientras tocaba, con el mismo paso torpe y arrastrado (quizás había aprendido del oso, y no al revés). El oso, que miraba aquí y allá, se fijó en el estuche del violín de Stoyan y un instante después el hombre, reconociendo a un colega músico, le hizo una reverencia. Stoyan lo saludó con una inclinación de cabeza y lamentó no tener unas monedas que darle. No tocaba mal; era bastante bueno, de hecho, a su manera tradicional.

Aún no había llegado a su barrio, pero ya quedaba poco. Pasó delante de una panadería, al sol, retrocedió sin pararse a pensar lo que hacía y entró. El olor del pan abrió de repente su apetito, y una oleada de ávida melancolía se apoderó de él. El panadero, un hombre de manos enormes, le sirvió un panecillo antes de que Stoyan recordara que no llevaba *stotinki*. Notó el calor del pan en la palma de la mano: la segunda hornada del día. Resultaba extraño ser tan pobre que no podía pagar nada, ni una tonada, ni un pedazo de pan, aunque fuera sólo durante un rato. Se quedó allí parado, hambriento como un niño.

—¿Qué ocurre? —El panadero se dio unas palmadas en la abultada barriga—. No lo encontrará más fresco en toda la ciudad.

—No me cabe duda —contestó Stoyan, sintiendo la facilidad con que el búlgaro salía de sus labios.

Durante unos meses no tendría que luchar a brazo partido con el alemán, ni lamentarse constantemente por haber estudiado francés en el colegio.

—Es sólo que se me había olvidado... Acabo de bajarme del tren y no llevo dinero búlgaro en el bolsillo. Lamento haberle molestado. —Dejó el panecillo sobre el paño limpio extendido junto al ábaco del panadero.

El hombre se recostó contra el mostrador, apoyando en el borde su mano manchada de harina. Tendría los hornos en la trastienda, o incluso en el sótano. El pan búlgaro, cocido a la piedra, entraría y saldría del horno sobre largas paletas de madera, con la suavidad de un mantel deslizándose sobre una mesa. Stoyan pensó por un momento en las pastelerías de Viena, en sus exquisitos escaparates, sus sillas de hierro forjado, sus delicadas tazas de porcelana, sus doncellas *art nouveau* pintadas en las paredes y sus techos decorados con querubines barrocos. En Demel, había visto una tarta que representaba el segundo asalto de Napoleón a la ciudad, adornada con caballos de azúcar que tiraban de carros de bomberos mientras el palacio de Hofburg ardía deliciosamente.

—¿De dónde viene? —preguntó el panadero.

—De Austria.

Los ojos del panadero brillaron melancólicamente, y Stoyan advirtió que costaba saber si su cabello estaba encaneciendo en medio de tanta harina.

—Un país poderoso últimamente, ¿no es cierto? —observó—. La hermana pequeña de Alemania. Dicen que *gospodin* Hitler nos devolverá Macedonia en cuanto Europa vuelva a repartirse como es debido.

—No sé nada de eso.

Stoyan pensó en seguir su camino, en llegar a casa y probar una comida por la que no tendría que pagar, pero el placer de hablar en búlgaro con aquel hombre, aunque sus opiniones políticas le exasperaran, lo retuvo un momento más. Había conocido a varios estudiantes búlgaros en Viena, pero cuando hablaban en su idioma tenían la sensación de estar haciendo algo clandestino y estéril. Al panadero seguramente ni siquiera se le había pasado por la cabeza aprender otro idioma; le bastaba con el búlgaro, tan natural para él como su propia piel o el mostrador de madera en el que se apoyaba.

—Si no es por eso, ¿a santo de qué tendría que mezclarse Bulgaria en ese tinglado? —El panadero se frotó las manos como si se sacudiera de encima otras posibilidades, desechadas como migajas—. No los necesitamos, y bien sabe Dios que ellos tampoco a nosotros. Pero si nos devuelven nuestro territorio, ¿no merecería la pena meterse un poco en la refriega? Yo estaría dispuesto a arremangarme y a ponerme manos a la obra si me aceptaran. Pero soy demasiado viejo y tengo mal la cadera. Muy mal.

—No estoy seguro de que vaya a ser una simple refriega —contestó Stoyan—. No se creería usted el tamaño de los ejércitos que desfilan por Viena últimamente.

Sin saber por qué, deseó poder mostrarle los desfiles a aquel hombre que nunca saldría de Bulgaria, que posiblemente tomaba el tren una vez al año para volver al pueblo de su padre y que quizás nunca había viajado al mar Negro, al otro lado de su patria. Era extraño que algunas personas estuvieran destinadas a ver mundo y otras no. Pensó en lo que había presenciado con sus propios ojos: caballos con la cola prietamente trenzada, como el cabello de una mujer, en un parque londinense; un clavecinista en un salón de París con las manos posadas sobre el teclado mientras, sentada a su lado, una muchacha con zapatos de raso azul pasaba las páginas de la partitura; los chapiteles de la catedral de Praga... De pronto se sintió animado por el panorama aún más amplio que vislumbraba en su futuro, y casi desfalleció de gratitud al pensar en la aventura en que se había convertido su vida. Se quitó el sombrero y se enjugó la frente como había visto hacer al barrendero un rato antes. La puerta se abrió detrás de él dejando pasar el ruido del tráfico y entró otro cliente.

El panadero levantó la vista y empujó el panecillo hacia Stoyan.

—Tenga, cómaselo. Pero no se vaya —dijo.

Estaba claro que aún no había dado por concluida su proclama sobre Macedonia. Se volvió hacia su nuevo cliente.

—Ah, pero si es Vera —dijo—. ¿Qué te pongo, *moyto momiche*?

Stoyan vio que era sólo una chica, una colegiala con falda y chaqueta y las trenzas oscuras atadas juntas con una cinta blanca.

—Dos hogazas, por favor. —La muchacha dejó unas monedas sobre el mostrador y el panadero se volvió para servirle el pan.

Ella miró a Stoyan, luego desvió los ojos y ya no volvió a mirarlo. Era una jovencita bien educada, casi una mujer, seguramente una alumna del *gimnasium* cercano. Tenía la piel clara y la nariz un poco larga y de formas delicadas. Sus ojos, al mirarlo, parecían centellear; sus iris eran de un sorprendente color dorado, y la parte inferior de sus párpados era redondeada, como si estuviera hinchada por las lágrimas, aunque saltaba a la vista que no había estado llorando. Se puso a toquetear el puño de su chaqueta para no tener que mirarlo, ni a él ni a ninguna otra cosa.

Con el sombrero aún debajo del brazo, Stoyan la observó sin pretenderlo mientras esperaban a que el panadero trajera las hogazas. Ella tenía la vista fija en el borde del mostrador; él, en cambio, se fijó en su boca, que era ancha pero parecía contraerse a la altura de las comisuras, dando lugar a un hoyuelo. Su oreja era pequeña y estaba rodeada por zarcillos de pelo suelto, como la de un bebé. Stoyan observó la extensión de sus pestañas, tan oscuras como su cabello, y a continuación sus pómulos anchos y aquella frente fruncida que rehuía las miradas. Podía tener veinte años a lo sumo, o quince como mínimo, con su chaqueta bien ceñida sobre los pechos, las piernas delgadas enfundadas en medias de algodón blanco y los zapatos de hebilla bien bruñidos. Debía de ser al menos cinco años más joven que él, y Stoyan sintió de pronto que tenía toda una vida a sus espaldas.

El panadero regresó con las hogazas envueltas en papel marrón.

—Llévaselas a mamá —dijo enérgicamente mientras aceptaba sus monedas—. ¿Cómo está tu padre, por cierto?

La muchacha, Vera, levantó los ojos.

—Mejor, gracias. El mes que viene nos vamos al mar, para una cura.

—Bien, Dios quiera que se cure del todo. —El panadero sacudió la cabeza—. Espera un momento.

Sacó una bandeja de hojaldres de queso de un estante y empezó a envolver uno, manchando de grasa el papel.

—Son lo mejorcito del día. Seguro que le sientan bien. —Miró a Stoyan por debajo de sus cejas blancas—. Un hombre estupendo, su padre, y lo atropelló uno de esos autobuses nuevos, justo delante de su casa. ¡Las cosas que pueden pasar de un momento para otro! Ten, querida. Dáselo a tu padre, invito yo.

La muchacha no miró a Stoyan, y él sintió el impulso de disculparse en voz baja por las penalidades de la vida, de la de ella en particular.

El panadero, que había vuelto a recostarse contra el mostrador, pareció fijarse por primera vez en su violín.

—¿Qué? ¿Es músico? ¿Por qué no lo ha dicho antes? ¡Puede pagarme el panecillo tocando algo! ¿Se le da bien?

Stoyan se rio y sintio que era la primera vez que se reía en toda una semana.

—En Viena dicen que no lo hago mal del todo.

Se alegró al notar que Vera posaba por fin los ojos en él, y procuró no mirarla.

—¿No me diga? —El panadero se echó hacia atrás con los brazos cruzados, dibujando una amplia sonrisa—. Pues demuéstrenoslo, hijo. Anime un poco la tienda de este pobre viejo.

Stoyan se negaba frecuentemente a tocar, aunque fuera delante de amigos, si notaba los dedos agarrotados o tenía la mente en otra cosa. Ahora, sin embargo, se descubrió abriendo el estuche del violín sobre la madera bien barrida del suelo de la panadería, en cuyas grietas se depositaba la harina como el hielo en las juntas de una terraza. Sacó el violín de su funda de terciopelo y se lo apoyó en el hombro. Sin necesidad de mirar, supo que Vera estaba de cara a él. Apoyó el arco en la cuerda del la y afinó el instrumento extrayendo de él un sonido vibrante que retumbó en la panadería. Oyó que la puerta se abría de nuevo. Más clientes.

Sin volverse, comenzó a tocar la «Chacona» de la *Partita número dos en re menor* de Bach. Conocía la pieza íntimamente, formaba parte de su repertorio. Comenzó a estudiarla a los catorce años y no había dejado de ensayarla desde entonces. De pronto, sin embargo, sus notas se le antojaban nuevas, frescas y apasionadas, una melodía casi irreconocible que sus dedos extraían del teclado como por azar. Volaba a su alrededor, hacia el alto techo de la vieja panadería, se fundía con el aroma del pan, se depositaba en los grasientos escaparates y en las mangas de su chaqueta cepillada con esmero. Rielaba en el rostro de la muchacha que lo miraba fijamente. Stoyan la observó un instante en medio de la música y vio que no era ninguna niña; tenía las cejas levantadas en un gesto de incisiva delectación y apretaba los labios para refrenar una sonrisa. El panadero hacía señas a las personas que esperaban en la entrada; detrás de él parecía estar congregándose una pequeña multitud. Oyó entonces el ruido de la puerta al abrirse de par en par: su campanilla chocó fugazmente con una frase de la chacona y entraron voces de la calle. En torno a su cuerpo sentía el silencio, como le sucedía siempre que tocaba; la música cobraba vida dentro de él pero también llegaba a sus oídos desde muy lejos, cruzando campos, montañas, países enteros. Al tocar la última nota, el silencio se rompió detrás de sus párpados y por un instante se sintió aturdido.

Entonces el panadero comenzó a aplaudir y la gente que abarrotaba la tienda lo imitó, dando palmas y vitoreando a Stoyan. Él se volvió para saludar e hizo una leve reverencia, sosteniendo el instrumento junto a su pecho.

—¡Acaba de volver de Viena! —gritó el panadero como si él mismo hubiera organizado el concierto y los hubiera invitado a todos con antelación—. ¡Es de los nuestros! ¿De Sofía? —le preguntó a Stoyan.

Él asintió y se inclinó una vez más. Empezaba a sentirse como un idiota, pero volvió a mirar a Vera. Era la única que no aplaudía; no hacía falta. Su expresión de colegiala se había esfumado por completo y Stoyan vio únicamente el reflejo de la música en su semblante, la tensión cambiante de su boca, sorprendida y alerta, su mirada ardiente, rayana en un placer descarnado. Se había olvidado de él y había escuchado tan sólo su música, o la del compositor, o ambas. Stoyan se inclinó ante ella y guardó su instrumento. El panadero le envolvió rápidamente tres hogazas, acallando con un ademán sus protestas. La gente le abrió paso cuando salió de la tienda.

—Ése llegará lejos —comentó un hombre en voz alta.

—¡Vaya con Dios! ¡Venga a tocar cuando quiera! —gritó el panadero.

La gente se apartó de la entrada. Vera salió con él como si fuera lo más natural y Stoyan se rezagó un poco para dejar que se adelantara. Miró sus hombros orgullosos y firmes, sus largas trenzas atadas con el lazo de organdí blanco. Al llegar al bordillo de la acera, ella volvió a mirarlo, indecisa. Después se alejó apresuradamente. Parecía asustarle la posibilidad de que dijera algo, o de decirlo ella misma. Stoyan continuó observándola, la siguió de cerca, con su maleta en una mano y el estuche del violín en la otra. Ella cruzó entre los carros y los coches (grácil, reservada, pudorosa) y tomó una bocacalle sin mirar atrás.

Al llegar a la esquina, Stoyan la vio cruzar una verja, enfrente de un bloque de pisos de cuatro plantas. Desde casi una manzana de distancia, la vio cerrar con cuidado la cancela. Era una casa bonita: un jardín delantero con un árbol añoso, balcones de hierro forjado, largas ventanas con visillos de encaje. Se fijó en el nombre de la bocacalle. La campana de una iglesia había empezado a tañer bulevar abajo. Sus padres se pondrían locos de contento al verle, la comida se desplegaría sobre la mesa, su madre se haría cargo de su única maleta, su padre lo besaría en las mejillas. Agua caliente para la cara y las manos, una camisa limpia.

Stoyan dio media vuelta. Ya sabía dónde vivía aquella joven que lo había mirado con ojos rebosantes de música.

25

Irina Georgieva los acompañó a la puerta y los besó en las mejillas, primero a Alexandra y luego a Bobby.

—Gracias, queridos —dijo—. Y buen viaje. Os llamaré en cuanto tenga noticias de Vera para contaros cómo acaba la historia.

Seguía allí, con la mano apoyada en el quicio de la puerta, cuando Alexandra se volvió en la acera para mirarla una última vez. Se arrepintió de no haber fotografiado a la anciana y su casita pintada, pero era ya demasiado tarde. También había olvidado despedirse de la urna, por absurdo que pareciera.

Bajaron por las calles empedradas hasta que llegaron a la esquina en la que debían desviarse. Reinaba el silencio; el calor del sol se colaba entre los viejos árboles; no había nadie a la vista. Bobby se detuvo bruscamente, con la correa de *Stoycho* en la mano, y Alexandra se paró tras él.

El taxi estaba donde lo habían dejado una hora antes, pero en el parabrisas había una mancha de pintura amarilla. No parecía una palabra, sin embargo. Alexandra advirtió entonces que había en el cristal dos agujeros del diámetro aproximado de una bala: uno en el lado del conductor y otro en el del pasajero, a la altura de la cara. Largas grietas irradiaban de cada orificio.

—Bobby… —dijo.

Él se quedó callado, con los ojos entornados. Ni siquiera la miró cuando le tiró del brazo. Había un papelito doblado debajo de unos de los limpiaparabrisas. Echó un rápido vistazo alrededor, sacó el papel con cuidado y lo desdobló.

—¿Qué dice? —preguntó Alexandra en tono suplicante.

Habían empezado a temblarle las rodillas, lo que la hacía sospechar que, en realidad, no quería saber lo que decía la nota.

Bobby tardó un momento en contestar.

—Dice: *Varnete ya*. —Su voz sonó desapasionada.

Alexandra pudo ver por sí misma que no había signo de exclamación.

—Significa «devuélvala». —Bobby hizo una pausa—. O también «devuélvanla».

—¿Devolver qué? —Ella seguía agarrándolo del brazo—. ¿Y por qué han hecho disparos en el parabrisas?

Pero Bobby se había puesto a buscar por la calle. Corrió hasta el otro extremo de la manzana sorteando coches aparcados y escudriñando paredes y jardines. *Stoycho* corría tras él. Bobby regresó al taxi, se inclinó hacia la pintura y acto seguido se retiró para observarla desde lejos. Rascó un poco con la uña y la olfateó.

—Todavía está un poco húmeda, claro.

—¿Por qué han hecho esto? —insistió Alexandra.

—No lo sé —respondió él con aspereza—. Veo muchas pintadas últimamente, mucho vandalismo contra los coches. Pero es la segunda vez. Y *Devuélvanla*...

Sacó su teléfono y fotografió el parabrisas y cada uno de los orificios.

—No podemos conducir así. Estate atenta por si viene alguien. No quiero llamar la atención más de lo necesario.

Abrió el maletero y sacó una manta vieja que extendió sobre el parabrisas y comenzó a sujetar con cinta aislante. Alexandra se preguntaba cómo iban a volver a Sofía. La calle seguía en silencio, pero ya no era un silencio apacible. *Stoycho* los miraba a ambos.

—¿Por qué habrán hecho esto? —preguntó de nuevo.

—Lo importante no es eso —dijo Bobby mientras arrancaba trozos de cinta—. Lo primero que tenemos que preguntarnos es quién ha sido. Pongamos que no ha sido una gamberrada, una simple broma. Podría serlo, pero no lo parece, por el mensaje. Sobre todo después de lo que pasó en la casa de *lelia* Pavlina. Dos veces en dos días. Si supiéramos quién ha sido, tal vez descubriríamos el porqué. Y, en segundo lugar, ¿qué es lo que dicen que tenemos que devolver? ¿Qué es lo que tenemos en nuestro poder? No creo que se refieran a una persona, a no ser que se suponga que tengo que devolverte a alguien.

Se volvió hacia ella pero parecía distraído, casi exasperado.

—Tenemos a *Stoycho* —dijo Alexandra, y enseguida se sintió como una idiota. El perro se removía inquieto, mirándola—. Tenemos la urna, o la teníamos hasta hace un par de horas. Pero ¿quién puede quererla, como no sean los Lazarovi?

Bobby seguía pegando cinta aislante en el parabrisas. Alexandra extendió la manta.

—Bueno, creo que lo más probable es que la persona que ha escrito esto se refiera a la urna. Es lo único raro que tenemos. Aunque, como tú dices, ya no esté en nuestro poder. Pero ¿quién sabe que la teníamos?

—Los Lazarovi —contestó Alexandra—. Pero estamos intentando localizarlos para devolvérsela. Y también lo sabe Irina, y seguramente su asistenta. —Se quedó pensando un momento mientras intentaba quitarse unas manchas de pintura de los dedos—. Y la policía, esos dos guardias con los que hablé en la comisaría de Sofía, y puede que también el recepcionista, y el oficial al que le expliqué el asunto.

—Sí. —Bobby seguía mirando a su alrededor cada pocos segundos.

—Pero llevé la urna a la comisaría. Si la querían podrían habérsela quedado, y no insistieron. Se la llevé, de hecho. Y, además, ¿para qué podrían quererla?

—Sí, ¿para qué? —dijo Bobby.

—Hay una cosa extraña —comentó Alexandra, vacilante—. Puede que ahora no me acuerde del todo bien, o que le esté dando demasiada importancia. Ya sabes que en la comisaría estuve hablando unos minutos con ese oficial, el que me dio la dirección de Bovech. Estábamos a solas en su despacho. No pareció interesarse mucho por el asunto hasta que vio el nombre de Stoyan Lazarov en una base de datos o algo así. Entonces fue como si diera un respingo, y enseguida hizo una llamada por el móvil, que yo no entendí, claro. Pero después pareció más atento o simplemente… más interesado.

Miró a Bobby.

—Fue entonces cuando me preguntó si quería que se quedara con la bolsa —añadió—, pero cuando le dije que prefería entregarla yo misma contestó enseguida que era lo mejor y que podía darme unas señas. Supongo que la policía puede encontrar a cualquiera con bastante rapidez, mucho más que nosotros. Así que no sé por qué no lo han hecho. Si es que son ellos los que quieren que devolvamos la urna, claro. Además, la policía no escribiría pintadas amenazadoras, ¿verdad?

No estaba segura de estar en lo cierto, sin embargo: tenía la impresión de entender cada vez menos aquel país.

—¿Qué aspecto tenía ese oficial de policía? —preguntó Bobby.

Alexandra se lo describió: la cabeza casi calva, el tic en el ojo, el amplio e imponente despacho con su enorme escritorio.

—El que te dio su tarjeta de visita. Sí, era el jefe —dijo Bobby incorporándose—. Estoy seguro. Me sorprendió que te llevaran a verlo, pero quizás fue porque eras extranjera y llevabas… restos humanos. Eso no sucede todos los días.

—¿Y por qué querría la policía que le devolviéramos la urna ahora?

Bobby sacudió la cabeza de nuevo.

—No creo que esto lo haya hecho la policía. Tienes razón: no es así como hacen las cosas. Habrían localizado el número de matrícula del taxi y habrían venido a buscarnos. Incluso podrían haber aporreado la puerta de Irina Georgieva, si sabían dónde estábamos.

—Pero no lo sabe nadie más —objetó ella.

—De eso no estamos seguros —contestó Bobby en voz baja. Estiró la parte de abajo de la manta sobre el parabrisas—. Por lo que me dices, cabe la posibilidad de que la policía se lo haya contado a alguien. Irina podría habérselo dicho a alguna persona esta mañana mientras estábamos fuera, o quizás su asistenta se lo haya contado a una amiga. Y los Lazarovi no podían encontrarnos ni localizar el taxi. Si pudieran, ya estarían aquí preguntando por la urna.

—A no ser que acudieran a la policía después de mí —repuso Alexandra—. Y que la policía ya nos tuviera localizados y decidiera darles el número de matrícula del taxi. Es una posibilidad.

Bobby la miró con dureza. Luego se inclinó y señaló su cabeza con el dedo.

—Eres una niña muy lista —dijo.

—No soy una niña —contestó ella automáticamente.

—Ya —dijo Bobby—. Pero no creo que los Lazarovi se presentaran así, con un bote de pintura, ni rompiéndonos la luna del coche. Son gente normal, mayor, y seguramente están muy tristes y angustiados. Lo lógico sería que pidieran a la policía que los ayudara a localizarnos y que luego nos pidieran la urna civilizadamente.

—Esto no me gusta —dijo Alexandra—. Creo que deberíamos informar a alguien.

—¿Qué? ¿Quieres acudir otra vez a la policía?

—No, no —contestó ella—. Por lo menos, de momento. Puede que Irina consiga hablar con los Lazarovi hoy mismo y que nos diga que por su parte no hay ningún problema.

—A mí tampoco me gusta esto —dijo Bobby. Arrancó casi con saña el último trozo de cinta aislante y la pegó a un lado del parabrisas—. Además, si alguien quiere la urna por el motivo que sea y está enfadado, ¿cómo vamos a dejársela a esa anciana? ¿Y si esa persona descubre que la tiene ella?

—Lo mismo estaba pensando yo —dijo Alexandra—. Además, todavía podemos ayudarla a localizar a su hermana.

Un soplo de alivio, de calma, se abrió paso entre su desasosiego.

Cuando regresaron, Irina Georgieva estaba sentada debajo del emparrado, tomándose lentamente unas pastillas con un vaso de agua. Los miró sin aparentar sorpresa.

—Sin estas medicinas podría morirme mañana mismo y el museo se quedaría con mi casa —dijo—. Tienen derecho legal y lo esperan con ansia. —Señaló con un ademán la mansión del otro lado del patio—. Pero con mis cuadros no van a quedarse. Pienso donarlos a la escuela de arte. ¿Se os ha averiado el coche?

—Sí —contestó Bobby. Era la solución perfecta: un coche averiado—. ¿Le importa que nos quedemos un poco más mientras decidimos qué hacer?

—Lo siento por vuestro coche —repuso Irina—, pero para mí es una suerte. —Sonrió con ojos llorosos y brillantes.

—¿Quiere decir que ha llamado su hermana? —preguntó Alexandra ansiosamente.

—No, querida. Ojalá, pero no ha llamado. Y he estado llamando a Neven y a la casa de la sierra, y sigue sin haber respuesta. Nunca me ha gustado que vivan en las montañas. Sobre todo, en invierno. Es un sitio muy pequeño, muy alejado de todo. Pero me parece que no podemos quedarnos aquí sentados eternamente. Tienen que haber vuelto allí, o volverán muy pronto. —Suspiró—. Si consigues que te arreglen el coche pronto, podemos llegar al pueblo en menos de veinticuatro horas y llevarles la urna en persona. Podríamos salir mañana por la mañana. Lenka vendrá también, para ayudarme.

El nombre de la joven, por fin.

Alexandra miró a Bobby.

—¿Tienes tiempo?

Bobby había cruzado los delgados brazos sobre el pecho. El pelo le caía sobre los ojos y su piel se veía pálida y verdosa bajo las hojas de la parra. Alexandra se preguntó si era más guapo de lo que le había parecido al principio, o si se trataba únicamente de ese fenómeno que hace que la gente parezca cada vez más guapa cuando uno se acostumbra a ella, cuando la cercanía suaviza su extrañeza.

Él hizo un gesto afirmativo.

—Claro, Bird. Podemos ir. Voy a hacer un par de llamadas.

Se sonrieron unos a otros. A pesar de todo, Alexandra experimentó una súbita punzada de placer, un placer causado por los rostros que tenía ante sí, por la sensación de hallarse lejos de casa y, sin embargo, tan cerca, por la luz de principios de verano y el calor del sol.

—Hay una cosa que debemos aclarar —le dijo Irina a Bobby—. Asparuh, voy a pagarte para que nos lleves. Llevas varios días sin trabajar, según creo. Insisto en pagarte.

—Gracias, señora Georgieva. —Bobby inclinó la cabeza respetuosamente—. Si se siente con fuerzas, para mí será un honor llevarla. Pero mi taxi no es muy confortable, me temo.

Y quizás tampoco muy seguro, pensó Alexandra.

—Además, tenemos a *Stoycho* —dijo en voz alta—. Pero puede ir encima de mis rodillas.

Irina dio unas palmaditas en la mano a Bobby.

—Entonces, todo arreglado —dijo—. ¿Una cama para esta noche o dos? —preguntó enérgicamente, y Alexandra se quedó un poco parada.

Claro que tal vez una artista, por anciana que fuese, no se escandalizaba fácilmente.

—Dos, por favor —contestó sin mirar a Bobby.

—Muy bien. ¿Tenéis equipaje? Otras maletas, quiero decir.

Bobby contestó que no. Irina les dijo entonces que iba a mostrarles los aposentos de *Stoycho*. Los condujo con paso vacilante más allá del emparrado, donde vieron una caseta para perros pintada de azul, a juego con las casas de la ciudad vieja. Alexandra tuvo la clara sensación de que antes no estaba allí. Había comida y agua frente a ella, y una alfombrilla de algodón extendida dentro.

—Mi casa es pequeña, pero la tuya lo es aún más —le dijo la anciana al perro—. Y está a la sombra, así que hará fresco.

Stoycho entró en su casa, dio una vuelta y se tumbó asomando la cabeza por la puerta. Ya habían empezado a cerrársele los ojos.

Lenka condujo a Alexandra arriba, a un cuarto con el techo tan bajo que podía tocarlo con la palma de la mano. Las paredes estaban forradas con un friso de madera oscurecida por los años, adornado con una cenefa de bellotas y hojas de roble. Una muchacha de rostro suave los observaba desde lo alto del dintel de la puerta. En aquella habitación, Irina había colgado sus cuadros de animales: cabras, ovejas, gallinas, palomas, peces, y un hipopótamo sorprendentemente realista. Alexandra pensó al principio que no había cama. ¿Tendría que dormir en la alfombra de lana? Pero la asistenta de Irina abrió un armario arrimado a la pared y le mostró la cama que contenía: almohadas blancas, colcha de algodón y un ramillete de hierbas secas en medio. Alexandra cogió el ramillete y lo olió.

—¿Orégano? —preguntó, pronunciando la palabra de la manera más eslava que se le ocurrió.

Lenka se rio y dijo:

—*Chubritza*.

Y se sonrieron la una a la otra, incapaces de decirse nada más.

Poco después, Irina se ausentó para echar una siesta y Bobby propuso que salieran un rato. Quería echar un vistazo al barrio. Alexandra sabía que seguía pensando en los agujeros del parabrisas. Se llevaron a *Stoycho* atado con la correa y atravesaron el casco viejo en dirección a las ruinas del teatro romano, que se alzaba muy arriba, en un paraje desde el que se dominaba toda la ciudad. Una valla rodeaba la parte superior del teatro. Pagaron la entrada y pasaron. Uno de los muros, jalonado por columnas, había sido restaurado lo justo para poder acoger representaciones teatrales y conciertos. Al nivel de la última fila de gradas se alzaba un hermoso edificio antiguo: el conservatorio donde Stoyan Lazarov no había podido enseñar. Alexandra dio un paseo mirando los gigantescos sillares bastamente labrados. Luego, fueron a sentarse en la fila superior de las gradas. *Stoycho* se tumbó a su lado, en el pasillo, con la correa suelta. Desde allí era posible imaginar todo tipo de espectáculos clásicos. Una tragedia griega con la pared de mármol como telón de fondo, por ejemplo.

Bobby hizo un ademán.

—Se construyó en tiempos del emperador Trajano, en el siglo II.

—Sabes mucho de tu país —comentó Alexandra.

—Siempre me ha interesado la Historia. Pero todos los países tienen muchas leyendas sobre sí mismos. Mitología mezclada con la Historia. ¿No sabes tú gran cosa sobre tu país? ¿O algunos mitos, al menos?

—Algunos, quizás —contestó ella, y se preguntó cuándo se había construido el puente Golden Gate o se había fundado Filadelfia.

—Bueno, tu país es muy grande. —Bobby la sorprendió pasándole un brazo por los hombros—. Seguramente no puedes saberlo todo.

—Mi región la conozco bastante bien —dijo Alexandra.

Se imaginó a Bobby rodeando con el brazo a su novio, pero quizás no pudiera hacer esas demostraciones públicas de afecto en Bulgaria. O no tenía novio. Su abrazo era cálido y agradable. Pensó de pronto en Jack sentado en su cama, ayudándola a hacer los deberes, y por una vez no sintió un alfilerazo de dolor al acordarse de su hermano.

Oyeron voces estridentes a su espalda y vieron aparecer a una guía turística seguida por una fila de visitantes. Vestía un traje pantalón azul marino, como una azafata de vuelo, y un sombrero rojo vivo con la leyenda SUNNYTRIPS. Agitó un fajo de papeles para llamar la atención de sus pupilos. Los turistas, en su mayoría de mediana edad, tenían el cabello oscuro y la piel morena; los hombres llevaban barba y las mujeres falda y sandalias que no parecían muy adecuadas para caminar. Había también algunos adolescentes, apartados de los demás o en parejas. Un chico desgarbado se retiró de sus padres para echar una ojeada a su móvil. Alexandra se imaginó el mensaje que acababa de mandarle a su novia, en su país: *Hola, otra puta ruina.*

—Griegos —dijo Bobby con interés—. Pero no los antiguos.

Apartó el brazo de sus hombros y tiró de *Stoycho* para acercarlo. El perro lo miró melancólicamente. ¿De veras pensaba Bobby que iba a abalanzarse a dentelladas sobre un grupo de turistas? La luz caía en oleadas sobre los grandes sillares y Alexandra sintió que nunca antes había visto de verdad el sol; en esta región del mundo era distinto, como si se hubiera descorrido un velo inmenso y el cielo brillara con fuerza desde primera hora del día. El sol y el viento cálido que subía por la ladera de la montaña bañaban su piel. Las piedras sobre las que se sentaban casi parecían de plata. Se fijó en los hierbajos que crecían ignorados entre las grietas, vio junto al escenario un cúmulo de amapolas de un rojo deslumbrante. *Esto* —se dijo— *es la paz, que llega cuando menos te lo esperas.* Pero aquella sensación de calma permaneció en sus venas sólo un instante. Después apareció ante sus ojos la imagen de un parabrisas roto.

El teléfono de Irina Georgieva no sonó aquella tarde. Alexandra y Bobby pasaron un rato sentados a su lado, en medio de aquel perfecto anochecer de mayo en los Balcanes. Lenka les trajo unas tazas de té e Irina les explicó que el té procedía de las montañas. El aire se movía pero sólo un poco, y la incipiente luz de la luna lo salpicaba todo, formando dibujos que recordaban los resquicios de las hojas y los zarcillos de la parra. Alexandra pasó la mano por la mesa y descubrió que podía mover los dedos, pero no aquellas filigranas de luz y sombra a las que sus manos añadían sombras nuevas y enrevesadas. Le describió a Irina la casa de su familia en los montes de Carolina del Norte, pero no mencionó a Jack. Bobby le habló de su propósito de correr por todas las calles de Sofía. Irina se rio encantada y les dijo que ella había tenido en tiempos la idea de pintar a todos los animales del mundo.

—Aunque, ¿cómo iba a hacerlo desde Bulgaria?

—¿Lo dice porque aquí no hay tantas especies de animales? —preguntó Alexandra, que había observado que Irina prefería la franqueza a la cortesía, y se preciaba de ese descubrimiento—. ¿Porque habría tenido que viajar mucho?

Bobby repuso en voz baja, como si corrigiera un error bienintencionado:

—Recuerda que en la época comunista no se podía ir a ningún lado. La mayoría de la gente, quiero decir. Pero habrá visto usted muchos animales en películas y fotografías, señora Georgieva.

Irina se recogió detrás de las orejas unos mechones de cabello blanco que se habían soltado de las horquillas, uno de los muchos rasgos juveniles que Alexandra había advertido en ella.

—Claro —contestó—. Y también estaba el zoo de Sofía. Y antes de la guerra fui a otros países, sobre todo a Inglaterra. Mi padre trabajó en Londres desde que yo era muy pequeña hasta que tuve doce años, cuando tuvimos que volver. Así fue como aprendí inglés, claro está. Íbamos muy a menudo al zoo de Londres. De niña quise hacerme pintora por los animales que veía allí. Por ejemplo, por esa especie de pelos de barba que tiene el elefante en el lomo y alrededor de las orejas. —Hizo un ademán con sus largas manos nudosas, dibujando aquellos pelos—. Pero tienes razón. La mayoría no podíamos viajar. Conocí a gente que siempre andaba soñando con ir a otra parte, y eso les amargó la vida. A menudo sucede que, cuando te prohíben hacer una cosa, esa cosa se convierte en algo sumamente importante.

Se detuvo de repente. Miró la mesa con el ceño fruncido. Removió su infusión, dejando escapar un remolino de vaho y luz de luna, y Alexandra contempló sobrecogida aquel hechizo.

—Son historias mucho más tristes que la mía, y no poder viajar era lo menos terrible, queridos míos —agregó Irina Georgieva pasado un momento—. Vosotros tenéis una vida mucho mejor por delante, espero. —Los miró, con la cara moteada por la luz de la luna.

Bobby se recostó en su silla. Con aquella luz teselada parecía mayor. Alexandra advirtió que permanecía atento a cualquier ruido que viniera de la calle y que de vez en cuando recorría el patio con los ojos, lo que a ella le daba escalofríos. La luna estaba muy alta; alcanzó a vislumbrarla entre el emparrado y notó que se había vuelto distante y fría.

Bobby dijo de pronto:

—No tiene un *nekrolog* en la puerta.

Ella se preguntó si Irina Georgieva se ofendería. Se acordó de Bovech, de la puerta verde sin ningún cartel pegado y de las flores de los peldaños de acceso, marchitándose en sus tiestos.

Pero Irina no pareció tomarse a mal el comentario de Bobby.

—Mi hermana me pidió que no lo pusiera y yo me alegré. No me gustan. Casi siempre son feos y por tanto no sirven para honrar a los muertos como es debido. Preferiría guardarme todos mis recuerdos de un hermano muerto que colgar un cartel con una mala fotografía para anunciar a los desconocidos que ya no está en este mundo.

Alexandra pensó que estaba completamente de acuerdo con ella. Irina se enderezó en la silla y la miró.

—¿Te gustaría saber cómo se casó Stoyan con mi hermana?

—Sí —contestó Alexandra—. Sí, por favor.

26

Ya os he contado que Stoyan y yo éramos como hermanos, dijo Irina. Y es cierto. En mi familia no había hermanos varones, salvo uno que murió siendo un bebé, antes de que naciera Vera. Y un hermano siempre hace falta, ¿verdad que sí? Por eso a veces, cuando nos hicimos mayores, Stoyan hablaba conmigo como si fuera su hermana, aunque como os he dicho también era un hombre muy reservado, así que es posible que hubiera muchas facetas de su personalidad que yo ignoraba. Yo tenía sólo quince años cuando Vera lo conoció en la panadería, pero recuerdo muy bien la primera vez que vino a casa. Vera tenía casi dieciocho. Mi padre, que en aquel entonces ya estaba inválido, le dijo que no podía verlo a solas porque era demasiado joven y que debía esperar a tener al menos veintidós años para casarse. Ignoro por qué mi madre y él eligieron precisamente esa edad. El caso es que mi padre le dio permiso para que invitara a Stoyan a cenar en casa cada pocas semanas, sobre todo porque ya nos lo había presentado formalmente un amigo de un tío nuestro.

Stoyan pasó años viniendo a cenar a casa, durante toda la guerra, incluso cuando no había gran cosa que cenar o cuando estaban invitados también otros amigos y familiares. Creo que no le interesaban mucho esos amigos, ni nuestros parientes, pero en cambio le agradaba mi madre, que era una mujer buena y amable y adoraba la música. A mí me obsequiaba con pequeñas bromas y anécdotas como si fueran golosinas. Pero casi siempre se quedaba sentado, mirando a Vera con un brillo en los ojos mientras ella se afanaba de acá para allá, llevándole cojines a mi padre o ayudando a mi madre a servir el café. Después de la cena tocaba el violín, que siempre llevaba consigo.

En aquellos tiempos era más hablador y a mí me encantaban las historias que contaba. Una vez nos contó que, hasta su regreso a Sofía, los dos días más felices de su vida fueron el día que su padre le regaló su primer violín y le enseñó los sonidos que hacía y el día en que se apeó del tren en Viena para estudiar en el conservatorio.

Vera se sonrojó. Stoyan nos hablaba de los músicos a los que había oído tocar en grandes ciudades, de los cafés de Viena, de cómo se erguía Notre Dame sobre el río. Nos hablaba de Roma, donde su padre había ido a reunirse con él unas vacaciones, un par de años antes, y le había comprado aquel violín, el mejor que había tenido, una reluciente pieza de madera fabricada por Giuseppe Alessandri. Nos contó que Alessandri nació en 1824 y que fue discípulo de un discípulo del gran Lorenzo Storioni de Cremona. Su violín se había fabricado en la década de 1860, durante los tumultos que dieron lugar al estado italiano.

Cuando tocaba aquel violín para nosotros, yo pensaba en sus anécdotas y en las historias que nos había narrado, y en los cuadros que había visto yo y los libros que leía. Su violín producía un sonido nebuloso y enigmático. Yo oía en él los estallidos de las castañas al asarse en un brasero a la orilla de un río, y el ruido de los cascos de los caballos avanzando por el empedrado de Siena y de Florencia, y el rumor de las hojas que caían sobre las tropas de Garibaldi en su avance triunfal. El violín cantaba *Roma o morte* y se lamentaba por las montañas de muertos de la Guerra Civil americana al otro lado del mar y por los oropeles de París durante el Segundo Imperio. Subía y bajaba, como voces leyendo en alto a Victor Hugo a la luz del aceite de ballena, y cantaba acerca de dinamita, de otomanos e ingleses cayendo bajo sus caballos en Crimea, y de muchedumbres que arrastraban los pies visitando exposiciones internacionales. Pero, sobre todo, el violín de Stoyan hablaba de lugares, de lugares en los que había estado su lutier y el maestro de su lutier, lugares que algún día vería su dueño y donde, algún día, daría un concierto.

La primera vez que vino a casa, la cena transcurrió como siempre, salvo porque se habló mucho de la guerra. Al principio el rey mantuvo la neutralidad de Bulgaria y, aunque al final cedió a Hitler varias divisiones del ejército, los bombardeos y el racionamiento tardaron mucho en empezar. Vivíamos en un piso grande y bien amueblado, con cortinas largas en las ventanas y puertas con cristaleras en el balcón. La mayoría de nuestros familiares cercanos vivían en el mismo edificio, que había construido mi abuelo paterno años antes. Mi madre aportó los muebles al matrimonio. Los había encargado su padre en París, el siglo anterior.

Mis padres estaban muy orgullosos de la vida que habían creado para nosotras en aquel piso. Mi madre lo mantenía todo perfectamente limpio y ordenado, con nuestra ayuda, y hacía ella misma los tapetes de encaje para las mesas y los antimacasares de las butacas, para que no se mancharan con la pomada que mi padre se ponía en el pelo. Mi padre marcaba el ritmo con la mano en el brazo de su butaca mientras Stoyan, a petición suya, tocaba una melodía de Brahms o una romanza de Beethoven. Y, si tocaba un pasaje de una ópera, mi padre cantaba en silencio en italiano. Durante la cena, mi madre pulsaba a veces con el pie un botón que había debajo de la mesa del comedor para llamar a nuestra única sirvienta. El botón lo instaló mi abuelo, para mi abuela, cuando llegó la electricidad al centro de Sofía, y todos nos sentíamos muy orgullosos cada vez que mi madre llamaba y entraba la muchacha desde la cocina como por arte de magia. No había nadie más, que nosotros conociéramos, que tuviera ese sistema.

Eso fue al principio, cuando Stoyan todavía estaba integrándose poco a poco en nuestra familia sin que nosotros lo notáramos. Seguíamos comiendo carne comprada en la carnicería, y pepinillos de la tienda de mi bisabuela en el pueblo, porque eran los mejores. Vera y yo nos poníamos vestidos limpios para cenar. Si venía Stoyan, Vera pasaba una hora peinándose y empolvándose el cuello y la cara para tener el cutis aún más claro. Empezaba a llevar ropa más de adulta y durante esos años terminó el colegio.

Entonces el rey se alió con Hitler, que le entregó Macedonia, y Bulgaria mandó sus primeras tropas allí y a Grecia. El rey seguía teniendo mucha popularidad porque iba a devolvernos nuestros antiguos territorios. Pero Hitler también atacó a Rusia, nuestro antiguo aliado. En algún momento de 1941, no recuerdo cuándo, hubo una manifestación en las calles de Sofía en protesta porque estuvieran muriendo soldados búlgaros en defensa de causas extranjeras y no para mayor gloria de la gran Bulgaria. Tenían razón, como se demostró más tarde, pero el rey decidió aplastar las protestas.

Después de aquello, los comunistas y los anarquistas se hicieron aún más fuertes, en la clandestinidad casi siempre. Mi padre nos contó que alguien se había puesto en contacto con uno de sus amigos más jóvenes para que apoyara económicamente a la resistencia partisana, pero que su amigo seguía siendo en parte leal al gobierno monárquico y contestó que no podía. Mi padre decía que el rey era un gran hombre y que de algún modo se las arreglaría para que superásemos la guerra sin sufrir muchos daños.

—Cuidado con los secretos, hijas —decía papá igual que cuando éramos pequeñas y robábamos azúcar en la cocina—. Siempre vuelven, y hacen daño.

Los Aliados nos bombardearon en la primavera de 1941 para castigarnos por habernos unido a Hitler. Murió gente y nosotros nos refugiábamos en el sótano. Pero los bombardeos cesaron tan repentinamente como habían empezado. Más adelante comenzamos a ver que la gente pasaba hambre. A veces, en la calle, había soldados tuertos o mancos, mendigando un trozo de pan. Vera y yo cogíamos unas monedas y nos íbamos a la panadería a comprárselo. Se lo comían con ansia, allí mismo, en la calle. La gente empezó a decir que el rey podía mandar a los soldados a Grecia o a Macedonia, de donde volvían mutilados, pero no era capaz de alimentarlos cuando regresaban. Yo deduje por las conversaciones de sobremesa que a Stoyan le desagradaban en la misma medida los alemanes y los Aliados que nos estaban atacando. Consideraba absurda aquella guerra, un desperdicio, pero no del mismo modo que los partisanos.

Una noche estuvo muy callado durante la cena y después rehusó amablemente tocar el violín. Cuando Vera le preguntó qué le pasaba apoyando su linda mano sobre su brazo, él se limitó a sacudir la cabeza. Pero pasado un rato dijo que la noche anterior se había dado cuenta de que, aunque la guerra acabara bien para Bulgaria, seguramente no podría regresar enseguida a Viena.

—Mis padres no podrían pasar sin mí ahora mismo —explicó, y se detuvo. Todos sabíamos que no quería reconocer que su familia también se había quedado sin dinero. Deseaba casarse con Vera y no quería que mis padres creyeran que era demasiado pobre.

—¡Pero eso es estupendo! —estallé yo—. ¡Así no te llevarás a Vera a Viena y podréis vivir aquí, con nosotros!

Hasta mis padres se echaron a reír al oírme, a pesar de que todavía no habían dado su beneplácito a la joven pareja. Pero todos pensábamos lo mismo: *¿Cómo van a casarse a la manera tradicional si no tienen dinero y Stoyan no puede continuar sus estudios, si no hay trabajo para los grandes músicos y esta semana ni siquiera hemos podido cenar pollo?* Por fin, Stoyan dijo que no tenía importancia: que trabajaría en lo que encontrara hasta que reuniera dinero suficiente para regresar a Viena cuando acabara la guerra y pudiera mantener a su familia. Al decir esto miró directamente a Vera y ella se puso muy colorada.

Creo que a mis padres les gustaba Stoyan como yerno, en parte por su paciencia y su cortesía, por lo educado que era y por su increíble talento, y en parte porque nunca pedía ver a Vera a solas. Empezó a despedirse de ella con un beso en la mejilla cuando ya llevaba un año viniendo a cenar a casa. Ahora que soy vieja y algo sé sobre el amor, creo que debía consumirse de deseo por ella. Pero esperó esos primeros años y sé que practicaba en casa con el violín constantemente. Nadie podía pagarle por recibir clases, así que trabajaba en otras cosas, aquí y allá, no sé exactamente en qué. Seguramente en cualquier cosa que saliera. Una noche vino a cenar con la mano derecha vendada y nos contó que se había hecho daño en el trabajo. Parecía tan avergonzado por estar haciendo un trabajo manual que no le preguntamos más.

—Por suerte no tendré que pasar mucho tiempo sin tocar —añadió.

En otoño de 1943 Vera cumplió veintiún años. Mi madre se las arregló para comprar alubias y un poco de cerdo y preparó un guiso estupendo. Yo le hice a Vera una falda con la máquina de coser, aprovechando la tela de unas cortinas oscuras que teníamos guardadas en un armario. Quedó muy bien, se le ceñía perfectamente a la cinturita. Una amiga le cortó las trenzas y le onduló el pelo con unos hierros calientes, lo que hizo llorar a mi madre. Mi padre tenía un primo que era fotógrafo y que le hizo un retrato con las perlas de mi madre. Más adelante, cuando Bulgaria cambió de bando y empezó a luchar contra Hitler, al amigo de mi padre lo mataron en Hungría, detrás de su cámara.

La tarde del cumpleaños de Vera, aunque nadie lo dijera, todos pensábamos lo mismo: que aquél era el comienzo del último año que pasaría en casa con nosotros. Si Stoyan le pedía matrimonio al año siguiente, no había duda de que ella aceptaría. Había varios jóvenes que también habían hablado con mis padres, pero a ella no le gustaba ninguno y mis padres respetaban sus deseos. Durante la cena de cumpleaños, mi padre estuvo muy serio, pensando, sin duda, en el porvenir que tendría Vera con un músico que ya sólo disponía de su talento. Mi madre seguía apenada porque se hubiera cortado el cabello. Estaban también presentes algunos de mis tíos y tías, que meneaban la cabeza gravemente, como mi padre. Vera, en cambio, parecía muy animada, como si se alegrara de poder empezar la cuenta atrás de su último año en casa.

Cuando acabamos de cenar, Stoyan dijo que tenía un regalo para ella y nos sentamos todos en el salón. De pronto me di cuenta de que la habitación empezaba a estar muy destartalada porque ya no podíamos cambiar la alfombra ni reparar los muebles. Stoyan se puso delante de nosotros con su violín en las manos y se inclinó ante Vera.

—Querida Vera —dijo—, *Chestit rozhden den*. Que cumplas muchos más, todos ellos felices.

A veces podía ser muy ceremonioso, incluso cuando era joven. Creo que a Vera le gustaba lo solemne que se mostraba, sobre todo delante de nuestros padres. Carraspeó para aclararse la voz.

—No tengo mejor regalo para ti que el que estoy a punto de hacerte, aunque no lo haya comprado con dinero y no sea algo que puedas ponerte o guardar en el bolsillo. Espero que lo conserves en el corazón. Se trata de algo que no he tocado en público desde que regresé de Viena. De hecho, estoy seguro de que es la primera vez que esta música se oye en Bulgaria.

Vera estaba sentada delante de él con las manos cruzadas sobre el regazo. Con el cabello corto, su cuello parecía muy blanco. Yo soñaba con ser igual de guapa y de madura cuando tuviera su edad, y estar más o menos comprometida para casarme, y que la guerra hubiera quedado atrás.

Entonces empezó a tocar Stoyan, y creo que desde ese momento nos olvidamos de todo lo demás. La música era muy rápida al principio, como agua fría corriendo sobre las piedras pero más ordenada. Cantaba con voz de mujer, o de un espíritu del viento. Yo me acordé de las *samodivi*, las vírgenes salvajes de los cuentos populares que corrían por los bosques sin tocar el suelo. Y, sin embargo, era una música infinita, increíblemente lógica. Su sonido me embriagaba y un instante después, en la siguiente frase, hacía que me sintiera colmada. De hecho, era incapaz de predecir cuál sería la siguiente frase, al menos no de la forma en que era capaz de intuirlo cuando oía a Bach. Pero, cuando llegaba, tenía la sensación de que no podía sonar de otro modo.

Pasado un buen rato, el agua fría llegaba al pie de una montaña y se remansaba y la voz del violín se volvía más grave y comenzaba a palpitar, llena de serena emoción. A mi padre se le empañaron los ojos y se los secó rápidamente con el dorso de la mano. Yo me acordé de cómo era cuando todavía podía caminar. Mi madre estaba pálida, y la vi como debía de ser cuando era joven, con esas facciones tan bellas que había heredado Vera. La propia Vera se había inclinado hacia delante olvidándose de su compostura, y escuchaba la música como un hombre, con los pies bien separados. El salón estaba completamente en silencio.

Por fin la melodía describió en el aire una floritura roja y dorada y Stoyan mantuvo en alto el arco un instante, hasta que se apagó su resonancia. Aplaudimos, pero nuestras palmas sonaban huecas e insuficientes.

—¿No era Händel? —preguntó mi padre indeciso.

—No, señor.

Stoyan bajó los hombros y estiró un poco sus largos brazos. Le brillaban mucho los ojos. Había tocado con una cara muy seria, como siempre, pero de pronto todo su cuerpo parecía imbuido de felicidad.

—Es una composición de Antonio Vivaldi.

—Ah —dijo mi padre—, el sacerdote italiano.

—Sí —contestó Stoyan—. Era de la misma generación que Händel, creo. Vivió en Venecia, ¿saben?, y allí escribió numerosas obras. Ésta es una pieza especial. Especial para mí. —Miró a Vera, que seguía sentada, mirándolo fijamente.

Un par de días después empezaron a caer bombas sobre Sofía: bombarderos aliados que venían de Italia y otros países y atacaban la ciudad haciéndola temblar. Como os decía antes, ya nos habían bombardeado durante una breve temporada en 1941, como represalia porque el rey se hubiera aliado con los alemanes. Pero la nueva ofensiva no parecía tener fin. Los edificios se incendiaban, y se derrumbaban bloques enteros. No sabíamos cuándo le tocaría a nuestra casa. Vera se volvía loca de angustia cuando no estaba con Stoyan, pensando que podía estar muerto. Él seguía viniendo a cenar siempre que podía, pero las alarmas antiaéreas solían interrumpir nuestras comidas. Una vez, juro que besó rápidamente a Vera mientras estábamos todos sentados a oscuras.

Después empezó a escasear seriamente la comida y ayudábamos a nuestra madre a hacer pan con las cosas más extrañas, como lentejas o bellotas. Teníamos siempre un poco de hambre, en el mejor de los casos. Nos veíamos obligados a bajar al sótano a todas horas y a sentarnos allí con las rodillas pegadas a las de nuestros familiares, temblando. Yo odiaba sentir temblar a los demás porque me contagiaban su temblor y yo quería ser valiente. Mi padre decía que todo el mundo sabía ya que el rey, que para entonces había muerto, había cometido un terrible error. Habíamos unido nuestra suerte a la de una Alemania bárbara, no a la Alemania que él había conocido en su juventud, antes de la Primera Guerra Mundial.

Llegó el año nuevo, 1944, y en primavera los bombardeos eran tan constantes y fuertes que nos sentíamos atrapados en una pesadilla de la que no había forma de despertar. Escaseaba la comida y tuvimos que invertir los pocos ahorros que nos quedaban en comprar lo que podíamos. Mi padre dijo que Stoyan podía casarse con Vera antes de lo previsto. Por si acaso nos mataban a todos, supongo. No quería negarles eso, aunque no lo dijera. Stoyan tocaba a veces el violín para nosotros a oscuras, aunque nunca en el sótano abarrotado. Decía que los aviones volaban tan alto que no podían oírle. Estoy segura de que si esos pilotos aliados hubieran podido escucharle, habrían dejado de tirar bombas y nos habrían dejado en paz para siempre.

Así pues, Stoyan le pidió a mi hermana que se casara con él, pero en privado, en algún momento en que pudieron encontrarse a solas en la calle, a salvo, o quizás no tanto. Vera me contó después que Stoyan le hizo prometer primero que entendía una cosa: que, cuando acabara la guerra, tendrían que viajar por todo el mundo por el bien de su carrera como músico. Se casaron muy discretamente una tarde, en una capilla que había cerca de nuestro vecindario. Estábamos todos allí y, justo cuando estaba acabando la ceremonia, empezó a sonar la alarma antiaérea. Por suerte el sacerdote ya los había casado. Mis padres les cedieron unas habitaciones en nuestro edificio que estaban vacías desde la muerte de una tía abuela, pero su noche de bodas la pasaron en el sótano con los demás, Vera cogiéndonos la mano a mí y a Stoyan.

Ay, Señor, concluyó Irina enjugándose los ojos con la manga. *En fin, eso fue hace mucho tiempo.*

27

Alexandra paró a Bobby en el pasillo de techo bajo de la planta de arriba.

—¿Podemos hablar un momento antes de que te acuestes?

—Okey —contestó él, y Alexandra se dio cuenta de que seguramente había copiado esa expresión de ella.

Recorrieron el pasillo pasando junto a los cuadros enmarcados, de textura pastosa, y al cruzar frente a la habitación más cercana a la de Bobby, Alexandra vio que estaba iluminada por un suave resplandor cuyo origen no identificó al principio. Luego vio que se trataba de la luz de unas velas. La puerta estaba entornada y a través de la rendija alcanzó a ver una cama labrada con dos figuras echadas. Una era Lenka, la asistenta, vestida aún con vaqueros y camiseta. Tenía los ojos cerrados y en sus brazos descansaba Irina Georgieva. La anciana también tenía los ojos cerrados. Su cara parecía descolorida y el cabello suelto le rodeaba la cara como musgo colgante. Alexandra nunca había visto a una persona abrazar a otra con tanta ternura. La más joven posaba los labios sobre el ralo cuero cabelludo de la más anciana, y rodeaba con los brazos su cuello y sus hombros arrugados por encima del camisón de color rosa.

Alexandra y Bobby pasaron de largo y entraron en la habitación de él. Bobby cerró la puerta con cuidado. Había papeles por todas partes, algunos de ellos cubiertos con una letra minúscula, otros a medio escribir; y unos pocos en blanco y dispersos. Yacían sobre la mesa, junto a una vela colocada en un candelero deslustrado, o caían revoloteando de la silla al suelo y se deslizaban por la alfombra de lana, amontonándose bajo la ventana. Debían de haber salido de la bolsa de Bobby, pensó Alexandra. No veía bien la letra, y además estarían en búlgaro.

—Perdona el desorden —dijo él, y empezó a moverse por la habitación recogiendo los papeles.

—¿Qué estás escribiendo? —preguntó ella.

—Nada importante. Sólo son notas.

De nuevo, un telón negro que impedía repetir la pregunta. Alexandra tuvo por un instante la incómoda sensación de que estaba tomando notas acerca de ella. Luego se dio cuenta de lo narcisista que era aquella idea.

Se volvió hacia la puerta.

—Debería irme a la cama. Mañana tenemos que madrugar.

—¿Quieres que te despierte? —preguntó Bobby como si quisiera compensarla de algún modo.

—Okey —contestó ella, y se quedó allí un momento.

—¿De qué querías que habláramos?

—Ah... —Casi se le había olvidado—. He pensado que debía preguntarte si por fin puedo pagarte. Sé que Irina va a pagar el trayecto hasta las montañas, pero ya has recorrido muchos kilómetros para traerme hasta aquí. Por favor.

Bobby miró el suelo.

—La verdad es que no quiero que me pagues —dijo en voz baja—. No me parecería bien. De hecho, si vuelves a mencionarlo, quizás tenga que enfadarme.

Sonrió, pero Alexandra notó que hablaba en serio. Se prometió a sí misma compensarle con creces al final del viaje.

—Además, puede que te esté causando más problemas de los que imaginas. —De pie junto a la ventana a oscuras, Bobby se apartó el pelo de los ojos con gesto rápido y compungido.

—¿Y eso por qué? —preguntó ella, pero él había desviado la mirada. Alexandra volvió a intentarlo—. ¿Qué vamos a hacer con el parabrisas?

—Sí, bueno... Ya te lo mostraré mañana.

Las sábanas de la cama plegable de Alexandra olían a aquella extraña hierba aromática. Dejó abiertas las puertas del armario por si acaso la casa no sólo era mágica, sino que estaba embrujada. Con un estremecimiento de espanto, su cuerpo recordó el temblor de la cama en casa de la tía Pavlina, y aquella serpiente que se desenroscaba bajo el colchón.

A la mañana siguiente, Irina Georgieva fue la primera en estar lista. Al bajar al recibidor, Alexandra vio un bolso de plástico lleno de cosas y una cesta cubierta con un paño. Cuando Bobby y ella salieron a la terraza, la luz del sol aún era muy pálida pero la anciana ya estaba desayunando pan, queso y salami, y Lenka estaba poniendo tres platos más sobre la mesa. Fue la primera vez que se sentó a comer con ellos. Se había recogido el cabello oscuro en una gruesa trenza, y Alexandra reparó en que lo tenía entreverado de gris.

—Siempre es importante desayunar bien antes de emprender un viaje —les dijo Irina como si saliera de viaje cada semana.

Pese a su palidez, tenía la cara colorada y los ojos brillantes y llevaba su intrincado broche prendido del cuello de una blusa rosa. Había apoyado en la silla un bastón, un largo cayado de madera con la cabeza nudosa, como si se dispusieran a hacer senderismo en vez de montarse en el taxi de Bobby. Sentado a su lado, *Stoycho* esperaba a que cayera algún trozo de salami de las torpes manos de la anciana.

—Bird —dijo Bobby mientras se ponía mermelada en su pan con queso feta—, ¿sabes lo que vas a ver hoy? Los montes Ródope, la cordillera más hermosa del mundo.

—Perdona, pero mis montañas son las más bonitas del mundo —repuso Alexandra con una sonrisa.

—Sí, sólo quería que tuvieras ocasión de decirlo. Así prestarás más atención a los *Rodopite*.

—Niños —dijo Irina—, Lenka y yo ya casi estamos listas. Asparuh, voy a enseñarte mi mapa. Primero vamos a ir a Shiroka Luka y luego al sur, muy arriba en las montañas.

Lenka les sirvió más té y empezó a recoger los platos. Le dijo algo a *Stoycho* en voz baja; luego se acercó a su comedero y echó dentro las sobras de pan y queso. El perro la siguió agradecido, pero miró hacia atrás varias veces. Alexandra pensó que parecía nervioso.

Bobby se estaba limpiando las manos mientras miraba su móvil.

—Dentro de unos minutos vendré a recogerlas con el coche, pero primero Alexandra y yo tenemos que hacer un recado.

¿Sí? Seguramente había dejado el taxi en un taller para que repararan el parabrisas roto. Alexandra lo siguió obedientemente por el patio del museo, hasta la calle. Unas manzanas más allá, torció por una calle por la que no habían pasado antes, Alexandra estaba segura. Era también una calle tranquila, flanqueada por viejos muros y árboles recién verdecidos. Al fondo había un joven apoyado contra un desvencijado coche verde, con los brazos cruzados. Cuando se acercaron, se giró hacia ellos y los miró de frente.

Alexandra dio un paso atrás, acordándose de lo que le había pasado al taxi. Pero el chico sonreía. Tenía el cabello negro, parecía muy en forma y era más alto que Bobby. Sus ojos eran muy grandes y oscuros, radiantes y de largas pestañas. Vestía un polo negro que marcaba su musculatura, vaqueros negros y zapatos del mismo color, bien lustrosos. A Alexandra le gustó su mirada atenta y la simpatía que reflejaba su cara morena. Estrechó la mano de Bobby medio abrazándole y dándole palmaditas en la espalda.

—Mi amigo Kiril —explicó Bobby—. Vive en Sofía y fuimos juntos a la universidad.

Kiril estrechó la mano de Alexandra con desbordante amabilidad y se agachó para admirar a *Stoycho*, que estaba sentado en la acera, escuchando.

—Tenemos que irnos ya —dijo Bobby.

Kiril volvió a palmearle la espalda y a abrazarle y, mientras Alexandra los observaba, se intercambiaron unas llaves. Kiril volvió a darle la mano y se alejó tranquilamente por la preciosa callejuela. Sólo entonces advirtió Alexandra que no había dicho ni una sola palabra.

Bobby abrió el coche y le hizo un gesto con la mano que ella interpretó como que debía apresurarse. Cuando se colocó en el asiento delantero, *Stoycho* subió al coche de un salto. Bobby encendió enseguida el motor con las llaves de Kiril. El interior del coche olía a tabaco pero estaba muy limpio, y había una figurita pegada al salpicadero, un Mickey Mouse cuya cabeza comenzó a oscilar como un giroscopio cuando Bobby arrancó. *Stoycho* se incorporó para mirarlo.

—¿Dónde está tu taxi? —Alexandra trató de ponerse cómoda en su nuevo asiento.

—Kiril va a llevarlo a reparar y luego volverá con él a Sofía. Puede aparcarlo en un garaje, cerca del piso de mi madre —contestó Bobby—. He ido a echarle un vistazo esta mañana. Estaba igual que ayer. —Miraba a su alrededor mientras conducía.

—Kiril es muy amable.

—Bueno, somos amigos —repuso Bobby.

Alexandra se preguntó a cuántos de sus amigos podía pedirles que le llevaran su coche a otra ciudad, de un momento para otro, por si acaso alguien la estaba siguiendo.

—Pero ¿de verdad crees que nos están siguiendo?

—Me parece probable —reconoció él, y fijó en ella su mirada azul—. Sólo que no sé por qué. Ni quién. Todavía. A Irina vamos a decirle que el taxi aún no estaba arreglado.

—Bueno, y así es —señaló Alexandra—. ¿Qué vamos a hacer?

—Mantener los ojos bien abiertos —dijo Bobby—. Mira dentro de… de eso… de la guantera. ¿Hay un mapa de Bulgaria?

Ella abrió el compartimento y vio la pistola.

—Bobby… —dijo.

Él echó una ojeada.

—Bien. Tápala con el mapa.

Alexandra, que nunca había visto una pistola tan de cerca, se asustó.

—¿Es de tu amigo?

—Ahora es mía —respondió él—. Pon el mapa encima, y también esa bolsa de plástico. Que parezca un poco desordenado.

Así lo hizo ella, procurando no tocar el arma ni siquiera con la punta de los dedos. Viajaba con un hombre al que apenas conocía y que ahora tenía una pistola y quería que ella lo supiera. Lo miró de reojo. Estaba cambiando de marcha, colina arriba, y parecía perfectamente en calma.

Mientras el coche se alejaba de casa de Irina cargado con todos ellos, Alexandra se giró una vez más para ver la alta pared del patio y los árboles enormes. Iba sentada delante, con *Stoycho* tumbado sobre su regazo y la bolsa con la urna a sus pies. Las dos mujeres mayores iban detrás, con su cesto y el bastón de Irina en el medio. Alexandra miró a Bobby, sentado como siempre tras el volante. Conducía con cuidado, en primera o segunda, por las calles empedradas. El coche se tambaleaba lentamente, cuesta abajo, pasando frente a las grandes casonas de Plovdiv. El sol de la mañana ya había empezado a esparcir manchones de luz sobre los muros azules y ocres y los portones de madera. Cinco días antes, se dijo Alexandra, no había visto nunca aquellas calles, ni conocía a aquellas personas. Ni a aquel perro. Abrazó el cuello polvoriento de *Stoycho* y el animal le acarició la mejilla con el hocico.

Tras media hora viajando por extraños descampados, entre caserones desiertos y bajo un cielo despejado, pusieron rumbo al sur. Al pasar junto a un prado, Bobby se apartó de repente de la carretera.

—Mirad eso —dijo—. Tengo que hacer una foto. —Se desabrochó el cinturón de seguridad—. Perdonen —añadió dirigiéndose a las dos mujeres del asiento de atrás.

Alexandra miró por la ventanilla, salió del coche y lo siguió. En medio del prado se erguía el solitario marco de una puerta. No había casa, ni tampoco puerta: sólo el marco y un par de bloques de cemento, como si alguien hubiera contemplado la posibilidad de vivir allí y primero hubiera querido probar a entrar en aquella hipotética morada aún por construir. Los insectos rumiaban en la hierba a su alrededor, y un par de pájaros (¿golondrinas quizás?) sobrevolaban velozmente el prado y se elevaban muy por encima del marco vacío.

Bobby se puso a hacer fotos con su móvil.

—Nunca había visto nada igual —le dijo a Alexandra.

—¿Por qué está aquí, en medio de la nada? —Ella tampoco había visto nunca nada parecido.

—No lo sé —contestó él—. Pero estaba pensando que la literatura es así, como una puerta en medio de un prado.

Tenía una expresión absorta. Tecleó una nota en su teléfono. Ella lo observaba con asombro. Desde el primer momento le había recordado a alguien, y de pronto se daba cuenta de que ese alguien tal vez fuera ella misma.

Al poco rato, las estribaciones de las montañas aparecieron ante ellos formando una masa verdinegra. La carretera parecía ir derecha hacia aquel muro, cercada por barrancos y árboles precariamente enraizados: una hendidura abierta por la modernidad, pensó Alexandra, aunque quizás hubiera habido caminos mucho más antiguos que se adentraban en las montañas. La carretera parecía acobardarse bajo las altas arboledas y cruzaba ruidosos riachuelos. Acababa de mirar hacia atrás para ver si Irina Georgieva estaba disfrutando de las vistas cuando Bobby frenó en seco en medio de un puente. *Stoycho* se incorporó, clavándole las uñas en la rodilla.

—¡Dios mío! —exclamó Alexandra.

A su derecha, casi un tercio de la anchura del puente se había derrumbado y caído al río con barandilla y todo, de modo que el pavimento colgaba sostenido apenas por unas hilachas de metal. Vio las rocas y el agua blanca unos doce metros por debajo de ellos. Árboles enteros habían quedado trabados en las empinadas orillas, prendidos del bosque como de una maraña de pelo.

—Maldita sea —dijo Bobby—. Habrá sido el terremoto, seguramente. O puede que las inundaciones, o ambas cosas.

Puso el freno de mano. Alexandra lo observó con nerviosismo cuando salió del coche y avanzó unos metros para asomarse al vacío.

Irina le tocó el hombro.

—¿Hay algún problema?

—Sólo un puente —contestó Alexandra tocándole la mano. Quizás fuera una suerte que la anciana no pudiera ver aquel desaguisado desde el asiento de atrás—. Creo que no hay por qué preocuparse. Bobby está comprobando el estado de la carretera.

Irina Georgieva cruzó las manos sobre el regazo y asintió con la cabeza mirando a su asistenta.

—Estoy segura de que Asparuh sabe qué hacer —dijo.

Lenka le acarició la mejilla y sacó de la cesta un frasquito de pastillas. Le dio una a Irina y acto seguido le ofreció un sorbo de agua.

Bobby regresó al coche sacudiendo la cabeza.

—Creo que deberíamos seguir adelante —le dijo a Alexandra en voz baja—. Si no, tendríamos que retroceder hasta llegar a otra carretera y tardaríamos unas dos horas. Seguramente el puente se derrumbó hace un par de días, o puede que incluso un par de semanas. Por eso no lo habrán arreglado aún. Claro que, si fue culpa del terremoto, el derrumbe es muy reciente. Pero podrían haber puesto una señal para advertir a la gente. —Parecía a punto de ponerse a lanzar exabruptos, pero se interrumpió como si reparara en la presencia de las señoras del asiento de atrás.

—Muy bien —dijo ella a pesar de que estaba aterrorizada—. Pero ¿no crees que nosotras deberíamos bajarnos y cruzar andando?

—Sería más peligroso, sobre todo por… —Se refería a Irina, claro, con su bastón y su paso tambaleante—. Además, el lado izquierdo de la calzada no está dañado.

Avanzó lentamente hasta el centro del puente desviándose hacia la izquierda y Alexandra procuró no mirar por la ventanilla hacia el río turbulento que discurría debajo. Como iba mirando al frente, vio venir el coche antes que Bobby y su grito le hizo frenar en seco. Al otro lado del puente la carretera describía una curva muy cerrada. Pasó un instante antes de que el otro coche se detuviera bruscamente, apartándose del borde derrumbado del puente, de modo que ambos vehículos quedaron frente a frente, a escasa distancia del precipicio.

—Ay, no. —Bobby agarraba con fuerza el volante.

Stoycho se irguió más aún en el regazo de Alexandra y ella lo sujetó con firmeza para calmarlo. Bobby sacudió la cabeza.

—*Politsai.*

El agente ya había salido del coche. Era un hombre alto, de rostro amable y un poco melancólico, muy distinto de los policías que había visto Alexandra en la comisaría de la capital. Se acercó al coche y echó un vistazo dentro, examinándolos con atención. *Perro,* pensó Alexandra. *Turista americana, anciana, asistenta guapa, cesto.* Aforo completo.

El agente y Bobby cruzaron unas palabras amablemente, como si estuvieran charlando junto al mostrador de una tienda y no al borde de un precipicio. Bobby señaló la catarata de debajo y el policía meneó la cabeza. Luego indicó la guantera. Alexandra se quedó paralizada, pero cuando Bobby se inclinó para abrirla y sacó unos papeles no había ni rastro de la pistola. ¿La había escondido debajo de un asiento o en el maletero? ¿Y cuándo lo había hecho? El policía regresó a su vehículo llevando el permiso de conducir de Bobby y los papeles del coche y estuvo sentado allí dentro un rato que se hizo interminable mientras *Stoycho*, nervioso, clavaba las uñas en el regazo de Alexandra tratando de ver lo que ocurría. ¿Y si el policía los identificaba como los ocupantes del taxi? Sin duda, su sistema no podía estar tan bien organizado, pensó, ni siquiera contando con registros informáticos. Y quienes habían pintado el taxi no habrían dejado constancia documental de ello, sobre todo si era la policía. Además, seguramente no habían sido ellos. Bobby debía de estar contagiándole su paranoia.

—Por lo menos podría dar marcha atrás y retirar su coche del puente —murmuró Bobby, y Alexandra se dio cuenta de que, si otro vehículo doblaba la curva, se verían en graves apuros.

Que fue, curiosamente, lo que sucedió en ese instante. Otro coche, un gran BMW negro, nuevecito y con las ventanillas tintadas, se abalanzó sobre ellos a toda velocidad antes de que les diera tiempo a respirar. El conductor frenó tan bruscamente que los neumáticos chirriaron y Alexandra oyó que Irina ahogaba un grito de espanto a su espalda. Bobby agarró rápidamente el volante a pesar de que no podía hacer nada. El BMW chocó por detrás con el coche patrulla emitiendo un ruido sordo y rasposo y haciéndolo saltar como un animal, y Alexandra alcanzó a ver cómo el policía, sentado dentro, se desplazaba hacia delante con cara de perplejidad y la boca abierta. El puente se estremeció. *Stoycho* profirió un gemido.

Pero el coche patrulla estaba bien aparcado y, a pesar de su tembloroso salto, no alcanzó su parachoques delantero. Bobby exhaló un fuerte suspiro y dio un golpe en el volante. El policía se apeó de un brinco, luego pareció acordarse del vacío que se abría en el otro carril y se refrenó. El conductor del BMW también había salido y levantaba las manos indignado. Vestía chaqueta oscura y gorra y era tan enorme que parecía capaz de reparar el puente él solo, con sus propias manos, como Paul Bunyan.[4] Se agachó para examinar los daños y Alexandra pensó que seguramente en esos momentos estaba deseando que un gato se comiera los órganos internos de la madre del policía.

—Oh, no. —Bobby se puso a tamborilear con impaciencia sobre el salpicadero—. Y es un coche del gobierno. Ahora sí que no vamos a ir a ninguna parte.

El hombretón seguía hablando con el policía.

—Confío en que en algún momento me devuelvan mis papeles —añadió Bobby malhumorado.

—¿No deberías salir a echar una mano? —preguntó Irina desde el asiento de atrás.

—No, señora Georgieva. —Bobby se giró hacia ella y Lenka le dio unas palmaditas en la rodilla a la anciana—. Ya arreglarán las cosas entre ellos, y luego quizás nos dejen seguir adelante.

Mientras observaban la escena, el gigante de la gorra miró alrededor y señaló el agua turbulenta del río y el coche del policía.

—¿Qué está haciendo? —preguntó Alexandra.

—Creo que le gustaría ofrecerle al policía un pequeño… soborno, podríamos decir —explicó Bobby—. Pero no puede porque estamos nosotros delante y lo veríamos.

—Ah —dijo Alexandra, que nunca había visto a nadie ser objeto de un soborno y pensó que sería una experiencia interesante.

—Así que van a ponerse a discutir —agregó Bobby—. Lo que les llevará más tiempo.

Los dos hombres iniciaron una discusión, en efecto, el grandullón echándose la gorra adelante y atrás sucesivamente, y el policía indicando cuidadosamente los daños sufridos por el coche patrulla.

4. Paul Bunyan: gigante leñador de la cultura popular estadounidense. *(N. de la T.)*

Bobby apoyó los brazos en el volante. Irina le dio unas palmadas en el hombro.

—No te preocupes, mi niño. Acabarán pronto. Y tengo aquí unas galletas por si alguien tiene hambre.

De pronto se abrió la puerta trasera del BMW y apareció otro hombre. Lo miraron todos con sorpresa; *Stoycho* gruñó asustado. No era tan alto como su chófer y parecía mucho mayor, pero su aspecto resultaba mucho más imponente. Vestía un traje azul oscuro (caro y muy bien cortado, pensó enseguida Alexandra) que contrastaba extrañamente con el paisaje montañoso. Alexandra se preguntó qué pasaría si otro coche doblaba la curva y chocaba contra el BMW. El desconocido no tenía aspecto de reaccionar bien ante semejante eventualidad, y, sin embargo, había algo infinitamente sereno, e infinitamente familiar, en su apariencia. Se mantenía muy erguido, moviéndose con rigidez dentro del traje. Tenía la barba castaña rojiza y una espesa mata de pelo, con entradas pero rizada en las puntas y tan abundante que daba la impresión de que uno podía perder un lápiz dentro de aquella cabellera. A la luz tamizada del barranco, su cabello se veía al mismo tiempo oscuro y brillante, metálico, casi irreal. Su rostro envejecido y ancho, con las mejillas surcadas por profundas arrugas, parecía en cierto modo disecado y aparentaba mucha más edad que la que cabía deducir por su cabello. Alexandra lo habría considerado apuesto si su expresión hubiera sido más vivaz y su cuerpo hubiera dado muestras de mayor animación. Pero era demasiado sereno, demasiado flemático.

Bobby se echó hacia delante, a su lado, y miró por el parabrisas.

—¿Qué? —dijo—. Ése es Kurilkov, estoy seguro.

—¿Quién? —preguntó ella mientras intentaba tranquilizar a *Stoycho*, que había empezado a gruñir bajito de nuevo.

—Mikhail Kurilkov, el ministro de Obras Públicas, ése al que apodan «el Oso», el que quiere ser primer ministro. Te hablé de él, lo vimos en la tele. Lo he visto antes en persona, dando un discurso contra el que nos manifestamos.

—Ah, el que vimos en la tele en casa de la tía Pavlina —dijo Alexandra—. Y en el restaurante de las truchas. Ya me parecía que su cara me sonaba. Pero ¿qué está haciendo aquí, en medio de la nada?

Entonces se acordó de la consigna pintada en la luna del taxi de Bobby: *Sin corrupción*.

—Puede que de verdad le interesen las obras públicas —masculló Bobby sin quitarle ojo a Kurilkov—. Espero que no se acerque. Nunca he tenido ganas de conocerlo.

Irina había vuelto a inclinarse hacia delante.

—¿Quién es? —preguntó.

—Creemos que es Kurilkov, el ministro de Obras Públicas.

—¿Ese de ahí? —preguntó ella—. Ah. —Se quedó callada, pero a Alexandra le extrañó su expresión pensativa, casi desconfiada. Quizás a ella, como a Bobby, le desagradaba aquel individuo, o los políticos en general.

Los tres hombres se pusieron a conversar y Alexandra vio que el ministro de Obras Públicas estiraba el brazo para estrechar la mano del policía. El agente pareció tan sorprendido como Bobby al reconocerlo. Se inclinó ligeramente al darle la mano. El gigantesco chófer se había retirado y Kurilkov y el policía hablaron un momento a solas. Acto seguido, el ministro hizo una seña a su conductor, que se acercó al coche de Bobby. Alexandra lo vio avanzar con cautela por el puente, como si temiera que acabara de derrumbarse bajo el peso de su cuerpo.

—Vete —masculló Bobby, pero bajó de nuevo la ventanilla.

A *Stoycho* se le erizó el pelo del cuello bajo la mano de Alexandra. El animal enseñó sus dientes amarillos, que sobresalían sobre su belfo inferior. Alexandra se preguntó qué sería de él si se atrevía a morder al guardaespaldas de un ministro.

Pero, al acercarse, el chófer se limitó a decirle algo a Bobby en tono cortés, mirando alrededor como si le sorprendiera que hubiera tantos pasajeros. Bobby asintió con la cabeza, le hizo una seña con la mano y retrocedió con cuidado hasta salir del puente, apartándose al estrecho arcén, junto a la pared del barranco. Irina y Lenka permanecían tranquilamente en el asiento de atrás, como si estuvieran acostumbradas a verse atrapadas en las montañas al borde de un río turbulento.

Unos minutos después, el policía se acercó para devolverle la documentación a Bobby sin hacer ningún comentario, y a continuación puso en marcha su coche y pasó a su lado. Le hizo a Bobby una seña tranquilizadora, como recomendándole que se olvidara del asunto. El hombre apodado el Oso esperó a que su chófer le abriera la puerta del BMW. Alexandra vio desaparecer primero su extraño cabello; lo último que perdió de vista fueron sus botas lustrosas.

Cuando el lujoso coche pasó a su lado, las ventanas tintadas ocultaban por completo tanto al chófer como a su pasajero. Alexandra se preguntó si Kurilkov se habría girado para mirarlos, si sus ojillos de oso se habrían tropezado con los suyos inopinadamente a través de la luna. *Stoycho* también volvió la cabeza y pareció seguir el BMW con los ojos hasta que se perdió de vista. Alexandra tuvo de pronto la sensación de que no debería haber mirado tan fijamente aquel cristal oscuro.

28

Los primeros pueblos de los montes Ródope que vio Alexandra se aferraban a las laderas de barrancos, sobre un río de montaña. Enseguida se fijó en sus tejados, que no eran de barro rojo estriado, como los de los pueblos por los que habían pasado anteriormente, sino de tejas de pizarra gris dispuestas en complicados escalones. Le comentó a Bobby que las casas de piedra sin desbastar parecían haber brotado espontáneamente, de manera natural, o haber sido apiladas por gigantes. Él le contestó que en cierto modo habían surgido, en efecto, de los montes, dado que las habían construido personas que sólo contaban con los materiales que ofrecía la naturaleza para edificarlas.

—Los ecologistas primitivos —agregó.

La carretera, muy empinada, los llevó por laderas cubiertas de pastos y más adelante hasta una meseta con un pueblo grande en cuyo centro había un río llano y liso y la estatua de un hombre sosteniendo una bandera de bronce hecha jirones. Al otro lado del río había un edificio amarillo sobre el que se inclinaban árboles añosos, y en las laderas más altas se veía un amontonamiento de casas de piedra. Al bajar la ventanilla, Alexandra oyó el ruido del agua y sintió el olor penetrante y limpio del frío aire de las montañas, apenas rozado por el sol. Vio varios indicadores de hoteles de tres estrellas, con flechas que señalaban montaña arriba. Después reparó en dos hombres que estaban pegando un cartel en la pared de una tienda. Uno de ellos estaba subido en una escalera de mano y sujetaba la parte de arriba del cartel contra la pared.

—Mira —dijo Bobby.

Aminoró la marcha y miró por la ventanilla de Alexandra: era una enorme fotografía de un hombre sonriente, con el cabello hasta los hombros.

—Kurilkov —mascculló Bobby—. Otra vez. *Bez koruptsiya!* No dice nada concreto sobre su campaña para preservar la pureza nacional, pero eso será lo siguiente. —Cambió de marcha—. Están eligiendo las zonas más pobres para colgar los carteles.

Siguieron subiendo, pasando por casas antiguas y adentrándose en laderas boscosas. Alexandra vio en un indicador que faltaban cuatro kilómetros para Gorno.

—Pero antes había uno que decía que faltaban tres —le dijo a Bobby—. ¿Cómo puede ser que esté cada vez más lejos?

Bobby se encogió de hombros.

—Pregúntale al ministro de Obras Públicas.

Sostenía el mapa sobre la rodilla mientras conducía. Irina tocaba a veces su hombro o le indicaba el camino. Las carreteras, encajadas entre altos barrancos, eran cada vez más estrechas. Las poblaciones por las que pasaban eran muy pequeñas y las casas se alzaban al pie de la calzada. Algunas parecían abandonadas, con una cruz de hierro cubriendo las ventanas y los cristales rotos. Pasaron junto a un anciano sentado a la puerta de una casa con cortinas en las ventanas abiertas y gallinas en un pequeño corral frente a una iglesia diminuta cuya puerta estaba cerrando una mujer increíblemente encorvada y plegada sobre sí misma. Sólo veían viejos. Hasta entonces, Alexandra sólo había podido soñar con sitios como aquéllos, pero había personas que vivían en ellos y que acababan allí sus días.

—¿Tienen televisión? —le preguntó a Bobby.

—¿Televisión? —Parecía estar conduciendo en otra parte, dentro de su cabeza, a un millón de kilómetros de allí.

—Aquí, en estos pueblos.

—Ah, sí, claro —contestó él—. Al menos la mayoría de la gente. Puede que algunos sean demasiado pobres para tenerla, pero casi todo el mundo tiene televisión.

Ella deseó de nuevo que pudieran parar en cada aldea, llamar a las puertas y entrar a ver. Otra mujer, con la cabeza cubierta con un pañuelo floreado, estaba fregando una cazuela en su patio. Levantó la vista, tan cerca de la carretera que Alexandra distinguió sus pendientes de oro y las manchas de su mandil. Podía tener cincuenta años, u ochenta. Su rostro serio dejaba traslucir una curiosidad recelosa. Alexandra confió en que tuviera un perro como *Stoycho* que guardara su patio; de ese modo tendría a alguien de quien cuidar. Pero no se veía ningún perro y un momento después la mujer quedó atrás y la carretera siguió serpenteando entre un denso bosque, cada vez más arriba, flanqueada a la izquierda por abruptos despeñaderos.

—Creo que ya estamos —dijo Bobby de repente, e Irina le indicó que tomara un desvío.

No se veía ningún pueblo, sólo una señal de madera desgastada que Bobby leyó en voz alta: GORNO, 2 KM.

—¿Así se llama su pueblo? —le preguntó Alexandra a Irina, girándose hacia ella.

La anciana miraba hacia delante como si buscara hitos en el camino.

—Tiene varios nombres, uno de ellos de un pasado remoto, puede que turco. Ahora lo llaman Gorno, que significa «alto». O, en tu idioma, puede que «de arriba».

—¿De arriba? ¿Así, sin más? —preguntó Bobby.

La carretera, más empinada que nunca, era ahora de tierra y Bobby avanzaba despacio, sorteando surcos y grandes baches. *Stoycho* se incorporó sobre el regazo de Alexandra para mirar por la ventanilla y luego la miró a ella.

—Sí, sólo Gorno —contestó Irina—. El resto puedes inventártelo, si quieres.

Bobby sonrió a Alexandra y a ella le dieron ganas de apretarle la mano.

Unos minutos después avanzaban entre las primeras casas, que eran todas de piedra y parecían surgir de la tierra misma. El firme se había vuelto tan resbaladizo y estaba tan incrustado de grandes piedras que Bobby aminoró la marcha al máximo. Pasaron junto a una pequeña ermita uno de cuyos lados estaba adornado por una profusión de rosas silvestres, y dejaron atrás una tienda abandonada con descascarilladas letras amarillas en el escaparate. Una mujer madura, vestida de negro, pasaba en ese momento frente a la tienda. Se volvió para mirarlos, sorprendida, al parecer, por ver forasteros. La carretera se ensanchaba dando paso a lo que podría haber sido una plaza, de no ser porque tenía el suelo de barro compactado y era sólo algo más ancha que la propia calzada. El siguiente tramo de carretera discurría entre casas y parecía muy empinado. Bobby sacudió la cabeza.

—Tengo que parar aquí —dijo—. No creo que podamos pasar por ahí con el coche.

—Sí, éste es buen sitio. —Irina se agarró al respaldo del asiento de Bobby y Alexandra vio que estaba pálida de cansancio—. Ya hemos llegado. Nuestra casa está en la segunda calle, es un paseo.

Pero cuando la ayudaron a salir tuvo que apoyarse en el coche porque le fallaban las piernas.

—¿Quiere que la lleve en brazos hasta allí? —le preguntó Bobby.

Ella le dijo algo en búlgaro y sonrió un instante. Bobby se rio, pero ella se limitó a agarrarlo del brazo.

Alexandra, cogiendo a *Stoycho* de la correa, olió la brisa al mismo tiempo que él: olía a humo de leña por allí cerca y, más allá, a penetrante frescor. Hacía mucho tiempo que no sentía aquella ligera falta de oxígeno, aquella presión en los oídos. El aire era delicioso, como un sorbito de fino vino blanco. Alexandra se dejó llevar por el recuerdo de las caminatas por el monte con sus padres y Jack, en los viejos tiempos, antes de aquella que acabó tan mal. Desde donde estaban, en medio de la carretera y del pueblo, el mundo parecía desplegarse a sus pies. Algunos tejados de las calles más bajas, a escasos metros de distancia, quedaban al nivel de sus pies. En un patio, encajado entre los árboles, había una camioneta oxidada de color turquesa con los neumáticos desinflados. De la tierra acumulada en su parte trasera brotaban arbolillos. Alexandra se preguntó por qué alguien construiría una casa en aquellos despeñaderos en los que, incluso estando rodeados por picos más altos, el frío camparía a sus anchas en invierno. En su país, en las Montañas Azules, las viejas casas de labor se acurrucaban en vaguadas y zonas de abrigo. Allí, en Ródope, las casas trepaban, desafiantes, hasta una pradera alpina. Mucho más abajo vio los pueblecitos por los que habían pasado, y aún más lejos distinguió una larga llanura e incluso una ciudad del tamaño de la uña de su pulgar, pequeñas lápidas blancas y rojas. Más allá había más montañas.

Un país entero, pensó. *Estoy viendo un país entero*. Los prados y las carreteras olían a hierba, y el viento, que empezaba a levantarse, le llevaba un olor limpio y cálido. Notaba a su alrededor el olor del barro cociéndose al sol de la tarde, y el del estiércol de los animales. Al levantar la vista, vio un cielo inmenso, con los bordes festoneados por nubes tenues. Delante de los riscos más oscuros se alzaba un solo cono verde y simétrico, semejante a un volcán extinto. Bajó los ojos y descubrió que se había parado junto a un pilón lleno de agua lodosa: un largo bloque de piedra labrada, tan antiguo como la aldea misma.

—Vamos —dijo Irina apoyándose en el brazo de Bobby, y se dieron la vuelta para enfilar una calle cuyas casas se alzaban muy al fondo de sus parcelas.

Una de ellas tenía un almiar delante; otra, unas jaulas con enormes conejos de aspecto feroz. Irina hizo pararse a Bobby en la tercera, que estaba unida a un pequeño granero de piedra. Probó a abrir la puerta pero, al comprobar que estaba cerrada con llave, llamó con el bastón labrado en vez de usar la mano. Esperaron. Y mientras esperaban Alexandra ató con mucho cuidado a *Stoycho* a un árbol del jardín delantero, por si acaso no podía entrar en la casa. En cualquier momento, pensó, verían a Neven o a Vera.

Como nadie respondía, Bobby tocó suavemente a una ventana que tenía las cortinas descorridas.

—A lo mejor están durmiendo —dijo.

Esperaron otra vez. Alexandra oía el suave murmullo que hacía el viento al subir por el valle, al rozar el almiar de la casa de al lado y agitar las hojas de los viejos abedules de los jardines. Todo parecía tan verde y aletargado que, a pesar de su nerviosismo, sintió que ella también podría quedarse dormida. Lenka se había acercado a la otra ventana y estaba mirando dentro, puesta de puntillas. La cortina también estaba corrida.

—Creo que no están aquí —dijo Irina inexpresivamente.

—Puede que hayan salido —sugirió Bobby.

—No. A esta hora, mi hermana estaría descansando. Tendría la puerta abierta y estaría sentada en la cocina, o echada en su cuarto.

Bobby se volvió para mirar calle arriba.

—¿Quiere que le pregunte al vecino?

—Sí, querido. Al de ese lado. Nos guarda las llaves.

Irina lo soltó y Lenka se acercó enseguida para servirle de apoyo. Alexandra se fijó otra vez en lo alta que era Irina y en lo erguida que se mantenía incluso estando visiblemente agotada. Se le había soltado el pelo, formando una nube blanca alrededor de su cara, y su broche brillaba a la sombra de la casa. Alexandra pensó que debían entrar a descansar lo antes posible.

Bobby conversaba en la puerta de la casa de al lado con un hombre vestido con camisa de cuadros y pantalones descoloridos. Al ver a Irina, se acercó enseguida y le estrechó las manos mientras hablaba rápidamente. La cara rectangular de Irina se volvió aún más alargada: al parecer, la casa llevaba casi una semana cerrada. Sí, Vera y Milen Radev habían pasado allí muchos meses, y Neven venía a verlos de cuando en cuando, pero luego, hacía unos seis días, se habían marchado con él a hacer algo en Sofía. No, no le habían explicado sus planes. Su esposa y él también habían estado fuera unos días y acababan de regresar.

Por fin, el vecino fue a buscar una llave de hierro grande y los dejó para volver a su trabajo mientras abrían la casa de Vera. Bobby accionó el picaporte y la puerta se abrió hacia dentro, dejando al descubierto un peldaño y un suelo de baldosas de piedra. La casa les recibió con una bocanada de aire frío y húmedo.

—Vamos, niños —dijo Irina cansadamente, y se adelantaron para ayudarla.

29

Durante los primeros segundos, Alexandra no pudo ver el interior de la casa, en parte porque seguía vuelta hacia Irina y el vano de la puerta, iluminado por el sol, y en parte porque Irina perdió de pronto pie. A Alexandra se le encogió el corazón; por un instante se encontró de nuevo en Sofía, viendo a Vera Lazarova tambalearse junto al taxi. Agarró a la anciana por el brazo y sintió un hueso tan delgado que temió que se rompiera. Pero la fuerza de su mano mantuvo erguida a Irina. La anciana se agarró a su hombro y se quedó parada un momento, jadeando. Lenka se había acercado y la sostenía del otro brazo.

—Ay, querida mía. —Irina miró a Alexandra maravillada; sus ojos acuosos reflejaban la luz radiante que entraba por la puerta—. Gracias.

—De nada —contestó ella humildemente—. No quería que se…

Se imaginó a la grácil anciana desplomada en el suelo con la cadera rota y no tuvo valor para acabar la frase.

Llevaron a Irina a una silla, junto a la puerta, y la ayudaron a sentarse. La habitación estaba a oscuras y extrañamente fría, como si no guardara relación alguna con la tarde primaveral que hacía fuera. Detrás de ellos, en el jardín, *Stoycho* empezó a gemir y luego a ladrar.

—¿Dónde estará mi hermana? No lo entiendo. —Irina parecía a punto de llorar de frustración, o de angustia, o de puro agotamiento—. Debería haber regresado hace días, o haberme llamado.

—Vamos a dejar que entre un poco de luz —dijo Bobby enérgicamente.

Descorrió las cortinas de una ventana y Alexandra fue a abrir las demás. Vio entonces una lámpara en un rincón y la encendió. Se quedaron mirando la estancia, Irina sentada sin moverse; Lenka, con una mano sobre su hombro.

La habitación estaba destrozada. Las otras sillas, tapizadas en tela azul clara, estaban volcadas y rotas. Al otro lado del cuarto, en el suelo, había un montón de minerales, conchas rotas y libros tirados, como si alguien hubiera vaciado una estantería de un manotazo. Una de las mesitas estaba hecha pedazos. Era increíble, pensó Alexandra, que la lámpara de la otra mesa hubiera sobrevivido. Una pequeña pintura al óleo (¿de Irina, quizás?) yacía en medio del desorden, con el marco roto y el paisaje rasgado, posiblemente por un cuchillo. Había una chimenea hecha de lisos cantos rodados en cuyo hogar relucían cristales rotos. Alexandra se alegró de que *Stoycho* siguiera fuera, donde lo había atado. A través de una puerta abierta, al otro lado del cuarto, vio lo que le pareció una cocina. La pared de al lado de la puerta era blanca y sobre ella había unos jeroglíficos escritos en color marrón rojizo. Una palabra. Se quedaron todos mirándola.

—¡Bobby! —exclamó Alexandra.

Él le apretó la mano un momento.

—¿Qué es eso? —preguntó Irina con voz entrecortada. A pesar de su buena vista, no alcanzaba a leer la palabra en aquella semioscuridad.

Bobby procuró controlar su tono de voz al decir:

—Dice *Znaem*. «Lo sabemos.»

—¿Qué es lo que saben? —preguntó Alexandra.

—¿Quién es capaz de hacer una cosa así? —preguntó Irina con rabia, y dejó escapar un sollozo.

Bobby salió de pronto de la habitación y entró en la cocina, donde lo vieron encender una luz eléctrica. Lo oyeron correr escalera arriba y a continuación escucharon sus pasos en el piso de arriba. Volvió con idéntica rapidez y volvió a salir al jardín.

Cuando regresó, con la respiración agitada, se quedó mirando la palabra escrita en la pared.

—No hay nadie en la casa ni fuera —dijo.

—Nuestra casa… —murmuró Irina—. ¿Está… todo así?

—No —contestó él—. Sólo han destrozado esta habitación.

Irina respiró hondo trabajosamente, con un leve quejido.

—¡Y mi hermana! ¿Le habrán hecho algo a Vera?

Bobby se volvió para tranquilizarla.

—No, no creo. No hay signos de lucha, y da la impresión de que su hermana se marchó de la casa normalmente, para hacer su viaje. Creo que esto ha pasado después de su partida. Por favor, no… —Levantó una mano—. No toquéis nada, por favor. Sólo tengo mi linterna, pero…

Extrajo una pequeña linterna de su cazadora vaquera y Alexandra se acordó de la herramienta que había sacado de repente cuando tuvieron que salir del monasterio de Velin. *Ay, Dios*, pensó. En el monasterio les habían encerrado por fuera. Y luego había pasado lo de la pintada en el taxi y los agujeros del parabrisas.

Bobby estaba examinando la pintura, los muebles volcados, los cristales rotos del suelo. Alexandra vio que apartaba algo con el pie hacia un rincón, detrás del diván, y que sacaba su teléfono y fotografiaba la palabra garabateada en la pared y la habitación desordenada. Irina profirió un gemido. Lenka le pasó el brazo por los hombros.

—Bobby… —dijo Alexandra.

—Ahora no —contestó él en voz baja, y ella comprendió que no debían hablar de lo que había en el rincón, ni de la pintada del taxi, ni de ninguna otra cosa hasta que se hubieran ocupado de Irina.

Fue Irina, sin embargo, quien habló, como si de pronto hubiera recuperado el habla.

—Ven aquí, querida. —Le hizo señas a Alexandra para que se acercara—. ¿Podéis Lenka y tú ayudarme? Quiero echarme un rato en el cuarto pequeño. Detrás de la escalera. Bobby, aquí dentro hace mucho frío. ¿Podrías encender el fogón? Aquí no hay más calefacción. La leña está en el establo. Ya recogeremos esto más tarde.

—¿Quiere que llame a la policía? —le preguntó Bobby.

—No —respondió Irina—. No, creo que no. La comisaría está muy lejos de aquí, en la ciudad, y se limitarían a interrogar a todos los vecinos, y entonces la gente se pondría a hablar. Conozco a nuestros vecinos desde hace… generaciones, y estoy segura de que ninguno nos haría esto.

Alexandra quiso señalar que, si los responsables eran foráneos, tal vez la policía pudiera encontrarlos. Luego se acordó de la palabra escrita en la pared y pensó que quizás ni Irina ni Bobby querían que la viera la policía.

Entre Lenka y ella llevaron a la anciana al cuarto que había bajo el hueco de la escalera y quitaron la sábana que protegía la cama del polvo. Ayudaron a Irina a echarse y la arroparon con unas mantas que sacaron del armario. Eran de lana gruesa, cálidas y secas al tacto incluso con aquel aire helado. Lenka tomó asiento junto a la cama y cogió la mano de Irina. La anciana les dio las gracias y cerró los ojos aliviada, pero Alexandra pensó que parecía medio muerta.

Luego regresó con Bobby, que seguía de pie en medio del desorden de la sala de estar.

—Bobby —dijo—, ¿qué hay ahí? —Indicó el rincón de detrás del diván.

—No sé si conviene que lo veas —contestó él irritado—. Pero adelante.

Ella dudó.

—La palabra de la pared… ¿Es sangre?

—Sí. —Tenía las manos metidas en los bolsillos y la cabeza gacha. Alexandra se quedó mirándole—. No… —Sacudió la cabeza—. No es humana. Pero es horrible.

Ella se acercó despacio al rincón y miró detrás del diván.

—Dios mío —murmuró.

En el suelo había un guiñapo sanguinolento. Lo primero que reconoció fueron los dientes: tres dientes afilados y amarillos, sobresaliendo de un labio inferior. Una cabeza. Luego vio un ojo amarillo y desorbitado, cerrado a medias entre el pelo apelmazado. Al lado había un pincel, también manchado de sangre. Alexandra pensó por un instante que iba a vomitar.

—¿No es… no es un lobo? —preguntó.

—Creo que sí. —Bobby miró de nuevo la palabra escrita en la pared sin sacarse las manos de los bolsillos—. Es extraño. Quedan muy pocos lobos en estas montañas.

Alexandra procuró no volver a mirar la cabeza.

—¿No es…? Quiero decir que… Debe de ser ilegal matar a un lobo, ¿no?

—¿Ilegal? —Bobby resopló.

Alexandra deseó no haber visto aquello. Había tanta sangre amarronada en la cabeza y en el rincón… De pronto notaba su olor. Y estaba, además, ese otro horror: la lucha final del animal.

Bobby se arrodilló con cuidado junto al diván y tocó el suelo con un dedo. Ella pensó que no era la primera vez que hacía algo así.

—Está seca —dijo—. Pero la sangre se seca muy deprisa.

Alexandra no quería saber cómo lo sabía.

—No podemos dejar que lo vea Irina. Y no creo que Lenka se haya fijado.

—No. —Él se sacó del bolsillo un pañuelo de papel y se limpió la mano—. Voy a hacerle una foto y luego lo enterraré en el jardín.

Pero primero tenemos que encontrar una caja o una bolsa donde meterlo, para poder desenterrarlo si fuera necesario.

—¿Quieres decir que vas a avisar a la policía?

Bobby la miró pensativo, sin exasperación, y negó con la cabeza.

La cocina resultó ser una cueva de piedra, oscura y fría hasta que encendieron el fogón de leña. Estaba muy ordenada y limpia. Varias cazuelas colgaban de clavos sobre la encimera de madera enjalbegada, y de las vigas del techo pendían ristras de cebollas y ajos trenzados. En un extremo había una chimenea con un banco ancho junto al hogar. Alexandra siempre había sido muy sensible al olor de los lugares que visitaba por primera vez, y allí tuvo que refrenarse para no olfatear sonoramente. El aroma que desprendía la cocina era complejo: frío y terroso, como si la casa estuviera construida dentro de la montaña. Se imaginó el viento invernal, las grandes nevadas, los aguaceros. La casa había sobrevivido a todo aquello año tras año, como una tumba bien resguardada. El día luminoso que hacía fuera parecía haberse desvanecido hasta que Bobby abrió con esfuerzo la única ventana y dejó entrar el aire. Lenka llenó una tetera con agua del grifo y le añadió un puñado de hierbas de su bolso. Había un teléfono en un rincón, pero no antiguo, como el que Alexandra imaginaba que tenía Irina en su casa de Plovdiv. Las hormigas subían y bajaban del azucarero y recorrían el filo del hule de un estante. Cuando estuvo lista la infusión, Lenka le llevó una taza a Irina.

Bobby y Alexandra se sentaron a la desvencijada mesa y se bebieron el agua caliente aromatizada con hierbas.

—¿Qué hacemos ahora? —le preguntó ella—. ¿Y si la persona que está escribiendo esos mensajes vuelve aquí? Quizás deberíamos marcharnos cuanto antes.

Bobby se arremangó, se lavó la cara con agua fría del grifo y se pasó las manos por el pelo para humedecérselo.

—No creo que Irina esté en condiciones de hacer otro viaje —dijo—. Pero tampoco creo que debamos dormir aquí esta noche, ni aunque cerremos bien todas las puertas y las ventanas. Habrá que encontrar otro sitio. Y puede que los Lazarovi lleguen mañana, si vienen de camino. Podemos seguir llamando al móvil de Neven.

—Y si no llegan, ¿qué hacemos?

—Habrá que ver cómo se encuentra Irina.

—¿Crees que está enferma?

Bobby negó con la cabeza.

—No, pero es muy mayor y está muy cansada. No debería haberle permitido venir.

—Creo que es ella la que nos lo ha permitido a nosotros —puntualizó Alexandra—. Pero ahora mismo no parece encontrarse bien.

—Mañana o pasado podemos llevarla a casa. Luego volveremos a Sofía y seguiremos buscándolos —propuso Bobby—. O podemos pasarnos primero por Bovech. Aunque me preocupa dejarla sola, aunque sea en su casa. Sobre todo en su casa, si alguien sabe que hemos estado allí y que tenemos la urna. Ahora me alegro de no habérsela dejado a Irina.

—Yo también. Pero ¿para qué vamos a volver a Bovech?

—Es sólo una idea. Ya veremos qué pasa.

Lenka regresó con la taza vacía y se puso a fregar los platos, rechazando la ayuda de Alexandra y Bobby. Mientras estaba frente a la pila, Alexandra le tocó el brazo a Bobby.

—¿Por qué pone eso en la pared? ¿«Lo sabemos»? Si la otra pintada era sobre la urna, ésta también tiene que serlo —dijo.

—Seguramente. —Él se puso a frotar con la uña una mancha que había en la mesa.

—Bueno, entonces alguien sabe que tenemos la urna. Eso es lo que saben.

Bobby se echó hacia atrás y estiró los hombros. Alexandra sintió sus ojos azules y acerados clavados en ella.

—Pero eso es justamente lo que parecía querer decir la otra pintada, la del taxi —dijo Bobby—: que alguien sabía que teníamos la urna y que quería recuperarla. Si es que estamos en lo cierto.

Ella se quedó pensando un momento.

—Puede que en este caso quieran decir que saben algo sobre la urna, no que saben que la tenemos.

—¿Te refieres a que saben de quién son las cenizas?

Ella asintió.

—Sí, o puede que también quieran decir que saben algo sobre esa persona. Sobre Stoyan Lazarov —añadió en voz baja. Le parecía una falta de respeto, una grosería, hablar de él como si fuera sólo un montón de cenizas.

Bobby se había puesto a juguetear con el salero.

—No estoy seguro. Un músico que murió siendo ya muy mayor en un pueblecito... En cierto sentido, no es algo muy interesante. No era rico, ni un delincuente, ni una figura pública. Nunca se hizo famoso. ¿Qué hay que saber? Puede que se trate más bien de su hijo, de Neven... Puede que él sí sea un delincuente.

—Pero, en ese caso, ¿la policía no lo buscaría para detenerlo? —preguntó Alexandra.

Se miraron en silencio un momento mientras escuchaban a Lenka aclarar las tazas debajo del grifo.

Ayudados por Lenka, ordenaron la habitación, limpiaron la sangre y Bobby enterró la cabeza del lobo en la parte de atrás del jardín. Lenka no hizo preguntas, pero su rostro sereno tenía una expresión asustada. Después entraron en el cuarto de debajo de la escalera para hablar con Irina Georgieva. Seguía tumbada con los ojos cerrados y sus párpados sonrosados y surcados por venillas parecían enormes. Alexandra advirtió que se había quitado el broche y lo había dejado sobre una cómoda, y tuvo la extraña sensación de que, sin él, Irina podía desdibujarse. Se sentó en una silla, junto a la cama. Recordaba haberse sentado así junto a su madre durante las semanas que siguieron a la desaparición de Jack. A veces, el rostro enrojecido de su madre se relajaba hasta recuperar un aspecto normal y anodino, y de vez en cuando estiraba el brazo para tomar la mano que le ofrecía Alexandra.

—¿Cómo se encuentra, señora Georgieva? —preguntó Bobby.

Irina abrió los ojos.

—Confieso que estoy cansada. El viaje, supongo. Y el susto de ver la casa así.

—Hemos recogido el cuarto de estar —le dijo Alexandra.

—Gracias, querida. —Irina levantó una mano para atusarse el pelo—. Siento ser un estorbo. No creo que pueda viajar hasta mañana, como muy pronto.

Bobby se inclinó sobre la cama.

—Ya lo imaginábamos, pero no creo que debamos pasar aquí la noche.

Irina se removió, apoyada en la almohada.

—Tienes razón. No quiero que nos quedemos aquí, de hecho. Quizás deberíamos pasar la noche en casa de *baba* Yana, muy cerca de aquí. Es nuestra mejor amiga del pueblo. Es muy muy anciana, y conoce a toda nuestra familia, a mis padres, a Vera y a Stoyan... Estoy segura de que nos acogerá con los brazos abiertos. —Hizo un débil intento de incorporarse—. *Baba* Yana es ciega.

Bobby estaba observándola.

—Lo lamento.

—Pues ella no. No es ciega de nacimiento, ¿sabéis? Tengo entendido que sucedió el día que cumplió cien años. Y hay gente que dice que ve cosas. Subid a preguntarle de mi parte si podemos dormir allí esta noche. Vive en la calle Mayor, tres casas más arriba de la iglesia. Y preguntadle si sabe dónde están mi hermana y Neven. Puede que los vea con su visión especial. —Cerró los ojos otra vez—. No creo que nadie vaya a molestarnos ya, y menos aún a plena luz del día.

Alexandra se inclinó para besarla en la frente, que olía a menta. Lenka, que estaba esperando en el pasillo de fuera, entró enseguida para quedarse con Irina.

Bobby y Alexandra cerraron con llave la puerta de la casa al salir y se encaminaron a la calle principal del pueblo, seguidos por *Stoycho*, al que habían dejado suelto. El sol declinaba ya en un horizonte de montañas y Alexandra lamentó no haberse llevado su jersey. Los árboles de las calles del pueblo estaban empezando a cubrirse de un follaje delicado y luminoso, casi transparente. Bobby y ella se detuvieron un minuto en la parte más ancha de la calzada para ver pasar a un hombre que conducía a una docena de cabras hacia el vetusto pilón. Llevaba un perro consigo, un animal alto y despierto cuyas orejas triangulares se erguían puntiagudas mientras llevaba a las cabras descarriadas hacia el rebaño. *Stoycho* se acercó corriendo a su rival con el lomo erizado, pero el otro perro miró a su alrededor sin rencor y luego pasó de largo: *Perdona*, parecía decir, *pero ahora mismo estoy trabajando. ¿Podemos hablar después?*

El pastor abrió un grifo que había en un extremo del pilón para llenar de agua su seno de piedra y las cabras se acercaron empujándose entre sí. Llevaban pequeños cencerros de latón que tintineaban cada vez que se movían, y cuando se golpeaban entre sí emitían un sonido semejante al de un complicado instrumento musical. Alexandra se acercó lo suficiente para ver las rendijas horizontales de sus ojos, y le dieron ganas de darles la vuelta a sus pupilas. Apoyó una mano sobre el lomo huesudo de una cabra y sintió el tacto sorprendentemente suave de su pelaje y el calor de su carne. La cabra se asustó un poco, pero siguió empujando para acercarse al pilón, sin mirarla.

Luego Bobby enfiló de nuevo la calle Mayor y Alexandra apretó el paso para darle alcance. Pasaron junto a una señora anciana que estaba pelando patatas a la puerta de su patio y dejaron atrás una alambrada coronada por una cascada de rosas, casas de piedra y establos recostados en la falda de la montaña. Alexandra notó de repente que *Stoycho* se había escabullido. Pensó enseguida en llamarlo, pero en ese momento Bobby le indicó el campanario que había en lo alto de la calle. Ya casi habían llegado. Vistas desde allí, las casas se extendían bajo ellos y los tejados escalonados y manchados de líquenes parecían desplegarse como un abanico. Vio una polvareda en la carretera, más allá del pueblo, donde un camión subía trabajosamente por la ladera. En torno al pueblo se extendían prados infinitos, la mayoría de ellos sin cultivar o cubiertos por un color verde dorado que Alexandra supuso sería el del heno.

La iglesia se erguía rodeada de abetos. La puerta tenía un dintel de piedra y la fachada estaba enlucida, pero los desconchones que había aquí y allá dejaban ver el esqueleto de piedra y barro que había debajo. *Stoycho* los esperaba echado en el umbral. En torno a la iglesia había un pequeño cementerio cuyas tumbas eran altas y esbeltas o bien bajas y chatas, con un lecho de tierra rodeado por un cerco de piedra para dar cabida al cuerpo que yacía debajo. Había velas en las tumbas, farolillos de vidrio rojo, jarrones con flores marchitas y, sobre una de ellas, un montón de guijarros redondeados. Las lápidas más modernas eran de reluciente granito negro o gris, tan pulido que reflejaba los colores del prado y los arbustos cercanos. Alexandra se vio reflejada en una lápida cuando se inclinó para mirarla.

—Ivanka Belechkova —leyó.

Grabada en el granito con precisión sobrenatural había una fotografía: el rostro solemne de una mujer de cabello rizado, atrapado en la piedra. Alexandra pensó que parecía estar a punto de moverse o de hablar: magia negra. El cementerio, no obstante, era un lugar agradable y tranquilo, de no ser por el viento. Desde allí se tenían las mejores vistas del pueblo y el valle. Daba a las montañas y a los hombros boscosos de los picos más altos por tres de sus lados. *A Jack le habría gustado descansar en un sitio así*, pensó, *donde pudiera ver las montañas y estar muy arriba, pero rodeado de gente.*

Alexandra asió la manga de Bobby.

—¿Por qué no lo enterrarían aquí?

—¿A Stoyan Lazarov? —Él estaba leyendo los nombres de las lápidas más antiguas.

—Sí. Esto tenía que gustarle, venía a pasar temporadas con la familia de su mujer. Y es tan apacible…

—Supongo que sí —repuso Bobby—. Pero no sabemos si ése era su deseo.

—Imagino que prefería el monasterio, y de todos modos no nos corresponde a nosotros decidirlo —concluyó ella.

Bobby sacudió la cabeza.

—Puede que ni siquiera le corresponda a Irina Georgieva.

Alexandra miró hacia los picos de las montañas, donde la luz permanecía suspendida aún formando capas brumosas.

—¿Alguna vez piensas…? A veces tengo la sensación de que vamos caminando por el filo de un precipicio. Me refiero a todo el mundo, constantemente.

—¿Un precipicio? ¿Como un acantilado? —Bobby se quedó pensando—. Sí, es así, claro.

—¿Tú sientes lo mismo? —Observó el reflejo de la luz en su cabello rubio, el azul de sus ojos entornados.

—Sí —contestó él, y se quedó callado un momento—. Y también creo que mi país se halla precisamente en esa situación. Si caemos, la caída será larga. —La miró fijamente, pero Alexandra no alcanzó a adivinar qué era lo que veía.

—¿Qué quieres decir? —Tocó su brazo.

Bobby se volvió hacia las vistas que se extendían a sus pies: los tejados del pueblo, los campos de labor.

—Si creces aquí, sabes que éste es el país más bello del mundo, aunque a veces odies algunas de sus cosas. Todavía recordamos cómo quedamos marginados del resto del mundo y se nos obligó a enfrentarnos unos a otros. Sucedió muy deprisa, una vez empezó, y no fue hace tanto tiempo. Mis abuelos ya vivían entonces. Si nos equivocamos al elegir gobierno, podría suceder otra vez.

—Pero eso puede decirse de cualquier país, lo del gobierno, quiero decir —repuso Alexandra, aunque sabía que se movía en terreno poco firme.

Bobby la agarró de pronto por el hombro y ella pensó por un momento que iba a zarandearla. Luego levantó la mano y le puso delicadamente un mechón de pelo detrás de la oreja.

—Lo sé —dijo—. Pero a veces, cuando se acepta demasiado tiempo a un intruso, se le invita a volver más adelante como invitado.

Dio media vuelta y contempló de nuevo el pueblo y los campos. Alexandra trató de seguir su mirada.

—Mi país ha progresado mucho en poco tiempo, a pesar de todo. Creo que tenemos algo especial que ofrecerle al mundo: cultura y lecciones de Historia. Y belleza. Sería una tragedia retroceder. Ya hemos sufrido demasiado.

El ocaso había empezado a horadar el pueblo cuando salieron del cementerio y bajaron por la carretera del otro lado: excavaba callejones entre las casas y abría grietas en los árboles. Alexandra conocía aquella rápida desaparición del sol, ese hundirse de súbito tras los picos de las montañas, en lugar de ir poniéndose paulatinamente. Notó de nuevo un olor a leña, y a guiso de carne. Pensó en la urna y luego en su equipaje, abandonado en la habitación del hostal de Sofía. No tenía ropa limpia para cambiarse, pero ya no parecía importar. Le picaba la cicatriz de la cara interna del brazo. *Stoycho* permanecía pegado a sus talones, sin su correa. La tarde zozobraba e iba haciéndose más fría por momentos.

—Es como en las montañas de mi país —le comentó a Bobby—. El sol se pone tan deprisa que te dan ganas de agarrarlo antes de que desaparezca.

—¿Sientes nostalgia, Bird?

De un lugar, no, pensó ella.

—No, pero esto me recuerda a cuando vivía en las Montañas Azules.

Iban caminando por la parte más estrecha de la calle: parcelas yermas, una casa medio derruida, con el tejado de pizarra hundido y la chimenea coronada por nidos de pájaros; después, un patio en el que un niño y una muchacha sacudían alfombras bajo un árbol, riendo y restregándose las caras el uno al otro con los flecos. Los primeros niños que veían desde que llegaron allí.

—¿Las montañas azules? —preguntó Bobby.

—Sí, la cordillera de las Montañas Azules. Ya te dije que vivía en la parte de las montañas que está en Carolina del Norte. Son así, pero más… azules, más suaves. Menos rocosas.

Bobby se detuvo de pronto y ella se dio cuenta de que habían llegado a la tercera casa pasada la iglesia: una casa de piedra con unas cuantas macetas florecidas en la fachada. Sentada junto la puerta en una silla había una mujer.

Alexandra se había imaginado a una anciana rotunda y de ojos inexpresivos, pero aquella mujer era minúscula, como un jirón de tela negra. Vestía enteramente de luto, salvo por un raído delantal que quizás había tenido en algún momento un dibujo rojo y verde. Alexandra vio con sorpresa que debajo del delantal llevaba ropas de hombre. Tenía que haber sido un hombre muy bajito, y la ropa era de invierno: unos pantalones de lana viejos con remiendos en las rodillas, zapatitos negros de goma reparados con una especie de cinta adhesiva y una ajada chaqueta de lana negra. Había hincado un bastón en la tierra, ante ella, y sus manos incoloras se agarraban a la empuñadura. Se cubría la cabeza con un pañuelo negro doblado con precisión en torno a los pómulos y atado con fuerza bajo la diminuta barbilla. Su rostro era, más que un rostro, una pieza de origami arrugada. Era posiblemente la persona más anciana que Alexandra había visto nunca. Sus ojos (ciegos o no) habían desaparecido entre los pliegues de la piel, junto con las cejas y el color de sus labios. A Alexandra le pareció distinguir algunos rasgos delicados en aquella cara: en la nariz fina y traslúcida y la frente abombada. Ochenta años antes, *baba* Yana tenía que haber sido bella como un pajarito: seguramente, la beldad más delicada del pueblo. Quizás nunca se había hecho mayor, sólo se había hecho vieja.

Bobby la saludó alzando la voz, pero la anciana se había vuelto hacia ellos en cuanto se habían quedado mirándola, como si los hubiera oído u olido. Tenía la cara levantada; ladeó la cabeza y entonces, por fin, aparecieron sus ojos, pero no eran blancos y extraños como temía Alexandra, sino un par de botones negros. *Stoycho* se lanzó hacia ella y Alexandra y Bobby se quedaron paralizados un instante. Entonces el perro empezó a menear la cola alegremente y olfateó las manos rígidas de *baba* Yana hasta que se abrieron. Su rostro se distendió con idéntico placer, levantó los ojos hacia el cielo, acarició la cabeza del animal y su boca se estiró para mostrar la tracería de sus últimos dientes. Su mano parecía una garra sobre la piel de *Stoycho* mientras lo acariciaba, saludándolo.

—*Babo Yano* —comenzó a decir educadamente Bobby, pero la anciana lo interrumpió con una retahíla de palabras. Su voz era mucho más grande que ella.

—Dice —le dijo Bobby a Alexandra en voz baja— que sabía que íbamos a venir.

Se inclinó para tomar la mano de *baba* Yana y le dijo algo, mencionando los nombres de Irina y Vera. Ella miró su cara un momento inexpresivamente. Bobby la observó atentamente mientras la escuchaba.

—Dice que no ve a los Lazarovi desde hace varias semanas. O varios años. No está segura.

La anciana estiró el brazo y dio unas palmaditas a Alexandra como se las había dado al perro. Parecía querer asegurarse de que eran dos.

Una hora más tarde, Irina estaba de nuevo echada en la cama, en el cuartito que *baba* Yana había elegido para ella. Irina apoyó la cabeza en la almohada con visible alivio. Habló de nuevo débilmente cuando Alexandra se disponía a salir de la habitación.

—Pregúntale por esta casa —dijo—. Y por nuestra familia.

Alexandra encontró a Bobby sentado fuera, en la puerta de la casa, hablando con la anciana ciega. Dio unas palmadas a la silla vacía que había a su lado, invitándola a sentarse. Antes de que Alexandra pudiera decir nada, *baba* Yana levantó la cabeza hacia las primeras estrellas del anochecer como si pudiera verlas. Su voz sonó fuerte y grave.

—Stoyan Lazarov —dijo.

30

Os digo, aunque no me creáis, que yo vi a los turcos huir de estas montañas. Mi padre me dijo: «Te acordarás toda la vida de este momento, aunque vivas hasta los ciento veinte años». Veréis, el resto de Bulgaria era ya libre desde hacía tiempo. Luego, cuando yo ya era una madre joven, unos funcionarios turcos que vivían en el pueblo más grande que hay montaña abajo se enteraron de que el ejército búlgaro estaba por segunda vez en los montes Ródope. Fue en 1912 o 1913, la Primera Guerra Balcánica. El ejército vino ya en tiempos de la primera liberación de Bulgaria y luego volvió a perder esta región. Pero esta vez estaban dispuestos a reclamarnos para siempre. Así que todos los turcos de los pueblos de por aquí se marcharon una noche con sus esposas y su ganado para no volver más. Sólo quedaban unos pocos en Gorno, y también se marcharon. Se fueron con sus caballos y sus mulas, haciendo mucho ruido, en una fila muy larga.

Una semana más tarde, vino un hombre del gobierno y plantó su bandera en la plaza. Dijo que lo mandaba una Asamblea de hombres muy importantes. Traía periódicos para demostrarlo. Dijo que era el final de un imperio y que Bulgaria había ayudado a derribarlo como un edificio que se derrumba en un terremoto. Recuerdo que movía las manos arriba y abajo para mostrar cómo caían las piedras al suelo.

Yo no sabía qué era una asamblea. Pensé que sería como una verbena, como las que hacemos en la fiesta de *Ilinden*, cuando traemos el heno, al principio de la cosecha. Creía que elegirían quién iba a cantar y quién a bailar. Pensé que a lo mejor invitaban a mi padre a la verbena porque era uno de los hombres más importantes del pueblo y bailaba muy bien, sobre todo cuando estaba borracho.

Pero mi padre se quedó aquí y ayudó a recaudar el dinero para la iglesia nueva. La verdad es que era la iglesia vieja, pero enlucieron la fachada y la blanquearon por dentro, y le pusieron esas ventanas tan bonitas y levantaron ese campanario tan alto. Antes era una iglesia chata, por decreto del sultán, decía todo el mundo, porque no quería que ninguna iglesia fuera más alta que un minarete, aunque en nuestro pueblo nunca ha habido un minarete. El día en que el sacerdote consagró la iglesia nueva, con su cúpula tan alta en la torre, mi padre y los otros hombres colgaron una bandera búlgara en la fachada. Los niños de Gorno iban a la escuela que había abajo, en el valle, y aprendían canciones búlgaras nuevas, pero aquí arriba las cosas seguían siendo como siempre, menos porque nos sentíamos orgullosos de las noticias que salían en los periódicos que llegaban de Plovdiv todos los meses, a veces incluso en pleno invierno, cuando todo estaba nevado.

Yo no fui mucho a la escuela. Mi madre me necesitaba en casa para que cuidara de mis hermanos pequeños, y me casé a los dieciséis años. Ahora las chicas jóvenes van a la universidad ¿y qué aprenden? ¿Algo más de lo que aprendíamos nosotras? Yo sabía leer y escribir gracias a que mi padre nos enseñó a todos sus hijos, y también sabía sumar y restar los *stotinki* de la caja de metal que teníamos en casa. Sabía dónde estaba Inglaterra en el mapa, y también África. Mi primer marido era un buen hombre. Bebía un poco, como mi padre y mis tíos, pero nunca me pegaba y a menudo me ayudaba con las faenas más difíciles, cuando terminaba su trabajo. Lo recuerdo llevando dos grandes sacos de patatas como si no pesaran nada, y sonriéndome. Trabajábamos juntos en el campo, menos cuando lo contrataban en los huertos de las llanuras. Tenía dieciocho años cuando nos casamos. A veces, cuando me desvelo de madrugada, me acuerdo de su nombre.

En todo caso, a mi marido lo mataron en la Segunda Guerra Balcánica, cuando nuestros hijos pequeños eran todavía muy chiquitos. Era muy impulsivo, como toda su familia. El invierno siguiente, mis hermanos me trajeron alubias y sal, y mi hijo mayor intentó ayudarme. Era un buen chico, igual que mi hijo pequeño, y luego me ayudaron todas mis hijas, hasta que se casaron, menos María, que nunca se casó. Era muy guapa, la verdad, y tenía un carácter muy dulce, aunque bastante serio. No sé qué pasó, pero vivió conmigo hasta que se murió. Su padre había muerto, ¿comprendéis?, y yo les dejé elegir marido. Casi todos eran hombres buenos. Nunca las obligué a nada. Ahora hace ya mucho tiempo que murieron. Mi hijo pequeño se mató en un accidente con una trilladora, en el valle, cuando empezó a trabajar. Una de esas máquinas con motor. No he tocado una máquina desde entonces. No las necesito, igual que no necesito que me digáis que no puedo ser tan vieja. Creedme, cuando eres tan vieja como soy yo, lo sabes.

Cuando mi hijo el mayor se casó y se fue a vivir con su mujer en la parte baja del pueblo y se hizo cargo de nuestras tierras, tuve que hacerme cargo de sus hijos, y después mis hijas también tuvieron hijos. Cuando empezaron a llegar los nietos, Anton el sastre me pidió que me casara con él. Veréis, su nombre no me cuesta recordarlo. Teníamos a Anton el cabrero y a Anton el sastre, y yo con el cabrero no me habría casado ni loca, porque después de la Primera Guerra Mundial no estaba en su sano juicio. Veía cosas en las montañas, cosas que no eran cabras. Anton el sastre también había ido a la guerra, pero sólo al principio. Le pegaron un tiro en la pierna y se pasó el resto de la guerra en casa. Quedó cojo, pero era muy guapo. Sí, señor, sí que lo era. Todas las chicas lo querían para ellas. Cuando eres joven, esas cosas todavía te impresionan. La belleza. Ten cuidado con eso, jovencita.

Pero Anton era muy amable y muy listo, un partido excelente, y yo hacía mucho tiempo que no estaba con un hombre. No podíamos quitarnos las manos de encima. Tuvimos un hijo, el último de los míos, porque con Anton no importaba que yo ya casi no estuviera en edad de tener hijos. A él no le importaba nada que yo le sacara unos años. Le parecía preciosa, y una no iba a llevarle la contraria en eso, sobre todo cuando ya tienes nietos pequeños correteando por ahí. Cuando murió era mucho mayor que mi primer marido. Vivió hasta el terremoto, el de verdad, digo, no el final del imperio del que os hablaba antes. Tenía muy mal genio, Anton, pero todos tenemos nuestros defectos. Ahora, cuando lo veo en sueños, siempre son sueños agradables. De hecho, es él quien me manda mis sueños, a mí y a varios vecinos. Si tenéis algún sueño importante mientras estéis aquí, estad seguros de que es Anton el sastre quien os lo manda.

Todo esto era para hablaros del terremoto y de Stoyan Lazarov, pero espero que perdonéis a una vieja que primero necesita contar otras cosas. La verdad es que debería hablaros de lo que pasó entremedias, para que la muerte de Anton tenga sentido. Un poco, por lo menos. Después de que nos casáramos, el pueblo creció y se hizo un poco más rico porque aquí hay buenas tierras y empezamos a plantar más tabaco. Mi padre ya había muerto, y mi madre murió antes aún, de fiebres, los dos. Me dejaron esta casa porque mis dos hermanos mayores también murieron casi al final de la Primera Guerra, y mi hermano el pequeño se quedó en Alemania cuando acabó, sabe Dios por qué. Tengo tataranietos por ahí, en algún lado. Seguramente a estas alturas estarán en Australia.

El caso es que esta casa era una de las mejores del pueblo, y sigue siéndolo, ¿sabéis por qué? Puede que por fuera parezca pequeña, pero está excavada muy hondo en la tierra. Hay una bodega para las verduras y los fiambres, y el vino y los encurtidos. Y más abajo hay otra cava para guardar todo lo demás, sobre todo tejas para arreglar el tejado, y más abajo todavía hay otra cava por la que pasa un arroyo subterráneo con la mejor agua de estas montañas.

Es muy raro que una casa tenga su propio manantial. Hay gente que dice que el pueblo empezó aquí, alrededor del manantial, en tiempos de los reinos búlgaros. Tengo unas escaleras de madera que bajan hasta la cava más honda. El resto del pueblo se levanta sobre la roca y no se puede excavar así, pero alguien sabía hace mucho tiempo que aquí sí se podía cavar bien hondo, hasta el agua. O puede que fuera una cueva. Ni siquiera mi bisabuelo sabía decirnos por qué se construyó esta casa así. El agua mana de una zanja que hay en la cava, en la ladera de la montaña. Hace años vinieron unos profesores de Sofía a ver el manantial y a sacar fotografías. Seguramente no hay otro como éste en todos los Balcanes, de aquí hasta el mismísimo monte Athos. Ya os digo que a nosotros también nos enseñaron algo de geografía. ¿Aprendéis eso en vuestras universidades? Cuando llegaron los turcos por vez primera, conquistando y quemándolo todo, la gente se escondía en nuestra cava más honda, pero no sirvió de nada. Y un verano que hizo muchísimo calor, cuando las guerras con Grecia y Serbia, yo dormía allá abajo con mis hijos, y mis vecinos dormían en las dos bodegas de arriba, y estábamos comodísimos. Y más adelante, si alguno de mis hijos se portaba tan mal que no había quien lo aguantase, lo mandaba a los sótanos un rato, para que se calmara.

El caso es que el pueblo se volvió un poco más rico después de la Primera Guerra Mundial y de nuestra boda. Anton cosía para gente de todos los pueblos de por aquí, aunque nunca pudo sentarse con las piernas cruzadas, como un sastre de verdad. No hacía ropa de diario, sino más bien de fiesta, para las bodas y los bautizos y para los nuevos ricos que podían permitirse un traje para ir a visitar a sus parientes de la ciudad. Yo les hacía vestidos y camisitas a los nietos, y mi marido cosía la ropa más fina de todo el mundo y le pagaban en plata y en billetes nuevos, de los grandes, con la cara del rey, o también con comida. Los nietos crecieron fuertes y sanos y, si tenían fiebres, las superaban y, si tenían piojos, les untábamos la cabeza con una mezcla de queroseno, vinagre y manteca. Pero luego vinieron otros problemas. A Anton le gustaba leer los periódicos y hablar con los forasteros, y a veces iba a las poblaciones grandes a probarles los trajes a sus clientes. Y cada vez con más frecuencia volvía diciendo que iba a haber otra guerra. Dios mío, no, le decía yo, ya está bien. Mis nietos estaban ya muy crecidos, tenían el pelo negro, como todos nosotros, y eran guapísimos, y el mayor ya se había casado con su amor, que era de otro pueblo, y tenían un bebé. Conoció a su mujer en una fiesta de la iglesia.

Y entonces sí, llegó otra vez la guerra. Una vez, durante la guerra, bajamos andando o en carro a la ciudad para ver pasar un tanque de verdad. Fue el desfile más grande que he visto nunca, menos en la televisión, más adelante. Anton no pudo ir de voluntario ni siquiera al final, cuando Bulgaria entró en guerra, por lo de su pierna y porque ya era mayor, y no podría haber seguido el paso. Pero hacía camisas para los oficiales, y trabajó unos meses en una fábrica de la ciudad, cosiendo uniformes. Eran feísimos.

Un día, casi al final de la guerra, la gente empezó a salir de sus casas corriendo, y los que no sabían qué estaba pasando los siguieron. Cuando llegamos a lo alto del primer prado que hay al pie de la antigua granja de Goranov, nos dimos cuenta de que iba a ver toda aquella gente. Había un montón de hombres de pie en el prado, pero no eran hombres del pueblo sino extranjeros, griegos, y estaban tan flacos que la ropa les colgaba de los huesos. Algunos estaban manchados de sangre seca y otros llevaban la cabeza vendada con trozos de camisas viejas. Algunos sólo tenían un zapato o iban descalzos. Un hombre estaba acurrucado en el suelo. Otro tenía rota la parte de delante del pantalón y llevaba sus partes al aire, pero ni se había dado cuenta. Estaban muy quietos, sin hablar. Nos miraban y nosotros los mirábamos a ellos, y todo el mundo pensaba que a lo mejor habían venido a atacarnos y a llevarse nuestra comida.

Luego todo el pueblo bajó corriendo, todas las mujeres y los hombres que no se habían ido a la guerra y no estaban en el campo, y las jovencitas como mi nieta Vanya, que después se hizo enfermera. Corrimos todos a ayudar a aquellos soldados a subir despacio por la cuesta, hasta nuestras casas.

Pasamos unos días aseando y dando de comer a aquellos hombres, y les curábamos las heridas con las pocas medicinas que teníamos. Murieron varios por la noche y los enterramos en el cementerio de la iglesia, allá arriba, todavía pueden verse sus tumbas. Nos enteramos de que eran partisanos y que en Grecia el ejército los perseguía y los fusilaba, y habían tenido que huir a las montañas. Cruzaron los montes hasta llegar aquí, sin saber dónde estaban, ni que se hallaban en Bulgaria. Uno de ellos, que hablaba un poco de búlgaro, me contó que había dejado su alianza de boda en la punta de la rama de un árbol, colgando de un palito, para que no se pudriera en la tierra, con él, si caía muerto. Creo que estaba muy aturdido. Pero sobrevivió y cuidamos de él y le dijimos que seguro que su esposa lo entendería. Era de no sé qué sitio cerca del mar Blanco, muy jovencito.

Pasada una semana llegaron unos hombres con camiones y se llevaron a los griegos a los hospitales de Plovdiv, pero no sé si consiguieron volver a su tierra. Puede que los hicieran prisioneros. Uno de los soldados se quedó en el pueblo, no sé por qué, y se recuperó y se quedó aquí el resto de su vida. Lili, la que vive cerca de la oficina de correos, que ahora está cerrada, es nieta suya. Podéis preguntarle a ella.

Después de aquello, a veces veíamos pasar aviones, y algunos jóvenes se fueron con el ejército a Macedonia. Recuerdo que aquellos años el cielo era gris y todo el mundo estaba triste y cansado, aunque tenía que seguir brillando el sol, porque seguían creciendo las verduras y las manzanas y el heno. Apenas llegaba comida de fuera, así que teníamos que esforzarnos todavía más por salir adelante.

Al final, supimos por la radio de la *mehana* que el rey se había muerto. Mucho después nos enteramos de que fue a ver a Hitler y que regresó enfermo y se murió. Había gente que decía que Hitler lo había envenenado, como hizo con el resto de Europa. Después nos enteramos por la radio de que había manifestaciones en Sofía y que la gente tiraba piedras a las cristaleras, que pasaban hambre y estaban furiosos. Ya nadie quería la guerra ni creía que estuviéramos luchando por algo que beneficiara a Bulgaria. Y en 1944 hubo una revolución gloriosa. Resultó que todos habíamos estado esperándola sin saberlo. La radio daba los discursos de nuestros nuevos mandatarios, hombres con mucha energía que saludaban a los tanques en las calles. Los tanques resultaron ser tanques rusos, que vinieron para la celebración. Bulgaria cambió de bando y luchó contra Alemania, y entonces muchos de nuestros hombres se fueron al frente. Después hubo elecciones para elegir a un gobierno nuevo, y la gente del pueblo que votó, votó por los agrarios, que eran campesinos como nosotros, no por los comunistas, pero a mí no me preguntéis por política. Las viejas como yo, que viven mucho tiempo, se dedican sobre todo a contar los muertos, nos guste o no.

31

En fin, os estoy contando más cosas de las que queréis saber, pero el caso fue que seguimos cultivando y comiendo y durmiendo, y yo guisaba todos los días para un montón de gente, para toda mi familia. ¿Qué íbamos a hacer, si no? Hay que seguir viviendo, no queda otro remedio. La guerra se terminó y en el pueblo teníamos leyes especiales, porque habíamos implantado el socialismo, y había un centro cultural nuevo en vez del *chitalishte*, la antigua biblioteca. Me dio pena que la derribaran, pero decían que las paredes estaban agrietadas por dentro y que era peligroso. También tiraron algunos libros. La iglesia cerró por obras, que duraron una eternidad, unos cuarenta años, quizás.

También teníamos funcionarios nuevos, y algunos hombres del pueblo participaban en los comités de la ciudad, y había una estrella roja en la fachada de la escuela. Mi bisnieta, la mayor, empezó a ir al parvulario bajo la estrella roja; Marina, tan pequeñita, la que tenía el pelo más rizado de toda la familia. Me acuerdo de ella porque se parecía mucho a mí, aunque ya no me acuerdo de cómo se llamaban los demás. Un día que estaba en tercer curso, más o menos, llegaron a la escuela unos hombres de una población grande que se llama Smolyan y le preguntaron a Marina si su padre había dicho en casa que quería marcharse de Bulgaria porque no le gustaba la Revolución. Contestó que no hasta que por fin la creyeron y dejaron de preguntarle por su padre. Pero empezaron a preguntarle si a nuestro vecino Lyubo, que era bisnieto del cabrero, no le gustaba el sistema nuevo, y ella contestó que no lo sabía. Así que se llevaron a Lyubo. Se lo llevaron llorando, esposado, y no volvimos a verlo. Después de aquello, los cabreros se volvieron aún más locos que antes. En los periódicos dicen que ahora ya podemos hablar de lo que queramos, pero ¿vosotros os lo creéis? Mi abuela, que vivió toda su vida bajo los turcos, solía decirme que una sólo puede hablar de lo que quiera si es una vieja. Es la única norma que no cambia. Así que ahora me toca a mí, y siempre se me olvida lo que iba a decir.

A lo mejor queréis saber qué pinta Stoyan Lazarov en todo esto. Se me ha vuelto a olvidar hablaros de él. Pero primero tengo que contaros lo del terremoto, eso ha sido lo que me lo ha recordado. La familia de Vera e Irina heredó su casa de un tío abuelo suyo de Plovdiv que estaba casado con una mujer de Gorno. Estuvieron aquí un par de veces, de pequeñas, mucho antes de la guerra. Eran niñas de ciudad, las recuerdo con sus vestiditos blancos, que se manchaban en un abrir y cerrar de ojos, y con cintas blancas en el pelo cuando venían de visita. Su padre era un hombre simpático. Tuvo no sé qué accidente y empezó a venir más a menudo al pueblo, por su salud, a tomar aire fresco, aunque eso no lo ayudó a caminar de nuevo. Pero aun así sabía sonreír.

Yo ya estaba casada con Anton cuando Irina y Vera vinieron a quedarse en la casa, y su padre pagó a Anton para que le hiciera unos pantalones especiales que eran muy fáciles de poner. El mejor invento de Anton, los llamaba. Le gustaba bromear diciendo que Anton era inventor, no sastre. Anton sabía lo que era no poder caminar como el resto de la gente. Después de que empezara la siguiente Guerra Mundial nos enteramos de que Vera se había casado, pero Irina no. Imagino que Irina era como caballo que no se deja domar, y nadie quiere intentarlo. Es una artista, ¿sabéis?, y los artistas hacen lo que se les antoja. Podéis imaginaros las aventuras que habrá corrido. Tengo entendido que todavía vive, aunque ya es muy vieja, como yo.

Su familia pasó mucho tiempo sin venir al pueblo durante la guerra. Luego, casi al final, empezaron a llover bombas sobre Sofía y nos enteramos de que los padres de Vera iban a traerlas unos meses, para escapar de los bombardeos. Pero no vinieron. Las mandaron a no sé qué sitio, fuera de Sofía, hasta que pasó lo peor. Fue un milagro que no murieran todos. Después nos enteramos de que el marido de Vera se había ido a Hungría a luchar contra los alemanes cuando Bulgaria cambió de bando. Nos dijeron que a las pocas semanas lo hirieron en el muslo y que luego se puso muy enfermo y le permitieron regresar a casa. Por eso no lo conocimos hasta después de que la revolución gloriosa se volviera un poco menos gloriosa, cuando ya nos habíamos acostumbrado todos a ella. Un día, mi nieta, no me preguntéis cuál, me dijo que le habían mandado una carta encargándole que limpiara su vieja casa. Abrió todas las ventanas, sacudió las alfombras, fregó las escaleras, hizo todo lo que había que hacer. Pero aquello era como una tumba, os lo digo yo, que la ayudé para que acabara antes.

Al día siguiente hizo un día precioso, con mucho sol. Llegó un coche alquilado al pilón de la plaza y salió Vera. Me costó reconocerla, porque estaba muy mayor y muy guapa, con el pelo rizado alrededor de la cara, como una fotografía, y un vestido precioso que se había hecho ella misma, y unos zapatitos de antes de la guerra. Su marido, Stoyan, también era como un retrato precioso. Llevaba un sombrero de fieltro negro que alzaba con firmeza y volvía a ponerse con una mano cada vez que saludaba a alguien. Vestía ropa oscura, de ciudad, y llevaba una *tsigulka* en un estuche negro. Tocaba en una gran orquesta en Sofía, para la Revolución. Vera nos contó que le había costado algún tiempo volver a tocar la *tsigulka* cuando esas fiebres, después de que lo hirieran en la pierna en Hungría. Contrataron a mi nieta para que los ayudara en la cocina y les retorciera el pescuezo a los pollos. Vinieron de visita a vernos a todos y Vera, que tenía esos ojos tan bonitos y tan grandes, se puso a llorar cuando le hablé de su padre, de cuando era joven. El padre seguía viviendo en Sofía, pero no volvió a caminar después del accidente.

El caso es que se quedaron una semana entera y fueron a visitar a mucha gente del pueblo, hicieron amigos, les gustaba ver jugar a los niños... Stoyan tenía cara de buena persona, pero a veces también parecía triste, creo yo. Imagino que era porque no tenían hijos. No hablaba mucho. De día le oíamos tocar su instrumento horas y horas, y era una música de ciudad preciosa, como la de la radio, no bailes montañeses. Yo prefiero los bailes, pero la música que tocaba Stoyan sonaba de maravilla, sobre todo por las noches, cuando la melodía subía por la chimenea hasta las estrellas. A mí me gustaba sentarme en la plaza a escucharlo. Luego, cuando se les acabaron las vacaciones, volvieron a Sofía.

Pero después de aquello empezaron a venir más a menudo, una vez en Año Nuevo, con Irina, un año que nevó menos de lo normal, y a veces en verano, para las fiestas de *Ilinden* en la ladera de la montaña. Stoyan se tumbaba en la hierba, al lado de la cesta donde llevaban la comida, y escuchaba a los hombres tocar nuestra música. Creo que le gustaba. Nos acostumbramos a verlos por aquí y cada vez que llegaban era una pequeña fiesta, o por lo menos un cambio. Stoyan seguía sin hablar mucho, pero Vera traía regalos para los niños y una de las últimas cosas que cosió Anton fue un abrigo para darle las gracias. Se lo hizo de lana de oveja teñida de un gris azulado muy oscuro, con tinte sacado de las bayas del bosque, y la lana muy bien cardada. El corte era muy de ciudad, con un cuello de pelo de conejo. A mí me gustaba muchísimo aquel abrigo y hasta me puse un poco celosa, pero esas cosas sólo les quedan bien a las jóvenes. Yo ya estaba envejeciendo, aunque todavía podía embalar el heno como el que más. Anton también era muy fuerte para su edad, a pesar de su pierna. Había gente que decía que era por vivir conmigo, y otros que era por el agua del manantial de nuestra bodega. Es un agua tan buena que le puedes dar una botella a alguien como regalo y se pasa unos días contentísimo, o hasta se cura de una enfermedad. Y, claro, como vivía conmigo, Anton la bebía más que nadie.

Cuando le dio el abrigo a Vera, ella nos besó a los dos y dijo que se lo pondría toda la vida y que los viejos amigos eran siempre los mejores, y nos bendijo a la manera antigua. Yo le tenía muchísimo cariño, aunque a Stoyan todavía no lo conocía muy bien. Luego se fueron a la capital y ésa fue la última vez que los vio Anton, porque no sé por qué al año siguiente no vinieron, ni al siguiente, y puede que tardaran algunos años más en volver, y mientras tanto nosotros cuidábamos de su casa y esperábamos noticias. Vera mandó una vez una cartita por Año Nuevo para decirnos que nos echaba de menos y que Stoyan había estado en el extranjero trabajando, y que por eso no podían venir. No decía nada de niños, y yo pensé que todavía debían de estar esperándolos.

Los terremotos no avisan. Cuando me enteré de lo que estaba pasando, ya se había terminado. Fue a principios de verano, casi nueve años después de la Revolución, y yo estaba haciendo conservas en la cocina, tenía el fogón encendido y había cazos hirviendo por todas partes. Me hacía falta más agua y Anton, que había vuelto del campo para comer, había bajado al manantial de la cava para buscar un poco. Él era así, siempre estaba haciendo cosas a pesar de que tenía la pierna mala. Los bisnietos no estaban en casa, así que imagino que también estaban en el campo. De pronto todo se puso a temblar. Hacía años que no había un terremoto, por lo menos tan fuerte como aquél. Y es una sensación tan rara que al principio pensé que me estaba temblando el cerebro o que iba a marearme. Salí corriendo sin pensar lo que hacía y la casa se hundió enseguida.

Fue todo tan rápido que no entendí lo que veía. Era mi casa, la casa que construyó mi tatarabuelo, y en dos segundos se vino abajo.

El terremoto se acabó tan rápidamente como había empezado. No se movía nada, pero salía humo de los cazos del fogón, que había quedado enterrado, el humo se las arreglaba para salir por entre las piedras y los escombros del tejado. Las casas de los dos lados estaban como siempre, la única que se cayó fue la nuestra, sólo la nuestra. Pero los vecinos, que habían sentido temblar el suelo, también habían salido corriendo a la calle.

Entonces me acordé de que Anton estaba abajo, en la cava más honda, y empecé a gritar y a apartar los pedruscos. Mis vecinos se dieron cuenta enseguida de lo que pasaba y corrieron a ayudarme. Y entonces, por culpa del fogón, se incendió todo lo que había quedado debajo de los escombros, la ropa y los muebles y no sé qué más. Yo llamaba a gritos a Anton, que había empezado a bajar por las escaleras un minuto antes con el cubo, vestido con sus pantalones azules viejos, bien remendados. Bajaba muy despacio por su cojera, pero se había empeñado en ir él a buscar el agua. La verdad es que podría haberse salvado si no hubiera estado en medio de la escalera. Si hubiera estado en la cava, podría haberse salvado. Y hasta podría haberse salvado estando en las escaleras, de no ser por el fuego. No sé si me oyó gritar, porque nunca contestó.

32

Lo enterramos en el cementerio al día siguiente. No quiero pensar en lo que enterramos. No podía hablarle de él a nadie. Me quedé sin voz. Y, cuando empecé a recuperarla, no me apetecía hablar, así que pasé un año entero callada. Tuve que irme a vivir a la casa de Iliya Kaloyanov, que estaba vacía, dos puertas más allá. Se habían marchado a Plovdiv a buscar trabajo. En aquella casa no guisaba apenas, ni hacía casi nada, menos sentarme y sobrevivir. Allí no era más que una invitada. Me levantaba, me quedaba sentada mucho rato y luego se ponía el sol y me iba a la cama. No dejé que nadie tocara mi casa derrumbada. Si venían los nietos a arreglarla, los echaba sin decir palabra. Seguro que estaban todos muy preocupados por mí, pero a veces hay que hacer lo que hay que hacer.

El día que se cumplió un año y puse el *nekrolog* en la puerta de la casa de Iliya Kaloyanov, le dije en voz alta a mi nieta Milena, que me ayudaba: «Vamos a limpiar la cocina». Al día siguiente sacamos todo lo que había en la cocina, que estaba bastante sucia, y frotamos hasta el culo de las cazuelas de hierro. Alguien las había sacado de los escombros, junto con lo que quedaba de mis muebles, que era casi nada. Echamos agua en el suelo y lo fregamos hasta que estuvo reluciente. Luego limpiamos el resto de la casa de Kaloyanov con las ventanas abiertas y reparamos los escalones de la entrada.

Una semana después me alegré de haber hecho limpieza porque de pronto vinieron Vera y Stoyan. Trajeron también a Irina, que se fue enseguida al campo con sus trastos de pintar y esa ropa tan graciosa que llevaba y no sé qué más. Pero Vera y Stoyan vinieron a verme antes incluso de deshacer las maletas. Vera entró sin llamar siquiera y me abrazó y me besó como una hija, y Stoyan se quedó detrás de ella. Vera me dijo que no se había enterado hasta que vieron el primer *nekrolog* al pie del pueblo, en una tapia, y que subieron corriendo la calle para buscarme.

—Ay, *babo* Yano —me dijo en voz baja—. Hemos visto tu casa, y el hijo de Ivanka nos ha dicho lo que pasó y dónde estabas.

Stoyan se quitó el sombrero al entrar, pero con más torpeza que antes. Cuando vi su cara a la luz, me quedé de piedra. Era como un viejo, había envejecido veinte o treinta años. Tenía la piel cenicienta y llena de postillas rojas y negras, y le temblaba la mano con la que sujetaba el sombrero. Sus manos siempre habían sido muy finas y ágiles, de tanto tocar la *tsigulka*, ¿comprendéis?, y de pronto parecían las manos de un campesino viejo, morenas y llenas de cicatrices, y le faltaban varias uñas. Me di cuenta de que debía de haber estado trabajando en otra cosa, no haciendo música, si había perdido las uñas. Nunca pensé que lo vería tan feo, cuando antes parecía un príncipe.

—¿Has estado enfermo? —le pregunté.

Sonrió como si aquello le alegrara de una manera rara, y me dijo que sí, pero que ya estaba mejor y que pronto tendría otra vez trabajo, cuando volviera a casa. Nos sentamos los tres y les di *bilkov chai*, té de las montañas, que me acordaba de que era el preferido de Vera. Pensé que a Stoyan le sentaría bien y le dije a Vera en voz baja que por las noches le hiciera meter las manos en té. También le di un tarro grande con agua de nuestro manantial, que seguía manando montaña abajo. Les expliqué que hacía sólo unos días que había vuelto a hablar y que todavía tenía la voz un poco oxidada. Me alegré de que no llegaran antes.

Stoyan apenas tocó su té. No paraba de acariciar su sombrero, que tenía apoyado sobre el regazo como si fuera un niño. Por fin me preguntó por qué no habíamos arreglado mi casa. Le dije que no quería que nadie la tocara después de lo de Anton. Sacudió la cabeza y se quedó callado un rato, escuchándonos a Vera y a mí hablar de las noticias del pueblo, y ella me contó que tenían un niño pequeño. Se había quedado en casa con los padres de Stoyan, pero me dijo que lo traerían pronto. Me alegré mucho de que por fin hubieran tenido un hijo, sobre todo porque Stoyan parecía un fantasma, aunque eso no se lo dije.

Entonces se levantaron para marcharse, pero Stoyan se paró en la puerta y me dijo:

—Yo le arreglaré la casa.

—¿Qué? ¿Mi casa? —dije yo—. Pero no he dejado que nadie la tocara. ¿Por qué voy a dejar que lo hagas tú?

—Porque, si me deja, me hará usted un favor —contestó, y volvió a ponerse el sombrero como un caballero elegante.

Yo intenté decirle que no por un montón de razones, pero él me hizo una pequeña reverencia, como la gente de ciudad, y agarró a Vera del brazo para marcharse. Yo estaba tan contenta de verlos y de saber que por fin eran padres, y de haber podido hablar de Anton con alguien de nuevo, que no los detuve. Sabía que intentaban que me sintiera mejor, y se lo agradecía, aunque Stoyan no hablara en serio sobre lo de la casa.

Os podéis imaginar la sorpresa que me llevé cuando a la mañana siguiente salí a la calle una hora después de que amaneciera para ir a comprar unas cosas a la tienda y, por pura costumbre, miré las ruinas de mi casa, calle arriba. Los escombros seguían allí, el espinazo roto de la casa derrumbado contra la pared del gallinero. Pero Stoyan estaba también allí, con una camisa y unos pantalones viejos, arremangado hasta el codo. Dos vecinos estaban hablando con él, pero si trataban de levantar algo, de mover una sola piedra, él los apartaba, como había hecho yo todo ese año. No podía creer lo que veían mis ojos. Ya había apilado un tercio de las piedras de la fachada en montones bien hechos y había traído una carretilla para recoger el yeso podrido y el heno viejo de dentro de las paredes y otros cascotes. De vez en cuando se paraba para secarse la frente.

Pensé para mis adentros que un violinista no debía estar trabajando así, con esas manos tan delicadas. Entonces me acordé de lo mal que las tenía ya. Levantaba las piedras con mucha habilidad, a pesar de lo enfermo que estaba. Vi que las iba apilando en el patio para que no le estorbaran, pero lo bastante cerca para tenerlas a mano cuando reconstruyera la pared del cuarto de estar. Es lo que habría hecho yo. La verdad es que había pensado muchas veces en hacerlo exactamente así.

—Buenos días, *babo Yano* —me dijo al verme.

—Buenos días, *Stoyane* —le dije yo. Con tanto quitar escombros, se estaba acercando al lugar donde encontramos a Anton, así que me di la vuelta y bajé a la tienda. Cuando volví, ya había apilado casi todas las piedras y por primera vez aquello ya no parecía una ruina.

—Te estás agotando, *sine* —le dije.

—Exacto —contestó sin pararse—. Pero quizás no debería usted ver esto.

Había empezado a sacar lo poco que quedaba de mis pertenencias: jirones de tela quemada, platos rotos, cosas que ni siquiera yo reconocía. Los manteles buenos y las mantas de mi abuela estaban allí dentro, y todas las cosas acumuladas durante ochenta años.

—Muy bien, no miro —dije.

Volví a casa de Kaloyanov y preparé una comilona para Stoyan y para quienquiera que se pasara por allí, y os aseguro que estaba hambriento cuando vino a la una a comer. También vino Vera, y mi nieta Milena, y comimos los cuatro juntos, fingiendo que no veíamos los arañazos y los verdugones que tenía Stoyan en los brazos.

—Déjale que haga lo que quiera, *babo*, si no es mucho pedir —me dijo Vera en voz baja antes de marcharse.

Así que lo dejé, lo dejé que hiciera lo que quería, en parte porque tenía curiosidad, quería ver cómo se las arreglaba un hombre de ciudad que nunca había trabajado en el campo y que, además, había estado enfermo. No parecía tener fuerzas para levantar una sola piedra y, sin embargo, se pasaba el día acarreándolas. El resto del pueblo también tenía curiosidad, y a él no le importaba que se pasaran por allí a mirar lo que hacía y hasta que le hablaran. Pero no permitía que nadie tocara ni una piedrecita. Paraba a todos los que intentaban ayudarlo, y dejaba bien claro que hablaba en serio. La gente dejó de intentarlo, hasta mis nietos, que estaban enfadados porque yo no les había permitido reconstruir la casa y vinieron a hablar conmigo. Pero yo les callé la boca a todos. No sabía qué narices estaba haciendo Stoyan, aparte de arreglar mi casa, pero me daba cuenta de que era algo parecido a esa necesidad mía de dejarla en ruinas un año entero y no hablar con nadie. Puede que fuera una de esas personas que no soportan el desorden, o dejar algo a medias. Además, hay cosas que uno tiene que hacer por sí solo, aunque todo el mundo piense que es un disparate.

El caso es que Vera se instaló aquí, en Gorno, una temporada para que siguiera con las obras. Me enteré de que estaba de permiso porque había tenido un aborto después de tener al niño, y se había puesto enferma. Y no sé por qué razón a Stoyan le llegó una notificación diciéndole que se quedara en el pueblo unos meses. Hasta cuando estaba trabajando en mi casa, cogía el autobús una vez por semana para ir a la ciudad a presentarse en una oficina, y luego volvía andando. En aquella época conducía el autobús uno de los chicos de Goranov, que era quien nos lo contaba.

Vera debió de mandar a buscar a su niño, porque un día llegó con sus abuelos paternos, desde Sofía, y aquélla fue la primera vez que vi a Neven. Los abuelos eran como podía uno imaginarse, gente de ciudad con la ropa bien remendada, limpios y educados, pero no muy orgullosos. El padre tenía la mandíbula bien recia, igual que Stoyan. Pero Neven se parecía a Vera, o sea, que era el niño más bonito que yo había visto en mucho tiempo, y eso que todos mis bisnietos andaban por aquí. Tenía unos tres años y era muy serio. Se agarraba a la mano de Vera, pero también se quedaba apartado de ella, como el pequeño pachá de un cuento. Tenía el pelo suave y oscuro, un poco rojo cuando le daba el sol. Hacía fresco esa mañana, y llevaba puesto un jersey rojo que alguien le había tejido con unos dibujos preciosos. Sus ojos eran dorados cuando les daba el sol, y su piel también era tersa y dorada. Tenía la nariz recta y fina, como Vera. Pero sólo os estoy hablando de su cara. Aunque era todavía muy pequeño, iba siempre muy erguido, como Stoyan antes de caer enfermo. Pensé que era un niño con mucha suerte por haber heredado la belleza de Vera y la elegancia de su padre.

Lo raro de Neven era que, en cuanto lo veías, querías caerle bien a pesar de que sólo era un crío. Yo salí a recibirlos y me agaché delante de él para mirarle bien la cara. Muchos niños se habrían retirado al ver a una vieja vestida de luto, pero él levantó su preciosa barbilla redondeada y me observó con curiosidad. Cogí una flor de los tiestos del patio y se la di. La tomó y la miró de la misma manera, delicadamente, y luego volvió a mirarme.

—Di gracias —le dijo Vera.

—Gracias, *babo* —dijo con una voz muy clara, como si fuera mucho mayor.

Y entonces sonrió por primera vez. Esa sonrisa... era tan bonita que tapaba el sol. Ni siquiera supe qué contestarle.

Vera traía a Neven todos los días para que viera cómo progresaban las obras. Al poco tiempo ya no quedaban escombros, ni siquiera en las bodegas. Stoyan amontonó las piedras sueltas alrededor del patio, junto con las pocas vigas que todavía estaban en buen estado. Me hizo un montón de preguntas acerca de las paredes, de las que todavía estaban en pie y de las que se habían caído. Compró sacos de cemento en la ciudad. Seguramente los robó alguien de la fábrica que había allí, pero así eran las cosas entonces. Hacía la mezcla en grandes espuertas, como si fuera masa de pan gris. No iba a ser como antiguamente, usando sólo paja y barro. Tardó un día entero en aprender a colocar las piedras, pero no dejó que nadie lo ayudara, ni siquiera yo. Enseguida le cogió el tranquillo, con aquellas manos suyas tan ágiles y llenas de cicatrices, y era capaz de pegar dos piedras con cemento con la misma soltura con que mis hijas hacían *banitsa* para comer.

La planta baja estuvo acabada en dos semanas. Entonces Stoyan descansó por primera vez. La semana siguiente encontró unos maderos en un viejo establo que había más abajo de la tienda, para hacer las vigas del techo. Debió de comprárselos a Petar Ivanov, cuyo padre estuvo allí escondido varios años. Pero entonces se encontró con un problema serio: sacarlos del establo y subirlos cuesta arriba. Por fin le pidió prestado un carro a Petar. Nadie sabe lo que penó con aquellos maderos, porque no dejó que nadie lo ayudara. Había gente que creía que había tardado horas en moverlos unos metros. Tenía que parar a descansar cada dos minutos, decían, porque seguía estando muy débil por su enfermedad, y era un trabajo muy duro hasta para un hombre sano. Pero puede que alguien lo ayudara en el granero, por lo menos. Eso espero. Vera y yo le suplicamos que parara y que dejara que otra persona siguiera las obras. Ya había hecho más de lo que podía hacer un hombre solo.

Pero él estaba tan empeñado que ya ni siquiera nos llevaba la contraria. Si tratábamos de hacerlo entrar en razón, se limitaba a mirar a lo lejos hasta que nos callábamos. Desbastó un lado de los maderos con una azuela, luego pidió prestadas unas poleas y unas sogas que tardó en colocar casi tanto como había tardado en levantar las paredes de la planta baja, y las usó para izar las vigas.

Un día dejó el trabajo y vino a sentarse conmigo a la sombra, y le di agua para que bebiera. Como ya no había escombros, yo había cogido la costumbre de sentarme a hacer punto o ganchillo debajo del árbol que hay al borde del patio. Me di cuenta de que algo le rondaba por la cabeza, pero tardó un rato en contármelo.

—*Babo Yano* —dijo por fin—, ¿qué te parece? ¿Te imaginas viviendo en una casa de una sola planta, en lugar de dos, como la de antes?

Me di cuenta enseguida de lo que quería decir. Si ponía ya el tejado, podría acabar la casa él solo. Pero hasta con sus poleas y sus rampas y su mujer, que se retorcía las manos viendo el peligro que corría, no podría levantar él solo las vigas de la planta de arriba. Yo me lo pensé antes de contestar. Mi tatarabuelo había hecho la casa más alta y más honda que la mayoría de las casas del pueblo, una casa grande y sólida que se alzaba muy por encima de sus bodegas. Estaba la primera planta para vivir, y luego las habitaciones del desván, unas habitaciones muy bonitas y espaciosas.

—Stoyane —le dije después de pensármelo—, ¿qué tendría de malo que te ayudaran mis nietos, sólo con esa parte? Son muy fuertes. Si así te sientes mejor, puedo dejar que les pagues algo. ¿Qué te parece?

Él se rascó la cabeza. Tenía el pelo lleno de polvillo de cemento y la camisa manchada de sudor debajo de los sobacos y por el pecho. Tenía las manos peor que nunca, y a veces se las cogía y se las apretaba contra el pecho como si quisiera protegerlas para que no sufrieran más. Pero yo pensaba que tanto esfuerzo le había sentado bien: parecía más fuerte, estaba moreno y se movía como antes, y tenía un apetito enorme. Parecía estar intentando averiguar cómo explicarme una cosa. Por fin, me miró fijamente a la cara.

—*Babo* —dijo—, ¿y si hubiera hecho usted algo terrible y deseara poder deshacerlo, pero alguien viera lo que ha hecho de otra manera y la castigara por una falta equivocada, contra su voluntad? ¿Y si un día encontrara la manera de redimirse por lo que sí hizo de verdad?

—Sigue —le dije, aunque no se me ocurría nada terrible que pudiera haber hecho aquel hombre.

Miraba sus ojos grandes y fijos, llenos de venillas rotas. Era muy guapo, claro, o lo había sido. Puede que hubiera engañado a su mujer. Aunque me cuesta imaginar que alguien pudiera engañar a Vera.

—Bueno… —Bajó la mirada y trató de sacudirse el cemento de las manos—. Entonces pongamos por caso que alguien intentara apartarla del modo que ha encontrado para redimirse por esa cosa terrible que hizo. Y usted supiera que, si deja que alguien le quite eso, tendrá que volver a vivir con ese peso espantoso.

—Muy bien —dije yo—. Continúa.

—¿No se negaría a que se lo arrebataran?

—Supongo que sí —contesté, intentando pensar en algo terrible que hubiera hecho yo.

Una vez le vendí al viejo Kaloyan una partida de leña por un poco más de lo que debería haberle pedido. Y no le dije a Anton que invertí ese dinerillo extra en la boda de nuestra tercera nieta, porque se habría enfadado. Y una vez, en una asamblea de trabajo, le grité a mi mejor amiga y ella me gritó a mí y luego volvimos a ser tan amigas. Y a Anton solía regañarlo por tonterías, más de lo que debía. Aparte de eso, siempre había procurado portarme bien.

Stoyan me miró fijamente.

—Pues ahí lo tiene. Déjeme acabar la casa solo.

—Pero ¿qué tiene que ver todo eso con mi casa, *sine*? —le pregunté desconcertada.

—Nada en absoluto —me aseguró—, como no sea que tiene usted buen corazón.

—Bah, qué tontería —le dije, aunque aquello me gustó—. Muy bien, entonces. No lo entiendo, pero soy una vieja y ahora sólo vivo con Milena. Con una sola planta nos arreglaremos. Pero asegúrate de poner una habitación de sobra y constrúyeme tres camas grandes para mis bisnietos, para cuando vengan de visita. Pueden compartir habitación. Y puedes usar las piedras que sobren para levantar una tapia nueva junto al granero, para el patio.

Se levantó de un brinco y se puso a dar palmas como si acabara de tocarle una melodía preciosa.

Empezó a silbar mientras trabajaba. Cuando no sabía cómo hacer algo, preguntaba a los hombres mayores del pueblo. Terminó la estructura de la casa en un par de semanas. Era casi igual que la anterior, aunque más pequeña: cuatro habitaciones bien encaladas por dentro y una cocina con una chimenea lo bastante amplia para que cupieran mis cazuelas más grandes. Era todo muy sencillo, hasta un poco basto. Lo construyó todo Stoyan con sus propias manos, incluso los ganchos de madera para los mandiles y las chaquetas. Y el alféizar de piedra de la ventana para mis tiestos con flores. Con el calor del verano, subía las tejas de pizarra al tejado y las colocaba una encima de otra, primero la fila de abajo, como el festón del bajo de un vestido. Ni el mismo Anton lo habría hecho mejor. Construyó el tiro de la chimenea y le puso encima una losa de pizarra cruzada, con huecos para que saliera el humo. Y en la losa puso trocitos de roca en forma de lágrima, apuntando al cielo.

Colocó aquellas piedras dos días antes de *Ilinden*, mientras la mitad del pueblo estaba en la calle, mirando. Cuando acabó, bajó chorreando sudor y yo le di un gran beso en la boca quemada por el sol. Se pusieron todos a reír y a gritar de alegría, hasta mis nietos. Stoyan construyó esta casa tan bonita en un abrir y cerrar de ojos, y la construyó solo. No era grande, pero bastaba para mi nieta y para mí. Todo el mundo sonreía y le daba palmadas en la espalda, y Stoyan también sonreía, cosa rara en él. Vera se puso a dar palmas y se secó los ojos, pero sólo lo miraba a él, no miraba la casa.

Sólo había una persona que no sonreía ni gritaba de alegría: el pequeño Neven. Estaba parado junto a su madre y miraba a Stoyan muy serio. Si no hubiera sido tan pequeño, habría jurado que sus ojos rebosaban compasión.

33

—Ya sabéis que Stoyan Lazarov murió —concluyó *Baba* Yana serenamente, como si no supiera que había omitido el resto del relato—. No sé dónde está enterrado. Aquí no, aunque quizás le habría gustado. Seguramente en algún sitio elegante de Sofía, donde descansan los suyos.

Se había hecho de noche y en la ventana, detrás de la anciana, brillaba una bombilla eléctrica. Lenka se afanaba en la cocina. Alexandra contempló la casa que Stoyan Lazarov había construido a partir de un montón de escombros. Sabía que Bobby estaba cansado de traducirle el relato de *baba* Yana, pero aún tenía una pregunta que hacerle.

—Pregúntale si volvió a ver a Stoyan, si siguió viniendo al pueblo.

Bobby asintió con un gesto. Cuando formuló la pregunta, la anciana pareció desconcertada y desvió sus ojillos negros de la luz de la ventana. Apartó una mano del bastón y acarició la cabeza de *Stoycho*, que estaba apoyado contra ella. El perro golpeó la tierra con el rabo.

—Pues no estoy segura. Creo que después de aquello vinieron un par de veces, a pasar una semana de vez en cuando, y que Stoyan volvió a tocar su *tsigulka*, allá, en su casa. Todavía sube aquí cuando necesita ver la casa que construyó para mí. Creo que estuvo aquí ayer. O anteayer. El tiempo es una cosa muy rara, así que no me acuerdo bien. Le hice la comida.

—Pero, *babo Yano*, nos has dicho que está muerto —le recordó Bobby suavemente.

—Claro que está muerto —repuso ella—. Todo el mundo muere. Menos yo. —Se rio sin emitir sonido, dejando ver el brillo de sus encías desdentadas hacía tiempo.

Alexandra pensó que sólo podría comer sopa o yogur; quizás por eso era tan menuda, vestida con su ropa de hombre. Parecía un viudo minúsculo, como si le hubiera cambiado el sitio a su esposo muerto.

—Pregúntale otra vez si sabe dónde están Vera y Milen Radev… y Neven —le dijo Alexandra a Bobby.

Pero *baba* Yana parecía haber perdido el hilo de la conversación.

—¿Queréis una taza de té? —preguntó—. No tengo café. Me hace daño, se me suelta la tripa. El café es para gente joven como vosotros.

Rehusaron la invitación dándole las gracias. La anciana golpeó el suelo con su bastón y bostezó abriendo de par en par su boquita.

—Dadle recuerdos a Irina cuando la veáis. —Evidentemente, había olvidado que Irina estaba dentro, descansando—. Un ave rara. Tengo entendido que tuvo una hija cuando ya era muy mayor, con un escritor de Plovdiv. Era un secreto y él murió hace mucho tiempo, según dicen. Pero por lo menos tiene a alguien para que cuide de ella. Ojalá Vera siguiera viva, pobrecilla.

—Ésa es Lenka —susurró Alexandra asombrada cuando Bobby le tradujo sus palabras—. Y dile que Vera está viva.

Él negó con la cabeza.

—No serviría de nada —le dijo—. Mi bisabuela también era así. No podía responder con coherencia a muchas de las preguntas que le hacíamos.

—¿Tu bisabuela?

Alexandra parecía sorprendida. Sus bisabuelos habían nacido en el siglo XIX y habían muerto décadas antes de que ella naciera. Pero esa historia tendría que esperar. Se levantaron y Bobby estrechó las manos agarrotadas de *baba* Yana y le dio las gracias de nuevo. La anciana abrazó la cabeza de *Stoycho* con el bastón apoyado junto a la oreja del perro y luego señaló a Alexandra.

—¿Qué ha dicho? —le preguntó ella a Bobby.

—Ha dicho: «Dile a la señorita que no se siente encima de las piedras con el frío, como suele hacer, o cogerá un resfriado».

—Yo no me siento encima de las piedras —protestó Alexandra, intentando recordar si era cierto.

—Es una forma de desearte buena salud, o puede que esté preocupada por tu futuro.

—Has traducido muy bien.

—Gracias, lo he intentado —contestó él.

La rodeó un momento con el brazo, sorprendiéndola de nuevo, como si el esfuerzo que había hecho la hubiera acercado a él. La calle empinada y llena de surcos, las casas que brotaban como setas de la tierra, las luces dispersas, los campos que se extendían en suave declive... Todo aquello tomó de pronto una apariencia más nítida para Alexandra, como si un último fulgor envolviera el escenario antes de quedar sumido en la oscuridad de las montañas. También recordaba aquel momento, de cuando estaba en su país.

Cuando entraron en la casa, encontraron a Irina sentada en la cama, tomando algo caliente. Alexandra sintió un alivio enorme, no sólo por el afecto que le había tomado a Irina, sino porque se echaba a temblar al pensar que pudiera morir otra persona cercana. Después de pasar una hora con *baba* Yana, Irina le pareció extrañamente joven y fresca.

—Queridos míos —dijo—, empezaba a preocuparme. Y Lenka nos ha hecho la cena. ¿Qué os ha parecido Yana, nuestra anfitriona?

—Es una fuerza de la naturaleza —contestó Alexandra al sentarse junto a la cama. La habitación era pequeña y tenía vigas bajas en el techo. Olía a agua fresca—. Nos ha contado cómo reconstruyó *gospodin* Lazarov esta casa.

Irina sonrió. Tenía muchísimos dientes.

—Pues sí, la construyó él, aunque todos pensábamos que era una locura que se agotara de esa manera. Pero al final pareció servirle de ayuda. —Se detuvo y Alexandra se preguntó si la enfermedad de Stoyan era de índole demasiado delicada para que Irina se atreviera a hablar de ella—. ¿Y os ha dicho que una vez dio un concierto en esta casa, a pesar de lo pequeña que es? O, mejor dicho, en el jardín.

—No —contestó Alexandra—. ¿Cuándo fue eso?

—Bueno, no estoy segura. Creo que fue para celebrar que había acabado de construir la casa. —Bebió un sorbo de una taza de vidrio marrón, mirando su interior.

—Imagino que no ha tenido noticias de su hermana. —Bobby se había parado a los pies de la cama, con las manos en los bolsillos.

Irina asintió con la cabeza ligeramente, pero con firmeza: no.

—Ojalá pudiera deciros lo contrario. Lenka ha preguntado por todas partes y todo el mundo le dice lo mismo: que mi hermana y Milen estuvieron aquí muchos meses y que se marcharon hará cosa de una semana y no han vuelto desde entonces. Estoy muy preocupada por ellos, os lo aseguro. Si los visteis en Sofía y no han ido a mi casa ni han vuelto aquí, y Neven no contesta al teléfono, ¿dónde están, entonces? Seguramente siguen en Sofía, intentando descubrir dónde estás tú, querida niña. Me temo que he cometido un terrible error al traeros aquí.

—¡Nada de eso! —exclamó Alexandra—. Teníamos que intentarlo.

—¿Quiere ir a Sofía a buscarlos? —preguntó Bobby muy serio—. ¿O cree que quizás se hayan marchado ya y tal vez la estén esperando en Plovdiv?

La anciana suspiró.

—No lo sé. Lo he estado pensando y creo que tienen llave de mi casa. Lenka telefoneó hace unas horas, pero no contesta nadie. Quizás debería acudir a la policía, después de todo.

Miró a Bobby como si esperara una respuesta y, pasado un momento, él negó con la cabeza.

—Vamos a intentar encontrarlos por nuestros medios un poco más —dijo.

Irina no protestó.

—Creo que mañana estaré mucho mejor y podremos regresar a Plovdiv. Esperaré allí a mi hermana.

Él pareció meditarlo.

—No me gusta la idea de dejarla sola después de lo que ha pasado aquí, con su casa —dijo lentamente.

—Lenka estará conmigo —repuso Irina—. Y en el museo siempre hay gente. Al menos, la gente que trabaja allí. De hecho, siempre hay un empleado que duerme en el museo, para vigilarlo.

Bobby asintió con un gesto.

—En ese caso, Alexandra y yo podemos llevarlas a casa y luego regresar a Sofía para seguir buscando. Tengo varios amigos que trabajan en hoteles y los he llamado para preguntarles si han visto a los Lazarovi. Ellos se encargarán de correr la voz entre nuestros amigos comunes. Sofía es grande, pero creo que debemos intentarlo.

—Y, además, así podrás volver al trabajo —dijo Alexandra.

Bobby se puso muy serio.

—Sí, tengo que volver pronto.

Lenka acababa de entrar, arremangada. *Su hija*, pensó Alexandra. No se parecía en nada a Irina, desde luego; ni siquiera a como tenía que haber sido Irina décadas antes. Y, si entendía inglés, era demasiado tímida para hablarlo. Dijo algo rápidamente, en búlgaro, y Bobby se encargó de traducirlo al inglés.

—Un hombre la ha parado en la calle cuando estaba preguntando a unos vecinos por los Lazarovi. Le ha dicho que su jefe se ha enterado de que ha venido una invitada extranjera y quiere ofrecerle su hospitalidad. Se refería a ti, Bird. Nos han invitado a comer mañana en una casa muy grande a las afueras del pueblo, siguiendo la ladera de la montaña. Pero el hombre no le ha dicho el nombre de su jefe.

A ella le sorprendió la rapidez con que se había difundido la noticia de su llegada por el pueblo. ¿Era aquello una muestra de la típica hospitalidad balcánica, como ponía en su guía? Irina, sin embargo, había fruncido el ceño.

—¿En una casa muy grande? ¿Se refiere a esa monstruosidad que hay en la carretera? Siempre me he alegrado de que no se vea desde aquí.

Bobby la observó con atención.

—¿Quién es ese jefe?

—Oficialmente, el dueño de la casa es un empresario de Plovdiv que no vive aquí. Es inmensamente rico y tiene contactos poco recomendables. La casa la construyeron hace cinco o seis años y es una de las más grandes de estas montañas, una especie de estación de esquí. A nadie le gusta.

—¿Sabe usted quién es ese empresario? —preguntó Bobby.

—No —contestó ella.

Se volvió hacia Lenka y hablaron unos segundos. Bobby torció ligeramente la boca, una mueca que Alexandra ya había visto otras veces.

—¿Qué ocurre? —preguntó.

—Por lo visto, en el pueblo se comenta que la casa es propiedad del ministro de Obras Públicas, que siempre llega por las noches cuando viene por aquí. Lo que no sucede muy a menudo.

Alexandra se quedó mirándolo.

—¿Kurilkov? Quizás por eso lo vimos en el puente, saliendo de las montañas. Puede que estuviera aquí arriba. Pero ¿por qué iba a invitarnos a comer sólo porque yo sea extranjera? Sobre todo, si ya se ha ido del pueblo. —Una oleada de sofoco inundó su rostro: la pintada en el taxi, el cuarto de estar destrozado en casa de Irina...—. ¿Crees que...?

Él sacudió la cabeza ligeramente y Alexandra se detuvo.

—Quizás deberíais rechazar la invitación —aconsejó Irina, que volvía a mirar a Bobby—. Tenemos que volver a Plovdiv, y de todos modos esto es muy extraño.

—No creo que Alexandra deba negarse. —Bobby hundió aún más las manos en los bolsillos—. Podría ser peor.

Irina se removió, apoyada en las almohadas.

—No puede ir sola a ese sitio.

—Claro que no —dijo Bobby—. Yo no lo permitiría. Pero tampoco tengo ganas de ir.

Bajó la mirada hacia el suelo y Alexandra comprendió que estaba sopesando posibles complicaciones. Ella empezaba a sentir un nudo en el estómago.

—Lo vimos marcharse —dijo de nuevo para tranquilizarse a sí misma.

—Pase lo que pase, Bobby cuidará de ti, querida. —Irina le sonrió, pero seguía estando tan pálida y angustiada como antes—. Podéis quedaros el menor tiempo posible y luego regresaremos a Plovdiv. Yo estaré preparada, no me cabe duda.

Alexandra, casi demasiado cansada para sentir miedo, se echó a dormir en el cuarto de atrás, en una cama que, pese a estar limpia, exhalaba un leve olor a moho. Para mayor seguridad, Bobby había guardado la urna en un armario de la cocina y dormía cerca de allí. Por un instante, a solas en la oscuridad, Alexandra pensó en las cenizas con una punzada de dolor y se preguntó si las estaba echando de menos. Stoyan Lazarov había tocado el violín en aquella misma casa, o en su patio. Se arropó con un montón de mantas. Hacía frío para estar en mayo, como si las piedras no llegaran nunca a caldearse del todo, y, aunque llevaba puesto un jersey, se había ido a la cama tiritando. El peso de las mantas resultaba sofocante; algunas eran ásperas y otras suaves, pero todas tenían un ligero olor graso, como los animales de los que procedían. La muerte estaba presente en aquella habitación: el marido de *baba* Yana sepultado bajo los escombros, los soldados griegos avanzando a trompicones hacia el pueblo, los ojos cerrados de Irina en su cara lívida; y, naturalmente, cómo no, también Jack.

Tiró de las mantas para taparse bien los hombros y se obligó a pensar en personas vivas: en Neven, por ejemplo, el hijo de Stoyan, que, pese a ser un hombre maduro, conservaba el vigor y la energía de la juventud, de pie en la escalinata de aquel hotel de Sofía. Trató de recordar su chaleco negro, sus zapatos formales y el ademán de su mano grande y elegante. Aquel estremecimiento de deseo que había sentido al verlo. ¿Dónde estaba ahora? ¿Por qué no contestaba al teléfono, ni siquiera cuando su tía lo llamaba una y otra vez? Pero, antes de que le diera tiempo a aventurarse por la senda de aquella nueva ansiedad, entró en calor y el sueño se apoderó de ella.

Se despertó cuando todavía era de noche, sintiéndose completamente despejada y con el deseo urgente de salir de aquella casa para respirar un poco de aire fresco. De pronto, se acordó de lo que había soñado: en el sueño, Jack le había dicho dónde estaba Neven Lazarov, en un lugar ardiente y borroso en el que a ella no se le habría ocurrido mirar. Había visto a Neven justo delante de ella, había dejado la pesada urna en el suelo y se había arrojado a sus pies, se había postrado ante él porque no encontraba palabras con las que ofrecerle una disculpa. Él la había levantado sin esfuerzo y, para sorpresa de Alexandra, no parecía enfadado. La había besado fugazmente. Luego, ella había abierto los ojos sintiendo aún un cosquilleo en los labios.

Se quedó tumbada un momento, confundida por la dulzura del perdón y la impresión de estar despierta. Aunque siempre la había acobardado la oscuridad, se descubrió saliendo de la cama sin hacer ruido. Las puertas de las otras habitaciones estaban cerradas; no despertaría a nadie. Tuvo miedo un instante: alguien había entrado en casa de Vera, calle abajo, y había pintado la pared con sangre. Pero sentía también que iba a ahogarse si no respiraba aire fresco. Avanzó a tientas por el pasillo a oscuras, estirando los brazos delante de sí. Tropezó con algo cálido y se quedó sin respiración. Era *Stoycho*, que se levantó, se apoyó contra sus piernas un momento y luego la siguió en silencio. Ella dejó de tener miedo y, palpando a su alrededor, encontró sus zapatillas entre los zapatos alineados junto a la puerta y levantó el pestillo.

Fuera reinaba un crepúsculo untuoso, y Alexandra descubrió que era la luna que, grande y brillante todavía, se cernía sobre los tejados. Ligeros estremecimientos preñaban el aire como al amanecer, a pesar de que podían ser las dos de la madrugada o las cinco (había olvidado mirar la hora). *Stoycho* caminaba a su lado. En medio de aquella penumbra moteada de luz, distinguió un brillo que resultó ser el de unos peldaños de piedra que subían ladera arriba, detrás de la casa. Más allá había una vereda abierta entre espinosos matojos de hierba. Trepaba por la colina, y al poco rato Alexandra se halló mirando desde arriba el tejado de *baba* Yana, festoneado por la luz de la luna. Vio la sombra alargada de la chimenea sobre las tejas de pizarra y las piedras cónicas colocadas sobre su remate de piedra, afiladas como picos. El resto del pueblo se extendía borrosamente a su alrededor y bajo ella. Pasó por debajo de árboles oscuros y llegó al borde de una pradera de hierbas altas que recordaba haber visto desde la carretera. Allí no había casas, como si aquella zona fuera suelo sagrado, o bien un campo de juego. Se preguntó qué le sucedía. En su país, le habría dado miedo que hubiera extraños merodeando en la oscuridad, o incluso fantasmas. Y allí podía haberla seguido alguien que quisiera hacerle daño. Pero *Stoycho* estaba con ella y todo le resultaba tan ajeno que se sentía protegida, como si en realidad no estuviera presente. *El fantasma soy yo, yo misma.*

La luna se alzaba justo por encima de los picos, delante de ella, y las montañas se desplegaban en el horizonte formando un anillo, negras y sólidas contra un cielo líquido. Encontró una afloración rocosa cerca del centro de la cima de la colina y se sentó sobre ella lo más cómodamente que pudo. El frío de las piedras traspasaba su ropa. *Stoycho* se sentó a su lado tras olfatear el terreno y a continuación se estiró en la hierba como si Alexandra se lo hubiera ordenado. Ella veía el reflejo oscuro de los ojos del animal a la luz de la luna. Sólo el inmenso silencio de los bosques de las laderas eclipsaba la quietud del pueblo situado a su espalda. La luna ya había descendido hacia el pico más alto y Alexandra vio dónde se pondría, muy pronto. Esperó sin moverse hasta que su borde inferior, henchido de luz, tocó el filo de la cordillera, silueteando formas desiguales, árboles quizás, o rocas aserradas. La luz se difuminó rápidamente. Alexandra procuró no respirar. En el último instante, el borde superior de la luna refulgió intensamente y desapareció de inmediato, engullido por la montaña.

Sintió entonces algo a su espalda, un ligerísimo toque en la parte de atrás de la cabeza, y se dio cuenta con un sobresalto de horror de que *Stoycho* y ella no estaban solos. Se giró bruscamente, sentada en la roca. Justo detrás de ella, frente a la luna y extendiendo sus dedos sobre la espesa sombra de las montañas, vio un fulgor infinitesimal: el sol, alzándose en el instante mismo en que se ponía la luna. Su primer rayo la había tocado salvando una distancia enorme. Aquel haz de luz se avivó y, palpitando, se elevó sobre los cerros, y entonces Alexandra recordó que no debía mirarlo directamente. *Stoycho* se arrimó a ella y levantó la cabeza para mirar. Ella estaba estremecida, porque había visto el final y el principio. Y el sol había tendido los brazos para salir a su encuentro; la había acariciado; la había escogido.

34

Poco antes de mediodía dejaron a *baba* Yana sentada a la puerta de su casa y se dirigieron a pie a la casona nueva. La carretera se bifurcaba al pie de la iglesia y trepaba por el reborde de los campos. La casa se erguía, sola, sobre un promontorio, apenas visible desde el pueblo, pero dominándolo desde su altura. A Alexandra le desagradó de inmediato: era desproporcionadamente grande para aquel paisaje, en el que los edificios brotaban de la roca como si formaran parte de ella. Se cernía como una mole enorme e implacablemente tradicional, con sus gigantescas vigas de estilo Tudor cruzando la fachada, sus balcones saledizos, su tejado compuesto por diez mil tejas de pizarra de aire folclórico y una torre en un extremo. Dentro habrían cabido veinte casitas como la de *baba* Yana. Alexandra se preguntó momentáneamente qué habría pensado Stoyan de aquella excrecencia. ¿La había conocido? A fin de cuentas, había reconstruido la casa de *baba* Yana con sus propias manos; aquella mansión, en cambio, era obra de grúas y excavadoras.

La tapia que rodeaba la casona tenía en medio un enorme portón de madera como el que había visto en el monasterio de Velin, pero cuatro o cinco siglos más moderno. A un lado relucía un timbre eléctrico. Bobby llamó y esperaron. Alexandra echaba de menos a *Stoycho*, al que habían dejado en el patio de *baba* Yana para que guardara la casa. El perro había tirado frenéticamente de la correa tratando de ir tras ellos y había ladrado hasta que se perdieron de vista. Alexandra lamentó que no estuviera allí, pegado a sus rodillas, escuchando con las orejas ladeadas los pasos al otro lado de la tapia.

Un momento después se abrió una puerta más pequeña que había dentro del portón y salió un joven corpulento, vestido con el traje tradicional de los montes Ródope. Se parecía a los bailarines de la guía turística de Alexandra, excepto porque no parecía contento. Vestía una camisa de mangas anchas, un chaleco de lana marrón y pantalones bombachos adornados con trencilla negra y llevaba colgados del cinturón una petaca de metal labrado y una funda de cuero que, sin duda, contenía un cuchillo auténtico. Un gorro de piel de oveja rizada se sostenía en equilibrio sobre su cabeza, y debajo de los anchos pantalones Alexandra vio unas medias de lana sujetas con ligas de cuero. Calzaba unos artificiosos zapatos de piel con la puntera ligeramente levantada. La ropa en sí podía haber sido preciosa de no ser porque saltaba a la vista que era tan nueva como la casa y porque su flamante portador, cuyos enormes brazos llenaban las mangas de hilo, la lucía con evidente desánimo. Alexandra se sorprendió al ver su cara: parecía mucho más joven que ella, apenas un adolescente. El chico los saludó tímidamente con una inclinación de cabeza a pesar de que podría haberlos matado a los dos de un solo golpe, y dio media vuelta para conducirlos por el camino de piedra que llevaba a la entrada principal de la casa. Alexandra miró a Bobby con aprensión, pero él estaba observando la puerta, que se cerró automáticamente tras ellos.

Su escolta los condujo a través de un descomunal vestíbulo con el suelo de baldosas de piedra, hasta una estancia lateral donde les indicó que esperaran en un banco. Acto seguido hizo una reverencia y los dejó solos. Bobby le dirigió una mirada a Alexandra y ella comprendió de inmediato que no debían hablar. ¿Por qué le resultaba tan fácil entender sus expresiones? Aguardaron en medio de un silencio que parecía llenar toda la casa. Bobby miraba a su alrededor, memorizándolo todo, y Alexandra pensó que seguramente buscaba pistas que indicaran que aquella casa pertenecía a Kurilkov. La limpieza que se respiraba en la habitación, al igual que en el vestíbulo, era casi irreal, como si los caminos de tierra del pueblo que se extendía más abajo no existieran. Alexandra emuló la actitud de Bobby: se mantuvo muy erguida y quieta, pero al entrar su anfitrión se levantó con una exclamación de sorpresa.

Era el Mago de Oz, el jefe de policía de la comisaría de Sofía, con su gran cabeza calva. Lo reconoció de inmediato a pesar de que vestía de manera muy distinta, con una camisa verde claro sin remeter y unos pantalones de aspecto sedoso. Le tendió la mano a Alexandra.

—Cuánto me alegra verla otra vez —dijo sonriendo como si su sorpresa lo complaciera—. Alexandra… Boyd, ¿verdad?

Su mano era cálida y amistosa y su rostro parecía relajado: un profesional de vacaciones.

—Yo también me alegro de verlo —repuso ella—. Pero… ¿esta casa es suya?

Experimentó un pequeño arrebato de rabia por haberse dejado engañar, acompañado por una intensa oleada de temor. ¿Qué hacía allí aquel hombre? ¿Y por qué se acordaba tan bien de ella?

—Oh, no. —Él se rio—. Qué más quisiera yo. Yo sólo soy un invitado, al igual que usted.

Ella sintió el impulso de preguntarle sin rodeos si la casa pertenecía a Kurilkov, pero el Mago ya se había vuelto hacia Bobby como si acabara de reparar en él.

—Éste es Asparuh Iliev, un amigo mío —dijo ella confiando en que su voz sonara indiferente y comedida.

—Asparuh Iliev —repitió el policía con énfasis mientras le estrechaba cordialmente la mano—. Encantado.

Alexandra miró a Bobby tratando de adivinar qué pensaba de aquel hombre. Él permaneció impasible e inclinó ligeramente la cabeza al darle la mano. El Mago, sin embargo, había exagerado su tono de ironía. Alexandra estaba absolutamente segura de que no era la primera vez que se encontraban; de que, de hecho, se habían reconocido al primer vistazo. Luego cayó en la cuenta de que Bobby podía haber reconocido al Mago por la descripción que le había hecho de él y seguramente por el nombre de su tarjeta de visita, antes de eso. ¿Conocía personalmente al comisario? ¿Y si había sido el propio Mago quien había encarcelado a Bobby tras la manifestación de la que le había hablado? Ninguno de los dos dijo nada al respecto, sin embargo. En su país, Alexandra confiaba enormemente en su intuición; aquí, en cambio, era una brújula cuya aguja giraba desorientada.

—¿Pasamos al comedor? —El Mago hizo un gesto cortés a Alexandra—. Creo que el almuerzo ya está preparado.

Lo siguieron, aunque el policía se paraba cada dos o tres puertas para dejarlos pasar antes que él. El comedor era un espanto con ínfulas aristocráticas, de tres plantas de altura, con una galería interior y una chimenea tan grande que en ella podría haberse asado un león entero. Las paredes estaban adornadas con tapices y pendones ajados que le produjeron la impresión de ser reliquias históricas de valor incalculable, pero incongruentes en un lugar como aquél. Era como entrar en una flamante mansión de su país y verla decorada con valiosísimas banderas antiguas: *No oses hollarme* o *Únete o muere*. Aquí no podía leer las leyendas de los pendones, pero adivinó que costaban una gran suma de dinero. En un extremo de la larguísima mesa había dispuestos cubiertos para tres.

El Mago los acompañó hasta la mesa y tomó asiento a la cabecera, entre los dos. Desdobló una enorme servilleta roja y se reclinó en la silla, satisfecho.

—Así que ha venido a ver nuestras montañas —comentó suavemente—. Este es el mejor pueblo para verlas. De hecho, creo que aquí tenemos las vistas más hermosas.

—Es realmente precioso —repuso Alexandra a pesar de que un espíritu de rebeldía comenzaba a filtrarse en sus venas—. ¿Llegó usted el martes?

De eso hacía dos días. Creyó detectar un atisbo de admiración férreamente controlado en el rostro de Bobby.

—¿El martes? —El Mago pareció sorprendido—. Oh, no. Llegué ayer, igual que ustedes. ¿Por qué lo pregunta?

Ella sonrió.

—Bueno, nos conocimos en Sofía el lunes, así que calculo que no pudo llegar aquí hasta el martes, como muy pronto.

Él respondió con una sonrisa. Alexandra notó que esta vez no le temblaba el párpado, seguramente porque se hallaba lejos de su despacho.

—Puedo tomarme muy pocos días de vacaciones, en mi trabajo. Y éste es el sitio más agradable que conozco para pasar unos días de descanso.

Entró un joven vestido de negro llevando una bandeja cargada con la comida. Comenzó a colocar platos de ensalada y cuencos de sopa delante de ellos, y vasitos llenos de un líquido claro. El Mago levantó el suyo y brindó. Ellos levantaron sus vasos de *rakiya*, pero Alexandra advirtió que Bobby dejaba el suyo en la mesa sin probar ni un sorbo, y decidió seguir su ejemplo. Prefería mantener aquella conversación sin una sola gota de alcohol en su organismo.

—*Bon appétit* —dijo el Mago—. Esta sopa de callos es algo muy especial.

Alexandra trató de recordar qué eran los callos: ¿un tipo de pescado, o un producto de casquería? ¿O quizás un nombre colectivo, como «asaduras»? Procuró convencerse de que era pescado. Bobby no había abierto la boca y ella empezaba a dudar de que fuera a decir algo. El Mago se puso a comer delicadamente y con fruición, y les indicó que cogieran sus cucharas.

—Alexandra… De modo que sus viajes la han traído hasta este lugar tan hermoso. ¿Ha podido, de paso, devolverle algo a su legítimo dueño? ¿Las cenizas de una persona fallecida a su familia, como me contó? Fue una especie de regalo de bienvenida, ¿no es así?

Ella se pensó la respuesta un instante.

—Sí, fue muy gratificante —contestó—. Puede imaginárselo. Se pusieron contentísimos.

El Mago bajó su cuchara, pero Bobby siguió comiendo en silencio. A ella no le gustaba que sus hombros parecieran tan rígidos. *¡Bird! ¿Cómo se te ocurre?*

Pero el Mago la miraba con interés.

—Qué suerte que encontrara a la familia. La dirección que le di… ¿Se acuerda? ¿Le fue de utilidad?

—Mucho, sí —respondió ella—. Se lo agradecí muchísimo. La verdad es que Bovech no está muy lejos de Sofía, así que fue sencillo.

—Qué raro que los encontrara en casa. Verá, después se me ocurrió que debería haber mandado a alguien a ayudarla, así que yo también hice mis averiguaciones. Lyubenovi… No, Lazarovi, ¿no es eso? Hace al menos tres meses que no viven allí. Claro que puede que volvieran después de que mi agente visitara la casa. ¿Qué día estuvo usted allí?

—El martes —contestó ella, esta vez sin faltar a la verdad.

—Ah, antes, entonces. Mi agente estuvo allí ayer. Le pareció que estaba todo muy tranquilo.

Alexandra se imaginó a un agente de policía hablando con aquella chica tan guapa que vivía en la casa de al lado y que, sin duda, le habría informado de su visita. Si había registrado la casa, ¿habría descubierto las solitarias camisetas interiores en la cómoda del dormitorio y la caja de hojalata con aquellas vendas manchadas? Se hizo un breve silencio durante el cual permaneció muy quieta. No se atrevía a coger la cuchara por si le temblaba la mano. Se acordó del policía de rostro amable que le había devuelto la documentación a Bobby en aquel puente medio derruido. Pero ¿cómo podían vincularlos aquellos papeles con la búsqueda de Vera Lazarova? Entonces, al mirar la sopa gris rosácea, que tenía algo flotando dentro, se acordó de otra cosa. Al salir de la comisaría se había ido derecha al taxi de Bobby, aparcado un poco más arriba, en la misma calle, y había subido a él a la vista de todo el mundo. Sin duda, dentro del alcance de una cámara de seguridad. No se le había ocurrido hasta ahora.

El Mago le sonrió como si simplemente hubiera cometido un error, y, sin duda, así era: no le cabía ninguna duda.

—Entonces usted tampoco encontró a los Lazarovi, en realidad. O puede que los haya encontrado en otra parte. ¿Es eso lo que quiere decir?

—No. Tiene razón —contestó ella—. Creo que sólo tenía muchísimas ganas de encontrarlos. Pero eran simples quimeras.

Se preguntó si la vecina de Bovech le habría dado al policía la dirección de Irina en Plovdiv. ¿También los habría buscado allí el Mago? ¿Los había visto entrar y salir del patio del museo? ¿O había averiguado de otro modo el vínculo de Irina y Vera con Gorno? ¿Qué hacía allí? Ésa era la pregunta crucial.

Él pareció reflexionar.

—Sí, claro, entiendo que estuviera usted apenada. Pero estoy seguro de que los encontrará, y yo puedo ayudarla a cumplir su deseo.

Alexandra no dijo nada; de pronto no sentía deseo alguno.

El Mago se volvió hacia Bobby por primera vez.

—Y usted le está enseñando muy bien nuestro país. Puede que incluso cosas que jamás habría visto sola.

Bobby inclinó la cabeza sobre su sopa. Al Mago no pareció preocuparle su silencio, y ello hizo que la aguja de la brújula de Alexandra encontrara bruscamente el norte: en efecto, se conocían y se profesaban un odio mutuo.

El hombre de negro volvió a entrar, retiró los cuencos discretamente y les sirvió un guiso de carne y verduras. Alexandra deseaba cada vez más poder levantarse y huir de aquella casa, y en cierto momento pensó que iba a hacerlo.

El Mago había dejado su tenedor y se había reclinado, con los codos apoyados en los brazos del flamante sillón de estilo medieval.

—¿Sabe usted?, cuando nos conocimos enseguida tuve la impresión de que era usted una joven muy inteligente —le dijo—. Y, además, tiene un gran corazón. Y un sentido ético muy sólido. No pensé, en cambio, que tuviera ya amigos tan interesantes. —Señaló a Bobby, que seguía comiendo con estólida concentración—. Uno de nuestros más grandes poetas jóvenes, un poeta laureado.

Alexandra miró a Bobby con asombro. Él tenía la boca contraída, pero guardó silencio y siguió masticando educadamente.

—¿Eres poeta? —le preguntó ella en voz alta, dejándose llevar por un impulso.

Se acordó entonces de su habitación en la casa de Irina Georgieva, llena de papeles, y de que le había contado que tenía costumbre de levantarse temprano, pero no sólo para salir a correr.

—Muy buen poeta, sí. Y famoso, además —respondió el Mago.

Su forma de pronunciar la palabra «poeta» hizo que Alexandra se preguntara qué más sabía de él.

El Mago tamborileó sobre la mesa con sus gruesos dedos.

—¿No se lo ha dicho? El año pasado le concedieron el mayor premio de poesía del país, que suele reservarse a personas de más edad. Yo no leo poesía, pero la prensa dice que es muy especial. También publica en los periódicos, ¿sabe usted? Poesía, además de muchas de sus opiniones. Yo diría que tiene contactos excelentes dentro de ciertos periódicos. Pero lo del premio es real, se lo dieron de verdad. —Hizo una pausa como si se dispusiera a volver a comer—. Hasta dejó un buen trabajo para dedicarse a sus poemas. Conduce un taxi, pero naturalmente está por encima de los demás taxistas. Como poeta, al menos. ¿Usted lee poesía, Alexandra?

Ella había pasado cinco días completos con Bobby. Lo había observado con interés y afecto creciente, y ahora rezaba por que no se levantara y propinara un puñetazo en la nariz al Mago. Sería una mala película: guardias armados entrando de pronto desde el pasillo, el Mago con la sangre chorreando por la camisa verde claro y, sin duda, otra detención. Bobby, sin embargo, examinaba tranquilamente su cuchillo, que no era afilado, y Alexandra tuvo de repente la certeza de que él siempre quedaba por encima de cualquiera que no tuviera su calidad moral. No es que fuera mejor que los demás taxistas; era mejor, en general.

—Sí, leo poesía —contestó rápidamente—. Muy a menudo. En inglés, claro. Poetas británicos y norteamericanos, y a veces traducciones. —Dejó su tenedor sin mirar a Bobby—. La verdad es que me he propuesto leer la obra completa de todos los grandes poetas en lengua inglesa, y también la de algunos autores extranjeros. Pero me está llevando mucho tiempo.

Se detuvo para tomar aliento. ¿Por qué estaba contándoles aquello, como no fuera para distraerles?

—El año pasado leí todo Walt Whitman, Gerard Manley Hopkins, W. B. Yeats y Dylan Thomas. Y Czesław Miłosz, y mucho Auden, aunque no lo acabé. —Se frenó al cruzar la línea de meta, pensando en la biblioteca pública y en sus ajadas antologías—. Me he traído a Emily Dickinson a Bulgaria —añadió—. Ocupa mucho espacio en mi maleta.

El Mago clavó en ella una mirada de sorpresa. Bobby levantó la cara, sonriendo. Alexandra lo miró a los ojos, que eran azules y rebosaban una admiración contenida, y sintió que una cavidad que llevaba mucho tiempo vacía, situada bajo sus costillas, empezaba a llenarse. Empuñó de nuevo su tenedor y se puso a comer. Aun así, estaba enfadada con Bobby: ocultarle su vocación poética habiendo compartido ya tantas conversaciones íntimas… ¿Había sido por simple modestia o acaso se avergonzaba en cierto modo de su inclinación literaria? Dudaba de que ella fuera a confesarle alguna vez que siempre había querido ser escritora.

—Muy interesante —dijo el Mago al cabo de un momento.

Alexandra se preguntó si conocía los nombres que acababa de citar. Tal vez él también hubiera estudiado literatura en la universidad. Pero el policía se limitó a cortar un gran trozo de carne.

—Deben de tener ustedes mucho de lo que hablar.

—Pues sí —repuso ella con firmeza, y Bobby siguió comiendo, todavía con una sonrisa.

Mientras tomaban el postre (*kompot*, les dijo el Mago que era: frutas cocidas en almíbar), el policía les habló con aire cordial de los lugares más bellos para visitar en Bulgaria, de pueblos que Alexandra no debía perderse porque conservaban todo el sabor de los viejos tiempos, y de monasterios famosos. Cuando el hombre vestido de negro trajo la bandeja del café, una audacia repentina se apoderó de Alexandra.

—Si también usted es un invitado, ¿de quién es esta casa?

El Mago juntó las manos horizontalmente, como si se dispusiera a rezar, con aquel gesto que ella ya había observado al verlo sentado detrás de su escritorio en la comisaría.

—Bueno, esto no es de dominio público. Según la versión oficial, esta casa pertenece a cierto empresario de Plovdiv. Pero se trata de una treta para preservar la intimidad de su dueño. En realidad, es de un amigo mío, un ministro del gobierno. Seguramente no habrá oído hablar de él, dado que lleva aquí sólo unos días, pero le aseguro que es una figura muy relevante. Se llama Mikhail Kurilkov. Es nuestro ministro de Obras Públicas, un hombre muy íntegro. Y poderoso.

Alexandra sintió que la sangre le afluía de golpe a la cabeza. Entonces era cierto. Miró de soslayo a Bobby, cuyos hombros parecían más rígidos que nunca. Él bebió un sorbo de café y miró a uno y otro lado, como si le interesara más el salón que su charla insustancial. Alexandra notó, pese a todo, que la noticia le había producido la misma impresión que a ella.

El Mago juntó los dedos, tamborileando.

—El señor Kurilkov es posiblemente el único político de nuestro país que tiene una reputación intachable, cuya imagen no se ha visto manchada por la corrupción. Está mejorando nuestras carreteras a gran velocidad a pesar de que nadie anteriormente había podido hacerlo, ni siquiera con dinero de la Unión Europea. Y eso, sabe usted, es muy importante para la moral de nuestro país, después de tantos problemas. Lleva muchos años metido en política, pero es un hombre del pueblo con un historial impecable.

Los miró frunciendo el ceño.

—De hecho, sus amigos sabemos que se ganó su primer ascenso porque le salvó la vida en un incendio a cierta persona cuyo nombre me reservo. Por eso tiene esa cara por encima de la barba, si acaso le ha visto alguna vez en televisión. Pudo perder la vista, o la vida. De modo que también se distingue por su valentía. Usted, señorita —añadió inclinando la cúpula de su frente hacia ella—, viene de un país con muchos menos problemas que el nuestro y mucha menos corrupción.

—Bueno, yo no estaría tan segura —repuso Alexandra con un dejo de sorna a pesar de que el corazón le latía en la garganta.

—Tenemos suerte por contar con un líder como él, porque las carreteras son tremendamente importantes. Fomentan el comercio, tanto la importación como la exportación, y atraen a turistas como usted. Llevan a nuestra gente al trabajo y al mar, de vacaciones. Son el pilar de nuestra agricultura y nuestra industria, de toda nuestra economía. Así que, como verá…

Les ofreció a ambos otra taza de café y se sirvió una.

—Yo tengo la buena fortuna de contarme entre sus amigos. Desde hace años, de hecho. Por esta casa han pasado personas muy importantes, incluyendo a partir de ahora al poeta Asparuh Iliev y a usted misma, desde luego. Le agradaría el señor Kurilkov, no me cabe duda. Me sorprendió gratamente descubrir, como, sin duda, le ocurrirá a él, que tienen ustedes vínculos en común con este hermoso pueblecito.

Lanzó una mirada a Bobby, que estaba mirando una bandera colgada sobre la puerta del comedor como si tratara de descifrar su leyenda en cirílico fileteada en oro, que acababa con un signo de exclamación.

El Mago se aclaró la voz.

—Es un hombre del pueblo, pero también un auténtico caballero. Creo que incluso lee poesía. De hecho, su apodo procede del folclore búlgaro: le llaman el Oso. Asparuh, quizás usted sepa de dónde viene ese nombre.

—No, no sabría decir —contestó Bobby con voz parsimoniosa y baja.

Alexandra casi había olvidado que podía hablar.

—Bueno, pero, sin duda, conocerá el cuento popular búlgaro *El lobo y el oso*. El oso, no la osa. ¿O puede que, en realidad, se titule *El lobo y la… caja del tesoro*? En fin, no sé cómo se traduciría al inglés.

—¿*El cofre del tesoro*, quizás? —sugirió Alexandra.

Se preguntaba qué diría el Mago si le contara que ella también le había puesto un apodo, y que aún ignoraba cómo se llamaba de verdad. No se le había ocurrido memorizar el nombre búlgaro que figuraba en su tarjeta de visita.

—Puede ser. —Él pareció inquietarse de pronto, como si hubiera tachado una serie de tareas pendientes en una lista y su almuerzo hubiera tocado a su fin—. ¿Les apetecería dar una vuelta por la casa?

Alexandra aceptó con una mezcla de alivio y aprensión: ¿y si los encerraba en una habitación o los hacía salir por la puerta trasera y los obligaba a introducirse en un coche policial? ¿De verdad los había hecho venir con el único propósito de hablarles de su amistad con Kurilkov? Lo siguieron de sala en sala mientras les indicaba las vistas desde las ventanas de los pasillos y abría puertas de dormitorios amueblados en un estilo rústico y sencillo. De hecho, todo tenía un aire extrañamente modesto comparado con el comedor, pero la casa era enorme. Tras visitar la décima habitación de invitados, Alexandra dejó de contarlas. La estancia que más le gustó fue un largo salón diáfano situado en la primera planta, con una especie de cocinita en un extremo y una chimenea de dos caras justo en el medio, rodeada por un círculo de sillones flamantemente antiguos. *Buen sitio para disfrutar de un buen libro*, se dijo mirando hacia las montañas. Se preguntó si el Oso se sentaba allí a leer poesía.

Su anfitrión los acompañó hasta la puerta haciendo gala de una cortesía desmesurada, pero distante: se inclinó ante ellos y les estrechó la mano como si ya hubiera olvidado a medias quiénes eran. El joven titán disfrazado los escoltó hasta el portón, más tímido que nunca, y lo cerró tras ellos.

Alexandra y Bobby echaron a andar por la carretera, pero no hablaron hasta que hubieron dejado atrás el primer promontorio y se hallaron de nuevo sobre la aldea. Hacía una tarde templada y luminosa; Alexandra alcanzó a ver picos muy lejanos, en un horizonte de una altura inverosímil. El sol caía, pesado, sobre sus hombros y los pájaros echaban a volar en los campos a su paso. Imaginó cómo sería pasar el resto de su vida allí, con Bobby quizás, los dos solos en una casita de piedra como la que había construido Stoyan para *baba* Yana. Los dos leyendo, y *Stoycho* durmiendo delante del fuego. Sintió entonces una culpabilidad dolorosa. Era lo que siempre decían Jack y ella cuando eran niños: que, cuando fueran mayores, vivirían juntos en una cabaña perdida en las montañas. Deslizó la mano derecha por su manga izquierda para sentir la piel fruncida debajo de la tela.

Bobby escupió en la carretera y se pasó las manos por el pelo, alborotándoselo.

—¿Ya lo...? —comenzó a preguntar ella.

—Dame unos minutos —la interrumpió él.

35

Cuando hubieron recorrido un trecho en silencio, Bobby se dejó caer en un banco de piedra al pie de la carretera. O al menos en una piedra que hacía las veces de banco.

—¿Crees que esto lo ha hecho alguien? —preguntó ella sin poder evitarlo, a pesar de que no era la pregunta más urgente.

Era la turista ideal, siempre curiosa respecto a los detalles más irrelevantes.

Bobby palpó los bordes de piedra.

—Puede ser —contestó—. Parece muy antigua. Puede que proceda de algún edificio. Seguramente, ahora sirve de parada para el autobús del pueblo. Mira, se ven huellas alrededor.

Efectivamente, delante de la piedra el suelo estaba muy pisoteado: la tierra parecía hollada por una multitud de zapatos fantasma. Bobby las pateó.

Alexandra se sentó a su lado y metió una mano bajo su brazo.

—¿Qué demonios ha pasado en la comida?

Él dejó escapar un gruñido y se echó el pelo hacia atrás como si acariciara a un perro, a un perro que era él mismo.

—Eres un gran poeta —añadió ella pensativamente—. Deberías habérmelo dicho.

—Un gran poeta no —masculló él, pero le sonrió de soslayo—. Pero tú sí eres una gran lectora.

—Sí. —Alexandra se quedó pensando—. O por lo menos intento serlo.

Apretó su brazo. Sentía deseos de castigarlo un poco, aunque aún no estaba segura de cómo. No, no le diría que antes pensaba ser escritora. De todos modos hacía tanto tiempo que no sentía ese impulso… Alejó de sí el recuerdo del cuaderno que llevaba en el bolso.

—¿Cómo sabía ese hombre que estamos aquí? ¿Lo conocías de antes? Fue con él con quien hablé en Sofía, como ha dicho, pero ni siquiera me quedé con su nombre. Daba la impresión de que ibais a batiros en duelo.

—¿En duelo? —Bobby consideró aquella palabra y luego asintió con una inclinación de cabeza—. Se llama Nikolai Dimchov. Es el jefazo de la comisaría. Todavía me sorprende que te dejaran verlo en Sofía. —Se frotó de nuevo la cara—. Antes trabajaba para él.

Alexandra tardó en encajar la noticia.

—¿Trabajabas para él? ¿En qué?

—Bueno, no hacía nada terrible. Sea lo que sea lo que estás pensando, no me mires así. Por eso lo dejé.

Alexandra apartó la mano de su brazo.

—No entiendo.

—Hasta el año pasado, yo era detective de la policía.

Ella se acordó de la destreza con que había abierto la puerta del cementerio de Velin, de los guantes que llevaba en el bolsillo de la chaqueta. Del *nekrolog* de Stoyan, colgado con dos años de retraso en un árbol de Bovech, y de las palabras que le había dicho entonces: *Aquí hay dos cosas que no están bien*. O, hacía un momento: *Una parada de autobús. Se ven huellas alrededor*.

—Lo sé —contestó, envarada—. Supongo que hace tiempo que lo imaginaba. Y bien, ¿me estás espiando? ¿Por eso me has acompañado en este viaje, porque soy extranjera? ¿O es que he hecho algo malo? —Sintió que el calor le subía por el cuello—. ¿Es porque me llevé la urna? Sabes perfectamente que no era mi intención. No sabía nada de esa gente.

—No, no, no. —Se sentó más erguido y la miró a los ojos—. No, no te estoy espiando. Me caes bien, y ya no soy detective. Yo tampoco sabía nada de esto, excepto que necesitabas ayuda y yo quería ayudarte y… Sí, tu caso me interesaba, pero personalmente. En sentido humano, quiero decir. Lamento no haberte hablado antes de estas cosas. No suelo hablar de mis poemas y pensé que sería mejor que tampoco te hablara de mi antiguo trabajo.

Se encorvó un poco, cruzando sus fibrosos brazos de corredor sobre las rodillas.

—Conseguí un buen pellizco con el premio, y ya antes había ahorrado un poco, porque vivía en casa de unos amigos. No me gustaban algunas cosas que hacía la policía, como detener a la gente por manifestarse, los interrogatorios ilegales o las listas negras. —Sonrió amargamente—. Supongo que hace años, cuando me hice policía, fue en parte para demostrarme algo a mí mismo. Pero eso se acabó. No se puede ser activista y policía al mismo tiempo.

Así que lo dejé. Compré el taxi para dedicarme a conducir. Y a escribir poemas.

—¿Y después te detuvieron tus excompañeros en una o dos manifestaciones?

Él hizo una mueca.

—Sí, así es. Era consciente de que reabrir las minas era una pésima idea, sobre todo porque Kurilkov parece tener planes muy antidemocráticos al respecto. Hablé en algunas manifestaciones y publiqué varias cartas en los periódicos. El señor Dimchov se enfadó mucho, lo que resulta interesante teniendo en cuenta que las minas no son suyas y que yo ya no trabajaba para él. Pertenecen a una empresa llamada Zemyabit. Dimchov hizo que me sacaran de mi celda de detención y me llevaran a su despacho y me dijo que estaba enfadado porque hasta hacía muy poco tiempo yo había sido agente de policía y había involucrado a la comisaría en un escándalo. Me dijo que esa vez me dejaban marchar, pero no me convenía cometer otro error porque, si lo hacía, recurriría a algún otro motivo para detenerme.

Alexandra escudriñó su cara.

—Y entonces se enteró de que estabas conmigo… Pero ¿cómo? No entraste conmigo en la comisaría. Claro que subí a tu taxi muy cerca de allí.

—Tienen mi carné de identidad y mi licencia en sus archivos, claro está —repuso él.

—Y un policía inspeccionó tu documentación cuando nos paramos en el puente.

Bobby le lanzó otra mirada que podía ser de admiración.

—Sí, puede que haya sido así. Puede que Dimchov nos haya invitado a comer para dejarme claro que me está vigilando. No me cabe duda de que habla en serio, y es un tipo cruel. A veces utiliza su cargo para que peguen a la gente mientras la interrogan, y consigue que todo parezca más o menos legal, de manera que no pueda airearse el asunto. No me gusta nada que sea amigo de Kurilkov, *el Oso*. No me sorprende que sean amigos, pero me extraña que nos lo haya dicho a las claras, sobre todo teniendo en cuenta que ayer nos cruzamos con Kurilkov en la carretera.

—Sí, lo sé —dijo Alexandra.

Bobby siguió borrando las huellas con el pie.

—Y tampoco me gusta que Dimchov siga interesándose por mí. Hace más de seis meses que participé en esa manifestación. Pero ellos nunca olvidan. Me temo que soy yo quien te está poniendo en peligro. Y quizás también a los Lazarovi.

Ella miró a su alrededor. La tarde reposaba sobre campos de heno de color suave y la carretera se desplegaba, marrón, a sus pies. Las montañas verdes y grises parecían dormitar.

—Puede que no esté interesado en ti, sino en mí —contestó entrecortadamente—. Aunque supiera de antemano que irías conmigo a la comida.

Bobby la escuchaba con los codos apoyados en las rodillas y el rostro terso y sereno, con sus lunares oscuros a un lado, vuelto hacia ella. Se preguntó si alguna vez llegaría a ser una persona tan atenta y segura de sí misma como lo era Bobby. Pero seguramente si te hacías esa pregunta, nunca alcanzarías ese estado.

—¿Que le intereses más tú? —preguntó él con el ceño fruncido.

—No yo exactamente, sino algo relacionado conmigo. Ya sabes… —Hizo un ademán abarcando los riscos más lejanos, donde un pico sobresalía del bosque como una roca truncada—. En primer lugar, le interesa mucho la urna. Lo decía esa pintada en casa de Vera: alguien sabe algo al respecto. Y ya antes nos dijeron que la devolviéramos.

Bobby la dejó hablar. Sus ojos azules brillaban intensamente.

—Debe de interesarle Stoyan Lazarov —prosiguió ella bajando la voz—. Sabemos que le interesa la familia de Stoyan porque la urna les pertenece. Si el señor Dimchov nos está vigilando o siguiendo, se enterará en cuanto los encontremos.

—Si es que los encontramos —puntualizó él.

—Bueno, tenemos que encontrarlos. —Sintió el impulso de golpear la piedra con los puños—. Además, no sabemos por qué le interesan las cenizas de otra persona. Ahora sí que no quiero entregarle la urna. Lo raro es que, si se la llevamos a los Lazarovi y Dimchov nos sigue para hacerse con ella, será una forma muy lenta de conseguirla, cuando podría haberse apoderado de ella mucho más rápidamente en cualquier momento. Quitándonosla, quiero decir. Podría habérnosla quitado aquí mismo, en el pueblo. Así que puede que quiera encontrarlos a ellos, pero no personalmente ni de manera demasiado evidente. O puede que sencillamente él tampoco haya podido dar con su paradero.

Bobby sacudió la cabeza, aunque esta vez parecía estar de acuerdo con ella.

—Y puede que nos esté advirtiendo de que no fallemos. Y también que tengamos cuidado. La detective deberías ser tú —dijo—. Le diré al señor Dimchov que te contrate.

—¿Y si Vera y Neven ya se han metido en algún lío con la policía, puede que incluso peor que el tuyo? —Alexandra volvió a agarrarle del brazo—. ¿Y si somos las únicas personas que saben que los están siguiendo porque la policía nos sigue la pista a nosotros para dar con ellos?

—Entonces tendríamos que avisarlos. Pero seguramente ya lo saben. A fin de cuentas, no contestan al teléfono. A no ser que les haya pasado algo.

Ella tuvo de pronto la sensación de que todo aquello era demasiado dramático.

—Me siento como una idiota, imaginando estas cosas.

—No sé —repuso Bobby—. Aquí hay algo muy extraño. Las pintadas, la sangre… Y luego Dimchov nos invita a comer aquí y no intenta hacerse con la urna. Seguramente quiere advertirnos de algo, para impedir que nos metamos en un lío más gordo. Aunque yo no le caigo bien. ¿Y qué pinta Kurilkov en todo esto?

—He estado pensando… ¿Te acuerdas de cuando nos quedamos encerrados en esa sala, en el monasterio de Velin? —Se dio cuenta con sorpresa de que sólo habían transcurrido unos días desde entonces.

—Sí. Entró alguien y no supimos quién era. —Bobby le dio unas palmaditas en el brazo—. Yo también le he estado dando vueltas a eso. Pero si era alguien de la policía, tuvieron que seguirnos hasta Velin inmediatamente, en cuanto saliste de la comisaría. Aunque supongo que pudieron telefonear a la policía que patrulla por el monasterio. Y sólo nos dieron un susto. No nos siguieron al aparcamiento ni trataron de quitarnos la urna.

—Pero ¿a quién puede importarle tanto un muerto? —preguntó Alexandra con aspereza para oírselo decir a sí misma en voz alta.

No se imaginaba entregándole a nadie las cenizas de Stoyan, como no fuera a Neven. Deseó que apareciera en la carretera, allá abajo, y que se acercara apresuradamente, vestido con sus ropas formales. Se agarró con fuerza a la piedra para no imaginarse corriendo hacia él. Entonces se acordó de que tal vez ya lo hubiera puesto en peligro de un modo que no alcanzaba a entender.

—Son demasiados interrogantes —comentó Bobby—. Demasiadas preguntas para las que aún no tenemos respuesta, aunque la tendremos en algún momento. Lo más importante es decidir qué hacemos ahora.

—¿Crees que debemos decírselo a Irina Georgieva?

Alexandra pensó en el agotamiento de Irina tras el viaje por las montañas, en sus manos retorcidas posadas sobre las mantas.

Bobby se rascó un lado de la cara.

—Creo que sí. Puede que sepa algo que explique todo esto. Y aunque no sepa nada, deberíamos mantenerla informada. Sigue sin gustarme la idea de dejarla sola en Plovdiv, pero ¿cómo vamos a llevarla a Sofía con nosotros? No sé qué haríamos con ella allí.

—Se preocupará muchísimo —dijo Alexandra con tristeza—. Ya han saqueado su casa de aquí, y todo por culpa mía. No me parece justo.

—No es culpa tuya. —Bobby se inclinó y la besó de pronto en la oreja—. Qué buena eres.

—Me cae bien Irina —murmuró Alexandra, complacida.

Se levantaron y echaron a andar lentamente por la carretera, posponiendo el momento de regresar con Irina y darle explicaciones. Bobby llevaba las manos metidas en los bolsillos. Pasado un rato, Alexandra dijo:

—Ese cuento sobre un oso… ¿lo conoces?

—Todo el mundo conoce alguna versión —contestó él—. Venía en los libros de texto cuando yo estaba en tercero o cuarto de primaria. Creo que es un cuento muy antiguo, pero no lo recuerdo bien. Para eso hace falta un buen narrador.

—¿Y tú eres sólo un poeta? —Alexandra le sonrió.

—Sí.

—¿*Baba* Yana lo sabrá?

—Seguramente.

Ella le dio el brazo.

—Es una buena excusa para volver a hablar con ella antes de marcharnos.

36

El lobo y el oso; *solía contárselo a mis hijos cuando eran pequeños*, dijo *baba* Yana. No trata de *baba* Metsa, la osa, ése les gustaba todavía más. Pero es bueno. Mi abuelo nos lo contaba aquí mismo cuando los turcos todavía eran dueños de esta región y ya entonces nos decía que era un cuento muy antiguo, así que podéis estar seguros de que lo es. Veréis, había una vez un oso que era el más fuerte y feroz de todos los animales, cuando Bulgaria todavía era joven. Era tan grande y tan alto que se le veía caminar por las montañas, y gruñía así: *aaaarrrr*. Mis hijos se ponían a chillar cuando les contaba esta parte, y más tarde también mis nietos. Todo el mundo le tenía miedo al oso por su fuerza y su tamaño. Decían que podía comerse una oveja o a una niñita de un solo bocado. El oso vagaba por el campo y todo el mundo procuraba evitarlo.

Al mismo tiempo, había un lobo que era grande y fuerte pero no tan grande como el oso. Pero el lobo era muy listo y un día entró en una aldea no muy lejos de aquí y les dijo a los aldeanos: «Si me hacéis vuestro zar, yo os protegeré del oso. Y no sólo eso, sino que recuperaré todas las ovejas y las cabras que os han robado otros lobos —vergüenza debería darles— y las repartiré entre la gente del pueblo».

Los aldeanos le tenían un poco de miedo al lobo, pero todos querían recuperar su ganado, así que aceptaron. Y el lobo se convirtió en el gobernante de la aldea y de muchas otras aldeas, y recuperó no sólo las ovejas y las cabras que se habían perdido, sino muchas otras que robaba a los granjeros ricos para dárselas a los campesinos pobres. Los aldeanos eran felices y no preguntaban de dónde venía toda aquella comida. A veces venía gente de otras granjas y aldeas, muy enfadada, y trataba de atacar la aldea, pero el lobo los ahuyentaba y mantenía el pueblo a salvo.

Ahora bien, el lobo tenía una joven criada que le barría la casa y le preparaba la comida, y que era tan bonita como el sol. Cuando el lobo llevaba unos años gobernando la aldea, le dijo a la criada que tenía que salir de viaje y que debía mantenerlo todo en orden y no mirar en la cámara que había debajo de la piedra de la chimenea, donde guardaba su caja de tesoros, ni dejar que nadie entrara en la casa en su ausencia. Luego se marchó sin decir cuándo volvería. La muchacha no sabía que había una cámara debajo de la piedra de la chimenea, ni que el lobo tenía un tesoro, pero aceptó sus órdenes sin rechistar.

Durante tres días, limpió la casa y preparó buenas comidas por si el lobo volvía, y no le abrió la casa a nadie ni tocó la piedra de la chimenea. Pero el lobo no volvía. Entonces le entró tanta curiosidad que no pudo resistirse más, así que cerró con llave la puerta de la casa y levantó con mucho cuidado la piedra del hogar, que era muy ligera.

(Dadme mi otro jersey, ese de ahí, queridos... Está bajando el sol y a esta hora suelo enfriarme.)

Así que apartó la piedra y vio que debajo había un tramo de escaleras. Bajó por ellas y, al llegar abajo, vio una cámara con un gran cofre. Le picó aún más la curiosidad, pero cuando abrió la caja la encontró llena de huesos. Eran los huesos de los hombres de otras aldeas cuyas ovejas y cabras había robado el lobo para dárselas a sus súbditos. Por lo visto, el lobo los mataba para quitarles lo que tenían. La chica quedó horrorizada, subió corriendo las escaleras y volvió a colocar la piedra en su sitio.

Al día siguiente, mientras estaba barriendo el suelo, llamaron a la puerta. La muchacha se asomó y vio al enorme oso, del que había oído hablar muchas veces pero al que nunca antes había visto, y se asustó muchísimo.

—Muchacha, déjame entrar para que me caliente con el fuego —le dijo el oso por la ventana.

—No me atrevo —contestó la criada—. Además, el lobo que vive aquí me dijo que no le abriera la puerta a nadie.

—Pero yo no soy un cualquiera —repuso el oso.

Ella no abrió la puerta y el oso se marchó tranquilamente. Al día siguiente volvió a tocar a la puerta.

—Muchacha, déjame entrar para que me caliente con el fuego —dijo a través de la ventana.

—No me atrevo —contestó la criada—. El lobo me ha dado órdenes. Además, si te dejo entrar, me comerás.

—No me he comido a nadie aquí o te habrías enterado —respondió el oso.

Pero aun así ella no lo dejó entrar. Al tercer día el lobo seguía sin aparecer, y habían pasado ya seis días completos desde su marcha. El oso volvió a llamar a la puerta.

—Déjame entrar, muchacha —dijo—. Sólo quiero calentarme frente al fuego.

La muchacha no pudo resistirlo más y lo dejó entrar y sentarse junto al fuego. Era tan tranquilo y educado que, poco a poco, ella fue perdiendo el miedo y le dio un poco de sopa.

Cuando se la hubo comido, dijo el oso:

—Esta casa es muy bonita, pero es muy pequeña para dos personas.

—No es tan pequeña —respondió ella, enojándose un poco—. Hay una cámara muy grande debajo de la piedra de la chimenea, donde el lobo guarda su caja de tesoros.

Entonces deseó no haber dicho nada.

—¿Qué tesoros puede tener un lobo? —preguntó el oso.

—Un tesoro que nadie querría —repuso la muchacha estremeciéndose.

El oso la miró con sus ojillos y dijo:

—Entonces yo tampoco quiero verlo.

Se marchó y se cruzó con el lobo en las montañas. Nunca antes se habían encontrado, pero los dos se conocían de oídas.

El oso dijo:

—He estado en tu casa, hermano, y tengo entendido que tienes un tesoro que sólo querría un lobo.

Entonces el lobo montó en cólera porque comprendió que la criada había mirado debajo de la piedra de la chimenea y había dejado entrar al oso. Pero el oso le dijo:

—No te preocupes, hermano. No miré tu tesoro, y no sé nada más sobre él.

El lobo no se atrevió a pelear con el oso, que era más grande que él, así que se marchó y regresó a su casa. El oso lo siguió convertido en un pájaro muy grande.

Al poco tiempo, el lobo entró en su casa y le dijo a la criada:

—Mientras estaba fuera, has mirado mi tesoro y has abierto la puerta a un extraño, así que voy a matarte.

Pero había dejado la puerta abierta y el oso entró corriendo y lo mató de un golpe. Luego volvió a adoptar su forma de siempre y le dijo a la muchacha:

—Vete de aquí y no le digas a nadie lo del tesoro. Ahora el zar soy yo, en vez del lobo, pero nunca miraré la caja del tesoro y no quiero saber qué hay dentro. Y tú no debes decírselo a nadie.

La muchacha se marchó y vagó por la tierra mientras el oso sentaba la cabeza y gobernaba la aldea como un zar. Era bueno y justo. Los campesinos no tenían tanta comida como antes, porque el oso no robaba comida en otras aldeas, pero vivían en paz.

Mientras tanto, la muchacha llegó a países muy lejanos. Un príncipe la vio y se enamoró de ella y se casaron. Ahora la muchacha vivía en un palacio y dormía en un lecho de plumas. Pero no conseguía quitarse de la cabeza al lobo, al oso y el secreto que tenía que guardar. Ansiaba contárselo a alguien, pero no se atrevía a decírselo a su marido. Finalmente, decidió que no haría ningún mal si se lo decía en voz baja a un agujerito del suelo. Se fue al bosque y encontró un agujerito en la tierra. Se tumbó y le dijo en un susurro que debajo de la piedra de la chimenea del oso había un tesoro que ni siquiera él había visto. Entonces sintió que se quitaba un gran peso de encima y regresó a palacio, con su marido.

Pero debajo de la tierra había agua, y el agua llevó el secreto a los ríos, y el viento lo encontró sobre las aguas y, soplando, soplando, lo llevó muy lejos, hasta la aldea del oso, y así llegó a oídos de los campesinos. Pensaron entonces que el oso les había estado ocultando un gran tesoro, mientras que ellos apenas tenían nada. Fueron a ver al oso y exigieron ver el tesoro.

El oso los tranquilizó diciendo:

—Si tengo un tesoro, podéis quitármelo entero, como es justo.

Así que los aldeanos entraron en la casa y levantaron la piedra del hogar y bajaron a la cámara. Allí encontraron una caja grande, pero estaba vacía y limpia. La bondad y la fortaleza del oso había disuelto la maldad del lobo sin necesidad de que viera lo que había dentro del cofre.

Hay otra versión de la historia en la que un perro llega a la aldea, desentierra los huesos y los esparce por el suelo, pero ésa no me la sé. Y siempre me he preguntado si el oso no sacó los huesos de la caja y los escondió en alguna parte.

(¿Podéis traerme un poco de agua, queridos? Milena, mi nieta, vendrá pronto a traerme la cena. Es muy vieja, la pobrecilla, así que tarda un buen rato en subir hasta aquí. ¿No vais a quedaros? Adiós, corazones míos, y cuidaos mucho. Y tú, niña, no sigas sentándote en las piedras frías. ¡Ya te lo dije!)

37

Irina estaba mejor. Otro vecino las había llevado a Lenka y a ella con la bolsa de la urna hasta su casa, y Bobby y Alexandra las encontraron en la cocina. Irina bebía té rodeando la taza con los dedos. Cuando entraron, los miró inquisitivamente. *Stoycho* estaba tumbado en el suelo junto a la mesa, pegado a Lenka. Se puso de pie y husmeó sus zapatos, lamió la mano de Alexandra y volvió a echarse. Bobby se dejó caer en el banco, al lado de ella, y Lenka les llevó unas tazas de té que olía a heno y a hierbas. Ella también parecía intrigada.

—¿Qué tal la comida? —preguntó Irina.

Se lo contaron con desgana, y su rostro adquirió una expresión preocupada. Tocó el broche que llevaba sujeto a la altura del esternón como si buscara consuelo en él. Alexandra fijó la mirada en su taza humeante, preocupada también, aunque por otra cosa. Pero ¿por qué? Era algo que la inquietaba. Había visto y no había entendido. Pero algo había visto.

—Si están listas, voy a traer el coche —anunció Bobby—. Debemos llevarlas a casa lo antes posible.

Irina suspiró.

—Gracias, tesoro. Espero que podamos hablar con mi hermana para advertirle de que no venga aquí de momento. A no ser que ya lo sepa, claro. Sí, trae el coche. La urna está en el aparador. ¿Puedes acercarla, Alexandra?

Alexandra abrió una puerta de madera desvencijada y sacó la bolsa. Al sentir de nuevo su peso, notó un cambio en su percepción: un recuerdo.

—Esperad, por favor —dijo—. Bobby… Señora Georgieva, ¿le importa que la abra otra vez? Sólo la bolsa, quiero decir.

La miraron extrañados, pero dejó la bolsa sobre la mesa, descorrió la cremallera y retiró la funda de terciopelo. Tocó la tapa labrada y bruñida de la caja: una guirnalda o una enredadera con la cara de un animal a cada lado, dos caras, las dos distintas.

Bobby la observó reflexivamente.

—Estas hojas —dijo—, creo que son *zdravets*.

Irina se inclinó para verlas mejor.

—Me parece que tienes razón. —Se volvió hacia Alexandra—. Es uno de nuestros símbolos nacionales. Una planta muy conocida. Su nombre procede de la palabra búlgara que significa «salud». A mí siempre me ha encantado porque es muy fragante. La habrás visto ya en muchos sitios. De hecho, tengo *zdravets* en mi jardín, en Plovdiv.

—Pero los animales… —dijo Alexandra—. Puede que sean sólo imaginaciones mías, por el cuento que nos contó *baba* Yana. —Notó un escalofrío en los brazos y el cuello—. Ese animal, la cara entre las hojas… Creo que es un oso. Aquí… —Giró lentamente la urna—. El del otro lado no es un gato, ni un zorro. Ése podría ser el oso y éste el lobo.

Bobby había vuelto a levantarse y estaba dando la vuelta a la urna con todo cuidado. No dijo nada, pero Alexandra advirtió la intensidad de su mirada.

Irina parecía perpleja.

—¿Los del cuento popular? —preguntó.

Pero Bobby no parecía escucharla. Había asido la urna con las dos manos y Alexandra dio un respingo al ver que la sacaba cuidadosamente de su funda de terciopelo para mirar los dibujos labrados.

—Aquí hay una firma —dijo—. Antes no la había visto.

—Yo tampoco —dijo ella—. Parece una A… Dos Aes, muy pequeñas. Está hecha a mano.

—Dejadme ver —dijo Irina. Volvieron la urna para que viera las dos finas letras, casi escondidas entre el cuello tallado del lobo—. Ya podéis dejarla —dijo pasado un momento.

—¿Conoce esa firma? —Bobby seguía observando la urna.

—Sí —contestó la anciana—. Tengo un amigo que firma así, un artista. También era buen amigo de Stoyan. Se llama Atanas Angelov. Puede que Vera le pidiera que hiciera la urna, aunque yo no estaba enterada hasta ahora.

Bobby se sentó con los codos apoyados en la mesa.

—¿Cree usted que él sabrá quién quiere la urna y por qué?

Irina hizo un gesto desganado con su gran mano.

—No tengo ni idea. Ojalá pudiera llamarlo, pero no tengo su número aquí. La verdad es que hace varios años que no lo veo. Vive en las montañas, a casi dos horas de donde estamos. Tendríamos que ir hasta allí antes de volver a Plovdiv.

—¿En qué dirección está? —preguntó Bobby.

—En la mala —respondió ella—. Habrá que ir enseguida.

Las carreteras de montaña los condujeron de nuevo a la población que había más abajo, para ascender luego hacia una sierra más alta. Por último, siguieron un estrecho valle rodeado por picos verdinegros. Era ya última hora de la tarde. Alexandra, deprimida por lo que ella llamaba la melancolía de las montañas, empezó a sentirse mareada. El trayecto hasta Gorno el día anterior había estado tan plagado de novedades que lo había soportado mejor. Ahora, en cambio, el recuerdo de Jack le revolvió el estómago hasta que apenas pudo tragar saliva. Su hermano desapareció en unas montañas no muy distintas de aquéllas. Su desaparición le había arruinado para siempre el placer por la montaña. Le oprimía el corazón, le cerraba la garganta. ¿Se había caído Jack por un despeñadero como el que se alzaba por encima de ellos? Si había sido así, se habría caído lejos de cualquier carretera, donde sus huesos pasarían a engrosar otra estadística: de media, anualmente desaparecían 2,5 excursionistas en los Parques Nacionales, sin que nunca llegara a saberse su paradero. Búsqueda suspendida.

Al pensar en huesos, comenzó a tirar de la correa de su mente: quieta, para, ahora no. Tocó el cuello de *Stoycho* y rodeó la bolsa de la urna con los pies para mantenerla derecha. Pensó en aquel hombre desconocido para ella, en su larga vida, en su música. Y en sus cenizas aún por enterrar.

—Creo que éste es el desvío —dijo Irina tocando el hombro de Bobby.

Al borde de la carretera había un pequeño indicador en cirílico e inglés.

—¿Qué significa Irkad? —preguntó él.

El letrero indicaba que faltaban dos kilómetros para Irkad tomando el desvío de la derecha.

—Creo que es un nombre muy antiguo. Turco, seguramente —respondió Irina—. Se lo preguntaremos a Angelov.

Alexandra miró a su alrededor buscando una población, pero sólo vio un grupo de casas con los mismos tejados de pizarra y una alta tapia de piedra. El lugar era tan pequeño que apenas parecía digno de tener nombre.

—Para aquí, por favor, Asparuh —pidió Irina dándole una palmadita en el hombro.

Pararon delante de un gran portón de dos hojas con picaportes de hierro, incrustado en la tapia. Bobby salió, miró a su alrededor y a continuación tiró de la cuerda que colgaba junto al portón. No se veía por ningún lado el nombre de la calle, ni el número de la casa. Pasados unos segundos, alguien abrió la puerta. Bobby condujo el coche por una rampa de piedras desgastadas, hasta un patio espacioso. Salieron todos; Alexandra ayudó a *Stoycho*, y Lenka ayudó a la anciana. El edificio de piedra, madera y yeso que se alzaba a su alrededor recordó a Alexandra el monasterio de Velin, en parte por el patio, pero también tenía una larga galería cubierta en la primera planta. El enlucido de las paredes se había desprendido en algunos lados, y un adobe muy antiguo asomaba en los desconchones. El patio estaba pulcramente barrido y había jardineras con flores debajo de las ventanas.

El hombre que les había abierto la puerta estaba hablando con Bobby y, al cabo de un momento, se volvió hacia Irina y la besó en las mejillas. Parecía tener cincuenta y tantos años y vestía un jersey viejo, pantalones de lana gastados y zapatos de goma. Tenía la ropa salpicada de trocitos de paja, como si hubiera estado limpiando un establo. Su rostro era delicado y muy moreno, y su cabello corto empezaba a encanecerse en torno a las sienes. A Alexandra le sorprendió de nuevo la cantidad de personas bellas que había en el país. Mientras observaba la escena, el hombre les estrechó la mano a ella y a Lenka. Se agachó delante de *Stoycho* y le dijo algo. El perro, sentado junto a Alexandra, lo escuchó sin gruñir y luego permitió que le rascara la cabeza. El hombre lo llamó para que se acercara a un grifo que había al borde del patio; era de bronce, encastrado en una pared en la que había una leyenda labrada, al parecer en alfabeto árabe. Debajo del grifo había una pila de mármol que a Alexandra le pareció muy antigua. El hombre echó agua en la pila y *Stoycho* bebió con ansia. Él levantó la vista y les dijo algo riendo, y alrededor de sus ojos aparecieron un sinfín de arrugas.

—Dice que no hemos traído caballos, como antiguamente, pero que por lo menos hemos traído un perro —le tradujo Bobby a Alexandra—. Éste es un sitio interesante, Bird. Dice que era el *han*, la posada en la que paraban los viajeros que cruzaban esta parte de las montañas, y que tiene casi cuatro siglos de antigüedad. Por eso el portón es tan grande, para que entraran los caballos y los carros.

—¿Es aquí donde vive el artista? —preguntó ella.

—Creo que sí. Me parece que éste es su hijo. Dice que podemos entrar a verle. Voy a dejar a *Stoycho* aquí fuera. Trae sólo la urna.

El hombre de las botas embarradas agarró a Irina de un brazo, Lenka la cogió del otro y cruzaron otras puertas de madera. Al entrar, Alexandra estuvo a punto de lanzar una exclamación de asombro. La estancia, grande y baja, tenía ventanas de madera a lo largo de una pared y parecía colgar sobre el valle que se extendía más abajo. No se había dado cuenta de que aquel lado del pueblo se alzaba sobre un precipicio. La vista que se desplegaba más allá de las ventanas era inmensa: montañas verdes y casas de piedra en miniatura desperdigadas entre la espesura, el desfile de enormes abetos a lo largo de un monte, a la izquierda, y a lo lejos, en el horizonte, los picos más altos que había visto hasta entonces: un estallido de riscos afilados, una región que se diría apenas tocada por la Historia, un cuento de hadas de los hermanos Grimm, a ojos de Alexandra. El sol de la tarde iluminaba la sala. Había bancos dispuestos a lo largo de las ventanas, y una mesa. El suelo estaba cubierto por una alfombra de lana de distintos tonos de rojo y verde, con penachos apelmazados, como sacada directamente de algún animal de colores vivos. De las paredes colgaban esteras de lana tejidas con dibujos geométricos y descoloridos lienzos bordados.

De pronto, un viejo se levantó de uno de los bancos. Estaba sentado a la sombra y Alexandra no lo había visto.

—*Irinche!* —exclamó, y siguieron gran cantidad de besos en las mejillas, también en las de Alexandra.

El hombre del patio se había quitado los zapatos de goma y caminaba por la habitación en calcetines tejidos de color rojo y gris, como un niño. Hizo sentarse a Irina Georgieva junto a su padre y acercó a Alexandra. Mientras Bobby actuaba como intérprete, Irina le explicó al anciano quién era aquella joven, pero no mencionó la urna.

—Y éste, querida, es Atanas Angelov —añadió.

Alexandra tuvo la impresión de que pronunciaba su nombre como si dijera «Albert Einstein» o «Mohandas K. Gandhi». El anciano meneó la cabeza con gesto de aprobación y estrechó la mano de Alexandra unos segundos. Las suyas eran grandes y fuertes, pero Alexandra advirtió que sus dedos estaban extrañamente erosionados, casi como si tuvieran las puntas aserradas. Estaba tostado por el sol, como su hijo, y su cabello ralo era completamente blanco. Apoyadas sobre la frente tenía unas gruesas gafas de pasta. Sonreía, pero su rostro adquiría una expresión de tristeza permanente en cuanto se relajaba.

—¿Es primo de Irina o algo así? —le preguntó Alexandra a Bobby en voz baja en cuanto tuvo ocasión.

—Creo que no —respondió él—. Creo que es amigo suyo, un viejo amigo, y que le ha comprado algunos cuadros a lo largo de los años.

(¿Sería un antiguo amante?, se preguntó Alexandra, y desvió la mirada.)

Bobby prestó atención un momento, sus ojos azules fijos en las caras que tenía ante sí.

—Ella lo llama por su apodo: Nasko. Creo que se tienen mucho cariño. Él también es pintor. A veces se cambiaban cuadros o trabajaban juntos. Hacía varios años que no se veían, como nos había dicho Irina. —Siguió escuchando—. Su mujer murió hace cinco años y él ha escrito un libro de poemas sobre ella que se publicó en Plovdiv el mes pasado. Irina lo está felicitando.

Se volvió hacia Alexandra y ella vio con sorpresa que tenía los ojos empañados por las lágrimas.

—Dice que su esposa era todo su mundo.

Ella le apretó el hombro.

—Tienes buenos sentimientos, Bobby —dijo.

Él la miró con severidad.

—¿Acaso lo dudabas?

—No lo decía en ese sentido —respondió ella, avergonzada—. Sólo quería decir que me gusta cómo eres.

—La que salva perros extraviados eres tú —repuso él con cierta acritud, y se enjugó los ojos.

Irina se había inclinado hacia ellos.

—Queridos míos —dijo—, este amigo me ha enseñado gran parte de lo que sé sobre el arte de la pintura. Y sigue siendo un gran artista. Además, es más inteligente que yo, por eso sólo pinta personas. Siempre me dice que no me centro de verdad, pero le gustan mis animales.

Unos minutos después, una mujer madura, vestida con chándal y un delantal floreado, les trajo una bandeja cargada con vasos, una botella que contenía un líquido traslúcido y un plato con queso blanco y salami en lonchas.

Atanas Angelov les sirvió a todos y levantó su vaso para hacer un brindis.

—*Nazdrave!* —Entrechocó su vaso con los demás, siguiendo el corro, y al llegar a Alexandra se inclinó por la cintura.

—Salud —tradujo Bobby.

Alexandra tosió al tragar el licor, que le produjo un intenso ardor en la garganta.

—¡No! —dijo Bobby—. Es *rakiya*, un tipo de brandy. Como el que hemos tomado hoy en la comida. Se toma sólo un poquito, y luego un poco más.

Después de aquello, bebió a sorbitos y las paredes de la sala parecieron distenderse a su alrededor. Los ojos enrojecidos de Irina parecían brillar. Al poco rato, aquella misma mujer en chándal y el hijo, que seguía en calcetines, les llevaron los platos de la cena. Alexandra sintió que nunca antes había formado parte de un círculo tan encantador: aquellas personas desconocidas la habían recibido como si fuera una invitada largo tiempo esperada, y el viejo pintor presidía la mesa como si hiciera años que nada lo alegraba tanto. Se preguntó cuándo podrían preguntarle por la urna. El pintor la hizo sentarse a su derecha, con Bobby a su lado, y dirigió a éste una pregunta. Ella captó la palabra *taksi*, y también *ecologiya*.

Irina, advirtiendo tal vez que Alexandra, afectada por el alcohol, zozobraba en un mar de búlgaro, interrumpió la conversación.

—¡Bueno! Además de ser un gran pintor, *gospodin* Angelov tiene un talento especial para leer a la gente. Nasko... —Levantó el dedo índice señalando al anciano—. Dime qué ves en esta joven cuando la miras.

Angelov dejó su tenedor y se volvió hacia Alexandra. Se inclinó hacia delante y se bajó las gafas, apoyándoselas en la nariz. Observó su cara unos segundos interminables, tan cerca de ella que podría haberla besado. Alexandra contuvo la respiración.

—Es preciosa, por supuesto —dijo él en inglés.

Ella no sabía que hablara su idioma, pero Angelov cambió enseguida al búlgaro e Irina tradujo sus palabras magistralmente. Los ojos del anciano, marrones y suaves, tenían un brillo semejante al de la madera noble.

—Es de carácter dulce —añadió—, pero impaciente. Amable pero capaz de… hacer mucho daño si no tiene cuidado. Daño inintencionado. Y a veces está muy triste. —Alexandra le sostuvo la mirada lo mejor que pudo—. Es ingenua para los años que tiene, aunque también muy sabia debido a la pena.

Irina asintió con la cabeza.

Angelov levantó un dedo y tocó la frente de Alexandra.

—Siempre pensando. Piensas demasiado, y a veces no piensas lo suficiente. Lees muchos libros, ¿verdad? Pronto aprenderás de otras fuentes, de los verdaderos manantiales de la vida. Y llegarás a ser muy anciana.

El pintor le dio un sentido beso en la frente, en el lugar que había tocado un instante antes. Ella pudo sentir la sequedad de sus labios.

—Una montaña de contradicciones.

Alexandra trató de disimular su malestar, o al menos de no demostrarlo. ¿Cómo sabía aquel anciano que era, en el fondo, un agente de destrucción, que ya había causado mucho daño? Esperaba algo muy distinto: el diagnóstico de un genio, quizás, o la predicción de un futuro resplandeciente. Notó que Bobby esbozaba una sonrisa irónica.

—*Gospodin* —dijo titubeando—, *gospodin* Atanas, ¿le importaría mirar la cara de mi amigo y decirnos qué ve en ella?

Bobby le sonrió, pero se quedó inmóvil bajo el escrutinio del artista.

—Tradúcemelo, Bobby —dijo ella con malicia.

Inclinado hacia delante en su silla, Atanas Angelov lo miró con fijeza, los puños apoyados sobre las rodillas. Podría haber estado en su estudio, delante de un modelo o de un lienzo, pensó Alexandra. El resto de la estancia parecía haberse borrado de su vista.

—*Da, interesno* —dijo por fin. Luego añadió mucho más en búlgaro.

—Dime qué está diciendo, Bobby —insistió Alexandra.

Él se sonrojó un poco.

—Dice que tengo una cara poco común. Eslava, no búlgara, aunque no sé qué significa eso. La cara de un… revolucionario. Y por debajo… —Se removió en el banco—. La cara de un amante. Un amante de la vida, no de las personas. Un filósofo. Complicado.

«Nunca pertenecerá a ninguna mujer» —añadió, repitiendo las palabras de Angelov.

No la miró a los ojos; siguió con la vista fija en Angelov, impertérrito.

—«En cuanto a su destino... Bueno...» —Hizo una pausa y Alexandra vio que también Angelov había desviado la mirada—. Dice que no todo el mundo tiene buena suerte. Pero que yo dejaré huella.

Alexandra se arrepintió de haber preguntado. Era preferible que te dijeran que eras una montaña de contradicciones con una larga vida por delante que recibir una sentencia tan ambigua. Acarició el brazo de Bobby espontáneamente y dejó posados los dedos en él.

—Para, Nasko —dijo Irina—. Estás asustando a los niños. Míralos.

Angelov dio unas palmadas.

—¡Perdón, perdón! —dijo en inglés—. Los viejos... yo... —Hizo un ademán lleno de bueno humor—. Somos estúpidos. Ahora, a comer.

Después de la comida, Angelov los condujo a su estudio. Estaba en la primera planta, por lo que las vistas eran más arrebatadoras, si cabe. Alexandra se preguntó cómo podía pasarse todo el día allí pintando a gente, de espaldas a aquel paisaje. Vio un lienzo aún sin terminar frente a un pedestal bajo destinado al modelo. Con un ligero sobresalto, se dio cuenta de que la mujer retratada era indudablemente la que les había servido la cena y la *rakiya*, aunque sin el chándal rojo y el delantal. En realidad, no llevaba ropa alguna. En una mesa había un surtido de herramientas y unas cuantas tallas de madera de pequeñas proporciones, todas ellas antropomórficas. Vio también otros lienzos apoyados a lo largo de las paredes. Algunos de ellos eran retratos del hijo de Angelov. En la mayoría aparecía vestido, pero en unos cuantos estaba desnudo, en actitud relajada, con los brazos en jarras, mirando el suelo como si no tuviera conciencia de su propia desnudez.

—¿Te vas a ofrecer como modelo? —murmuró.

—No —contestó ella, pero en parte sentía el perverso deseo de posar con aquella luz cristalina de las montañas y sentir cómo la estudiaba el artista, cómo observaba sus pechos y su costado con aquellos ojos suaves y ecuánimes. En la sala había también varios cuadros de Irina, entre ellos un rinoceronte huesudo. Angelov se lo señaló con visible admiración y Bobby explicó:

—Dice que Irina es la mejor de su generación, y ella dice que el mejor es él. Un perfecto intercambio de cumplidos.

Atanas Angelov despejó una mesa y dispuso cuatro sillas a su alrededor; luego ayudó a Irina a sentarse en una de ellas e indicó a Bobby y a Alexandra que tomaran asiento. Tras dudar un instante, ella dejó la bolsa de la urna en el suelo, a su lado, y tuvo la impresión de que Angelov le lanzaba una ojeada.

—Querida mía —dijo Irina poniendo su mano fina y envejecida sobre la mano fina y juvenil de Alexandra—, tenías interés en saber más sobre Stoyan y el señor Angelov va a contarte algunas cosas. Le he explicado ya qué es lo que llevas ahí y cómo nos conocimos. Por desgracia, no tiene noticias de mi hermana ni de Neven. Ya se lo he preguntado.

Alexandra sintió que se le encogía el corazón. Tal vez había puesto más esperanzas en aquella visita de las que quería reconocer.

—Asparuh hará de intérprete —añadió Irina dirigiéndose a Atanas Angelov mientras señalaba a Bobby.

Angelov se pasó una mano por la cara. Alexandra reparó de nuevo en que tenía las puntas de los dedos horriblemente desgastadas y romas, y los nudillos inflamados.

—Stoyan Lazarov —dijo el anciano. Hizo un gesto de asentimiento mirando a Bobby y esperó a que tradujera—. Stoyan era de las personas a las que más he querido. —Hizo otra pausa—. Veréis, lo conocí hace muchos años, cuando los dos éramos jóvenes y en circunstancias muy difíciles. Después pasé mucho tiempo sin verlo, y más adelante dio con mi paradero a través de uno de mis cuadros y vino a visitarme y a conocer a mi esposa. Los dos pensábamos que el otro había muerto, así que nos hizo muy felices volver a encontrarnos. Él estaba enfermo y cansado y, como no tenía que trabajar por un tiempo, me preguntó si podía quedarse con nosotros. Era una petición difícil, aunque ahora no puedo explicaros por qué. El caso es que le dije que sí y ahora me alegro mucho de haberlo hecho. Eso debió de ser a finales de los años sesenta. Antes me acordaba de la fecha exacta. Llevad un registro escrito de las cosas, vosotros que sois jóvenes. Con el tiempo es fácil olvidarlas.

Sacudió la cabeza.

—Fuera como fuese, Stoyan pasó un par de semanas en casa. Todavía éramos lo bastante jóvenes para pasarnos media noche en vela, charlando y bebiendo, y luego, a primera hora de la mañana, nos íbamos a trabajar, o a ensayar, en su caso. Yo ya llevaba un par de años viviendo aquí. Trabajaba en la fábrica de recambios que hay en el valle. Pero de noche pintaba, aunque no pudiera exponer gran cosa.

¿Por qué no podía exponer?, quiso preguntar Alexandra.

—Stoyan no tenía bien las manos porque ese año había estado trabajando en una granja, en el campo. Pero se le estaban curando y empezó a tocar de nuevo estando aquí. Me dijo que la primera semana tocaría sólo a Bach. Decía que para él era el mejor ejercicio y la mejor medicina.

Atanas cruzó las agarrotadas manos sobre la mesa.

—Me di cuenta de que iba camino de recuperarse cuando empezó a tocar de nuevo a Vivaldi. Cuando nosotros éramos jóvenes la música de Vivaldi no era tan conocida, pero a Stoyan le encantaba y hablaba de ella a menudo. Se ponía en medio del estudio y tocaba mientras yo trabajaba. Podía hacer reír a su violín, pero casi siempre lo hacía llorar. Creo que dormía con una mano sobre el estuche del violín. Siempre parecía preocupado por que fueran a quitárselo. Yo lo pinté con su instrumento. A veces tenía una expresión terrible, melancólica y muy avejentada para su edad. Porque entonces sólo tenía cuarenta y tantos años.

—Nació en 1915 —dijo Alexandra—. Así que en esa época debía de tener más de cincuenta años, ¿no?

—Sí, supongo que sí. —Angelov juntó los dedos bajo la barbilla—. Sí. Una noche nos quedamos levantados hasta muy tarde y me habló por primera vez de su música. Me habló del instante en que decidió ser violinista. Sólo tenía seis años, ya estaba recibiendo lecciones en Sofía y su padre lo llevó a un concierto en el que interpretaban piezas de Beethoven. Cuando oyó que los violinistas empezaban a tocar, me dijo que vio estrellas en el aire, encima de sus cabezas, y que deseó tener una estrella propia. Sonrió al contarme esto, aunque con amargura. Me habló de sus estudios en Viena, donde tocó para grandes maestros y auditorios llenos de gente. Dijo que tenía la sensación de que desde entonces su vida había sido una serie de trampas a cual más pequeña, hasta que sólo le quedó la música y el cariño que sentía por su esposa y su hijo. «La historia de mi vida la dejaré en mi música», dijo.

Alexandra asintió. Se identificaba con aquel sentimiento, y la tristeza que sentía por Stoyan Lazarov se agudizó.

—Luego me contó otras cosas que yo no sabía, un montón de cosas —prosiguió Angelov—, acerca del momento que más decisivamente cambió su vida. Era demasiado honesto para ser un buen narrador, pero consiguió que lo viera todo a través de sus ojos. La verdad es que a veces pienso que recuerdo esas partes de su vida mejor que algunos fragmentos de la mía.

Se quedó callado unos instantes.

—Me sorprende estar hablándoos de esto. Irina me ha dicho que queríais saber más sobre él, y es muy amiga mía. En aquellos tiempos era peligroso contarle ciertas cosas a la gente, pero Stoyan y yo teníamos motivos sobrados para confiar el uno en el otro.

Angelov suspiró.

—Stoyan tenía el cabello muy espeso y le crecía muy rápido, igual que la barba. Tenía que estar afeitándose y cortándose el pelo continuamente para mantenerse aseado. Esa noche le corté el pelo fuera, en una silla, y fue entonces cuando empezó a contarme cosas. Vimos ponerse el sol. Luego siguió hablando mientras se frotaba el pelo recién cortado así, con las dos manos. Y acabamos pasando toda la noche en vela.

Se volvió hacia Irina, y Alexandra vio que corrían lágrimas por su cara morena, como grietas en el barro.

—Ay, lo siento —dijo Angelov—. ¿Cómo nos hemos vuelto tan viejos, querida mía, mientras los demás se iban muriendo?

38

Esto sucedió en octubre de 1949, cinco años después de la Revolución y tres meses después de la muerte del primer presidente comunista, Georgi Dimitrov. Había música en las calles de Sofía esa mañana.

Curiosamente, Stoyan no podía recordar después de dónde procedía aquella música. ¿De una banda militar? ¿O era simplemente una radio en alguna tienda con la puerta abierta, emitiendo música militar? El ensayo matinal de su orquesta tenía que empezar a las nueve. En las calles reinaba una sensación de urgencia, la gente estaba más callada de lo normal y parecía tener mucha prisa, como si la ciudad misma estuviera nerviosa. Los árboles se combaban sobre los bulevares y dejaban caer sus hojas, teñidas por ese marrón gentil del otoño de Sofía.

Esa mañana la orquesta debía ensayar una sinfonía de Mozart, la *Número 40 en Sol Menor*, una obra que él ya se sabía casi de memoria. Ese detalle no le costó recordarlo, años después. Por la noche su cuarteto se reuniría para empezar a ensayar un par de obras que no habían abordado hasta entonces. Stoyan llevaba su chaqueta, aunque soplaba un aire cálido y brillaba el sol. Dentro del auditorio haría frío y a él le gustaba proteger la musculatura de sus brazos. Vio a un policía joven de pie en la esquina, conversando con un niño, vestido de civil. Las mañanas así le encantaban. De los parques llegaba un olor que era casi como el del otoño en Viena y que se colaba por las calles, y se oía una mezcla de sonidos que conocía desde su niñez: el ruido de algún objeto pesado al ser descargado en la acera, un grito, la bocina de un automóvil, el chirrido de las ruedas de madera con cerco metálico, el sonido hueco de los cascos sobre el empedrado, dos ancianas hablando a voces en la esquina…

Al llegar a la puerta del teatro dejó atrás la luz del sol y penetró en la penumbra y ese olor a moho y a tiza que desde hacía muchos años se mezclaba con el de los ensayos. Era el mismo aroma que el del auditorio de Viena en el que ensayaba siempre la orquesta de la

Academia, y hasta el de la Filarmónica de Viena. Puede que todos los ensayos del mundo olieran así. Encontró a la orquesta reunida a medias en el escenario, sacando los instrumentos. Uno de los clarinetistas se estaba acabando una grasienta porción de *banitsa* cuyo queso se desmigajaba, y se limpió las manos con un pañuelo antes de tocar el estuche de su instrumento. Mitko Samokovski, el director, ya había llegado y estaba dando instrucciones a los flautistas para que recolocaran unas sillas del fondo. Compartían el auditorio con otras producciones: la ópera, a veces una obra de teatro… Y todo estaba siempre donde no debía.

Stoyan se sentó en su sitio, en la segunda silla, con el estuche de su violín sobre las rodillas y levantó la vista un momento hacia los telones alineados allá arriba, la familiar falta de luz, la ausencia de cielo y el ajado terciopelo de color frambuesa, de fines del siglo anterior. Movió el cuello y luego los hombros, una vieja costumbre que lo aliviaba. Observó que Samokovski buscaba algo en los bolsillos dados de sí de su chaleco, algo que parecía no encontrar. En realidad, todos los músicos lo observaban antes del ensayo, para ver de qué humor estaba. Stoyan, que llevaba unos años trabajando a sus órdenes, lo detestaba. Samokovski era proclive a violentos accesos de rabia dirigidos contra la sección de primeros violines. A Stoyan le desagradaba especialmente su manera de bajar la batuta y de dar golpecitos con ella pidiendo silencio inmediato, y su forma de mirar fijamente, sin hablar, lo que suponía una humillación extra para quien hubiera equivocado una nota. A menudo pensaba que el director era un buen ejemplo de alguien que jamás habría ocupado ese puesto antes de la guerra. Su destreza musical no justificaba la tiranía que ejercía sobre la orquesta. Stoyan se acordaba de Bruno Walter en Viena, de su cara apasionada y su habilidad para enseñar algo a los músicos en el acto. Pero a Walter lo despidieron los nazis, como a tantos otros músicos judíos de la Academia. Los nazis, sin embargo, habían caído hacía tiempo. Si Bulgaria hubiera abierto sus fronteras después de la guerra para que sus ciudadanos pudieran viajar, Vera y él se habrían ido derechos a Viena. Y en Viena él habría tocado siempre con esos directores, no para personas como ese ególatra malencarado de Samokovski, que además era un músico de segunda fila.

Últimamente, Samokovski parecía aún más estresado que de costumbre. Llevaba el pelo siempre revuelto y entre los músicos de la orquesta circulaba el rumor de que la policía lo había interrogado hacía poco tiempo. «O puede que sea un informante», masculló Velizar Gishev, primer violín y concertino de la orquesta, segundo en importancia tras el propio Samokovski. Nadie odiaba más al director que Gishev, que desde hacía dos años era el blanco predilecto de sus críticas, a pesar de que (o quizás precisamente porque) era uno de los mejores músicos de la orquesta. Stoyan tenía que reconocer que Velizar Gishev era, técnicamente, tan bueno como él, como mínimo, aunque fuera un fanfarrón. El primer violín debía haber sido Stoyan. Pero Gishev era buenísimo y también había estudiado en Europa, como él, sólo que en París. Stoyan no podría haber juntado su cuarteto sin el vigor interpretativo de Gishev y su entonación casi perfecta.

Los músicos estaban probando la afinación, pulsando cuerdas, ensamblando las piezas de los instrumentos y ajustándolas con un delicado giro. Uno de los violonchelos abandonó el escenario para abrir una ventana que había a un lado del auditorio; la levantó, la sujetó con un trozo de madera y asustó a una paloma que había fuera. Samokovski dio unos golpes con la batuta pidiendo orden y todos abrieron sus partituras encuadernadas.

Stoyan advirtió que el ensayo no sólo iba a empezar a tiempo, sino incluso un poco temprano, y a su lado la silla de Gishev seguía vacía. Velizar llegaba siempre en el último segundo, como si con ello quisiera hacerle un desaire al director. Stoyan fantaseó momentáneamente con ocupar su sitio, que de todos modos le pertenecía por derecho. Si Velizar dejaba alguna vez la orquesta, Stoyan sería ascendido a su puesto, a no ser que el director eligiera a otro violinista de fuera. Lo cual sería muy propio de él. Samokovski también le tenía ojeriza a Stoyan. En realidad, parecía desconfiar de cualquier músico que hubiera estudiado en el extranjero.

Stoyan se quedó donde estaba, pero después de que el oboe diera el la, dirigió la afinación de la sección de violines. Los demás violinistas miraron a su alrededor y luego empezaron a afinar.

De pronto, Samokovski dio unos golpecitos con la batuta en el borde de su atril y la afinación terminó bruscamente con una nota discordante. Estaba lívido y toqueteaba con la mano libre en el bolsillo de su chaleco.

—¿Dónde está el camarada Gishev?

Nadie dijo nada.

—¿Y bien? ¿Dónde está?

Samokovski miró fijamente a Stoyan.

—Camarada Lazarov, ¿es cierto que preferiría usted ser el concertino?

¿Qué podía decir?

—¿Y bien? —Samokovski palpó su chaleco con una mano semejante a una enorme larva.

Stoyan trató de contestar relajadamente, con buen humor, aunque sabía que nunca había sido su fuerte.

—Camarada director, ¿acaso no desean todos los segundos violines del mundo ser primer violín?

Oyó una risita apreciativa en algún lugar, tras él.

Pero era como si el director y él estuvieran solos en el teatro, y Stoyan vio que a Samokovski le chorreaba el sudor bajo el pelo cano y apelmazado de las sienes.

El director levantó un dedo hacia el proscenio.

—Tengo entendido que se lo dijo usted a sus colegas el otro día, en un descanso para fumar.

Stoyan sintió una presencia invisible, como si se hallara entre árboles lúgubres y hubiera oído el chasquido de una ramita al romperse.

—¿El otro día?

—¿Y bien?

Era verdad. En un raro momento de intimidad, les había dicho a dos de los violonchelistas que había personas aptas para sentarse en la silla del concertino que no se mostrarían tan arrogantes al ejercer su función. Ese mismo día, Gishev se había inclinado en medio de un movimiento, de Beethoven, y había señalado la partitura que compartían como si Stoyan se hubiera perdido. Cosa que no era cierta, desde luego. Y más tarde Stoyan, mientras estaba fumando con los violonchelistas, había hecho aquel comentario cargado de amargura, dando a entender que Velizar era un vanidoso que tal vez no merecía el puesto que ocupaba. Pero ¿quién se lo había contado al director? ¿Y por qué tomarse esa molestia? Todos los miembros de la orquesta sabían ya, con la precisión de cortesanos bizantinos, quién detestaba a quién.

Samokovski carraspeó ruidosamente.

—¿Y no es cierto también que el camarada Gishev ha hablado irrespetuosamente de su director y de la República Popular de Bulgaria?

Se hizo el silencio entre las filas de músicos. Stoyan sabía, como lo sabía todo el mundo, que al menos la primera parte de la acusación era cierta.

—¿Y bien, camarada? ¿Habló Gishev en esos términos o no? ¿O tal vez deba preguntarle qué va diciendo usted de mí por ahí?

Se quedaron todos de piedra. Stoyan notó que se le resecaba la boca. Mantuvo el violín en vertical sobre su regazo para que no le temblaran las manos. No se sentía así desde la infancia, como cuando su padre lo interrogó severamente por una lámpara rota. Eso, sin embargo, no suponía un peligro mortal. Pensó en Vera. Entonces se dio cuenta, como si nunca lo hubiera visto con tanta claridad, de que si Gishev caía en desgracia, él, Stoyan, ascendería de inmediato al puesto de concertino. Una vez allí, demostraría, sin duda alguna, su valía incluso a ojos del director. ¿Le haría daño a Gishev llevarse un batacazo, para variar? También en los ensayos del cuarteto podía ser insoportable.

—Sí —dijo débilmente.

—¿Sí qué? —El director parecía estremecerse, tal vez de rabia.

—Sí, el camarada Gishev dijo… algo sobre usted.

Su afirmación cayó en medio de un silencio plomizo. Otro violinista se removió inquieto en su silla, a su lado.

Stoyan, que ya empezaba a arrepentirse de sus palabras, se aclaró la garganta.

—Pero no lo decía con mala intención, estoy seguro. —Hizo un esfuerzo más decidido—: ¿Qué mala intención podía tener?

Como respuesta a la pregunta de Samokovski, Velizar Gishev apareció en persona al fondo del auditorio. Caminaba apresuradamente y, sin embargo, parecía extrañamente encorvado en medio de la penumbra del teatro. Todas las miradas se dirigieron hacia aquella figura preñada de un nuevo significado que nadie alcanzaba a interpretar. Al principio Stoyan se sintió aliviado: tal vez ahora se acabaría el interrogatorio. Pero el corazón le latía con fuerza. ¿Había sido testigo Gishev de su traición, un instante antes?

Gishev saludó a la orquesta con una escueta inclinación y dijo algo en voz tan baja que nadie lo entendió. Se acomodó en su silla vacía, sacó su violín y tocó con ímpetu un la. Los músicos comenzaron de nuevo a afinar sus instrumentos, todos ellos muy serios.

Stoyan, el segundo violinista, el enemigo de su vecino, advirtió con sobresalto que a Gishev le temblaban las manos y tenía los hombros caídos. Parecía haberse despojado de su arrogancia como de un abrigo demasiado sofocante para la estación. Se fijó por vez primera en lo desgastados que tenía los zapatos de cuero negro, que, sin embargo, llevaba pulcramente atados y bruñidos, y en sus calcetines, tensos como polainas. Se fijó en los puños de su chaqueta de traje, que alguien había adornado con estrechas tiras de terciopelo negro, seguramente para impedir que siguieran deshilachándose, la labor perfecta de un sastre o quizás de unas manos amorosas y familiares. Hacía mucho tiempo que Stoyan no se fijaba tan detenidamente en su rival. Evitó su mirada mientras trataba de afinar el la, y luego volvió a mirarlo de reojo. Observó los puños de la camisa blanca del camarada Gishev y la silueta de su codo huesudo. Cualquier cosa con tal de eludir la mirada del primer violinista y, al mismo tiempo, el moratón que empezaba a florecer en su pómulo.

Tocaron a Mozart durante una hora; se paraban, empezaban otra vez, repetían pasajes, y el manantial de notas salía burbujeando, como agua nueva, de las páginas gastadas. Si los ojos de Gishev dejaran de estar tan enrojecidos, si el contorno de su cara dejara de verse tan demacrado cada vez que levantaba la vista para mirar la partitura... Si el *crescendo* argentino del segundo movimiento pudiera borrar ese hematoma del que todo el mundo apartaba la mirada...

Cuando concluyó el ensayo (un último eco y un golpe de la batuta, el director dando media vuelta para marcharse), Gishev salió rápidamente del auditorio sin decir palabra. Stoyan recogió sus cosas con torpeza; se quitó la chaqueta, la dobló y se la colgó de nuevo del brazo, recordando el calor que hacía fuera. Regresó a pie por las mismas calles: hojas de sicomoro que se rizaban, marrones y amarillas, lisos adoquines bajo sus pies, un perro tomando el sol en un trozo de hierba, una mujer guapa con una cinta roja alrededor del sombrero (¿política o moda?) cruzando por la esquina de la calle. Se acordó del día que llegó a Sofía procedente de Viena, de la cordialidad de la gente en su paseo desde la estación, del panadero que lo persuadió para que tocara, de su propia necesidad de lucirse delante de los clientes, y en especial de Vera. ¿Qué había sido de ese país? De pronto se le antojaba un lugar que hubiera visitado en un viaje a regiones remotas: una breve parada en otro mundo.

39

Vera estaba preparándole la comida cuando llegó al piso. Stoyan sintió el olor en la puerta. Como tenía por costumbre desde hacía unos meses, en el momento de quitarse los zapatos se preguntó por qué no tenían hijos. Desde que se había recuperado de sus semanas de servicio en la guerra, era más dado que nunca a aquellas asociaciones de ideas: la de los zapatos y el interrogante sobre los hijos; sus dudas acerca de su abuela paterna y la última enfermedad que había padecido cada vez que empezaba a tocar cualquier pieza en la menor, como si ésa fuera la clave de su declive; y otra pregunta que se hacía cada vez que se encontraba en el bordillo de la acera esperando para cruzar una calle. Este último interrogante tenía que ver con un infiernillo roto que habían heredado de una prima de Vera y que tenían en el balcón, hecho trozos; era ligeramente más grande que el que estaban utilizando. Stoyan sabía que quizás nunca llegara a repararlo, pero por alguna razón se le venía a la memoria cada vez que se detenía en el bordillo a esperar a que pasaran los coches o los camiones del ejército, o un carro tirado por caballos.

Ahora, al quitarse los zapatos junto a la puerta del piso, pensó en las muchas veces que habían hecho el amor en su incómoda cama sin que de ello se derivara la existencia de niños que salieran a recibirlo a la entrada gritando: «*¡Tatko!* ¡Ha llegado *tatko*! ¿Me has traído...?»

La oyó abrir la puerta del horno y cuando entró en la cocina vio primero las cintas de su delantal, su espalda esbelta bajo el vestido de algodón y, debajo, sus piernas enfundadas en unas medias de gruesas costuras. Tenía veintisiete años, y Stoyan sabía que se preguntaba si sería demasiado tarde para ella. Se acicalaba incluso para estar en casa; a menudo se ponía un lazo a la altura de la nuca y siempre llevaba medias con las pantuflas, como si nunca hubiera abandonado del todo su uniforme escolar. Stoyan había visto atisbos de las esposas de algunos de sus amigos, que, pese a arreglarse para salir, en casa iban siempre desaliñadas. Aquella prueba de la elegancia natural de Vera, de su educación, acrecentaba el orgullo que sentía por su esposa.

Al oírlo entrar, ella se apartó del horno y dejó el plato. Luego le rodeó el cuello con los brazos. Stoyan sintió el calor antinatural de sus brazos sobre su piel. La besó en los labios y la nariz. Qué cosa tan extraña, vivir con una mujer. Había vivido durante años con su madre, claro, pero ella nunca le había parecido una mujer; era solamente su madre, con su gruesa figura encorsetada, reconfortante pero andrógina.

Se lavó las manos en la pila de la cocina y se las secó con el paño que le dio Vera; se sentó a la mesa, junto a la única ventana, que ese día estaba abierta a los sonidos del patio de más abajo. Vera sirvió la sopa humeante y un pedazo de pan, primero a él y luego a sí misma. La carne escaseaba, pero a Stoyan le agradó el aroma de las patatas, las judías verdes y el caldo hecho con los pocos huesos que lograba comprar. En algún momento irían al pueblo del abuelo de Stoyan a ver si sus tíos habían recibido carne para el invierno, la cambiarían por algo, por jabón o por jerséis viejos. Su tía les daría col en vinagre y cebollas de su jardín. Se preguntó si algún ómnibus llegaría hasta allí aquel otoño.

Mientras comían, le contó a Vera el extraño incidente ocurrido durante el ensayo matinal. Se descubrió bajando la voz mientras hablaba, y se abstuvo de mencionar su propia cobardía y el moratón que tenía Velizar en la mejilla. En cuanto comenzó a referirle la historia, deseó no haberlo hecho. Vera se echó hacia atrás en la silla apartándose de la sopa y, con la trenza sobre el hombro, se puso a juguetear con las puntas de su pelo. Stoyan observó cómo se fruncía su frente perfecta y vio en torno a sus ojos luminosos esas arrugas que en aquella época parecían afectar a todo el mundo: arrugas de preocupación e incertidumbre. Casi de miedo, habría jurado Stoyan al verlas en el rostro de su esposa.

Ella meneó la cabeza.

—No debes sentirte culpable, cariño. Gishev estaba destinado a meterse en líos con Samokovski tarde o temprano.

—Me gustaría decirle que no he querido causarle ningún perjuicio. —Stoyan hizo un esfuerzo por comerse la sopa para contentar a su mujer—. Él sabe que admiro su forma de tocar, aunque a veces me parezca…

Estuvo a punto de decir «un asno».

—Esta noche os veréis en el ensayo del cuarteto, ¿no? Puedes decírselo entonces.

Stoyan se había arremangado la camisa para comer y Vera le acarició el brazo con un dedo. Él sintió el impulso de levantarse y tomarla en brazos, apoyar la cara en su cabello, besar su cuello y mordisquear su trenza. Comió otra cucharada de sopa y se limpió los labios con el pañuelo.

—Supongo que podría pasarme por su casa para hablar con él. Seguro que ha vuelto a casa a comer.

Vera ya había empezado a recoger la mesa.

—Yo esta tarde voy a casa de mi madre. Si sales, ¿puedes traer un poco más de pan?

Ninguno de los dos dijo lo obvio: *si es que lo hay*.

—Claro, cariño.

Stoyan se acercó al diván que había junto al fogón, se echó y se tapó la cara con el periódico que encontró allí y cuyos retorcidos titulares había leído por la mañana. Vera lavó los escasos platos en silencio y luego Stoyan sintió que apartaba el periódico un poco para besarle la frente. Mantuvo los ojos cerrados, fingiéndose dormido. Conocía la rutina de su esposa; se cambiaría de vestido en el dormitorio que habían habilitado en una esquina del salón, detrás de una sábana colgada con clavos, se cepillaría el pelo, se maquillaría el cuello con los pocos polvos perfumados que quedaban en su cajita redonda y se enderezaría las costuras de las medias de color oscuro.

Stoyan la oyó cerrar la puerta sin hacer ruido al salir. Luego se quedó allí tumbado un rato más, tratando de dormir. La presencia de Vera era aún más palpable cuando no estaba en el piso; Stoyan la sentía en la cocina, sus muslos largos y redondeados bajo el vestido, la firmeza de sus gestos cuando limpiaba la mesa o cortaba verduras. Vivía acompañado continuamente por su misterio y, cuando ella no estaba presente, una parte de la turbulencia que entrañaba ese misterio parecía disiparse. Le encantaba pasear la mirada por el piso y ver su jersey y su delantal colgados en clavos distintos.

No consiguió conciliar el sueño. Por fin, se levantó, se puso los zapatos y cerró la puerta con llave al salir. Pero, como no quería ir con las manos vacías, volvió a abrir la puerta y entró en el salón. Sacó de entre las partituras su posesión más preciada, comprada en Praga años antes, y la guardó en la bolsa. No tenía intención de prestársela a Velizar, pero se la enseñaría como ofrenda de paz y le contaría cómo la había adquirido. Tal vez pudieran copiarla juntos y arreglarla para el cuarteto. Ya era hora, de hecho, de volver a tocarla. Velizar quedaría fascinado; entendería mejor que nadie (maldito fuera) su importancia, y entendería también que aquel ofrecimiento era un acto de piedad. Stoyan había decidido ya no preguntarle por el moratón de la cara. Pensó en confesarle lo que había dicho y luego se lo pensó mejor. Se limitaría a enseñarle aquella pieza maravillosa y a conversar con él sobre ella. Eso arreglaría las cosas, y sólo le llevaría unos minutos.

El letargo de primera hora de la tarde inundaba las calles; el aire era pesado, se había nublado el cielo y los niños estaban en sus casas durmiendo la siesta. Los abuelos dormirían cerca, en los divanes de las cocinas o en sofás de crin rescatados de entre los cascotes tras los bombardeos. Se acordó de repente del día, cinco años antes, en que los tanques soviéticos entraron en Sofía: los vítores, las armas, las flores. Ahora, en cambio, reinaba la pereza: los jóvenes policías se apoyaban contra las paredes, aburridos, con las armas en el cinto. Un paréntesis de quietud entre las dos y las cuatro, sacrosanto para la ciudad. En algún lugar del centro repicaban las campanas, tal vez en la iglesia rusa. Stoyan no quería esperar ni un segundo más de lo necesario para aclarar las cosas con Gishev. Al cruzar una vieja plaza, pasó junto a dos fuentes ahora secas, junto a un parterre de flores blancas y amarillas y, más allá, junto a un perro atado a una farola, una reliquia (como cualquier mascota) de una época más próspera: cuidado, animalito, alguien podría convertirte en sopa. Saludó al perro con una inclinación de cabeza y el animal se estremeció, pero siguió sentado obedientemente. Encontró la dirección correcta, una calle sombría de casas de finales del siglo anterior cuyas cornisas engalanadas con guirnaldas empezaban a agrietarse y descascarillarse. La calle parecía muy larga y tranquila.

La casa en la que vivía Velizar, como la mayoría de las de la calle, tenía cuatro plantas. Velizar y su familia ocupaban toda la planta baja, que era muy estrecha. Stoyan estaba familiarizado con la casa: Vera y él habían cenado allí dos veces después de sendos conciertos de la orquesta, y un par de inviernos antes Stoyan acudía allí con regularidad para ensayar con el cuarteto. Sabía que, cuando lo invitaran a entrar, reconocería el suelo de parqué, el desvencijado armario antiguo, y quizás incluso la chaqueta negra que Velizar se ponía para tocar con la orquesta, colgada en la entrada. Había coincidido con la esposa de Velizar en varias ocasiones. Era una mujercita morena, de considerable belleza, pero ojerosa y demacrada. Velizar tenía dos hijos, uno de ellos lo bastante joven para vivir todavía en casa de sus padres.

Stoyan se detuvo en la puerta. Para su sorpresa, la encontró entornada. Dentro se oía movimiento. Se preparó para encontrarse con Velizar en el umbral sin previo aviso; luego giró la llave metálica que hacía sonar el anticuado timbre. Como la puerta estaba entreabierta, oyó el chirrido del timbre al resonar en las habitaciones.

No hubo respuesta y, pasado un momento, tocó con los nudillos. Empujó la puerta y llamó suavemente. Pensó en marcharse, o en dejar la partitura encima de la mesa de la cocina. Velizar comprendería enseguida de quién era. Pero sabía que era incapaz de dejarla en ninguna parte, que jamás se desprendería de ella, ni siquiera por espacio de una hora. Entró y cruzó el pequeño recibidor hasta la cocina, desde donde vería si los Gishev estaban en el jardín.

Vivió entonces un instante de irrealidad absoluta y tuvo que girar de nuevo la cabeza hacia la entrada, incapaz de asimilar lo que veían sus ojos. Velizar Gishev estaba en la cocina, pero tumbado en el suelo, sobre lo que parecía ser una manta roja. Su esposa yacía cerca de él, con su hijo junto a ella, con las piernas extrañamente separadas. La manta roja les había calado la ropa. Había una pistola junto a la mano de Velizar, algo apartada de aquel color rojo que iba extendiéndose, una pistola vieja de esas que, heredadas de algún bisabuelo, se exhibían en las vitrinas de los salones. Pero desde la Revolución nadie podía tener armas, ni siquiera sin balas, ni siquiera para adornar el salón. Stoyan vio otra vez el reborde de terciopelo del puño de la chaqueta de Velizar, que ahora reposaba junto a la pistola. La cara de Velizar estaba contraída en una mueca mucho más expresiva que el rictus sardónico que solía adoptar en los ensayos, y parecía tener un agujero negro en lo alto de la frente. Stoyan descubrió que no podía mirar aquel agujero más allá de un instante infinitesimal. Vio una salpicadura roja en la mejilla y la garganta de la señora Gisheva, y sobre el cráneo extrañamente abombado del pequeño, con su cara blanca y serena. Ella había cerrado los ojos. Los hombres (el de mediana edad y el muchacho) los habían dejado abiertos como si examinaran el techo.

Stoyan reparó entonces en que la puerta trasera también estaba entornada y en que otras dos figuras se movían en el minúsculo jardín amurallado. Un olor acre se agitaba a su alrededor. Sintió que debía marcharse, irse de inmediato, pero se quedó al borde de la cocina, donde el charco de sangre no alcanzaba sus pies. Se descubrió mirándose los zapatos para comprobarlo. La gente del jardín vestía uniforme y estaba saliendo por una verja. Cuando Stoyan dio un paso atrás, uno de ellos se giró rápidamente y le vio a través de la ventana de la cocina. Stoyan reconoció su cara: era un voluntario de la milicia del barrio. No recordaba su nombre, sin embargo. Sus ojos se encontraron a través de la ventana: el pelo ralo, la cabeza estrecha. Comprendió que él también lo había reconocido de inmediato. ¿O eran imaginaciones suyas? Tal vez ni siquiera lo había visto. Después, se marcharon cerrando la verja a su espalda.

Stoyan retrocedió junto a la mesa. Una detención a plena luz del día; Velizar, con su vieja pistola de libertador, escondida desde hacía tiempo en un cajón. Los vecinos en casa, pero poco o nada dispuestos a investigar; quizás no era la primera vez que se oían disparos en aquel vecindario, con la cantidad de detenciones que había últimamente. Nadie en la calle. Tres disparos, tal vez los dos individuos uniformados disparando a la vez, sacando sus pistolas rápidamente en defensa propia o con la única intención de cometer un asesinato. Habían olvidado cerrar la puerta delantera de la casa. Y no habían hecho mucho ruido al disparar. Pero ¿cómo era posible? Tenía que haber sucedido un rato antes, puesto que Stoyan no había oído las detonaciones al enfilar la calle. Los hombres uniformados debían de estar conversando en el jardín al entrar él, con las armas de nuevo enfundadas. Se detenía a las personas, se las juzgaba y a veces se las fusilaba, o simplemente desaparecían. Pero no se las ajusticiaba en su casa, de modo que, sin duda, Velizar se había resistido al arresto y lo habían matado en el acto. Y, dispuestos así los cadáveres, parecería un suicidio y dos asesinatos, un crimen familiar.

Stoyan dio media vuelta y salió a toda prisa, dejando la puerta abierta. Oyó pasos a su espalda. Corrió un trecho; luego se obligó a aflojar el paso y procuró controlar su respiración. Había empezado a caer esa lluvia fina y brumosa de principios de otoño. Se metió debajo de la chaqueta la bolsa que contenía su tesoro y siguió caminando con la vista fija en el suelo. Tenía la sensación de que era muy importante que mantuviera el ritmo de sus pasos. Si alguien lo estaba mirando, lo vería poner un pie delante del otro, normalmente. Era como estar en el escenario: fijabas la mente por completo en el arco y en la posición de los dedos, en cualquier cosa menos en el silencio del público, y la mantenías fija allí hasta que la música se apoderaba de todo.

Pensó de pronto en Vera. ¿Qué iba a decirle? Nada, por supuesto. Sería lo menos peligroso. Pero siempre se lo contaba todo.

Comprendió entonces que su penitencia ya había comenzado y que adoptaría muchas formas. Ya se había iniciado, y sólo era el comienzo.

40

Cuando Angelov dejó de hablar, el último sol de la tarde había abandonado las ventanas del estudio dejando su rostro en sombras. Alexandra tenía las manos entumecidas: se había sentado sobre ellas. Había estado mirando fijamente los dientes inferiores del pintor; los de arriba le faltaban, y en cada uno de sus huecos se veía una raíz de color marrón: una imagen horrenda pero fascinadora. Cuando el anciano sonrió, Alexandra se olvidó por completo del espectáculo y vio únicamente sus ojos líquidos en medio de la habitación destartalada.

Y Stoyan se había quedado paralizado, mirando los tres cadáveres tendidos en el suelo de la cocina.

Bobby se levantó despacio, pulsó la llave de la luz, junto a la puerta, y el crepúsculo se disipó de golpe. Irina meneaba la cabeza, la boca curvada hacia abajo.

—Sabía que pasó algo con aquella orquesta. A Stoyan no le gustaba hablar de eso, nunca lo hacía. Pero no sabía que era esto.

—Dios mío —dijo Bobby—. Tuvo que ser muy peligroso para él ser testigo de algo así. ¿Qué le ocurrió después? ¿Se lo contó?

Irina y Angelov se miraron, y Alexandra vio que el pintor bajaba la vista. Bobby tradujo sus palabras:

—Dice que hay más, pero que no está seguro de que deba contárnoslo.

Angelov se volvió y señaló con el dedo. Bobby miró a Alexandra.

—Dice que pongas la bolsa en la mesa y la abras.

Ella obedeció. Pasado un momento, el pintor se levantó y sacó la urna de su envoltorio.

—Sí, fue él quien talló la urna —dijo Bobby—. Dice que fue Stoyan quien le pidió que la hiciera, y de un modo especial.

Angelov tocó el reborde de hojas y flores y levantó la tapa pulida. Hacía varios días que Alexandra no veía la urna abierta, y nunca la había visto despojada por completo de su funda de terciopelo. Sintió un arrebato de intranquilidad, como si dentro pudiera haber algo vivo. Angelov sacó la bolsa de plástico del interior, con su carga de cenizas grises y blancas, y la depositó con mucho cuidado sobre la mesa. A continuación metió la mano dentro de la urna vacía y la giró. La levantó de nuevo y presionó en un lado del fondo, y Alexandra vio casi antes de que las piezas se separaran que tenía que haber otro compartimento debajo, una base deslizante casi invisible salvo para aquél que la había construido. Angelov dejó a un lado la parte de arriba de la urna y les enseñó la caja oculta, cerrada con su propia tapa. Sus dedos carcomidos temblaban. Se detuvo, dijo algo y Bobby tradujo sus palabras para Alexandra:

—Dice que está incumpliendo una promesa.

Abrió la tapa de la caja. Dentro había un fajo de papeles doblados, grueso y amarillento. Lo miraron todos en silencio.

—Dios mío —dijo Irina, inclinándose hacia delante—. ¿Esto lo sabe mi hermana?

—*Ne* —contestó Angelov. Levantó despacio los papeles—. Sólo yo.

Alexandra vio que se había puesto pálido. Desdobló los pliegues del papel. Las hojas, muy finas, crepitaban como papel de máquina de escribir y estaban cubiertas por una letra muy bella y regular, en caracteres cirílicos. El pintor las alisó sobre la mesa.

—Tiene título —le dijo Bobby a Alexandra—. Dice: «Una confesión, por Stoyan Lazarov». Y también hay una fecha: 1991. Escribió esto justo después del cambio de régimen. —Miraba con intensidad la parte de arriba de la página—. Y aquí arriba, en una letra distinta, pone: «Sólo Milen Radev sabe…». Pero es como si la frase no estuviera acabada.

Irina agarró la mano de Alexandra con tanta fuerza que le hizo daño.

—¿Milen Radev? ¿Qué más dice? —preguntó.

Angelov desplegó las dos primeras páginas para que las vieran.

—Creo que son unas memorias —dijo Bobby—. Parece que empiezan con… Es muy extraño. Empiezan con la historia que acaba de contarnos el señor Angelov acerca de la muerte del violinista de la orquesta de Stoyan Lazarov en Sofía.

Angelov dijo algo y Bobby escuchó un momento asintiendo con la cabeza.

—Stoyan le pidió que hiciera la caja para esconder en ella el relato y que nunca se lo contara a nadie a no ser que una vida dependiera de ello. Ahora quiere leértela. Dice que su vida no depende de ella, pero tal vez la nuestra sí

Libro 3

41

1949

Yo sabía que algo iba a pasar, pero no sabía qué.

Que llamaran a la puerta en torno a medianoche fue casi una satisfacción: la nota final de una melodía que me había rondado en sueños toda la noche. Me acerqué todo lo que pude a la nuca de Vera sin molestarla. Se removió, soñolienta, y le dije:

—No, no, tú duerme. Voy a ver quién es.

Llamaron otra vez, con más fuerza. Me puse mi chaqueta vieja, la que usaba como bata. Crucé la sábana que nos servía de tabique y atravesé el salón hasta la puerta del piso. La abrí rápidamente, para no darme tiempo a pensar. Tenía que abrir, eso era indudable. Si no abría, sólo conseguiría empeorar las cosas.

Había tres hombres en el pasillo. Vestían chaquetas sencillas y se cubrían la cabeza con sombreros negros corrientes. No llevaban uniforme.

—¿Ciudadano Stoyan Lazarov? —preguntó uno.

Me di cuenta entonces de que hacía algún tiempo que nadie se dirigía a mí formalmente, como no fuera para llamarme «camarada». La Revolución ya había prescindido de mí.

—Sí —contesté—. ¿En qué puedo servirles?

Otro de aquellos hombres se echó a reír y los tres avanzaron, de modo que tuve que retroceder para dejarles entrar en el piso. El último en pasar cerró la puerta. El que había hablado se puso delante de mí, muy cerca, como para impedir que me moviera. Yo no me moví. Los otros dos recorrieron rápidamente el salón, sacando libros de las pocas estanterías y moviendo los enseres de cocina de aquí para allá en el rincón donde cocinábamos. Incluso miraron debajo de la tapa del fogón. Yo no sabía si buscaban algo en particular o sólo querían manosear mis pertenencias.

Como me temía, el ruido sacó a Vera de la cama. Levantó la sábana que nos servía de puerta y salió en medio de aquellos hombres, bellísima con su camisón descolorido y su cabello largo y alborotado. Traté de acercarme a ella, pero el simio que me cortaba el paso me agarró del brazo para que no me moviera. Vera miró aquel desorden, miró a los dos hombres que registraban nuestras cosas y luego me miró a mí, y el miedo se apoderó de su rostro. Cruzó los brazos con fuerza y retrocedió hacia el dormitorio. Yo juré para mis adentros que si alguno de aquellos hombres la tocaba pelearía hasta que me mataran, pero tras lanzarle una o dos miradas siguieron a lo suyo.

—Aquí no hay más que libros, camarada —le dijo uno de ellos al que me retenía—. Libros fascistas. —Levantó una historia de la música en alemán que compré en Viena, y una novela francesa salvada de la biblioteca de mi suegra—. Propaganda fascista.

—El *roman* está en francés, en realidad —dije—. Un idioma completamente distinto.

Vera me lanzó una mirada implorante.

—Debería darte vergüenza —dijo el hombre que me vigilaba y noté que, curiosamente, hablaba en serio—. Guardar asquerosa propaganda fascista.

—Aquí no hay propaganda —repuse yo con la mayor firmeza de que fui capaz—. Regresé a Bulgaria antes de que empezara la guerra. Además, la propaganda es muy aburrida de leer.

Me sorprendió oírme hablar así, pero no podía refrenarme.

El hombre me zarandeó por el brazo. Sus dedos empezaban a clavárseme en la piel.

—De todos modos vas a tener que venir a la comisaría para que comprobemos tu identidad. No traigas nada, excepto tu carné. No tardaremos mucho.

—Estoy en pijama —dije.

—Pues vístete, hombre. —Me empujó hacia el dormitorio—. Y no la toques. Siéntate aquí, por favor, camarada —le dijo a Vera indicando una silla. Ella se acercó a la silla temblando—. Y tú date prisa.

Entré en nuestro dormitorio, detrás de la sábana, aunque me daba pavor perder de vista a Vera aunque fuera sólo un segundo, y me vestí lo más deprisa que pude. No sé por qué, pero alargué el brazo hacia mi violín, que siempre tenía a mi lado por las noches, y lo metí debajo de la cama. Confiaba en que no registraran el dormitorio. Allí no teníamos libros, de modo que tal vez no sintieran curiosidad, y tal vez el instrumento saliera indemne. Pero en todo caso prefería ocultarlo.

Salí con la ropa de calle puesta y me incliné para besar a Vera al pasar junto a su silla, aunque el matón que llevaba la voz cantante me lanzó una bofetada. Vera se esforzaba por no llorar delante de ellos. Sus rodillas temblaban visiblemente. De alguna forma conseguí calzarme junto a la puerta del piso y mantuve la cara vuelta y los ojos fijos en ella hasta que me sacaron a empujones por la puerta. La cerraron casi sin hacer ruido a mi espalda. Quizás no querían alertar a los vecinos de nuestro rellano. Ignoraba por qué habrían de tomar esa precaución teniendo en cuenta que llevaban un rato revolviendo cosas y tirándolas al suelo. Pero el caso es que no se abrió ninguna puerta; nadie se asomó a ver quiénes eran aquellos hombres ni adónde me llevaban. Bajamos las escaleras sin hablar. No me habían esposado, ni apuntado con una pistola. Supongo que sabían que los acompañaría sin rechistar. Fuera era aún de noche y un par de farolas brillaban cerca del puente. Me pregunté fugazmente si pensaban atarme y arrojarme al río, o darme una paliza en un callejón, pero me condujeron en silencio hasta la comisaría de policía, que estaba sólo a ocho manzanas de allí.

La niebla se había insinuado en algunas de las calles heladas y vi que mi aliento la emulaba mínimamente, y oí el eco de nuestros pasos en el pavimento, como si estuviéramos muy lejos de nuestros cuerpos. Nos adelantó un carro tirado por un caballo, una carreta de transporte. El conductor llevaba la cabeza gacha; parecía haberse quedado dormido en el pescante. No había luces en las ventanas de las casas y me pregunté si alguna vez volvería a ver luces. Sabía que iban a decirme que había obrado mal. Y sabía que, de hecho, así era. Hablé conmigo mismo para mis adentros sobre lo que les diría cuando me interrogaran. Estaba, por un lado, la verdad y, por otro, Vera y lo que podía pasarle si decía la verdad.

Cuando llegamos a la comisaría, me hicieron pasar por una puerta trasera. Yo había estado en el edificio varias veces antes, en la planta baja, para registrarme y registrar a Vera y sacarnos el carné de identidad, después de la guerra. Y luego también otra vez para informar de la muerte de un vecino anciano cuyo cadáver había descubierto plácidamente tumbado en el umbral de su piso, una planta más abajo. Pensé por un instante en su sonrisita, en la expresión de su cara, como si hubiera decidido echarse una siesta en un lugar extraño. Oí el golpe en el pasillo y salí todavía con el violín y el arco en la mano. Vera y yo volvimos a meterlo en su piso y lo tumbamos sobre la cama, porque los vecinos con los que compartía casa estaban trabajando y su esposa había muerto hacía tiempo. Vera lloró por él, aunque apenas lo conocía. Y yo me acerqué andando a la comisaría para informar a los jóvenes agentes que estaban de guardia: una muerte apacible, debidamente notificada. Me pregunté quién informaría de mi muerte si algún día caía fulminado sobre el umbral de mi casa. Confiaba, al menos, en no llevar en la mano mi violín para que no sufriera ningún daño, y en que no fuera Vera quien me encontrara. Confiaba en que no enfermara de preocupación mientras yo estuviera detenido. Cuando me soltaran, me iría derecho a casa; no correría, iría caminando, pero a buen paso.

La comisaría estaba mal iluminada (la electricidad se racionaba de madrugada), y detrás del mostrador había sentado un guardia, medio dormido. No se parecía al joven que me había acompañado para ver a mi vecino, apaciblemente dormido. Hizo una seña con la cabeza a los agentes y uno de ellos varió la presión con la que me sujetaba del brazo, pero nadie dijo nada. Me condujeron a una escalera al fondo de la entrada. Empecé a notar calambres en el estómago al darme cuenta de que íbamos a bajar, en vez de subir. No sé por qué, esperaba que me llevaran a un despacho de arriba para interrogarme. Sabía que no sería así, desde luego, pero en esos momentos uno trata de no recordar lo que recuerda, de olvidar los rumores que ha escuchado. La escalera olía a moho y las paredes estaban manchadas de humedad; se habría dicho que estábamos entrando en una cueva. Nuestros pasos sonaban suaves, amortiguados. Yo quería darme la vuelta y echar a correr, pero me dije que no debía hacer nada delante de aquellos hombres que pudiera interpretarse como un signo de temor o que les diera una excusa para retenerme más de lo necesario.

Al final de la escalera había un pasillo corto y húmedo. Uno de los hombres sacó unas llaves y abrió una puerta. La abrió y yo me quedé allí parado un momento. No quería entrar a menos que tuviera que hacerlo, y me preguntaba si me encerrarían allí si entraba y por cuánto tiempo. El hombre parecía esperar que entrara, o quizás esperaba algún indicio de duda. Sucedió todo tan deprisa que por un momento no supe de dónde venía el golpe. El canto de su mano me cruzó la nariz con tal fuerza que me la dejó entumecida, como si un tren hubiera pasado rozándome la cara. El dolor pareció llegar antes que el golpe. Vi nubes y cometas a mi alrededor y sentí que me tambaleaba. Noté el líquido que me salía por la nariz y se me metía en la boca, con su sabor a óxido, más sorprendente aún que el dolor. Pero lo más sorprendente de todo era la claridad de mis pensamientos: nadie me pegaba desde quinto curso, cuando Dimitar, el de la calle de al lado, me dio un puñetazo en la boca porque me gustaba su hermana. Yo también le pegué, aunque con poca eficacia. No me habían golpeado ni antes ni después de aquello. Esta vez, dejé los brazos colgando a los lados, estupefacto. Mis padres no creían que hubiera que pegar a los niños, y yo había vivido desde la infancia rodeado de músicos, que no se pegaban ni aunque ansiaran hacerlo, por miedo a hacerse daño en las manos.

Uno de los hombres me hizo entrar de un empujón y yo eché a andar para no caerme de bruces. La sala era más grande de lo que esperaba y parecía invadida por una oscuridad borrosa que yo temí que fuera producto de mi vista. Me acerqué la manga a la nariz para detener la hemorragia. La puerta se cerró a mi espalda y la cerradura giró ruidosamente. En una esquina, la oscuridad comenzó a moverse: un chico se removió en el suelo y se puso en pie. Otro hombre permaneció sentado; vestía chaqueta oscura y gorra y su cara envuelta en sombras me observaba con interés. El chico fue el primero en hablar, en voz baja:

—¿Estás solo?

Me limpié la nariz y apoyé una mano en la pared. Me costaba pensar, cuanto más comprender su pregunta. Oía aún un agudo pitido dentro del cráneo.

—¿Solo? —pregunté—. No. Estoy con vosotros.

—No, no. —Levantó una mano a modo de explicación—. ¿No han traído a nadie más contigo? Dijeron que se ocuparían de nosotros cuando fuéramos cuatro.

—Entiendo.

El chico volvió a sentarse en el suelo y yo me deslicé a su lado y tomé asiento. Habíamos bajado la voz hasta susurrar.

—¿Qué más dijeron?

—Nada —contestó el muchacho—. A mí me trajeron de la calle a medianoche. Mi madre no sabe dónde estoy. —Apoyó su cara en las manos.

—Pronto estarás de vuelta en casa —dije yo, tanto para mí mismo como para él, y los dos nos limpiamos la nariz.

El otro hombre aún no había abierto la boca, ni siquiera para susurrar. No lo veía con claridad, pero parecía mayor que yo, de mediana edad, quizás, y su cara era un semicírculo bajo la sombra de la gorra.

—Nos dijeron que no habláramos entre nosotros —susurró el chico, y nos quedamos los dos callados hasta que se oyó un estruendo más allá de la puerta.

Ésta se abrió de nuevo y reaparecieron los tres hombres, arrastrando a otro que parecía muy borracho.

—Maldito criminal —dijo uno de los policías.

El borracho avanzó a trompicones. Tenía el cabello rubio y la cara achatada, y había manchas de sangre y porquería en su camisa, que en algún momento había sido blanca. Vestía, además, un delantal blanco, como un camarero de otro tiempo. Pero también el delantal estaba manchado. Lo metieron a empujones en la celda y a mi lado el chico agachó la cabeza para quitarse de en medio.

—¿Y tú qué miras? —preguntó el policía—. ¿Es que nunca has visto un *nemet*, un cerdo de Hitler?

—Pero yo no soy alemán —farfulló el hombre en búlgaro.

Estaba tan borracho que no pude distinguir si hablaba con acento.

—Da igual —dijo otro policía—. Alemán o búlgaro, eres un ladrón y un jugador. Siéntate en el suelo. Y vosotros no creáis que no os merecéis esta compañía. La verdad es que deberíais estar limpiándole las botas. Por lo menos él es un delincuente a carta cabal y no un espía. A no ser que sea un espía alemán.

El chico se acobardó, pegado a la pared. El de la gorra no se había movido, pero la luz que entraba por la puerta me permitió ver el cambio que se operaba en sus ojos oscuros. Mi cara pareció despertar de pronto a aquel calvario. Sentí que mi nariz empezaba a palpitar de dolor. Los policías nos miraron. El más corpulento, que parecía ser también el de más edad, dijo:

—El jefe tiene que haceros unas preguntas, antes de nada.

¿Antes de qué?, me pregunté. Esperaba que me interrogaran, pero ¿qué más vendría después?

El policía cruzó los brazos como si le estuviéramos haciendo esperar.

—¿Y bien? ¿Quién quiere ser el primero?

—Bah, elige a uno y ya está —masculló el que había llamado fascista al rubio.

El más grandullón, que parecía ser su superior, ya fuera por rango o por acuerdo tácito, no le hizo caso.

—¿Qué? ¿Quién va primero?

Yo quería en parte ofrecerme voluntario, porque tal vez así pudiera volver antes con Vera y porque estaba seguro de que podía responder a cualquier pregunta que me hicieran, salvo quizás a la más difícil. *¿Ha visto algo extraño últimamente?* O quizás, *¿Dónde estuvo ayer por la tarde?* Si de verdad tenía algo que confesar, no era lo que ellos querían oír.

El hombre de la gorra se levantó de pronto sin decir nada. Los tres policías se miraron y el grandullón se encogió de hombros. Se llevaron al hombre y echaron la llave al salir. La salita quedó otra vez casi a oscuras, y al principio sólo oí las voces de los policías en el pasillo mientras abrían y cerraban otra puerta, a cierta distancia. Se oyeron luego golpes sordos y chirridos, como si estuvieran moviendo muebles. A continuación hubo un largo rato de silencio durante el cual oí un murmullo que fue convirtiéndose poco a poco en un grito y, más cerca, el ruido de los ronquidos del borracho que dormía en un rincón. Olía a moho a nuestro alrededor. El chico parecía intentar dormir, pero respiraba agitadamente y estaba tan asustado que yo dudaba de que pudiera pegar ojo. Los gritos sonaban impacientes, exasperados, no eran gritos de dolor, y empecé a preguntarme si el hombre de la gorra seguía guardando silencio. Tal vez tuviera algo importante que esconder. Pero yo también lo tenía, me dije. ¿Qué les diría cuando llegara mi turno? El crimen que tenía que esconder no lo había cometido yo. Era más grave, en realidad, puesto que lo habían cometido ellos. Si el hombre de la gorra había robado algo o de verdad guardaba propaganda fascista, tal vez guardara silencio para proteger a otras personas.

Se oyó entonces un sonido peor que los gritos: el gruñido salvaje de alguien que intenta no gritar. Yo había oído ese sonido sólo una vez antes, de niño, cuando mi tía estaba dando a luz atendida por el médico, en la casa de la familia. Se suponía que yo no debía estar allí, en el pasillo; volví desobedeciendo órdenes, a buscar una pelota que quería llevar al patio del colegio. Aquel gemido animal proferido entre dientes... Sentí ya de niño que no se debía al valor, sino a la convicción de que gritar sólo aumentaría el dolor, a la certeza de que, una vez empezaran los gritos, ya no habría forma de detenerlos.

De modo que aquel interrogatorio entrañaba algo más que preguntas. ¿Estaban castigando a aquel hombre por negarse a hablar? ¿O quizás por algo que había dicho? ¿Y en qué consistía el castigo? Yo tenía las manos y el cuello bañados en sudor.

El chico se arrimó a mí y se apretó contra mi codo en la oscuridad. Deseé que se apartara para poder concentrarme en aquel nuevo sonido, pero dejé que descansara allí. Sabía Dios lo que sería de él cuando le llegara su turno. Resolví adelantarme a él. Al menos, eso.

La puerta del otro lado del pasillo se abrió bruscamente y un instante después se abrió también la puerta de nuestra celda. Era el policía más corpulento.

—No hay nada que hacer —masculló como si hubiera estado intentando arreglar una máquina defectuosa que no servía para nada—. Vosotros, vamos. A lo mejor servís de inspiración a ese descerebrado.

El chico se agarró a mi brazo y avanzamos juntos por el pasillo, pero dos de los policías tuvieron que llevar a rastras al borrachín. Me dio envidia su inconsciencia, aunque ¿qué le esperaría al despertar? La otra celda estaba más iluminada y pude ver al hombre de la gorra tumbado en el suelo, boca arriba, con las piernas apoyadas en una silla. De pie, a su lado, había un policía al que no habíamos visto antes. El hombre estaba descalzo. Sus zapatos y sus calcetines mal remendados descansaban en un montoncillo, en el suelo. Vi de pronto las manos de Vera alineando pulcramente mis dos pares de zapatos y un par de botas en el estante bajo de nuestro salón.

Al hombre se le había caído la gorra, o puede que se la hubieran quitado de un zarpazo. También yacía a su lado, en el suelo. Tenía la cabeza calva, con una franja de pelo gris alrededor de las orejas, y un verdugón intensamente rojo cubría un lado de su cráneo reluciente. Su cara tenía un color ceniciento, y morado en las mejillas. Cuando entramos a trompicones en la celda, se volvió ligeramente, jadeando, y luego apartó la vista como si le diera vergüenza que lo viéramos en aquella postura. Desde el lugar que ocupaba en una esquina, vi de pronto que le sangraban las plantas de los pies, cruzadas por largos cortes abiertos. Me di cuenta entonces de que el policía sostenía en la mano un cordón, y que el cordón estaba hecho de metal finamente trenzado y manchado de restos de piel y sangre. Me sorprendió fugazmente aquella tortura tan modesta: sólo las plantas de los pies, no la espalda desnuda, ni el potro medieval, ni el aceite hirviendo. Me fijé de nuevo en la cara entre gris y verdosa del hombre y me acordé de la exquisita sensibilidad de aquella zona, la planta del pie. Parecía a punto de desmayarse y habíamos oído sus gemidos.

El policía desconocido ordenó que nos pusiéramos en fila.

—¿Veis lo poco que colabora este hombre? Es un traidor, pero aun así le iría mejor si nos dijera la verdad. ¿Queréis que a vosotros os pase lo mismo?

El chico temblaba a mi lado, y yo cerré con firmeza la mano sobre su muñeca, deseando que se estuviera quieto. Sorprendentemente, fue el borracho quien habló por todos nosotros. Apoyado contra la pared, sonrió.

—No —dijo—. No, no, no. No queremos líos.

El policía grandullón puso los ojos en blanco.

—¿No queréis líos? Ya estáis metidos en uno, amigo mío.

—Supongo que sí —repuso el borracho amablemente.

—Vosotros dos —dijo el policía con el cordón en la mano—, ¿queréis que os interroguemos juntos? Tenemos poco tiempo.

Aquello hizo que mi corazón diera un brinco de esperanza. Estaba claro que pensaban soltarnos antes de que el día estuviera muy avanzado. Seguramente, tenían otras cosas que hacer, o puede que no quisieran que se corriera la voz de que retenían a la gente durante la jornada laboral.

—Sí, por favor —contesté con toda la claridad de que fui capaz.

—Bueno, entonces tú puedes ser el primero.

Apartó la silla de debajo de los pies del hombre callado, que cayeron al suelo tan violentamente que temí que se le rompieran los huesos. El hombre se retorció un poco hacia un lado, separando con esfuerzo los pies del cuerpo, y gruñó de nuevo.

—Siéntate aquí.

Me senté en la silla. Noté aún el calor de las piernas del hombre en el asiento.

—Mis compañeros me han dicho que estás aquí por posesión de propaganda fascista.

No era una pregunta, así que guardé silencio. Tenía que probar aquella táctica. Pero sólo parecía hacerle enfadar.

—¿Y bien? ¿Has estado almacenando propaganda fascista?

Lo miré con cautela, aunque el corazón me latía con fuerza y el sudor me corría por el cuello. Como el hombre de los pies cortados, el policía ya no llevaba su gorra, y vi las rayas que dejaba el peine en su cabello negro embadurnado con fijador: describían círculos en lo alto de su cabeza roma. Tenía el tipo de piel en el que la barba comienza a aparecer de nuevo a las pocas horas del afeitado, como si algo oscuro pugnara continuamente por salir a través de sus poros. Sus ojos, grandes e inteligentes, habrían resultado agradables en un rostro más amable. Me pregunté quién era (aparte de ser búlgaro, como yo, y sacarme apenas unos años), de dónde venía y quiénes eran sus padres. Su camisa parecía muy limpia. Hablaba con acento *shopis* de la región de Sofía, pero no de la ciudad misma. Parecía proceder de alguna zona rural.

—No, yo no almaceno nada —contesté.

—Encontramos material interesante en tu casa —afirmó bajando la voz como si aquello fuera algo que debía quedar entre nosotros dos—. Libros en alemán, por ejemplo, y otras obras decadentes.

—Tengo algunos libros en alemán, sí —dije—. De poesía y de historia de la música. No de propaganda.

—Entonces ¿tienes tiempo para leer poesía alemana? —preguntó—. ¿Tienes tiempo de leer el idioma de nuestros enemigos mientras tus camaradas trabajan por construir una nueva nación a base de sangre y sudor?

Pensé en la sangre del cordón que sostenía en la mano. Como si me hubiera leído el pensamiento, entregó el látigo a otro policía y se enrolló cuidadosamente las mangas de la camisa, que ya estaba arremangada en parte. Se acercó a mí.

—¿Por qué estás contra el Partido?

Traté de carraspear.

—No he dicho que lo esté.

—¿Eres vienés?

—Sólo estudié allí… unos años —respondí—. Soy de Sofía.

—¿Y qué te trajo de vuelta a Sofía desde tu nueva patria?

Los otros policías cambiaron de postura o irguieron los hombros. Pensé entonces que, de todo aquello, lo que menos les gustaba era la charla.

—Mi patria es Bulgaria —contesté con firmeza—. Volví aquí… —Iba a añadir «porque mis padres eran mayores y estaban preocupados por mí», pero de pronto no quise mencionarlos—. Volví por la guerra.

—¿Podías permitirte ir y venir desde el otro lado de Europa a capricho?

—En Viena era un estudiante pobre —respondí, procurando mantenerme muy quieto. No quería que me viera temblar.

—¿Pobre, tú? —dijo—. ¿Estudiando en el extranjero mientras nuestros campesinos sufrían bajo el yugo capitalista?

Casi me eché a reír. Hacía ya varios años que veíamos aquella coletilla en los periódicos o la oíamos vociferar con megáfonos en los mítines políticos, pero yo aún no tenía asimilado que había personas corrientes, incluso policías, que hablaban así, y con toda seriedad. Me refrené a tiempo, horrorizado.

—Confiaba en que mi trabajo como músico hiciera que mi país se sintiera orgulloso de mí —aduje—. Por eso fui a estudiar a Viena. Me hirieron en el 45, combatiendo a los alemanes.

Se me acercó y me miró fijamente a la cara. Vi bajo sus ojos una franja de color púrpura. Llevaba toda la noche trabajando y estaba casi tan cansado como yo, aunque no tan asustado. Me pregunté cómo se llamaría. Se parecía muchísimo, tanto de cara como en complexión, a un niño que yo recordaba de mi clase en el *gimnasium*, pero en versión adulta, aunque indudablemente no era él. Éramos de la misma estatura. Nos imaginé a ambos jugando al balón en un patio de escuela amurallado, gritándonos el uno al otro.

—¿Qué instrumento tocas? —preguntó.

—Soy violinista —dije.

Absurdamente, el amor que sentía por el violín inundó mi corazón incluso allí, en una celda policial. Me encantaba decir esas palabras y todo lo que había volcado en ellas.

—Déjame verte las manos.

Entonces, por primera vez, se apoderó de mí un miedo frenético. Hasta ese momento no me había considerado vulnerable, como un alcohólico, un muchacho o un campesino taciturno. En mi mundo, siempre se me había considerado no sólo digno de estima, sino excepcional.

—Tus manos —repitió lentamente.

Las mantuve a la espalda un instante y luego las tendí hacia él. Nunca, en las infinitas horas que había pasado observando sus evoluciones con el arco y el diapasón del violín, me habían parecido tan alejadas de mi cuerpo, tan desnudas. Al verlas bajo aquella desabrida luz eléctrica, se me antojaron extrañamente largas y finas, con las articulaciones ya ligeramente inflamadas, el pulpejo musculoso de los pulgares, las puntas de los dedos aplanadas, la derecha un poco más grande que la izquierda, con ese preciado callo en el lado central izquierdo del dedo índice, y otro callo en la yema del pulgar, justo a la derecha. La gente dice a veces «conozco tal o cual cosa como la palma de mi mano»; yo conocía mis manos como la palma de mi mano, como objetos de incalculable valor. Si las posaba sobre una mesa con las palmas hacia arriba, los dedos de la izquierda se curvaban más que los de la derecha. Al igual que mi pierna, mi brazo izquierdo había quedado para siempre un poco agarrotado debido a las heridas de metralla. Al extender mis manos ante aquel policía *shopis*, me asaltó la extraña sensación de que iba a leerme el porvenir o a alabar su extraordinaria forma, como hizo mi primer maestro en Viena. («Así que éstas son las manos que se dan en las montañas balcánicas», dijo en un tono al mismo tiempo condescendiente y admirativo.)

El policía cogió una de mis manos. La sostuvo un momento tan delicadamente que sentí las callosidades de su palma y luego, con la otra mano, me rompió en un abrir y cerrar de ojos la articulación superior del dedo meñique.

El dolor tardó más en hacerse sentir que la pena y la rabia: un daño atroz que tardaría meses en curar. ¿Y si nunca llegaba a curar del todo? Sentí entonces un instante de alivio. Me había roto un dedo del arco, de la mano derecha, no de la izquierda. Entonces, un calor abrasador me subió súbitamente por el brazo. Traté de apartar la mano, pero el policía la agarraba con una fuerza alarmante. Pensé en el hombre callado, que ahora yacía a nuestros pies con los ojos cerrados, y me mordí el labio. Me preguntaba por qué no lo había previsto, por qué no me había apartado o había tratado de escabullirme. Tal vez, si hubiera perdido los nervios y les hubiera agredido, me habrían lacerado los pies o la espalda dejando mis manos en paz. El dedo empezaba ya a inflamarse y enrojecer.

—Duele, ¿eh? —dijo el policía muy serio—. Seguro que sí. Tus manos no valdrán un pimiento rotas, ¿verdad que no? Eso, por lo menos, es lo que sé de música. Mi abuelo era músico. No querrás arriesgarte a perder otro dedo, ¿verdad? ¿O una mano entera? Y tampoco querrás seguir esparciendo mentiras decadentes con tus libros, ¿verdad que no?

Dobló hacia atrás otro de mis dedos a modo de advertencia y pensé de nuevo que era mi mano derecha la que estaba en peligro, no la izquierda. Otro de los policías se inclinó hacia él y le susurró algo al oído. Me dolía tanto la cabeza que no entendí lo que decía.

El policía que agarraba mi mano me lanzó una mirada.

—No vas a informar de nada que hayas visto estos últimos días, ¿verdad que no?

—Yo no he hecho nada malo. —Procuré hablar despacio para que no me temblara la voz.

—¿Quieres decir que no has visto nada de lo que quieras informar? ¿Es eso?

Entendí por su tono que la respuesta correcta era un no rotundo. Quería que recordara esa respuesta. Me pregunté por qué no había querido hablar conmigo a solas, pero me alegraba de que el chico y el borracho estuvieran allí, conmigo, y hasta de que estuviera presente aquel pobre hombre con los pies lacerados asomando, torcidos, de las perneras de sus pantalones. Quizás sólo querían que dijera que no delante de testigos.

—No he hecho nada malo —repetí.

Habían empezado a temblarme las manos, de dolor y de pánico. Me dio por pensar que, si seguía repitiendo la misma frase, los policías no se atreverían a describir delante de los demás lo que sabían que había visto (si es que lo sabían), y yo no tendría que mentir… ni reconocerlo en voz alta.

—Supongo que no —dijo de repente soltando mi mano—. Ve a sentarte allí.

Me senté contra la pared, apoyando las manos en las rodillas mientras trataba de recuperar su control. Aquél fue el principio de esa larga bifurcación en la que se convirtió mi vida: obedece, aborrécete a ti mismo y sobrevive; desobedece, redímete y perece. Más tarde comprendí con qué facilidad y rapidez me inculcaron aquella noción: sólo tuvieron que romperme el meñique. No sé por qué razón decidieron no golpearme.

El policía puso otra vez la silla de lado y apartó al hombre callado de un puntapié. Le dijo al chico:

—Quítate los zapatos y los calcetines.

El chico lloriqueó un poco, pero se mostró valiente. Cuando empezaron a azotarle los pies, se puso a gritar de inmediato, como si quisiera acabar con los gritos cuanto antes o instituir firmemente aquel sonido en la atmósfera de la habitación.

Más adelante, en sueños, me abalanzaba sobre ellos, les quitaba la trenza ensangrentada de las manos, les oprimía el cuello con ella y los ataba con una cuerda que me sacaba del bolsillo. El borracho se espabilaba y cargaba sobre sus recios hombros al campesino despojado de su gorra. Yo cogía al chico en brazos y lo llevaba a casa, sano y salvo, con Vera.

Pero eso sólo sucedía en sueños.

42

Bobby se detuvo para aclararse la garganta. Irina estaba muy pálida, apoyada contra el hombro de Lenka. Angelov permanecía sentado, con las manos romas cruzadas sobre la mesa y el rostro demudado. Para Alexandra, aquélla era la primera vez que las palabras no eran únicamente un medio de expresión, sino algo tangible. Había leído poesía y novela, y había extraído placer de su lectura. Había leído también algo de Historia, y le había causado dolor. Pero aquello iba más allá. Bobby continuó leyendo al cabo de un momento; leyó en voz alta, hasta el final, las páginas quebradizas, traduciéndolas lentamente al inglés, y ella supo que vería su realidad una y otra vez con el ojo de la imaginación, durante días y días.

Fue a Irina Georgieva a quien se le ocurrió una nueva posibilidad. Estaba secándose la cara con un pañuelo que llevaba en la manga.

—Stoyan escribió en la primera página que sólo Milen Radev estaba al corriente de esto.

—Pero tampoco sabemos dónde está —objetó Bobby.

—No —repuso ella—, pero me estaba acordando de su sobrina. —Irina conversó brevemente con Angelov, que meneó la cabeza en un gesto de asentimiento—. Mi hermana y Milen iban a menudo a ver a Bogdana, la sobrina de Milen, a Yambol, y ella también los visitaba a veces. Les tiene mucho cariño, a ellos y también a Neven. Lenka la llamó esta mañana para preguntarle si por casualidad habían ido a Yambol. Puede que Bogdana sepa si Milen Radev tiene más información sobre la urna.

—¿Y han ido allí? —Alexandra empezó a levantarse de su asiento.

Irina suspiró.

—Me temo que no. Bogdana me dijo que hace mucho tiempo que no van a visitarla. Pero Milen la llamó hace unos diez días para decirle que pensaban enterrar las cenizas de Stoyan. Y prometió que irían a verla pronto. Le dijo que no fuera al entierro porque iban a hacerle una despedida muy sencilla en el monasterio de Velin. Ella siempre tiene mucho trabajo, y de todos modos Stoyan llevaba ya dos años muerto. No ha vuelto a tener noticias desde entonces, ni ha podido contactar con ellos. Me dio la sensación de que estaba preocupada por algo y no quería decirme qué era. Le expliqué que tengo unos amigos que quieren devolverles una cosa, por si acaso Milen vuelve a llamarla.

Bobby parecía pensativo.

—¿Cree que podríamos ir a hablar con ella? ¿O que ellos podrían ir de camino hacia allí?

Irina asintió.

—Sí, a mí también se me ha ocurrido. Además, Bogdana conoce muy bien a su tío. Os daré su número de teléfono y la avisaré de que vais para allá. Puede que Milen le haya contado algo, si ha estado preocupado estos dos últimos años. Quizás incluso sepa qué más le contó Stoyan.

—¿Dónde está... Yambol? —Alexandra sintió que algo parecido a la esperanza brotaba detrás de sus ojos.

—En el este de Bulgaria.

Trató de recordar el mapa de su guía turística, con el mar en el extremo derecho. Irina apoyó la cabeza en las manos.

—Pero primero tenéis que llevarme a Plovdiv. Si nos vamos ahora mismo, podemos estar en casa esta noche, aunque lleguemos muy tarde. Me temo que, después de esto, estoy demasiado cansada para seguir viajando.

Angelov estiró el brazo y tocó su hombro. Bobby había arrugado el ceño.

—¿Y si, al ir a ver a la sobrina de Milen, también la ponemos a ella en peligro?

—Bien, debéis contarle lo que sabéis, para que esté avisada. Creo que, si su tío y Vera están metidos en un lío, querrá saberlo. —Irina se atusó el pelo con mano temblorosa—. He decidido que quiero que os llevéis la urna. Estoy segura de que vais a encontrarlos, o de que se pondrán en contacto con vosotros, y así podréis devolvérsela de inmediato. Pero, si no lo conseguís, tenéis que llevármela otra vez enseguida.

—Voy a pedirle a *gospodin* Angelov que vuelva a ponerle la base —dijo Bobby—. No debe parecer alterada cuando la vean Vera y Neven.

O cualquiera que trate de apoderarse de ella, se dijo Alexandra. El viejo pintor pareció entenderlo; se levantó y comenzó a encajar la base con delicadeza, sin devolver el manuscrito a su lugar.

Irina asintió.

—Sí. Creo que deberíamos hacer al menos dos copias de estas páginas antes de que os marchéis de Plovdiv. Yo guardaré una y vosotros podéis llevar una copia y el original por separado, en vuestras bolsas. Cuando encontréis a mi hermana, podéis volver a meterlo en la urna.

Alexandra fue a sentarse junto a la anciana y apoyó la cabeza en su hombro, semejante a una afloración rocosa. Irina la rodeó con el brazo.

—Ay, querida mía —dijo—, vámonos. Despedíos de *gospodin* Angelov. Hemos de darnos prisa.

El viejo había vuelto a meter la urna en su bolsa.

—Podéis pasar una noche más en Plovdiv conmigo y salir hacia Yambol mañana a primera hora. Viajaréis más deprisa si no tenéis que cargar con una vieja.

Alexandra tuvo la sensación de hallarse de nuevo en su hogar cuando vieron el muro de la casa museo de Plovdiv, y la casa de Irina se le antojó un oasis. Dentro, todo seguía igual. A la mañana siguiente, con una luz muy distinta, se despidieron de Irina y Lenka. El aire temblaba ya, estremecido por el calor que subía de los adoquines.

—Adiós sólo de momento —insistió Alexandra, con una mano en la de Irina mientras que con la otra sujetaba la correa de *Stoycho*.

Bobby sostenía la bolsa de la urna y un trozo de papel con el número de teléfono y las señas de la sobrina de Milen Radev.

—Recordad: si no están en Yambol —dijo Irina—, debéis traerme la urna aquí para que la guarde en casa, por ahora. Por favor, tened mucho cuidado. Y llamadnos.

Alexandra recorrió el patio con la mirada. No había turistas en las puertas del museo; las hojas de la parra se veían un poco más verdes y grandes que la vez anterior, y el cielo matinal centelleaba sobre los árboles.

—Volveremos —afirmó—. Los encontraremos. Se lo prometo.

Lenka la besó en las mejillas. Irina se inclinó y acarició la cabeza de *Stoycho* con los dedos separados. El perro se apoyó contra su pierna con cuidado, como si supiera que cualquier movimiento brusco podía hacerla caer al suelo.

—Si tiene alguna noticia de su hermana o de Neven, llámeme enseguida, por favor —dijo Bobby, y añadió algo en búlgaro que hizo que Irina sacudiera la cabeza.

En el coche, permanecieron callados. La carretera de Yambol se desplegaba en una larga línea recta con llanuras a la izquierda y una alta cadena montañosa más allá, en el horizonte. A lo lejos se extendían varias hileras de promontorios tapizados de hierba, de unos seis metros de alto y extrañamente regulares, alrededor de los cuales ondulaban campos sembrados o prados en barbecho. Bobby le dijo que eran túmulos, las tumbas en forma de montículo de los antiguos tracios. Había tantas que sólo se había excavado un pequeño porcentaje de ellas, aunque muchas habían sido saqueadas en el transcurso de los siglos.

Bobby tamborileó con los dedos en el volante.

—He oído decir que hay gente que va a rendir culto a algunas de esas tumbas. Creen en Orfeo; que su espíritu mora allí, y también en lo alto de los montes Ródope. Sobre todo, en las cuevas que hay cerca de Grecia.

—¿Qué gente? —preguntó Alexandra.

—Gente culta, imagino, de las ciudades. Creen en los dioses tracios —respondió él—. Empezó hace años, antes del comunismo, y en algunos casos continuó también durante la época comunista, siempre en secreto, claro. Incluso ahora. Yo nunca lo he visto, pero tengo entendido que se visten con túnicas y bailan en honor de Orfeo y Baco. Los antiguos tracios eran muy distintos. Algunas de sus prácticas eran terribles. El sacrificio humano, por ejemplo.

Alexandra se imaginó la escena: los danzantes enfervorizados; un niño de pelo rojizo atado de pies y manos sobre el altar; y, a continuación, un hombre mayor, alto y de cabello oscuro, indefenso bajo el cuchillo, y su violín aplastado contra las rocas. Hizo un esfuerzo por dominarse y estiró el brazo hacia atrás para acariciar el cálido cuello de *Stoycho*.

Un par de horas después, Yambol apareció ante sus ojos como un batiburrillo de casas y torres de pisos como las que había visto en Sofía y Plovdiv, sólo que éstas eran más pequeñas y algunas de ellas se alzaban al pie de la carretera principal, con los balcones festoneados de ropa tendida. Bobby paró para llamar al número que les había dado Irina y dejó un mensaje conciso.

—Hoy es día laborable —dijo—, y este número es el de su móvil, así que puede que esté ocupada. Vamos a la dirección, a ver si está.

Las señas que les había dado Irina eran algo confusas. Finalmente, dieron con una de las barriadas más altas, y a continuación con la torre de cemento y el aparcamiento correctos. Hacía calor. El aire cargado de polvo soplaba sobre las aceras y entre los edificios monolíticos, donde había más barro seco que jardines. Dos niños jugaban en una franja de hierba apergaminada y chopos raquíticos, vigilados por su abuela. Alexandra se secó la frente con la muñeca y decidió que no podía dejar a *Stoycho* en el coche. Le permitió vagar, atado a la correa, soportando la mirada malhumorada de la abuela, mientras Bobby entraba en el portal.

Tardaba mucho en volver, pero pasado un rato Alexandra encontró un banco en el que sentarse y sujetó a *Stoycho* a su lado. Faltaban varias lamas del asiento. Se preguntó qué estarían haciendo sus padres en casa; seguramente estarían leyendo, cada uno en su apartamento, ahora que había terminado el curso. No esperarían que volviera a ponerse en contacto con ellos hasta finales de semana. Eso habían convenido: un acuerdo de mínimos. Pensó que debía pedirle a Bobby que la ayudara a conseguir un teléfono móvil. Tal vez pudieran comprar uno al día siguiente si tenían tiempo y no era muy caro. Empezaba a sentirse sola. Estando en un lugar desconocido, incluso en ausencia de acontecimientos turbios e inquietantes, hay momentos en que uno se queda con la mirada perdida o se tropieza con la mirada hosca de un extraño y de pronto se siente desplazado, como si emprendiera un viaje dentro del viaje. Esa sensación extracorpórea se apoderó de ella al contemplar las paredes de cemento agrietado, los árboles polvorientos, el brillo trémulo de la canícula en el cabello de un niño. *Stoycho* observaba a otro perro husmear alrededor de los contenedores de basura, al final del aparcamiento. El perro parecía haber sido de color crema en algún momento, pero se le estaba cayendo el pelo a trozos y parecía un pollo medio desplumado. *Stoycho* se levantó y comenzó a gruñir, y Alexandra tiró de la correa más fuerte de lo que pretendía.

—Nada de peleas —dijo.

Entonces salió Bobby del edificio.

—La señorita Radeva vive aquí, en efecto —dijo—. Pero no está en casa. Una señora me ha dicho dónde trabaja. Es la secretaria de un orfanato. Podemos ir a buscarla allí. Espero que no sea demasiado chocante para ti. Algunos de nuestros orfanatos tienen muy mala reputación. Deberíamos irnos ya. No quiero que nos vean aquí.

Alexandra recordó entonces que quienquiera que les estuviera siguiendo podía dar también con la señorita Radeva a través de ellos.

—Muy bien —dijo.

Sustrajo a *Stoycho* de la mirada de la abuela y montaron los tres en el coche. *Stoycho* quiso sentarse sobre su regazo recogiendo sus largas patas, y ella lo dejó a pesar del calor que hacía.

43

1949

Dormimos en la celda el resto de esa noche o, mejor dicho, permanecimos tumbados en el suelo, dormitando a ratos. El chico y el hombre de la gorra gemían, despiertos o dormidos. El borracho roncaba; nuestros carceleros no habían podido sonsacarle nada coherente, y me pregunté por qué seguían reteniéndolo. Me quedé allí tumbado, pensando en Vera y en consultar a un médico lo antes posible acerca de mi dedo roto. Tendría que decirle que había tropezado y me había caído, o algo parecido. Tardaría meses en volver a tocar. Pero, si el director se enterara de que me había detenido la policía, ¿querría que siguiera en la orquesta? No pensaba decírselo a nadie, naturalmente, pero tendría que enseñarle mi mano herida. Teníamos muy poco dinero ahorrado y me preguntaba si la familia de Vera podría ayudarnos hasta que curara mi dedo.

Durante largo rato, mientras estaba allí tendido, abrigué la esperanza de que el policía corpulento me dejara en libertad por la mañana, hasta el punto de que casi lo di por sentado. A veces se oían cosas así, rumores aquí y allá: personas a las que detenían para interrogarlas durante la noche y a las que después mandaban a casa, donde se volvían más taciturnas que nunca. También se oían otras cosas, más abiertamente, o se leían en los titulares de los periódicos desde hacía cinco años: los juicios contra los «enemigos del pueblo». Procuré borrar de mi mente aquella expresión tan pronto se me vino a la cabeza, y me obligué a dormir una hora, con el pañuelo metido en una oreja para ahogar los ruidos del infortunio.

En algún momento de la noche se abrió la puerta, la luz se extendió de nuevo por el suelo de la celda y los policías sumaron tres hombres más a nuestro recuento. Una hora más tarde, hicieron entrar a empujones a otro muchacho. La celda estaba casi llena y, aunque me molestaba no poder estirar mejor las piernas mientras estaba tumbado, me quedé lo más quieto posible y procuré descansar.

Pero el dolor que sentía en el corazón se hizo más agudo. ¿Por qué metían más hombres en la celda si pensaban soltarnos por la mañana? ¿Nos llevarían a todos juntos al juzgado al día siguiente para que nos condenaran y nos mandaran a prisión? Si me juzgaban, cabía la posibilidad de que me declararan inocente, a no ser que alguien le contara al juez lo que había presenciado. En ese caso, tal vez me ahorcaran. Me dije que debía permanecer alerta, y unos minutos después llegaron otros dos hombres. Uno de ellos despedía un olor nauseabundo; al parecer, el miedo se había apoderado incluso de su intestino. Durmió más holgado que nadie.

Vinieron a buscarnos antes de que amaneciera y nos llevaron de la parte de atrás de la comisaría a la parte de atrás de un furgón. Para entonces, éramos doce en total. Los guardias mantuvieron las armas escondidas, de modo que supongo que parecíamos una cuadrilla de obreros a la que mandaban en misión a alguna parte. Me dolía el dedo, la sangre reseca me atiesaba la nariz y mi ropa estaba arrugada y húmeda. No nos habían llevado agua ni comida, y empezaba a sentir su falta tan agudamente como el dolor de la mano. Tenía las fosas nasales saturadas por el olor que desprendían el abrigo viejo y el cabello sucio del hombre que había dormido a mi lado y, lo que era peor aún, por el hedor del hombre que se había ensuciado en los pantalones. Más tarde me haría gracia pensar que en ese momento aquel olor me pareció insoportable. Cuando se paró el furgón y nos hicieron bajar, percibí la pureza de la mañana. Las calles estaban aún muy oscuras, pero el hálito del amanecer ya se dejaba sentir en el aire.

En el tren ponía PLOVDIV. No sabía si eso significaba que acababa de llegar de allí o que ése era su destino. Caminamos desde un descampado situado detrás de la estación de Sofía hasta nuestro tren, sin entrar en el edificio de la estación. Un tipo que iba a mi lado no podía sostenerse derecho porque, al igual que al chico y al primer hombre de nuestra celda, le habían magullado los pies. Dos de nosotros lo agarramos automáticamente por los brazos y lo sostuvimos sin dejar de avanzar. Yo procuré proteger mi mano derecha herida.

Me fijé en que las luces del tren estaban apagadas, igual que las de la estación. Sólo se veía una figura borrosa moviéndose de acá para allá frente al vagón del carbón. Ni muchedumbres, ni ruidos tranquilizadores. Era aquélla una estación que yo no había visto nunca, o bien el fantasma de una estación que había conocido en otro tiempo. Por un instante tuve la sensación de que estaba volviendo a Viena desde Sofía, con la ropa limpia y el estuche de mi instrumento en los brazos. Pensé otra vez en mi violín, escondido bajo nuestra cama. Vera lo encontraría y lo guardaría en lugar seguro. Su sufrimiento por mi ausencia se acortaría, al menos, si conseguía volver al cabo de unos pocos días. Intenté no imaginarme su angustia; esa visión me atormentaba más que todo lo que estaba sucediendo en el presente. Luego dejé vagar mi mente y me descubrí más necesitado de alimento y de agua caliente con la que lavar mis miembros doloridos que ansioso por volver a verla, y me embargó un sentimiento de vergüenza.

Fue en ese momento, antes de subir al tren, cuando me di cuenta de qué era lo más importante que me estaba sucediendo. Me estaban arrebatando mis sentimientos naturales, tan arteramente que podría haber ocurrido sin que me diera cuenta. Comprendí de golpe que debía preservar mi mente, pasara lo que pasase. Creo ahora que el hecho de que lo comprendiera aquel primer día se debió no sólo a una suerte inmensa, sino a mi costumbre de vivir en íntimo contacto con mi mente, a solas con ella mientras ensayaba. Era el paisaje en el que siempre había morado, afanándome entre sus riscos y colinas para encontrar el lugar idóneo para mi música y trepando por largas hileras de notas a fin de grabarlas en mi memoria. Creo también que muy pocos de los hombres que me rodeaban se dieron cuenta tempranamente de que debían, ante todo, preservar sus mentes y no sus cuerpos, que de todos modos sería imposible proteger. Cuarenta y ocho horas después, el que iba a mi lado, avanzando a trompicones, en calcetines y con los pies hechos trizas, y el que le agarraba del otro brazo, estarían muertos.

Aquella certeza me absorbió de tal modo que casi olvidé volver la cabeza para echar un último vistazo a las luces de la ciudad en la que estaba Vera, sin duda, despierta y aterrorizada, tal vez sentada con su hermana a la mesa de la cocina, tratando de decidir qué hacer, a quién recurrir. Confié en que no llevara sus ruegos demasiado lejos. Ayudé a mi compañero tambaleante a subir la rampa del vagón y lo apoyé contra la pared, a mi lado. Nadie dijo nada; nadie intentó huir. Yo fijé la mirada en una farola hasta que la puerta ondulada del vagón se cerró del todo, apagando su luz. Oímos a los hombres de la comisaría echar el cierre por fuera.

No me hizo falta forzar la vista en medio de la penumbra para saber que aquella forma de viajar era nueva para mí: un vagón de carga lleno de hombres que gemían y farfullaban en voz baja, no sólo nuestro grupo sino otros veinte que debían haber subido al tren más al oeste o quizás incluso en Sofía, igual que nosotros. Aquellos hombres parecían haber estado durmiendo en el suelo del vagón, con espacio suficiente para estirar los miembros y las chaquetas colocadas encima o debajo de sus cuerpos. Nos recibieron con enojo mal disimulado, tapándose los ojos con los brazos, o trataron de darse la vuelta para sumirse de nuevo en la inconsciencia. Los recién llegados éramos una molestia, un agobio más, y quizás una nueva prueba de la gravedad de su situación.

Hubo entonces un paréntesis mientras el tren se preparaba para emprender la marcha, a pesar de que fuera no se oían las voces de los factores de la estación gritándose unos a otros. Sentimos después el siseo y el tirón de las ruedas al ponerse en marcha, una sacudida hacia delante y otra hacia atrás cuando el tren cobró impulso de mala gana. Durante ese intervalo ninguno de nosotros dijo nada y yo me prometí a mí mismo que, cuando el tren ganara velocidad, volvería a concentrarme en mi revelación y no me apartaría de ella.

El instante en que el tren partió por fin fue terrible, pese a mi intento de no pensar en ello. Fue como precipitarse desde una gran altura. Aquello significaba que nos alejábamos de Sofía. Sentí que se me salía el corazón del pecho para quedarse con Vera, y, sin embargo, no sabía cómo iba a viajar sin él. Nos sumimos en un hondo silencio. Nueve años antes, yo no había querido regresar a Sofía; desde entonces, soñaba a diario con poder partir de nuevo en un tren poderoso como una bestia. Ahora, en cambio, no quería que aquel tren se moviera. Un inmenso deseo de llorar se agitó en mi pecho y mi garganta. Sentí que el hombre herido que iba a mi lado levantaba el brazo y se lo pasaba pesadamente por la cara. Pese a que en aquel momento me repugnaba, me obligué a alargar la mano, busqué a tientas su hombro y lo agarré con fuerza. Levantó la otra mano en la oscuridad y me agarró de la muñeca. Luego bajó la mano. Sentí el tipo de mano que era: de dedos cortos y palma gruesa, áspera y encallecida, una mano que había trabajado duramente desde la infancia, hiciera frío o calor. No habíamos cruzado ni una sola palabra, pero intuí en su mano una historia muy distinta a la mía. Combatí mi desesperación asiéndome a esa mano por un instante. Ésa fue mi segunda revelación. No, la tercera: la primera me había asaltado durante el interrogatorio policial, cuando comprendí que aquello que me hacía especial (mi talento y mi formación), lejos de salvarme, me condenaría.

Me tapé con mi chaqueta, acomodé los hombros contra la pared helada y acostumbré mis ojos a la rendija de luz que aparecía intermitentemente en la parte de arriba de la puerta cerrada mientras cruzábamos la ciudad. Me obligué a respirar siguiendo el pulso que marcaban las ruedas del vagón en cada giro. *Cha-clunk*: una exhalación profunda con cada *clunk* y luego una inhalación, aunque ello significara respirar cada vez más aprisa durante unos minutos. Traté de ajustar el ritmo a una melodía de Bach, mi favorita, la «Chacona» de la *Partita número dos en re menor*. Cuando el tren comenzó a avanzar a ritmo constante, el hombre de los pies heridos y la mano encallecida se acurrucó en el espacio que quedaba a mi lado y yo me concentré de nuevo en aquella idea que había tenido justo antes de que nos metieran en el tren. No permitiría que nadie accediera al centro de mi ser; me fabricaría un lugar al que poder escapar en lo más hondo de mi yo, pasase lo que pasase.

Pero ¿cuál sería ese lugar? Me imaginé nuestra cama y a Vera dormida por la mañana, con el cabello ensortijado alrededor de mi codo. No. Esa imagen haría que me derrumbara. La reservaría para los momentos en que me sintiera fuerte, y cuando pasara todo eso y volviera con ella disfrutaría de su realidad como nunca antes. Le diría que ni siquiera había podido pensar en ella durante esos días de pesadilla y Vera lo entendería.

Pensé luego en mi parque favorito de Viena, en cómo te hacían resbalar las castañas que escapaban de sus erizos, en el amarillo acumulado a lo largo de las avenidas de hayas y chopos, en las praderas expuestas a la luz otoñal, en las últimas rosas. Podía sentarme allí, en un banco, y sentir mi violín en su estuche bajo mi brazo. Sería como sentarse con un amigo con el que, después de tantos años, no son necesarias las palabras.

No. (El hombre herido se volvió a mi lado y me clavó la rodilla en el muslo; se había quedado dormido, pese al dolor.) Viena, ahora, se parecía demasiado a un sueño y nunca había sido mi sitio. Yo era consciente de ello incluso cuando trataba de adoptarla como mi hogar. Levanté las rodillas con cuidado de no despertar a mi compañero dormido y apoyé los brazos doloridos sobre ellas. Hombres que respiraban y farfullaban, montones de lana y algodón como cadáveres en la penumbra atenuada del vagón de tren.

Descubrí entonces el lugar al que podía ir, y me sorprendió porque era nuevo para mí: había dado por supuesto que elegiría un refugio conocido.

Era un prado en algún lugar de Bulgaria, aunque no sabía dónde. A las afueras de uno de esos pueblecitos por los que pasa el tren cuando se viaja entre Sofía y las montañas del norte, una pradera ni llana ni empinada, cuajada de hierbas aromáticas y rasposas y coronada de flores blancas. Un campo que no conocía la roza ni el arado, que crecía salvaje junto a la orilla de un río. El hijo que de pronto esperaba tener tomaba allí el sol, alto y ya mayor, con la chica a la que amaba sentada a su lado. Sus manos se entrelazaban sobre la hierba que, aplastada a su alrededor, los envolvía con su fragancia. Parecían no tener ni idea de que tales cosas podían pasar; de que pudiera encerrarse a un montón de hombres en el vagón de un tren, a oscuras, para llevarlos a un destino desconocido. Y, sin embargo, estaban hablando de mí, de Stoyan. Me embargó un sentimiento de gratitud al pensarlo. Caminé hacia sus espaldas jóvenes y vi que se volvían el uno hacia el otro, absortos en la conversación, y luego hacia el río. Levanté mi violín y acerqué el arco a las cuerdas para tocarles una serenata.

Entonces intervino la oscuridad y me convertí de nuevo en uno de esos montones de ropa que empezaban a oler y a roncar. El tren frenó con brusquedad y alguien se golpeó la cabeza contra la pared y lanzó un juramento. *Que un gato se coma las tripas de tu madre, maldito…* Una voz de campesino como las que se oían en el mercado semanal, y a alguien le quedaba el suficiente buen humor como para echarse a reír en la oscuridad. Yo también estuve a punto de sonreír, no por aquella tragicomedia invisible, sino por el lugar que acababa de visitar, mi prado, mi hijo futuro y el sol que brillaba allí. Sabía que me haría falta práctica, pero practicar era mi fuerte: a eso había dedicado mi vida hasta el día anterior. Todo lo demás había girado en torno a mis ensayos con el violín: Vera y su familia, Viena, los conciertos con la orquesta, mis paseos diarios por los parques, mis encantadores padres con su fe ciega en mi porvenir, mis propias creencias ciegas, mis libros… Practicar me había permitido evadirme de los bombardeos al menos durante un rato, y de los tiempos del hambre durante la guerra, y del olor a miedo en las calles, y posteriormente de mis fugaces recuerdos de la matanza en el frente.

Así que practiqué un par de veces más, con ansia, para familiarizarme con el contorno de aquel lugar desconocido. Caminé por entre la hierba sintiendo cómo su calor se colaba en mis zapatos y subía por las perneras de mis pantalones. Miré las cabezas lustrosas de mi hijo y su joven amor, vi de nuevo sus manos entrelazadas mientras hablaban, oí mi nombre pronunciado con cariño, sentí el olor del río más allá, levanté mi violín y posé el arco sobre las cuerdas. Luego empecé otra vez. Cuando estuve seguro, decidí guardar aquel lugar en la oscuridad por el momento, para preservarlo, con la esperanza de que no me hiciera falta.

44

El orfanato estaba en una calle cortada, a las afueras de Yambol: el lugar perfecto para ubicarlo, pensó Alexandra. La calle no concluía, sino que parecía desvanecerse en un descampado cubierto de hierbajos, como si sus moradores no fueran razón suficiente para continuar el asfaltado. El orfanato era un edificio grande, de cemento, con techumbre de tejas rojas y cercado por vallas metálicas. Dentro de las vallas había un grupito de melocotoneros o albaricoqueros cargados con frutos todavía verdes. Alexandra se imaginó a los huérfanos recogiendo la fruta en pleno verano; tal vez aquélla fuera su única forma de acercarse a la naturaleza, a no ser que alguna vez los llevaran de excursión. Ella, que nunca había visitado un orfanato, pensó que aquel término estaba obsoleto, que parecía sacado de una novela del siglo XIX, que no formaba parte del mundo moderno.

Bobby ató a *Stoycho* a un árbol al borde del aparcamiento y Alexandra se abrazó un momento a su cuello, tratando de ofrecerle un talismán contra los ladrones de perros. Llamaron luego al timbre eléctrico de la verja y esperaron. Por fin, salió una mujer apresuradamente, como si tuviera muchas otras cosas que hacer. Tenía en los brazos algo que a Alexandra le pareció en un principio un sarpullido o un tatuaje, pero que resultó ser un ribete de pintura azul y roja. Echó un vistazo a Bobby y a Alexandra y, sin decir nada, los hizo pasar a un patio y los condujo por la entrada principal. Evidentemente, no tenía tiempo para detenerse a pensar en los posibles peligros que entrañaba su presencia.

Una suave luz amarillenta inundaba los pasillos del edificio. No se veían niños, pero Alexandra oyó un murmullo lejano que podía ser de voces o de música. Las paredes, pintadas en tonos pastel, estaban decoradas con hojas de papel con los bordes doblados, cubiertas de abigarrados dibujos infantiles. A Alexandra le sorprendió lo limpio que estaba todo: suelos relucientes y un tenue aroma a desinfectante. El comentario de Bobby le había hecho imaginar un lugar mugriento; horrendo, incluso. El edificio, en cambio, se le antojó extrañamente tranquilizador, como la escuela rural de su infancia: las mismas puertas cerradas con cristales esmerilados, el mismo murmullo de actividad bienhechora.

Bobby hablaba tranquilamente con la mujer de la pintura, que había aminorado el paso y parecía estar llevándoles de gira por el edificio, y Alexandra comprendió que estaba preguntándole por la sobrina de Milen Radev y quizás por el orfanato mismo. De pronto, los pasillos se llenaron de niños que parecían ir en tromba a alguna actividad. Los mayores tenían siete u ocho años; los más pequeños, tres. Vestían ropa limpia aunque muy usada y sus cabellos y sus caras relucían. Bobby le dijo en voz baja que muchos eran roma, y Alexandra se acordó de los niños que había visto a las afueras del pueblo de la tía Pavlina, posados como pájaros en una tapia. Al ver a los desconocidos, se llevaban la mano a la boca y se reían. Los más pequeños se quedaban mirándolos, agarrados a las manos de sus maestras. Un niño estiró el brazo y tiró de la falda de Alexandra al pasar a su lado.

Bobby le tradujo lo que la maestra dijo en voz baja:

—Los niños saben que, cuando viene alguien de visita, tal vez puedan irse a casa con una familia. A menudo es muy decepcionante para ellos.

La mujer los condujo en dirección contraria, pero Alexandra se volvió y vio que los niños del final de la cola también se habían vuelto a mirarlos. Sonreían y saludaban con la mano, y uno de ellos se hurgaba la nariz con diligencia al mismo tiempo.

El resto del edificio era igual de luminoso y limpio, y Alexandra tardó un rato en darse cuenta de que todo lo que veían era muy barato. Las paredes estaban desconchadas, pero pintadas con esmero y decoradas con dibujos colocados en marcos de cartón. Se fijó en un retrato al óleo de una mujer de cabello gris, mal ejecutado pero pintado con ternura. Quizás fuera una antigua directora. Las cortinas eran, en realidad, sábanas limpias pulcramente cortadas y cosidas, que en algunas habitaciones servían también para separar las zonas de dormitorio de las de juego, o hacían las veces de puertas. En uno de los dormitorios grandes, un par de mujeres estaban colocando juguetes ajados y ropa en unos estantes. Las camas de madera, colocadas en hileras, estaban casi pegadas al suelo. Alexandra vio en una almohada un objeto semejante a una araña harapienta que resultó ser una muñeca de trapo muy querida y manoseada. Más allá de las ventanas se oía el ulular de los niños cantando: una canción para hacer gimnasia, un sonido desigual y fantasmal.

La mujer los dejó en un despacho en el que, pese a haber un escritorio grande, no había nadie. Luego se marchó, estirando delante de ella los brazos manchados de pintura.

—La señorita Radeva vendrá enseguida. Trabaja al otro lado del edificio. Esto es agradable, no como los orfanatos sobre los que he leído —dijo Bobby pensativamente.

—¿Cómo son esos orfanatos? —preguntó Alexandra, pero en ese momento oyeron el tamborileo de unos pasos sobre el suelo limpio y se abrió la puerta, dando paso a una nueva sorpresa.

Alexandra había imaginado a la sobrina de Milen Radev como una versión femenina del propio Radev, no en silla de ruedas, claro, pero sí ajada y con el cabello escaso y gris, y la expresión mortecina y enajenada de su tío. La mujer que avanzó hacia ellos podía tener treinta años, o incluso veintiséis, como la propia Alexandra. Era alta, delgada y despierta. El cabello liso y moreno le llegaba por debajo de los hombros. Alexandra se dijo que tenía rostro de princesa bizantina: delicado, con los ojos oscuros y tan grandes que casi parecían desmesurados y la piel olivácea. Llevaba un vestido de seda de color lavanda con el cuello y los puños a rayas, más adecuado para salir a comer a un restaurante que para trabajar con niños, pero tal vez sólo se dedicara a escribir a máquina y atender el teléfono, no a pintar con los dedos. Se movía como si apenas estuviera pegada al suelo, erguida y ligeramente etérea, como una bailarina fuera del escenario. Alexandra y Bobby la miraron sorprendidos, Bobby con admiración indisimulada; ella, sin envidia.

—¿Qué tal están? —preguntó la señorita Radeva en inglés.

Tenía una voz suave y musical. Alexandra se acordó del feo portal de cemento del edificio donde, al parecer, tenía su casa.

—La señora Georgieva me ha dicho que vendría alguien a verme. ¿Son ustedes americanos?

—Sólo yo —repuso Alexandra al estrechar su mano, tan esbelta y fresca como el resto de su cuerpo, con la piel sedosa y huesos de pájaro—. Bobby… Asparuh es de Sofía.

—¿Y les interesan los niños? No entiendo bien por qué están aquí.

La señorita Radeva frunció el ceño, una tenue arruga de terciopelo. Hablaba un inglés esmerado, con fuerte acento, pero tan diáfano como su rostro.

—Oh, no —respondió Alexandra—. Bueno, me encantan los niños, pero hemos venido a preguntarle… a hablar con usted sobre su tío Milen, si no le importa. Estamos buscándole o, mejor dicho, estamos buscando a los amigos con los que viaja…

—¿Le importa que cerremos la puerta? —preguntó Bobby.

Una vez cerrada, le explicaron a grandes rasgos su búsqueda, empezando por el encuentro casual de Alexandra con Milen Radev y los Lazarovi en la escalinata del hotel Forest, cuando se quedó accidentalmente con la urna. Mientras los escuchaba, cogió una caja de bombones de un estante que había sobre la mesa y se la ofreció amablemente; luego sirvió agua para el té de un calentador eléctrico que había en un rincón. Los bombones sabían a polvo y a azúcar, pero Alexandra se comió tres; se habían saltado el almuerzo. Después le enseñó la fotografía de Neven y Vera, en la que se veía confusamente a Milen Radev sentado en el taxi. No le habló, sin embargo, de su visita a la comisaría, y Bobby omitió su almuerzo con el Mago y las tres pintadas. Alexandra confió en que no fuera un error; tal vez pudieran contárselo todo más adelante, si era necesario.

La señorita Radeva apenas abrió la boca hasta que terminaron, aunque cuando Alexandra mencionó la urna abrió los ojos de par en par y echó una ojeada a su alrededor, como si esperara ver a alguien más en la habitación. Al sentarse aún más erguida, se adivinaron bajo la seda del vestido sus pequeños pechos de bailarina y su clavícula delicadamente labrada.

—Entiendo —dijo.

—No queremos entretenerla más —añadió Bobby—. Irina Georgieva nos dijo que su tío y los Lazarovi vienen a veces a pasar unos días con usted. ¿Los ha visto últimamente? ¿Sabe adónde han ido?

Pero la señorita Radeva meneó la cabeza. Era cierto, dijo, que Vera y su tío la habían llamado desde Gorno para decirle que por fin iban a enterrar las cenizas de Stoyan. Se llevó una sorpresa; daba por sentado que las habían enterrado poco después de su fallecimiento, aunque no recordaba haber oído hablar de un funeral. Al morir Stoyan llamó a su tío para darle el pésame por la muerte de su amigo. Cuando la llamaron desde los montes Ródope, diez días antes, los animó a ir a visitarla porque hacía más de dos años que no se veían. Su tío dijo que tal vez fueran pronto a verla, después de enterrar la urna.

Bobby se había puesto a juguetear con el dobladillo de su chaqueta.

—¿Parecían descontentos por teléfono? ¿Disgustados?

La señorita Radeva se quedó pensando, con un largo dedo debajo de su barbilla perfecta. Llevaba las uñas pintadas de brillo muy claro, pero no lucía ningún anillo. Tal vez, pensó Alexandra, los ángeles no tenían permitido casarse.

—Mi tío no es una persona muy alegre desde hace tiempo, porque a menudo tiene dolores —contestó—. Pero esta vez, cuando hablamos por teléfono, me pareció que estaba un poco nervioso. No mucho. Veladamente. Me dijo que después de enterrar al tío Stoyan y de venir a visitarme, se tomarían unas vacaciones, tal vez en el mar, porque era lo que quería Neven. Pero no parecía muy contento al respecto. Tienen muy poco dinero. No sé cómo iban a arreglárselas para hacer tantos viajes, pero me alegré, porque a él siempre le ha encantado el mar. Antes vivíamos todos allí, y hacía mucho tiempo que mi tío no iba a la playa. Le pregunté a qué lugar de la costa pensaban ir y si visitarían Burgas. Me dijo que quizás no. Neven no había decidido aún dónde iban a alojarse.

Llamaron a la puerta y una mujer de cabello gris asomó la cabeza, los saludó con un gesto y se dirigió a la señorita Radeva con aire apremiante.

—*Da* —dijo ella—. *Nyama problem.*

La mujer volvió a desaparecer.

—No queremos entretenerla más —le dijo Bobby en tono de disculpa—. Sólo una última pregunta, si no le importa. ¿Conoce alguna razón por la que a *gospodin* Lazarov pueda buscarle la policía?

Ella se había levantado y se estaba alisando el vestido, pero al oír su pregunta se quedó quieta.

—¿Mi tío está metido en algún lío? —preguntó, temerosa—. ¿O Neven?

—No —contestó Bobby—. No han hecho nada ilegal, que nosotros sepamos. Pero creemos que Stoyan Lazarov sí tuvo problemas en algún momento, puede que hace mucho tiempo. Y puede que eso les esté causando complicaciones ahora. ¿Su tío no le ha mencionado nunca nada al respecto?

Se mantuvo muy erguida frente a ellos, como si se preguntara qué debía hacer.

—Lo lamento. —Bobby, que también se había levantado, pareció a punto de cogerle la mano—. Sé que está usted muy unida a su tío. Pero intentamos averiguar todo lo que podemos acerca de *gospodin* Lazarov a fin de poder ayudar a su tío y a *gospozha* Lazarova a enterrar sus cenizas con… seguridad. Verá, tal vez usted pueda ayudarnos —agregó con voz suave.

Ella bajó su lustrosa cabeza morena y guardó silencio un momento.

—Hay algo que debería contarles —dijo por fin—. Pero no podemos hablar aquí. —Se echó hacia atrás un mechón de pelo—. Y yo tengo que volver al trabajo. Acabaré lo más pronto posible para poder salir un poco antes de las cinco.

—Gracias —contestó Bobby con gravedad.

La señorita Radeva los miró a ambos.

—Por favor, reúnanse conmigo en el centro de la ciudad, en la cafetería que hay al lado de la mezquita. Estaré allí dentro de una hora.

Bobby pareció desconfiar.

—¿Podemos hablar dentro de la cafetería, en privado? No quiero que nos sentemos fuera a hablar.

—Sí —respondió ella—. Es un buen sitio para eso.

En ese momento se abrió la puerta y la maestra manchada de pintura volvió a entrar. Iba acompañada por una mujer mayor y un hombre de cabello canoso y rizado. El hombre llevaba, por la razón que fuese, una chaqueta tirolesa de color verde oscuro, con botones plateados y flores bordadas. A Alexandra le recordó al capitán Von Trapp con su horda de chiquillos.

—Mis *shefs* —dijo la señorita Radeva; y Alexandra comprendió que se refería a sus jefes.

—¿Les interesa adoptar un niño? —preguntó el hombre de la chaqueta tirolesa. Su cara era más mofletuda que la de Christopher Plummer, y más triste.

—Me temo que no —respondió Alexandra, y pensó de pronto en llevarse consigo a uno de los pequeñines, a un niño de tres o cuatro años, quizás, con la misma naturalidad con que Bobby y ella se habían llevado a *Stoycho*.

Sintió una punzada bajo las costillas al pensarlo.

—Es una lástima —dijo el capitán, y se quedó callado.

La señorita Radeva los acompañó a la salida y los despidió moviendo su esbelta mano antes de desaparecer tras la puerta.

45

1949

El tren pareció continuar su marcha casi todo el día. Sólo se detuvo dos veces a lo largo de su ruta. En cada una de las paradas, pensé que abrirían el vagón para conducirnos a nuestro destino desconocido, o para que entraran más hombres, o al menos para darnos un poco de agua. En mi caso, el ansia de dejar atrás la oscuridad y el hedor se impuso a todo lo demás. Cada vez que nos deteníamos, un hombre que se hallaba cerca de la puerta aplicaba el ojo a una rendija y nos informaba de lo que veía. En la primera parada, más o menos una hora después de abandonar Sofía, nos dijo que estábamos en un campo, cerca de un bosque, y un murmullo de esperanza y temor surcó la oscuridad. Durante un rato, estuve convencido de que nos dirigíamos hacia el este.

—Deberían dejarnos salir —dijo un hombre a mi lado—. Necesitamos orinar.

Pero lo dijo débilmente, como si no esperara que sus palabras tuvieran efecto alguno, y así fue, de hecho. El tren permaneció inmóvil un tiempo; luego, el suelo comenzó a temblar. Después, nuestro vagón se sacudió un instante, aterradoramente. Habían dejado pasar a otro tren. Me pregunté dónde nos habíamos detenido, pero nunca llegué a saberlo. Volvimos a acomodarnos en la oscuridad tratando de mantener el control sobre nuestras vejigas, pero luego alguien tropezó con un cubo colgado en un rincón y nos dijo a los demás que iba a ponerlo en el suelo. Cuando ya no podíamos aguantar más, nos acercábamos a gatas al cubo, agarrándonos a hombros e incluso a cabezas anónimas, y orinábamos. Todo el que podía se apartaba del cubo, que fue oliendo cada vez peor a medida que avanzaba el día. Al final, rebosó. Hacía calor para estar en octubre.

Durante un tiempo fuimos cuesta arriba. Cada vez que tomábamos una curva cerrada, el tren hacía sonar su silbato con antelación.

La segunda vez que se detuvo, el mismo hombre pegó el ojo a la ranura de la puerta y anunció:

—Montañas. Grandes, con pinos.

Conjeturé entonces que habíamos tomado la línea del norte, la que se adentraba en Stara Planina, pero no supe calcular adónde habíamos llegado. No percibía otro olor que el de la orina rancia y el del hombre sentado al otro lado del vagón, al que no le habían permitido limpiarse los pantalones, pero allá fuera, sin duda, soplaba el aire fresco de la montaña y se dejaba sentir el olor de los pinos bajo el sol otoñal. Yo conocía aquella región por un viaje que hice con mis padres cuando era pequeño, para visitar a una tía abuela que se estaba muriendo. No me acordaba de la anciana de la que fuimos a despedirnos, pero sí del farallón de roca cortado a pico, de los pinos que trepaban por él y de la cumbre cubierta de nieve a finales de la primavera. Allí arriba hacía más frío, incluso en el vagón atestado de gente. Por un instante tuve la extraña sensación de que ya no podíamos estar atravesando Bulgaria, o de que no podía estar despierto.

—Es una estación —añadió el hombre—. Pero no veo ninguna señal. Puede que nos bajemos aquí.

Pero el tren se puso en marcha de nuevo y yo me quedé dormido. Dormí pese a los calambres de mi estómago vacío, hasta que la sed se impuso al hambre y me desperté tratando de despegar la lengua del paladar. Todos debíamos de estar pensando lo mismo, porque el hombre herido sentado a mi lado comenzó a sollozar pidiendo agua y alguien le dijo bruscamente que se callara. Nadie quería oír esa palabra. Deseé fugazmente poder llevarle a aquel pobre hombre una jarra entera de la que beber con él, y luego me entraron ganas de darle un puñetazo. Moví la espalda y las caderas agarrotadas y me tapé los oídos con los brazos. Tenía la impresión de que habían transcurrido semanas desde la noche anterior, cuando cené con Vera, oriné en un váter limpio, bebí una copa de vino antes de irme a acostar y me tendí cuan largo era en una cama.

La tercera vez que nos detuvimos, fue la definitiva. Oímos a los factores comunicándose a voces por las vías, el ruido de un martillo, un golpeteo metálico. Fuera de nuestro vagón había manos y voces que gritaban, descorrían, retiraban algo de la puerta y la abrían de par en par. Pestañeamos y luchamos por desentumecernos, pero estábamos demasiado agarrotados para movernos. En el hueco iluminado de la puerta aparecieron varios hombres armados que colocaron sendas rampas en la trasera de un par de camiones.

—¡Moveos! —gritaron, y de alguna forma conseguimos movernos, impulsados en parte por la esperanza de que hubiera agua.

Aquellos hombres no eran los mismos que nos habían hecho subir al tren en Sofía. Prefiero no recordarlos. Nos hicieron ponernos en fila a lo largo de las rampas y nos contaron mientras subíamos a los camiones. Mi compañero de vagón seguía sin poder caminar, y tuvimos que ayudarlo entre tres para que se pusiera de pie. Yo fui de los últimos en salir y vi el revuelo que se armaba al fondo del vagón, donde apenas llegaba la luz.

—¿Qué pasa? —gritó uno de los guardias.

—Está muerto —contestó el prisionero de mayor edad casi en tono de disculpa—. No sé cómo se llama, pero montó con nosotros ayer por la mañana. Estaba sangrando.

—Moveos —ordenó el guardia—. Subid al maldito camión. Hijo de puta... Descuéntalo —añadió dirigiéndose a un hombre provisto con un gran cuaderno—. Habrá que decírselo a Vasko cuando lleguemos.

—¿Nos llevamos el cadáver, camarada? —preguntó el del cuaderno.

—Demonios, habrá que llevárselo.

Tres detenidos se quedaron atrás para trasladar el cadáver. Pensé, *Al menos ya no tiene sed.* Entonces me acordé de Vera y me sentí culpable. Ella necesitaba que volviera vivo.

Los camiones eran grandes: vehículos de transporte militar, de cuando la guerra. Al subir, me fijé en que había una leyenda en alemán en las puertas, pero sólo pude distinguir unas palabras: *En caso de...* Por un instante, al subir por la rampa, alcancé a ver el cielo nocturno, picos altos, riscos, pinos que crecían aferrándose a las grietas, y noté en la cara una brisa increíblemente fresca y dulce. Vi una estación antigua, con tejado de tejas y un letrero esmaltado en blanco y azul. Decía ZELENETS; al parecer, así se llamaba el pueblo. Yo nunca había oído hablar de él. Mucho más abajo de la estación distinguí un puñado de casas y una iglesia.

A la entrada del camión había un cubo de agua con un solo cazo de madera. Un chico con la chaqueta rota nos fue dando un trago a cada uno a medida que subíamos. No se nos permitió tocar el cazo. En cuanto hube bebido un sorbo de agua, empecé a preguntarme cuándo nos darían de comer. Había unos bancos colocados junto a los lados del camión, por la parte de dentro, y los prisioneros iban sentándose a medida que subían. Perdí la oportunidad de sentarme, pero me alegré de ello al ver que un hombre desfallecido, con los pies descalzos muy hinchados, había encontrado sitio. Los demás permanecimos en pie, unidos por el hedor que despedíamos, y los hombres armados cerraron el portón y lo aseguraron por fuera.

Con un rugido, el camión comenzó a subir por la carretera. Patinaba al pisar las piedras y se metía en los surcos, tan cargado que avanzaba a paso de caracol. Confié en que, si volcábamos y caíamos en una vaguada, se rompería la puerta y al menos moriríamos expuestos a la luz y al aire. A mi alrededor, los prisioneros mantenían la cabeza gacha, agotados y temerosos. Yo miré discretamente las caras que no había podido ver durante todo el día, en medio de la oscuridad del vagón: hombres mayores con patillas blancas y saliva blanca en los labios; muchachos muy jóvenes con ojeras azuladas bajo los ojos y las mejillas manchadas de tierra o sangre; y, entremedias, toda clase de individuos. Me percaté entonces de que yo era el único que miraba a su alrededor. Todos los demás se agarraban al camión o al hombro de la persona que tenían más cerca, y mantenían la vista fija en el bamboleante suelo metálico. No sólo padecíamos hambre, sed, dolor, hedor y miedo. Nos sentíamos demasiado humillados para mirarnos mutuamente a los ojos.

Seguimos avanzando largo rato por las montañas, casi siempre cuesta arriba por carreteras sinuosas, y más tarde, durante unos minutos, por un tramo llano y recto, hasta que nos detuvimos. Volvió a abrirse el portón y los guardias armados nos hicieron salir como a reses. Se habían sumado a ellos otros guardias cuyos uniformes de lana verde oscura parecían ásperos y sofocantes en aquella noche templada. Lucían una estrella roja en la gorra, como los oficiales del ejército. Estaban también mejor organizados, y nos hicieron bajar por la rampa del camión en fila. Fuera empezaba a oscurecer. El sol se había puesto detrás de las paredes de un barranco y vi que estábamos en una carretera que seguía el curso de un riachuelo, entre montañas.

Los oficiales uniformados nos ordenaron arrodillarnos y pensé que quizás nos habían llevado allí para fusilarnos. Sentí un extraño embotamiento; estaba más hambriento que asustado y lamenté tener que morir sin haber probado una última comida, la última cena que en las novelas siempre se permitía tomar a los condenados a muerte. Resolví no pensar en Vera, ni en mis padres. Así sería más fácil. Sabía que había hecho mal, pero no por lo que ellos creían, por lo que iban a fusilarme. Pensé, *Qué extraño, morir sin saber siquiera dónde estás*. Luego volvieron a contarnos rápidamente, a gritos. Vi que uno de ellos se parecía de cara a mi segundo mejor amigo del instituto: tenía la misma mandíbula desmesurada, la misma nariz picuda, y, sin embargo, no era él.

De pronto nos ordenaron levantarnos y comprendí que nos habían hecho arrodillarnos no para matarnos, sino para que no huyéramos mientras nos contaban. Ello hizo que un torbellino de esperanza me subiera por el vientre acalambrado, y le prometí a Vera para mis adentros que regresaría.

—¡Andando, escoria! —gritó uno de los guardias—. ¡Adelante! ¡No os separéis! ¡Al que se aparte de la fila o se quede atrás le pegamos un tiro! ¿Entendido? ¿Entendido?

Avanzamos rápidamente, con gran esfuerzo, incluso los heridos. Yo procuré mantener mi dedo roto fuera del alcance de las manos del hombre que iba a mi lado, que no paraba de hacer aspavientos. El borracho de la celda de Sofía y mi compañero, el de los pies hinchados, iban más adelante, y confié en que alguien los ayudara a caminar. Un hombre se tropezó con algo por delante de mí y al instante trastabillamos todos, lo que hizo que el guardia más cercano soltara un improperio. Decidí no mirar más a mi alrededor, ni las caras de los guardias, ni los barrancos, en los que la hermosa luz del ocaso iba difuminándose. Oí el fragor del riachuelo cercano, por debajo del ruido de nuestros pasos en el polvo. Subimos por un camino y dejamos atrás el río, toda esa agua que podríamos haber bebido con ansia, en tropel. Ya casi había anochecido y los bosques escarpados se cerraban sobre nosotros a ambos lados del camino. Proseguimos la marcha, jadeando, al menos cinco kilómetros, y alguien debió de quedarse rezagado porque los guardias armados comenzaron a gritar a nuestra espalda y a amenazarnos.

Luego el camino se ensanchó de nuevo y vimos unos edificios, una gran valla con un tosco portón y una garita colocada sobre un andamio. Allí había más hombres con armas y uniforme, y un gran perro pastor que merodeaba por allí cerca. Abrieron la puerta y la cruzamos con patético ardor. Antes de que me llegara el turno de entrar, vi las palabras que había sobre el portón: AVANCEMOS GLO-

RIOSAMENTE HACIA EL FUTURO. A un lado había otra señal en la que se leía: VIVA EL PARTIDO COMUNISTA SOVIÉTICO. Me pregunté si se trataba de un campo ruso, pero el letrero estaba en búlgaro y los hombres que gritaban en la puerta, detrás de nosotros, hablaban nuestro idioma. Dentro no se veían prisioneros, sólo las entradas abiertas de los barracones de madera, como grandes bocas cuadradas y oscuras. Nos pusieron otra vez en fila, en varias hileras, mirando al frente. El hombre que estaba delante de mí se dobló de pronto y cayó al suelo. Los que estaban a su lado trataron de levantarlo.

—¡Dejadlo! —gritó uno de los oficiales—. ¿Queréis que os castiguemos también?

Soltaron al hombre caído. Pasado un momento, consiguió ponerse de rodillas e incorporarse de nuevo, temblando.

El oficial que había hablado se plantó delante de nosotros, donde todos pudiéramos verle. Había dos hombres apostados junto a él, uno a cada lado, pero no llevaban el mismo pulcro uniforme que su superior. Vestían ropa de faena, desaliñada y manchada de barro. Uno de ellos empuñaba un grueso garrote de madera y parecía encorvado, como si se hubiera dado una paliza a sí mismo. El oficial dijo:

—Bienvenidos a vuestro nuevo hogar en Zelenets. Estáis aquí con un fin. Es vuestro deber y vuestro privilegio trabajar en pro de vuestra rehabilitación. ¿Alguna pregunta?

Un hombre situado cerca de la fila delantera tomó de pronto la palabra. Su voz firme resonó en medio del silencio, en un tono suplicante sólo a medias.

—Camarada, no hemos comido desde ayer o anteayer.

El oficial se volvió hacia él, poniéndose rígido. Por lo visto no esperaba respuesta.

—¿Tienes hambre?

—Sí, camarada.

Reconocí al prisionero que había alzado la voz. Era el que me había ayudado a sostener al hombre de los pies heridos al subir al tren. Tenía una cabeza grande y noble y las espaldas anchas, un cuerpo propio de alguien acostumbrado a trabajar duramente con las manos y los brazos.

El oficial se detuvo delante de él.

—Sal aquí fuera para que lo hablemos —dijo.

Por primera vez pude verle la cara. Rondaba los cuarenta años y, con el uniforme puesto, parecía alto y atlético. Quizás antes había sido militar de carrera, condecorado en la guerra. Me pregunté si dirigir aquel lugar era su pago por haber servido a la Revolución al concluir la contienda. Su cabello quedaba oculto bajo la gorra, pero su cara parecía recién afeitada y sus ojos eran grandes y verdes, como la gorra. Hizo un rápido ademán y los dos hombres mal vestidos agarraron de pronto al prisionero que se había atrevido a hablar. El más joven de los dos no era más que un crío, pero alto y fuerte, con el cabello claro y rizado. Agarró al prisionero por un brazo. El otro levantó el garrote y lo descargó con increíble velocidad sobre el hombro del preso. Éste cayó hacia delante con un grito y el hombrecillo encorvado volvió a golpearle con saña, esta vez en la cabeza. Se oyó un sonido irreal, horripilante: el crujido de los huesos al romperse y un golpe sordo cuando se desplomó.

Cuatro o cinco de nosotros nos abalanzamos hacia delante sin pensar, tratando de llegar hasta nuestro compañero, de tirar de él para ponerlo a salvo. El garrote acertó a otro hombre en un brazo, haciendo que se tambaleara. El oficial dio un grito y el guardia rubio, el más joven de los dos, se sacó de entre la ropa un bastón metálico. Otros guardias se acercaron corriendo. Retrocedimos. A eso se reducía todo: a la muerte instantánea o a la posibilidad de sobrevivir. Eso había querido decir nuestro oficial al preguntar si alguien tenía alguna duda. El preso herido, que se convulsionaba en el suelo, fue nuestro instructor. Uno o dos minutos después se quedó quieto y dos guardias se acercaron para llevarse el cuerpo a rastras. Yo observé la escena a punto de desmayarme de furia y de horror, y luego traté de no mirar más.

46

En el centro de Yambol, a Alexandra la sorprendió ver un par de edificios del periodo otomano, bellamente restaurados. Se erguían, con sus frescas arcadas, en la vieja plaza de la ciudad: una mezquita edificada en piedra de distintos tonos de rosa y un antiguo zoco que ahora albergaba tiendas de ropa. La cafetería estaba allí cerca, pero aún faltaba media hora para su cita con la señorita Radeva. Bobby compró un kilo de cerezas en un puesto de fruta y se las comieron directamente de la bolsa de plástico. *Stoycho* jadeaba, agobiado por el sol, y Alexandra pidió por gestos un cuenco de agua para él en una tiendecita de alimentación.

—*Voda, molia* —la instruyó Bobby.

Pero, de las cosas que hicieron, la más importante, la que quedaría grabada para siempre en la memoria de Alexandra, surgió de manera espontánea. En la plaza se erguía una iglesia abovedada. Ataron a *Stoycho* bajo un árbol y entraron en el templo, huyendo del calor. Bobby se acercó a un quiosquillo que había en la entrada para comprar unas velas.

—Mira qué montón de ellas tienen hoy —le dijo a Alexandra—. Debe de ser para una fiesta. Para el día de Kiril y Metodii, quizás, que es dentro de muy poco. Es una fiesta muy importante en la que se celebra nuestro alfabeto, y también la enseñanza y la literatura. Un día muy apropiado para ti.

—Y para ti —repuso Alexandra con una sonrisa.

Bobby metió unas monedas por el hueco de la ventanilla del quiosco y una mujer vestida de azul les entregó cuatro velas. Bobby dio dos a Alexandra y entraron juntos en el ábside, cogidos de la mano un momento, como habría entrado con Jack, pensó ella, de haber estado su hermano allí.

Pero, cuando salían de la iglesia, una figura que había al pie de la escalinata dio media vuelta y se acercó a ellos con paso extrañamente irregular. *Stoycho*, atado allí cerca, se levantó, siempre alerta. Alexandra se quedó rezagada, haciéndose sombra con la mano sobre los ojos para protegerse del sol, pero Bobby avanzó. Aquella figura era, en realidad, una anciana con la espalda tan encorvada que casi dibujaba una línea paralela al suelo y la cabeza cubierta por un pañuelo que convertía su cara en un negro túnel. Llevaba colgados de un brazo un montón de tapetitos de ganchillo y, del otro, varios collares antiguos de aspecto pesado. No podía levantar la cabeza lo suficiente para mirarlos, pero estiró los brazos y dijo algo con voz suave y quebradiza.

—¿Vende estas cosas? —preguntó Alexandra.

—Creo que sí —contestó Bobby—. No la entiendo muy bien. Seguramente eran de su familia. Imagino que es lo único que le queda.

Con enorme esfuerzo, la mujer levantó un poco más los brazos para acercarlos a sus caras. Su ropa desprendía un olor a verduras podridas.

—¿No deberíamos comprarle algo? —susurró Alexandra.

—Podría darle unas monedas —dijo Bobby, dubitativo.

—No está mendigando.

La anciana esperaba a su lado con pavorosa paciencia, sin bajar los brazos, que le temblaban. No volvió a hablar, como si supiera que no la entenderían.

—Voy a comprarte un collar —dijo Bobby de repente.

Eran extraños pero muy bellos, de azófar deslustrado, con grandes cuentas rojizas que parecían cornalinas. Uno de ellos estaba adornado con una sarta de monedas antiguas.

—No, por favor —dijo ella—. Puede que sean muy caros.

—Seguro que no, y quiero regalarte uno.

Bobby conversó con la mujer. Parecieron llegar a un acuerdo y se sacó varios billetes del bolsillo.

—Elige uno —le dijo a Alexandra.

Ella dudó.

—Prefiero que lo elijas tú —contestó.

Le preocupaba que la anciana estuviera agotada de levantar los brazos y deseaba verle la cara, saber si la alegraba haber hecho una venta o la entristecía tener que desprenderse de una reliquia familiar. Sin duda, lo que le había ofrecido Bobby era una miseria en pago por semejante tesoro. Tal vez, se dijo, no deberían comprar ninguno. Quizás no debiera sacar aquella pieza de Bulgaria.

Bobby estiró el brazo y extrajo delicadamente el segundo collar de la manga de la anciana, pasándolo por encima de su mano agarrotada. La mujer bajó los brazos de inmediato y se guardó el resto de su mercancía en un bolsillo profundo. Alexandra pensó que iba a alejarse renqueando, pero se quedó mirando sus pies desde la penumbra de su pañuelo. Bobby le entregó el collar. Era sorprendentemente pesado y estaba limpio, aunque deslustrado por el paso del tiempo. Tenía ornamentados eslabones de azófar plateado, globos de ámbar de color miel y un colgante de cornalina de un rojo suave, montado también en azófar. Parecía oriental, bizantino quizás, como el interior de la iglesia: una estética muy anterior a este mundo de coches y teléfonos móviles. Tal vez fuera de verdad de época otomana, se dijo Alexandra con un arrebato de asombro, en cuyo caso tendría como mínimo ciento treinta años de antigüedad.

—Aquí nunca se sabe —masculló Bobby cuando se lo preguntó—. La gente vende toda clase de cosas. Puede que sea importado de la India.

La anciana levantó la mano y les hizo señas con el dedo para que la escucharan. Dijo algo muy lentamente, como si quisiera hacerse entender por unos niños pequeños.

—Dice que no es de la India. —Bobby meneó la cabeza—. Que es de su pueblo, y muy antiguo. De su bisabuela.

—Espero que no sea verdad —murmuró Alexandra, pero el metal ya había empezado a entibiarle gratamente la mano.

Bobby abrió el cierre y le puso el collar alrededor del cuello. Quedó posado sobre su esternón.

—Gracias, Bobby —dijo Alexandra.

Stoycho había empezado a gemir, llamándoles. Ella sintió el peso del collar sobre su corazón.

—Venga —dijo él—. Vamos al café. Podemos atar fuera a *Stoycho*.

Unos minutos después apareció la señorita Radeva, que se acercó a su mesa caminando a paso ligero. Alexandra lamentó no haber visto el interior de su casa en la torre de pisos. Se lo imaginó muy sencillo y decorado por completo en blanco, como el nido de un cisne. Ella les sonrió fugazmente al sentarse. Parecía un poco cansada y alrededor de sus ojos eran visibles los primeros signos de envejecimiento. Alexandra pensó que aquello le daba el aire de una santa en un icono, fatigada por la maldad persistente del mundo terrenal. La mayoría de la gente habría parecido simplemente marchita, en cambio, la señorita Radeva se había recogido la larga melena en un complicado moño trenzado, sujeto a la altura de la nuca. ¿Cómo habría sido crecer con una guapísima hermana mayor, se preguntó Alexandra, de modo que, al desaparecer Jack, hubieran podido consolarse mutuamente y viajar juntas?

Bobby estaba escudriñando el local, lleno sólo a medias, y pidiendo café para todos. La señorita Radeva se sirvió una ración extra de azúcar en el suyo y se recostó en la silla.

Bobby la observaba con atención.

—¿Lleva mucho tiempo viviendo en Yambol?

—Sí —contestó—. Vine aquí a trabajar cuando tenía veintitrés años. Hace ya unos veintitrés años, de hecho. Me crié en el mar.

La miraron ambos con sorpresa. Parecía imposible que tuviera cuarenta y tantos años. Ella no pareció notarlo.

—Toda nuestra familia era de Sofía, como los Lazarovi, y vivimos allí hasta que cumplí cinco años. Luego nos trasladamos a Burgas. El tío Milen llevaba mucho tiempo trabajando allí. Es el hermano mayor de mi padre. Le buscó trabajo a mi padre en la refinería, que en aquellos tiempos era muy grande. —Removió su café muchas veces—. Los Lazarovi también fueron a vivir allí. El tío Stoyan tocaba a veces en la orquesta de Burgas y en la ópera, pero casi siempre trabajaba en una fábrica de alimentos procesados. Yo siempre los llamé tíos: el tío Stoyan y la tía Vera. Neven también era como mi primo, o como el hermano mayor que no tenía.

Bobby dejó su cucharilla.

—¿Sus padres todavía viven allí?

Ella meneó la cabeza y sus hermosas facciones se tensaron ligeramente.

—Mis padres fallecieron. Murieron juntos en un accidente de barco cuando yo estaba en el instituto. —Cogió su taza.

Jack, pensó Alexandra. Todas esas sombras y espectros que habían ido a reunirse con él, o él con ellos, desde todos los rincones del globo. De pronto se le vino a la cabeza uno de sus versos favoritos, de cuando estudiaba a Milton en la universidad: «[…]si a una orden suya acuden miles / y recorren sin descanso mar y tierra». En ese momento comprendió que algún día enseñaría a otros lectores, a otros jóvenes, esas palabras capaces de aquietar el temblor de sus manos.

—Lo siento muchísimo —dijo, tratando de elevar su voz desde un lugar inaudible.

—Lo mismo digo —añadió Bobby.

Alexandra adivinó que había advertido el estremecimiento de su voz; y esa certeza, junto a los versos de Milton, de algún modo logró mitigar el ruido del local a su alrededor. De pronto pensó, *La señorita Radeva es huérfana.* Y se volvió para preguntarle si por ese motivo había elegido su trabajo, pero se detuvo.

—¿Y *gospodin* Lazarov? —preguntó por fin—. ¿Lo conocía bien?

Ella dejó su taza sobre la mesa y cruzó y descruzó sus dedos delicados.

—No mucho —dijo—. Siempre estaba ahí, pero era mucho más callado que la tía Vera. No parecían… interesarle mucho los niños, salvo su hijo Neven. Estaba muy orgulloso de él.

Bobby también dejó su café.

—¿Sigue teniendo contacto con Neven?

Ella sacudió la cabeza.

—Para mí es como un hermano —respondió—. Pero por desgracia hace muchos años que no vivimos cerca. Creo que ahora él también es más callado que cuando éramos niños y nos lo pasábamos en grande. Quizás sea más difícil conocerlo. Trabaja para una asesoría contable *online*, en el piso en el que vivían sus padres en Burgas. Es un piso muy pequeño y no muy bonito, sobre todo ahora. Creo que trabaja muchas horas. Debe de sentirse muy solo, aunque me dijo que su trabajo le permite ir a pasar temporadas con su madre. Y el tío Milen y la tía Vera estaban muy mayores la última vez que los vi. —Meneó de nuevo la cabeza.

Luego, como si necesitara cambiar de tema un instante, le preguntó a Alexandra de qué zona de Estados Unidos era y si había discotecas en su ciudad. Alexandra, que pasaba gran parte del tiempo en la biblioteca o en las montañas, tuvo que hacer un esfuerzo por recordarlo.

—Sí, hay una. No estoy muy segura de cómo es.

—Creía que en todas las ciudades de Estados Unidos había montones de discotecas —dijo la señorita Radeva, asombrada—. Aquí tenemos por lo menos cuatro, y yo voy todos los fines de semana. Me encanta bailar.

—Bueno —dijo Bobby bajando su tenedor—, ya sabe que estamos muy interesados en encontrar a su tío y a los Lazarovi. Pero, como le decía antes, nos preguntamos si hay algo acerca de *gospodin* Lazarov que no sabemos y que quizás pueda ayudarnos.

—Sí —contestó ella—, y ahora yo también estoy preocupada. —Suspiró—. Nunca había encontrado a mi tío tan… raro y serio como la última vez que hablamos por teléfono. Suele ser un poco más calmado. Me dijo que no podía decirme dónde iban de vacaciones ni cuándo, ni cuándo exactamente vendrían a verme. Creo que no quería decírmelo. Me dolió, porque es mi pariente más próximo, y me preocupó que estuviera perdiendo la cabeza. Incluso pensé por un momento que tal vez fueran a salir de Bulgaria para hacer un viaje más largo, si tenía algunos ahorros de los que yo no sabía nada.

Alexandra sintió una opresión en el estómago. No se le había ocurrido pensar que los Lazarovi pudieran salir del país. ¿Lo harían si alguno de ellos sabía lo que escondía la urna? ¿Y significaba eso que eran conscientes de que corrían algún peligro? Por otro lado, Milen había hablado con la señorita Radeva antes de que perdieran la urna. ¿Había ocultado el propio Neven la confesión de Stoyan en la urna con ayuda de Nasko Angelov? ¿Estaba ansioso por recuperarla o había ocurrido algo desde entonces que les había impulsado a huir de Bulgaria? Se imaginó a Neven junto a la barandilla de un barco, alejándose por momentos de la costa, hasta que sólo distinguió de él su ropa blanca y negra. Tal vez ella tuviera la culpa de todo aquello por haberse llevado la urna, y él nunca la recuperaría, nunca podría enterrar a su padre ni, quizá, regresar con garantías a su país. Había creído que eso, al menos, podía solucionarlo: devolverle a una familia (y a la tierra) lo que le pertenecía. Se retorció las manos sobre el regazo para impedir que la derecha se introdujera bajo la manga de la izquierda.

—¿Cree usted…? —comenzó a decir Bobby—. ¿Cree usted que estaban lo bastante asustados como para pensar seriamente en abandonar Bulgaria?

—Jamás lo habría dicho. —La señorita Radeva se apartó el pelo de los hombros—. Pero ahora no estoy segura. La conversación fue un poco sospechosa. Y como han venido ustedes hoy preguntando si creía que el tío Stoyan podía haberse metido en líos con la policía, de pronto estoy muy preocupada. Mi tío Milen siempre ha desconfiado de la policía, pero yo pensaba que era por las cosas que pasaban en su juventud, a principios de la época socialista.

—¿Él tuvo algún problema en aquella época? —Bobby se inclinó hacia delante.

Los grandes ojos claros de la señorita Radeva adquirieron una expresión pensativa.

—Creo que no. Puede que lo que le pasó al tío Stoyan lo pusiera nervioso. En aquellos tiempos podían detener a cualquiera.

Todavía pueden, pensó Alexandra mirando a Bobby. *A un poeta,* por ejemplo. Pero él no parecía estar pensando en sí mismo.

—¿Lo que le pasó al tío Stoyan? —preguntó—. ¿Qué le pasó?

Ella pareció incómoda.

—Eso es lo que creo que debo contarles. El tío Stoyan nunca hablaba de ello, pero yo sé que lo detuvo la seguridad del estado, puede que más de una vez. La tía Vera tampoco hablaba nunca de ese tema. Pero una noche, unos meses después de que fallecieran mis padres, el tío Milen me llevó a cenar en Burgas y bebió demasiado. Creo que quería hablarme de mis padres, pero estaba demasiado triste, y acabó hablándome de Stoyan casi por accidente.

—También debió de ser muy triste para usted —comentó Bobby.

Alexandra lo miró y pensó de repente: *Tú harías hablar hasta a una piedra.*

47

Estábamos sentados en la terraza de un restaurante en Burgas, dijo la señorita Radeva. Está en el antiguo Parque del Mar, el Morska Gradina. Si van a Burgas, lo verán. Es un sitio precioso junto a la playa, aunque ahora no es tan bonito como antes. Tenía mesas fuera, en una terraza con una gran *balyustrada* de piedra, con vistas al mar y al cielo. Yo tenía diecisiete años y no iba al parque desde dos meses antes de que me llamaran del hospital para decirme que mis padres habían muerto. Me entregaron su ropa mojada en una bolsa. Desde entonces ni siquiera había ido a la playa. Cuando volví a ver la terraza del restaurante, con el sol del atardecer sobre la bahía, las mesas relucientes y el mar azul, pensé que no quería sentarme allí fuera. Pero mi tío parecía empeñado, así que le hice caso. Me retiró la silla para que me sentara, como hacía siempre con mi madre, pero nunca conmigo, hasta ese día. Aquello me entristeció de inmediato.

El tío Milen pidió una copa de vino para mí, aunque yo era muy joven y a él no le gustaba ver beber a las mujeres. Para él pidió *rakiya*. Le temblaba la voz cuando brindó a mi salud. De pronto me di cuenta de que su pelo liso y moreno, que de joven siempre había sido muy espeso, empezaba a parecer fino y grisáceo. Tenía los ojos enrojecidos, puede que no de llorar, sino de cansancio. Yo me había puesto mi vestido favorito, uno verde, y los zapatos con los que me gustaba combinarlo, para darle las gracias por invitarme a cenar, y él me hizo un cumplido. Yo siempre había tenido la sensación de que era su niña, su preferida, porque no tenía hijos propios. Ni siquiera se había casado. Una vez me contó que, siendo muy joven, había entregado su corazón a una mujer que no lo amaba, pero que nunca se había arrepentido.

Estuvimos comiendo y charlando de cosas sin importancia. Hacía calor esa noche y, durante un rato, llegué a creer que sólo habíamos salido a cenar, como tío y sobrina, y que luego me llevaría a casa, con mis padres, y no al piso de mi abuela, donde vivía desde su muerte. Los árboles estaban muy verdes, era la mejor época del año y el aire olía deliciosamente a salitre, y no a esa peste que desprende la refinería. Desde aquel día en el hospital, yo había pensado muchas veces que el buen tiempo era muy extraño: el cielo permanecía azul y el sol seguía saliendo sobre el mar por las mañanas y ocultándose a nuestra espalda cada noche. También hacía muy buen tiempo el día que se ahogaron, sólo que soplaba mucho el viento.

El tío Milen estuvo hablándome un rato sobre su trabajo, que no iba muy bien, y me preguntó, un poco azorado, qué tal iban las cosas en casa de mi abuela. Quería saber si podía hacer algo por mí y, para ahorrarle tener que oír la verdad en voz alta, le dije que podía llevarme a cenar al parque de vez en cuando. Aquello lo hizo sonreír. Nosotros siempre habíamos sabido reírnos y sonreír los dos juntos, aunque mi tío también es muy serio y a veces un poco gruñón. Me dijo que, con tan buena compañía, querría volver a menudo. Siguió pidiendo *rakiya* y cenamos muy bien, y pasado un tiempo me di cuenta de que estaba un poco bebido, o más que un poco, quizás, porque aunque beba siempre conserva la calma y la educación. Yo estaba también un poco mareada por el vino, porque rara vez me tomaba una copa entera, y ya casi me había bebido dos.

Pensé en preguntarle cómo era mi madre a mi edad, porque estaba ansiosa por saber todo lo que pudiera sobre mis padres, ahora que habían muerto. Pero al final le pregunté cómo estaban los Lazarovi, porque habíamos ido muchas veces a su casa a lo largo de los años y eran grandes amigos nuestros, casi de la familia. Yo sabía que también tenían que echar mucho de menos a mis padres. Neven todavía vivía con ellos. Estudiaba en la Facultad de Química. «Imagino que a Stoyan lo habrá decepcionado tener un hijo químico, en vez de músico», me comentó mi tío una vez. Stoyan intentó durante años enseñar a su hijo a tocar el violín, sin mucho éxito. Neven sabía tocar muchas piezas, pero despacio y sin expresión. Cuando éramos pequeños, los dos temíamos que llegara el final de la tarde, porque a Neven lo hacían entrar en casa para practicar con el violín. A él le gustaba mucho más jugar a la pelota, y, además, teníamos una colección secreta de envoltorios de papel de plata, una colección muy grande. Ya saben, de envoltorios de caramelos y otras cosas. Nos pasábamos horas alisándolos para que brillaran aún más, hasta que se volvían muy frágiles y se rompían.

El caso es que mi tío dijo que Vera y Stoyan estaban bien, aunque tenía la impresión de que Stoyan estaba un poco enfermo. No enfermo físicamente, dijo, sino de corazón. Triste.

—Se pone así de vez en cuando, a pesar de su música. —Mi tío bebió un sorbo de *rakiya*—. Deberías haberlo visto antes de que lo detuvieran. Era tan vital... No era una persona ruidosa, pero estaba lleno de vida de la cabeza a los pies. Rebosaba energía.

Yo nunca había oído contar que hubieran detenido a Stoyan y mi tío no pareció notar mi sorpresa, así que me quedé callada y lo dejé hablar. Estaba recostado en la silla, con los brazos cruzados, meneando la cabeza. Dijo:

—Después de aquello, ya no era el mismo. Me acuerdo de la vez que vinieron a buscarlo en Burgas. Válgame Dios, yo estaba allí mismo.

Bebió un poco más y yo no intenté disuadirlo de que se callara o dejara de beber.

—Bueno, ya sabes —me dijo—, fue hace muchos años y éramos todos más o menos jóvenes cuando se mudaron a Burgas. Una noche fui a cenar con ellos, como hacía a menudo. Les llevé unos tarros de pepinillos que me había mandado mi abuela del pueblo esa semana. Stoyan no tenía que tocar esa noche en la orquesta, y estábamos los tres sentados en el salón de su casa. Compartían piso con un matrimonio mayor que vivía en la habitación del fondo, y apenas tenían espacio, pero Vera había dejado la casa preciosa, con unas cortinas que confeccionó ella misma con una tela de colores vivos. Después de la cena nos sentamos a charlar. Stoyan dijo que iba a tocar para nosotros, lo que pocas veces hacía en casa, y recuerdo que tocó algo de ese italiano que le gustaba tanto, de memoria. Sonaba como... No sé cómo describirlo, muy numérico y límpido, pero también como agua corriendo por una pendiente. Ahora mismo no recuerdo el nombre del compositor, pero ya lo pensaré. Fue estupendo. Creo que necesito un poco más de *rakiya*. Vera estaba bellísima, sentada en su diván a la luz de una lámpara. Neven, que era pequeño, estaba en casa de sus abuelos, y era otra vez como en los viejos tiempos.

»Cuando Stoyan acabó de tocar, seguimos hablando un rato y yo empecé a pensar en regresar a casa para el toque de queda, aunque siempre me molestaba irme de su casa y mi piso me parecía muy vacío después de estar con ellos. Pero entonces llamaron bruscamente a la puerta. Su piso estaba en la primera planta de un edificio viejo. Era muy raro que alguien llamara a aquella hora, porque ya eran las once pasadas y la calle llevaba un rato en silencio. Vera fue a abrir, preocupada. Stoyan se quedó sentado, muy quieto, como si se hubiera quedado de piedra al oír que llamaban. Dijo en voz baja: *Pak*. "Otra vez."

»Entonces levantó su violín, que tenía sobre las rodillas, y lo guardó en su estuche junto con el arco, y escondió rápidamente el estuche detrás del diván antes de que Vera abriera la puerta. Cuando se apartó de la persona que había llamado y se volvió hacia nosotros, estaba muy pálida. Stoyan y ella se miraron y yo me sentí como si no estuviera en la habitación. Ella se apartó y un agente uniformado entró sin decir nada. Stoyan y yo nos pusimos en pie. Di por sentado que venían a llevarse a alguien, pero durante unos segundos pensé que era a mí, que seguramente había hecho algo mal en el trabajo sin darme cuenta.

»Pero entonces se adelantó Stoyan. El agente sacó unos papeles, sin abrir la boca. Te aseguro que Stoyan se le acercó como si tiraran de él de una cuerda. El hombre apoyó un segundo la mano en la pistola que llevaba al cinto y que le hacía un bulto debajo de la chaqueta. Yo casi no me di cuenta de ese gesto. Luego se volvió hacia la puerta y Stoyan lo siguió. Vera se retorcía las manos y yo comprendí que deseaba correr hacia él. Stoyan se giró y, sin mirar a Vera en ningún momento, me dijo: "Cuida de ella".

Al llegar a este punto de la historia, mi tío se pellizcó el puente de la nariz con el pulgar y el índice y se quedó callado un momento.

—Y juro que lo intenté —dijo con voz temblorosa—. Intenté hacerlo. Lo admiraba más que a nadie.

Yo le pregunté por qué lo detuvieron, dubitativamente, porque jamás se me había ocurrido pensar que el tío Stoyan pudiera meterse en líos. Me había parecido siempre una persona tan serena, un músico… Era muy trabajador, no sonreía mucho, pero era amable de trato. No se correspondía con mi idea de un delincuente, desde luego, pero sabía que en aquellos tiempos a veces se detenía a gente inocente.

El tío Milen no contestó. Tenía la nariz colorada. Dijo:

—No debería habértelo contado. Sé que no debería. No debes decírselo a nadie, nunca.

Le contesté que no lo haría, pero que la tía Vera tenía que haberse alegrado mucho de que volviera sano y salvo.

Aquello pareció tranquilizarlo un poco. Sabía que no lo comentaría con nadie de fuera de la familia.

—Sí, se puso muy contenta cuando volvió.

Entonces pidió café para él y tortitas con mermelada de cereza para mí. Es todo lo que recuerdo.

48

Bobby había cruzado los brazos y parecía pensativo.

—¿Y nunca le contó nada más sobre Stoyan?

La señorita Radeva sacudió la cabeza.

—No. Por lo menos, acerca de sus problemas con la policía. Puede que no fueran graves, porque no he sabido más sobre ese asunto. Yo debía de tener seis o siete años cuando ocurrió, y sólo recuerdo que el tío Stoyan estuvo fuera de casa una temporada. Naturalmente, el tío Milen también me ha contado cosas corrientes sobre Stoyan a lo largo de los años, como que estudiaron en el mismo *gimnasium* de Sofía, aunque mi tío era más joven y no se conocieron entonces. Trabaron relación después, cuando Stoyan regresó de estudiar en Viena y antes de que se casara con la tía Vera.

La señorita Radeva estaba jugando con un mechón de cabello oscuro que había escapado de su moño.

—Mi tío conocía a la familia de la tía Vera desde hacía años, porque vivían en el mismo barrio de Sofía. A todos les encantaba la música. Y me dijo que a Stoyan le gustaba dormir la siesta a mediodía. Por eso Neven y yo no debíamos hacer ruido si jugábamos en su casa.

Alexandra bebió un último sorbo de café pensando en Stoyan Lazarov, un músico que dormía la siesta a mediodía y al que más de una vez apartaron de su bella esposa para llevarlo a comisaría. Se lo imaginó volviendo a la mañana siguiente, sucio y cansado, tal vez incluso con una magulladura en la cara. ¿O estuvo meses fuera esa vez? ¿O incluso años?

—¿Por qué dijo eso, «otra vez»? —preguntó Bobby.

La señorita Radeva arrugó el entrecejo.

—¿Otra vez?

—Sí. ¿Sabe por qué *gospodin* Lazarov dijo *pak* cuando lo detuvieron, como le contó su tío?

Ella se encogió de hombros.

—Nadie hablaba de estas cosas, pero tengo entendido que en aquella época, si te arrestaban una vez, volvían a arrestarte con frecuencia porque estabas bajo sospecha el resto de tu vida. Ahora que lo pienso, me acuerdo de que el tío Stoyan pasó temporadas fuera de casa varias veces cuando nosotros éramos niños y adolescentes... Una vez, estuvo fuera dos años. La tía Vera siempre decía que estaba trabajando en otra parte del país.

Bobby y Alexandra se miraron.

—Nos consta —dijo él— que fue detenido y enviado a un campo de trabajo antes de que naciera Neven.

Ella sacudió la cabeza lentamente.

—Nunca me lo contaron. Pero eso explica muchas cosas.

Él titubeó.

—Hemos venido hasta aquí lo más discretamente posible, pero debemos decirle algo más. Últimamente, nos han estado siguiendo y nos han amenazado sirviéndose de pintadas. O puede que sea a los Lazarovi y a tu tío a quienes están amenazando.

Le explicó brevemente lo ocurrido durante los cinco días anteriores. Ella, cada vez más nerviosa, enroscaba el mechón de pelo entre sus dedos.

—Lamentamos haberla involucrado —dijo Alexandra—. Por favor, tenga cuidado. Si ve algo que la haga sospechar, llame enseguida a Bobby.

—O si recuerda algo más sobre Stoyan Lazarov que considere que debemos saber —añadió él.

—Así lo haré. Pero por favor, por favor... Avísenme si se enteran de algo más sobre mi tío, o sobre los demás.

Se levantó con su elegancia natural y Bobby y Alexandra hicieron lo propio para despedirse de ella.

—*Blagodarya*. —Bobby la besó en ambas mejillas—. Por supuesto que sí, la llamaremos al móvil en cuanto sepamos algo.

—Gracias —dijo ella.

Alexandra rodeó con los brazos sus hombros esbeltos y la estrechó un momento a pesar de que sabía que no era lo más apropiado. La señorita Radeva levantó la larga melena de Alexandra con una mano y la dejó caer.

—Por favor, conduzcan con cuidado —dijo.

La vieron salir por la puerta, caminando grácilmente sobre sus tacones. Se sentaron de nuevo un momento mientras Bobby contaba las monedas para pagar el café y las dejaba en un montoncillo en el centro de la mesa. Justo cuando colocó la última moneda, sonó su teléfono.

—Es Irina —dijo.

Alexandra oyó la voz de la anciana contándole algo en búlgaro, muy nerviosa. Bobby se puso alerta de inmediato y, al colgar, se volvió hacia ella.

—Malas noticias —dijo en voz baja—. Muy malas. Han encontrado muerto a Atanas Angelov en Irkad. Irina se ha enterado hace sólo unos minutos, por su hijo.

A Alexandra le costó encajar la noticia.

—¿Te refieres a *gospodin*...? ¿Al amigo pintor de Irina? ¿Al de ayer? Oh, no —dijo—. Oh, no, no...

Bobby cruzó con fuerza las manos sobre la mesa.

—Sí. Le han encontrado esta mañana en el bosque, cerca de Irkad. Parece que salió a reunirse con alguien después de que nos marcháramos. Su hijo no lo vio en toda la noche y estaba muy preocupado. Lo encontró un hombre del pueblo.

—¿Fue a reunirse con alguien? —preguntó ella, atónita.

Bobby crispó las manos.

—Lo han degollado.

—Dios mío —dijo Alexandra.

De pronto pareció quedarse sin respiración. Le pareció estar viendo de nuevo aquella cara serena y atezada, las lágrimas que corrían por sus arrugas y que ahora caían en un tajo espeluznante.

—Es por la urna —dijo Bobby con aspereza—. Tiene que ser por la urna.

—Oh, no... Es por mi culpa —repuso ella, y empezó a llorar—. Nada de esto habría ocurrido si no hubiera ido a la policía, si no hubiera intentado encontrar a esas personas. O si no me hubiera quedado con la urna. Siempre lo estropeo todo...

Bobby se giró de repente y la zarandeó por los hombros.

—Basta ya —ordenó.

Alexandra vio el miedo reflejado en su rostro y se acordó de cómo se había apenado Angelov al ver el destino de Bobby escrito en sus facciones.

—Para o te doy un bofetón, Bird.

—¿Qué? —preguntó, indignada, pero Bobby había hablado en un tono tan enojado y cariñoso que se le secaron de golpe las lágrimas.

Él apoyó la frente un momento contra la suya, allí, en medio de la cafetería, y luego se incorporó.

—Irina está muy afectada y yo estoy cada vez más preocupado por su seguridad y por la de Lenka. Le he dicho que vamos enseguida para allá.

49

1949

Nos dividieron en tres grupos y nos asignaron a diversos «jefes de brigada», como los llamaban ellos. A mí los jefes de brigada me parecieron más bien prisioneros, con su ropa desgarrada y unos zapatos que nunca eran de su talla, y pronto me enteré de que, en efecto, eso eran: reclusos a los que habían ascendido. Portaban garrotes que no necesitaban en esos momentos. Fuimos con ellos al aseo de hormigón de nuestro nuevo alojamiento. Entre los hombres que iban conmigo, reconocí al borracho de Sofía, que estaba tan aturdido que no podía hablar. Reconocí también, aunque sólo de vista, a un joven de aspecto amable, con la barba marrón y los ojos de color castaño claro. Se movía con delicadeza y me lanzó una mirada tan llena de dignidad, dolor y rabia que sentí que en ese breve instante habíamos mantenido una conversación completa. Puede que hubiéramos coincidido alguna vez en un café o una biblioteca de Sofía, donde nos habríamos limitado a saludarnos con una inclinación de cabeza.

En el aseo nos ordenaron desvestirnos. Vi que el joven de la barba tenía ronchas en la espalda, cubiertas con costras como granates. Nuestro jefe de brigada parecía tan anciano que me pregunté si sería capaz de mantener el orden en nuestro grupo y si había sobrevivido a los horrores de aquel lugar. Luego me di cuenta de que no era viejo, sino que había perdido casi todos los dientes, de modo que su cara se había hundido y sus ojos habían descendido hacia las mejillas. Nos dijo que se llamaba Vanyo, nada más. Nos registró mientras estábamos desnudos, expeditivamente, y a un hombre le quitó un reloj de pulsera y a otro una cadena con un icono. Se guardó el reloj en el bolsillo y el icono lo tiró a un cubo de inmundicias que había en un rincón.

Luego ordenó a otro prisionero que lo ayudara a afeitarnos la cabeza, lo que resultó muy penoso, y a mirar si teníamos piojos. Se sirvieron de cuchillas viejas, de cubos de agua fría y de pastillas de áspero jabón de sosa colocadas en bandejas de madera. No volví a ver mi ropa. Nos entregaron varios montones de camisas, ropa interior y pantalones para que eligiéramos y nos observaron mientras nos intercambiábamos las prendas que podían quedarnos mejor. *Ropa de muertos*, pensábamos todos, aunque cuando nos la dieron estaba relativamente limpia. Había algunos calcetines y zapatos sueltos, y no bastaban para todos. Varios hombres que tenían los pies más grandes se quedaron descalzos esa primera noche. Yo encontré un par de zapatos de calle, de piel y muy gastados, que, si me ataba fuerte los cordones, no se me salían.

Nuestro jefe de brigada nos llevó de nuevo al patio y repartió entre todos el contenido de varias bandejas de pan y de una cazuela de sopa de alubias. Estaba asqueroso, sobre todo la sopa, pero comimos con ansia. Nos informó de que trabajaríamos y dormiríamos juntos y de que debíamos estar listos para incorporarnos a nuestros barracones, porque los demás trabajadores no tardarían en volver. No dijo en qué íbamos a trabajar. El ocaso había dado paso a la noche y en la garita se encendieron unas bombillas eléctricas. Los demás guardias llevaban faroles. Colocaron uno a la entrada de cada barracón.

Luego oímos gritos, pasos atropellados y el extraño bramar de un cuerno, semejante al de un cornetín del ejército, y los trabajadores comenzaron a entrar por el portón, custodiados por guardias armados con pistolas y garrotes. Yo apenas daba crédito a lo que veía. Las figuras que salieron a la luz del patio no parecían hombres, sino esqueletos vivientes: parecían haberles vaciado las cuencas de los ojos con cucharas gigantescas, tenían la cabeza tiñosa y la ropa, cubierta de carbonilla, polvo y grasa, se les caía a trozos, hasta el punto de que ya no parecía estar hecha de tela. Y, sin embargo, aquellos esperpentos se movían, avanzaban hacia las bandejas de pan y las cazuelas de sopa apestosa. Sacaban cuencos y tazas de hojalata abollada de debajo de sus harapos y se servían con ansia.

Con un arrebato de horror, me acordé de los grabados del libro de Dante de mi abuelo, de las muchedumbres de almas en pena en las estancias del Inframundo. Aquellos hombres no nos miraron. Yo creía que nosotros estábamos desharrapados y exhaustos, pero comparados con aquellas apariciones estábamos enteros y en perfecto estado. Vi con una nueva oleada de horror lo dañadas que tenían las manos: muchos de ellos llevaban vendajes mugrientos o manchados de sangre, o les faltaban falanges de los dedos. ¿Cuánto tiempo llevaban allí? Guardé con todo cuidado mi creencia de que volvería a reunirme con Vera en cuestión de días. Ya ni siquiera me apetecía contemplarla.

Los presos veteranos apenas tuvieron tiempo de meterse un mendrugo de pan en el hueco de la boca antes de que volviera a sonar la corneta, muy cerca, y nos colocaran a todos en fila para pasar lista por nuestros nombres completos. A los recién llegados nos nombraron los últimos. Los nombres no parecían acabarse nunca y, entre tanto, los trabajadores se tambaleaban y tiritaban, muertos de cansancio. Me quedé estupefacto al ver que un esqueleto respondía: «¡Presente!», cuando dijeron: «¡Ivan Genev!», y que al instante se quedaba dormido de pie, como si hubiera estado esperando ese momento. A veces había cierta confusión respecto a un nombre o una respuesta y el guardia que tenía la lista retrocedía varios nombres y los repasaba de nuevo. En la lista figuraban todos los nombres que yo conocía y algunos que nunca había oído, pero que eran claramente búlgaros. Una o dos veces me pareció oír un nombre que sonaba a alemán, o a rumano, o a húngaro, pero no estaba seguro.

Por fin nos dejaron romper filas y yo aproveché el desorden momentáneo para preguntar a un hombre cadavérico que había a mi lado cuál era el trabajo que tenían que hacer.

—Canteras —respondió, como si las palabras fueran un bien que no podía permitirse malgastar—. Minas. Y unos cuantos van al aserradero.

Habló en voz baja y no trató de mirarme a los ojos. Luego se alejó arrastrando los pies.

Yo había dado por sentado que dormiríamos en los dos grandes barracones de madera, pero ya parecían estar llenos. Mi brigada fue conducida a un barracón que había al fondo del patio, tan bajo que la puerta parecía conducir bajo tierra, como en efecto así era. No era, en realidad, un edificio, sino un enorme socavón excavado en la tierra y, cuando entramos agachando la cabeza, me llegó una vaharada de olor tan nauseabunda que sentí el impulso de dar media vuelta y salir a vomitar, pero no pude hacerlo porque había otro hombre justo detrás de mí. Era un olor como el de la carne expuesta demasiado tiempo a la intemperie, sólo que infinitamente más extraño. Me tapé la nariz con la manga de mi camisa de muerto y apreté con fuerza. Ya había hombres echándose a dormir en los catres de madera y hasta en el suelo. Nuestro jefe de brigada, el desdentado Vanyo, nos señaló unos catres vacíos. Como éramos nuevos, dormiríamos cerca del cubo de las inmundicias. Aquel hedor procedía en parte del cubo, pero sólo en parte. Los catres estaban cubiertos con jirones de tela que en algún momento habían sido esterillas, y había una manta harapienta para cada uno, de la época de la guerra. Había también un solo farol para alumbrar todo aquello: un farol, un cubo para las inmundicias, una puerta y ochenta hombres, como mínimo, una vez estuvimos todos dentro del barracón.

Los trabajadores esqueléticos se pusieron los zapatos debajo de la cabeza a modo de almohadas. Algunos tenían también hatos de cosas que no eran mantas: chaquetas pútridas y trapos arrancados de pantalones rotos. Alguien atrancó la puerta de madera por fuera. Estábamos atrapados; si se caía el farol, moriríamos achicharrados. El olor pendía del aire como un sólido. El hombre que ocupaba el catre situado encima del mío se inclinó un momento cuando me metí en la cama. Su cara, como la del resto, era una calavera. Pero de repente vi, como me sucedería después una y otra vez, que seguía siendo una cara que en otro tiempo había sido normal, puede que incluso agradable a la vista. Estuvo a punto de sonreír.

—Nuevo —dijo. No podía ser una pregunta.

—Stoyan Lazarov —respondí yo.

Decidí no añadir que era de Sofía. Él estiró su huesudo brazo y me estrechó la mano.

—Petar, de Haskovo —murmuró.

—¿Qué es ese olor? —pregunté.

Alguien apagó de un soplido el farol, junto a la puerta. Oí de nuevo la voz de Petar.

—Son las heridas. Nuestras heridas. Se infectan. Intenta olvidarte de ello, hijo —dijo, no sin amabilidad—. Y procura mantenerte limpio. Vamos a dormir.

Se retiró a la oscuridad, encima de mí. Alguien nos mandó callar, enfadado. Yo arranqué un trozo de tela de mi ropa de cama y me vendé el dedo dolorido con él, confiando en que quedara derecho al curar. Sabía, además, que debía dormir.

Pero estuve en vela casi toda aquella primera noche. Cuando los hombres empezaron a respirar acompasadamente a mi alrededor, o a gemir en sueños, comencé a oír a los millones de bichos que moraban en las paredes, en el techo de adobe y ramas entretejidas, en nuestras mantas y ropas. Empecé a sentirlos en la piel, dentro de la ropa de algún muerto anónimo, y tirité y me rasqué con la mano buena. Pensé en permitir que mis pensamientos vagaran de nuevo hacia aquel prado ameno junto al río en el que se sentaba mi hijo, pero me contuve. Quería reservármelo, esperarlo con ilusión. Recé una corta plegaria por Vera y por mis padres, a pesar de que no rezaba desde que era niño y ya no recordaba cómo hacerlo. Lo que me salió fue una carta sin sello.

Mientras estaba allí tumbado, tratando de no pensar en el picor ni en el hambre, me hice a mí mismo otra promesa. Había provocado una desgracia, allá en Sofía. Aquellos matones podían castigarme siguiendo sus propios designios, pero sólo yo tenía el derecho a castigarme por lo que de verdad había hecho. Cuando volviera a casa, afrontaría de algún modo mi verdadera penitencia.

Por fin, el ruido de los insectos, su deambular, su roer y triturar, se convirtió en una nana para mis oídos y pude dormir un rato. Luego, antes de que amaneciera, sonó la corneta.

50

1949

Me desperté agotado, pero presa de una conciencia dolorosa, sabiendo incluso antes de abandonar mis sueños que no estaba donde debía estar. Sentía el vacío que me atenazaba el estómago y notaba moverse a los hombres a mi alrededor. Vi un rectángulo de luz: la entrada del socavón, con el farol colocado fuera. Alguien había descorrido el cerrojo y abierto la puerta del barracón, pero el hedor que reinaba dentro impedía que nos llegara el frescor de la madrugada. Mis oídos recordaron de pronto la llamada de la corneta. Sin ella, habría dormido una eternidad. De hecho, no sentía deseo alguno de levantarme. Me dolía todo el cuerpo, de la cabeza a los pies. Deseé fugazmente que me hubieran sacado a rastras del vagón de tren y me hubieran fusilado allí mismo.

—Arriba —siseó alguien, y yo me bajé del catre y me puse los zapatos, que me venían grandes.

Me picaba la cabeza afeitada y tenía ronchas en la piel, bajo la ajada camisa, ya fuera por los bichos o por la mugre. Recordé lo que me había dicho la víspera Petar de Haskovo sobre las infecciones y me dije a mí mismo que no debía rascarme o las ronchas se convertirían en llagas abiertas. No vi a Petar en el catre de arriba. La mitad de los ocupantes del barracón ya habían salido en silencio, apresuradamente. Salí a trompicones y caminé renqueando hasta el aseo, respirando el aire fresco en largas bocanadas, como si quisiera comérmelo. Todavía estaba oscuro, salvo por una luz eléctrica encendida al otro lado del patio. Un momento después, dos guardias pasaron a toda prisa por mi lado, camino de la puerta. Al volverme, vi que los siguientes presos en salir, los que se habían quedado rezagados, estaban recibiendo garrotazos. Agachaban la cabeza y gemían, y uno de ellos cayó al suelo. Un guardia le propinó una patada. Pensé, *En la calle, en Sofía, yo habría corrido a soco-*

rrer a ese hombre. Sí, me habría dado miedo hacerme daño en las manos, como le sucede a todo violinista cuando estalla una pelea, pero lo habría ayudado.

En el servicio, formamos largas colas para usar los ochos agujeros que, dispuestos en hilera, servían de letrinas. Allí también había un olor espantoso, pero distinto al del barracón. Unos cuantos presos (supervivientes de rostro endurecido, flacos como palillos) empujaron para ponerse delante y todo el mundo dejó que se colaran. Lo mismo sucedió en los lavabos, ocho pilas de metal oxidado para centenares de hombres. Cada uno disponía de uno o dos segundos para lavarse. Me lavé en una especie de sopa gris en la que ya se habían lavado la cara treinta o cuarenta hombres antes que yo, sin atreverme a coger agua limpia (si es que lo estaba) de las jarras que había allí cerca. Desconocía las reglas que imperaban allí; tendría que observarlo todo atentamente, como hacía uno al llegar a una nueva orquesta regida por un director implacable. Nadie hablaba, como no fuera para reprender en voz baja a los presos que se demoraban demasiado en las letrinas.

Nos dieron el desayuno en el patio: té con un pegote de mermelada en el borde de la taza. Lo bebimos de pie. Al principio no entendí que no iban a darnos nada más, ni que la taza de hojalata que me dieron era la mía y debía guardármela.

—Has tenido suerte —me dijo el hombre que estaba a mi lado—. Pero tendrás que compartirla. Sólo la tiene uno de cada diez.

Se refería a las tazas, aunque a mí me daba la impresión de que eran muchos los hombres que tenían tazas de hojalata parecidas a aquélla. Se las colgaban dentro de la ropa cuando acababan de beber.

—Ándate con ojo o te la quitarán —gruñó el mismo hombre.

Me pregunté de repente si tenía intención de quitarme la taza y me la até con fuerza a una presilla de los pantalones utilizando un trozo de tela que arranqué del bajo de mi camisa.

Luego tuvimos que ponernos en fila de nuevo, por brigadas, para que pasaran lista. Mientras estaba allí de pie, oyendo el runrún de la larga lista de nombres, miré con cautela el cielo nocturno. Estaba cuajado de estrellas. La noche anterior no me había fijado en ellas, o puede que de madrugada brillaran más, incluso con la luz de la garita de vigilancia encendida. Hacía años que no miraba de verdad las estrellas. En Viena veía a veces un gélido arco de estrellas desde mi parque preferido, cuando regresaba dando un paseo a mi habitación, ya bien entrada la noche.

Distinguía ahora largas y diáfanas filigranas, constelaciones cuyos nombres lamentaba haber olvidado. Al borde del firmamento, lejos de las luces de las garitas, brillaba una estrella solitaria, como si se hubiera desprendido de la constelación más próxima y hubiera vagado sola hacia el horizonte. Como la tarde anterior había visto ponerse el sol, comprendí que se hallaba al noreste, hacia el lejano mar Negro, el Danubio y la frontera con Rumanía. Se erguía sobre un pico tachonado de abetos. Los árboles parecían más negros que el cielo, como si sus siluetas dieran acceso a una oscuridad impensable. Resolví llamar a la estrella Beta-49, el nombre más insulso que se me ocurrió, en honor del año en el que la había descubierto.

Cuando volví la cabeza hacia los gritos, los guardias a los que habíamos visto la noche anterior (los tres que mataron a golpes al hombre que se atrevió a levantar la voz) estaban delante de nosotros.

—¡Trabajadores novatos! —gritó el único que vestía uniforme—. ¿Alguno de vosotros tiene algo de lo que quejarse esta mañana?

Nos quedamos callados, y los esqueletos arrastraron los pies, haciéndolos sonar como hojas, como si quisieran advertirnos.

—Muy bien —dijo el guardia—. Dejad que os enseñe lo que les ocurre a los que se quejan. Y a los que se salen de la fila y a cualquiera que intente dejar su lugar de trabajo. ¡Momo!

Hizo un rápido ademán y su ayudante, el joven de cabello claro que había sujetado al preso la noche anterior, se adelantó.

—¿Cuál, Momo?

Momo nos sonrió. Vi con un estremecimiento de pavor que parecía un niño pequeño. Tenía la cara inocente de un niño de siete años, con un ancho hueco entre los dientes de arriba. Debía de tener, sin embargo, dieciséis o diecisiete años. Su apodo me pareció ridículo. En Viena o en París, habría sido el nombre de un payaso o de un mago callejero. Se rascó la parte de atrás de la cabeza, alborotando su cabello angelical. Pensé que podía ser alemán, o ruso, o checo, con aquel pelo rizado y amarillo y aquella cara tan pura, pero cuando habló lo hizo en perfecto búlgaro.

—No sé, jefe. Puede que ése.

Alargó la mano para señalar a un hombre que había cerca de la primera fila. No era uno de los nuevos, sino un tipo macilento y enjuto, con la cabeza rapada cubierta por una pelusilla gris.

—Muy bien.

El jefe entregó a Momo su garrote y, aunque el preso agachó rápidamente la cabeza, lo golpeó a un lado de la cara. El hombre dejó escapar un gemido animal y, agachándose, intentó protegerse la cabeza con los brazos.

—No sirve para nada —dijo el jefe en voz alta—. Aseguraos de que vosotros sí sirváis para algo.

Hizo otro ademán expeditivo (los guardias parecían emplear una especie de lenguaje de signos para sus rituales) y el chico llamado Momo metió la mano en una carretilla que había allí cerca y entregó al hombre herido un gran saco vacío.

—No —dijo el hombre—. Por favor. Se lo suplico.

—Ya sabes que vas a tener que llevarlo —respondió Momo.

Los presos permanecían inmóviles, sin mirarse.

—Por favor —repitió el hombre—. Tengo familia en casa. Dos hijos.

—Bueno, todos tenemos familia —replicó el jefe en tono razonable—. Pero no podemos permitir que deis mal ejemplo. ¿Entendido? —preguntó alzando de pronto la voz.

Momo retrocedió sonriendo como si su labor hubiera terminado y la hubiera cumplido a la perfección.

—Sí —mascullaron los presos, pero fue como el soplo del viento entre árboles viejos: un sonido apenas real.

No entendí por qué el hombre al que le habían dado el saco parecía tan desesperado. Estaba vacío, era fácil de llevar. No podía ser una carga pesada. Pero cuando nos ordenaron emprender la marcha y doblamos la esquina de los aseos, vi apoyado contra el zócalo de una pared un saco parecido, lleno de bultos que parecían una cabeza y unos miembros humanos. Un peso muerto. Me di cuenta entonces de que tenía que ser el hombre al que habían matado de una paliza el día anterior, a no ser que hubiera muerto alguien más durante la noche. Se me revolvió el estómago y pensé por un momento que tendría que salirme de la fila para vomitar el té que había tomado.

Sonó entonces la corneta y salimos por el portón como si fuéramos a quedar libres de nuevo. Vi a aquel hombre de barba castaña y expresión amable (ya sin su barba) al que me parecía haber visto en algún café de Sofía, y también al borracho de mi celda. Iban ambos por delante de mí. Seguían formando parte de mi brigada y confié en poder hablar con el primero más adelante, si surgía la oportunidad.

Esa primera mañana subí a pie con mi brigada por una carretera que serpenteaba por detrás del campo adentrándose en las montañas, por espacio de unos dos kilómetros. La calzada discurría en paralelo a una vía de ferrocarril, aunque yo no había oído pasar ningún tren cerca del campo. Me pregunté si aquella vía era la misma que nos había llevado hasta el pueblo de Zelenets y si algún preso habría intentado escapar subiéndose de un salto a un tren en marcha. No había adónde escapar, aunque nos hubiéramos atrevido a desafiar a los guardias. La falda de la montaña ascendía abruptamente a nuestra izquierda, nada más cruzar la vía del tren, y entre sus rocas desnudas sólo crecían algunos árboles raquíticos. A nuestra derecha, el terreno caía en picado entre matorrales, de modo que cualquiera que osara dejarse resbalar por aquel abismo se mataría en cuestión de minutos o sería alcanzado fácilmente por una bala desde arriba. Me pregunté quién había construido aquella carretera bordeando la montaña. Quizás otras almas en pena, como nosotros.

La caminata hasta nuestro destino me habría resultado fácil apenas unos días antes. Ahora, hambriento y desfallecido, me descubría jadeando en cuanto el terreno ascendía ligeramente. Las armas nos urgían a avanzar, y advertí que varios de los guardias más jóvenes, entre ellos el angelical Momo, portaban garrotes mientras marchaban a nuestro lado.

Al doblar un recodo de la carretera, la falda de la montaña desembocaba en una zona llana en cuyo centro se abría un foso de unos sesenta metros de profundidad. Distinguí las rampas que ascendían en zigzag desde las terrazas de tierra del interior de la cantera hasta su borde, y las carretillas colocadas en sus inmediaciones. Dispersos por el descampado había numerosos montones de roca a medio romper. La línea de ferrocarril pasaba justo al lado, y había una larga vía muerta para que los trenes se detuvieran.

—¡Cantera! —gritó uno de los guardias, y la mitad de las brigadas, entre ellas la mía, se separaron de la larga fila y le siguieron hacia el foso.

El resto de los presos, tanto los esqueletos como los recién llegados, siguieron carretera arriba, y vi que el hombrecillo encorvado del garrote caminaba tras ellos acompañado por dos guardias vestidos con uniforme. Momo vino con nosotros hasta el borde de la cantera. Cuando me giré y advertí su presencia, me lanzó una mirada que no me gustó en absoluto, aunque fui incapaz de interpretar su significado. Ya me había fijado antes en su cara, pero ahora advertí lo fuerte que era. Tenía las espaldas muy anchas y los brazos enormes. Sus ropas eran casi tan harapientas como las mías, pero, al igual que los otros guardias, parecía estar bien alimentado.

Me asignaron a una terraza situada más o menos en mitad del foso, donde debíamos romper la roca en piedras lo bastante pequeñas para transportarlas en las carretillas. Las carretillas estaban construidas de tal modo que encajaban en estrechos rieles, y había que empujarlas para subirlas por las rampas. Tres o cuatro presos de mi brigada fueron también asignados a aquella terraza, entre ellos aquel joven de aspecto amable y un hombre mayor, con mechones de cabello blanco en las sienes. Le temblaban las manos y me pregunté si seguiría vivo al acabar el día. Resultó, sin embargo, que había trabajado de albañil toda su vida, y recogía pedruscos mucho más rápido que yo.

Al principio hicimos todos lo mismo: nos turnábamos para romper la roca con picos, cargábamos las piedras en una carretilla y empujábamos la carretilla cuesta arriba por los rieles, hasta donde otra brigada se hacía cargo de ella para transportarla hasta la vía del tren. Al poco rato, sin embargo, nos dimos cuenta de que era más lógico repartirnos el trabajo. El hombre de cara amable y un preso de mediana edad que dijo ser de Pirin se dedicaron a romper la roca con los picos, incorporándose con frecuencia para aliviar el dolor de la espalda. El hombre mayor se ofreció a seguir llenando la carretilla con sus manos fuertes y temblorosas. Yo me alegré de poder empujar la carretilla. Me hacía daño en las manos, sobre todo porque tenía que procurar mantener el dedo meñique apartado de los mangos, pero habría sido peor tener que manejar el pico o levantar los pedruscos. Sabía, no obstante, que sólo era cuestión de tiempo que me salieran ampollas y, más tarde, heridas.

Me dio la impresión de que, nada más salir el sol, estábamos ya tan rendidos que habríamos tenido que pasar el resto del día descansando. Los guardias lo notaron, porque de pronto bajaron varios al foso y nos reprendieron a gritos, acusándonos de ser unos vagos. Momo se paró en nuestra terraza y blandió su garrote cerca de la cabeza del hombre mayor.

—¿Por qué flojeáis? —gritó.

El hombre mayor no dijo nada, pero sus fuertes hombros y sus brazos comenzaron a moverse más aprisa entre los montones de piedra y la carretilla. Yo sostenía la carretilla lo más firmemente que podía para que echara en ella los pedruscos. Vi que tenía las manos enrojecidas y con cortes y resolví que, en cuanto se marchara Momo, me ofrecería a relevar a aquel hombre o a ayudarle a vendarse las manos. Sentí un arrebato de indignación. Aquello era una pesadilla espantosa, un disparate, una broma grotesca. Aparté la mirada de Momo con cautela, pero pareció oler mi rabia como un perro y se me acercó.

—¿Por qué tú no recoges piedras? —preguntó.

—Este hombre es violinista —respondió el viejo con orgullo.

Me pregunté cómo lo había averiguado y luego me acordé de que yo mismo se lo había dicho durante nuestra primera y única conversación. Un campesino de Pirin, un albañil y un violinista. El hombre de aspecto amable no había dicho a qué se dedicaba.

—¿Violinista?

Momo me miró con curiosidad. Su cara reflejaba la inexpresividad característica de la belleza que recubre un vacío. Parecía tener tan poca conciencia de su apostura física como de estar vivo, en un lugar en el que, de todas formas, la belleza no tenía cabida en ninguna de sus manifestaciones. Pensé que era como un animal peligroso, como un león que se pasea por su jaula, enajenado y fuera de lugar.

—¿Tocas la *tsigulka*?

—Sí —respondí, y me dije que no debía permitir que el olor de mi ira volviera a filtrarse de nuevo.

Pero Momo ya estaba jugueteando conmigo.

—Ah —dijo—. ¿Y has traído tu *tsigulka*?

Se rio como si hubiera encontrado el camino hacia la risa y estuviera orgulloso de haber llegado allí él solito. Me pregunté si no estaría mal de la cabeza. Pero ¿quién que hiciera un trabajo como el suyo podía estar bien de la cabeza o mantener la cordura?

—No, no lo he traído —contesté con calma, y enderecé la carretilla para empezar a empujarla cuesta arriba.

Tal vez Momo estuviera intentando distraerme para que me parara y así poder castigarme. Volvió su cabeza rubia. El sol había salido por encima de las laderas de las montañas y entraba en la cantera formando una bóveda de luz que arrancaba destellos a su cabellera y a sus ojos traslúcidos. Tenía el cuello mugriento pero musculoso, tan ancho y perfecto como si lo hubiera esculpido Miguel Ángel.

—No podéis hablar mientras trabajáis —dijo con petulancia—. Ahora tendré que castigaros o los guardias se enfadarán conmigo.

Yo había dado por sentado que él se contaba entre los guardias.

—¿Qué? —dijo mirándome. El hombre amable y el de Pirin seguían trabajando con la cabeza gacha—. ¿A quién castigo? ¿A ti o a él?

Señaló con el bastón al viejo, que estaba levantando otra piedra para echarla a la carretilla.

—A mí —contesté.

Oí a Vera diciéndome que me callara y volviera a casa con ella, sano y salvo. Pero la ira bullía dentro de mí, como quería Momo. El viejo soltó la piedra en la carretilla y se quedó mirándonos, asustado. Dejé con cuidado la carretilla y giré el hombro hacia Momo, procurando mantener las manos apartadas. Si me golpeaba, intentaría que no me rompiera las manos. Blandió con fuerza el garrote y luego, en el último momento, contuvo su impulso de modo que me rozó el hombro y me hizo tambalearme, pero no llegó a hacerme daño. El corazón me latía con violencia.

Momo se rio.

—He fallado —dijo—. Pero sólo esta vez. —Cuando se rio con la boca abierta, vi que le faltaban varias muelas y que las demás eran de color marrón oscuro, como huesos de albaricoque—. Volved al trabajo, imbéciles —añadió.

Bajó por la siguiente rampa del foso y enseguida se perdió de vista.

En cuanto se hubo marchado, vi que el hombre amable, el del pelo castaño, estaba temblando y parecía a punto de desmayarse. Lo agarré del brazo y miré alrededor para asegurarme de que no había ningún guardia justo encima de nosotros.

—Mira, no estamos heridos —dije—. Respira hondo. No me ha hecho nada. Seguimos todos aquí.

—Gracias —dijo.

Era la primera vez que hablaba en mi presencia.

—¿Cómo te llamas? —susurré mientras volvía a coger el manillar de la carretilla para que pareciera que estaba ocupado.

—Nasko —contestó él con voz baja—. Soy de Sofía, como tú. Te oí tocar una vez. En un concierto de música de cámara. Estuviste maravilloso.

—¿Qué toqué?

—Beethoven. Y luego Chaikovski.

Nos sonreímos y fue la primera vez que me sentí humano en aquel lugar. Le estreché la mano un instante. Luego, volvió a empuñar el pico.

—¿A qué te dedicas en Sofía? —le pregunté. Estuve a punto de decir «¿a qué te dedicabas?», como si ya estuviéramos muertos.

—Soy pintor y escultor. Llegué a Sofía desde los Ródope con dieciocho años porque quería pintar.

—Tú también deberías preservar tus manos, entonces —murmuré.

—¡Mis manos! —Sacudió la cabeza.

—Luego te ayudo a vendártelas. Podemos usar trozos de nuestras camisas.

—De acuerdo —contestó, y sus ojos sonrieron un instante.

Fue la única conversación que tuve ese día.

51

Dos horas después conducían cuesta arriba, hacia la calle de Irina. La verja del muro no estaba cerrada con llave, pero nadie salió a abrir la puerta de la casita roja. Alexandra sujetaba la correa de *Stoycho*. La bolsa con la urna colgaba firmemente del hombro de Bobby. Él llamó otra vez, y Alexandra notó que miraba un momento las ventanas del piso de arriba mientras aguardaban.

—Voy a echar un vistazo en el jardín —dijo Bobby.

Se perdió de vista unos segundos y cuando volvió su rostro reflejaba esa calma de la que Alexandra había aprendido a desconfiar.

—Ten, coge la bolsa. Vuelve al coche —le dijo.

Le dio las llaves tan rápidamente que ella no se percató de lo que ocurría hasta que las sintió en la palma de la mano.

—Echa el seguro y, si hay algún problema, vuelve al centro de la ciudad y aparca allí, en una calle principal.

Le sonrió como si estuvieran hablando de banalidades y Alexandra dio media vuelta sin decir nada e hizo lo que le ordenaba, cerrando la verja del museo al salir. Se quedó sentada en el coche con *Stoycho*, con el pestillo echado. Recordaba aquel miedo, la lenta insistencia con que aumentaba su latido cardiaco. Eso bastó para distraerla del problema que afrontaban: aquel terror tenía vida propia. Se quedó mirando la verja del muro. Detrás de aquella tapia, Bobby estaría rodeando con cautela la casa de Irina, o abriendo quizás la puerta de la cocina con su ganzúa. La mesa a la que se habían sentado a la luz de la luna estaría vacía, limpia, sin uso. O, peor aún, llena de platos sucios y de hormigas pululando por las últimas migajas del queso blanco que tanto les gustaba a Irina y a Lenka.

O peor todavía… Pero trató de no imaginarse que seguían allí y que no eran capaces de pedir socorro. Pensó que tal vez no tuviera paciencia para esperar el regreso de Bobby. Se sentó sobre una mano sudorosa y tocó la llave de contacto con la otra. *Stoycho* jadeaba ruidosamente en la parte de atrás del coche. Hacía un calor sofocante. Alexandra bajó su ventanilla y pensó por enésima vez que hacía años que no montaba en un coche como aquél, con manivelas en lugar de elevalunas eléctricos. A veces, la espera era la peor parte. De eso también se acordaba. Y de que era el resultado de la búsqueda lo que determinaba posteriormente si de verdad la espera había sido lo peor o no.

Por fin se abrió la verja y salió Bobby. Al verle con el pelo metiéndosele en los ojos y las ágiles piernas de corredor enfundadas en unos vaqueros negros y gastados, sintió una emoción cuya fuerza superaba la del amor. Estaba vivo, era tangible y estaba unido a ella hasta el momento en que uno de los dos muriera. Se lo juró a sí misma, sofocando la vocecilla que le recordaba que a menudo la gente abriga esos sentimientos hacia los amigos que conoce en sus viajes, y que tarde o temprano tendría que marcharse de aquel país. Quitó el seguro de la puerta del conductor y se deslizó al del copiloto para que Bobby se sentara al volante. Cuando estuvo sentado, le agarró el brazo. Él hizo un gesto de asentimiento con la cabeza y arrancó.

—¿No estaban en casa? —preguntó ella, asustada.

—No. Me he dado cuenta enseguida, por cómo estaba el jardín.

Conducía con despreocupada destreza, como si hubieran subido hasta allí con el único fin de ver las calles del casco antiguo. Bobby no era de los que hacían chirriar los neumáticos.

—Las entradas estaban cerradas con llave, pero he entrado, forzando la puerta, y he mirado en todas partes. Han debido de marcharse muy deprisa. Las camas no estaban hechas y había algo de ropa por el suelo. Las maletas que llevaron cuando vinieron con nosotros de viaje estaban abiertas, pero no del todo deshechas. Creo que se han ido con lo puesto. Han cerrado las dos puertas al marcharse, así que por lo menos les dio tiempo a hacer eso. Pero he encontrado esto en el suelo.

Giró el volante con una mano, extrajo un trozo de papel del bolsillo de su cazadora y se lo dio.

Al desdoblarlo, Alexandra vio unas palabras escritas atropelladamente en cirílico.

—¿Qué pone?

Bobby tenía una expresión tensa.

—Pone: «Vosotros seréis los siguientes».

—Dios mío, ¿qué les ha pasado? —sollozó Alexandra.

—Si han sido prudentes, habrán ido a esconderse unos días —le dijo Bobby con firmeza—. La cuestión es si se marcharon porque encontraron esta nota o si alguien la dejó después, puede que para nosotros, y volvió a cerrar las puertas.

—Irina es tan frágil… —susurró Alexandra.

Encontró el paquete de pañuelos de papel americanos que llevaba en el bolso, un objeto que ya empezaba a parecerle ajeno, y se enjugó rápidamente los ojos y las mejillas.

—No creo que Irina y Lenka hubieran cerrado las puertas con llave si hubieran tenido que huir de un peligro inminente —razonó Bobby—. De hecho, Irina no podía huir a la carrera. Puede que haya venido alguien a verlas. Pero, si ése es el caso, quien sea no ha hecho ningún destrozo. También le he preguntado a la guía del museo si ha visto hoy a Irina, pero esta mañana el museo ha estado cerrado mucho tiempo por no sé qué reuniones. No recuerda haber visto a Irina ni a Lenka fuera. He llamado tres veces al móvil de Lenka. No contesta, y sólo ha sonado una vez, las tres veces.

—Entonces ¿es posible que alguien las haya secuestrado? —preguntó Alexandra, casi sin atreverse a decirlo en voz alta.

—Bueno, cabe esa posibilidad, claro —dijo Bobby de mala gana—. Puede que alguien se las haya llevado por la fuerza y haya dejado esa nota en la casa.

Habían llegado a las calles principales de la ciudad y Alexandra reconoció las terrazas de los cafés, los luminosos de los grandes hoteles y los puestos de helados. Pero ya nada le parecía alegre.

—Ay, no, no… Espero que no —dijo.

Estaba pensando en Atanas Angelov tendido en el bosque con la herida abierta de par en par, como una sonrisa. ¿O lo habían dejado boca abajo en el polvo?

—No estoy seguro de que se las hayan llevado —se apresuró a decir Bobby—. Creo que habría encontrado algún indicio de forcejeo. —Sacudió la cabeza.

—Puede ser —repuso ella, y apretó la bolsa de la urna con los pies, sintiendo su madera maciza—. Aunque si han tenido que marcharse contra su voluntad pero sin forcejear, la casa estaría igual que si se hubieran ido por su cuenta, ¿verdad? Puede incluso que las hayan obligado a echar la llave al salir.

Bobby la miró pensativo al tiempo que frenaba ante un semáforo en rojo.

—Creo que Irina habría dejado alguna señal, o que Lenka la habría defendido.

Alexandra se enjugó de nuevo la cara y miró por la ventanilla. Una anciana vendía flores marchitas acercándose a los coches parados. Bobby subió su ventanilla y le hizo un gesto negativo con el dedo cuando se acercó, y la mujer dio media vuelta.

—Son de los cementerios —explicó él.

—¿Qué? —dijo Alexandra.

—Las flores. Intenta ganarse la vida, no mendigando, sino vendiendo algo. Pero esas flores proceden de los cementerios. La gente las roba para venderlas.

Alexandra se preguntó si alguien robaría flores de la tumba de Stoyan Lazarov. Primero tendría que tener una tumba.

Bobby le frotó el brazo.

—No llores más, por favor. Tenemos que decidir dónde vamos ahora.

—Pero ni siquiera sabemos dónde está Irina.

O si ya está muerta, como su amigo Nasko.

—Voy a llamar a la señorita Radeva para ver si se ha enterado de algo. Y a Neven. Y a la casa de la montaña, por si acaso.

Marcó varios números, pero sólo contestó la señorita Radeva, con quien habló rápidamente. Tras colgar, dijo:

—No ha sabido nada y ahora está aún más angustiada. Le he dicho que tenga mucho cuidado en su piso y que piense en quedarse en casa de alguien un par de días.

—Pero ¿adónde podemos ir? —Alexandra trató de controlar su voz—. Ni siquiera sabemos por dónde empezar.

Bobby se quedó quieto unos minutos, sumido en profunda reflexión, con esa mirada absorta que Alexandra ya conocía bien.

—A Bovech —dijo él con firmeza.

—¿A buscar a Irina y a Lenka?

—A buscar… lo que encontremos. Puede que la vez anterior pasáramos algo por alto, porque entonces sabíamos aún menos que ahora. Siempre hay que volver. Quiero decir que siempre hay que volver al lugar donde sucedió algo, o al sitio donde vivía alguien.

Dijo esto último como una frase sacada de un libro de texto, y Alexandra se preguntó si aquello formaba parte de su formación policial. Comprendió, al ver temblar los lunares que tenía junto a la comisura de la boca, que tendría que esperar para que le contara el resto.

Bobby se volvió hacia ella.

—Mira, esta noche tenemos que ir a un hotel. Estoy demasiado cansado para conducir otra vez hasta tarde, y no puedo arriesgarme a ir a casa de mi tía o a quedarnos en casa de algún amigo. Creo que será mejor buscar un sitio pequeño, lejos de la ciudad.

—Tengo dinero —le aseguró ella.

—Puede que tengamos que pagar un extra por la habitación. Por *Stoycho*.

Alexandra acercó su hombro al de él. Tal vez debieran parar en la cuneta de la carretera, abrir la puerta y dejar la urna en un campo. Pero ¿serviría de algo, llegados a aquel punto? Recordó el sueño que había tenido, aquel sueño en el que aparecía Neven, en el que ella se arrojaba a sus pies y él la hacía levantarse y la besaba.

52

1949

La segunda mañana, justo antes de despertarme, soñé por primera vez con Vivaldi. Era un poco mayor que yo, pelirrojo y vestido con su largo hábito de sacerdote. Estaba abriendo la portezuela lateral de una iglesia, al amanecer. Lanzó una ojeada a la luz que se reflejaba en las aguas del Adriático, rota en miles de cristales. Yo oía el murmullo del mar entre el tintineo de las grandes llaves herrumbrosas, pero él parecía tan acostumbrado a ese sonido que no le causaba impresión alguna. Vi que forcejeaba con la cerradura y que conseguía por fin abrir la puerta de madera. El interior de la iglesia era tan frío como un pasadizo subterráneo y su techo se elevaba como una voz por encima de él. Por la razón que fuese, un gato blanco y rosa se lamía sentado en el pasillo, pero por lo demás la iglesia estaba desierta. A un lado de la nave había un biombo de madera repujado en oro: ramas y hojas brillantes por entre las cuales asomaban un millar de minúsculos ojillos.

Vivaldi se acercaba al altar. Colocaba sillas, bancos y atriles que no se parecían a ninguno que yo hubiera visto, aunque enseguida me di cuenta de lo que eran. Colocó con sus largas manos las partituras recién copiadas en los atriles, las suficientes para veinte músicos. Yo esperé a que cogiera su violín. De hecho, me extrañaba que no lo llevara consigo. ¿Lo guardaba acaso en la iglesia? ¿Estaba allí a salvo? ¿O lo había dejado en otra parte? De pronto me entró el pánico. ¿Y si se lo habían robado?

Cuando sonó la corneta desperté sobresaltado y me hallé tumbado sobre la estera hecha jirones y la ropa vieja de mi camastro.

El tercer día que pasé en Zelenets, empecé a practicar de nuevo. Esperé hasta que vi mi estrella, Beta-49, y hasta que respondí cuando dijeron mi nombre al pasar lista, a primera hora de la mañana.

Una vez cumplidas esas dos tareas, me puse a ensayar de memoria las partitas de Bach, que siempre me habían servido como calentamiento. Las toqué más despacio que de costumbre. Al principio pensé que sólo podría oír las notas dentro de mi cabeza, pero pasados unos minutos descubrí que también podía ver parte de la digitación. A veces me saltaba una nota y me obligaba a empezar desde el principio.

Decidí entonces trabajar en las partitas sin acompañamiento, que me sabía de memoria, empezando por la *Partita número dos en re menor*. Comencé por el primer movimiento, «Allemande», y continué hasta la sublime «Chacona». Me costaba oír la música en aquel lugar infame, pero me obligué a seguir adelante. La partita en re menor me llevó tanto tiempo que ya estábamos en la cantera cuando acabé todos los movimientos correctamente. Me puse a trabajar en la terraza del foso, crucé unas palabras con mis compañeros y ayudé al fornido y avejentado albañil a vendarse las manos como me había vendado las mías, para protegerlas un poco de los bordes afilados de las piedras. Sabía, sin embargo, que antes de que acabara el día los filos habrían atravesado los vendajes. Tendríamos que buscar más tela.

Esa mañana, más tarde, ensayé la *Sonata para violín en la mayor* de Franck, que aprendí durante mi primer curso en Viena. Ahora me alegraba de haberla memorizado. Me dolían horriblemente la espalda y los brazos de empujar la carretilla, pero aun así repasé varias veces cada movimiento, escuchando de cabeza la parte del piano, entrelazada con la del violín. Si había alguna interrupción (porque bajara un guardia a exigirnos que nos diéramos más prisa, por ejemplo), volvía a empezar el movimiento desde el principio. Cuando teníamos que trabajar más aprisa, procuraba no aumentar el tempo inadecuadamente. Y si por accidente aceleraba el ritmo de la música, me obligaba a comenzar de nuevo.

A media mañana llegó un tren. Pasó muy cerca de la cantera, por las vías en las que me fijé el primer día. Cuando lo oímos llegar, todos los esqueletos se echaron las herramientas al hombro al unísono, como si fueran armas, y pensé por un momento que iban a echar a correr hacia el tren para rogar que los dejaran libres, o a intentar subirse a él de un salto. Pero vi con asombro que se quedaban mirando la vía hasta que llegó el convoy, y que entonces empezaban a saludar con la mano. Había varios pasajeros cuyas caras nos observaban desde las ventanillas, y una o dos manos respondieron al saludo de los presos.

Después de que pasara el tren, todo el mundo volvió corriendo al trabajo y los guardias empezaron a pasearse de acá para allá, reprendiendo a los que no sabíamos lo que había que hacer.

—¡La próxima vez, saludad! —gritó uno.

—¡El que no salude lo pagará muy caro! —vociferó otro.

Aún no había terminado la sonata de Franck cuando llegó la hora de comer. Mientras comíamos, uno de los esqueletos perdió la cabeza, se puso de pronto a cuatro patas y empezó a corretear por el borde del foso. Luego, se lanzó de cabeza al precipicio. Los guardias gritaron y maldijeron: habría que retrasar la vuelta al trabajo. Uno de los esqueletos más jóvenes, hijo del hombre que se había arrojado al vacío, trató también de lanzarse al foso en pos de su padre, pero los guardias lo agarraron y lo golpearon hasta que se estuvo quieto. Logró sobrevivir y dos días después volvió al trabajo.

El cuarto día y el quinto descubrí algo importante observando a los otros presos: si procuraba tener siempre dos juegos de vendas para mis manos y aclaraba uno con agua de las jarras del aseo antes de acostarme, dispondría de un vendaje más o menos limpio al empezar a trabajar cada día, mientras el otro juego se secaba. De ese modo conseguí preservar un poco mis manos. Mi meñique iba curando a pesar del esfuerzo que suponía tener que empujar la carretilla, y confiaba en posponer las infecciones todo lo posible. Rebuscaba entre mi propia ropa y la ropa de la cama, entresacando trapos con los que hacer tiras, los lavaba y los colgaba al borde del catre. Muchos presos hacían lo mismo para envolverse los pies, porque éramos muy pocos los que teníamos calcetines, aunque yo tuve la suerte de conseguir un par en bastante buen estado que escondía con mucho cuidado cuando no los llevaba puestos. También le cambié a un preso de la fila de catres siguiente cuatros tacos de madera que encontré debajo de la esterilla de mi cama por la parte de atrás de una camisa de algodón, con lo que tuve vendas limpias para una buena temporada. Quería la madera porque le gustaba tallar figuras de mujeres desnudas sirviéndose de una piedra afilada. Rasgué la tela con esmero, en tiras que llevaba siempre en el bolsillo interior de la chaqueta para que no pudieran robármelas cuando no estaba en el barracón.

Cada tarde, mientras empujaba la carretilla, ensayaba un concierto. Me sabía unos cuantos de memoria, o casi. Empecé por mis favoritos: Brahms, el *Primer concierto en sol menor* de Bruch, Mendelssohn y Chaikovski. Y luego añadí un quinto, Sibelius. Elegí a Mendelssohn para aquel primer día porque era el que mejor me sabía. Me llevó casi toda la tarde ejecutarlo sin errores. Al llegar al tercer movimiento, tuve que empezar ocho o diez veces porque parecía fallarme la memoria. Tenía tanta hambre que me costaba pensar, y no dejaba de preguntarme si acabaría por acostumbrarme a aquello. A veces movía los dedos sobre las asas astilladas de la carretilla para ayudarme a recordar las notas, hasta que descubrí que sólo conseguía aumentar mis dolores y fatigas. Tenía tiempo de sobra para practicar. Ni siquiera los trenes me interrumpían con frecuencia: descubrí que pasaban sólo un par de veces por semana. Solían ser trenes de mercancías, y para ésos no teníamos que terciarnos las herramientas al hombro y saludar, aunque algunos esqueletos lo hacían de todos modos, por costumbre.

Descubrí también que a mis compañeros del foso no les importaba que canturreara. Nasko me dijo en voz baja que le gustaba. Yo me preguntaba si habría intentado pintar de cabeza, pero no quise preguntárselo delante de los demás. Y si aparecía un guardia al borde de la cantera, nos quedábamos callados. De todos modos, apenas hablábamos. Nos habían dicho ya que nos vigiláramos los unos a los otros, por si alguno flojeaba en el trabajo.

Sin embargo, durante unos breves segundos, bajo el sol del atardecer de octubre, con las manos sangrando y la espalda dolorida por el peso de la carretilla, oí sonar el concierto de Mendelssohn. El primer movimiento, en el que siempre me había encantado zambullirme. Era, para mí, el sonido del éxtasis.

Los sacos no desaparecieron hasta que hubo siete u ocho, y para entonces volvíamos la nariz y los ojos si teníamos que pasar por ese lado de los aseos. Hice un trato con mi propia mente: cada vez que me imaginara dentro del saco, pensaría de inmediato en otra cosa. No en Vera: a ella y a mis padres los reservaba para mis oraciones nocturnas, en la oscuridad apestosa, sorda y jadeante del barracón. Tampoco pensaría en mi hijo sentado al sol, en la hierba de aquel prado. Eso me lo reservaba para momentos aún peores.

Cuando me imaginaba en un saco, pensaba en Venecia, una ciudad que quería visitar desde hacía años. Pensaba en Vivaldi abriendo la puerta de su iglesia para ensayar a primera hora de la mañana, y en cómo sería sentir la brisa salobre de la laguna y las olas del Adriático. Pensaba en la pieza que, haciendo un esfuerzo de voluntad, no me permitía ensayar desde mi llegada a pesar de conocerla aún mejor que las de Bach. Debía tener cuidado, sin embargo, para no olvidarla.

Vivaldi murió a los sesenta y tres años, sumido en la pobreza: su música ya no estaba de moda. Yo había leído en alguna parte que seguramente estaba enterrado en una fosa común, en Viena. Quizás a él también lo metieron en un saco, aunque sus enterradores no fueran matones y criminales. Y antes de morir le dio tiempo a componer una música que era como la luna sobre las islas erizadas de iglesias.

53

1949

Una noche trajeron a un minero de vuelta al campo con una mano amputada. Otros dos presos le ayudaban a caminar. Se sujetaba con fuerza la manga harapienta sobre el muñón para intentar detener la hemorragia. Había habido un desprendimiento en la mina y las rocas que le cayeron encima le aplastaron contra el suelo de la galería. Sus compañeros le hicieron un torniquete en el brazo aplastado y lo mantuvieron en alto, lo que le salvó de morir desangrado. Me extrañó que los guardias de la mina hubieran permitido que lo socorrieran, pero así fue. Pasó varias horas inconsciente hasta que lo trajeron de vuelta al campo, y todavía parecía muy aturdido. Lo llevaron al cobertizo grande que servía de enfermería. Por lo que yo había oído hasta entonces, muy pocos salían de la enfermería, como no fuera dentro de un saco. Después de que lo llevaran allí, pasaron lista en el patio y nos dejaron sin cenar. El guardia uniformado, ése al que los demás llamaban «jefe», estuvo gritándonos mientras hacían recuento. Nos dijo que, como habíamos podido ver, allí los descuidos se pagaban muy caro, y que nos convenía recordarlo. Cuando alguien no respondía al oír su nombre, el jefe empezaba a pasar lista otra vez desde el principio.

Por la mañana, apenas podíamos caminar o trabajar, con aquel desayuno de té endulzado con un pegote de mermelada que parecía mierda. Yo pensaba aún más en la mano amputada de aquel hombre que en mi dolor de estómago. ¿Seguiría aún bajo un montón de rocas, en la mina? Era la mano izquierda, la mano que hacía sonar las notas si eras violinista. Esa mañana me olvidé de practicar. Pensaba una y otra vez en mi hijo y en su amor, sentados junto al río. No intenté tocarles una serenata; me limité a bajar a la orilla del río y me mantuve en silencio, a su espalda, contemplando los destellos que el sol arrancaba a su cabello. El mío había empezado a caerse. Di gracias porque no supieran que estaba allí, porque no pudieran volver la cabeza y verme.

Una mañana soleada, cuando llevaba unas tres semanas en Zelenets, tenía las manos tan hinchadas que me descubrí incapaz de tocar, ni siquiera de cabeza. Las ampollas habían reventado muchas veces, claro está, y tenía las manos calientes y enrojecidas por todas partes, no sólo en las zonas heridas. Aquel ardor sólo tenía una ventaja: que, gracias a él, sentía menos el dolor de mis tripas. Me lavé y me vendé las manos, y traté de pensar en alguna otra forma de pasar las largas horas de trabajo. Fue entonces cuando empecé a preguntarme por mi hijo. Hasta entonces no había pensado en él más que como una figura de cabello moreno sentada a la orilla de un río, con su camisa blanca y limpia, su chaleco negro y sus anchos hombros. Parecía un hombre digno, pulcro y sobrio, quizás algo taciturno. ¿Lo había educado bien? ¿Era músico? ¿O quizás profesor? Vera, por supuesto, habría sido una madre estupenda. Me pregunté si tendría hermanos y hermanas, y concluí que no. Nunca tendríamos suficiente dinero para criar a tantos hijos en este nuevo mundo de pisos abarrotados en el que se destinaba a los músicos profesionales a tocar en las bandas de las fábricas. Decidí que sería hijo único, fruto del amor y de la voluntad, pero nuestro único vástago.

Durante el trayecto a pie hacia la cantera, me permití pensar en su concepción.

Habría sido un placer insoportable, distinto a todos los momentos de placer anteriores. Allí, a plena luz del día, me permití pensar en el cuerpo de Vera y en el exquisito arrebato del que nacería nuestro hijo. Fijé la vista en el suelo mientras pensaba en todo esto para no ver lo que me rodeaba, y por un momento estuvimos los dos solos, en un día diferente.

Luego vi a Vera sutilmente cambiada, cubierta con su ajado camisón de algodón, recogiéndose el pelo por las mañanas antes de preparar el desayuno. Iría a su trabajo en el comedor de una fábrica con aspecto radiante; la cinturilla de la falda empezaría a apretarle un poco, tendría la piel preciosa y una noche me diría que por fin había ido a ver a un médico y que lo que sospechábamos era cierto. Desviaría entonces la mirada, azorada pero exultante. Yo rodearía la mesa para acariciar sus trenzas y los dos nos echaríamos a reír para no llorar. Ella me aseguraría que estaba perfectamente, que no había de qué preocuparse. Al día siguiente, durante el ensayo con la orquesta, me olvidaría del cambio que se avecinaba, y luego me acordaría de sopetón, y me temblarían las manos de felicidad cuando encendiera el único cigarrillo que fumaba durante el descanso.

Fue todo lo que conseguí ese día. Pero cuando llegamos a la cantera, le pedí a Nasko que empujara él la carretilla y lo sustituí picando roca y levantando piedras, a pesar de que protestó en voz baja alegando que me haría aún más daño en las manos. Quería hacer eso por él. A fin de cuentas, había tenido buenas noticias.

Aquella alegría no duró: ninguna alegría podía durar mucho tiempo en semejante sitio. Al día siguiente estaba tan triste que me prometí no volver a pensar en mi hijo hasta pasados tres días. Primero, dedicaría un día a ensayar, aunque mis manos apenas pudieran soportarlo. Luego pasaría un día pensando únicamente en Vivaldi y en sus ensayos con la orquesta. El tercer día, volvería a practicar: ejercicios, sonatas, un concierto. El cuarto, empezaría por fin a educar a mi hijo. Si entre tanto sucedía algo espantoso, podría ir a visitarlos a él y a su amor a la orilla del río, hasta que acabara. Allí siempre era comienzos de verano, y el río nunca corría enfangando por el hielo verde grisáceo, como el arroyo junto al que pasábamos camino de la cantera.

Fue así como empecé a adoptar una pauta más rigurosa. Cuando completara aquellos cuatro días, empezaría otra vez, dedicando un día enteramente a ensayar. Pensé en contarle a Nasko cómo pasaba los días. Veía a menudo una expresión soñadora en su semblante mientras trabajaba y me preguntaba en qué estaría pensando. Estaba seguro de que él nunca me denunciaría por «vago», pero temía que mi estrategia dejara de surtir efecto si le hablaba a alguien de ella.

Para entonces ya había perdido casi todo el pelo por encima de la frente y se me marcaban las costillas bajo la camisa de muerto. Sólo nos habíamos bañado dos veces desde el primer despioje, y los bichos habían invadido no sólo mi cama, sino también mi cuerpo y mis ropas.

Una mañana, Momo, aquel bruto de rostro angelical, se detuvo delante de mí y me miró a los ojos un momento. Llevaba un saco vacío en una mano. Levantó las dos manos y fingió que tocaba el violín un momento, agitando el saco en el aire. Luego, de pronto, le dio el saco al hombre que estaba a mi lado. A la mañana siguiente volvió a hacerlo; me miró divertido un instante antes de elegir a otro. Me quedé tan quieto como pude, tratando de no parecer asustado, incapaz de mirar al infeliz condenado a morir. Aunque ese día me tocaba Vivaldi, me permití el lujo de pasar el día con mi hijo, por si acaso era el último.

54

1949

Como es lógico, mi hijo tenía que nacer para que yo pudiera empezar a criarlo aquel cuarto día. Como no soportaba la idea de que Vera sufriera, el suyo fue un parto milagrosamente fácil. Resolví que ocurriría por la tarde, de repente, cuando Vera estuviera redonda y madura como un melocotón. Esa mañana, antes de irme a ensayar, me dijo que le dolían los riñones más de lo normal y, al darle un masaje, la redondez animal de su cuerpo me pareció tan hermosa y delicada como la curvatura de un violonchelo. Noté el calor de su piel en las manos y ella me dijo que se encontraba mejor, que su madre iba a venir a verla y que pensaban preparar más dulces por si acaso el bebé se presentaba antes de lo previsto. Me sobresalté tanto al pensarlo que se me resbaló la carretilla un instante y me golpeó el empeine dejándomelo muy magullado. Tendría que pasar el resto del día disimulando la cojera.

Vera sonrió al cerrarme la puerta. Parecía cansada pero tenía buen color, y lo siguiente que supe fue que su padre había ido a buscarme al ensayo, durante el descanso, para no interrumpirnos, por si se enfadaba el director. Corrimos al hospital, el mismo en el que nací yo, que ahora tenía una estrella roja sobre la entrada principal. Subí corriendo las escaleras y les supliqué a las enfermeras que me dejaran pasar, aunque ignoraba si estaba permitido. Vera yacía en una cama estrecha y limpia del piso de arriba, atendida por mi suegra. La besé y acaricié su cabello. Me sonrió, radiante y orgullosa, pero también muy cansada. El bebé estaba en una sala grande con otros recién nacidos, y la enfermera me señaló cuál era. Estaba bien envuelto en franela blanca, tenía la cara tersa y soñolienta y los ojos cerrados. Se me saltaron las lágrimas al verlo y tuve que dejar la carretilla un momento para secarme los ojos con las mangas. Me preguntaba si podría cogerlo, y luego si podría cogerlo sin hacerle daño. Una enfermera me enseñó a hacerlo y me lo puso en los brazos. Él abrió los ojos y me miró. Apoyado en mi brazo, su cuerpecillo me pareció extraordinariamente ligero, pero cálido.

Luego fui a ver a Vera.

—Me gustaría llamarlo Neven —dijo, amodorrada—. He soñado que se llamaba así.

Pensé en ello. Neven era, en realidad, un nombre de mujer (Nevena, o Nevyana, «caléndula»), y yo creía que le pondríamos el nombre de mi padre, como era costumbre. Pero era de verdad como una caléndula, con su cara redonda y rubicunda y sus ojos dorados, de mirada difusa.

—Debemos ponerle el nombre de mi padre —dije suavemente—, pero nosotros podemos llamarlo Neven.

Ella ya se estaba quedando dormida. La besé en la frente y bajé a ver a mi suegro.

—Un niño hermosísimo —le dije.

Paramos en una taberna y tomamos un vaso de *rakiya* fuerte y deliciosa antes de que regresara al ensayo.

Ese día, la comida fue algo distinta. Por lo visto se habían quedado sin judías y nos dieron una especie de nabo estofado casi incomible, con sabor a tierra. Confié en que fuera algo transitorio. Pensé para mis adentros que no sería bueno para Vera mientras estuviera amamantando al niño; debía comer comida de verdad, y en abundancia. Entonces me di cuenta de lo que estaba pensando y me sobresalté. Tendría que preservar mi mente también de otra manera, defenderla no sólo de aquel lugar, sino de sí misma. Me di órdenes estrictas: si volvía a notar que la línea entre mis fantasías y aquella realidad pavorosa empezaba a emborronarse, me dedicaría un día entero a practicar escalas. Nada de conciertos, ni de Bach, ni Venecia, ni Vera, ni Neven: sólo escalas, hasta que volviera a sentirme dueño de mí mismo.

El siguiente cuarto día, empecé a conocer a mi hijo. Neven resultó ser un bebé tranquilo, que comenzó a sonreír y a reírse muy pronto, aunque los primeros meses pasamos algunas noches sin dormir. A Vera le preocupaba que nuestros vecinos del piso, con sus finísimos tabiques, se molestaran cuando lloraba. Pero tuvieron mucha paciencia con él y con nosotros. La señora que vivía a la derecha, en un piso que antaño había formado parte del nuestro, se encariñó con él y a veces nos ayudaba a cuidarlo. Vera era una madre feliz que acunaba y mecía a su bebé y velaba su sueño, y mi suegra venía constantemente a cuidar de ambos.

Dicen que los padres se impacientan, igual que los vecinos, pero yo no me cansaba de tenerlo en brazos, me encantaba el olor de la leche y hasta la peste que echaban los pañales enjabonados cuando hervían en el fogón. Vera leía los libros de mi pequeña biblioteca mientras Neven dormía la siesta, o limpiaba el piso, o aprovechaba para dormir ella también. Quería seguir estudiando alemán y francés. Una vez pensé confusamente que debía de estar pasándolo fatal, ocupándose del bebé sola mientras yo estaba encerrado en aquel agujero, y pasé todo el día siguiente tocando escalas en todas las claves.

Fue un día difícil: las escalas no conseguían distraerme del foso y del dolor de las manos, las piernas y la espalda. Al acabar la tarde, en lugar de hacernos volver al campamento, el guardia, Momo y un par de ayudantes más nos pusieron en fila, eligieron a dos esqueletos y les pegaron un tiro, para dar ejemplo. Yo no sabía que usaran sus armas, excepto para tenernos vigilados. Todos parecían preferir los garrotes. A Momo le permitieron matar a uno de esos hombres; empuñó la pistola como un aficionado, o como un niño manejando un juguete, de modo que agachamos todos la cabeza, asustados, cuando la blandió hacia nosotros. Luego me di cuenta de que sabía perfectamente lo que hacía; como siempre, disfrutaba asustándonos. Mataron a los dos esqueletos delante de los demás, pero no de frente, sino disparándoles a la nuca, como si fueran dianas. El estruendo retumbó en la ladera de la montaña, más allá de la cantera.

Dicho de otra manera: el jefe dejó que Momo ejecutara a un hombre, pero yo no me permití pensar en mi hijo, ni caminar hasta el río para tocarle una serenata; no me permití pensar en el paseo de Vivaldi cruzando la *piazza* para regresar a casa, ni me prometí a mí mismo mantenerme con vida para volver con Vera. Por el contrario, me obligué a ver cómo saltaban aquellos hombres al aire antes de desplomarse de bruces, y les dije en silencio a cada uno que seguiría mirando hasta el final, que no olvidaría nunca, y pensé en ellos como recién nacidos, abriendo sus ojos soñolientos, mucho tiempo atrás.

Practicaba cada tres días, y tenía la impresión de haber repasado ya por lo menos dos veces todo mi repertorio. Seleccionaba una o dos piezas para centrarme en ellas, y por la mañana empezaba siempre con Bach; luego, pasaba toda la tarde ensayando las piezas escogidas. Me preguntaba si sería posible que estuviera mejorando. A veces me parecía que recordaba mejor que antes una pieza concreta, y que mi fraseo se había perfeccionado, especialmente en una sinfonía de Dvořák, la tercera, que siempre me había encantado. Cada vez oía con mayor claridad las otras partes en mi cabeza. La orquesta de la Academia la tocaba con frecuencia en Viena, y una vez también en Praga. Esa noche tocamos muy bien. El público de Praga nos dedicó una ovación magnífica, con silbidos y zapatazos, ellos, que consideraban a Dvořák de su propiedad. Aquella sinfonía parecía estar mejorando, al menos en mi memoria, y su plenitud y su dulzura llenaron para mí el foso durante varios días.

Una tarde, Nasko se inclinó mientras estaba picando piedra y me preguntó en voz baja:

—¿Qué toca hoy?

Me sobresalté, receloso por un momento, pero luego pensé, *¿Por qué no?*

—La *Sinfonía número 3* de Dvořák —contesté en un susurro.

Esbozó una sonrisa e inclinó la cabeza, satisfecho, antes de empuñar de nuevo el pico. Tenía las mejillas hundidas y el cabello castaño entreverado de blanco. Distinguí en sus ojeras moradas una sombra que confié no fuera la de la muerte. Sabía que aquella sombra se extendía por la cara de todos nosotros como un aviso. A veces se llevaba a los hombres por las noches, sigilosamente. Vivíamos bajo su ala.

Entonces Nasko volvió a bajar el pico.

—Yo ayer acabé un gran lienzo —susurró—. Un hombre a caballo, con cuatro odres de cuero. El caballo me costó bastante.

Ya no había muerte en sus ojos, ni tampoco locura.

—Bien —dije, consciente de que él entendería lo que quería decirle: *Bien, puede que algún día nos veamos fuera de aquí, vivos.*

No volvimos a hablar de ello, pero después de aquel día me saludaba con una inclinación de cabeza todas las mañanas, antes de empezar el trabajo, y yo le devolvía el saludo muy levemente, con la esperanza de que no nos denunciaran por conspiración. Cuando el hombre de Pirin desapareció una noche y no se presentó a trabajar al día siguiente en la terraza de la cantera, me sentí fatal, acosado por la mala conciencia, por no haberlo ayudado a él también con nuestra amistad.

Los días que pasaba con Vivaldi, solía ayudarle a ensayar con su orquesta de cámara, pero procuraba no pensar en lo que comería el compositor a mediodía. Una mañana lo vi ensayar con su coro juvenil un nuevo oratorio y reparé en la concentración, la emoción y la impaciencia con que dirigía a sus pupilos. Conjeturaba acerca de cómo habría tocado la pieza que me reservaba en secreto, pero nunca le pedía que la tocara para mí.

Esperaba con ilusión, más que cualquier otra cosa, que llegara el cuarto día, cuando veía crecer a Neven. Ya estaba empezando a caminar y era un niño macizo y de hombros cuadrados, que daba un pasito o dos agarrado a los dedos de Vera. Practicaban en el pisito, pero también en el parque, y a su lado iba el padre de Vera con su chaqueta discretamente remendada, o su madre llevando una manta doblada en el brazo. Irina, la hermana de Vera, cansada por las largas horas que pasaba pintando murales y retratos de obreros, sentía más interés por Neven ahora que el niño por fin la reconocía. Cada vez que aparecía, se le iluminaba la carita y empezaba a reírse, lo que hacía reír también a todos los que estaban a su alrededor. Su cabello era del color del latón nuevo, pero empezaba a oscurecerse en rizos opacos.

Pasaba mucho tiempo pensando cuándo podía empezar a enseñarle a tocar un instrumento y cuál sería ese instrumento, y cómo lo buscaríamos y si podríamos permitírnoslo. Vera decía que era una tontería, que rompería cualquier instrumento que le diéramos, y yo estuve de acuerdo en esperar a que cumpliera tres años. Cuatro, dijo ella, y también estuve de acuerdo en eso. Ella había vuelto a trabajar en el comedor y parecía cansada, lo que me preocupaba y me impulsaba a decirle que sí a cada paso.

Me preguntaba si podríamos tener otro hijo, y entonces me acordaba de que ya habíamos decidido concebir sólo uno, teniendo en cuenta lo pequeño que era nuestro piso. Además, cuando el país volviera a abrirse, yo seguramente tendría que viajar por trabajo, primero de regreso a Viena y luego para volver a presentarme a concursos, y finalmente para hacer giras por Europa. Para Vera sería duro, porque tendría que quedarse y seguir trabajando hasta que yo volviera a tener éxito. Estaría muy atareada aunque sólo tuviera a Neven en casa. Yo no creía que pudieran acompañarme, por lo menos hasta que Neven fuera mucho mayor, y entonces tal vez actuaríamos juntos. Me imaginaba a *Herr* Mozart y a sus estirados hijitos visitando las grandes capitales de Europa para tocar ante jefes de estado.

A veces, cuando levantaba la vista de la carretilla, me preguntaba si los guardias también tenían esperanzas, si soñaban con su futuro. ¿Fantaseaba Momo, aquel chaval, con ser jefe algún día, si el jefe se caía accidentalmente al foso o moría de gripe? ¿Soñaba el jefe con que lo enviaran a sentarse detrás de un escritorio en Sofía, con un trabajo mejor y un salario más alto y ropa buena para su esposa? ¿Tenía esposa, acaso? ¿Y los presos? ¿Confiaban aún en morir en sus camas, en casa?

En esas ocasiones me obligaba, sin embargo, a volver a pensar en Neven, que cada vez caminaba más seguro, que se acercaba a mí con la carita encendida cuando me arrodillaba delante de él (un poquito más, un poquito más) y caía en mis brazos con un chillido de risa.

Era una suerte que el pequeño Neven se estuviera criando tan bien, porque yo intuía que a mí empezaban a fallarme las fuerzas. No estaba enfermo, gracias a Dios, aunque a veces tenía la impresión de que en aquel lugar no había un límite claro entre la salud y la enfermedad. Las heridas de mi mano supuraban por las noches, pero aun así me las restregaba a menudo hasta que me sangraban. Llegué a sentir como un placer la purga, la sangre fresca, incluso el dolor. Se me infectaron las rozaduras de las espinillas, que me arañaba constantemente contra el pie metálico de la carretilla. Me esforzaba por no rascarme el pecho cuando las picaduras de los bichos se convertían en verdugones infectados. A veces, por las noches, me atacaba la fiebre, fruto de todas aquellas pequeñas infecciones. Eran demasiadas. Hacía constantemente un esfuerzo de voluntad por no caer enfermo. Un hombre del barracón me vendió otra camisa a cambio de parte de mi ropa de cama, y de ese modo pude lavar o al menos orear una camisa mientras usaba la otra. Fuera empezaba a hacer frío y las noches eran como de invierno, pero seguía teniendo una manta para arroparme.

Una noche trajeron a un grupo nuevo de presos. Vimos sus caras de perplejidad a la luz del patio cuando volvimos del trabajo, ya oscurecido. Me di cuenta de que debía de tener el aspecto de los presos que contemplé aquella primera noche: demacrado, famélico, harapiento. Todavía no estaba esquelético, pero me faltaba poco. Los nuevos, jóvenes y mayores, llenaron el último barracón medio vacío que quedaba en el campo. Me pregunté si la Revolución nos obligaría a construir más barracones para albergar a más y más presos. No les preguntamos por qué estaban allí, aunque uno de ellos me dijo mientras íbamos a la cantera que ni siquiera él lo sabía. Era moreno de pelo, de veintipocos años, y todavía parecía rebosante de salud.

—A todos los demás los han acusado de algo —susurró, como si necesitara decirlo en voz alta. Yo no entendía por qué me había elegido a mí para hablar—. Pero a mí no. Le he dado mil vueltas, pensando qué podía ser, pero no se me ocurre nada, no he hecho nada malo, y ellos no me lo han dicho. —Hizo un gesto con el brazo, abarcándonos a todos con gesto tenso—. Todo éstos... por lo menos saben por qué están aquí.

—No, nada de eso —contesté con aspereza—. Aunque nos lo dijeran, seguimos sin entender por qué estamos aquí.

El guardia encorvado se acercó a nosotros con su garrote y dejamos de hablar. Pensé entonces en Neven y lamenté no haberle dicho a aquel joven unas palabras de consuelo, pero ya era demasiado tarde. No me quedaban fuerzas para consolar a nadie excepto a mí mismo, ni siquiera cuando los guardias no estaban mirando.

55

Bobby encontró un hotel de carretera al noroeste de Plovdiv, a una hora de distancia de la autovía. El letrero de la entrada, escrito a medias en inglés, ostentaba tres estrellas. Alexandra confió en que ello significara que era un sitio decente para dormir.

—Deja que hable yo —dijo Bobby, y dejaron a *Stoycho* en el coche.

Había una pequeña piscina en la parte delantera, excavada en una terraza e iluminada por luces subacuáticas. La noche se había vuelto muy oscura y estaba tachonada de estrellas. Bobby conversó jovialmente con el hombre que atendía la recepción mientras ella lo agarraba de la mano, confiando en que parecieran casados.

—*Kuche* —dijo Bobby por fin, y el hombre levantó la mirada, sorprendido.

Siguieron charlando hasta que Alexandra comprendió que iba a asignarles una habitación en la parte de atrás del edificio y que el perro (al decir esto, el recepcionista levantó las manos como si se disculpara ante alguna otra instancia), el perro tendría que pasar desapercibido. Ella contó un montoncillo de billetes de diez leva, más de lo que pretendía gastar en una sola noche, y dieron la vuelta con el coche hasta la parte de atrás. La habitación que les habían asignado tenía una cama de matrimonio y era completamente marrón (alfombra marrón, flamante colcha marrón y cortinas marrones), como si hubieran remozado una monotonía anterior con nuevas tapicerías.

Gastaron algunos leva más en el restaurante que había junto al vestíbulo, pero a Alexandra le gustó la comida. Se bañó en la piscina, en bragas y sujetador, dejándose flotar entre las luces con la esperanza de que el bigotudo encargado no estuviera mirando. Bobby, entre tanto, se paseaba por la terraza hablando en voz baja por el móvil. Cuando colgó, la informó de que la señorita Radeva seguía sin tener noticias. También había llamado a Lenka, y el teléfono, de nuevo, había sonado sólo una vez, como si estuviera apagado. En la casa de la montaña nadie contestaba.

Alexandra durmió esa noche con la urna pegada a su lado de la cama. Bobby se dio la vuelta, roncando, y pegó el brazo a su espalda. *Stoycho* respiraba suavemente en un rincón. Al despertarse un instante durante la noche, Alexandra tapó a Bobby con la manta que compartían, por si se quedaba frío.

56

1949-1950

Llegó el verdadero invierno y el frío vino a sumarse a nuestras miserias. Para entrar en calor, empecé a trabajar de nuevo en Bach. Practicaba todas las piezas que conocía, incluso los pasajes para violín de las misas. Una mañana, antes de que amaneciera, el mundo pareció iluminarse extrañamente más allá de la puerta del socavón. La nieve se extendía hasta donde alcanzaba la vista y, cuando salió el sol en la cantera, todo se cubrió de color lavanda y oro.

Después de aquello, nevaba cada pocos días. Yo, que me lamentaba de que me hubiera tocado en suerte el apestoso socavón, descubrí que allí hacía mucho menos frío que en los edificios de madera, donde un hombre enfermo podía morirse el doble de deprisa. En la cantera todos pasábamos frío, claro está, y los hombres que trabajaban en las minas nunca entraban en calor, ni siquiera en pleno verano. El frío se convirtió en nuestro compañero constante, rivalizando incluso con el hambre. Algunos presos de mi barracón desaparecieron en la enfermería después de la jornada de trabajo, con los dedos o incluso los pies enteros helados y amoratados, y ya no volvieron. El enfermero se aventuró a salir por primera vez y nos recomendó que nos abrigáramos más, como si tuviéramos prendas con las que cubrirnos. Era un hombre de unos cuarenta años, de ojos negros como guijarros en una cara marchita. Su ropa era sólo un poco mejor que la nuestra, pero parecía bien alimentado. Los guardias lo llamaban «enfermero Ivan». Después de hablar con nosotros con su grave voz de barítono, evitando mirar nuestras figuras famélicas, el jefe le mandó marcharse y repitió lo que había dicho el enfermero añadiendo algunas amenazas.

Nos esforzábamos por entrar en calor. Nos envolvíamos los pies con varias capas de trapos viejos. Mis calcetines se habían desintegrado y me fabricaba largos vendajes para llevarlos dentro de los zapatos. Me obsesionaba protegerme las manos, que tenía hinchadas todo el tiempo, con la piel llena de escaras y cicatrices. Trataba en vano de encontrar tiras de lana con las que envolvérmelas, en lugar de los jirones de algodón mugriento. Me ardían horriblemente los dedos cada vez que se caldeaban un poco. Algunos hombres tenían un guante o dos. En nuestra terraza de la cantera, se los cedíamos al que estuviera levantando pedruscos helados. Una mañana de enero, para mi asombro, Nasko me dio un par de guantes. Se los sacó del bolsillo en cuanto llegamos al borde de la cantera. Tenían varios agujeros en los dedos, pero enseguida comprendí que encontraría la manera de coserlos. Ignoraba de dónde los había sacado Nasko, y tampoco estaba seguro de querer saberlo.

—Pero tú... —dije.

Él tenía las palmas de las manos hechas trizas de tanto empuñar el pico y, a veces, de levantar las piedras.

—Tonterías —susurró—. Quiero que te los quedes. Tienes que quedártelos.

Comprendí que quería decir: *Quiero que vuelvas a tocar, si alguna vez salimos de este puto infierno*. Estaba helado hasta la médula de los huesos, pero mi corazón no se había helado, ni tampoco el de Nasko, y la tibieza de las lágrimas nos calentó la cara.

Una noche, repartieron unas cuantas trencas del ejército entre los barracones. No había suficientes ni para un cuarto de los presos, y los que creían que las necesitaban más trataron de conseguirlas a la desesperada regateando con los otros presos. Durante los días siguientes estallaron varias peleas a cuenta de aquellas trencas. Los hombres de aspecto patibulario a los que vi colarse en la fila del servicio aquella primera mañana (auténticos criminales a los que habían llevado al campo junto con los demás) solían quedarse con ellas a fuerza de pelear, o simplemente exigiendo que se las dieran. Yo no tenía trenca, sino sólo un jersey grueso que estaba entre las prendas que me dieron al principio.

También se veían raros episodios de bondad. Vi a un recién llegado de unos treinta años, fornido y con el cabello grisáceo asomando en la cabeza rapada, cederle su chaqueta al viejo que dormía en un rincón. El viejo prometió dejársela cuando muriera.

—¿Lo oís? —siseó dirigiéndose al barracón en silencio a la hora de acostarnos—. Es mi testamento y mi última voluntad. ¿Entendido? Se la dejo a él, al joven, a este buen chico. Que nadie se atreva a quitársela o se las verá conmigo después de muerto.

Volvimos todos la cara, asqueados pero también conmovidos por su vehemencia. Sin embargo, a las pocas semanas de empezar el invierno, el viejo resbaló al borde de la cantera y cayó al foso. La chaqueta se fue con él. Nunca supimos qué fue de ella, ni de su cadáver.

El invierno trajo también nublados, además de nieve y frío, y una mañana me di cuenta de que hacía más de dos semanas que no veía mi estrella, Beta-49, a pesar de que tenía la impresión de que a veces el cielo estaba raso. Una especie de embotamiento recubrió mi corazón. Me estaban quitando cosas: mi estrella, la capacidad de entrar en calor y (lo peor de todo) la claridad de mis recuerdos. A veces, durante aquel tramo del invierno, me daba cuenta de que ya no recordaba la cara de Vera con tanta nitidez como meses antes. Había días en que la nieve parecía silenciarme por dentro, y perdía la concentración, me despistaba y pasaba casi toda la tarde sin practicar. Pronto hubo días enteros o incluso semanas de silencio. No podía tocar. Era incapaz de fingir. No quería al pequeño Neven allí conmigo, con aquel frío, donde podía caer enfermo fácilmente. Si pensaba en Vivaldi, sentía envidia de sus manos intactas. Me costaba más que antes imaginarme Venecia, porque en Venecia no hacía tanto frío, y ya no me molestaba en pensar si algún día llegaría a ver la ciudad con mis propios ojos. Sentía que, mientras mi mente no se hundiera, podía permitirme guardar silencio. Estaba tan rendido que ni siquiera podía pensar en mis conciertos, y así me quedé en silencio una temporada. El silencio era blanco como la nieve: una página intacta.

Nos arrastrábamos cada día hasta la cantera. Y por las noches nos arrastrábamos de vuelta al campamento. Las montañas se erguían majestuosas sobre nuestras cabezas, tan ajenas a lo que sucedía a sus pies, tan indiferentes a nuestro frío, a nuestras penalidades y nuestros pies entumecidos, que empecé a detestarlas. Los guardias estaban siempre de mal humor. También ellos acusaban el frío, a pesar de tener botas de verdad, aunque fueran viejas. Les molestaba, además, que cada vez hubiera más muertes, porque les daban más trabajo. Algunos presos parecían rendirse y enfermar espontáneamente. Unos cuantos se alejaron a gatas de la cantera y murieron en la nieve. Otros intentaron escabullirse demasiado deprisa y fueron abatidos por los disparos de los guardias. Llegué a la conclusión de que querían morir al aire libre, al menos, debajo del cielo. En el barracón comenzó a correr el rumor de que convenía ponerse enfermo y pasar un par de días en la enfermería, si te dejaban, porque el enfermero Ivan tenía un fuego encendido en una estufita. En algunos de los barracones también había estufas que los hombres cebaban cada noche con los palos que recogían por el camino, de vuelta al campo; sobre todo, los que trabajaban cortando madera. Yo no conocía a ninguno, pero había oído contar que iban en pequeños grupos, con un guardia especial, y que la madera que cortaban no era para el campo, para construir y quemar, sino para exportarla en los trenes que paraban en las minas. Comprendí que ésa debía de ser también la procedencia de los garrotes que llevaban los guardias, y de los que nunca parecía haber escasez.

Una mañana de febrero se despejaron las nubes por primera vez en muchos días y vi por fin Beta-49, más brillante que nunca en medio del cielo cristalino. Estaba más alta que un par de meses antes y parecía brillar directamente sobre mí desde su solitario pedestal, por encima de las montañas. Brillaba sobre toda Stara Planina, sobre Bulgaria y el Danubio, sobre la larga curva de Europa, sobre los Alpes, Viena y Venecia. La miré fijamente un instante y me hice una promesa: sobreviviría al invierno y, si lograba superar aquel invierno, podría sobrevivir a cualquier cosa. No me atreví a prometérselo a Vera, que seguramente a esas alturas pensaba que estaba muerto. No era la primera vez que se me ocurría esa idea, pero sí la primera que pensé que tal vez fuera mejor así, que Vera dejara de tener esperanzas. Mientras ella dejaba de esperarme, yo me concentraría en sobrevivir y después volvería a casa, y la sorpresa de mi regreso la llenaría de alivio y felicidad.

Para celebrar esta decisión, cancelé mi rutina habitual y me permití pasar tres días seguidos criando a Neven, que ya era un recio muchachito de cuatro años. Me preguntaba si debía dejar que creciera tan deprisa, pero me daba miedo no vivir lo suficiente para verle crecer. De hecho, la mañana que volví a ver Beta-49, me di el lujo de regalarle a Neven su primer violín. Yo pretendía que con el tiempo, cuando fuera más alto, tocara el violonchelo, pero para eso faltaban aún unos años. Compré el violín en una tienda de las afueras de Sofía en la que un viejo amigo mío hacía y reparaba instrumentos para todas las orquestas. Daba igual que lo hubieran detenido nada más terminar la guerra. Imaginé que seguía allí. Me vendió un violín pequeñito, el único de ese tamaño que había en la tienda, y yo lo envolví en una chaqueta y lo llevé con todo cuidado a casa dentro de mi bolsa de partituras.

Neven estaba jugando con su tren rojo debajo de la mesa de la cocina. Vera, que estaba cocinando, levantó la vista y le dije por señas lo que había traído, y ella se echó a reír y sacudió la cabeza: el inevitable violín. Convencí a Neven para que saliera, le dije que se sentara al borde de una silla y le enseñé aquel tesoro que no debía resbalársele de las manos ni caer al suelo. Lo reconoció enseguida, de verme practicar y tocar en uno o dos conciertos. Asintió con la cabeza, muy serio. Le dije que hacía música, como el mío, pero no lo toqué para que lo oyera. Quería que fuera él quien le arrancara las primeras notas.

Puse entonces el violín en sus manos y debajo de su tersa barbilla y me agaché detrás de la silla, sujetándole los dedos con los míos y ayudándole a posar el arco sobre las cuerdas. Chilló de placer y sorpresa al oír su sonido. Tuve que sujetarlo para que no dejara caer el instrumento. Volví a colocárselo debajo del mentón y sujeté apenas el mástil del violín con la mano. Lo intentó de nuevo, solo esta vez, arrastrando con cuidado el arco para alejarlo de su nariz. Las cuerdas chirriaron. Le quité el violín suavemente y rodeé la silla para ver su cara. Sonrió y me miró con sus ojos dorados, y yo lo besé y le di un abrazo. No necesitaba que fuera un niño prodigio aquel primer día. Y sabía, además, que los prodigios no sólo nacen; también se hacen.

57

Alexandra y Bobby durmieron más de la cuenta, se ducharon a toda prisa y sacaron a *Stoycho* al descampado que había detrás del hotel. Luego se apresuraron a recoger sus pertenencias. El desayuno de la cafetería del hotel consistía en una panoplia de quesos y lonchas de fiambre de un rosa sospechoso, pan blanco, tomates y huevos duros. Una joven con una flor verde en el pelo estaba sacando tazas limpias. Bobby envolvió un montón de lonchas de salami en una servilleta y fueron a dar de comer a *Stoycho* junto al coche. La carretera parecía refulgir, bordeada de árboles y de moradas flores de achicoria (no azules, como en América), y durante unos minutos Alexandra se convenció de que nada podía salir mal. Con tal de que no pensara en Irina y en Lenka…

Cuando se alejaron del hotel, Bobby pasó más de una hora conduciendo por carreteras secundarias. Alexandra notó que miraba con frecuencia por el retrovisor. Paró una vez para hacer una llamada, y ella dejó salir a *Stoycho* para que diera una vuelta por lo que en Estados Unidos podía haber sido un área de descanso. Allí, en cambio, no era más que un aparcamiento agrietado, separado de la carretera por barreras de cemento móviles. A media mañana, Bobby tomó un desvío hacia una población cuyo nombre Alexandra no alcanzó a ver. Se parecía mucho a otros pueblos que había visto, de no ser porque tenía en el centro un enorme monumento. Bobby paró junto a la acera, en la plaza.

—¿Qué hacemos aquí?

—Hemos venido a buscar una cosa —contestó él—. No tardaremos mucho. Pero tengo que esperar una llamada.

Salieron del coche dejando las ventanillas abiertas, por *Stoycho*, y echaron un vistazo a su alrededor. Alexandra oyó a niños jugando en alguna parte, fuera de su vista. La plaza era pequeña y tenía a un lado una iglesia con una cúpula deslucida y un moderno campanario. La gente iba de acá para allá, atendiendo sus quehaceres. El aire estaba neblinoso. A simple vista, el monumento se asemejaba a un montón de cascotes, pero, visto con más atención, parecía ser un gigantesco robot oxidado.

Bobby se recostó contra el coche, observándolo.

—Es un monumento al Ejército Rojo —dijo por fin—. ¿Ves las palabras que hay abajo? Dice: «En homenaje a los libertadores de 1944, de las generaciones agradecidas». El ejército soviético llegó en 1944 para liberarnos de las cosas que creíamos desear, como la democracia y la propiedad de nuestras explotaciones agrícolas. —Juntó las manos sobre una rodilla—. Por lo visto, no todo el mundo estaba de acuerdo —añadió con sorna.

Ella comprendió a qué se refería. El monumento, abstracto a simple vista, era en realidad la estatua de un enorme y anguloso soldado con los pies plantados en medio de la plaza. Su brazo se alzaba muy por encima de la cabeza de Alexandra. Al parecer, su puño gigantesco había portado el asta de una bandera, desaparecida hacía tiempo, al igual que la ondeante cola de su abrigo, que parecía haber sido aserrada. La pintura esparcida por todo su cuerpo hacía difícil reconocerlo como una figura humana. Alguien lo había rociado con manchones rojos que se estaban volviendo marrones, como la sangre, y había pintado fantasmagóricos círculos blancos alrededor de sus ojos. Llevaba los guantes pintados de amarillo y la manga adornada con un signo de la paz de color verde, como si fuera un galón. Parecía un personaje salido de una pesadilla, pensó Alexandra, y temió que de pronto diera un respingo y se sacudiera, ofendido, indignado, enorme. Retrocedió hacia el coche y se asomó dentro. *Stoycho* estaba despierto y la miraba, pero no se había movido. Ella estiró el brazo para acariciarle el morro negro.

—Ahí lo tienes, Bird —dijo Bobby—. En tu país no os importa la Historia, y en el mío no podemos recuperarla.

—¿Cómo sabes eso de mi país? —preguntó ella, pero en ese momento vibró el teléfono de Bobby y él le echó un vistazo y leyó un mensaje.

Un instante después volvió a sentarse al volante. Alexandra montó rápidamente a su lado. Bobby condujo despacio hacia las afueras del pueblo, paró el coche y apoyó un plano sobre el volante. Luego dobló una esquina.

—Ésta es la calle —dijo—. El garaje es el número sesenta y uno.

Lo encontraron al final de la manzana. Era en realidad un taller mecánico de buen tamaño, y Bobby entró directamente con el coche. Un joven salió de la trastienda limpiándose las manos en un paño ennegrecido por la grasa. Era muy musculoso y otro trapo le colgaba por detrás de los pantalones, como una cola. Bobby y él se estrecharon la mano con un chasquido audible, y el joven saludó a Alexandra con una inclinación de cabeza pero tuvo buen cuidado de no acercarle su mano manchada.

—Éste es Rumen —dijo Bobby, y el joven sonrió. A ella le gustó su sonrisa, que dejaba entrever unos dientes torcidos en el centro—. Tiene un coche para nosotros.

Alexandra sabía lo que había que hacer. Sacaron todas las cosas del coche verde de Kiril y las metieron en un Ford negro que parecía haber conocido mejores tiempos. Rumen apretó el hombro de Bobby y rozó su pómulo con el pulgar y el índice, en una suerte de caricia de despedida.

—¿Cómo va a recuperar Kiril su coche? —preguntó ella.

—Rumen y él se conocen. Lo arreglarán entre ellos. —Bobby sacó el coche marcha atrás con mucho cuidado.

—¿Cuál de ellos es tu novio? —preguntó Alexandra.

Bobby se rio.

—Ninguno… ya. Rumen es un tío estupendo. Es novelista.

—Claro —dijo ella—. ¿Y Kiril?

—Kiril, no. Trabaja en una agencia inmobiliaria en Sofía.

Ella meneó la cabeza. En el asiento de atrás, *Stoycho* volvió a echarse y gruñó una sola vez.

—¿Y ahora qué? —preguntó Alexandra.

Bobby suspiró.

—¿Y ahora qué, y ahora qué? Qué americano —repuso.

Ella se sintió dolida.

—¿A qué viene eso?

—Es igual —contestó Bobby—. Lo que quiero es buscar agua para *Stoycho* y algo de comida para nosotros, cuanto antes. Y me gustaría tomar una cerveza fría.

Pero en lugar de parar en el pequeño bar que había en el parque, salió del pueblo sin detenerse y regresó a la autovía.

Alexandra empezaba a tener la sensación de que se movía en círculos dentro de Bulgaria. Comenzaron a revisitar lugares que ya habían visto antes. Había algo de inquietante en ello, y de pronto se preguntaba si acabarían en el monasterio de Velin, enterrando la urna con sus propias manos. Se acordó entonces de que fue allí donde tuvieron su primer tropiezo.

Al entrar en Bovech, sin embargo, no reconoció el pueblo. Se acercaron esta vez por el este y, en el primer barrio que encontraron, vio una plaza desierta y cubierta de malas hierbas, dominada por una escultura que representaba a un hombre de tamaño desmesurado. La casaca de campesino, esculpida en granito, caía en ángulos alrededor de su cuerpo, y tenía un enorme nido de cigüeña sobre la cabeza. La cigüeña se erguía en el nido, lo que aumentaba el tamaño de la escultura, que parecía lucir un estrafalario sombrero. A sus pies dormía un grupo de perros callejeros, demasiado perezosos para levantar la cabeza de la tierra. Alexandra se alegró de que *Stoycho* estuviera a salvo en el asiento trasero del coche.

—Otro monumento —murmuró Bobby en respuesta a su pregunta tácita—. Bueno... En este pone «1923» porque conmemora el primer gran levantamiento comunista en Bulgaria. La represión del levantamiento fue brutal, sobre todo en el campo.

Mientras observaban el monumento, la cigüeña levantó las alas y las sacudió. Luego volvió a acomodarse en el nido.

Alexandra sintió una honda impresión al ver la casa de los Lazarovi de nuevo, como si hubiera estado allí muchas veces en lugar de una sola. Encontraron a la guapa vecina haciendo ganchillo debajo de un árbol mientras sus dos hijos jugaban con camiones de plástico en el camino delantero. Al principio pareció no acordarse de ellos. Luego los saludó con cordialidad cargada de aburrimiento, hasta que vio a *Stoycho*. Miró fijamente al perro y retrocedió. Les dijo que la única persona que había venido a ver la casa de al lado desde su visita, al poco de irse ellos, era un joven que al final no había querido comprarla para sus padres. (El detective del Mago, pensó Alexandra.) Qué suerte para los Lazarovi que esta pareja joven, tan simpática, quisiera verla otra vez. Iría a buscar la llave. Esta vez pareció considerarlos dignos de confianza, o bien no quiso molestarse en acompañarlos, y entraron solos en la casa.

Dentro seguía oliendo igual, a humo, a moho y a limpio, todo a la vez, y la luz se filtraba por entre las cortinas baratas tal y como recordaba Alexandra. Había, sin embargo, algo distinto: percibía la presencia de Stoyan, sentía que había vivido toda una vida y que, durante unos años, había morado allí. Tal vez incluso había muerto en aquella casa. ¿O acaso había fallecido en el hospital cercano? Lamentó no habérselo preguntado a la señorita Radeva o a Irina.

Nada parecía haber cambiado durante su ausencia, ni siquiera con la visita de aquel inspector de policía que había mentido acerca de sus padres.

—Bueno, eso al menos está bien —comentó Bobby, como si hubiera otras cosas que no lo estaban tanto. Se detuvo en medio de la cocina y echó un vistazo alrededor, pausadamente. Había varias notas escritas a mano, pegadas a un lado de un armario—. Estaban aquí la otra vez: «Arreglar dos sillas, llevar zapatos y tomates a P, tela, llamar a Irina» —tradujo para Alexandra.

Papel viejo y amarillento, un recordatorio de tareas cumplidas hacía tiempo, o quizás no. Ella se preguntó de quién era aquella letra. Seguramente de Vera, dado que, pese a estar en cirílico, le pareció femenina. No se parecía, por otra parte, a la letra de la confesión de Stoyan. Además, era más probable que aquella lista la hubiera hecho una mujer.

El diván de la cocina guardaba silencio, al igual que la tapa del fogón de leña, cuya asa sobresalía como el mango de una espátula para tartas. Las plantas del alféizar de la ventana seguían vivas, y el trapo colocado sobre el grifo parecía fosilizado. Esta vez, Alexandra percibió la presencia de personas de carne y hueso, de la anciana que había cocinado allí mil veces y limpiado las encimeras hasta dejarlas relucientes, y del viejo que seguramente dejó de tocar el violín cuando la artritis se apoderó por completo de sus manos. Stoyan se había sentado a aquella mesa, derrotado, a leer un periódico repleto de cambios políticos inimaginables. Y, en algún momento, el otro anciano, Milen Radev, el que había sido su mejor amigo, había ido a vivir a aquella casa, quizás porque no tenía otro sitio donde ir después de su jubilación, y había cuidado de la anciana como le había pedido Stoyan que hiciera tiempo atrás, cuando ella quedó viuda. Ahora, la cocina se le antojaba llena, no vacía.

Siguió a Bobby al cuarto de estar. Él parecía observarlo todo con renovada atención, pero esta vez no tocó nada. Se inclinó para mirar la parte de arriba del anticuado televisor. La vecina había cumplido con su trabajo y no había polvo. Alexandra se imaginó a Stoyan sentado en el diván, viendo los programas nocturnos con las manos sobre el regazo. Escuchando, quizás, noticias acerca de jóvenes a los que ya no se exigía que trabajaran únicamente donde les mandaba el estado, y a los que no se prohibía estudiar en el extranjero. De todas formas, él era ya demasiado viejo para que lo mandaran a ninguna parte.

Subieron a la planta de arriba.

—¿Qué estamos buscando? —le preguntó a Bobby.

—Cualquier cosa que podamos encontrar —contestó él ambiguamente, pero se sacó unos guantes finos del bolsillo.

Abrió de nuevo los cajones y registró minuciosamente los armarios mientras Alexandra aguzaba el oído por si la vecina se acercaba a la puerta o llegaba la policía. En el dormitorio, debajo de la cama de matrimonio hecha con esmero, Bobby encontró una lata de betún seco y unos trapos manchados y envueltos en papel de periódico.

—Para zapatos negros —comentó.

—¿Zapatos de orquesta? —dijo Alexandra automáticamente.

Bobby desplegó el papel de periódico.

—1987. «El congreso de julio del Sindicato de Mineros ha dado comienzo hoy en la capital y se prolongará hasta el 1 de agosto.» Muy bien.

En un cajón de la mesilla de noche encontró una fotografía suelta: el retrato en blanco y negro de un joven que rondaba los veinte años, con el cabello oscuro revuelto y desaliñado, un jersey de rombos tejido a mano y los largos dedos apoyados con aire nervioso sobre una rodilla. Estaba sentado en un banco o un muro, con el mar difuminado a su espalda.

—Es Neven —dijo ella, tomando delicadamente la fotografía.

Tenía los bordes desgastados, como si estuviera muy manoseada. Como si alguien hubiera abierto el cajón de la mesilla cada noche, antes de dormir, para mirarla.

—¿Cómo lo sabes?

Ella lo sabía, lo sabía sin más. Reconocía la forma de su cabeza y las finas facciones de su cara, aquel cabello espeso que algún día se cortaría casi al cero, el cuerpo alargado y sigiloso, las manos espléndidas, aquella mirada de curiosidad convertida en reserva, pero no domeñada del todo, la franqueza de sus ojos incluso en aquella foto borrosa y torpe. Había estado a su lado, a su sombra, y había visto cernerse su cara por encima de ella. La vida había engrosado su cuerpo y tal vez lo había hecho más fuerte, pero allí estaba, de todos modos. No había nada anotado al dorso, ni siquiera una fecha.

Cuando Bobby se volvió hacia otro lado, Alexandra se guardó la ajada fotografía en el bolso. La devolvería junto con la urna, si es que conseguía devolverla, y entonces lo confesaría todo.

Se entretuvieron un momento mirando las fotografías de la pared. Alexandra estudió el retrato de Vera con sus perlas al estilo de Hollywood, y deseó poder preguntarle a la mujer de la fotografía dónde estaba ahora. Y decirle también que ella, Alexandra, sabía al menos lo que le había sucedido a Stoyan, lo que lo había entristecido y hecho enmudecer para el resto de su vida.

No había, sin embargo, nada nuevo en la casa, y Bobby salió de las habitaciones con un gruñido de exasperación. Ella se detuvo ante la librería del cuarto de estar: Italia, Hemingway, historia de la música, todos aquellos títulos en cirílico y unos pocos en otras lenguas. Diccionarios. Bajo ellos, casi tapado por el pequeño televisor, se hallaba el estante de las partituras encuadernadas, algunas de ellas tan manoseadas como la fotografía que llevaba en el bolso, y quizás también igual de amadas, vueltas sus páginas una y otra vez durante los ensayos.

—Su música —dijo en voz alta, y se quedó allí parada, delante de las partituras.

Aquélla había sido la vocación de Stoyan, aunque no hubiera podido retomar sus estudios en Viena, ni tocar en grandes auditorios de todo el mundo. Pensó en cómo era posible que la vida de una persona quedara reducida a tan poco: la persona, a cenizas, y su obra, a un estante lleno de melodías muertas.

—Bobby… —dijo—. *La historia de mi vida.*

Bobby, que estaba retirando los cojines del sofá, se volvió para mirarla con el ceño fruncido. Alexandra señaló con el dedo.

—¿Te acuerdas? Decía que la historia de su vida estaba en su música. Se lo dijo… ¿a quién? ¿A Irina? Y a *gospodin* Angelov. —Titubeó al pensar en el pintor, en cómo la había besado de pronto en la frente—. Aquí fue donde encontramos la caja con los vendajes.

Bobby se acercó de inmediato y apartó con cuidado el televisor y la mesa que lo sostenía. Alexandra pensó que iba a empezar a sacar partituras del estante, pero se quedó mirándolo un momento, como había hecho ella.

58

1950

A *principios de primavera, retomé la educación musical de Neven.* Aún había nieve en el suelo, el frío nos acosaba todavía, y una noche volví a soñar con Vivaldi. Había nevado en Venecia y el cura pelirrojo caminaba deprisa hacia el taller del impresor con sus nuevas partituras, el largo gabán de lana con capellina flotando al viento. Se cubría la peluca de color claro con un tricornio azul y no llevaba guantes. Tal vez no los tenía, si en Venecia rara vez hacía tanto frío. Cruzó velozmente una plaza que no reconocí (no la de San Marcos, sino otra bastante grande), sumando sus pisadas a las que cruzaban la nieve en todas direcciones. Era por la mañana, pero no temprano; el sol despuntaba ya por encima de los edificios que daban sombra a la plaza. Vivaldi adelantó a una mujer de mejillas sonrosadas, con la cabeza envuelta en un chal y una cesta colgada del brazo. Sentí de nuevo temor sin saber por qué, y también frustración. Vivaldi estaba en peligro y yo debía avisarlo, pero no debía revelar mi presencia.

Parecía, de hecho, ser invisible, o no estar allí en absoluto. No podía verle la cara, pero intuía que estaba crispada por la preocupación. Vi su largo gabán atravesar la plaza como si fuera un pájaro posado en lo alto de un edificio y no pudiera chillar lo bastante alto para llamar su atención. Caminaba a paso ligero y parecía ir hablando solo, abrumado por el trabajo. Yo conocía aquella prisa, la había experimentado muchas veces, cuando intentaba hacer algún recado antes del ensayo inevitable.

Empezaron a tañer las campanas de una iglesia y quise contar las campanadas (era también importante), pero al llegar a cuatro perdí la cuenta. Sabía, no obstante, que debían de ser al menos las nueve de la mañana. Vivaldi se metió en un callejón, por una esquina de la plaza, y lo vi desaparecer sin poder seguirlo. Reparé entonces en que se le había caído una página del hato de partituras, una hoja escrita a mano, con letra muy apretada, y traté de bajar a recogerla, pero no pude. Sabía que la nieve diluiría la tinta y la emborronaría, y que quizás vendría alguien detrás y se la llevaría, o la pisaría sin querer. Comprendí entonces que aquella página contenía un mensaje para mí y que nunca podría recuperarlo.

La primavera puso fin a aquel frío mordaz y espantoso, y el verano trajo la tibieza del sol y, más tarde, el calor para reemplazarlo. En mi caso, el frío dio paso a un sufrimiento mental que apenas podía describir, ni siquiera para mis adentros. A ese sufrimiento siguió la fiebre. Tras sobrevivir a las gélidas jornadas de trabajo, mis articulaciones parecieron debilitarse de pronto. Una mañana, apenas pude levantarme. No pude llegar a las letrinas; me desplomé en el patio. Pensé al instante que debía despedirme de Vera, de Neven y de mi violín, puesto que seguramente me dispararían allí mismo, en el suelo, como a un viejo caballo derrengado. Pero el jefe, dando muestras evidentes de enfado, mandó a Momo que se me acercara y me llevara a hombros hasta la enfermería (yo, claro está, pesaba menos que nunca). La tierra me pareció muy lejana y el cielo amarillo. Las montañas temblaban y se encogían por encima del campo. A pesar de mi creciente delirio, no quería que Momo me tocara, ni quería ir a la enfermería, de la que tantos presos salían envueltos en sacos bien atados. Pero no pude resistirme. El jefe debía pensar que, por alguna razón, valía la pena salvarme, o que no estaba tan enfermo como para morirme. O puede simplemente que no quisiera que contagiara a los otros presos.

Momo me llevó a la enfermería sin decir nada. Cuando llegamos, me dejó caer casi distraídamente en la cama que estaba más próxima a la puerta, una de las pocas que estaban vacías. Luego pareció acordarse de mí y se dio la vuelta. Lo vi alzarse sobre mí (la fiebre le hacía parecer aún más grande y más angelical que de costumbre) y abofetearme, pero relajadamente, como con desgana. Me dolió horriblemente, no por la fuerza del golpe, sino porque tenía la cabeza dolorida y abrasada por la fiebre.

—Venga, levanta, vuelve al trabajo, farsante —dijo, pero como si estuviera practicando, como un niño imitando a sus mayores.

Sentí que mi desprecio hacia él manaba a través del dolor de la fiebre. Traté de volver la cabeza, pero ni siquiera eso pude hacer. Desapareció de repente, como si se hubiera evaporado por arte de magia. Un hombre que me pareció el enfermero Ivan se acercó a hablarme. Tenía la impresión de llevar horas allí, y el enfermero me ponía compresas horriblemente frías y mojadas en la cara. El agua fría chorreaba y se me metía en las orejas y entre la ropa. Entendía, sin embargo, que las molestias que me causaba el agua fría podían disipar el dolor de la fiebre. Era una especie de trueque. Pareció ser invierno otra vez, primavera quizás, y luego volvió el calor abrasador de una tarde de verano, y aparecieron los parques de Viena en otoño, con sus hojas rojas formando melodiosos remolinos sobre las aceras.

Me acordé de Vera y resolví que me quedaría pegado a ella hasta que llegara el fin. Me parecía que teníamos un hijo al que yo quería muchísimo, pero me costaba recordar el nombre por el que solíamos llamarlo. Vera estaba sentada a mi lado, acariciando mi frente, lo que era mucho más agradable que los apestosos paños fríos que había imaginado un momento antes. Siguió acariciando mi cabeza y mi cara con su mano fresca, tres o cuatro días. En cierto momento me dije que debería estar ensayando, o enseñando a mi hijito (¿cómo se llamaba?) a tocar la *tsigulka*; o siguiendo a Vivaldi en sus ensayos por Venecia. Pero pensé también que el cura pelirrojo podía estar muy atareado componiendo, que quizás no querría que lo molestara en sus aposentos mientras trabajaba, y que de todas maneras yo había perdido la noción del tiempo y ya ni siquiera sabía qué día era. Luché por incorporarme y volver al trabajo. Me ejecutarían si no iba a la cantera, y entonces ya nunca podría tomar el tren para regresar con Vera. Alguien me empujó, me hizo tumbarme de nuevo. Era inútil. Esperé la muerte manteniendo el nombre de Vera en mi torrente sanguíneo, donde lo sentía palpitar.

Y luego, una mañana, me desperté. Estaba exhausto y medio muerto, pero la fiebre había remitido. Estaba desorientado, pero tenía la cabeza despejada. Miré a mi alrededor; a la primera luz del día, vi que seguía estando en un edificio y supuse que sería la enfermería. Tenía la extraña sensación de haber salido del campo una temporada, de haber estado en libertad por primera vez desde mi llegada, de haber dejado de estar preso. Ahora me hallaba de nuevo esclavizado y Vera no estaba allí. Se me humedecieron los ojos y las lágrimas me corrieron por la cara, pero estaba tan débil que no pude levantar las manos para secármelas. La luz del sol entraba a raudales por cuatro ventanas altas que debían de estar claveteadas. Hacía calor en la habitación.

Giré la cabeza un poco y vi cuerpos, vivos o muertos, en otras camas. En una de ellas había un bulto inmóvil. Si era de día, todos los que pudieran tenerse en pie estarían ya trabajando en la cantera o en las minas. Me pregunté cómo estaba Nasko, si estaría vivo, si me habría echado de menos, y cuánto tiempo había estado fuera, o amodorrado por la fiebre. Recordé que, si estaba vivo, aunque fuera en el campo, todavía cabía la posibilidad de que algún día me dejaran en libertad y pudiera ver a Vera y a mi hijo Neven, y volver a tocar música con las manos. Me acordé entonces de que mi hijo no había nacido aún, de que mis manos tal vez nunca se curarían del todo, y de que tal vez Vera ya me había dado por muerto.

El enfermero Ivan se acercó a mi cama, convertido aún en una figura borrosa, y se inclinó hacia mí con una taza de agua, y más tarde con una taza de sopa, tan poco sustanciosa como siempre. Yo no conseguía retener nada y, cuando trataba de beber, me daba la tos y escupía el líquido en sus manos y sus brazos, y él se limpiaba en la ropa de la cama. Fue entonces cuando me di cuenta de que había sábanas y una manta de verdad. Hacía tanto tiempo que no tocaba aquellas cosas, que me costó reconocerlas. Las sábanas eran bastas y seguramente estaban sucias, pero pese a ello me parecieron emisarios de otro mundo.

El enfermero Ivan dijo:

—Te ha dado bien fuerte, pero has sobrevivido.

No me gritó, ni me amenazó. Hacía mucho tiempo que ningún oficial del campo me hablaba en un tono normal, si es que alguno lo había hecho alguna vez.

—Otros cinco no han tenido tanta suerte. Y esos hombres de ahí, ¿los ves?, todavía se están recuperando.

No parecía muy interesado, y me acordé de que la gente decía que en realidad no era enfermero.

—¿Cuánto tiempo he estado enfermo? —pregunté—. No me acuerdo.

—Varios días, creo —contestó—. Más te vale descansar.

Me dije que de todos modos no tenía elección: apenas podía moverme. Se alejó y no volvió a acercarse a mí hasta varias horas después, cuando pedí agua. Bebí con ansia esta vez. La fiebre me había dejado más seco que el polvo.

A la mañana siguiente pude tomar un poco más de sopa, pero seguía sin poder incorporarme. Para entonces había aprendido ya a orinar en un bote si el enfermero lo sujetaba, lo que hizo con desagrado mal disimulado (seguramente yo olía tan mal como los demás). Se llevó también mi sábana manchada de orines y me trajo una más limpia. Me quedé tumbado, mirando la luz del otro lado de las ventanas polvorientas y las siluetas de los árboles, que a veces agitaba la brisa. Al parecer, allí fuera seguía siendo verano. Por eso la sala iba caldeándose a medida que avanzaba el día. Me dije que debía recuperarme lo más despacio que pudiera para no tener que regresar a la cantera ni un segundo antes de lo imprescindible. Si me mandaban de vuelta al trabajo demasiado pronto, seguramente me moriría. El solo hecho de descansar, de flotar en horizontal, era tan novedoso que tenía la sensación de estar soñando. Un hombre tumbado en otra cama empezó a gemir una y otra vez, y me di cuenta de que había oído aquel sonido durante los días anteriores, sin poder situarlo. Confié en que el enfermero Ivan acudiera en auxilio del pobre hombre. Pero no estaba por allí.

Traté de pensar en Venecia, pero mi mente estaba demasiado debilitada para crear una fantasía a partir de un cuadro o un grabado. Decidí confusamente que, si conseguía salir de la enfermería y después del campo, me las arreglaría para visitar Venecia alguna vez. Pasados unos años, cuando la nueva sociedad estuviera firmemente asentada o hubiera fracasado y quedado atrás, volverían a abrirse las fronteras. Venecia sería el primer sitio al que viajaríamos Vera y yo, incluso antes de retomar mis estudios, actuaciones y concursos. Neven vendría con nosotros. Nos detendríamos a contemplar la *piazza* y me daría cuenta de que lo había imaginado todo a la perfección.

Debí de quedarme dormido durante este viaje, porque de pronto era por la tarde, la luz se alargaba a ras de suelo y yo tenía una visita.

59

Alexandra y Bobby tardaron media hora, como mínimo, en sacar todas las partituras del estante y revisarlas hoja por hoja. Bobby le enseñó cómo mantenerlas en el orden en que las había encontrado. Alexandra aguzó el oído por si oía volver a la vecina. Le preocupaba, además, haber dejado a *Stoycho* atado a la escuálida sombra del patio, pero no dejó de trabajar mientras escuchaba, volviendo rápidamente las páginas hasta que las notas se amontonaban bajo sus ojos. Había volúmenes de música para violín solo (las partitas de Bach, Paganini) y montones de piezas orquestales (Beethoven, Chaikovski, Rimski-Kórsakov), casi todas ellas con la portada en cirílico. Al parecer, las orquestas en las que había tocado Stoyan tenían predilección por los compositores rusos. Había verdaderas antigüedades entre aquellos volúmenes, Alexandra estaba segura. Las más antiguas tenían las páginas amarillentas y quebradizas. La lata de caramelos seguía sobre el estante, detrás de ellos, y Bobby la puso sobre la mesa con una media sonrisa.

—El hombre de Dimchov no era tan bueno, después de todo —comentó modestamente—. O puede que sólo estuviera buscando personas, con cajas de tesoros.

Pasaron página tras página, pero sólo encontraron música. Las notas fueron llenando la habitación calladamente. *¿Dónde está el violín de Stoyan?*, se preguntó Alexandra por primera vez. ¿Era el que *baba* Yana le había oído tocar en el pueblo, aquella música que sonaba bajo las estrellas o que parecía salir por la chimenea?

Por fin, todas las partituras de Stoyan estuvieron amontonadas en el suelo, en estricto orden. El trabajo de toda una vida.

—Puede que esté equivocada —dijo Alexandra.

—O puede que se refiriera a esto. A lo que sean estas cosas que hay dentro. —Bobby estiró el brazo y abrió la caja de hojalata que había dejado sobre la mesa.

Las tiras de tela manchadas seguían enroscadas dentro.

—Y hemos mirado toda su música.

—No —dijo ella lentamente—. Toda, no. No hay ninguna de Vivaldi.

Bobby la miró en silencio. Ella se echó hacia atrás, en cuclillas.

—Irina dijo que tocaba a Vivaldi, y Radev le contó algo parecido a su sobrina: que a Stoyan le encantaba la música de un italiano. Y... Nasko Angelov dijo que sabía que Stoyan se encontraba mejor cuando lo oía tocar a Vivaldi. Pero aquí no hay ninguna partitura de Vivaldi.

Estaba pensando también en otra cosa: en dos niños, un hermano y una hermana, tumbados debajo de la mesa del comedor de una casa de campo mientras el elepé de *Las cuatro estaciones*, el de sus padres, giraba en un tocadiscos ya anticuado, con aguja de diamante. Les encantaba que la aguja fuera de diamante, porque era la única joya que había en la casa (su madre sólo llevaba una alianza de boda de oro, muy sencilla). A Alexandra le gustaba escuchar la *Primavera*, que le recordaba a fuentes y a gacelas. Jack prefería el *Otoño*, que, según decía, sonaba a tornados, y que también evocaba en ella una imagen de hojas bermejas atrapadas en un remolino. Lanzaban al aire una moneda para echar a suertes dónde posaban la aguja del tocadiscos, hasta que su madre bajaba de limpiar el desván y les recordaba que aquello no le iba bien al disco, que podían rayarlo y que siempre tenían que empezar desde el principio.

—Y dejad que el año siga su curso —añadía su madre con una sonrisa y una gran telaraña prendida de la manga de la camisa.

Fue la primera vez que Alexandra oyó la expresión «seguir su curso», y después, durante años, aquella frase significó para ella dejar que un disco sonara de principio a fin y algo acerca de una telaraña. Al menos, Jack había muerto durante su estación preferida. Nunca dejaría de echarlo de menos, pero de pronto parecía que a veces ocurrían cosas peores: que había hombres que gemían en el suelo de un vagón de tren que se alejaba de ella a gran velocidad por un túnel, hacia las tinieblas.

—Bird —dijo Bobby acariciándole la frente, y entonces su estómago se niveló de nuevo—. Te has desmayado.

Sintió la mano de él sobre su cabello. Estaba tumbada en el suelo del cuarto de estar, mirando hacia el techo. Pensó que debía de haberse caído suavemente, y no muy lejos de donde estaba arrodillada, junto a la mesa. Adivinó entonces que Bobby la había cogido, y que por tanto no se había caído de verdad.

—Niña bonita —dijo él, y Alexandra comprendió que se refería a ella. La ayudó a incorporarse y apretó la cabeza de ella contra su hombro con la mano enguantada—. ¿Qué ha pasado?

—Mi hermano —respondió ella, y descubrió que estaba sollozando débilmente—. Murió hace ya mucho tiempo. Solíamos escuchar música juntos.

—Lo siento —dijo Bobby, y Alexandra comprendió que lo decía de verdad, a pesar de que hacía sólo seis días que se conocían.

Ella alargó la mano hacia su bolso, que había dejado en el sofá. Sacó su cartera esquivando cuidadosamente la fotografía robada de Neven.

—Éste es —dijo, y se le quebró de nuevo la voz.

Quizás debería irme a casa, se dijo. *No debería haber dejado a mis padres solos, sin ninguno de los dos.*

Bobby tomó la fotografía con respeto teñido de ternura. Era la fotografía preferida de Alexandra, tan desgastada por los bordes como la de Neven. La guardaba en una funda de plástico en todas las carteras nuevas que se compraba. Era una copia de una fotografía escolar tomada semanas antes de su última excursión. El director del instituto se la había entregado personalmente a su familia, compungido, meses después. Mostraba a un adolescente de aspecto simpático, de cabello rubio rojizo, muy corto y de punta, cuya mirada despreocupada observaba al espectador con cierto aire burlón. Era guapísimo, y Alexandra experimentó el placer agridulce de ver cómo se agrandaban fugazmente los ojos de Bobby, llenos de admiración. Él inclinó la cabeza unos instantes sobre la fotografía y luego se la devolvió.

—Qué joven —dijo—. Gracias por enseñármelo.

Alexandra pensó en los seres queridos a los que él también habría perdido. Nadie se libraba de eso. Bobby se echó hacia atrás el pelo con los dedos, con aquel gesto nervioso.

—¿Tenía…? ¿Cuántos años?

—Dieciséis —respondió ella—. Y un día.

Él se quedó callado, observando su rostro pensativamente.

—No te pareces mucho a él. Excepto en la sonrisa —dijo.

—Gracias. —Volvió a guardar la fotografía en la funda de la cartera y se secó las mejillas. No quería ponerse a llorar otra vez.

—Debió de ser terrible para ti, después de su muerte —comentó él.

Alexandra se quedó sentada, mirándolo. Notaba la sal de las lágrimas endurecida sobre sus mejillas y las pestañas pegoteadas. Luego se subió lentamente la manga de la blusa de algodón. La cicatriz era ahora pálida y alargada, no de un rosa intenso, como lo había sido durante meses, aunque había todavía una parte desigual y arrugada, allí donde por un instante había perdido el valor. Sin hacer ningún comentario, sostuvo el brazo bajo la mirada de Bobby. Él se inclinó de repente y besó la cicatriz, y los ojos de Alexandra se desbordaron nuevamente.

—¿En qué nos convierte esto? —Su voz sonó pastosa.

Bobby agarró su muñeca y le bajó el brazo con delicadeza, como si lo tuviera roto.

—En hermanos de sangre —contestó.

Inclinándose, ella abrazó con vehemencia a su taxista. Luego se pasó la otra manga por la cara. Había algo que tenía que hacer, aunque ya nunca pudiera salvar a Jack. Lo había intuido al borde de su conciencia justo antes de desmayarse.

—Vivaldi... No hemos encontrado ninguna partitura suya —dijo.

—¿Qué? —Bobby se volvió hacia las partituras y miró en derredor distraídamente, como atenazado todavía por el dolor de Alexandra—. Sí. No hay nada de Vivaldi.

—¿Y si están en otra parte de la casa?

—Hemos buscado en todas partes —repuso él—. El estante está vacío.

—Lo sé, pero Vivaldi era su preferido. ¿Dónde guardarías tú tu música preferida?

Él se encogió de hombros sin dejar de mirarla.

—Yo no soy músico.

—Tu libro de poesía favorito, entonces.

Asintió con la cabeza.

—Debajo de mi cama, donde pueda cogerlo cuando me despierte. Pero ya miramos debajo de las camas, y he mirado debajo de los colchones.

Alexandra dejó escapar un gemido. ¿Qué podían hacer?

—Es hora de irse —dijo él—. Tenemos que volver a colocar todo esto. Llevamos aquí demasiado tiempo.

Ella lo sabía, y la vecina ya debía de haber empezado a sospechar.

—Pero Vivaldi... Puede que Stoyan tuviera muchas partituras suyas, si le gustaba tanto.

—O puede que hubiera memorizado la música y ya no necesitara las partituras —señaló Bobby—. Puede que las regalara. O que las guardara en la casa de las montañas. Ya sabes que allí no miramos en todos los rincones. Normalmente, cuando algo está escondido, siempre hay una señal, algo fuera de sitio. Pero en esta casa todo parece en perfecto orden. Se lo llevaron todo, menos las fotografías.

Primavera, pensó Alexandra, y el *Otoño* de Jack. Todas las estaciones que habían pasado inadvertidas. Miró las arrugadas cintas de tela marrón que les había dejado Stoyan.

—Hay algo que está fuera de sitio —dijo.

Subió rápidamente las escaleras y entró en la habitación de las fotografías seguida por Bobby.

El calendario seguía colgado de la pared donde lo habían visto en ambas visitas: junio de 2006, hacía casi dos años, el mes del fallecimiento de Stoyan Lazarov, con las muchachas bailando alrededor de un pozo, ataviadas con trajes rojos y blancos. Alexandra lo descolgó. En la pared quedó únicamente un recuadro de color melocotón, allí donde la pintura se había difuminado menos. Le pareció, sin embargo, que el mes de junio de 2006 pesaba más que los meses precedentes. Pegado a la parte de atrás de la hoja, donde las muchachas danzaban al revés, a través del papel, había no una partitura sino un sobre.

Reconocieron la letra de su parte frontal. Bobby tradujo para Alexandra: «Última parte. Nunca debe publicarse».

60

1950

El que vino a visitarme era Momo. No le vi hasta que estuvo muy cerca, de pie, a mi lado. Después, se sentó en la silla de madera que había acercado a la cama. Se inclinó y me zarandeó por el hombro. La silla estaba descuadrada, se inclinaba hacia un lado, y pensé que, con aquel corpachón suyo, seguro que se vendría abajo. Pero siguió allí sentado, sonriéndome con sus dientes separados, como un niño pequeño. Confié en que aquello también fuera un sueño, pero Momo no desaparecía. Sus manos recias, que habían matado a tantos hombres, no portaban el garrote; reposaban recatadamente sobre sus rodillas. Parecía incapaz de pronunciar un saludo normal, pero pasados uno o dos minutos se dirigió a mí.

—Te traje al hombro, como un saco de patatas —dijo.

Parecía estar considerando la posibilidad de que yo dijera algo, así que al cabo de un momento contesté:

—Sí.

—Un saco de patatas. —Sonrió como si aquella imagen le complaciera.

—Sí —repetí con la esperanza de que se marchara.

Me preguntaba si había ido a visitarme para congratularse por haberme salvado la vida, pero eso era absurdo. Tal vez se estuviera viendo a sí mismo bajo una luz nueva, como un salvador en lugar de un asesino, y eso le resultaba interesante. Me pregunté también cómo es que tenía tiempo libre para venir a verme, estando los presos a punto de regresar de su jornada de trabajo. Tal vez incluso habría que eliminar a algunos. ¿Acaso el jefe le había dado una hora libre?

Se acomodó mejor en la silla endeble.

—Tú eres el listo, ¿verdad? ¿El músico?

Permanecí inmóvil, observando lo que veía de su cara, tan vacía como un plato pero provista de unos ojos astutos, sobre todo cuando sonreía.

—Bueno, en casa soy músico —respondí con la mayor indiferencia de que fui capaz.

—El jefe me ha encargado una cosa —añadió— y necesito a alguien listo.

—Yo no soy tan listo —dije con calma—. ¿Crees que estaría aquí si lo fuera?

Se quedó pensando un rato, pero no pareció capaz de llegar a una conclusión, aunque sospeché de nuevo, por el destello de su mirada, que su estupidez era, al menos en parte, una estratagema. Se limpió la nariz con la mano.

—Pero eres listo, ¿no? Los otros decían que eres un músico famoso y que era una pena que estuvieras enfermo.

Traté de adivinar quién habría dicho aquello. Nasko no, eso seguro. Él no era tan atolondrado. Pero en el campo no parecía haber secretos.

—No soy más listo que los demás —respondí.

—Pues ellos dicen que sí —dijo con expresión obstinada, y cruzó los brazos sobre su robusto pecho—. Así que imagino que lo eres. Necesito a alguien para que vaya conmigo a la ciudad, un preso listo que le diga a un fulano de allí que llevamos este sitio como es debido.

Tuve de nuevo la extraña sensación de que no era tonto como, sin duda, parecía. Tal vez tuviera una habilidad implacable para adaptarse.

—¿Por qué no va el jefe? —pregunté, pero enseguida me arrepentí de haberlo hecho.

Resopló como una rana, indignado.

—El jefe tiene que quedarse aquí. Es un hombre muy ocupado. ¡Es el jefe! Sería peligroso que se marchara dejando a alguien al mando, aunque fuera a mí.

Era lo más coherente que le había oído decir. El hombre de la cama de al lado, con la cara pegajosa por la fiebre, se volvió, inquieto. Seguramente formábamos parte de sus sueños.

—¿Por qué me cuentas esto? —pregunté. Mi voz seguía siendo muy débil.

—Bueno, el jefe ha dicho que puedo llevarme a un preso listo para que hable con ellos, y que si ese preso es lo bastante listo para no irse de la lengua después… —Pareció atascarse al llegar a ese punto, o lo fingió. Se quedó callado unos segundos.

—¿Si es lo bastante listo para no irse de la lengua? —insistí yo.

—Bueno, si es así de listo y se da cuenta de que después lo tendremos siempre vigilado, a lo mejor dejamos que se vaya a casa.

Se hizo un largo silencio en la sala, lleno únicamente por la última palabra que había pronunciado Momo, hasta que el hombre de la cama de al lado se volvió de nuevo hacia nosotros. Estaba claro que Momo lo consideraba prácticamente muerto.

—¿Qué tendría que decirles ese preso, exactamente? —Me costó trabajo controlar mi voz.

Momo reflexionó un momento. Tenía esos ojos que se ven en las estatuas de mármol, abiertos de par en par pero vacíos a propósito, marcados en la piedra no por el color, sino por el contorno.

—Imagino que el preso tendría que decirle al comisario de Sofía que va a visitar la ciudad que en nuestro campo todo va bien. Si no, puede que venga el comisario en persona a visitarnos, y eso le daría algún trabajo al jefe. Ya sabes cómo son estas cosas —añadió en tono confianzudo.

—¿Decirle que las cosas van bien?

—Para los presos, ya sabes. Son trabajadores. Trabajan duro y comen y duermen, y nosotros los ayudamos a rehabilitarse. Lo tenemos todo organizado. Les va perfectamente.

—¿Quieres decir…? —pregunté con cautela, deseando poder incorporarme para mirarle sin tanto esfuerzo—. ¿Quieres decir que nos tratan bien?

—¡Sí! —Sonrió de nuevo, por fin, y vi de nuevo aquel hueco entre sus dientes—. Es lo que quieren saber.

Pensé en Vera y en su alegría al verme regresar; pensé en el hijo que tendríamos. Pensé en mis manos, que algún día curarían y acercarían de nuevo el arco a las cuerdas. Y luego pensé en Nasko y en los demás. ¿Quién habría empujado la carretilla desde que yo estaba enfermo? Tal vez lo hubiera hecho el propio Nasko, como yo le insistía a veces para que sus manos no sufrieran tanto daño. Me acordé de lo que había hecho en realidad, de aquella falta por la que no me estaban castigando.

—Lo siento —dije—. Por desgracia, no soy tan listo.

Su sonrisa se disipó.

—¿No?

—No —añadí—. Soy un buen músico, pero para hablar como es debido con el comisario necesitas a alguien muy listo. Muy muy listo.

Se miró las rodillas, enfurruñado. Su fantástica idea, o lo que le habían pedido que hiciera, había fallado. O tal vez (¿sería posible?) no podía mostrarme sus cartas todavía. Tenía que seguir haciéndose el tonto.

—Es una pena —dijo—. Pensaba que servirías tú. ¿No quieres volver a casa?

—Claro que quiero —respondí.

Ahora que había terminado todo, la pena inundó mi mente y a duras penas conseguí mantener los ojos abiertos. Deseé que el enfermero Ivan nos interrumpiese.

—¿No te gustaría a ti también? —Volví la cabeza y lo miré con cautela.

Se encogió de hombros.

—Supongo que sí. Aunque yo no tengo a nadie. —Seguía mirándose las rodillas—. Mis padres murieron antes de la guerra. Eran *partizani*, luchaban en las montañas. Combatían contra el gobierno fascista. A mi padre lo cogió la policía del rey. Le cortaron la cabeza, ¿sabes?, y luego mataron a mi madre y a mis hermanas, por ayudarlo. Pero primero las violaron.

Parecía haber olvidado que debía hacerse el tonto, hablar muy despacio. Me miró con enojo, como si le hubiera llevado la contraria.

—Era lo que hacían con los buenos comunistas, ¿lo sabías? Les cortaban la cabeza y violaban a sus mujeres. Luego murió mi abuelo, con el que vivía, y mis primos se marcharon a vivir a otra parte. No sé dónde. Puede que a Sofía, porque ahora hay mucho trabajo. Así que no sabría adónde ir.

Se echó hacia atrás, enfadado y melancólico.

—Casi toda la gente que conozco está aquí. Llegué aquí cuando tenía catorce años, hace tres. El jefe cuidó de mí y me dio este empleo.

Pensé que era una suerte que sus padres, fueran quienes fuesen, no hubieran visto en lo que se había convertido su hijo al hacerse mayor. Sin duda, habían creído en aquello por lo que luchaban, pero yo me preguntaba si Momo creía en algo, aparte de en su propia astucia animal. Me extrañó que no se limitara a amenazar con darme una paliza si no accedía a su petición, o que no me matara por haberme negado.

Pero seguía contemplando su vida.

—¿Sabes?, algún día voy a casarme con una mujer muy guapa, con una buena comunista como las que salen en las películas, y tendremos hijos. Y yo seré general.

No sonrió al decir esto: era un deseo demasiado serio. Me dije que tal vez estuviera viendo por fin al verdadero Momo. Luego me lanzó una rápida ojeada.

—¿No se lo dirás al jefe?

Pensé de inmediato que aquella extraña escena acabaría por causar mi muerte. Había oído a Momo decir que quería ser general, y seguramente nunca me perdonaría por ello, ni aunque estuviera actuando. Empezaron a temblarme los miembros debajo de la manta, de pura debilidad, pero procuré mantenerme despejado.

—No —contesté—. No se lo diré si tú no le dices que no soy tan listo como esperabas. De hecho, no tienes por qué decirle que has hablado conmigo, puesto que he resultado ser la persona equivocada.

Clavó los ojos en mí.

—No tengo por qué decírselo.

—No —repetí—. No tienes por qué decírselo, dado que he resultado ser un chasco.

Flexionó los dedos sobre las rodillas, reflexionando todavía.

—Muy bien —dijo—. Pero no sé dónde voy a encontrar a otra persona, a alguien listo.

—Este lugar está lleno de hombres inteligentes. O quizás el jefe vaya a hablar en persona con el comisario, después de todo —dije.

Empezaba a desfallecer. Para mi inmenso alivio, Momo se levantó de repente y se marchó como si no hubiéramos estado hablando. Desapareció súbitamente de mi visión borrosa.

Luego volvió a aparecer y temí por un momento que hubiera vuelto para matarme en la cama. Pero se limitó a mirar por el suelo y debajo de la silla en la que se había sentado.

—Creía que se me había caído una cosa aquí —dijo—. Habrá sido en otra parte.

Salió de nuevo. Le oí abrir la puerta por dentro y cerrarla al salir.

Sin poder evitarlo, me dormí instantáneamente. Cuando desperté, minutos u horas después, encontré entre mis sábanas arrugadas lo que había perdido Momo. No se lo devolví. Lo metí con mucho cuidado en una grieta de la pared, detrás de mí, donde pudiera encontrarlo si me recuperaba y donde el enfermero jamás daría con ello.

Dos semanas después, pude andar lo suficiente para volver al trabajo. En realidad, podría haberlo intentado antes, pero tuve buen cuidado de fingir que no me tenía en pie durante un tiempo cuando ya había recobrado mis fuerzas. El enfermero Ivan me envió por fin al infierno del barracón excavado y volví a dormir entre jirones de lana y bichos incansables. Había pasado en la enfermería el tiempo suficiente para que aquello se convirtiera de nuevo en un suplicio, aunque no creo que hubiera llegado a librarme en ningún momento de los chinches y los piojos. A la mañana siguiente, me puse en fila junto con todos los demás para ir a trabajar. Momo nos condujo hasta el foso sin que ni él ni el jefe me prestaran especial atención. Eso me alegró.

Nasko estaba situado hacia el final de la fila. No pude hablar con él hasta que estuvimos en la terraza de la cantera, donde había dos presos nuevos trabajando con nosotros. Allí me estrechó la mano un momento y vi su expresión de alegría tan claramente como si dijera: *Estás vivo*. Yo llevaba toda la mañana notando cómo se me retorcía el corazón dentro del pecho. Tenía el estómago revuelto y notaba una debilidad en los miembros. Me alegré de que Nasko siguiera allí y de poder mirarlo de nuevo a los ojos. Hacía calor incluso a la sombra de la cantera y en la sombra más profunda de las montañas.

Nasko se había dedicado a levantar las piedras mientras otra persona empujaba la carretilla. Retomé mi antigua ocupación, subiendo con esfuerzo por la cuesta. Estaba tan débil que cada viaje me costaba tres veces más que antes de caer enfermo. Nasko aflojó el ritmo con que echaba las piedras dentro de la carretilla para darme un respiro, pero no lo suficiente para que lo pillaran. Yo sentía un zumbido constante en la cabeza, de modo que no oía los gritos de los guardias, ni el canto de los pájaros. Era pleno verano; había estado enfermo más tiempo del que creía. Resolví reorganizar mi agenda al día siguiente, empezando por un día de ensayo. Esa primera mañana, no hice más que mantener un nombre pegado a mi oído: *Vera*. Cuando lo hube pronunciado muchas muchas veces, lo cambié por otro: *Neven*.

61

Se llevaron el sobre metido dentro de la cazadora de Bobby. Volvieron a colocar las partituras en orden, sin perder un instante, y Alexandra sintió una punzada de remordimiento al devolver a su sitio las de Bach. Bobby puso de nuevo el televisor en su sitio. En el último momento, cogió la caja de hojalata y se la guardó en la chaqueta, junto con el sobre.

Fuera ya estaba oscureciendo. Le devolvieron la llave a la vecina.

—Le he dicho que hemos estado pensando tranquilamente dónde vamos a poner los muebles, pero que al final hemos determinado que la casa es demasiado pequeña para que quepan todos nuestros libros —explicó Bobby después, meneando la cabeza.

Fueron en busca de *Stoycho*, que se había quedado dormido junto a la verja.

Bobby echó un vistazo a su móvil al subirse al coche.

—Mierda. Tengo un mensaje de voz —dijo. Era la primera vez que Alexandra le oía pronunciar una palabra malsonante en su lengua—. No sé por qué no ha sonado. Es de Lenka.

—Gracias a Dios —exclamó Alexandra.

Pero vio cómo se iba ensombreciendo el semblante de Bobby a medida que escuchaba. El mensaje era muy breve. Alexandra oyó la voz de Lenka a través del teléfono: nerviosa, atropellada, apenas un murmullo. Bobby escuchó el mensaje dos veces. Luego se volvió hacia ella.

A Alexandra habían empezado a temblarle los dedos.

—¿Qué ocurre?

—Dice… —Se detuvo—. Dice: «Se nos han llevado. Puede que Neven sepa dónde. Llamó a Irina a Plovdiv. Está en…». Luego da una dirección en el pueblo de Morsko. Está cerca de Burgas, en el mar. Luego cuelga a toda prisa. —Volvió a poner el mensaje—. Parece muy asustada, o disgustada, y trata de hablar en susurros.

—Sí, ya lo noto. —Alexandra juntó las manos, apretándolas con fuerza—. ¿Quién se las ha llevado? ¿Dimchov? ¿La policía? ¿Y por qué a la costa? Bobby, vámonos ya, enseguida.

Él no se movió.

—Puede que sea una trampa. —Se llevó la mano al pelo—. Puede que la persona que quiere la urna haya ocultado a Irina y a Lenka en alguna parte y haya obligado a Lenka a llamarnos. Nosotros nos asustaríamos al saber que Irina y Lenka estaban retenidas y trataríamos de encontrar a Neven llevando la urna. —A Bobby le tembló un poco la voz—. Puede que nos estén esperando en esa dirección de Morsko. O quizás no sepan aún las señas porque Lenka no se las haya dado, y que nos sigan si vamos allí. ¿Por qué no nos dice en el mensaje dónde están Irina y ella?

Alexandra trató de mantener la calma lo suficiente para contestar:

—Puede que no se atreva. O que no lo sepa, si se las llevaron de noche. O quizás por alguna razón quiere que vayamos con Neven, no solos.

—Es posible —repuso Bobby.

—Escucha —dijo ella—, no sabemos adónde más ir. Si de verdad Neven está allí, tal vez él pueda ayudarlas.

Casi había dejado de creer en la existencia de Neven, convertido en parte de un relato, en una fotografía manoseada, en una punzada de anhelo bajo las costillas.

—Por favor, tenemos que ir enseguida.

—Lo sé —respondió Bobby—, pero es un viaje largo y prefiero conducir de noche, cuando hay menos policía en las carreteras. Procuraré no pisar demasiado el acelerador para no llamar la atención.

Stoycho se incorporó, sacudiéndose. Alexandra tocó el brazo de Bobby.

—¿Estás en condiciones de conducir? Podemos turnarnos si quieres.

Dudaba, sin embargo, de que pudiera orientarse si él se quedaba dormido.

—Claro que estoy en condiciones. Anoche dormimos bien. Lo único que necesito es descansar en el coche un par de horas, lejos de la autovía, y luego tomarme un café.

Arrancó el Ford. Alexandra alargó el brazo, posó la mano sobre el lomo de *Stoycho* y vio pasar los destartalados arrabales de Bovech por la ventanilla del coche.

62

1950

Mi sufrimiento adoptó nuevas formas. unos meses después de recuperarme (si es que puede llamársele recuperación), Momo se me acercó de pronto mientras pasaban lista por la noche. Yo estaba en la primera fila, medio desmayado por haber pasado todo el día trabajando al sol del otoño. Mientras el jefe se paseaba delante de nosotros, sermoneándonos (había sacado de algún sitio un par de buenas botas y parecía disfrutar moviéndose de acá para allá con ellas), Momo se acercó remoloneando, mirando primero a un preso y luego a otro. Sin duda, todos ellos rezaban por no ser los elegidos para el sacrificio. Luego, se detuvo delante de mí. Se puso muy tieso, con las manos a la espalda, como hacía el jefe, y me examinó atentamente.

—Bueno, te crees muy listo, ¿no? —preguntó en voz baja.

—No —contesté con el corazón en un puño.

A pesar de que intentaba no mirarlo, había captado ya la expresión casi ilusionada de su rostro, que desmentía su aparente agresividad. Por lo visto había encontrado a otro para llevar a cabo el encargo del jefe. O quizás ya no hacía falta cumplir aquella misión y sólo quería asegurarse de que seguía temiéndole.

—¿Estás seguro? —susurró.

—Sí —contesté con la mayor calma que pude.

Ignoraba qué estarían pensando los hombres agotados que nos rodeaban, como no fuera que por nuestra culpa se estaba retrasando la cena. Momo dio media vuelta y se alejó como si no encontrara nada más que preguntarme, y el jefe nos dejó marchar.

Después de aquello, Momo levantaba la vista cada vez que pronunciaban mi nombre al pasar lista y me miraba fijamente. A veces era una mirada de aprobación, casi de complicidad, como si el haberme salvado llevándome a cuestas a la enfermería y el haber descubierto que era interesante fueran para él un nuevo motivo de orgullo. Ello me obligaba a mantenerme siempre alerta. El hecho de que me estuviera vigilando me forzaba inevitablemente a vigilarlo, y con sólo divisar momentáneamente su corpachón y su pelo rizado al borde del foso mientras trabajábamos se me revolvía el estómago. Ello me obligaba, además, a hacer un esfuerzo por disimular mi desconfianza. ¿Había acertado, acaso, al distinguir un atisbo de inteligencia, de discernimiento, bajo su estupidez? ¿Qué era más peligroso para mí: un idiota o un hombre de inteligencia sutil que fingía ser un idiota? En un lugar como aquél, tal vez no importara.

Retomé mi rutina de siempre: ensayaba el concierto de Chaikovski, probaba a tocar a Sibelius, repasaba trabajosamente mi repertorio orquestal o, al menos, los pasajes que aún se mantenían frescos en mi memoria. Adopté una nueva norma según la cual, si veía a Momo o pensaba siquiera en su inquietante oferta, tenía que empezar el movimiento desde el principio. Y, si me enfadaba lo suficiente conmigo mismo, me obligaba a tocar la pieza entera desde el primer compás.

El día que vi a Momo y a sus compinches golpear a un recién llegado hasta dejar al descubierto el hueso de su pómulo, me marché a un lugar que hacía mucho tiempo que no visitaba. Me había encariñado tanto con el pequeño Neven, con mi niño, que casi me había olvidado de pensar en él como en un hombre adulto. Ese día, sin embargo, volví a visitarlo en el río. Bajé por la suave ladera, hasta donde estaba sentado junto a una joven. Contemplé cómo jugaba el sol sobre la superficie del agua, vi el destello de sus cabezas mientras hablaban; el cabello de él muy oscuro, casi negro, en ondas cortas y suaves, rapado a la altura de la nuca, donde se entreveía su piel blanca. El de ella era castaño con hebras rojizas, como el de un caballo. Se había trenzado distraídamente un grueso mechón, echándoselo sobre el hombro. Me quedé a su espalda, sonriendo, y luego levanté mi violín y me lo puse bajo la barbilla. Con manos tersas, fuertes y ágiles, pasé el arco por las cuerdas para tocarles una serenata. Hasta la rigidez de mi herida de guerra había desaparecido.

Otros días recorría Venecia acompañado por el cura pelirrojo, o daba su clase diaria de violín a Neven, convertido en un niño de ocho años, delgado y de ojos grandes. No siempre tenía ganas de practicar. Pero, como le decía yo, la disciplina es lo primero que ha de aprender un músico, y le sería útil en cualquier situación. Cuando el temido invierno volvió a la cantera, Neven era ya un chico de doce años, cariñoso pero reservado, y su bonita voz empezaba a desafinar a la hora de la cena. Pensé que estaba listo para concursar. Incluso que era tarde. El único problema era que no sabía cómo funcionaba aquello bajo los auspicios de nuestra gloriosa revolución. Seguramente ahora todo era distinto para un niño con talento para la música. Los peores días, dudaba de si podría encontrar un concurso al que apuntar a Neven, el hijo de un recluso.

Ese invierno estaba más débil que el anterior y en cierto modo también más fuerte, acostumbrado ya a ciertas penurias aunque mi cuerpo estuviera en declive. Fantaseaba con que moría y seguía viviendo como un fantasma, en mi propio cuento. Quizás así podría ir a contarle al comisario cómo eran las cosas en Zelenets. Pero le diría la verdad. Momo no abandonó el campo, ni siquiera unos días, así que tal vez no llegara a ir a la ciudad. Seguramente, el jefe había ido en persona, o había mandado a otro. Se me ocurrió que tal vez Momo sólo había imaginado que el jefe quería que fuera… o que había inventado aquella historia con el único propósito de atormentarme.

Antes de la primera nevada llegó el primer grupo de presos nuevos y pude leer en los ojos de los jóvenes cuando me miraban (cuando nos miraban a todos) que, en efecto, me había convertido en lo mismo que vi yo el primer día. Era un esqueleto: todavía no me contaba entre los muertos vivientes, pero me faltaba poco. Sentía que tal vez un día podría comer aire, o arrojarme al foso y volar sin resistencia: había espacio de sobra para lanzarse de cabeza desde nuestra terraza y morir. El primer bancal que ocupamos se había agotado hacía tiempo y a Nasko, a mí y al resto de nuestro grupo nos habían mandado a un saliente más ancho, cargado ya con grandes cubos de piedra que debíamos romper y transportar. Yo disfrutaba de cada día que veía a Nasko y, cuando por la noche moría alguno de nuestros compañeros de trabajo, me reprendía a mí mismo por dar gracias al cielo porque no hubiera sido mi único amigo.

Ese invierno murieron sesenta hombres, como mínimo, si no llevé mal las cuentas. El campo estaba horriblemente atestado de gente, y a los recién llegados los metían en barracones que ya estaban llenos. Cada vez me asombraba más de estar vivo. Varios de mis compañeros esqueletos enloquecieron, y se negaban a ir a trabajar aunque los amenazaran con darles una paliza o ejecutarlos. Rebuscaban restos de comida alrededor de la puerta de la cocina hasta que se desplomaban y morían en la nieve. Los cocineros, presos que comían sólo un poco mejor que el resto (aunque al menos podían echarse algún bocado a la boca sin que los vieran), trataban en vano de alejar a los esqueletos enloquecidos. Ahora me sorprendía con frecuencia pidiéndole a la nada que mi muerte fuera digna, cuando me llegara. Confiaba, sobre todo, en irme a dormir una noche entre los hombres y los bichos, en soñar con Vera y no volver a despertar.

Trataba de sofocar aquellos pensamientos como ahuyentaba el recuerdo constante de la oferta de Momo, de su vigilancia constante. ¿Había sido un necio al rechazar aquella oportunidad? ¿Habría otra?

A veces imaginaba qué habría pasado si hubiera ido a hablar con el comisario. ¿Me vigilaba Momo porque tenía otra oferta que hacerme? Y, si me la hacía, ¿qué le respondería? A fin de cuentas, ya en mi primera noche en el campo decidí que no tenían derecho a castigarme por algo que no había hecho. Ahora, sin embargo, empezaron a reconcomerme las dudas: un tormento adicional. Si hubiera aceptado la propuesta de Momo, tal vez ya estaría en casa, con Vera. Ella nunca sabría qué había sido de mí, dónde había vivido, trabajado y muerto, y yo le había negado esa última posibilidad. Estas dudas se mezclaban con el odio que me inspiraba Momo cada vez que lo veía. Y a las dudas y el odio se unía, como una sombra, mi certeza de que ya nunca se ofrecería a enviarme fuera del campo: ¿cómo iba a presentarse un esqueleto en la ciudad afirmando que lo trataban bien? Aunque seguramente, cuando Momo me lo pidió, ya parecía enfermo y no estaba presentable.

En primavera ya había llevado a Neven a cuatro o cinco concursos. Su timbre era magistral, palpitante pero comedido, y su técnica tan buena como yo era capaz de enseñarle. Trataba de imaginarme los concursos; dónde y cómo se celebraban y quiénes eran los jueces, pero todo eso lo veía borroso. Veía, en cambio, a mi hijo en el escenario. Sus espesos rizos morenos se movían al compás enfático del arco sobre las cuerdas. Los aplausos del grupito de jueces desconocidos, las consultas entre ellos a *posteriori*, con las cabezas muy juntas... Neven era joven, pero meticuloso y apasionado. A los trece años tocó como solista con la Filarmónica de Sofía. A los quince, perdió dos concursos pero ganó otro más importante y, si hubiéramos podido salir del país, también habría tocado por Europa. Ahora tocaba sin necesidad de que nadie se lo pidiera. Le habían reducido el horario escolar para que pudiera practicar. En días alternos, practicábamos juntos en la cantera; a veces tocábamos un concierto al unísono; otras, ensayábamos duetos. Mi mente se iba nublando con el paso de las semanas y el calor, y aquella ala oscura me rozaba cada vez más como una caricia. Estaba decidido a verlo convertido en un hombre antes de morir.

Un día de finales de verano, uno de los que solía pasar con Vivaldi, tocando en las iglesias mientras él dirigía, hice una promesa formal, la tercera desde mi detención. Vivo o muerto (si no quedaba otro remedio), algún día viajaría con Neven a Venecia.

63

Alexandra también debió de quedarse dormida. Despertó a tiempo de ver una tenue claridad del cielo a lo largo de la llana carretera, fábricas iluminadas entre las marismas y, más allá, un resplandor que, según le dijo Bobby, era el mar Negro. Había pensado que divisaría por primera vez el mar de manera muy distinta: desde un tren, con su mochila y un libro. Estiró el cuello para mirar por la ventanilla del coche y alargó una mano hacia atrás para tocar a *Stoycho*. El perro se removió, despierto, y vieron los tres pasar una ciudad en penumbra, torres de pisos y calles vacías, una torre de reloj en un puerto y, por último, una autovía más allá de la ciudad. Pronto se haría de día.

—Burgas —dijo Bobby—. Aquí vivían los Lazarovi y la familia de la señorita Radeva.

Al bajar la ventanilla, Alexandra aspiró el aire salobre y la oscuridad fangosa e industrial. Bobby había puesto uno de sus cedés de Dylan, muy bajo. Pensó, echando mano de sus escasos conocimientos, en el delta del Misisipi, cuna del blues. Allí también debía de oler así. *You ain't goin'nowhere,*[5] mascullaba Dylan. La carretera pasaba por campos de suave pendiente y trechos de monte bajo, con hoteles dispersos al borde de la vía y franjas de viviendas semejantes a colmenas, como ruinas prefabricadas, desprovistas de tejados a la luz del alba. El centelleo lejano del mar se había desvanecido.

—Aquí están construyendo como locos —comentó Bobby—. Todo el mundo quiere estar cerca del mar, incluidos muchos extranjeros. Hay gente que empieza a construir y que luego no puede permitirse acabar.

Al cabo de un rato el cielo se volvió amarillo y rosa. Comenzó a alzarse el sol y, al doblar una última curva, Bobby indicó con un gesto su destino: Morsko, un pueblo antiguo, de tejados rojos, situa-

---

5. «No vas a ninguna parte.» *(N. de la T.)*

do en una península elevada y bordeada de acantilados. Se acercaron a él por una carretera aún más alta, y Alexandra vio el agua gris rompiendo al pie de la población. Bobby condujo con cuidado. Cerca de la entrada de la península había un coche de policía aparcado, con las luces y el motor apagados y una confusa figura sentada al volante. Junto a la acera, vieron a dos hombres colocando verduras en un tenderete de madera, y un turista solitario pasó a su lado en traje de baño y sandalias, con una toalla doblada sobre el hombro. En el caballete del tejado de una casa cercana, las gaviotas se quejaban entre sí en medio del silencio, con chillidos ásperos y destemplados.

Bobby siguió un ancho puerto asfaltado en el que las barcas chocaban unas contra otras, mecidas por el oleaje. Mar adentro, Alexandra distinguió una isla con un faro y, más allá, un horizonte de agua incolora por el que se deslizaban algunos barcos con las luces todavía encendidas al alba, arrastrando sus redes tras ellos. Bobby comentó algo acerca de la dirección. Había estado en Morsko anteriormente, le dijo, cuando era pequeño, y también otra vez después, pero no conocía bien el pueblo. El coche subió zigzagueando por las empinadas calles de adoquines mientras Bobby luchaba a brazo partido con las esquinas y la palanca de cambios.

Alexandra nunca había visto casas como aquéllas. Eran de madera o, a veces, de piedra antigua, labrada con intrincadas cenefas. Las de madera habían adquirido el color del chocolate amargo por efecto del salitre y la humedad. Tenían todavía las contraventanas cerradas para impedir el paso a la noche, y en sus balcones se agolpaban las flores de colores vivos plantadas en macetas y la ropa tendida. Los tejados casi se tocaban por encima de las estrechas callejuelas, en las que vallas y muros separaban los patios de las aceras.

Bobby aparcó en lo alto del pueblo, casi enfrente de una casa recubierta con paneles de madera envejecidos por el paso del tiempo, con un balcón y postigos verdes, y protegida por una tapia alta en la que se abría una puerta. La tapia estaba rematada por un tejadillo a juego con el tejado de la casa. Las tejas de barro de ambos se habían descolorido, adquiriendo distintos tonos de marrón, como hojas en otoño. Bobby puso el freno de mano y *Stoycho* se estiró, golpeó la parte de atrás del asiento con las zarpas y volvió a echarse. Cuando salieron, Bobby observó atentamente la tapia y la parte delantera de la casa. Se acercó a la esquina y, por fin, llamó al timbre.

El hombre que abrió la puerta era un desconocido. Calzaba chanclas verdes y llevaba en la mano una pala de jardinero, como si se dispusiera a defender la casa con ella. A Alexandra le sorprendió que estuviera levantado tan temprano. Bobby habló rápidamente con él en búlgaro y señaló a Alexandra. El hombre les echó un vistazo: un búlgaro al que no conocía, una joven extranjera con una bolsa negra en los brazos y un perro asustadizo. Hizo a Bobby un par de preguntas en tono imperioso. Luego, como si se diera por satisfecho con las respuestas, les indicó con la pala que pasaran.

—Los Lazarovi son viejos amigos de su familia, de cuando vivían en Burgas —le explicó Bobby a Alexandra—. Creo que Neven vino a refugiarse aquí.

A Alexandra se le aceleró el corazón sin previo aviso.

—Le he dicho lo que traemos —añadió Bobby.

Dentro había un patio rectangular, invisible desde la calle: una especie de sala exterior, pensó Alexandra mientras paseaba la vista por la larga mesa y las sillas, el poroso dosel de la parra, los geranios rosas en sus tiestos y el aparador abierto, lleno de herramientas de jardinería y latas de pintura. Todo parecía normal: no había coches de policía, ni matones esperándolos, ni tampoco estaban allí Irina y Lenka. Ni Neven. El hombre de la pala había estado cavando en un surco, a lo largo de una pared, donde brotaban frondosas patateras de hoja verde. Una de las puertas de la casa estaba abierta. Más allá, se veía una pequeña cocina.

En medio de aquel vergel se sentaba un anciano con más trazas de saco que de persona. Alexandra lo reconoció de inmediato: era Milen Radev, dormido en su silla de ruedas. Alexandra se acercó y se quedó mirándolo, sosteniendo la urna en su bolsa. Su piel se veía gris y reseca como el cemento viejo. Tenía las manos sobre el regazo, donde alguien había extendido una manta de punto. Vestía la ropa que recordaba Alexandra: la chaqueta y los pantalones oscuros y apolillados, un poco demasiado grandes, como si su cuerpo fuera encogiéndose paulatinamente dentro de aquellas prendas.

Lo había visto tantas veces en su fotografía (donde permanecía borrosamente sentado al fondo del taxi), que la sorprendió que fuera una figura sólida, hecha de piel, cabello y tela gastada. Las mejillas le colgaban en pliegues a cado lado del mentón, y despedía un olor rancio, como a corteza de queso. Alexandra acababa de decidir no despertarle cuando abrió los ojos y fijó en ella la mirada desenfocada de un bebé. Luego, su rostro se tensó y replegó, y se sentó un poco más derecho en la silla de ruedas. Alexandra le tendió su mano libre.

—*Gospodin* Radev —dijo.

64

1952

A *veces, mientras veía a los guardias con sus pistolas cuando pasaban lista, al año siguiente,* imaginaba que tenía un arma en la mano, una pistola larga y pesada, y que me disponía a disparar a un guardia con ella. Luego me acordaba de lo que vi el día de mi detención. De eso hacía ya más de dos años. Las gigantescas escaras hacían que me palpitaran las manos de dolor, y el hambre infinita inflaba mi estómago como si fuera a salírseme flotando por la garganta. Todo me importaba ya tan poco, que no podría haber disparado a un guardia ni aunque hubiera tenido una pistola en la mano.

65

1952

Tenía que recordarme que aquello debía de estar sucediéndome todavía, puesto que seguía vivo.

66

El anciano de la silla de ruedas tomó su mano y la estrechó blandamente, mirándola fijamente como si aguardara una explicación. Pero Alexandra ignoraba si sólo necesitaba que le dijera quién era o que le explicara todo cuanto lo rodeaba, aquella realidad a la que acababa de despertar.

—Soy Alexandra Boyd —dijo.

Entonces Bobby acudió en su rescate. Radev soltó la mano de Alexandra y estrechó la de él, reteniéndola unos segundos y mirando a Bobby con renovado interés. Tenía los ojos oscuros y la esclerótica amarillenta. Tan pronto se acostumbraba uno a aquellos ojos, era fácil ver que su rostro había sido agradable e inteligente, y que todavía lo era. Bobby se puso a hablar con él. El hombre de la pala sacó dos sillas y entró en la cocina, donde lo oyeron trastear como si estuviera preparando café o el desayuno.

Bobby señaló a Alexandra, pero Radev hizo un gesto con la cabeza y chasqueó la lengua (*no*) y Bobby le dijo algo muy despacio, acompañando las palabras con gestos, como si las buscara con las manos.

—No se acuerda de ti —dijo—. No recuerda que les hicieras esa foto en Sofía, aunque sabe que estuvieron en Sofía. Creo que no entiende lo que pasó. Tampoco parece acordarse de Irina y Lenka.

Alexandra depositó suavemente la bolsa negra sobre la mesa. Se preguntaba en qué momento le pedirían que le mostrara la urna, o si debían esperar hasta encontrar a Vera y Neven. Ahora que casi había llegado el momento, sólo sentía ganas de huir. *Stoycho* lanzó un agudo gemido a su espalda: lo habían dejado atado en la calle, junto a la puerta del patio, y Bobby fue a dejarlo entrar. El perro tiró de su correa, volviéndose hacia Radev. Quizás nunca había visto a nadie en una silla de ruedas, se dijo Alexandra.

—*Stoycho* —le dijo—, no seas maleducado.

Vio entonces que Radev volvía la cara hacia ellos, completamente despejado. De pronto levantó una mano y señaló al perro como si hasta ese momento no hubiera reparado en él.

—*Ela!* —exclamó.

Trató en vano de mover las ruedas de su silla y luego pidió a Bobby por señas que se acercara. Sus ojos parecían de pronto grandes y brillantes. Estiró un brazo.

—Cuidado —dijo Alexandra.

Radev se inclinó hacia delante, farfulló algo y *Stoycho* comenzó a lamerle las manos, retorciéndose, frenético.

Bobby se volvió hacia Alexandra, perplejo.

—Dice que era el perro de Stoyan

Se quedaron mirando mientras las manos moteadas de Radev acariciaban la cabeza del perro y alisaban sus orejas. Los costados de *Stoycho* temblaban y su rabo golpeaba una y otra vez las baldosas del patio, pero tenía buen cuidado de no saltar sobre su querido amigo. Radev le dijo algo al perro; luego habló rápidamente con Bobby. Éste sacudió la cabeza.

—Este perro vivió con ellos durante el año anterior a la muerte de Stoyan Lazarov —le explicó a Alexandra—. Todos lo querían mucho, pero cuando Stoyan murió se escapó. Pensaron que se había marchado porque tenía el corazón roto, o que quizás lo habían robado. Eso explica cómo lo encontramos. *Gospodin* Radev dice que alguien ha tenido que darle de comer todo este tiempo, puede que en otra parte del pueblo.

Alexandra no podía apartar los ojos del anciano y del perro alborozado.

—Por eso Irina Georgieva no reconoció a *Stoycho*, porque no ha visitado Bovech desde mucho antes de que muriera *gospodin* Lazarov. Pero creo que intuyó que había algo raro en *Stoycho*. ¿Te acuerdas? Le gustó enseguida, y ella a él.

Stoycho se situó junto a la silla de ruedas y se recostó contra las rodillas del viejo, pero sólo un instante. Justo en ese momento una anciana salió de la cocina al patio llevando un plato con queso, salami y pan. *Stoycho* salió disparado hacia ella, gimiendo de nuevo, aunque también tuvo cuidado de no saltar sobre ella.

Alexandra se puso en pie. Mientras estaba allí parada, pensó de pronto en una vez en que, con seis o siete años, tuvo una fiebre muy alta. Su familia vivía aún en las montañas y Jack rondaba por allí mientras sus padres decidían si la llevaban o no al hospital, que estaba a una hora en coche. «Vamos a probar una cosa más», dijo su padre. Alexandra recordaba cómo la habían desvestido sacándole la ropa por la cabeza, y el agua fría de la bañera. Durante un minuto interminable, luchó por escapar. Luego, por fin, lo entendió: aquel dolor reduciría el otro, aún mayor. Era un trato, una transacción. Y lo había soportado mientras sus padres se turnaban para pasarle el paño helado por la espalda.

La anciana que acababa de salir al patio vestía falda y blusa oscuras. Su cabello, de un rojo discordante, brillaba, con aquel mechón gris en el centro, y sus piernas parecían arqueadas pero fuertes. Daba la impresión de estar alerta y despistada al mismo tiempo, como si hubiera traído un refrigerio para las visitas pero el hombre de la pala no le hubiera contado nada. Tenía profundas arrugas en la cara; sus ojos, enrojecidos y separados, conservaban aún su luminosidad, y su nariz era larga y fina. Alexandra experimentó el mismo desconcierto que al ver a Radev: era una persona real, de carne y hueso, no una idea ni una fotografía.

Esta vez, la sorpresa fue mutua. La expresión de la anciana señora se convirtió en alarma y sus ojos se agrandaron bajo las cejas casi inexistentes. Abrió la boca y Alexandra vio la uniformidad artificial de su dentadura postiza. Miró a *Stoycho*, que se removía bajo su mano. Luego miró a Alexandra y dejó lentamente el plato sobre la mesa. *Ya está*, se dijo ella. *Está furiosa. O se siente perdida otra vez.*

Pero la anciana no pareció reconocer la bolsa de la urna, a pesar de que había dejado el plato a su lado.

Alexandra se obligó a dar un paso adelante. Bobby se había vuelto y estaba a su lado. La anciana tomó la mano de Alexandra sin dejar de mirarla fijamente. Ella se sintió a punto de llorar, aunque trataba de dominarse. Se inclinó y rodeó el cuello de la mujer con los brazos.

—Sé que eres Vera —dijo—. Yo soy Alexandra Boyd. Siento habérmela llevado. No era mi intención.

Vera Lazarova permaneció rígida en sus brazos. Alexandra se apartó, avergonzada: había cometido una equivocación, le había hablado en el idioma que no debía. Señaló la bolsa negra; no se atrevió a entregársela a la anciana. Si no se le caía a Vera por la sorpresa, sin duda, se le caería a ella. Vera miró la bolsa en silencio. Tocó su parte superior suavemente y luego se volvió a Alexandra. En sus ojos temblaban lágrimas semejantes a joyas, y por un instante Alexandra vio a la joven que había sido, su traslúcida belleza. Entonces Vera levantó las manos y la besó en las mejillas. Su aliento olía a ajo y a algo más dulce. Tomó a Alexandra del brazo, la condujo a una silla y la hizo sentarse. Giró la cabeza, llamó en voz alta y el hombre de la cocina salió llevando una bandeja con tazas de café en lugar de la pala. Vera se dirigió a Milen, señalando la bolsa. Su voz era fuerte, un poco rasposa. El anciano pareció revivir, estiró débilmente un brazo y luego se cubrió la cara con la mano venosa. Hizo avanzar su silla de ruedas y *Stoycho* caminó a su lado como si quisiera ayudarlo.

Se sentaron todos juntos, con la urna en el centro de la mesa. Sólo entonces, cuando estaban ya sentados y la anfitriona servía el café, se acordó Alexandra de que Neven aún no había aparecido. Ni tampoco Lenka e Irina.

67

1953

Cuando volvió la primavera, hubo cambios. Llegaron dos guardias nuevos al campo, y el hombrecillo encorvado, uno de los favoritos del jefe, desapareció. Los nuevos guardias eran jóvenes, parecían muy profesionales y rebosaban confianza en sí mismos. Yo tenía la impresión de que vigilaban al jefe, además de obedecerlo. Quizás los habían enviado con ese fin. Nasko cayó enfermo de disentería y una noche, después de la cena, tuvo que ir a la enfermería. Vi cómo lo llevaban en una camilla y corrí a agarrarle la mano, hasta que los guardias me gritaron que me apartara. Me miró débilmente y trató de sonreír. Yo estaba seguro de que no volvería a verlo.

Me eché a llorar, parado en el patio. Entonces se me acercó Momo.

—¿Pasa algo? Nada que no se arregle con una buena paliza, ¿verdad que no? —preguntó jovialmente, como si fuéramos amigos.

Me di la vuelta para no golpearlo con mi mano esquelética. Seguramente me estaba invitando al suicidio. Haciendo un esfuerzo me dirigí al barracón sin decir nada y me metí en la cama aún más pronto que de costumbre. Me quedé allí tumbado, pensando en todo lo que sabía sobre Nasko, que no era tanto como me habría gustado. Tumbado en mi catre, me puse a pintar por él un gran díptico con la Virgen en un panel, con la cabeza inclinada, y el ángel en el otro, envuelto en una túnica de color naranja encendido. El ángel tenía el pelo moreno y se parecía mucho a Vera. Puse un montón de piedras cubistas de la cantera entre los dos, como si el ángel estuviera anunciando su buena nueva en el desierto. Pensé en rezarle a la *Sveta Bogoroditsa* pidiéndole no despertarme por la mañana, no sobrevivir a fin de cuentas, y después le pedí al ángel que me perdonara por pensarlo siquiera.

Nasko no apareció a la mañana siguiente a la hora de pasar lista, claro, ni la siguiente, ni la otra, ni nunca. Yo veía ir y venir los sacos apoyados contra la pared de las letrinas (en primavera los retiraban algo más deprisa) y deduje que estaría en uno de ellos. Como daba igual en cuál estuviera, me despedía de todos ellos al pasar. Un recién llegado sustituyó a Nasko en la cantera, un hombre de cuarenta años con una gran verruga en la mejilla. No hablábamos entre nosotros. Yo tenía que hacer un ímprobo esfuerzo para empujar la carretilla. Traté de mantener mi rutina de ensayo, pero me costaba oír las notas y cada vez las sentía más como simples filigranas dibujadas en el aire. Los días que me tocaba, procuraba pensar en Vivaldi y caminar por Venecia. Había empezado a ver no una ciudad, sino una panoplia de imágenes inconexas, como ilustraciones de una enciclopedia.

Sólo Neven me parecía real, nítido y lleno de vida: tenía ya dieciocho años, era guapo y cariñoso, un músico consumado que estudiaba y practicaba por su cuenta, dueño de un sonido increíblemente maduro. A veces trabajábamos juntos en duetos. Mientras tocaba, me miraba por encima del puente del violín con sus ojos dorados y sofocaba una sonrisa. Cuando entraba en la cocinita al volver de clase, besaba no sólo a su madre, que no había envejecido ni un solo día, sino también a mí, a su esquelético *tatko*, medio muerto todavía. Me superaba en pericia incluso cuando mis manos curaban y podía recuperar mi técnica, y descubrí que esa idea me llenaba de alegría. Había algo que me inquietaba, no obstante: aunque hacía años que había terminado la guerra, seguía sin saber si el gobierno permitía a la gente viajar al extranjero. Si no se podía viajar, ¿cómo iría Neven a estudiar a Viena? ¿Cómo visitaríamos juntos Venecia? ¿O estaba confundiendo ese problema con algún otro?

Una noche, cuando llevaba mil sesenta días en el campo (sin contar los que pasé en la enfermería), me hallaba en la primera fila mientras pasaban lista, medio desfallecido de hambre y de debilidad, cuando el jefe anunció que llevaba varios días notando que habíamos aflojado el ritmo de trabajo.

—No estamos cumpliendo nuestros objetivos —dijo mirándonos con enfado.

Momo, que merodeaba tras él, nos observaba desde lejos. No mostraba mucho interés por mí desde la desaparición de Nasko unas semanas antes, aunque seguramente ambas cosas no estaban relacionadas.

—Acumuláis un gran retraso —gritó—. ¿Cómo os convertiréis en miembros decentes de la sociedad si no hacéis lo que tenéis que hacer?

Removimos los pies, convertidos todos en fantasmas.

El jefe se volvió hacia Momo e hizo un gesto de exasperación, como si también él estuviera holgazaneando. Momo se acercó de un salto a nosotros y comenzó a pasearse por delante de la primera fila, mirando a cada preso a la cara. Su sonrisa dejaba ver el hueco de sus dientes, pero advertí cansinamente que parecía no saber qué quería el jefe de él. Se detuvo delante de mí. Ya ni siquiera me importaba. O me mataba él o me moría yo cualquier noche, en el barracón, o en la cantera, al sol. Lamenté únicamente no saber qué hacer con Neven, dónde mandarlo ahora que ya era un hombre adulto, un músico, si las fronteras seguían cerradas.

Momo se inclinó un poco, tratando de que lo mirara a los ojos. Yo desvié la mirada.

—Tú —dijo—. ¿Sigues creyéndote tan listo?

No dije nada. Lo mismo podía matarme por quedarme callado que por hablar. De hecho, me aferré a esa idea como a un último vestigio de voluntad. No abriría la boca.

—Si no eres tan listo, ¿qué me dices de éste?

Señaló al hombre que había a mi lado y me giré un poco involuntariamente para mirar al pobre diablo. Era un cadáver, igual que yo. Apenas lo conocía de vista, y no era uno de mis compañeros de barracón. Seguramente era un minero, a juzgar por el aspecto de sus harapos negros y acartonados. Distinguí a medias unos pantalones cortados por debajo de las rodillas, que dejaban ver unas canillas de un rojo brillante pero salpicadas por grandes manchas más oscuras. Costaba saber de qué color había sido su pelo porque no le quedaba ninguno, o la forma que había tenido su cara.

—A ver —dijo Momo—, ¿aquí tu amigo sí es listo?

Se inclinó más hacia mí y su silueta dorada llenó mi campo de visión. Como me había sucedido muchas veces antes, tuve la sensación de estar viendo a un hombre inteligente que trataba de escabullirse. Me ceñí a mi decisión de no decir nada, al menos hasta que me desmayara.

El hombre de mi lado agachó la cabeza como si él también esperara que todo aquello desapareciera.

Momo se detuvo y dio un paso atrás. Parecía desconcertado. Vi que el jefe nos observaba con los brazos cruzados. ¿Acaso le estaba dando a Momo nuevas libertades? ¿O se estaba preguntando si merecía la pena conservarlo a su servicio?

Momo señaló a mi vecino con su garrote.

—Sal aquí y cuéntame lo listo que eres, ya que el tocador de *tsigulka* no quiere.

El hombre se adelantó arrastrando los pies.

—¡No! —grité, pero mi voz sonó débil y llegó demasiado tarde. Momo descargó violentamente el garrote sobre el cráneo del minero, que cayó de rodillas y se desplomó. Los otros guardias no se molestaron en echar una mano: un segundo después, todo había acabado. Ni siquiera me dirigieron una mirada. Nadie me arrastró fuera de la fila para que me tocara el turno. Momo parecía no haber oído mi protesta. ¿La había proferido, siquiera? Empecé a dudar de que hubiera emitido algún sonido, de que hubiera abierto siquiera la boca para protestar, aunque notaba aún la aspereza de aquel ruido en la garganta.

Nos despacharon bruscamente, pero el cuerpo del minero se quedó en el patio hasta el día siguiente, donde volvimos a verlo a la luz eléctrica, cuando pasaron lista a primera hora de la mañana: una forma opaca tumbada de lado, de contornos imprecisos, sólo vagamente humanos. Por la noche ya no estaba, pero quedaba una mancha en la tierra, allí donde se había derramado su sangre en lugar de la mía.

Después de aquel día, dejé de practicar y de seguir al cura pelirrojo en sus deambulaciones. Ya ni siquiera era capaz de ver la cara de Neven. Sólo había silencio. La gente parece creer que la desesperanza es lo mismo que la angustia, pero se equivoca. Es cierto que la desesperanza está envuelta en angustia pero, en su centro, la desesperanza es silencio. Una página en blanco.

68

Neven, les dijo Vera, se había marchado la noche anterior a Plovdiv, a ver a Irina y a Lenka, y no había regresado aún. Por el motivo que fuese parecía preocupado por ellas, quizás porque llevaba un par de días sin poder contactar con ellas por teléfono. Asió la mano de Alexandra mientras hablaba, y ella se dijo que Irina y Vera, que eran hermanas, tenían más en común de lo que la gente parecía creer. *Stoycho*, sentado, apoyaba la mejilla en la pierna de la anciana. Vera seguía teniendo una sonrisa muy bella, y su forma de girar la cabeza sobre el cuello arrugado evocaba una elegancia parsimoniosa. Alexandra no había advertido ninguno de esos rasgos en la escalinata del hotel de Sofía, pero entonces no conocía a Vera Lazarova.

Bobby le pidió a Alexandra que sacara su cámara y le enseñara la fotografía. La anciana asintió, muy seria, y habló a su vez, sirviéndose de Bobby como traductor. Neven y ella no se dieron cuenta de que faltaba la bolsa hasta que estaban a medio camino del monasterio de Velin, cuando ella notó de pronto que no la tenían. Por insistencia suya, Neven pidió al taxista que volviera al hotel de Sofía, donde no encontraron ni rastro de Alexandra o de la bolsa. Ella estaba muy angustiada y quería acudir a la policía, pero Neven la convenció de que no debían hacerlo alegando que su padre odiaba a la policía o no habría querido su ayuda.

De hecho, Neven había discutido con alguien del restaurante del hotel antes de perder la urna y ya estaba de mal humor, nervioso y alterado. Milen y ella no habían asistido a la discusión. Al final, regresaron al hotel y dejaron una nota en recepción con el nombre de Neven y su número de teléfono. Como no podían quedarse en Sofía, Vera propuso ir a ver a Irina y regresar luego a la casa de Gorno, en las montañas, para esperar noticias, pero Neven se empeñó en traerlos directamente a la costa. Y después no le permitió avisar a la policía ni a Irina, ni responder al teléfono.

Bobby le dijo a Alexandra:

—No le he dicho nada que pudiera alarmarla. Está claro que no saben dónde está su hermana, y ya cree que a Neven le ocurre algo. Dice que llevaba toda la semana nervioso y enfadado. Pero piensa que es por la pérdida de las cenizas de su padre.

—Pero tú no lo crees —repuso ella.

—Creo que se trata de algo más. Me parece que Neven está protegiendo a los ancianos de lo que de verdad lo preocupa, sea lo que sea. Debía de saber que los estaban siguiendo.

—Nadie los siguió cuando venían hacia aquí, ¿verdad? —Alexandra volvió a recorrer la terraza con la mirada, desganadamente.

—Al parecer no vio a nadie —contestó Bobby—. Y, a fin de cuentas, Milen y ella no tenían la urna. Aunque también podrían haberlos seguido creyendo que la tenían o con intención de quitarlos de en medio.

—¿Para siempre, quieres decir?

Alexandra apretó la mano de Vera. La anciana parecía tranquila, ajena a su conversación en inglés y al peligro que los acechaba.

—Pero ahora sí tienen la urna —añadió Alexandra—. Bobby... ¿No creerás que Neven se llevó a Irina y a Lenka antes de que llegáramos nosotros? —Se le cerró la garganta dolorosamente.

—¿Te refieres a que sea él quien las secuestró y dejó esa nota? No puede ser. Salió de Morsko demasiado tarde para llegar a Plovdiv antes que nosotros.

Alexandra exhaló un largo suspiro y siguió agarrando la mano de Vera.

Después de que recogieran la mesa del desayuno, ayudó a Vera a llevar la urna al cuarto de estar de la casita. Se preguntaba si debían esconderla, pero no le pareció bien sugerirlo. Se preguntaba también si Neven, a diferencia de Vera, se enfadaría tanto con ella como imaginaba a veces, sobre todo si ya estaba preocupado. Se le encogía el estómago al pensar en verlo de nuevo. De pronto se le haría tan real como Milen y Vera, desde luego. Pero lo más importante era encontrar a Irina, ¿y cómo iban a hacerlo sin más información?

Entonces apareció otra mujer: una amiga de Vera que era, además, la madre del jardinero que les había abierto la puerta. Había estado fuera, comprando verduras. Era de complexión recia y vigorosa, con el cabello corto, gris y puntiagudo. Vera les explicó que era *baba* Vanka, que habían sido compañeras de colegio en Sofía y que habían vuelto a encontrarse hacía quince años. Vera y Vanka tenían cosas que hacer en la casa. Pusieron una maceta con flores a cada lado de la urna (Vera parecía haber olvidado su pena, borrada por la alegría de recuperar las cenizas de Stoyan) y subieron a la planta de arriba cogidas del brazo. Después de que desaparecieran, Alexandra y Bobby regresaron con Milen.

—Quiero preguntarle por el expediente policial de Stoyan y por qué estaba tan nervioso cuando habló con su sobrina —dijo él en voz baja.

Milen Radev tenía los codos apoyados sobre los brazos de la silla de ruedas. Había sacado un gran pañuelo azul y se estaba secando los ojos con él, no como si hubiera estado llorando, sino porque le lagrimeaban. Alexandra se acordó de lo que les había dicho la señorita Radeva acerca de su vigor y su vitalidad de antes.

—Dile que hemos conocido a la señorita Radeva y que nos hemos enamorado de ella —dijo Alexandra.

Bobby tradujo sus palabras y el semblante de Milen Radev se iluminó un instante. Allí estaba de nuevo el hombre joven, pensó Alexandra: el científico enérgico, el melómano que había seguido las actuaciones de Stoyan Lazarov y admirado su genio. Sus cejas eran grises y negras, y sus ojos amarillentos tenían una mirada tierna y olvidadiza. Cuatro o cinco pelos tiesos salían del centro de su frente, como los bigotes de una morsa o los pelos del lomo de un elefante, y Alexandra se acordó de pronto de los animales de Irina Georgieva. Milen tenía que haber querido mucho a Stoyan y a Vera para quedarse con ellos hasta hacerse viejo. A pesar de su debilidad actual, Milen Radev había velado por aquella desdichada familia. Ahora parecía estar quedándose dormido, mientras su taza de té humeaba y su rebanada de pan con mermelada permanecía a medio comer. Como comía muy despacio, aún no habían retirado los platos de su desayuno.

—*Gospodin* Radev —dijo Bobby con voz suave.

El anciano abrió los ojos, sorprendido, como si no esperara que volvieran a requerirlo. Alexandra se dijo que era como decirle a una montaña que se enderezara. Bobby metió la mano en su mochila y sacó la maltrecha caja de hojalata. Desplegó una servilleta de papel limpia junto al plato de Radev y colocó encima los dos trapos enrollados, que parecían más sucios y fosilizados que nunca.

—*Gospodin* Radev —repitió Bobby.

Milen Radev abrió los ojos un poco más y se acercó el pañuelo a ellos. Luego volvió a bajarlo. Se inclinó, estiró un dedo y tocó una de las vendas enrolladas y tiesas. Cuando habló, su voz temblaba tanto como su dedo.

—Dice —tradujo Bobby— que no es la primera vez que ve estas cosas. Que Stoyan se las enseñó hace muchos años y le dijo lo que eran y de dónde las había sacado.

—¿Sabe lo del campo? —preguntó Alexandra.

El corazón le latía con violencia porque los ojos de Milen Radev habían vuelto a empañarse. Esta vez, sin embargo, no se los enjugó con el pañuelo. *Stoycho* se acercó sigilosamente a la silla de Alexandra y se tumbó a sus pies.

Bobby observó un momento al anciano.

—Dice que Stoyan se lo contó hará unos treinta años, una vez que estaban bebiendo juntos. Dice que a Stoyan lo detuvieron dos veces más y lo mandaron a trabajar muy lejos de Burgas. Me parece que una de esas detenciones fue la que presenció Milen, ésa de la que le habló a su sobrina. Él nunca ha hablado de esto con nadie, ni siquiera con Vera, porque Stoyan no quería que sufriera más. Vera sabía lo que había pasado, claro, porque vio cómo se llevaban a Stoyan y cómo volvía roto en tres ocasiones, pero él se negó siempre a contarle los detalles. Milen cree que Stoyan se lo contó todo para castigarlo. Fue el único castigo que le infligió.

—¿Para castigarlo? ¿Por qué? ¿Qué hizo? Creía que Stoyan quería castigarse a sí mismo.

Bobby pareció pensativo.

—Creo que no quiere decir nada más, pero voy a preguntarle a qué se refería Stoyan al escribir que sólo Milen Radev lo sabía.

Habló con Radev, que se enjugó torpemente la frente con la mano antes de contestar.

—Dice —tradujo Bobby— que cree que Stoyan escribió algo sobre su vida, pero que no sabe dónde está el manuscrito. Cree que Stoyan se lo dio a Nasko Angelov. Y nos consta que así es.

—¿Y estas cosas que *gospodin* Lazarov escondió detrás de sus partituras? —preguntó Alexandra.

Bobby habló con Milen Radev, indicándole suavemente las tiras de tela enrolladas. Pero Radev no pareció oírle. Echó su silla hacia atrás unos centímetros y se quedó dormido.

69

1953

1953

No.

1953

1953

Entonces algo cambió, aunque al principio no supe qué era.

70

Permanecieron sentados un momento viendo dormir a Milen, hasta que sonó el teléfono de la cocina. El hombre de la pala salió a pedir que alguien lo cogiera. Dijo que era Neven Lazarov.

Yo no podré entenderme con él, pensó Alexandra, alarmada, aunque, naturalmente, ya había hablado con Neven en inglés.

Entró Bobby a coger la llamada, para explicarle quiénes eran y qué hacían allí. Cuando regresó tenía una expresión seria y recelosa.

—Neven quiere hablar con nosotros en un pueblecito, cerca de aquí. Me ha dado la dirección de un café. Le he preguntado si sabe algo de Irina y de Lenka, pero se ha negado a decirme nada por teléfono. Sólo me ha dicho que encontró su casa vacía, igual que nosotros. Se tarda más de una hora en llegar a ese pueblo en coche. No sé qué hace allí ni por qué quiere vernos en ese sitio, pero ha sido muy rotundo al respecto. Dice que nos estará esperando.

Él también sospecha que esto es una trampa, pensó Alexandra. Observó el semblante de Bobby.

—¿Y le has dicho lo de la urna?

—Sí. Ha dicho que nos dará las gracias cuando nos vea, pero parecía muy angustiado por Irina y Lenka.

—Ay, espero que sepa algo de ellas —comentó Alexandra—. Y luego está *Stoycho*. ¿Podemos dejarlo aquí?

Miró al perro, que levantó la cabeza. Sus ojos marrones parecían muy serios en medio de aquella cara negra y aterciopelada que no casaba con el resto de su cuerpo.

Bobby también lo miró.

—Nos lo llevamos —afirmó.

La mañana había desplegado su cúpula de sol sobre la ciudad, pero aún no apretaba el calor. Mientras bajaban en el coche por la calle empinada, Alexandra vio el mar a sus pies, una amplia extensión que se abría, centelleando, hasta un fúlgido horizonte. Un tenue escalofrío, inmune a la belleza del lugar y el día, se agitó dentro de ella. Unos minutos después dejaron atrás las antiguas murallas de la ciudad y tomaron la carretera de la costa. Al doblar una curva cerrada, Bobby dio un volantazo y maldijo en dos idiomas.

—¿Qué pasa? —preguntó Alexandra.

Vio entonces que había dos hombres parados en la calzada. El recodo de la carretera y los árboles los habían ocultado hasta entonces. Bobby había estado a punto de atropellarlos. Ella se volvió a mirarlos. Uno de ellos tenía los brazos en jarras y el otro le estaba diciendo algo, como si estuvieran conversando tranquilamente en una acera vacía o en el campo, y no en plena carretera. Estaban mirando algo: su propia obra, por lo visto. Alexandra vio una cruz metálica recién decorada con cintas y flores artificiales situada en la cuneta, donde alguien había muerto en un accidente de tráfico, en aquella misma curva. *O atropellado*, pensó Alexandra.

Bobby abandonó la carretera principal y tomó una más pequeña que los alejó del mar. Una hora después, volvería a ver a Neven.

71

1953

Algo se removió en alguna parte, muy lejos, primero en el gran Estado soviético, donde había muerto Stalin, y más tarde en Sofía. El cambio nos llegó incluso a nosotros, los esqueletos del campo. Aquella noche, cuando volvimos de la cantera, había un extraño camión en la puerta del campo, y hombres con uniformes más nuevos y limpios que los que vestían nuestros guardias. Algunos de ellos nos echaron un vistazo y dieron una vuelta a nuestro alrededor, aunque, que yo sepa, no nos dirigieron la palabra. Entraron en los barracones y las letrinas. Quedaron suspendidas todas las actividades rutinarias. Varios de aquellos hombres escribían en cuadernos. Los vimos hablar con el jefe y vimos que el jefe les tenía miedo. Los cocineros olvidaron servirnos nuestras judías. Los guardias más jóvenes se quedaron aguardando en los rincones, en su mayoría, pero Momo saludó ceremoniosamente a los visitantes y fue por ahí enseñándoles las vistas. Incluso se atrevió a bromear con ellos.

Por lo visto, aunque Momo no hubiera encontrado a un preso que fuera a declarar ante la Comisión, ésta había venido por fin a vernos.

Aquellos hombres se marcharon. Un día o dos después (puede que tres), llegaron camiones aún más grandes. Hombres con estrellas más grandes en las gorras y mejores pistolas en el cinto nos hicieron ponernos en fila y nos leyeron varias declaraciones. Anunciaron que, dado que habíamos cumplido nuestras condenas (a muchos de nosotros nunca nos habían condenado, pero de eso no se habló), iban a trasladarnos a Sofía y a reinsertarnos en la sociedad, donde, sin duda, nos iría bien, siempre y cuando no volviéramos a caer en la delincuencia ni difundiéramos mentiras acerca de nuestro proceso de rehabilitación allí, en el campo. Quienes no hubieran cumplido su condena serían transferidos a otro campo más moderno. No dijeron dónde.

Un murmullo de sorpresa y desconcierto, mezclado con un tenue interés, cundió entre nuestras filas. Creo que la mayoría no entendíamos en realidad qué estaban diciendo aquellos grandes hombres. Yo intuí instintivamente que me trasladarían a ese «campo más moderno», pero cuando los hombres de los camiones empezaban a dividirnos en dos filas, a mí me pusieron en la de los liberados, o al menos en la de los presos que serían trasladados a Sofía. Aún no podía creer que fueran a ponernos en libertad. Sentía que las lágrimas me corrían por la cara, pero la esperanza se había convertido en una emoción tan ajena a mí que me preguntaba qué les pasaba a mis ojos. Momo había desaparecido de repente, y lamenté no saber al menos dónde habían enterrado a Nasko, en qué fosa común en el bosque.

Nos dieron una comida extra, lo que no había pasado nunca. Nos mandaron a asearnos a pesar de que todavía faltaba una semana para nuestro día de baño, y acto seguido repartieron entre nosotros ropa vieja, pero entera y medianamente limpia, para que nos la pusiéramos, como si fuéramos otra vez recién llegados. Yo no tenía ninguna pertenencia que guardar, como no fuera la taza de hojalata, que dejé en el aseo por si alguien la necesitaba. En el último momento, sin embargo, cogí las vendas enrolladas y sucias que me había quitado de las manos y me las metí en el bolsillo cuando no miraba ningún guardia. A fin de cuentas, aquellas vendas (y todas las demás que me fabriqué) habían protegido mis manos durante más de cuatro años.

Luego nos condujeron hacia los camiones. Se me ocurrió a destiempo que aquello podía ser una trampa, que tal vez el campo estaba demasiado abarrotado y aquellos guardias iban a llevarnos a las montañas para ejecutarnos. Pero, echando mano de la poca lucidez que me quedaba, me dije a mí mismo que, si así fuera, no desperdiciarían ropa buena con nosotros, ni comida de más. Debían de querer que tuviéramos mejor aspecto cuando cruzáramos el pueblo. Uno de los hombres de nuestra fila echó a correr, presa del pánico, y cruzó solo las puertas. Los guardias del campo lo abatieron. Salió y fue libre alrededor de medio segundo.

Después de aquello, nos hicieron subir a los camiones y nos sacaron de Zelenets.

72

El pueblo en el que los había emplazado Neven era el más despoblado que había visto Alexandra. No había nadie en las calles llenas de baches, ni sentado en sillas oxidadas frente a la única tiendecita de alimentación. Las cigüeñas se estiraban y batían las alas en sus nidos, sobre los tejados de las casas abandonadas. El mayor de todos se alzaba sobre un edificio municipal que parecía desierto, pero que quizás en tiempos había sido un colegio. Los perros dormían en el polvo que cubría la calzada. Bobby detuvo el coche al final de una calle destartalada y salieron. Sujetando a *Stoycho* por la correa, echaron un vistazo alrededor. El café estaba entre dos casas bajas, con la puerta abierta. Dentro reinaba la oscuridad y las moscas zumbaban en el patio de tierra, en torno a dos mesas.

—Debe de ser aquí —dijo Bobby, pero avanzó con cautela.

Alexandra ató a *Stoycho* a un árbol, lejos de los otros perros, y siguió a Bobby, que acababa de cruzar la cortina de cintas de plástico de la puerta.

El interior del local parecía muy oscuro comparado con la luz del sol que brillaba fuera. Era más bien un bar. Puede que, en un pueblo tan desierto, el mismo negocio hiciera las veces de bar y cafetería, se dijo Alexandra. Había un mostrador de madera. Detrás de él, una mujer de cabello claro, a mechas, se inclinaba sobre un crucigrama. Olía fuertemente a café quemado, y una bandeja con galletas de queso languidecía debajo de un cristal. No había clientes.

Entonces un hombre que estaba sentado en un rincón, detrás de una mesa, se puso en pie. Su cabeza pareció rozar las vigas del techo. Alexandra no alcanzó a ver su semblante en la penumbra, pero era tan alto y majestuoso que sintió que podía desplegar de pronto unas alas inmensas. Su propio corazón pareció a punto de ahogarla. El desconocido se acercó para estrechar la mano de Bobby y luego se volvió y la miró fijamente.

Alexandra vio su cara, los pómulos anchos y el pelo corto y espeso, los ojos dorados en forma de almendra, las arrugas en torno a la boca y la nariz. Esta vez, distinguió en él la belleza de su madre. Era aún más alto de lo que recordaba, con los anchos hombros ligeramente encorvados y los brazos y las manos ágiles y elegantes. Vestía la misma camisa blanca que la otra vez, o una muy parecida, con las mangas enrolladas. Había colgado del respaldo de la silla un impermeable negro y una pequeña bolsa de piel. No dijo nada. Tras dar un paso hacia ella, pareció contenerse y se detuvo.

Alexandra se obligó a mirarle a los ojos. Imaginó por un instante que se caía al suelo, a sus pies, muda, y que se postraba ante él para pedirle perdón. Pero no fue más que una ensoñación. En lugar de hacerlo, le tendió la mano con toda la firmeza de que fue capaz.

—Neven —dijo—, soy Alexandra Boyd.

—Sé quién eres —contestó él tomándole la mano.

Ella se acordó entonces de su voz: de su pausada claridad, de su fuerte acento. Levantó la mirada hacia él.

—Tengo algo que te pertenece.

—Lo sé.

Alexandra trató de soltar su mano, pero él se lo impidió. Ella respiró hondo, trémula.

—Quiero que sepas que lo siento muchísimo. Era vuestra más preciada… —Estuvo a punto de decir «posesión», pero se detuvo—. La urna está a salvo en Morsko, con tu madre. Lo siento muchísimo.

Él siguió mirándola.

—Es mi más preciado tesoro. —Estrechó de nuevo su mano, como si no lo hubiera hecho ya—. Por eso te la di.

Alexandra lo miró fijamente.

—¿Me la diste?

—Sí —contestó él—. Estábamos…

En ese momento soltó su mano y le dijo algo a Bobby. Le estaba fallando el inglés. Bobby lo ayudó, visiblemente sorprendido.

—Los estaban siguiendo. Temía por la vida de su madre y de Milen Radev y sabía que debía esconder la urna de inmediato. —Hizo una pausa y escuchó de nuevo a Neven—. Dice que, al ver que ya la habías mezclado con tus bolsas, pensó que podía ocultarla de ese modo. Le… le rompió el corazón separarse de ella.

Neven señaló a Alexandra.

—Lo que no sabía —continuó Bobby— era que tú no eras una turista corriente, que no estabas aquí simplemente de visita. No adivinó que los buscarías, que intentarías encontrarlos para devolvérsela. Además, había otro problema. Con las prisas, no se paró a pensar que podías acudir a la policía.

Ella se quedó callada.

—¿Qué sabes de Irina y de Lenka? —le preguntó Bobby a Neven enérgicamente—. ¿Están bien?

Él negó con la cabeza.

—No sé nada. Estoy esperando una llamada telefónica para saber dónde podemos encontrarlas. Anoche me telefoneó un hombre y dijo que volvería a llamar a mediodía para decirme el sitio exacto.

A Alexandra se le encogió el estómago. El sitio donde encontrarían... ¿qué?

—Todavía faltan tres cuartos de hora para el mediodía —añadió Neven—. Mientras tanto no podemos hacer nada. Pero tenemos que irnos de aquí enseguida.

Hizo una seña a la camarera, que, sentada todavía en su taburete, los miró. Neven puso un par de billetes bajo su taza de café.

—Necesito deciros una cosa, pero no aquí. ¿Podemos irnos?

Alexandra miró a Bobby. Él asintió y salieron. La luz era cegadora y había moscas por todas partes. *Stoycho* vigilaba a los perros de la calle, que se pusieron de pie y empezaron a ladrarle. Allí fuera, Neven parecía aún más grande, alto pero también corpulento. El sol le daba en el cabello negro, y sus sienes grises despedían un brillo plateado.

De pronto, *Stoycho* dio un salto y, gimiendo, comenzó a tirar de su correa.

—¿Qué...? —Neven miró al perro.

—Imagino que lo conoces —murmuró Alexandra.

Pero Neven ya se había arrodillado delante de *Stoycho* y estaba mirándolo a los ojos y acariciándole el cuello.

—*Antonio* —dijo—. Es nuestro *Antonio*. Ya sabéis, como Vivaldi.

—¿Ése es el verdadero nombre de *Stoycho*?

Alexandra se echó a reír a pesar de todo, y Neven se volvió y le sonrió. Señaló al otro lado de la calle, donde un camino discurría entre árboles, adentrándose en un prado.

—Podemos sentarnos a hablar allí —le dijo a Alexandra—. Quiero contaros una cosa que era muy importante para mi padre.

—¿Y después nos contarás también por qué este asunto le interesa tanto a la policía? —preguntó Bobby con cierta aspereza.

Neven asintió.

—Sí, os contaré todo lo que sé. Creo que nadie nos buscará aquí, y aún tenemos un rato.

Alexandra titubeó.

—Bobby puede traducir si quieres.

—Sí, por supuesto —dijo Bobby en tono severo—. No pienso perderos de vista.

El camino los llevó entre pinos raquíticos. Tirados por el suelo había varios vasos de plástico blancos, una botella de Coca Cola vacía y un preservativo arrugado. Pero cuando salieron a un amplio prado, Alexandra vio que estaba completamente limpio. El sol calentaba la larga hierba. Más allá corría una riachuelo centelleante, gris y verde, tan estrecho que Alexandra podría haberlo cruzado de un par de zancadas. Piedras y juncos invadían su cauce.

Neven extendió su chaqueta en el suelo, a la orilla del río, e indicó a Alexandra que se sentara. Luego, depositó la bolsa de cuero a su lado. *Stoycho* trató de llegar hasta él, pero Alexandra lo obligó a estarse quieto. Bobby se tumbó en la hierba, junto a ellos, y encendió un cigarrillo. Fumaba con expresión tensa, y Alexandra se preguntó si llevaba la pistola en la chaqueta.

73

1953

Los camiones que nos transportaban cruzaron el pueblo de Zelenets, pero no se detuvieron. Vi a gente frente a sus casas, mirándonos. Continuamos hasta un pueblo más grande, que entonces se llamaba Yugovo y después tuvo otro nombre. Allí nos hicieron subir a un tren del mismo tipo que el convoy de mercancías que nos llevó la primera vez, pero con menos prisioneros por vagón y una parada cada cinco horas para que hiciéramos nuestras necesidades fuera, en algún descampado, mientras los guardias nos vigilaban con sus armas a la vista. También nos dieron agua. En la primera parada pudimos ver que las montañas habían quedado muy atrás. En la segunda estábamos ya en otra región, y a la mañana siguiente, cuando paramos, vimos los montes que rodean Sofía. Algunos presos se echaron a llorar. Otros farfullaban en voz baja, sentados en el suelo del vagón, incapaces de entender lo que estaba sucediendo. Me pareció que un hombre que había en un rincón estaba muerto. Intenté refrenar mi esperanza para que no se robusteciera. Aún cabía la posibilidad de que aquello fuera una añagaza o un sueño, o de que ya estuviera muerto, como aquel hombre que no salía durante las paradas.

El tren se detuvo de repente a las afueras de Sofía y volvieron a subirnos a camiones, lo que me desanimó de golpe, hasta que me di cuenta de que era lógico que no nos llevaran a la estación central y nos soltaran a plena luz del día, entre la muchedumbre. Los camiones nos trasladaron a un edificio que no había visto nunca antes, en el extrarradio de la ciudad, donde nos lavaron con un desinfectante fuerte que nos produjo picores en los ojos, los labios y las partes íntimas. Luego, durante casi una semana, dormimos en colchonetas, en el suelo de grandes celdas, y comimos razonablemente bien tres veces al día. Hacía tanto tiempo que no veía comida corriente que casi me desmayé al verla y sentir su olor. Algunos hombres comieron demasiado deprisa y estuvieron malos toda la noche, o sentados en las letrinas durante horas. Yo tuve buen cuidado de comer con moderación al principio y de descansar siempre que podía.

Observaba mis manos con curiosidad. Ahora que ya no tenía que empujar la camioneta ni picar piedra, empezaron a curar ligeramente, desde dentro, aunque seguían teniendo un aspecto casi tan deplorable como antes y aún me dolían. Durante el día nos interrogaban uno por uno; nos preguntaban cómo había ido nuestra rehabilitación, a lo que respondíamos, convenientemente aleccionados, que creíamos que estaba completa pero que nos esforzaríamos en el futuro por demostrarlo. No nos pegaban, pero el funcionario que me interrogó (un hombre grueso, con cicatrices de granos en la nariz, que parecía demasiado mayor para desempeñar cualquier función que no fuera sentarse detrás de su gran mesa) me dijo recalcando mucho sus palabras que cualquiera que hubiera cometido un delito debía ser vigilado el resto de su vida para que la sociedad estuviera a salvo. Yo firmaría una declaración expresando mi acuerdo. ¿Lo entendía?

Sí, lo entendía. O creía entenderlo. Le dije que sí.

Pensaba sobre todo en Vera, que se hallaba a escasos kilómetros de distancia de allí, y en mis pobres padres. Ni siquiera sabía si ellos y mis suegros vivían aún.

Durante la primera noche que pasamos allí, falleció un hombre en otra celda comunitaria. Murió apaciblemente, mientras dormía, sin que nadie supiera por qué, como el hombre del tren. Los guardias retiraron su cadáver por la mañana y nos preguntaron si sabíamos algo sobre su muerte. Como no tenía lesiones aparentes, no interrogaron a nadie. Yo me preguntaba si habría muerto de felicidad o si simplemente se le había roto el corazón, y resolví refrenar mis emociones, no fuera a ser que mi cuerpo me traicionara en el último momento. Pensé otra vez en Nasko Angelov y en los años de amistad que podíamos haber compartido. Entonces no sabía aún que sobrevivió a la enfermería de Zelenets y que estaba ya en Sofía, en otra prisión, donde aún cumpliría otros tres años de condena.

Al día siguiente liberaron a mi grupo, uno por uno, en la ciudad, únicamente con lo puesto.

74

Alexandra veía el riachuelo a través de la alta franja de juncos. En realidad, lo oía y notaba su olor, más que verlo. Más allá de unas flores que parecían de zanahorias silvestres, entreveía apenas el centelleo del sol sobre el agua verde. Dejó colgar las manos entre las rodillas.

Neven se pasó la mano por el pelo. Emanaba de él un olor semejante al del río, pero más agradable. Alexandra intuyó que, si tocaba su camisa con la mano (cosa que nunca haría, desde luego), lo sentiría aún más caliente que la tierra y el herbaje tostados por el sol. Tenía la sensación de que sus manos estaban entrelazadas sobre la hierba, a pesar de que, naturalmente, no era así. Cuando lo miró de nuevo, vio su cabeza inclinada y su cabello oscuro, y casi deseó que no dijera nada. Así, nunca llegaría a conocer la terrible historia que estaba a punto de contarles.

Sin mirarla, él dijo:

—Mi inglés no es muy bueno.

—Está bien —se apresuró a contestar ella.

—No, no está bien. Es muy tosco. Muy… desordenado. Me avergüenza decir que… Yo quería ir a un instituto en el que enseñaban inglés, pero no me dejaron entrar. Por mi padre. Estudiaba mucho con amigos míos que iban allí, y veía muchas películas. Y escuchaba música.

La miró con el ceño fruncido, insatisfecho con sus propios esfuerzos.

—No importa —repuso ella—. Y podemos pedirle ayuda a Bobby si es necesario.

Por primera vez desde que se habían estrechado las manos en el café, Alexandra se atrevió a tocarlo. Rozó furtivamente el puño cálido y suave de su manga.

—Mi padre —prosiguió él, y se detuvo—. Era un hombre muy bueno que creía que era muy malo. Es una… combinación difícil. De ideas. ¿Entiendes?

Se inclinó hacia delante como si escuchara el río y luego arrancó hábilmente un tallo de hierba de su vaina.

—A veces... a veces conocemos a una persona que es muy mala pero que se cree buena. Puede que eso sea aún más malo. Aún *peor*. Peor, porque el malo que se cree bueno piensa que puede hacer lo que quiera con los demás. Pero a veces un hombre bueno piensa que es muy malo, y eso... destruye su vida, todo. Porque no cree que tenga derecho a nada, así que hace cada vez menos. Eso fue lo que le pasó a mi padre. Siempre estaba pensando, *Je n'ai pas le droit*.

Una extraña realidad susurraba al oído de Alexandra, *Estoy lejos de casa, sentada en un río escuchando hablar en francés, pero en Bulgaria, el lugar que siempre quiso visitar Jack*. Era como si estuviera escuchando música donde no la había.

Neven sacudió la cabeza y pasó la brizna de hierba por la puntera de uno de sus zapatos bien bruñidos.

—Después de la primera... *katastrofa*... Sucedió muy despacio, la destrucción de la vida de mi padre. Y fue valiente, y callado. Así que casi nadie se dio cuenta, hasta que murió.

Giró la cabeza, y Alexandra se acordó de ese aire de tristeza que tienen los leones macho, como si su nobleza pesara demasiado. Trató de pensar en algo que pudiera reconfortarle.

—Tu padre te tenía *a ti*.

Se preguntó cuándo debían darle lo que habían encontrado detrás del calendario de Stoyan: *Junio de 2006*.

—Bah, yo. —Neven se encogió de hombros—. Sí, me tenía a mí.

Siguió jugueteando con la hierba, la soltó y arrancó otro tallo. Tenía los dedos largos y sorprendentemente finos, pero con los nudillos gruesos, como si trabajara más que la mayoría de la gente que ella conocía en su país. No llevaba anillos.

—Quiero contaros lo que me dijo, porque creo que tenéis derecho. A saberlo. —Miró a Bobby, pidiéndole ayuda para que completara sus palabras—. Yo trabajaba en Burgas, antes de que él muriera. Me telefoneó cuando cayó enfermo. Me pidió que fuera a quedarme con él y con mi madre una semana o dos. Dijo que quería que estuviera allí, por mi madre. Pero la verdad es que quería que estuviera a su lado todos los días. Estaba casi siempre en la cama, demasiado enfermo para levantarse. Estuvo así muchos días. Luego mejoró, y un día estaba sentado fuera, en una silla. Fue en Bovech, en su casa. Le pidió a Milen Radev que fuera a vivir con ellos meses antes de que llegara yo, para que ayudara a mi madre.

Se quedó callado un momento. Luego pareció dominarse.

—A mi madre le preocupaba mucho que se agravara su enfermedad y no pudiera bajar las escaleras, pero yo le dije que él prefería estar en su cuarto. Pensé, *Saldrá de aquí muerto; no tendrá que volver a bajar las escaleras*. Y tenía razón. Mi padre odiaba los hospitales, y nosotros no podíamos permitirnos pagar uno bueno. Pensé que podía darle un montón de… pastillas, si quería acabar deprisa. A veces iba al médico y el médico sólo…

Meneó la cabeza como si tratara de emular el gesto del doctor. Alexandra creyó entenderle: el médico había desdeñado a Stoyan Lazarov, un caso perdido, demasiado viejo e insignificante, consumido por un cáncer infinitamente más vigoroso que el cascarón que lo albergaba. Se preguntó cómo se las habían arreglado para pagar las facturas.

Neven se sacudió un polvo invisible de la manga.

—Mi padre me decía a menudo que quería hablar conmigo, contarme cosas sobre su vida. Pero luego, cuando iba a verlo, se pasaba horas mirándome, sin decir nada. Tenía unos ojos oscuros maravillosos. Maravillosos incluso cuando estaba enfermo. Una vez me pidió que le llevara su violín y se sentó en un sillón y lo tocó por última vez, Bach y algo de Brahms, y Vivaldi, por supuesto.

—Ah —dijo Alexandra en voz baja.

Pero él sólo parecía tener oídos para la música que sonaba dentro de su cabeza.

—Finalmente, mi padre me pidió que convenciera a mi madre de que se tomara un descanso, de que se marchara unos días y cambiara de aires. Ella tomó el autobús y se fue a Plovdiv, a pasar el día con su hermana. Le preocupaba mucho dejar a mi padre, pero le dije que debía ser fuerte por si pasaba lo peor y él se moría mientras estaba fuera, y ella se secó los ojos para que no la viera llorar. Se despidió de él con un beso profundo… en la boca —dijo casi con aire de disculpa—. Por si acaso no volvía a verlo con vida.

Alexandra sintió que empezaban a escocerle los ojos y sacudió la cabeza para contener las lágrimas. Días largos, un largo viaje y poco sueño. Pero aquél era el pasado de Neven, no el suyo.

—Cuando mi madre se marchó, fui a la habitación de mi padre a llevarle agua y luego un poco de sopa, y él intentó comer un poco.

Me dijo que iba a dormir y que luego me contaría una historia. Me senté a su lado mientras dormía. Respiraba con esfuerzo, ruidosamente. Estuve vigilándole todo el tiempo, porque temía que dejara de respirar antes de despertarse y contarme la historia. Pero cuando se despertó me miró, vio que estaba allí y enseguida empezó a hablar. Me dijo: «Neven, quiero que sepas una cosa».

»Yo quería escucharlo, pero tenía una expresión… terrible, así que en cierto modo no quería escucharlo. Le pedí que descansara.

Neven alargó un brazo y cogió la mano de Alexandra. A ella la sorprendió que supiera dónde descansaba su mano en ese momento, y tuvo la impresión de que estaba sencillamente reproduciendo un gesto de memoria, casi distraídamente. Tal vez su padre le había cogido la mano de esa misma manera. Sintió, no obstante, la plenitud de su contacto. Pensó en apartar la mano, pero una parte de ella no quería. Miró sus uñas limpias y cuadradas, mucho más grandes que las suyas. Sus dedos reposaban entrelazados sobre la hierba cálida. Se preguntó si a Bobby le parecería mal. Al levantar la mirada, vio que los estaba observando y adivinó que escuchaba atentamente su conversación, pero con delicadeza, listo para intervenir en cualquier momento para traducir o para rescatarla. Se imaginó la cara de Stoyan Lazarov sobre la almohada, los labios resecos formando una historia, susurrando su secreto a la tierra.

—Mi padre dijo: «Quiero que lo sepas». —Neven apartó la mirada de ella y la fijó en el río.

—Espera, por favor —dijo Alexandra—. Creo que primero debemos darte una cosa. No lo hemos abierto.

Se volvió hacia Bobby, que extrajo el sobre del interior de su chaqueta y se lo tendió a Neven. *La parte final.*

Neven sostuvo el sobre con las dos manos un momento, mirando la letra. Luego sacó las páginas que contenía. Las leyó en silencio. Cuando hubo acabado, levantó la vista. Lágrimas ambarinas destacaban en sus ojos.

—Puedes leerle esto a Alexandra —le dijo a Bobby.

75

1953

Última parte. Nunca debe publicarse.

Salí a las calles de Sofía con las manos enrojecidas y llenas de costras, tan hinchadas que eran el doble de grandes que antes, intentando asimilar todavía que estaba en libertad. No tenía dinero en el bolsillo, ni posesión alguna salvo los rollos de vendajes sucios que había guardado y otra cosa que escondí en mi ropa vieja y luego en la nueva. Eché a andar hacia el centro y después hacia nuestro barrio. Me paraba cada diez minutos a descansar donde podía, para que mi corazón no desfalleciera.

De pronto tenía más miedo que nunca. ¿Y si mis temores eran ciertos? ¿Y si Vera se había olvidado de mí, o había dejado de esperarme, suponiendo que estaba muerto? ¿Y si ya no me amaba? ¿Y si había muerto? ¿Y si me habían hecho un funeral y habían seguido con sus vidas porque no podían hacer otra cosa? ¿Y si todo aquello era una trampa y los guardias de la estación de las afueras de Sofía me estaban siguiendo para que los condujera hasta Vera, hasta mis padres, y los detenían también a ellos? ¿Y si ya los habían detenido y Vera estaba muy lejos, en algún campo para mujeres?

Empecé a fijarme en la gente que había a mi alrededor. Hasta ese momento, me habían parecido fantasmas. Ahora, en cambio, vi que estaban enteros, sanos y salvos, o al menos que parecían preocupados y atareados como cualquier persona corriente. Las chicas jóvenes vestían ropa de primavera, las mujeres iban a hacer la compra, los chicos tenían sitios a los que ir, los señores mayores, con sus chaquetas apolilladas, se detenían a charlar entre sí. Ninguno de ellos sabía nada de nosotros, de aquel campo lleno de esqueletos. ¿O sí lo sabían, en cierto modo? Un marinero de uniforme, lejos del mar, le estaba contando un chiste a otro hombre, y se pararon los dos en la acera para echarse a reír. El fantasma era yo. Me vi reflejado en la luna de un restaurante; vi mis enormes ojos vacíos. Vi que la gente me miraba con curiosidad o con lástima: un hombre enfermo, pobre, tambaleante, prematuramente calvo, que caminaba arrastrando los pies, calzado con unos zapatos ridículamente grandes.

Me hallaba ya en calles conocidas: una plaza preciosa de la que conocía cada detalle, las callejuelas de adoquines amarillos del centro, el palacio antiguo cubierto con glicinias en flor, las cúpulas de las iglesias refulgiendo por encima de las copas de los árboles, el mausoleo del Gran Líder destellando al sol. Me senté a descansar al borde de un parque, en un banco. Conocía no sólo la calle y el parque, sino también aquel banco, desde mi más temprana infancia. Apreté su borde con mi mano dolorida.

Cuando me sentí con fuerzas para levantarme de nuevo, me dirigí a nuestro vecindario pensando que en cualquier momento podía ver a algún conocido, aunque quizás nadie me reconociera a mí. Pero no vi a nadie. Los árboles estaban preciosos: los tilos elevaban sus flores sobre todas las cosas, y el sol de la mañana iluminaba las hojas nuevas de los arces, los robles y los racimos como bujías de los castaños de Indias. Era casi la época de la festividad de Kiril y Metodii (nos habíamos enterado de la fecha exacta mientras estábamos en las celdas, a las afueras de Sofía). Los edificios del final de la manzana que habían sido bombardeados durante la guerra y dejados en ruinas, se habían reconstruido por fin mientras yo estaba fuera. Me maravilló la irrealidad del olor a guisos que salía por puertas y ventanas, la placidez de una anciana que tejía algo blanco sentada en una silla, en su balcón de una primera planta. La dulzura del aire, después del humo de los autobuses en la avenida. El viento en las hojas, por encima de mi cabeza. Hasta entonces no me había dado cuenta de que vivía en un paraíso. Veía ahora nuestro edificio, las rejas de hierro forjado de las ventanas. Había un arbolito nuevo, más bajo que una persona, plantado junto al umbral, y me pregunté extrañamente si lo habrían plantado para recordar mi muerte. Todo lo demás estaba como siempre.

Me latía el corazón dolorosamente, pero me obligué a probar a abrir el portal. No estaba cerrado con llave, y me acordé de que durante el día solía estar abierto con frecuencia, porque la gente iba y venía haciendo recados. Reuní fuerzas para subir el primer tramo de escaleras. Detrás de una puerta del primer piso, alguien discutía con otra persona que no replicaba. No reconocí la voz, así que tal vez hubiera vecinos nuevos. Subí el siguiente tramo, y luego el siguiente. Me quedé parado delante de nuestra puerta, confiando en que no se abriera hasta que tuviera fuerzas para llamar. El sudor me corría por debajo de la camisa y mi corazón batía desacompasadamente. Temía que me diera un infarto por haber subido las escaleras. Pero ¿adónde, si no, podía ir? Levanté la mano y, al tocar a la puerta, me dolieron los nudillos hinchados.

Abrió una mujer. Sonreía, divertida por algo que, al parecer, le había dicho una persona que estaba tras ella, en la habitación. Tenía el cabello oscuro recogido sobre la coronilla y sus ojos eran como flores morenas. Llevaba un vestido de algodón muy lavado, a rayas azules, con un cinturón marrón. Era algo menos delgada de lo que recordaba, curvilínea y femenina, y sus mangas dobladas hacia atrás dejaban ver unos brazos fuertes. Su sonrisa se desvaneció y abrió la boca. Un placer frenético, semejante al terror, se agitó en sus ojos. Luego echó la cabeza hacia atrás y le fallaron las piernas.

Extendí los brazos y la agarré, pero estaba demasiado débil. Caí dentro de la habitación, casi encima de ella, medio desmayado yo también. Por suerte no había ningún mueble cerca de la puerta y no se hizo daño. Allí tumbado, besé su cara una vez débilmente, y luego conseguí apartarme. Abrió los ojos y me miró. Vi entonces que su hermana se había levantado de la mesa, con una cucharilla de café en la mano. Más allá, junto al fogón, había un carrito apartado del sol que entraba por la ventana. Y dentro del carrito un bebé se despertó y comenzó a llorar.

76

Irina soltó la cuchara y corrió a ayudar a Vera a levantarse. Le llevó agua para que bebiera. Yo me senté en una silla y miré a Vera y al bebé, que meneaba los brazos y seguía llorando. Entonces Vera se levantó, ayudada por su hermana, y se quedó mirándome. No parecía oír al bebé. Estaba tan guapa como siempre, más cansada, temblorosa y un poco mayor, pero entera.

Miré a Irina.

—¿El bebé es tuyo? —le pregunté con voz trémula.

—No, es mío —contestó Vera. No hizo intento de acercárseme—. Creíamos que estabas muerto.

Al decir esto pareció perder los nervios y rompió de pronto a llorar frenéticamente, doblándose por la cintura como si fuera a vomitar. Yo me quedé pasmado. Me acordé del miedo que debía darle, yo, un cadáver. Y aquel bebé, que era de Vera pero no podía ser mío… Me levanté, hice un ademán con las manos y pensé que era para coger algo de la mesa y arrojarlo contra la pared. La taza de Irina, quizás. Pero mis brazos rodearon a Vera y ella enlazó sus sollozos alrededor de mi cuello. Estaba inmensamente viva, mucho más fuerte que yo, y abrazaba a un esqueleto. Miró mi cara, acarició mi cabeza rapada, cogió mis manos retorcidas y las miró. Lloraba y lloraba. Yo no podía hablar. Sólo quería sentir su contacto y mirarla, a mi vez.

Irina nos miraba como paralizada. Pasados un par de segundos, fue a coger al bebé, que paró de llorar de inmediato y volvió hacia nosotros su carita roja. Llevaba una camisa y unos pantalones de punto. Parecía tener unos seis meses, aunque a mí no se me daba bien calcular esas cosas, y tenía los hermosos ojos de Vera. Le tendió los brazos y ella lo cogió. Irina retrocedió hacia el rincón de la cocina, la única vez que la he visto acobardarse. Vera me miró por encima de la cabeza del niño, que también se giró para mirarme.

—Lo siento —dijo ella con la boca temblorosa. Puesto a su lado, el niño no se parecía tanto a ella—. Creíamos que estabas muerto.

—¿Has vuelto a casarte?

Mantuve una mano apoyada en la mesa para no perder el equilibrio. Irina salió discretamente pasando a nuestro lado. Yo la conocía: volveríamos a vernos más adelante, y entonces podríamos saludarnos. El hecho de que me dejara a solas con Vera significaba que estaba segura de que no iba a hacerle ningún daño a su hermana. Esa certeza me dio ánimos.

—No —contestó Vera en voz baja.

Pensé en preguntarle por el nombre del padre del niño, pero al final dije:

—¿Quieres a su padre?

Bajó la cabeza hacia la del bebé, que me observaba con sus bellos ojos.

—No, pero ayudó muchísimo cuando me dijeron que habías muerto y que me olvidara de ti. Fue muy bueno conmigo, y estaba enamorado de mí. Ya no está aquí. Se marchó a trabajar a otro sitio. Quería casarse conmigo y llevarnos con él, pero le dije que no.

—¿Quién te dijo que estaba muerto?

—La policía, ocho meses después de tu marcha. Dijeron que habían descubierto que eras un criminal y que habías muerto por ahí, en alguna parte. Que no podían entregarme tu cadáver y que me olvidara de ti lo antes posible. Pasado un tiempo, me convencí de que estabas de verdad muerto. Pensé que, si no, ya habrías vuelto con nosotros. —Se echó a llorar otra vez—. Nunca creí que fueras un criminal.

Yo temblaba sobre mis pies inestables.

—¿Y por qué te quedaste aquí?

Levantó la cabeza y volví a ver a Vera la colegiala, orgullosa y dueña de sí misma.

—Después, cuando me enteré de que estaba embarazada... Cuando lo supe, soñé que volvías para ver al bebé. Así que les dije a todos que estabas vivo y que había ido a visitarte en secreto, en el campo, donde trabajabas; que te habían mandado a trabajar muy lejos. Para que creyeran que el niño era... —Retrocedió otra vez, confusa, acariciando los hombros del bebé.

De pronto el niño se inclinó hacia mí, tanto que temía que se cayera de los brazos de su madre. Extendió las manos y yo me acerqué e incliné la cabeza delante de él. Tocó mi cuero cabelludo áspero y se inclinó aún más, hasta que tendí los brazos y lo cogí.

Ignoraba que supiera cómo sostener a un bebé. A pesar de la ropa, noté el calor de sus miembros. Se le levantó la camisa, dejando ver su tripa redondeada, y Vera acercó automáticamente una mano, le bajó la camisita y se la remetió. El niño me miraba, serio pero lleno de curiosidad. Posó la mano sobre mi hombro y la dejó allí. Tenía la nariz pequeña y chata, las mejillas anchas y tersas. Cuando levantó los ojos hacia mí, vi los pequeños surcos que habían dejado sus lágrimas al caer. Incluso sus lágrimas debían de ser muy pequeñas. Fue extraño ver el brillo de su cara desde tan cerca, después de tantos meses mirando las caras de los muertos, o de los muertos en vida. Su cuerpecillo se amoldaba al mío, a los huecos de mis costillas y mis hombros. Pensé que debía de estar loco por sostener al hijo de otro hombre contra mi pecho. Ni siquiera quería saber qué había pasado. El campo me había vaciado de cualquier pregunta, salvo de una: cómo vivir. Había, no obstante, otra cosa que quería saber.

—¿Cómo se llama?

Vera sonrió por primera vez y se enjugó la cara.

—Lleva el nombre de tu padre, pero no podía usarlo, así que lo llamo Neven.

77

Fui un niño muy querido, le dijo Neven a Alexandra. Sólo sabía que mi padre estuvo fuera un tiempo, antes de que yo naciera, y luego en otras dos ocasiones, cuando estaba en el colegio, y que mi madre se preocupaba y lloraba a veces. Me acuerdo de la segunda vez que se fue, aunque no lo vi marcharse. Pero mi madre era muy simpática, muy vital. Era más joven que mi padre, una persona muy fuerte, y mis cuatro abuelos, que todavía vivían, nos ayudaban. Una vez, cuando tenía unos ocho años, mi padre vino a vernos mientras todavía estaba cumpliendo condena. Nos visitó en Burgas, pasó con nosotros tres días y me dijo que aún tenía que pasar una temporada trabajando en un pueblecito porque lo necesitaban allí, y que yo debía cuidar de mi madre cuando volviera a marcharse.

Cada vez que volvía, tenía las manos horriblemente magulladas. Era un músico excelente, pero a menudo le molestaban los dedos. Artritis, decía. Después de cada ausencia, empezaba muy despacio a practicar otra vez, hasta que podía tocar en cualquier orquesta que lo quisiera, primero en Sofía y luego, cuando el tío Milen nos ayudó a trasladarnos al mar, en Burgas. Allí mi padre consiguió trabajo en una fábrica de alimentos procesados. Yo sabía que cuando estaba fuera no podía trabajar como músico porque su violín siempre se quedaba en casa y mi madre lo guardaba al fondo del armario, debajo de unas mantas. Una vez lo oí decirle a mi madre que le permitían volver a veces con la orquesta solamente porque sabían lo bueno que era y lo necesitaban. Me sorprendió la amargura con que lo dijo. Nunca hablaba así si sabía que yo estaba escuchando.

A veces, cuando estaba enfermo y cansado y tenía unos días de permiso, mi madre lo mandaba a visitar a su amigo Nasko Angelov, un pintor al que, según decía mi madre, había conocido mientras trabajaba en el campo, antes de que yo naciera. Nasko había vivido en Sofía un tiempo y luego, al casarse, había vuelto a su pueblecito en los montes Ródope. Trabajaba en una pequeña fábrica, cerca del pueblo. Mis padres no tenían muchos amigos, pero aquellos dos hombres, Nasko y el tío Milen, nos tenían mucho cariño.

Mi padre quería que aprendiera a tocar el violín. Las lecciones no fueron un éxito. Incluso cuando no estaba trabajando fuera, él estaba cansado y enfermo. Yo pensé durante años que tenía que ser mayor de lo que decía que era. Y podía ser muy reservado, muy taciturno. Sus ausencias interrumpían sus intentos de enseñarme durante periodos tan largos que yo no avanzaba al ritmo que él quería. Creo sinceramente que de todos modos no se me habría dado bien, aunque puede que a él lo ayudara pensar que su hijo tenía un talento frustrado.

Destacaba, en cambio, en matemáticas y deportes. Hacía atletismo. Era rápido, aunque nunca conseguí ganar una medalla importante. Me portaba muy bien, además. Creo que no hice ninguna travesura de niño, menos cuando a veces ponía clavos en la calle, cerca de las ruedas de los coches, cuando no miraba nadie. Lo hacían todos los niños. Y una vez robé un mapa en la biblioteca, un mapa grande de Europa, de un libro viejo que pensé que nadie querría, y lo colgué en la pared de mi cuarto. Llenaba la habitación. Mi parte preferida era Bulgaria, que era de color verde claro. Todo lo demás me parecía ajeno. Le dije a mi padre que había comprado el mapa en una librería por unos pocos *stotinki*, pero no dijo nada. Se quedó mirándolo en silencio y luego salió de la habitación. Así que pude quedármelo.

Cuando tenía diez u once años, mi padre me llamó y me enseñó un libro, un libro raro, en ruso, para el que había estado ahorrando. Lo compró en la *antikvarna* del centro de Burgas. Era una historia ilustrada de la arquitectura italiana, y me contó que, cuando era joven, fue a Roma a tocar en un concierto y que pasó por Florencia, y me enseñó las ilustraciones. Yo sabía (lo supe desde muy pequeño) que no debía contarle a nadie que mi padre había estudiado música en los países decadentes del oeste de Europa. Por eso me hacía tanta ilusión escucharlo hablar de ello, y también me asustaba un poco. Estaba el Coliseo, donde luchaban bestias salvajes (eso lo había aprendido en la escuela). Y una cosa llamada *duomo* que diseñó Brunelleschi para Florencia. Mi padre había visto esas cosas con sus propios ojos.

—Y esto —dijo mi padre volviendo una página con mucho cuidado— es Venecia, la Perla del Adriático, *La Serenissima*.

Una gran ciudad que no había podido visitar en su juventud. Era muy especial, me dijo, porque estaba edificada sobre islotes y marjales, casi en el agua. Yo miré la ilustración, un cuadro reproducido a todo color. Mostraba edificios altos alrededor de una plaza y las cúpulas de una gran iglesia, y amarradas al borde de la plaza había un montón de barquitas. Más allá, en la laguna, se veían veleros. La gente que paseaba por la plaza parecía muy pequeña y vestía mantos y sombreros de tres picos, o vestidos largos con las caderas muy anchas. Después, durante muchos años, yo siempre pensaba en Venecia como un lugar donde las calles eran de agua y la gente vestía ropas estrafalarias y pasadas de moda.

Luego mi padre me dijo que no debía contárselo a nadie, pero que algún día iríamos juntos a Venecia. Me dijo que por fin vería dónde había vivido y trabajado Vivaldi, su compositor favorito, y que me llevaría con él porque entre Vivaldi y yo le habíamos salvado la vida. Yo debí de poner cara de asombro, porque me apretó contra sí, me besó en la mejilla y me revolvió el pelo. Me pidió que le llevara su violín y tocó para mí una pieza de memoria, una pieza tan bonita, tan grande y brillante como la catedral del centro de Sofía.

—Ése es nuestro amigo Vivaldi —dijo cuando terminó de tocar—. Cuando yo falte, esta pieza será tuya.

Parecía lleno de alegría, y eso también me extrañó, porque estaba hablando de su muerte, y todavía era joven, aunque pareciera mayor. Yo no quería que se muriera nunca.

A los trece años comprendí que mi padre no era como las demás personas, y no sólo porque había estado en el oeste y porque practicara todo el tiempo con el violín y se hubiera esfumado varias veces, como un mago, durante mi niñez. Cuando estaba en casa con nosotros, tenía que presentarse en la comisaría de Burgas una vez al mes. «Asuntos burocráticos», decía siempre. A veces le pedían que se presentara de repente, y nunca se iba sin despedirse de mi madre con un beso apasionado, lo que a mí siempre me sorprendía y me daba vergüenza. Mi madre no paraba de pasearse por la cocina hasta que él volvía a casa una hora después, excepto las veces que tardó varios meses en volver.

Una vez me dijo que, si tenía que volver a irse a trabajar a otra parte del país, yo debía llamar a Milen Radev para que nos ayudara a mi madre y a mí; que el tío Milen nos quería muchísimo y que siempre nos echaría una mano. Era un trato que tenían, me dijo. Por lo menos una vez al año, mi padre sacaba su libro y me enseñaba Venecia, y me decía que algún día veríamos todo aquello, él y yo.

Me fui de casa a los diecinueve años para hacer el servicio militar, como hacíamos todos, y mi madre me mandaba calcetines que tejía ella misma y retales para que me envolviera los pies, para que los tuviera bien secos dentro de las botas. Pero de todos modos me salieron ampollas y hongos y perdí las uñas de los pies. El ejército era un horror, la comida era espantosa y en los barracones siempre hacía frío. Pero yo era joven y, al final, no me importaba tanto. Allí hice buenos amigos. Cuando acabara quería ir a Sofía a estudiar matemáticas en la universidad, no al conservatorio, como quería mi padre. No conseguí que me dieran buenas referencias en el instituto, aunque saqué buenas notas, así que tuve que conformarme con una plaza en el Instituto de Tecnología Química de Burgas, donde estudié ingeniería petroquímica. Vivía con mis padres, en el piso que teníamos en las torres nuevas que construyeron cerca del estadio, y estudiaba en la mesa de la cocina. Luego entré a trabajar en la refinería, como todo el mundo, y más adelante en una planta más pequeña.

Entre tanto, desde que era pequeño, mi padre me mimaba muchísimo, aunque yo sé que debí de ser una decepción para él. Tuvo que llevarse una gran desilusión conmigo. Sonreía si yo entraba en una habitación, me besaba y me abrazaba casi siempre que me veía. También quería mucho a mi madre, la miraba con un brillo en los ojos, pero con ella era siempre muy callado, muy reservado, hasta cuando yo estaba delante. Mi madre siempre estaba muy alegre cuando él estaba en casa, aunque tenía una arruga de angustia que le cruzaba la frente y que la hacía parecer mayor de lo que era, como si la hubiera tomado prestada de la cara avejentada de mi padre. Creo que entre ellos no hablaban mucho de dónde había estado mi padre. He pensado a menudo que lo terrible en el comunismo no era sólo que nos volviéramos unos contra otros, sino que nos distanciáramos.

Después de la transición, cerró la planta en la que estaba empleado. Empecé a trabajar en la construcción, a menudo como albañil, quitando piedras y mezclando cemento. A mi padre lo disgustaba mucho ver mis manos magulladas y heridas, pero no tenía elección. Creo que la gente joven no sabe mucho sobre esa época, o no la entiende. Piensan que las cosas siempre han sido como son ahora, con los teléfonos móviles, los amigos por Internet y toda esa gente que se va a otros países a trabajar. Al poco tiempo nos encontramos aún más escasos de dinero. La orquesta se hundió cuando cambió el gobierno, porque nadie pagaba por ir a verla, aunque de todos modos mi padre ya se había jubilado. Quería dar clases de música, pero muy poca gente podía permitírselas, sobre todo fuera de Sofía. Mis padres se marcharon de la costa y una prima de mi madre los acogió en su casa, en Bovech, hasta que murió y se la dejó en herencia. Era mucho más barato vivir allí. A veces también visitaban Gorno, claro. Yo volví a Sofía con el poco dinero que tenía ahorrado, hice un curso de contabilidad y conseguí un trabajo *online*. También estuve a punto de casarme, pero al final no funcionó. Mi madre, sobre todo, se llevó un disgusto, porque quiere tener nietos.

Estoy seguro de que a mi padre le desagradaba Bovech, aunque casi nunca hablara del pueblo. Practicaba todos los días con el violín y leía sus libros, y justo antes de caer enfermo encontró a ese perro, que lo adoraba. Leía muchísimo, como os digo. Creo que releyó toda su biblioteca. Y creo que Milen Radev lo ayudaba con algún dinero siempre que podía, e iba a verlos a menudo. Después, cuando se jubiló, fue a vivir con ellos.

Cuando mi padre enfermó, no se lo dijo a nadie, ni siquiera a mí, hasta que ya era demasiado tarde. De todos modos, no habríamos podido hacer nada por él, según dijo el doctor. Por eso me llamó mi padre para que estuviera con él. Y aquel día, cuando mandó a mi madre a Plovdiv para que descansara, me habló de Zelenets, donde lo salvamos Vivaldi y yo porque pensar en nosotros le daba fuerzas para aguantar todo lo que le hacían. Me contó por qué lo detuvieron y cómo trató de hacer su propia penitencia. Lloré cuando me contó lo que había sufrido. Y estaba confuso, porque sabía que tenía que estar en el campo de trabajo cuando yo fui concebido y cuando nací. Pero me dijo que le hacía mucha ilusión tener un hijo y que siempre había sabido que querría a su hijo como me quería a mí. Eso fue lo que dijo, y de pronto entendí lo que quería decir. Mi madre le dio el hijo que deseaba, y Stoyan Lazarov se convirtió en mi padre. Para mí era mi padre, mi padre de verdad, aunque deduje quién debía de haberme engendrado.

Después me contó que todavía tenía relación con dos personas de Zelenets. Recuerdo que se estaba cansando mucho de tanto hablar. Se quedó callado un rato. Tenía la cara muy pálida y estaba sudando. Le llevé agua y unas pastillas para el dolor, pero dijo que no quería tomárselas porque le daban sueño y necesitaba estar despejado para contarme el resto de la historia. Era principios de verano, como ahora, pero ya estábamos en junio y abrí la ventana de su habitación para que sintiera el aire cálido. Sonrió y dijo que era una suerte que hubiera pasado la hoja del calendario antes de tiempo, porque así estaría en el mes debido cuando muriera.

Me senté a su lado y me tendió la mano. Eso era nuevo, que le gustara que le cogiera la mano. Siempre había sido delgado, pero desde que estaba en cama había adelgazado aún más. Me senté a su lado y sentí que iba a irse pronto, y apenas podía creerlo.

Luego se removió y dijo:

—Quiero hablarte de las dos personas de Zelenets a las que todavía conozco. Una es un santo y la otra es un demonio. El santo, claro... —Levantó una mano como si señalara a alguien—. Es Nasko Angelov. Ya sabes cómo nos conocimos. Es más fuerte que yo y será tu amigo mientras viva. Cuando volví a encontrarlo en Sofía, vivo, fue uno de los días más felices de mi vida.

Se lamió los labios y le acerqué el agua otra vez, y estuve observándolo mientras cerraba los ojos.

—Descansa, *tatko*, por favor —le dije—. Podemos hablar mañana.

—No —me dijo, y abrió los ojos de golpe—. No quiero que sea estando aquí tu madre. Ya ha sufrido suficiente. Me iré de aquí lo más discretamente que pueda, para que le sea más fácil. Ella sabe dónde estuve. Pero no quiero que sepa lo demás.

Fijó en mí sus ojos, que, a diferencia del resto de su cara, no habían perdido su brillo. Me encantaban esos ojos oscuros y profundos que siempre me miraban con cariño.

—Hay otra cosa que debo decirte. Hace dos años estaba en Gorno con tu madre, la última vez que estuve allí. Fue por la mañana, muy temprano. Era una mañana de primavera preciosa.

Me apretó la mano como si sufriera un espasmo de dolor y pensé de nuevo en coger las pastillas de la cómoda.

—Iba caminando solo por la carretera de la montaña, ya sabes que me gusta pasear por allí. Me aparté de la carretera y me metí entre unos árboles para ver las flores que se ocultan allí en primavera. Mientras estaba mirándolas, pasó un coche por la carretera, un coche grande y caro que no había visto nunca por el pueblo, y comprendí que tenía que ser del empresario que construyó esa casona al otro lado de la montaña, o de uno de sus amigos, que venía de visita.

»El coche se detuvo de pronto y la persona que iba en el asiento de atrás abrió la puerta y se inclinó fuera para ajustar no sé qué cosa, el cinturón de seguridad o algo que se había enganchado en la puerta. Vi claramente su cara, aunque no creo que él se diera cuenta de que estaba allí, entre los árboles, con mi ropa de faena y mi sombrero. Si me vio, no me prestó atención. Yo no era más que un pueblerino, claro. Estaba sólo a cinco o seis metros de mí. Tenía la cara cubierta por una barba espesa y cicatrices en las mejillas, como si hubiera tenido un accidente hacía mucho tiempo. Sus ojos eran amarillentos y su cabello muy raro, tieso y limpio, pero largo, casi hasta los hombros, y teñido de castaño. Me pareció una peluca.

»Entonces oí que el chófer lo llamaba desde dentro del coche. "¡*Gospodin* Kurilkov!", dijo, y no sé qué más. El otro sonrió al oír lo que decía el chófer y entonces vi que tenía la cara ancha y huesuda, los ojos de color azul claro y un hueco entre los dientes de arriba. Era Momo, ese demonio del que te he hablado. Era mucho mayor que entonces e iba muy bien disfrazado, pero era él. No es una cara fácil de olvidar. Un segundo después cerró la puerta del coche y se alejaron. Yo no me había movido. Pasé mucho rato sin moverme de mi sitio.

»Me acordé de que los periódicos decían que, de joven, aquel tal Kurilkov había sido guardia del Politburó. Que primero fue guardia y que luego, no sé cómo, se convirtió en ayudante de un personaje importante, muchos años antes de la transición. Después del cambio de régimen, hizo mucho dinero comprando viejas minas. Cómo, nunca lo sabré. Debió de hacerlo en secreto, a través de otras personas. Después de aquello estuvo mucho tiempo alejado de la política, esperando, seguramente. Más tarde se convirtió en viceministro y comenzó a formar un partido, *Bez koruptsiya*.

Mi padre empezó entonces a toser e hizo una larga pausa mientras le daba agua.

—Ya es suficiente —dijo después de beber un trago, y siguió hablando con los ojos cerrados—. Nunca se ha mencionado Zelenets en los artículos que se han escrito sobre él, ni hay noticia de los asesinatos que cometió allí. Yo ni siquiera sabía que estaba vivo hasta que lo vi. Tampoco tenía noticias del resto de los guardias.

Pero él estaba vivito y coleando y era famoso, rico y poderoso, y tenía una mansión en nuestro pueblo, el lugar que más me gusta de Bulgaria. Me acordé de que había leído un editorial en el que se afirmaba que aquel hombre podía llegar a ser primer ministro algún día, o incluso presidente. Que era mayor para dedicarse a la política, pero muy listo y con un historial impecable, no como muchos otros políticos. Que él entendería a los mayores y sus necesidades, decían, y al mismo tiempo construiría un gran futuro para Bulgaria.

Mi padre movió los pies trabajosamente bajo las sábanas.

—Después de aquel paseo no volví a salir, y un par de días después volvimos aquí, a Bovech. La siguiente vez que tu madre quiso ir a Gorno le dije que no me encontraba con fuerzas para viajar, y era cierto. No he vuelto desde entonces. No podía dejar de pensar en él. Por fin, escribí una carta al periódico de Sofía en el que leí por primera vez acerca de su trayectoria. En ella describía lo que había presenciado en Zelenets. Ya sabes que otras personas dieron un paso adelante para hablar de estas cosas cuando empezaron los cambios. Quizás debería haber sido más valiente entonces, pero tenía miedo por ti y por tu madre. Supongo que mi intento llegó demasiado tarde. La carta no se publicó.

Se detuvo para tomar aliento. Estaba más demacrado que nunca y le brillaba la frente.

—De hecho, no supe nada del periódico. Recibí la callada por respuesta, incluso cuando lo intenté otra vez.

Hizo otra pausa.

—Momo está muerto, pero la persona en la que se ha convertido no lo está. Es Kurilkov, ese que se hace llamar el Oso.

Me agarró la mano con sus últimas fuerzas y me incliné sobre él y le dije que descansara. Que dejara de preocuparse por el pasado, que había sido terrible, pero que ya había acabado y que no había razón para que siguiera angustiándose por esas cosas. Mantuvo los ojos fijos en mi cara y siguió dándome la mano.

—Por favor —me dijo—, por favor, que nadie sepa nunca de quién eres hijo.

Me incliné y, al besarle en la frente, noté que estaba sudando.

—Los tiempos han cambiado —le dije—. Y estoy orgulloso de ser tu hijo. Quiero que todo el mundo lo sepa.

Sonrió un momento y oí el silbido nasal de su respiración.

—No he vuelto a recurrir a los periódicos, pero lo tengo todo escrito. Lo he guardado en un lugar seguro.

Estaba tan débil que ya no parecía capaz de moverse, y pensé que quizás estaba desvariando un poco.

—Debo recordar dónde está. Nasko encontró un sitio para que lo escondiera. Y también guardé parte en otro lugar, pero eso no debe publicarse. ¿Dónde puse esa parte?

—No te preocupes, *tatko* —le dije yo—. Esté donde esté, la encontraremos juntos. Ahora, descansa.

Movió la cabeza sobre la almohada.

—La última vez que leí algo sobre él en los periódicos, iba a proponer un plan al Ministerio del Interior. Para que hubiera más prisiones y los presos contribuyeran a la sociedad haciendo trabajos pesados. Sabe muy bien lo que hay que hacer con nosotros, los presos. ¿Está allí, al lado del calendario? —Sus ojos se movían erráticamente por la habitación.

—Soy yo, *tatko*— le dije—. Estoy aquí, a tu lado. No dejaremos que eso pase, te lo prometo.

Se tranquilizó, su cara se aflojó y de pronto se quedó dormido. Se estaba poniendo el sol. Mi madre llegaría pronto en el autobús de Plovdiv, y yo tenía que prepararle algo de cena y conseguir que mi padre comiera algo también. Milen Radev iba a venir a pasar el fin de semana con nosotros. Yo sabía que Milen tenía miedo de no volver a ver a mi padre con vida, cada vez que se despedían. Y yo sabía que pronto sería el único padre que me quedaría.

—Una última cosa —dijo mi padre, despertándose de nuevo con gran esfuerzo—. Perdóname por… por no haberte llevado a Venecia. Nunca te llevé. Dije que lo haría y luego, cuando abrieron las fronteras, no había dinero. Pero por lo menos podría haberte sacado el pasaporte. Podría haber intentado ahorrar un poco más.

—Por favor, *tatko*, descansa —le dije—. Has ahorrado todo lo que has podido. Y hemos disfrutado de nuestros libros y nuestros sueños.

—Hay una cosa de valor, pero no está con el resto de mi música. Está en el estante del *garderob*. —Hizo un gesto con la mano, intentando señalar—. Tiene una firma especial en la última página, que ha de ser la de Vivaldi. Compré la partitura en Praga, antes de volver a Bulgaria. Si la vendes, quizás puedas ir a Venecia. Llévame contigo. Incineradme, coged mis cenizas y enterradme allí.

Sonrió de nuevo, desmayadamente.

—Ya sabes, si a Vivaldi lo enterraron como a un pordiosero en Viena, a mí también pueden enterrarme como a un pordiosero en Venecia.

Un rato después le di las pastillas para el dolor y se quedó dormido, y llegó mi madre, y luego Milen. Esa noche, estando ya muy débil, me pidió que dejara entrar a su perro para que se tumbara en el suelo de la habitación. Luego me dijo que le llevara su violín y que se lo pusiera al lado, en la cama, tocando su brazo.

—Pero no lo saques del estuche —susurró.

No quería que se estropeara, ni siquiera en esos momentos. Ahora comprendo que debió de pasarse la vida temiendo que se lo confiscara el Estado, porque era muy bonito y valioso y lo había comprado antes de la guerra.

Murió al día siguiente, justo cuando se ponía el sol, con el violín a su lado. Para mi madre fue espantoso, pero todos vimos la serenidad que reflejaba su rostro. Yo me alegré por él, a pesar de que ya empezaba a echarlo de menos. Ya nunca tendría que convivir con esos recuerdos.

Les conté a mi madre y a Milen lo del manuscrito de Vivaldi y les hablé de su deseo de ser incinerado y enterrado en Venecia. Lo de Zelenets no se lo dije, aunque creo que los dos lo sabían, cada uno a su modo. Mi madre no quería incinerarlo, pero lo hizo porque era su último deseo. Nasko Angelov nos regaló una urna que había hecho a petición de mi padre, una urna de madera tallada, con caras sacadas del cuento del lobo y el oso. Cuando nos la trajo, le dije en privado que sabía lo de Zelenets y le pregunté si recordaba que mi padre hubiera escrito algo, pero contestó que no con la cabeza, sin decir nada. Mi madre guardó la urna por si acaso conseguíamos llevarla a Venecia. Miramos en el estante del ropero de su habitación y encontramos varias partituras impresas de Vivaldi, que yo recordaba que mi padre tocaba a veces. Dentro de una de ellas había un manuscrito autógrafo, muy antiguo y firmado como me dijo mi padre. No soy músico, pero hasta a mí me impresionó verlo.

Llevamos el manuscrito de Vivaldi a Sofía, a un especialista en libros raros, que se quedó con él en depósito un par de días para examinarlo. Cuando regresamos, nos dijo que no podía demostrar que estuviera escrito por Vivaldi porque, según dijo, Vivaldi solía firmar sus piezas con una rúbrica muy diferente. Dijo que lo lamentaba mucho, pero que, sin duda, era un manuscrito original del siglo XVIII y que podía ponerlo a la venta en Internet.

Con lo que acabó dándonos por él, mi madre y Milen pudieron pagar la calefacción, la electricidad y la comida durante diez meses. Con sus pensiones pueden pagar la comida o la calefacción, pero no las dos cosas. Al mes siguiente vendimos el violín de mi padre, pero yo sabía que con eso sólo tendrían para ir tirando un par de años más, sobre todo si había que pagar facturas hospitalarias, como así fue poco después, cuando enfermó Milen Radev. Yo ya gastaba todo el dinero extra que ganaba en mantenerlos. Milen envejeció de golpe después de morir mi padre. Luego le dio un infarto y pensamos que iba a morirse, y mi madre se puso histérica. Al final, superó el infarto, pero quedó muy débil. Con lo poco que quedaba del dinero de la venta del violín compramos su silla de ruedas. Este año mi madre puso en venta la casa de Bovech y se trasladaron a Gorno para ahorrar, pero nadie quiere comprarse una casa en Bovech. Entonces la rabia se apoderó de mí y empecé a buscar por todas partes el documento del que me había hablado mi padre, pensando en publicarlo a toda costa. No conseguía encontrarlo, y me arrepentía de no haberle pedido más detalles a mi padre. Pero pensaba también que quizás sólo había imaginado que lo ponía todo por escrito.

Hacía ya dos años que había muerto y decidimos que no podíamos esperar más. Nunca podríamos ir a Venencia, ni pagarle un entierro allí, así que resolvimos llevar sus cenizas al monasterio de Velin. Una prima de mi madre conocía al cura y consiguió permiso para enterrarlas allí. A mi padre le encantaba ese monasterio: su paz, sus árboles tan viejos... Y mi madre pensaba que el cementerio que hay junto al monasterio era un lugar digno de él. Cogimos un tren para ir a Sofía. Queríamos ver a la prima de mi madre y darle las gracias. Además, nos había dicho que su hijo conducía un taxi y que podía llevarnos al monasterio gratis cuando quisiéramos.

Pero, mientras estaba sentado en el tren con la urna a mi lado, pensé en lo que había dicho mi padre sobre ese escondite que le proporcionó Nasko Angelov. Cuando llegamos a Sofía, abrí la urna a solas y descubrí que tenía una cavidad en el fondo, y que allí abajo había otro compartimento. Leí lo que contenía y comprendí que no podía permitir que se quedara sin publicar.

Al día siguiente hice una copia de la confesión de mi padre y volví a guardar el original dentro de la caja, por respeto a él. Llamé a un periódico, pero no al mismo que rechazó la carta de mi padre, y quedé en hablar con uno de los editores, dándole a entender lo que tenía en mi poder. Quería que nos reuniéramos en el hotel Forest. Pensé que mi madre y Milen también debían estar allí por si hacía falta que hablaran con ellos, y se quedaron esperándome en el vestíbulo, con nuestras bolsas a su lado, en el suelo. Cuando llegó el editor del periódico, le hablé de las vivencias de mi padre en Zelenets y le entregué una copia del documento. Le expliqué que para mi padre era un asunto tan vital que ya había tratado de publicar su historia en una ocasión, y que luego había querido que la enterráramos junto con sus cenizas. Le dije que yo prefería publicar la historia a enterrarla, pero que confiaba en poder hacer ambas cosas.

El editor se mostró desdeñoso y eso me enfureció. Dijo que no tenía nada que demostrara que aquella información era cierta y que seguramente me detendrían si me atrevía a denigrar públicamente a Kurilkov, que ya había hecho tanto por nuestro país. Que iba a atacar a un político muy respetado con una historia que podía considerarse una calumnia. Dijo que informaría de mis intenciones a personas que se asegurarían de que no volviera a hablar. Le grité que no tenía derecho a amenazar a seres humanos que ya habían sufrido tanto, pero me dijo que mi madre sufriría mucho más si me atrevía a hacer público este asunto. Se fue hecho una furia, llevándose mi copia del documento en el maletín, y amenazó con llamar a la policía de inmediato. Lo vi salir rápidamente por la puerta de atrás del hotel.

Enseguida me di cuenta de que podía seguirme, de que tal vez tuviera intención de rodear el edificio hasta la entrada delantera. Podían seguirme a mí, podían incluso matar a mi familia, y no debían encontrarnos con la urna en nuestro poder. Me dirigí a toda prisa a la entrada delantera del hotel, recogí a mi madre y a Milen y salimos al encuentro del hijo de la prima de mi madre y de su taxi. Sabía que teníamos que enterrar las cenizas de mi padre cuanto antes, y que seguramente lo más prudente sería dejar su tumba sin marcar en Velin, si era posible.

Justo en ese momento llamó la prima de mi madre para decir que su hijo al final no podía ir a recogernos, y hubo cierta confusión mientras tratábamos de bajar los escalones y coger otro taxi. No podía arriesgarme a esperar un autobús. Mientras sucedía todo esto, una persona trató de ayudarnos por primera vez. Y en ese momento me separé de mi padre y lo dejé en manos de una joven que a él le habría encantado. Te vi a ti, Alexandra, sosteniendo la urna sin saberlo. Lo que contenía ya había puesto en peligro a mi madre y a Milen, que era lo último que quería mi padre. Así que me despedí de él.

Pero, después de su marcha, me di cuenta de que tal vez llevaras la urna a la policía. Teníamos que desaparecer. Confiaba en que tú no te metieras también en un lío. No se me ocurrió que pudieras ser tan amable y tan persistente como para buscarnos por todas partes.

78

El sol se había trasladado al centro del cielo y se posaba cálidamente sobre el cabello de Alexandra. Neven cambió de postura, sacudió la cabeza como si despertara de un sueño y apartó su mano de la de ella. Las lágrimas se habían acumulado bajo los ojos de Alexandra, que de pronto cobró conciencia de ellas. Él sacó una servilleta de papel arrugada del bolsillo de sus pantalones y enjugó sus mejillas. No dijo nada, pero la tocó con delicadeza. Bobby se puso alerta, pero no lo detuvo.

—¿Adónde fuisteis? —preguntó ella—. Os hemos buscado por todas partes.

Neven inclinó la cabeza y, con un gesto, le pidió a Bobby que tradujera.

—Naturalmente, no podía decirle a mi madre que me había desprendido de la urna. Salimos hacia Velin en otro taxi, aunque yo sabía que sería caro. Cuando mi madre se dio cuenta de que faltaba la urna, regresamos al hotel, donde no encontramos nada, claro. Me alegró ver que tampoco había rastro del editor. Luego los llevé a casa de Nasko Angelov en las montañas, a pasar unos días. Fue, al parecer, antes de que llegarais vosotros. —Su mandíbula se crispó—. Ya sabéis que ha muerto.

—Sí —repuso Alexandra—. Cuando lo mataron, su hijo llamó enseguida a Irina y ella nos telefoneó.

—Nasko prometió no decirle a nadie que habíamos estado allí, ni siquiera a Irina. Estando allí, le dije en privado que había encontrado la confesión de mi padre. También le dije lo que me había pasado con el editor de Sofía. Se puso muy serio y dijo que algunas cosas debían permanecer en secreto a menos que llegara el momento adecuado y que quizás mi padre había tomado finalmente la decisión de mantener ese asunto en secreto. Debió darse cuenta de que también lo había puesto en peligro a él, puesto que su nombre se menciona en la confesión. Nunca me perdonaré lo que le ha ocurrido. —Neven juntó las manos—. Luego me dijo que quería darme una cosa, por si acaso la necesitaba. Creo que no quería que lo encontraran teniéndola en su poder. Me contó que Stoyan se lo dio a Milen Radev y que Milen se lo había dado a él.

Abrió su bolsa de cuero y sacó un sobre, y del sobre extrajo una fotografía en blanco y negro. Estaba impresa en papel de grano fino y amarillento, y las figuras que aparecían en ella poseían la nitidez de la vida. Neven la sostuvo al sol y Bobby se acercó para mirar por encima del hombro de Alexandra. Mostraba a tres hombres de pie bajo un portón rematado por un arco. Sonreían, enlazados por los hombros. Dos de ellos vestían uniforme y gorra militar; el otro, mucho más joven, llevaba una camisa suelta y chaleco oscuro. Los de mayor edad tenían el cabello negro; el joven, en cambio, lucía una espesa mata de rizos rubios. Su sonrisa era ancha, con un hueco entre los dos dientes delanteros. El fotógrafo había tenido buen cuidado de incluir en el encuadre las palabras que figuraban en el arco, encima de ellos. Bobby tradujo automáticamente, pero Alexandra adivinó su significado antes incluso de que las leyera: «AVANCEMOS GLORIOSAMENTE HACIA EL FUTURO».

Neven dio la vuelta a la fotografía. Al dorso había una inscripción escrita a mano, con letra pulcra y descolorida. Neven siguió las palabras con el dedo.

—«Campo de Zelenets, S. Nedyalkov, Vasko Hristov, Momo Kurilkov, 1952.» Si recordáis, mi padre escribió que Kurilkov, o sea, Momo, fue a verlo a la enfermería del campo y que se le cayó algo por accidente mientras estaba con él. Debía de llevar la fotografía encima, y mi padre se la guardó y la escondió. Eso fue lo que le dijo a Nasko.

—Y se la llevó a casa consigo. Entiendo. —Bobby meneó la cabeza; se había puesto pálido—. Las fotografías de este tipo son una rareza —comentó—. Y, seguramente, podrían matarnos a todos por haberla visto.

—Sí —repuso Neven—. Sospecho que alguien sabía que Nasko tenía esta foto. Su hijo me contó que Nasko recibió una llamada de repente, después de que estuvierais allí, pero no quiso decirle de qué se trataba. Creo que intentó protegeros de alguna manera.

Pero no pudo protegerse a sí mismo, pensó Alexandra.

Neven se quedó mirando el riachuelo.

—Tuvo la misma idea que yo respecto a la confesión de mi padre. Me dio esta fotografía para que la guardara a buen recaudo. Y para que la publicara cuando él muriera, como mi padre.

—La historia de tu padre y esta fotografía… —dijo Bobby—. Con eso bastaría.

De pronto sonó el teléfono de Neven.

—¡Irina! —exclamó Alexandra, pero Bobby se llevó un dedo a los labios.

Neven respondió parsimoniosamente y escuchó unos segundos. Luego oyeron que la persona del otro lado de la línea colgaba. Los ojos de Neven tenían una mirada dura.

—Es la segunda vez que me llama un hombre al que no conozco. Como os decía, la primera vez prometió que a mediodía me diría dónde están Irina y Lenka. Ya me lo ha dicho.

Alexandra se agarró al brazo de Bobby.

—¿Dónde?

—Dice que están en Zelenets.

79

Se pusieron rápidamente en pie, *Stoycho* al lado de Alexandra.

—¿Quién llevaría a Irina y a Lenka a Zelenets? —Alexandra procuró no pensar en Nasko Angelov—. Y ni siquiera sabemos dónde está.

Parado delante de ellos, Neven puso los brazos en jarras.

—Hay algo que me gustaría decir. ¿Habéis visto los planes de Kurilkov en televisión? Mucha gente habla de ello, ya sea a favor o en contra. Va a ayudar a que reabran la mina de Chopek, cerca de Novlievo, que todavía no está agotada y dará mucho trabajo. Lo hará en nombre de una nueva economía pero de paso se embolsará una fortuna, porque es dueño de parte de los terrenos de la mina. También asegura que utilizará a presos como mano de obra, de modo que la mina no creará tantos puestos de trabajo como dice, ni habrá tanta gente a la que pagar.

—Y si llega a ser primer ministro —añadió Bobby—, cualquiera que no le guste acabará encarcelado.

—Sí —dijo Neven—. Pero en realidad nadie ha visto ese sitio. A los manifestantes no se les permitió acercarse a la mina, sólo a las carreteras de los alrededores.

—Las manifestaciones son casi siempre en Sofía. —Bobby se pasó las manos por el pelo—. Y casi siempre se detiene a los manifestantes.

—Creéis que la mina está en Zelenets —dijo Alexandra.

Se volvieron los dos para mirarla y Neven asintió rápidamente.

—Todavía hay cierta oposición dentro del gobierno —comentó Bobby pensativamente—. Creo que si los manifestantes pudieran demostrar que la mina de Chopek fue un campo de trabajos forzados, la oposición crecería enormemente.

—Sí —dijo Alexandra—, sobre todo si alguien pudiera demostrar que Kurilkov asesinó allí a mucha gente.

—Como sabéis, su partido aboga en su campaña por la pureza —dijo Neven—. El Oso… «sin corrupción».

Bobby se había metido las manos en los bolsillos.

—Si Kurilkov quiere reabrir las minas de Zelenets y explotarlas sirviéndose de reclusos, podrían convertirse en un nuevo campo de prisioneros. Y si hay uno, habrá más. Y lo hará todo legalmente, empezando con su campaña de pureza.

—Lo mismo pienso yo —dijo Neven—. Poco a poco, podríamos acabar teniendo una Bulgaria como la de mi padre. Y tú y yo seríamos los primeros prisioneros en un nuevo campo, amigo mío.

Alexandra volvió a tomarlo de la mano. Tenía la impresión de que su vida anterior nunca había existido. Era como si se hubiera caído de un puente y se hubiera hundido bajo las aguas revueltas.

—¿Qué habría querido tu padre que hiciéramos? —preguntó.

Neven miró sus manos unidas.

Bobby se estaba palpando rápidamente los bolsillos como si hiciera inventario de lo que llevaba encima.

—Ya he mirado en los mapas —le dijo a Neven—. En la televisión no ha aparecido aún ninguna fotografía de ese sitio. Sólo se ven máquinas excavando en el exterior y una imagen muy general de Bulgaria.

—Y en ningún mapa que yo haya visto figura un lugar llamado Zelenets —agregó Neven—, pero los nombres cambian con frecuencia. Encontré en Internet un par de comentarios acerca de un campo situado en Zelenets, en una página sobre la época comunista en Bulgaria. No se citaba su localización exacta, pero sí que estaba en las montañas del centro de Stara Planina, cerca de Chopek y Novlievo.

—Vamos —dijo Bobby—. Al menos podemos ponernos en camino.

—No. —Neven soltó la mano de Alexandra y echó a andar hacia la carretera; ellos lo siguieron—. Ya habéis tenido suficientes problemas por culpa de mi familia. Tenéis que regresar a Sofía. Os llamaré cuando las encuentre.

—Irina también es amiga nuestra —contestó ella enérgicamente.

—Y yo podría serte muy útil —agregó Bobby.

—No —respondió Neven—. Gracias.

Bobby no aflojó el paso.

—Bobby —dijo Alexandra—, por favor, no quiero perderte de vista.

Stoycho corrió detrás de Neven.

—Chopek está a cuatro horas de camino de aquí —dijo Neven—. Puede que más, teniendo en cuenta las carreteras de montaña. Podemos hablar por el camino. Pero Alexandra debe quedarse en el coche cuando lleguemos.

Bobby indicó con un gesto a Alexandra que no protestara.

En el mapa de Bobby, Chopek aparecía al noroeste, en el interior de las montañas. Dejaron el coche de Neven en una arboleda a las afueras del pueblo, oculto a la vista, y montaron en el Ford. Neven se sentó delante, al lado de Bobby. Alexandra, sentada detrás con *Stoycho*, observó el hombro de Neven y su perfil. Era extraño, se dijo. La sangre de Stoyan Lazarov no corría por sus venas, por ese cuerpo de miembros alargados y sigilosos, y, sin embargo, Neven era, más que cualquier otra cosa, el legado de Stoyan.

Stoyan Lazarov no había grabado discos ni tocado ante jefes de estado. No había recorrido el mundo dando conciertos. Había tenido, en cambio, su violín, su Vivaldi, su amor por una mujer, y a aquel hijo digno y orgulloso que no podía heredar su genio ni adquirir su destreza musical, pero al que había amado incondicionalmente. A Neven, como a Radev, se le daban bien los números y los corazones.

Alexandra posó la mano sobre el lomo de *Stoycho* y, acunada por la carretera, se quedó dormida a su pesar.

Cuando despertó, sacudida por lo abrupto de la carretera, estaban en las montañas. Subían por un largo puerto entre bosques, hacia lo que parecía ser niebla. Habían dejado atrás la gran llanura de Tracia, que se extendía hasta una zona borrosa que tal vez fueran otras montañas. La carretera estaba desierta, salvo por los jirones de nubes que permanecían suspendidos en medio del camino o lo cruzaban silenciosamente, adentrándose en el bosque. El cielo había desaparecido, como si el día (la mañana luminosa en la costa, el sol inmenso sobre las llanuras) nunca hubiera tenido lugar. Debía de ser ya media tarde, pero a Alexandra el día se le antojaba un vacío sin tiempo que medir, sin sol, incluso sin crepúsculo que marcara su transcurso normal. Se puso el jersey, temblando de miedo. *Irina,*

Lenka. Zelenets. Stoycho también se desperezó, rígidamente, y volvió la cabeza para mirarla.

Al llegar a lo alto del puerto, Bobby dijo que harían una parada rápida y se desvió hacia un aparcamiento pegado a la carretera. Las nubes lo llenaban todo a su alrededor y el viento azotó sus ropas cuando salieron. Alexandra tuvo la sensación de que aquél era el pico más alto en el que había estado nunca. El viento los empujó hacia los aseos públicos, y ella se fijó en varios grupos de personas abrigadas con chaquetas gruesas, gorros y bufandas. Estaban contemplando el valle, que volvía a aparecer.

La niebla se aclaró de pronto, dejando al descubierto un monumento de enormes proporciones. Descansaba sobre una plataforma de hormigón, más allá del aparcamiento. Era una nave espacial gigantesca, construida en piedra y metal, lista para despegar de la montaña. En la parte de abajo había una puerta asegurada con un cerrojo y un candado herrumbroso, como si hiciera muchos años que nadie entraba allí. La punta del cohete, de ocho plantas de altura, se perdía entre las nubes arrastradas por el viento, viajando ya hacia el espacio. Alguien había colocado contra la puerta una bandera y una corona de flores, ambas marchitas por el paso del tiempo.

—¿Qué es esto? —le preguntó a Bobby.

Él se estaba poniendo la chaqueta.

—Un monumento. «En el cuadragésimo aniversario de la Revolución, 1984.» Se movilizó a escolares de toda Bulgaria para recaudar el dinero que costó construirlo. Yo era muy pequeño para echar una mano, pero conocía a niños de mi barrio que recogían chatarra y donativos en metálico. Y todos los trabajadores tuvieron que comprar sellos de correos para sufragarlo. —Se ajustó el cuello de la cazadora—. La ceremonia de inauguración se retransmitió por televisión.

Neven observaba el monumento con la cabeza echada hacia atrás y la garganta al aire.

—Me acuerdo de ese día —dijo—. Mi padre no quiso ver la televisión. —Se frotó los brazos y Alexandra pensó que temblaba de rabia, no de frío—. Y ahora él está muerto y Kurilkov tiene todo lo que quiere.

Luego añadió algo en búlgaro y se alejó a paso vivo hacia el coche.

—¿Qué ha dicho? —Alexandra agarró a Bobby del codo.

Él también se dio la vuelta.

—Ha dicho: «¿Qué sentido tiene tanto sufrimiento?» Date prisa, Bird.

Al otro lado de la montaña, la bajada era tan pronunciada como había sido la subida. Más allá, se adentraron en una nueva cadena montañosa por la que la carretera discurría entre densos bosques de abetos. Vieron muy pocos pueblos y algún que otro chalecito aquí y allá. Bobby había desplegado un mapa sobre el salpicadero y lo miraba con atención. Neven y él ignoraron un cartel que indicaba hacia Chopek y tomaron un desvío a la izquierda que les condujo a un valle, más allá del cual la carretera se volvía de grava y, a continuación, de tierra.

—Aquí está la vía del tren —dijo Bobby, y vieron los raíles junto al camino y el estrecho río más allá—. Creo que éste es el camino que da a la parte de atrás de las minas. Chopek está arriba, en la entrada principal, a nuestra espalda. Espero que la carretera que necesitamos siga existiendo.

Pasados unos kilómetros, la carretera y la vía férrea abandonaban el río y ascendían juntas hasta el primer pueblo que veían desde hacía media hora. Algunas casas se habían derrumbado y sólo unas pocas parecían habitadas. Más allá, en el bosque, oculta a la vista desde el pueblo, encontraron una barrera de madera colocada en medio de la carretera. Bobby salió del coche y miró enérgicamente a su alrededor. Neven se reunió con él y entre los dos apartaron la pesada barrera. Sentado en el asiento de atrás, *Stoycho* olfateó el aire con la naricilla negra levantada y Alexandra tuvo que sujetarlo del collar para impedir que saliera del coche siguiendo a los hombres. Bobby hizo avanzar el vehículo, lo detuvo y volvieron a colocar la barrera en su sitio. Más arriba encontraron otra barrera, pero Bobby pudo sortearla. Alexandra entonó para sus adentros una breve plegaria pidiendo a sus padres que la perdonaran si le ocurría algo.

La carretera volvía a juntarse con el río en el espeso bosque, que al poco rato se despejó dando paso a una zona llana cubierta de matorral. Alexandra vio entre los árboles un montón de madera y un edificio en ruinas, con el tejado cuadrado. Aparcados al lado había un buldócer y una excavadora, ambos inmóviles. No había más indicios de vida. Bobby aparcó el coche detrás de unos matorrales y salieron los tres con *Stoycho* enganchado a su correa. Sin decir nada, echaron a andar. Alexandra comprobó con alivio que Neven no le pedía que regresara al coche. Cruzaron un patio de cemento cuarteado. Bobby y Neven iban delante. Bobby se detuvo un par de veces para mirar el suelo. Había pisadas de barro sobre la superficie de cemento. Alexandra advirtió que el barro estaba fresco.

Al doblar un recodo, entre otro grupo de árboles, vieron varios edificios de una y dos plantas pudriéndose al borde de una gran explanada cubierta de maleza. Allí todavía se percibía cierto orden: las edificaciones daban a la explanada en ángulo recto por tres de sus lados. Una torre alzada sobre pilotes deteriorados por la intemperie dominaba la entrada al patio. La mayoría de los edificios habían perdido su techumbre, o casi, pero las paredes parecían construidas con mayor solidez. Las puertas se abrían lúgubremente al exterior, y en algunos casos las enredaderas se metían por ellas alzándose desde el suelo y volvían a salir por las ventanas de más arriba. En un extremo de la explanada se alzaba un montículo de tierra semejante a un vertedero que por la parte delantera se hundía en torno a una estructura de madera achatada. Alexandra sintió que se le erizaba el vello de los brazos y *Stoycho* retrocedió momentáneamente antes de seguir avanzando. Ella no vio a nadie trabajando en los alrededores, y menos aún a Irina y a Lenka y a sus captores.

Neven observaba los edificios con las manos metidas en los bolsillos.

—¿Qué pensáis?

—Sí, debe de ser aquí —contestó Bobby, a pesar de que parecía dudarlo.

Necesitaría pruebas, pensó Alexandra. Miraba a su alrededor, tensa, aguzando el oído.

Siguieron adelante y se detuvieron en el patio, rodeados por los ojos vacíos de los barracones o lo que hubieran sido aquellas edificaciones. Alexandra se acercó a uno y echó un vistazo dentro. No había catres de madera, aunque a través de una ventana alcanzó a ver un par de lavabos antiguos atornillados a una pared. Los escalones que daban acceso a las puertas se habían podrido. Sólo podría entrar colándose por una ventana. Todo aquel lugar se estaba hundiendo poco a poco. El buldócer sólo tendría que darle uno o dos empujones para derribarlo por completo.

Advirtió entonces que Neven se había alejado de ellos. Estaba parado dentro del edificio de enfrente, mirando por la puerta vacía. Sus manos colgaban junto a sus costados. Había tenido que subir trepando hasta allí, pensó ella: quería estar dentro un minuto, mirar hacia fuera desde el interior. Permanecía muy quieto y erguido, y parecía estar mirando muy a lo lejos, hasta donde alcanzaba la vista. Alexandra sintió el impulso de correr hacia él, de asegurarse de que todavía despedía calor. Pero aquel instante pertenecía a un mundo del que ella no formaba parte. Tiró de la correa de *Stoycho* y lo hizo sentarse calladamente a su lado.

Pasados unos minutos, Bobby les hizo señas de que volvieran al coche.

—El relato de tu padre decía que tenían que recorrer unos dos kilómetros para llegar a la cantera. Ya que no hay nadie aquí, en el campo, deberíamos mirar allá arriba.

Avanzaron con el coche por un camino ancho que antaño debía de haber sido una carretera. Bordeaba los edificios y subía gradualmente, rodeado de bosques. La ladera de la montaña se hallaba muy cerca. Vieron la vía férrea a su izquierda, abandonada en aquel tramo e invadida por pimpollos de pino y abedul. Siguieron adelante en silencio y Bobby se volvió una vez para dirigir a Alexandra una mirada tranquilizadora. Ella tenía el corazón en un puño y deseaba más que nada en el mundo que el coche diera media vuelta y que volvieran a bajar por la montaña, acompañados por Irina y Lenka, sanas y salvas. Neven miraba por el parabrisas. De pronto, le indicó a Bobby que parara. Aparcaron y salieron con cautela, y Neven se adelantó levantando el brazo en señal de advertencia.

A apenas seis metros de ellos, los arbolillos parecían suspendidos en el aire allí donde se abría un enorme foso, con varios bloques de piedra desperdigados alrededor de su borde. Alexandra se acordó del teatro romano de Plovdiv y sus vetustos sillares de piedra. Se asomó por encima del borde. A sus pies, el abismo se extendía hasta muy lejos, festoneado de matorrales y rocas. El fondo estaba repleto de árboles y maleza, y de gigantescos bloques de piedra casi cubiertos por la vegetación.

Bobby ya había empezado a hacer fotos con su teléfono. Alexandra se acordó de que llevaba la cámara en el bolsillo y la sacó. No había señales de Irina y Lenka. Una carretera bordeaba la cantera, seguía la vía invadida por la maleza y desaparecía en el bosque. En aquella dirección estarían las minas, se dijo, y se le encogió el estómago. ¿Habrían llevado a Irina y a Lenka allá arriba?

Se estaba girando para hablar con Bobby cuando todo se precipitó. Oyó detrás de ellos el ruido de un vehículo y comprendió que tenía que haber pasado junto al campo o haberlo atravesado. Se dirigía a toda velocidad hacia la cantera. Por un instante no fue capaz de asimilar lo que ocurría. Pensó, en cambio, que se trataba de una escena de película y que el coche, un sedán gris, iba a arrojarse al precipicio, pero se detuvo con un chirrido de frenos a unos cinco metros de distancia.

Detrás apareció un BMW negro con las ventanillas tintadas, absurdamente lustroso por encima del faldón de polvo que levantaba de la carretera. Dos hombres se apearon rápidamente del primer coche y abrieron las puertas traseras. Del asiento de atrás sacaron a una mujer de cabello moreno y trenzado (Lenka) que comenzó a forcejear y, a continuación, a una anciana que también trató de resistirse a pesar de que parecía a punto de perder el conocimiento. Alexandra hizo ademán de acercarse, pero Bobby la agarró del brazo con fuerza, hasta hacerle daño. Neven se puso a su lado, y de pronto se sintió muy pequeña. Lenka los había visto. Le sangraba la nariz, pero le dijo algo a Irina, que miró a su alrededor. Uno de los hombres la sujetó contra el coche y le acercó un cuchillo a la garganta, un cuchillo largo, de mango negro. Lenka trató de desasirse de su captor, pero éste le asestó un golpe en la nariz. No parecía ser el primero.

La puerta del conductor del BMW se abrió de pronto y un hombre fornido corrió hacia ellos apuntándolos con una pistola. Alexandra pensó por un instante que los estaba cubriendo, aunque en realidad los estaba amenazando. Neven y ella levantaron las manos, pero Alexandra vio que Bobby se llevaba rápidamente la mano al interior de la chaqueta, sacaba algo y disparaba. El hombre que corría hacia ellos dio un salto hacia atrás y cayó al suelo súbitamente, y quedó allí tendido, boca arriba, entre los árboles y las piedras. Era muy corpulento y llevaba una pistolera sobre la camisa negra. Alexandra vio entonces que estaba vivo y que se agarraba el hombro. ¿Cómo era posible que no hubiera intuido que Bobby disparaba a la perfección, que no vacilaría en apretar el gatillo, pero que jamás tiraría a matar?

Se abrieron las puertas traseras del BMW y salieron dos personas. Alexandra sintió que había dejado de respirar. Conocía a aquellos dos hombres. Uno era el Mago, cuya cabeza relucía a la luz plateada de la tarde. El otro era Kurilkov, *el Oso*. Se erguía, orgulloso y digno, vestido con un traje bien cortado. Alexandra vio el talón reluciente de su bota, la tiesa mata de pelo teñido, la barba artificialmente castaña, los ojos claros. Kurilkov no miró al hombre herido tendido sobre las piedras, ni la pistola de Bobby.

Miró, en cambio, a Neven y tendió una mano abierta: «Dámelo». Luego se volvió para observar a Irina, pálida y desfallecida, con el cuchillo apoyado en la garganta. Alexandra vio el destello de su broche bajo la hoja. *Va a hacerlo de verdad*, se dijo. *Si Kurilkov le dice que lo haga, ese hombre, ese desconocido, matará a Irina aquí, delante de nosotros*. Sintió de pronto la proximidad de la cantera a su espalda, la larga caída entre árboles y rocas. El Oso se acercó tanto que le pareció que podía olerla. Se preguntó si Bobby se atrevería a disparar de nuevo. *Stoycho* había empezado a ladrar. No ladraba frenéticamente, sino con un gruñido de advertencia elemental que nunca antes había oído en un perro. Sintió que la correa resbalaba de su mano levantada y se preguntó fugazmente si la había soltado ella.

El Mago también dio un paso hacia ellos. Alexandra se acordó de su cara, de su sonrisa furtiva en la comisaría y, más tarde, durante la comida que compartieron. Ahora, en cambio, no sonreía. Estaba gritando algo y, en ese instante de distracción, el Oso sacó una pistola, una pistola pequeña y compacta, y disparó a Bobby. Ella gritó pero no sintió que ningún sonido saliera de su garganta. Se oyó el golpe sordo de un cuerpo al caer entre las hojas, pero nadie contestó a su grito, nadie se revolvió. El Oso se erguía ahora entre ellos y Alexandra levantó la vista a tiempo de ver que el Mago también empuñaba una pistola y que apuntaba con ella al Oso. No supo si había disparado porque en ese instante *Stoycho* tomó impulso a su lado y saltó hacia la garganta del Oso. Su recia musculatura se desplegó en el aire, la garganta se desgarró, blanca y roja de sangre, y ambos cayeron por el borde de la cantera.

Debió de oírse un ruido allá abajo, muy lejos (el estruendo de los cuerpos al quebrarse, un chillido humano o un gemido animal), pero Alexandra no oyó nada. Advirtió confusamente que el Mago, que estaba frente a ellos, bajaba el arma. Luego se halló inclinada sobre el cuerpo de Bobby, a tiempo de oír su respiración entrecortada, cómo respiraba y dejaba de respirar. Luchó entonces con su camisa y acercó la boca a la suya en un ritual casi olvidado. Vio entonces a Neven sentado en el suelo, a su lado, sosteniendo la cabeza de Bobby.

80

Bobby aspiró de pronto bajo su boca y Alexandra sintió que su pecho se inflaba. El color afluyó de nuevo a su cara. Ella se arrancó el jersey y se lo ató alrededor del muslo herido, torpemente pero con fuerza. Cuando levantó la vista de nuevo, vio que Neven se había puesto en pie y corría hacia el sedán gris. El hombre que sujetaba a Irina la había soltado. Alexandra vio que la anciana se tambaleaba y que Neven llegaba a tiempo de sostenerla antes de que cayera al suelo. El otro hombre apartó de sí a Lenka de un empujón. Se metieron los dos en el coche, arrancaron y, avanzando entre los árboles, giraron hacia la carretera y se perdieron de vista. El Mago dio media vuelta, les disparó una sola vez y sacudió la cabeza. Neven llevó a Irina en brazos al asiento trasero del coche de Bobby. Alexandra dejó a Bobby un momento para acercarse a ellos. Lenka, manchada de barro, se inclinaba ya sobre la anciana.

—Estoy bien —dijo Irina débilmente—. ¿Y Asparuh?

Alexandra regresó corriendo junto a Bobby. Tenía los ojos abiertos y la mirada atenta, pero no dijo nada. Gemía de vez en cuando. Ella le dio la mano y vio cómo el Mago le hacía un auténtico torniquete, le colocaba un vendaje y, por último, le ponía una inyección. Al verlo se asustó, pero el Mago le hizo un gesto tranquilizador con la cabeza.

—Es sólo un calmante. No ha perdido mucha sangre. Creo que le ha salvado usted la vida, señorita. Pero tienen que llevarlo al hospital. Hay uno en Novlievo. Conviene esperar un minuto antes de intentar moverlo.

Se asomaron al fondo de la cantera, pero no había nada que ver, sólo las rocas y la vegetación del fondo.

—¿Y el Oso? —le preguntó Alexandra.

De pronto le parecía más un hombre y menos un mago, con su camiseta interior blanca manchada con la sangre de Bobby.

—Quizás sea mejor así —repuso él—. No habría sobrevivido a lo que iba a ocurrirle cuando publicaran ustedes su historia.

—¡Usted lo sabía! —exclamó ella, y la sorprendió oírse gritar.

Se arrodilló y besó a Bobby en la frente y en la cara. Él tenía los ojos cerrados, pero su pecho subía y bajaba. Neven regresó a su lado y miró al Mago.

—Sí —contestó éste—. Esperen un momento.

Se acercó al hombre al que Bobby había herido en el hombro y regresó enseguida.

—Kurilkov me pidió que buscáramos ciertos nombres y los marcamos en nuestro sistema informático. El de Stoyan Lazarov era uno de los nombres marcados. Lo vi cuando lo busqué para usted. Informé de ello a Kurilkov aunque no pensaba que tuviera importancia, hasta que vi que el asunto le interesaba especialmente. Me dijo que los siguiera y les diera un susto, pero no quiso decirme por qué. Entonces empecé a preguntarme qué era lo que ocultaba incluso a mis ojos.

El Mago se pasó las manos por los pantalones y señaló a Bobby.

—Venga, ayúdenme a levantarle, por ese lado. No me cabe duda de que Kurilkov me habría culpado de esto a mí, y a la policía. Seguramente planeaba contarle a la prensa que yo había inventado esa historia sobre su pasado. Hace dos días me enteré de que pensaba matarme después de matarlos a ustedes. Sus hombres han escapado, claro, pero ya los encontraré.

—No vamos a darle lo que quiere —dijo Alexandra. Le tembló la voz, pero se obligó a decirlo.

Neven había incorporado a Bobby y ella se pasó su brazo por el hombro, pero el Mago la apartó y ocupó su lugar.

—Señorita —dijo—, no tendrán que darme nada. Trabajé varios años con Asparuh Iliev y no me cabe duda de que una copia de la historia de Stoyan Lazarov obra ya en poder de cierto periódico. Además, estoy seguro de que la muerte de Kurilkov será considerada un suicidio.

Alexandra se quedó junto a Bobby mientras lo trasladaban, y le acarició el pelo. Él había abierto los ojos y parecía mirarla. Había hecho llegar la historia de Stoyan a la prensa, tan seguro como que había llamado a un amigo para que le llevara un coche cuando fue necesario. Debía de haber enviado una copia por correo desde el hotel donde se habían alojado con *Stoycho*, pensó Alexandra, o en algún otro punto del viaje. Así era Bobby. Y ahora tenían además una fotografía para ilustrar el relato.

Entonces comprendió que *Stoycho* había muerto y por qué.

El Mago puso una mano sobre la frente de Bobby como si quisiera comprobar si tenía fiebre.

—Tengo que volver a Sofía para hablar con la prensa. Llamaré al hospital de Novlievo antes de que lleguen. Aún no hemos perdido a nuestro mejor taxista.

Neven metió a Bobby con delicadeza en el asiento trasero del Ford. Irina y Lenka lo sujetaron entre las dos y Alexandra montó delante con Neven.

—Date prisa —dijo.

Más adelante recordaría solamente un instante del trayecto de bajada por la ladera boscosa, y pensó que tal vez lo había soñado: un flanco rayado y una cola entre los árboles, un animal escabulléndose en el monte.

81

La noche siguiente, en la cocina de *baba* Vanka, el jefe de policía de Sofía apareció en las noticias de televisión, con su desproporcionada cabeza vuelta hacia la cámara. Estaba leyendo una declaración acerca de Kurilkov, el ministro de Obras Públicas, que al parecer había muerto en un desgraciado accidente (un suicidio, posiblemente) acaecido en una cantera cercana al antiguo campo de trabajo de Zelenets. La investigación en curso había determinado que Kurilkov fue en tiempos guardia del campo de prisioneros. Por lo visto, estaba allí para visitar la zona. Según todas las evidencias, había comprado años atrás las tierras en las que se hallaban tanto la cantera como las minas. De no haberse quitado la vida, afirmó el Mago solemnemente ante la cámara, habría sido procesado por los crímenes que cometió en Zelenets, crímenes que pronto aparecerían documentados en la prensa gracias al testimonio de un músico ya fallecido, Stoyan Lazarov. El proyecto de reapertura de las minas quedaba suspendido hasta que se hicieran las debidas pesquisas. Tras el comunicado del comisario, el presentador informó de que se habían descubierto varias fosas comunes en el bosque, cerca de la cantera. Los periodistas habían llegado por fin, abriéndose paso con sus cámaras entre la maleza, y ahora desfilaban ante los edificios desde los que Neven había contemplado el campo en silencio a través de una puerta abierta.

Sentada entre Bobby y Neven, Alexandra posaba la mano sobre la pierna de su amigo. Sabía que pronto se pondría a escribir. Sentía ya su mano deslizándose sobre la hoja y, más tarde, tocando las teclas de su ordenador portátil. Esta vez, sus relatos y poemas tratarían sobre un nuevo mundo. Tal vez se convirtieran también en ensayos, se dijo. O en artículos: el activismo de la pluma.

A la mañana siguiente fue a despedirse de Irina y de Lenka, que se alojaban a las afueras de Morsko. El hijo de *baba* Vanka se había ofrecido a llevarlas en coche a Plovdiv. No hablaron de la historia de Stoyan Lazarov, pero cuando Alexandra se sentó a su lado Irina le dijo:

—Te habría querido mucho, tesoro. Eres valiente, y él apreciaba la valentía y la practicó toda su vida.

Al despedirse de ella con un beso, Alexandra vio brillar su broche entre las sombras. En su centro, entre flores y enredaderas, había una imagen difusa, semejante a la cara de un apóstol.

Cuando volvieron a Borech para cenar con los Lazarovi, la casa les pareció casi como la primera vez que la visitaron, salvo porque —como señaló Bobby con una tenue sonrisa— ahora las cortinas estaban descorridas. Tocaron a la puerta y Neven salió a abrir, como había soñado tantas veces Alexandra. La besó en las mejillas y luego ayudó a Bobby a cruzar la puerta con las muletas. Alexandra estaba deseando verlo desde que, un par de días antes, él se había marchado de Morsko con sus padres (suponía que ahora debía llamarlos así). Neven, sin embargo, se mostró taciturno y formal. Fue Vera quien les urgió a entrar y quien abrazó a Alexandra y le acarició el pelo. Milen Radev, en su silla de ruedas, le estrechó la mano. Vera instaló a Bobby en el diván de la cocina para que pudiera tener la pierna en alto.

Se sentaron a cenar. Neven sirvió *rakiya* y brindó por Bobby, por Alexandra y en recuerdo de Stoyan Lazarov. Alexandra observaba su belleza, su anticuada reserva. ¿Qué sería, se preguntaba, del resto de su vida en un mundo en el que escaseaba el trabajo, abundaba la pobreza y sólo un puñado de nuevos ricos disfrutaban de una vida acomodada y vulgar? A pesar del talento de Stoyan Lazarov, de su valentía y su lucidez, la gente como los Lazarovi sólo poseía su dignidad, e inmersos en esa dignidad iban consumiéndose. Cuando se pusieron todos a comer, Neven le dijo que había vuelto a su trabajo en Burgas pero que no podía concentrarse y luego, finalmente, dejó que sus ojos dorados se encontraran con los de ella desde el otro lado de la mesa.

Al acabar la cena, cuando Vera sacó unas porciones de tarta, Alexandra se armó de valor y tomó la palabra.

—He estado pensando —dijo, pero durante unos segundos le costó continuar.

Se le apareció la imagen de Jack. Estaba sentado en una esquina de la mesa, con expresión traviesa. Alexandra se volvió hacia Vera y Neven.

—Me queda algún dinero de lo que tenía ahorrado para viajar este año. —Se interrumpió de nuevo y se esforzó por hablar con determinación—. Si queréis, puedo ayudaros a llevar a Venecia las cenizas de *gospodin* Lazarov. No sé cómo se obtiene permiso para un entierro en un sitio así, pero tiene que haber una manera.

Bobby la miró fijamente (ella no le había contado lo que se proponía) y luego tradujo sus palabras para Vera y Milen. Los ojos oscuros de Vera se agrandaron hasta hacerse enormes. Neven hizo un leve ademán y sacudió la cabeza, pero le brillaban los ojos.

—No creo que haya dinero suficiente para que vayáis todos —añadió Alexandra—, pero podríais ir vosotros dos.

Hablaron entre sí en búlgaro. Vera se llevó una mano a la cara y Milen dio unas palmadas a su silla de ruedas, resignado. Neven asintió con un gesto.

—Mis padres no pueden hacer un viaje tan largo —dijo serenamente—. Saben que no están en condiciones de hacerlo. Pero estoy pensando… Creo que yo sí podría ir. Si a ti no te importa acompañarme.

82

Una tienda en Praga, en torno a 1937 o 1938, una *antikvarna* especializada en música. El hombre que abre la puerta (un extranjero con un estuche de violín en la mano) tiene poco más de veinte años. Alto y de cabello oscuro, camina con paso tan enérgico que el dueño de la tienda levanta la vista de su catálogo. El joven pertenece a un tipo de clientes que conoce bien: normalmente son estudiantes pobres, pero de vez en cuando, si tienen algún dinero ahorrado, sienten el impulso de gastarlo en un tesoro. El anticuario se inclina sobre sus libros para echar un vistazo a la funda del violín, que es de buena calidad, y luego a los zapatos del joven, algo desgastados por el uso pero también excelentes. Y lustrados a conciencia.

El joven saluda tocándose el sombrero y luego se lo quita.

—He visto su cartel sobre partituras antiguas —dice en francés.

En fin, si no tienen otro idioma en común, tendrán que apañarse con ése.

—Sí —contesta el dueño de la tienda—. ¿Qué está buscando?

—Nada en particular. —Los ojos del joven brillan.

—Veo que es violinista.

—Sí.

—¿Y también coleccionista?

El joven se echa a reír.

—De melodías, sí. De partituras caras… desgraciadamente, no.

Tiene una sonrisa encantadora, y su aire de energía invencible y de irreductible alegría resulta tan subyugante que el anticuario sonríe también y cierra el catálogo.

—Tengo algunas cosas excelentes, y no siempre caras —dice con cautela—. Para violín, además.

El joven deja educadamente su estuche sobre el mostrador, donde no estorbe.

—Gracias —dice—. Me gustaría verlas.

El anticuario, sin embargo, todavía quiere hacerle algunas preguntas.

—¿Viene de Viena, por casualidad?

Sabe por su acento que el chico no es vienés, desde luego.

Stoyan Lazarov vuelve a reírse.

—Sí —contesta.

El hombre deja escapar un silbido.

—Estuve anoche en su concierto. No me lo habría perdido por nada del mundo, costara lo que costase la entrada. Bien, yo diría que tuvieron un gran éxito.

Stoyan sonríe. La Filarmónica tocó la *Serenata para cuerdas* de Chaikovski y, al concluir, los estudiantes de las filas de arriba pasaron cinco minutos vitoreándolos y dando zapatazos. Luego, demostrando una gran osadía, el cuarteto de cuerda de Stoyan tocó el *Cuarteto americano* de Dvořák allí, en la ciudad del compositor, y los estudiantes de Praga, locos de júbilo, lanzaron al aire sus sombreros y hasta sus abrigos. De hecho, todo el mundo enloqueció. Más tarde, un anciano que había conocido a Dvořák personalmente obsequió al director con un libro de memorias y varias mujeres les arrojaron flores cuando salieron del auditorio.

Esa noche, durante su última actuación en Praga, tienen previsto tocar la *Sinfonía número 3*.

—Tengo algo que tal vez le interese —dice el dueño de la tienda—. No se lo enseño a todo el mundo, pero usted es violinista y lo que voy a mostrarle algún día será un tesoro.

Se acerca a un armario que hay detrás del mostrador, lo abre y rebusca entre varios montones de partituras de aspecto quebradizo. Lo que busca está envuelto en papel marrón y atado con un cordel: un envoltorio especial. El anticuario desata el paquete y lo abre sobre el mostrador, a la vista del joven.

—Es muy antiguo, ¿sabe?

Stoyan Lazarov se inclina para mirar la partitura desplegada ante él. El papel, tenuemente pautado, parece resistente pese a estar descolorido. Stoyan ve con asombro que se trata de una partitura escrita a mano: un original manuscrito. La letra hace que le dé un vuelco el corazón: las notas se precipitan por el pentagrama, garabateadas vertiginosamente, formando resonantes florituras, intrincadas como patas de araña. Stoyan adivina, por su conocimiento de Bach y Händel, que se trata de una página del barroco, pero no se parece a ninguna que haya visto antes. Es una obra enormemente compleja, sólo apta para un virtuoso, sobre todo si se toca con el tempo que imagina Stoyan.

Mira al anticuario, que lo observa atentamente.

—¿Qué es?

El hombre pasa la hoja. La pieza parece estar formada por tres únicas páginas que, sin embargo, brindan numerosas oportunidades para la repetición y quizás también para la ornamentación. Están cosidas toscamente por un borde. Stoyan comienza a oír parte de los compases de la melodía. La música vuela vertiginosa, pero también resplandece de emoción. Es algo muy distinto a su querido Bach.

El anticuario pasa la última página y señala un par de pequeñas letras. «PV, 1715», pone con una letra diáfana, completamente distinta al tenso frenesí de la notación musical.

—Sospecho —dice el anticuario— que este símbolo corresponde a Vivaldi, a Antonio Vivaldi, el compositor veneciano. ¿Ve? La música tiene su estilo, y Vivaldi era sacerdote, de modo que la «P» podría significar «*Prete*».

Stoyan toca con delicadeza el borde inferior de la última página.

—Sí, conozco su nombre y una o dos piezas para orquesta de cámara.

Se queda pensando un momento. Tiene constancia desde hace tiempo de los conciertos que escribió Bach inspirándose en los de Vivaldi. Y también de una pieza que el gran Fritz Kreisler aseguraba que era de Vivaldi y que años después reveló que era en realidad una composición propia. Stoyan siempre ha asociado vagamente el nombre de Vivaldi con algo pintoresco y cantarín, no con la apasionada impaciencia que advierte en la página desplegada ante él.

—Un colega de Roma me ha ayudado a examinar otras partituras, pero aún no he tenido oportunidad de mostrarle ésta. Se marchó de Praga antes de que la recibiera. Me escribió contándome que en Italia han encontrado muchos más originales de Vivaldi estos últimos años, pero están todos en bibliotecas y colecciones privadas.

—¿De dónde procede esta partitura, entonces?

Stoyan no puede apartar los ojos del manuscrito. Su energía parece saltar de la página como si la tinta aún no se hubiera secado. Sólo las dos iniciales del final permanecen estáticas. Puede que el compositor las escribiera más tarde y con más calma.

—La encontré dentro de un libro, un volumen de grabados de Venecia que vendí hace unos años. Por un buen precio, por cierto.

Pero la partitura la saqué porque al comprador no le interesaba la música.

—Creo —dice Stoyan pensativo— que es una *cadenza*.

El anticuario hace gesto de escuchar con atención.

—Sí —dice Stoyan—. ¿Ve?, no tiene título, ni número en la parte de arriba y, viendo la melodía, yo diría que pertenece a una pieza más larga. Seguramente se trata de una ampliación de una obra ya escrita, un solo. Puede que una forma espectacular de acabar la pieza. Un reto.

—¿Le gustaría tocarla? —pregunta de repente el anticuario.

No hay nadie en la tienda.

—Será bastante difícil la primera vez. ¿Tiene un atril a mano?

Sí: un atril casi tan viejo y elegante como la partitura. Lo colocan entre los dos y Stoyan afina su violín.

Es, en efecto, una pieza muy difícil. Parece mofarse de él, como si la mano del maestro corriera por delante de la suya por la página. Al parecer, aquel sacerdote veneciano podía componer como un ángel, pero también sabía tocar como un demonio.

Mientras toca, a Stoyan se le acelera el corazón. Sigue sin haber nadie en la tienda, de modo que vuelve a intentarlo. Es una pieza muy corta, escrita con un registro muy amplio, por momentos tan agudo que Stoyan tiene que aguzar su oído cuidadosamente entrenado para que no se le escape el tono. Es una pieza tan intrincada que desborda su lógica interna, y, sin embargo, una extraña dulzura emana de sus notas. Stoyan tardará semanas en dominarla y meses en memorizarla con precisión. Es, se dice, uno de esos tesoros que un gran violinista puede hacer suyos, convertir en su marchamo, en su propina característica al acabar un concierto. Y nunca antes la ha oído. Posiblemente, nadie la haya escuchado desde hace doscientos años.

Pero para comprarla tal vez tenga que estar a pan y agua una larga temporada, claro. Se vuelve hacia el anticuario, que asiente con la cabeza.

—¿Cuánto pide por ella? —pregunta Stoyan Lazarov.

83

El viaje en tren desde Milán a la estación de Santa Lucia, y luego la travesía en *vaporetto* por el Gran Canal, dejaron a Alexandra en un estado de estupor. Pero, pese a su cansancio (o quizás debido a él), se trataba de un estupor fruto de la belleza. Neven se sentó a su lado en la proa del barco, desde donde contemplaron los edificios de color ocre y azul pizarra que se alzaban sobre las islas densamente pobladas. Entre los zapatos de Neven viajaba una bolsa cargada con una urna de madera bruñida, llena de livianas cenizas humanas. Era un atardecer de finales de mayo de 2008. Neven había colocado junto a él, en los asientos del ferri, una maleta que parecía tener cuarenta años de antigüedad y que a Alexandra le recordaba a las de sus abuelos.

Ella llevaba consigo todo lo que había traído a Bulgaria, excepto algunas prendas que ya no creía necesitar y que había dejado dobladas en un banco del parque, frente a su hostal de Sofía. Llevaba encima de la blusa el collar de azófar y cornalina que le había regalado Bobby, y de cuando en cuando jugueteaba con él. (Pasarían muchos años antes de que dejara de ponérselo todos los días, años en los que el collar, reparado varias veces, la acompañaría siempre, a lo largo de toda una vida dedicada a la escritura, la maternidad y la enseñanza.) En el bolsillo de la chaqueta llevaba un poema plegado en un grueso cuadrado: un último regalo de Bobby.

—Es la primera vez que escribo un poema en inglés —le había dicho él—. Escrito en inglés desde el principio, no traducido.

El poema se titulaba *Un pájaro* y Alexandra ya había memorizado su comienzo: las primeras y sorprendentes palabras que se fundían en un segundo y tercer versos igual de incisivos, el flujo contenido de la pena al transmutarse en historia, el bello e inesperado verbo que el poeta había elegido para evocar los últimos momentos de Jack.

Ahora hay campanarios a la vista, iglesias que abarcan islas enteras, volutas rizadas como conchas de caracol. Agua saltarina y brillante en lugar de tierra. Alexandra se frota la cara cansada y mira a Neven, y él coge su mano como habría hecho Bobby. Permanecen así, en cómodo silencio, mientras su corazón late sólo un poco más fuerte que de costumbre. El *vaporetto* adelanta a las góndolas igual que un autobús adelanta a los peatones. Ahora contemplan los palacios que parecen mecerse al borde del agua.

Neven se ríe de pronto. Señala las aceras, la gente que camina por los puentecillos, las orillas de las plazas.

—Mira —dice.

—¿Qué? —Ella estira el cuello sin soltar su mano.

—La gente —contesta Neven—. Llevan ropa moderna.

En un embarcadero de la Piazza di San Marco pisan al fin tierra veneciana, se detienen en el vetusto pavimento y aguardan mientras recogen el equipaje y tratan de orientarse. Alexandra ha reservado habitación en un hotelito a seis manzanas de la *piazza*, aunque no está segura de a qué equivale una manzana en Venecia. Primero deambulan sin rumbo durante unos minutos, mirando los rosados muros del Palacio Ducal y posando de tanto en tanto sus maletas en el suelo. La *piazza* es mucho más grande de lo que imaginaba Alexandra, y las bandadas de palomas que se posan en ella son inmensas, como aves en una costa antártica. Reconoce el Campanile y los larguísimos soportales. Dominándolo todo, la catedral de San Marcos, en cuya orquesta tocaba el padre de Vivaldi ya antes de que naciera su hijo.

Alexandra se acuerda de cuando entró con Bobby en la iglesia del *manastir* de Velin. Quiere ir a la catedral en cuanto encuentren su hotel, para verla por él, por Stoyan. Trata de recordar si en las iglesias católicas se venden velas para encender. Intenta imaginarse la cara de Jack y descubre que se ha difuminado ligeramente.

Neven guarda silencio y, cuando ella le pregunta en qué está pensando, contesta muy serio:

—Acabo de darme cuenta de que nunca he estado en ninguna parte.

Su hotel es, en efecto, muy pequeño, sólo un poco más ancho que el portal del edificio. A un lado de la puerta hay un naranjo en un tiesto. El arbolillo ocupa la mitad del callejón, de modo que los transeúntes se ven obligados a sortearlo. Un poco más allá, un puente cubierto comunica dos edificios. Alexandra lamenta que el puente no forme parte del hotel, pero quizás puedan verlo desde su habitación. Habitación, en singular, porque sólo ha reservado una, a un precio astronómico, para cuatro noches. Después, entre las comidas y los billetes de avión, sus ahorros de los últimos tres años se habrán evaporado.

Cuando el encargado del hotel les enseña la habitación, las vistas resultan ser mejores de lo que esperaba: desde la segunda planta, se ven ventanas ornamentadas y un canal tan angosto como un resquicio de duda, un pasadizo que sólo las lanchas más estrechas pueden atravesar con el motor al mínimo. Un olor a aguas residuales, a peces y a moho se eleva desde el canal, un olor muy distinto al aire fresco de Morsko. Alexandra escucha el chapaleo de las olas al chocar con la estela que dejan las embarcaciones en los canales cercanos. A pesar del olor, respira hondo. La habitación es pequeña, como corresponde al edificio, y está ocupada no por dos camas gemelas, como había pedido, sino por una enorme cama con dosel: un palanquín con cortinajes de terciopelo dorado, tan ajados como el resto de la ciudad. En su país, piensa Alexandra, aquella cama sería impensable, y en Bulgaria sería una extravagancia. Allí, en cambio, es perfecta. Para ella, no obstante, constituye una calamidad. Trata de preguntarle al encargado del hotel si puede cambiarlos de habitación. No, *signora*. (Alexandra repara en aquella palabra, que designa a una mujer casada.) El hombre sale sonriendo sin siquiera disculparse.

Neven deja la urna de Stoyan Lazarov en el suelo, junto a una cómoda pintada que semeja ser antigua. Ella cuelga su chaqueta y vuelve a descolgarla. Se lava las manos en el lavabo que hay junto al minúsculo ropero y evita mirar a Neven, que ha abierto su maleta y está guardando su ropa en el cajón de abajo de la cómoda, dejándole amablemente los de arriba a ella, como si fueran a quedarse varias semanas. En esta habitación tan pequeña parece aún más alto, más ancho, de brazos más largos. Casi roza el techo.

—Vamos a cenar algo —dice ella.

Le inquietan la presencia de la cama y las dimensiones de la habitación, pero su mayor problema no es ése, sino el exquisito aire de laxitud, la belleza embriagadora que se extiende fuera de la ventana, las colgaduras de damasco, el aire cálido.

Fuera, en las plazas y callejuelas, esas sensaciones se agudizan: ha caído un crepúsculo de tintes románticos, y los hoteles y restaurantes han encendido luces tenues sobre sus puertas. El chapaleo del agua en la oscuridad, más fuerte ahora, resulta delicioso. Se ha levantado la brisa. Alexandra se detiene ante un escaparate repleto de *frutti di mare* cuyas patas, tentáculos y conchas de bordes afilados se exhiben formando un montículo rosado. Neven y ella se sonríen, abrumados por tanta abundancia y azorados por el precio de las cosas. Al final, encuentran un bullicioso restaurante con terraza exterior y se sientan a comer espaguetis y largos palitos de pan. Piden primero unas copas de vino, y luego una botella entera. Alexandra tiene la impresión de estar bebiéndose un rubí.

—Tienes un hambre de lobo —le dice Neven—. ¿Se dice así en inglés?

Vuelven de nuevo a la enorme *piazza* para verla envuelta en su manto de luces, cuyo fulgor se extiende por el agua. Alexandra nunca ha visto a tantas personas bellas en una sola ciudad. Muchas de esas personas son turistas, pero también hay italianas con faldas estrechas y tacones altos, e italianos con trajes ceñidos y el cuello de la camisa desabrochado. Las puertas de la catedral, abiertas todavía, arrojan luz sobre el extremo en sombras de la plaza, y Neven y Alexandra pasan bajo los airosos caballos de bronce que ella siempre ha querido fotografiar.

Dentro hay más luz que en las iglesias búlgaras (las velas y las lámparas eléctricas arrancan destellos al techo dorado), pero, al igual que en aquéllas, abundan los rostros bizantinos. Neven vuelve a cogerla de la mano y, sintiendo que se le encoge el estómago, Alexandra descubre que ha estado esperando que lo haga. Recorren la iglesia a lo ancho y a lo largo, tratando de adivinar dónde se situaba la orquesta en tiempos de Vivaldi. Quizás por efecto del vino, el techo de la catedral parece bailar, y Alexandra se detiene para mirar fijamente una de las bóvedas. Neven se para a su lado y rodea suavemente sus hombros con el brazo. Al salir de la catedral pasean sin rumbo por los callejones, extraviados durante largo rato. Cuando dan con la puerta del hotel, ella entra primero y sube por las estrechas escaleras de caracol.

En su habitación, enciende la lámpara y Neven corre las cortinas, se quita los zapatos y los coloca, uno junto al otro, bajo la cómoda. Alexandra pasa unos minutos en el cuarto de baño, lavándose la cara y tratando de ordenar sus pensamientos. Cuando vuelve a salir, él está de pie junto a la cama, completamente vestido, alto y serio, los ojos ambarinos fijos en ella. Alexandra lo conoce muy poco, pero sabe tanto de su pasado que eso no parece importar. Neven le acaricia el pelo y le pone unos mechones detrás de las orejas. En la habitación se escucha un suave murmullo, pero ella no alcanza a saber si procede del exterior o de la urna, colocada en un rincón en sombras.

Al día siguiente, piensa, verán la puerta de la iglesia donde fue bautizado el cura pelirrojo. Un temblor se ha instalado justo debajo de sus costillas. Caminarán durante horas, visitarán los *palazzi* y los museos que ansiaba ver Stoyan Lazarov, y descansarán a la sombra de edificios junto a los que quizás se detuvo también Vivaldi a descansar. Se sumergirán en la acústica de la gran basílica del Ospedale della Pietà, construida dos décadas después del fallecimiento del compositor, donde Stoyan Lazarov habría tocado el violín si las fronteras de Europa se hubieran trazado de otro modo. Caminarán kilómetros y kilómetros, como han de hacer los turistas en Venecia, seducidos por cada recodo de sus calles, subyugados por sus fantasmas.

Nota de la autora

Visité por primera vez Bulgaria, un país de belleza espectacular, en 1989. Llegué, de hecho, una semana después de la caída del Muro de Berlín, que precipitó el derrumbe del régimen comunista búlgaro tras cuarenta y cinco años de dictadura. La mañana en que mi tren entró en este país misterioso, oculto durante tanto tiempo tras el Telón de Acero, me desperté temprano y vi campos, aldeas y macizos boscosos bajo un cielo gris. Al llegar a Sofía, la capital, la ciudad me pareció al mismo tiempo elegantemente cargada de historia y teñida de esa lobreguez propia de los países del Bloque Comunista. Al igual que la joven protagonista de *Tierra de sombras*, sentí en cierto modo que había encontrado mi hogar.

Bulgaria, cuya población ronda en la actualidad los siete millones de habitantes, es un país muy antiguo (el primer estado búlgaro data del año 681 d. C.), cuya historia se ha caracterizado por siglos de ocupación extranjera y fusión cultural, especialmente bajo el dominio de los imperios bizantino y otomano. El territorio de Bulgaria es, arqueológicamente, uno de los más ricos de Europa. Sus yacimientos —entre los que se incluyen algunos de los primeros asentamientos conocidos del *Homo sapiens*— abarcan los periodos tracio, griego antiguo, romano, bizantino, medieval y otomano. Como nación moderna, Bulgaria es, en cambio, relativamente joven: su fundación data de 1878, cuando se liberó del yugo del Imperio otomano.

Llevo veintitantos años regresando a su paisaje poscomunista, y durante ese tiempo me he casado con un búlgaro y he adquirido familiares, amigos y colegas en mi país de adopción. Soñaba, entre tanto, con escribir una novela ambientada íntegramente en Bulgaria. Esa novela versaría sobre diversos aspectos de la época comunista, una etapa que para las generaciones más jóvenes queda ya muy atrás. No fue, sin embargo, sino cuando me hallé en las ruinas valladas de un antiguo campo de trabajos forzados cuando descubrí cuál sería el núcleo de mi novela.

Según algunas estimaciones, entre 1944 y 1989 (y especialmente hasta 1962) funcionaron centenares de campos de prisioneros que suplían las necesidades de mano de obra del régimen comunista, deshumanizando a una ingente cantidad de ciudadanos que iban desde colaboracionistas nazis a comunistas leales, pasando por disidentes políticos y jóvenes acusados de pequeñas infracciones de índole cultural. A ellos hay que sumar a todos aquellos que fueron detenidos y encarcelados mediante falsas acusaciones. Muchos fueron recluidos sin juicio ni sentencia. Estos campos de trabajo tenían su fundamento y su razón de ser en el propio sistema soviético que los imponía. Su existencia (desconocida en parte por la población, y en parte conocida y temida) fue para el régimen un importante medio de control social. Nunca ha podido establecerse la cifra total de personas encarceladas, pero la mayoría de los historiadores está de acuerdo en que deben contarse, como mínimo, por decenas de miles.

Los antiguos campos se hallan ahora, en su mayoría, perdidos en remotas zonas rurales, y a sus víctimas se les niega abrumadoramente el reconocimiento histórico que merecen. Mientras contemplaba las ruinas desoladoras de barracones y garitas, me pregunté de dónde sacaban fuerzas los presos para sobrevivir en lugares como aquél y cómo podía yo contribuir, humildemente, a promover el pujante movimiento social que aboga por reexaminar la historia reciente de mi querido país de adopción. Estando allí comprendí que tanto mis personajes como yo tendríamos que lidiar con ese pasado.

El libro resultante es en gran medida una obra de ficción, y todos sus personajes son fruto de mi fantasía. En él hablo de lugares imaginarios inspirados en pueblecitos, ciudades, ríos y montañas de la Bulgaria real. He tratado de ceñirme fielmente a los hechos históricos (en especial, a las experiencias que contaron más tarde los supervivientes de los campos y sus familiares), sin violar en exceso lo sagrado de las vivencias personales. En este sentido, estoy en deuda con la obra de Tzvetan Todorov *Voices from the Gulag: Life and Death in Communist Bulgaria* (traducido al inglés por Robert Zaretsky, Penn State Press, 1999), así como con las personas que me concedieron entrevistas personales y con las asociaciones, periodistas, artistas y escritores búlgaros que, haciendo gala de valentía, se están encargando de sacar a la luz este difícil legado histórico. Para ellos, mi respeto y gratitud más sinceros.

Agradecimientos

Quisiera dar las gracias a las muchas personas (familiares, amigos y colegas) que, tanto en Bulgaria como en Estados Unidos, han hecho posible este libro. Quienes lo leyeron y releyeron o debatieron conmigo acerca de él son tan numerosos que me sería imposible mencionarlos a todos sin riesgo de dejarme alguno en el tintero, y los pormenores de la ayuda que me prestaron durante los años que tardé en escribir y revisar el libro no cabrían en estas páginas. Lo mismo puede decirse de numerosos escritores, historiadores, periodistas y músicos cuyo trabajo ha contribuido a dar forma a esta novela. Con todo, me gustaría expresar mi agradecimiento a unas cuantas personas que me brindaron una ayuda extraordinaria a la hora de investigar, viajar y documentarme: Dimana Trankova, Boris Deliradev, Anthony Georgieff, Jeremiah Chamberlin, Lily Honigberg, Corina Kesler, Georgi Gospodinov y Vanya Tomova. Gracias también a mi incomparable agente, Amy Williams.

Por último, y sobre todo, mi más profunda gratitud a mi editora de Ballantine, Jennifer Hershey, mentora y ángel guardián de esta historia.

He compuesto esta obra de ficción con ánimo de respetuoso pesar por todos aquéllos cuyas vidas se vieron afectadas por los hechos históricos en los que está basada.

Sobre la autora

ELIZABETH KOSTOVA es autora de las novelas *La historiadora* y *El rapto del cisne*. Tras licenciarse en Yale, estudió Bellas Artes en la Universidad de Michigan, donde ganó el premio de novela Hopwood. Es cofundadora de la Elizabeth Kostova Foundation, que promueve la traducción y publicación de autores búlgaros en los países de habla inglesa. Para saber más sobre la literatura búlgara o inscribirse en los programas de la EFK, pueden consultarse las páginas web. www.ekf.bg y www.contemporarybulgarianwriters.com.